U0469002
9787545715484

钟道新文集

钟道新(一九五一～二〇〇七)

浙江浦江人。生于北京清华大学新林院。历任山西省作家协会副主席,山西省政协七、八、九届委员,国家一级作家。代表作品有长篇小说《权力的界面》《特别提款权》《非常档案》《巅峰对决》,中篇小说《有感于斯文》《超导》《单身贵族》《公司衍生物》《股票市场的迷走神经》,短篇小说《风烛残年》《经济风云》,散文《教育原来在清华》《打火机与小摆设》,影视文学作品有电影《超导》,电视连续剧《黑冰》《天之云,地之雾》。

钟道新

钟道新小说著作书影（部分）

出版说明

钟道新是当代著名小说家、影视文学大家。他的小说和影视文学博雅通达，智慧荡漾，情节跌宕，场景豪华典丽，对话精彩绝伦，形成了钟氏“智慧风暴”的风格，深受知识群体的喜爱。他的散文则基于自身的经历和阅历，侃侃而谈，引起众多读者浓厚的阅读兴趣。

时间已证明，钟道新的作品有着长久的生命力。迄今许多喜爱他的读者仍在读他的作品。为了满足喜爱钟道新作品的读者心愿，并为在读的文科生及文学理论研究者提供一个好的学术研究文本，我们决定出版这部比较完备的文集，同时，以此文集纪念钟道新逝世十周年。

具体事项说明如下：

一、为了保存创作历史的完整性、真实性，不对原作进行任何增删与修改，只订正了个别文字的讹误和引文疏漏处。

二、一篇作品，刊发在多家报刊者，本文集只收首刊作品，并在文尾标注出所发报刊和日期；改动书名和作品名称者，于文尾标注标明。

三、个别作品因故没有查到所发报刊，以“失考”标注。

编　者

二〇一七年七月

总　目

钟道新文集

第一卷

长篇小说

豪华客栈

终结黑色圣诞

二〇一七年

作家出版社

三晋出版社

钟道新谈写作

目　录

豪华客栈

一

一九七九年后，大量资财潮水般地泻入G省，使这个地处边陲的省份犹如吃了激素般地繁荣起来。

G省是个以封闭著称的省份，它以“以不变应万变”的顽强决心，从容地应付了百年以来的激荡风云，鉴于此，官民们经营不动产的兴趣就格外地大。这种文化，即刻反映在省会D市的建筑格局上：一条条街道被拓宽了，一片片楼群也以不可思议的速度迅速地崛起。

可用不着费多大劲儿，就能从这些由水泥、钢材、铝合金、大块富贵色有机玻璃等所有近代材料组合起的堆砌物中，看见一个徘徊着的古老魂灵：以外形论，它们方正墩厚；以布局论，它们自成系统，老死不相往来。

正因为如此，“唐城宾馆”就显得格外触目——一副“横空出世”的派头。省里的头头们不止一次问——是谁设计的？谁批准的？可没人主动承担。

初秋日的下午。一辆豪华型“NISON”面包车，犹如一个在弯道上抢行的滑冰运动员，飞速拐进刚建成一半的院墙，然后又如刚从单杠上跃下的体操运动员般地戛然止住。

一个穿淡黄色茄克衫的中年人从司机座上蹦下。然后一队身穿制式西装，臂挎风衣的人，井然有序地鱼贯而出。

“我开得怎么样？”中年人把拴有兽头的车钥匙扔给司机。

“似乎有点技术。”

“技术？开车哪来的技术。”中年人望着地上盘旋着的碎纸，使劲地抽动着鼻子。“司机不过是种熟练工而已。”说罢就一步三个台阶，瞬刻攀到顶端。

“狄煜。”一位四十出头的男子招呼住了他。“你总是那么着急。”他以极端庄的步伐前进。此人是省旅游局的俞量才局长。人民大学管理系的毕业生。

“我总是告诫自己，顶多一步迈两个台阶。可到头来还是忍不住。”狄煜对跟上来的俞局长说：“我发现您穿衣服极是讲究。”

“何以见得？”

“别人穿冷色时，您就穿暖色。而当众人换暖色时，您就改穿冷色。画家们就是用这种方法来突出主人公的。”

“只有居高临下者，才能体会我在衣着上的良苦用心。”俞量才的身材极挺拔，脸上的线条却很文静。

俩人在茶色玻璃门前站定。这是极时兴的“自动门”，人只需一站，它就会自行打开。

可当后继者全部到来时，它依然紧闭着。

狄煜偏离踏垫，屈起食指，敲了敲门。

厅内一张仿古条案前，一对处在最爱聊天年龄的青年男女，正在进行着密级极高的会谈。根本无视门外的人。

“可能这门得咱们跪下才会开。”狄煜又加几分劲儿敲门。

“干什么的？”粗鲁的声音从密封极好的门内挤出。

“住店。”

姑娘取出标有“客满”的牌子一晃，旋即开始第二轮会谈。

“有些门只有局长才能敲开。”狄煜用调侃的语气说。

俞量才无动于衷地站在原地。秘书师克澄敏捷地离开队列，取出证件在门前招摇。

证件的尺寸，伴随着背景中的豪华车，使小伙子按动电钮，门在很响的“吱，吱”声中，不情愿地分离了。

“这两个字写得不错。”狄煜拿起那块“客满”的牌子，让众人欣赏那两个稚拙的字。“羲献之后，一人而已。”说着放下牌子。“我看你们最好换个工作。”

“换到哪里去？”小伙子把条案上的瓜子皮聚拢。

“监狱。”

“您有这个权利？”

“会有的。”

“那可太谢谢您了。”小伙子站起来，很风度地鞠了一躬。“实话实说，除了几个头头外，没人想在这儿干。”

“为什么？”

“一时半会儿跟您说不清。”在小伙子回答前，姑娘已牵动他的衣角。

狄煜见俞量才一行已抵达电梯前，就没再往下问。

宾馆共四架电梯，此刻统统蛰居在顶楼十四层上。任凭千呼万唤，半点动静也没有。

“我看辛苦一下吧。包来同志就在三楼办公。”俞量才说。

“好的。”师克澄首先响应。

“慢。”斜靠在电梯口的狄煜招呼住大伙。“我成天等电车，居然等出条小经验来，当你不耐烦之时，正是它快来之际。”

果不其然，他话音方落，一部电梯已开始蠕动。

宾馆的代经理包来，正端坐在写字台前出神。手中的一支铅笔，在白纸上无目的地探索。

他这间办公室的前身是清洁间，面积只有十二平方，靠墙的铁皮柜旁，立着两只放着经营管理书籍的书架。再过去是扇小窗户，窗外是锅炉房肥胖的烟囱。

整个上午都在开局务会，而且连办公室主任也没叫，仅限于五位局长参加。看来风传已久的事情已经定了。派新经理来？还是由我升正？人贵有自知之明，我升正的希望不大。这个宾馆太难搞了。千头万绪，剪不断，理还乱。姑且不论其“先天不足”,光省、市、局一级头头安排在这里的亲属,就不知有多少。如果开“护官符”的话,足有这本书厚。他下意识地拍拍精装的《哈佛管理百科全书》。

当然,本人如果用心攻读“护官符”的话,一准能读透。我毕竟是福州一中的高才生。明清一代,这座文化名城中,光进士就不知出了多少,而且个个都是官场中的佼佼者。如林则徐,如沈葆桢。可我不想这么干。一年前,之所以舍弃县委办公室主任的头衔,放弃县委副书记的前程,就是为了摆脱那些绵绵无尽期的权力角逐。

反过来说:如吾尽全力治馆,必能治好。在人大读书时,曾穷马克思、凯恩斯、亚当等一切大师的论著。可当政治体制、经济体制未动之前,轻易下手的改革者,一般说来,不会有好结果。

大丈夫达则兼济天下,隐则独善其身。凭我与俞量才“同榜进士”这一条,他也不会太为难我,或将我升正,或替我另择善地。二者必居其一。

包来将目光慢吞吞地转向两只在窗台上嬉闹的麻雀身上。很过了一阵,才用钢笔在画得乱七八糟的纸上,觅出一空地,写道:小雀贵无知,相嬉入黄昏。

“你为什么到了八楼后,重新返回十四楼呢?”俞量才和颜悦色地问。

“有个朋友着急上去。”开电梯的小姑娘直言相告。

“你如何识别朋友的召唤?”

“按两下短促的铃就是自己人。”小姑娘抿了抿残阳色的嘴唇。

“一套运行良好的内部信号系统。”俞量才对众人说。

“帕金森在《官场病》一书中写道:无须亲临,只消往打算去的单位要个电话:如接电话的人,毫无热情,满口官腔,即可断定此单位已病入膏肓了。”狄煜大发议论。

俞量才没有表态。作为单位的主管,他深知自己即使点头附和,都是表态。而表态就是政治。他将目光投放到镜子上。可这些原欲给人增加空间感的镜子,因无人擦拭,已混沌一片,反过来给人以压迫感。

“他是新任命的经理。一位管理学孜孜不倦的研究者。”俞量才对包来介绍狄煜。

“能与你相识,我很高兴。”

“能把这么重的担子移交给你,我也很高兴。”

“你们将在一起共事。”俞量才说。

听见这话,包来先是微微一怔。但立刻就表现出极好的风度。“能与年轻人共事,我感到很荣幸。”他推开门。“咱们到接待室坐。我这间办公室实在是太寒碜了。”

宾馆的接待室在二楼,面积近百平方。绿色的地毯就像是雨后的草坪。很阔、很软的沙发,安详地蹲在那里。仿佛是一株株“迎客松”。

刚一落座,两位分明是精选出来的服务员,提着银光跃动的水瓶,为众人沏上溢出芬芳的茶。

“我上任快半年了。可总为开辟旅游点奔忙。来这个全省首屈一指的宾馆,只有一两次。”俞量才转动着茶杯,“未免有些官僚了。”

“以后多关照就是了。”包来不卑不亢地回答。

服务员捧着一对不锈钢托盘“二进宫”。

“老包,恕我直言。”俞量才把擦过脸的毛巾放到茶几上。“里外的服务质量,着实有些差距呵。”

“差距总是有的。”包来的回答不含任何信息。

“有点差距是可以理解的。”坐在单人沙发上的狄煜说:“贵宾接待室是宾馆的窗户。可你只消事先打个电话,另一条通道就将为您洞开。”他朝包来挥挥手。“我不单指老包这块领地,如今几乎所有的地方都内外有别。”

包来默默地点上今天的第三支烟。

“咱们别老坐在这儿闲扯。到楼层转一转。”俞量才站起身来。

包来领着一行人,依次参观了丁、丙、乙、甲四级客房和各种公用设施,并介绍了各项参数,语句熟极而流。

“台球室。”包来推开门。“台子是美国罗伯特兄弟体育公司出产的。一万美元,这套球三百美元。”他从皮套中取出一根杆。“这东西更贵,三百五十美元。”说罢,极迅捷地击出一杆。

那只分数最高的球,听话地落入袋内。

“经济效益如何?”狄煜摸摸菲律宾木的台沿。

“每根杆一个钟点收费二十人民币。”包来又打了一杆。“可我坦白地告诉你,从建台至今,全部收入不足千元。”

“那要到什么时候才能收回投资?”

“这我就不知道了。”包来从接触狄煜起,就有种天生的警惕,一个小时的交往后,警惕已升华成敌意。

书画陈列室的面积也不小,中间极阔的台子上,放着各种名砚、名墨、名笔。周围墙上尽是装潢考究的字画。

“俞局长不留一墨宝?”包来问。

“包兄面前,不敢献丑。”俞量才一拱手。

“写一幅吧。”包来把纸铺开。

俞量才不再推辞,提笔写道:更新观念,改革前进。

这几个字并不见功力,但在配置上却很讲究。

“狄经理不来一幅?”包来问。

“五年前,我曾专攻书法,可最后一位专研书学的专家鉴定道:你字俗在骨,练也白搭。我就此封笔了。”狄煜笑了笑。“再说,与这些名臣大吏的字摆在一起,我这顶纱帽也太小了些。”

包来觉得很有必要打击一下新经理的气焰,就对俞量才说:“记得咱们上学那阵,老师常说,字是读书人的脸,是文化的表现。”

俞量才点头。

“那是老话。如今该学的东西多了。相对练字的时间就少了。”狄煜随口说道:“再者,有好字但无好学问的,也不乏其人。”

“可好字总归是好字。”俞量才觉得有必要平衡一下。“老包当年凭一笔瘦金体,不知倾倒多少人。露一手吧。”

“既然狄经理的纱帽都嫌小,我的就更小了。”包来说。

转回接待室后,俞量才正式宣布:包来任唐城宾馆的党总支书记。

“有一点想告诉你,”在洗手间俞量才见左右无人,就对狄煜说:“不要锋芒太露,更不要下车伊始。这宾馆的复杂程度超出你的想象。”

“今天是临界点,我想只有这一次可以随便说了。于是话多了点,以后保证不了。”狄煜朝俞量才顽皮地一笑。

“你的笑和你的身份很不相称。”俞量才尽力板住脸。

饭菜很快就上来了。品相、质量很一般。只是种类繁多,数量极大。

“你这儿的饭菜,”俞量才挟起一筷子鸡蛋,“可确实不怎么样。”

“有什么办法呢?如今想从市场上搞点珍稀原材料,比找金矿还难。而好厨师更像恐龙一样绝了种。”平素包来很少用比喻。

“是这样的。”师克澄说道:“好厨师的确比好经理难找。”

“你本末倒置了。”虽然俞量才的教导言犹在耳,可狄煜到底本性难移。“必须先有好经理,才会有好厨师。”

俞量才在一盘颜色古老的鱼里,发现了一只苍蝇。素有洁癖的他,好半天才忍住恶心,将筷子尽量伸向遥远的地方。

“这个季节的苍蝇,恐怕也像恐龙一样地难找。”狄煜说。

“对不起大家了。”包来用调羹将苍蝇挑出。“在旧时代的餐馆里,如果发现了这东西,就该由我吃下去才对。”

众人沉默。

"我给你们讲个苍蝇的故事吧。"狄煜却兴致勃勃。"某地某餐馆,英、美、日、中四位客人,分别在自己的咖啡杯内发现一只苍蝇。英人从西装的上衣口袋里,取出洁白的丝质手绢,擦擦手,然后一扔手绢,一推杯走了。这是典型的绅士派头。日本人则大声传唤经理,口口声声要给他上堂质量管理课。而山姆大叔却对侍者说:在我们美国,总是一只碟子放糖,一只碟子放苍蝇,谁要往咖啡杯内添加什么,自便。这是幽默。可中国人却面对苍蝇进行了一番哲学沉思,最后终于得出一个'眼不见为净'的结论,把苍蝇挑出,将咖啡喝了下去。"

"你这个故事并不可笑。"俞量才用手绢擦擦手。

"当然不可笑。"狄煜将口中的菜咽下。"如果他将苍蝇吞下,其实它已是炖熟的东西了,那我将很钦佩他。可他偏偏用内省式的方法来说服自己。这正是可悲之所在。"

"你今天不回去了?"俞量才问。

"既来之,则安之。日暮鸟投林,这会儿正是观察客人的大好机会。"

"洗漱用品带来了?"

"您这是住乡村野店时的做法。这么大的宾馆,何物没有?"

"按说像你这样的人,是不可能做上官的。你太不会折中,太不会讨人喜欢。"俞量才温和地说。

"虽说'天网恢恢',总也有漏网之鱼。"

"今后在处理各类问题上,尤其是人的问题上,一定要慎之又慎。"

狄煜承情地点点头。

狄、包二人将客人送到面包车前。

"欢迎各位再来。"狄煜很随便地挥挥手。

"只用了两个小时的工夫,老兄已将人称换了过来。俨然是位主人了。"师克澄的话中不无酸味儿。他虽身为秘书,手中颇有一些小权力,但一直在谋求外放。而像“唐城宾馆”这样庞大的经济实体，则放在 A 类首项上。

“住我的办公室？”面包车消逝后，包来问。

“不，我要一个有写字台、有卫生间的单人房间。”

洗完冷水澡后，俞量才换上柔软的睡衣，坐到转椅上，拿起程控电话。

“我是包来。请讲话。”听筒里传来清晰的声音。

“狄煜是很不错的干部，我想你们能够，也应该很好地合作。”

“雷霆雨露，皆是君恩。这点小道理我还是懂的。”包来的声调中，似乎不含怨气。

“如果将来你觉得别扭的话，可以换个单位工作。”俞量才自觉有些委屈这位老同学了，可是为了打开局面，搞些必不可少的改革，又非这样干不可。

“谢谢关心。”包来很有涵养地回答。

“再见。”俞量才摇摇头，放下了听筒。

二

一个月很快过去了。狄煜毫无动静。“馆政”依然由包来主持。

他有时提着个包出去，在省城其余几家宾馆转悠，有时和宾馆的服务员聊天。他是闲聊的好手，无论品酒操厨，还是女友孩子，以至世界潮流，英语自修，都有足够应付半小时“聊程”的材料。

宾馆所有的中层干部，都惴惴不安地注视着他的一举一动。因为他们的前程，很大程度取决于狄煜对他们的看法。

“咱们开个会好吧？”星期六中午，狄煜从他占据的客房里给包来打电话。

“好的。”包来把刚挟起的一缕方便面放回去。“什么内容？”

“两个星期前，我布置让大家写篇《论宾馆》的文章，现在收得差不多了，想议一议。”

“时间，地点。”

“下午两点。我的办公室。”

他开始动手了。包来放下电话。一张“新内阁”名单已在他头脑中形成。整顿一个单位，最复杂的就数人事问题。我初来时，也试图调换一些能干的人上来。可问题有二：能干的人上哪里去找？不能干的人能否换得下来？

能干的人固然有。如肯下辛苦的话，也能从别的单位挖来。关键是往下换谁。如果此处是大单位的话，尚可调剂。但如此弹丸之地，一共八科一室，如何动得？可以说：全部科长，从建馆始就盘踞于此，个个根深叶茂——从某种意义上讲，关系网像电网，停一个厂，就断一条线，于是一大片地区失去光明。实际上，人情网比电网还复杂，它不是平面的，而是立体的。纵横交错，上下贯通，任何人无法判断其流向。

他凭借少年气盛，或许能够下得去手。但终归于事无补。现在是改革的时代，人人言必称改革。改革意味着创新。那么一系列问题产生了：是否所有的新全是对的？应该新到什么程度？由谁来裁定？

由他折腾去吧。我是不会与之为难的。

包来是个正派人，可权力是永恒的诱惑。即使只失去一分，也让人不舒服。他因此觉得往常吃惯的面条成了酸的了。

“大家都很准时。希望永远这样准时。”狄煜站着说，“现在首先请许福通科长宣读一下他的论文。”

“您不是全都看过了吗？还读个什么劲儿。”业务科长许福通是个干瘦的人，虽然四十出头，可老态却提前到来。

“你的论文是写得最好的。资源共享嘛。”狄煜指指一块崭新的光学黑板。“请将图表画到这上面。”

许福通很不情愿地走到黑板前，捧着论文正本宣读。

他读论文，就像一个负荷重物黑夜走生路的人，几乎所有新名词都要读两遍才读对。不过五千字的文章，却整整用去一小时。回到座位上时，就像在拳击场上斗了三十回合的运动员，大口吞食着氧气。

“我用两天时间，读罢各位的论文。其中首推许科长这篇。字里行间，处处闪现非凡的创见和深厚的学术功底。”

众人将惊诧的目光齐聚许福通。

“我曾半公开地许愿：择优选才。依此：许科长应该提升为副经理。”

许福通不禁面露得色。

“可容我斗胆相问:论文是你写的吗?”

“当然。”许福通很是坦荡。

“那么请问:熵这个量是什么含义?”

“熵?”许福通茫然了。

“对。你曾在论文中五次运用此概念。”

“我不知道。”

“可你运用得相当准确。”

许福通低下了头。

“我再问一遍:论文是你写的吗?”狄煜变得严肃起来。

“不是。”

“那是谁写的?”

“我的一个朋友。”

“谁?”

“经济学院学生何文。”

“几年级?”

“四年级。”

“你虽然作伪,可亦不乏举荐之功。”狄煜的面色和缓起来。“请转告何先生,我欢迎他毕业后来‘唐城’工作。”

这必须有个前提:他毕业时你仍在此主持工作。包来想。像阳刚之气如此之盛者,无论如何是干不长的。

“除这篇文章外,所有的均是平庸之作。但有一点必须声明:在座的同志中,虽然并无理论家,但大都是实干家。而实干家是我最需要的。”狄煜做了个热情欢迎的手势。

我最欢迎,包来想。这是一个愚蠢的提法。任何事情,都不应该以“我”的面目出现。而应该以国家的名义、以革命的名义。因为推原始论,宾馆并不属于任何人。你不过是在此主持一段工作而已,是匆匆过客。但这条经验,他至少要过很长时间才懂。

“现在我特邀方小苏同志讲话。”狄煜带头鼓掌。

方小苏不过二十出头,他在稀疏的掌声中,大步走到黑板前,不拿稿子,滔滔讲了半个小时。

狄煜从什么地方把他发掘出来的?包来点上一支烟。我似乎从来没见过这个人。

方小苏讲话文采不足,但逻辑性很强。他从宾馆的目的说起,一直讲到各种弊端,及如何革除。实际得很。

半小时后,他回到自己的座位上。与会者全是中层干部,方小苏只是列席。

“我之所以不从我原来工作的单位带人来,就是因为我相信:凡有人的地方,必有人才。”

你看他“我”字使用频率够多高。包来看着狄煜想道。这是倒霉的先兆。

“我宣布三件事,第一:从明天起,每天八点至八点二十分,在我的办公室,也就是这套房子里开碰头会。第二:散会后,大家从我这领取日报表,有不明白的项目,当场问明白。第三:服务总台成立,由方小苏任台长。级别为正科。”

“请问经理,服务总台的工作范围是什么?”许福通立刻觉出自己的领地有遭侵犯的可能。

“为顾客提供最优服务。”狄煜挥手为自己的话打上句号。

“你对服务总台的工作范围划分,似乎很不明确。”人散尽后包来问。他暗下承认:狄煜用分权的办法要比换人高明。

“几乎所有的立法者,却希望法律制定得含糊一些。因为这样应用起来,余地就大得多。”

“有句话想告诉你,许福通是个酷爱权力的人。而且他是师秘书的妻兄。”

“是吗?”狄煜眨眨眼。

包来从他眼底闪动的神情上得知,他是在装蒜。于是一阵不快掠过心头。

“良将无功”。包来走后,狄煜撕下一张台历,用铅笔写下这四个字,并将其压在玻璃板下。

我的职任就是建立一个有效能的机构,并保证它正常运转。其余就是别人的事了。

三

作为作家，梅林是个极重视信息的人。刚从广州回来，进门的头一句话即是:“有我的信件没有？”

“在咱们婚姻生涯的后五年中，你每次回来的头一句话总是这。”妻子把一大包信件放在桌子中央。“你是不是在等老情人的信？”

“我敢拿前程、性命、作品以及一切宝贵的东西担保，我第二次被女性吻和第二次被我吻的女性都是你。”梅林用胖胖的手，剪开一只只信封。

“第一个是谁？”

“我妈。”

妻子笑着递过一杯茶来。“那么第三，第四又是谁？”

“正在物色、选拔、考察中。”梅林从又大又厚的信封中抽出张信纸。“奇怪，唐城宾馆有谁给我来信？”

“可能是一位漂亮的服务员吧？”妻子也凑了过来

“在你的眼里，我永远是个不知疲倦地播种爱情者，而且收获甚丰。而其实我是个标准的守株待兔的人。嘿。”梅林叫了起来。“狄煜这小子当了经理了。他约我有空去玩，他将尽地主之谊。”

“就是。他每次与小段干起来，总是在咱家一吃就半个月，该还情了。”

“不光得还本，还得加上利息。我手上正有个东西想写，这下子可找着清静地方了。”

“不过他也许是句客气话。”

“客气？我根本不知道还有这个词儿。”梅林把信放在桌子上。“更何况，我俩还在一盘炕上睡过四年，要知道，这和在一起爬过雪山草地差不多。”

“那一块跟你睡过十年觉的人，又该作何比喻？”

“四年是峰值，十年就沦陷到负半波去了。”

“现在你们这班玩艺术的人，也满嘴自然科学名词。你懂得什么叫作函数吗？”妻子是工业大学电机系的毕业生。

“懂。当然懂。你一板脸，我就立刻得去干活。换言之，你是自变量，我是因变量，咱们之间的关系就是函数关系。”梅林脱下衣服，朝厨房迈出象征性的一步。

“坐下歇着吧。”

“我这人最大的缺点就是：闲不住。”梅林就势坐了下来。

“想借贵方一块宝地，作十天留。”梅林到狄煜办公室时，碰头会才开毕，满屋烟气腾腾。“你这有多余的房间吗？”

“你有多余的钱吗？”

“我对钱下的定义是：一种永远缺少的东西。”梅林斜躺在沙发上。

“我对客户下的定义是：一种永远不够的东西。”

“真的，有空房间吗？我手上有个东西要写。”

“有钱就有房子了：从一百五十元到九元一天的都有。”狄煜从抽屉里取出一盒“中华”烟扔过来。

“要知道我们作家协会是个穷单位。这次去广东，住最便宜的房子：十五块钱一天。回来秘书长签字时，手也直哆嗦。”

“那你不会自己掏腰包。”

“如果我不是作家，而是个伪币制造者还差不多。”梅林把中华烟塞入口袋。“实话实说，你到底给房不给？”

“我这宾馆跟你一样,也会搞经济核算。”

“可我记得以前:只要经理一张两指宽的条子,保证能住上最好的房子。”

“你说话的时态已经回答了问题。试问:如果A白要,B亦白住,我这宾馆还开不开?”

“可一个宾馆不就一个经理吗?”

“我上任的第一件事就是搞民主管理。”

“所谓民主管理,不就是别人为民,由你做主吗?快开动脑筋想办法,反正今天我是不走了。”

“如果你给我讲讲广东之行的见闻,我就给你对付一间。”

“这好说。秀才人情嘴一张。”梅林滔滔不绝地讲开了。

狄煜很认真地听。

“最后我用个比喻来结束宣讲:内地,尤其是西北部,压力特别大,一切物体,包括你我在内,都成固态。到了北京、上海等地,压力降低,温度升高,开始有松动感,也就是说,成了液体,可一到深圳、珠海等地,压力一下子就没有了。整个成了无拘无束的气体,任你什么形状,怎么流动都行。”

“你这比喻很生动,改革要有一个背景。要有一个良好的生态环境。换言之,变这变那,关键是人的思想观念要变。”

“房子你给不给?”梅林问。

“你住我的办公室好了。晚上归你用,白天我再给你想办法。”

“行。”梅林从沙发上坐起来。“近来跟太太的关系如何?”

“已经紧张到无以复加的程度。昨天,我已经向法院提起了离婚诉讼。”

“离婚?”梅林睁大眼睛。“为何出此下策?”

“鉴于我的具体情况,未见得是下策。”

“要知道,这可是桩毁前程的买卖。”梅林的语气很耸人。

“几分钟之前尚是气体的新派人物,一遇到问题,立即固态毕现。”

“到固态的地方,就得成固态。在咱们这块地方:政治要比伦理道德小得多。

这点用反证法即可证出:摧毁一个人最好的办法,就是揭露他的阴私。”

“我个人的痛苦,只有我个人知道。为了说服我自己,也进行了反复的斗争。最后我用个很简单的逻辑导出了结论:如果个人的生活不幸福,就算当上省委书记也没多大劲儿。更何况我这个小小的副处级经理了。”狄煜很激动地站起来。

“我虽然不太赞成你的作法,但很欣赏你的勇气。”

“这也用不着多大的勇气,顶多是换个单位干。”

“你真是个换单位的专家。”梅林乐得找个轻松的话题。“从一九七四年参加工作起,你最少换了够四五个单位了吧?”

“树挪死,人挪活。远来的和尚会念经。君不见,我的官愈换愈大?”

可如果你先换老婆,再换单位,官就至少得往小换一级。梅林本想这样说,可一想未免失之尖刻,就咽了回去。

“咱们出去看看,让你领略一下新气象。”狄煜打开门。

他们自己开着电梯至顶楼十四层。

“这就是全市著名的‘总统套间’。”狄煜把梅林领进门。

这套房很是讲究,地上铺的是蓬松柔软的纯羊毛地毯,上面织的均为《圣经》故事。进门一间很宽阔,居中放着一张长五米,宽两米的橡木会议桌,靠墙是一只狭长的酒柜,一只亭亭玉立的“夏普”冰箱。

两侧是卧室,各有一张宽阔的软床。

“凡是美的,总是简单的。”梅林目不转睛地盯着床。“它让我产生很强烈的睡一觉的欲望。”

“可当你想到每睡一个钟头,就要收你十元大钞时,睡意可还有?”

“这要看能不能报销了。”梅林转动一下方向床头灯。

“衡量一个宾馆是否够现代化,最主要的项目就是澡堂。”狄煜把梅林拉进卫生间。

卫生间内的大澡盆活像一个游泳池。它是由蓝色的瓷砖砌成的。为了增加摩擦，底部刻着极细微的花纹。稍许注水，就呈一派地中海景象，墙上凸出两只银光闪闪的扶手。四角各有一只海豚状的黄铜龙头。

狄煜一按钮，从澡盆顶端慢慢地长出一只人造革枕头。“怎么样，不躺上去试试滋味？我不收费。”

“我怕你放水！”梅林抬头望着顶棚上呈无影灯状的喷头。稍许，他转向恭桶。一触阀门，四股水流立刻泻下。流量虽不大，但应充分考虑到流动效应，在凹处形成涡流，吸力很大。

“西德马桶。”

“这就是科学。”梅林很有感触地说：“我真为中国的马桶设计师害羞。你知道共有多少这种人物吗？”

“恐怕上了万。”

“可居然设计不出这样一只马桶。”

“未必是设计不出来。”

“你的意思是工厂没有生产能力？”

“也不是。”

“那是什么？”

“他们的思想状况，他们的工资待遇，他们之间的关系。所有这一切，限制了他们的积极性。所以要改革。”

“赫鲁晓夫与尼克松在六十年代曾有著名的‘厨房辩论’。可咱们却在厕所里谈起改革来了。”

“说起尼克松，我倒想起他所说的：社会主义公平但无效率，资本主义有效率但不公平。如果把这两者结合起来。可能就是所谓的改革了吧？”

“这你恐怕得去问体改委的理论家们。”梅林拿起恭桶旁的微型话机。“要这干什么？”

“怕您在用力出恭时，心脏出毛病，要知道：凡有资格住这儿的人，大便一般都到了不很通畅的地步。”

“真所谓无微不至呵。”梅林再次环顾。“如果你能给我找一间这样的房子，我也能写作。”他抚摸着光洁的洗面台。“如果困了，就睡到澡盆里。”

“可我敢保证，我一出去，你立刻就会睡到外面的大床上。”狄煜拍拍梅林的肩膀。“努力吧，小伙子。将来或许有一天，你能够心安理得地使用这里的一切。”俩人重新进入卧室。“不过话也说回来，你真住进这里面，也许就写不出好文章来了。”

“我最不同意的就是鲁迅‘生活太舒适了，工作就被生活所累’的观点。从根本上说，好生活只能促进工作。不信你就让我在这儿住上一个月试试。”

“这房子很少有空的时候。”

“区区G省，有多少总统级的贵宾？”

“一听你就是外行：总统套间意思是集其余房间的优点总而统之。什么人都可以住，钱是通向这里唯一的证件。”狄煜说着关上大门。

“钱呵钱！”梅林发出悲叹。“你真太伟大了。”他语气一转。“但我相信：有的人没钱也能住。比方来了大头头之类的。”

“目前是这样。但过不了多久，我就能让货币取代权力。”狄煜一本正经地说：“只有商品经济才能产生真正的平等。”

“我最不爱听这些非经典的经济学了。你从哪儿贩运来的？”

“我自己悟出来的。”

“它会使你倒霉的。”

“我认了。”

他们沿楼梯逐层下行参观。俩人所到之处，服务员毕恭毕敬地垂手听宣。

“好一副王侯气派。”梅林拣没人的时候说：“权力实质上就是支配力。”

“我要求他们对所有的客人都这样。我有个想法，在任职期内，将唐城变成一个真正的民主企业。焕发出所有人的积极性。”

“我不相信你能做到这一点。”梅林坐了下来。这是个丁级房间，家具很是简单。“在广州时，我碰到一个核物理专家。他告诉我：中国的尖端工业之所以上不去，并不是因为缺少高级人才，而是因为材料、机加工等基础工业上不去。他由此断言：要上非得一起上，异军突起的局面是不会出现的。”

“尖端对基础提出要求，它才有上的欲望。任何时代，都需要先知先觉者。”

“先知先觉者其实就是倒霉者，你比我还书生。”

“当书生成了油子时，功能就被实业家取代了。总有一天你会产生歌颂一下本人的创作欲望的。”

“如果我真动笔写你的话，也是因为出自同情。”梅林笑着说。

书画室。

“我刚来的时候，这上面挂满了乱七八糟的字，就像小学生写仿似的。全让我给封存了。”狄煜面露得色。“其中不少是历任名臣大吏的作品。”

“勇气可嘉。”

“等将来宾馆有了钱，我出大价请些真艺术家来。宾馆无画，如同景中无水，灵气不可缺啊。”

“你准备出多大价儿？”

“四十年代，中国大饭店老板曾招待悲鸿先生白吃白住一个月，徐先生临走时过意不去，就留一幅洗马图为赠。你知道后来它的价钱吗？”

梅林摇头。

“历史博物馆出八十万，美术博物馆出一百万。也没能买去。”

“我原以为你多少有几个艺术细胞，到头来仍不脱一个钱字。”

“这二者并不矛盾。你是艺术家，可你也喜欢钱。”狄煜领梅林到隔壁房子。“这原来是台球室，因经济效益低，我就把它改成游戏室了。”

“如果一个东西存在，它必有存在的理由。你听说过省里有哪个头头喜欢打台球吗？”

“没有。”

“如果不广泛收取信息就决策的话，它就很可能是错误的。”

“错就错呗。”

四

中枢要地内一间很大的办公室。阳光毫不费力地从明净的玻璃窗中射入，投射在居中的大写字台上。

“随着国民经济的发展，G省的地位愈来愈重要了。可邹飞鸿却总也打不开局面。”发言者六十余岁，但面色红润，底气甚足，一举一动都充满自信。

“这恐怕与G省的地理环境，历史原因均有关系。它封闭得太久了。”答者五十余岁，个子挺高，戴着一副深度近视眼镜。“但如果派一个有开创精神的人去，局面将会大有改观。”

“你就是个很有开创精神的人。”

“从更高的层次上说：人就是有创造精神的动物。”

“你去干怎么样？”

“五十多岁了，不知精力还上得去与否。”

“一个在科委作了四年常委，还写了两本计算机方面的专著，带出三名研究生的人，精力怎么会上不去？”问者脸上露出很自然的笑。“我们已经议过了，觉得你去最合适。”

“去。但有一个条件。”

“说吧。”

“我是作过学问的人，有个根深蒂固的习惯：在选定一个研究题目之前，总得搜集一些资料来读，而且是默默地读。然后方知从何处切入。”

“继续说下去。”

“我独自一人去G省考察上几个月,看看自己能否打开局面。因为毕竟没有领导过一个省份。”

“大政方针我定,其余的事你去安排。”问者转动着手中的3B铅笔。

“关键是保密。如果让别人知道了,我的收获起码要去掉一半。”

“我这里装的秘密,是你难以想象的。”问者拍拍平坦的腹部。

“应该是这里。”答者拍拍凸出的前额。

“我犯了一个常识性的错误。”问者脸上露出幽默的笑容。“记得在咱们一起读大学的时候,你就是个锲而不舍追求原始答案的人。”

“可我也觉出你身上发号施令的因子,远远超过一个学生会主席应有的量。”答者尽量选取个舒适的姿势靠在沙发上。

“没承想咱们殊途同归了。”

“如果不是四年前,你硬拉我去国家科委的话,我此刻也许问津诺贝尔奖了。”

“治理好一个省,并不见得比得诺贝尔奖容易。如果你做出成绩,我颁发给你一项改革奖。”

“世界范围的?”

“当然,改革就是世界范围内的浪潮。”

答者第二天就出发了。他身着一套质地一般,但做工考究的制服。手提一个黑皮箱。箱内有一套两册精装的《科学价值观及方法论》。哈佛大学一九八二年版。

他在软卧车厢内找到自己的铺位后,就取出书来读。

软席与硬席分属于两个不同的世界。这里没有拥挤与吵闹,连投射出来的灯光也是宁静典雅的。开篇伊始,他就深入书中。

过了很久,他才觉出车已开了。于是合上书,掀开窗帘,打算观察一下夜景。

今天没有月亮,整个华北平原沉浸在一片无边际的夜色中。他只得转回头来。

其余两人均睡了,只有对面铺上一位三十出头的旅客,正在读一本英文书。

“《寻找红十月》。”他默默读出书名。这本由三十八岁的美国推销商汤姆写成的小说,很是畅销。上个月在开一个无聊的长会时,他曾经读过。并对作者高超的结构能力,渊博的军事知识很是欣赏。可四十岁以下,三十岁以上的人,能读懂英文的人不多。尤其是这种充满军事与高技术术语的书。

两人的目光发生了接触。年轻人穿着一件经络很细致的鹿皮夹克,方方的脸上,有双很深的眼睛,并配有坚毅的下巴。腿很长,而且充满力量。

“认识一下。我叫安先可。”他伸出了手。他原名叫晏洗河。因“微服私访”,即将偏旁全部去掉。

“抗大京。”

“外事部门工作?”

“差不多,您是大学教师?”

“很佩服你的观察力。”安先可一扶眼镜。“你怎么知道的?”

“除了大学与科学院中的人,有谁读这种书?”抗大京一指茶几上的大书。

“你的英文很不错。”安先可是个爱才的人。正因为此,他才在抓几个高科技术方面项目的同时,培养出一大批人才。

“凑合看。”

“你在什么学校学的?”

“插队时胡乱学的。”抗大京略迟疑一下后答道。

“多灾多难的一代人。”安先可想起自己那个已经做了母亲,可仍在读研究生的女儿。

抗大京没有任何反应。

从北京至G省界内的第一大站Y市,共三十小时的火车路程。不过一半,抗大京即将《寻找红十月》读完,并礼貌地借阅安先可的书。

安先可几次想与其交谈，可不过几句，就自觉进行不下去。在抗大京文雅的外表下，似乎有着一层反弹力很强的装甲。

“该分手了。”在 Y 市的出站口，抗大京伸出手来。”能与你结识，我很愉快。”

“我也有同感。”安先可注视着抗大京手中的提箱。这箱子很长，有些像提琴箱。

车站外面是个很繁华的自由市场。所谓”考察”实质就是“采风”。什么地方都可以转。安先可顺人流拐了进去。

官至部级，一般很少涉足买卖地了。所以扑面而来的人间香火气，极强烈地感染了他。几乎在每一个摊点前，他都要流连一阵。

“快来买，快来买。”一个长发披肩的小伙子正在卖女式内裤。“八十，八十五，九十，九十五，一百。”他将手撑住裤衩，“老太太能穿，大姑娘，小媳妇都能穿。”说罢就以极迅捷的手法，使裤衩穿越火箭般的皮鞋，筒裙般的裤口，套到自己身上。

安先可对棉毛内裤的弹力感到惊讶。五毛钱一条。恐怕连本钱也不够。此货源于何方？

“浓度在百分之百以上的硫酸。”又是阵中气如裘盛荣般地吆喝。“一块八一瓶。用来刷厕所，黄梅天也不泛味。”

世界上哪有浓度在百分之百以上的东西呵！安先可不禁苦笑一声。

五

“今天是十日，正是财政月底。请财务科长报一下收入情况。”狄煜坐在居中的沙发上主持碰头会。

“营业额十八万。扣除各种税及支出，余额为三万六千四百三十六。”财务科长一副典型的会计样儿。衣服外面套着磨得发白的套袖。

“比去年同期如何？”

“增加百分之一百三十。”

“请问方台长，床位总利用率如何？”

“百分之一百二十。”

“怎么会多出百分之二十来？”

“有的会议包了屋，可是当天有人并未报到。所以我又将床租出去。在会议结束的那天，也有这种情况。”

“好。请问许福通科长，委托外加工的马桶止漏装置进展如何？”在论文研讨会后，狄煜对业务科与服务总台作了如下分工：外联归业务科，内政统归总台。这无疑是对许氏领地的极大侵犯。

“差不多了。”许福通慢慢地回答。

“你今天的差不多，和上星期三的差不多之间的增量是多少？”狄煜紧追不舍。

“增量？”许福通想了一阵才明白过来。“再有十天能完成。”

“要抓紧。”与狄煜同坐一张沙发上的年轻人插言道:“一只马桶昼夜漏水量为零点七五吨,每天全楼约二百吨。这是一个不小的量。”他就是代许氏写论文的何文,上个星期应聘作宾馆的顾问。

“近期还有什么大型会议吗?”狄煜问方小苏。

“有全省的经计委联席会议。三百人,后天开。全准备好了,只是费用问题,计委的徐副主任说要找你面谈。”

“包书记,清除长期占房欠资的工作进行得如何?”狄煜问包来。

“七户清出六户。有一户明天搬走。只有省委副秘书长卢加伟,我请他不动。”包来慢条斯理地回答。

“十点钟,你陪我去一趟。”

“我还是回避一下吧。当年我在县里工作时,卢老正是地委副书记。见面有诸多不便。”

“也好。”狄煜心想:当年你不过是个县委普通干事,与卢绝不会有多少接触,这不过是句托词罢了。不过以和为贵,无须去拆穿这个小西洋镜。“散会。”他宣布道。

“别走。”他招呼住旁听的梅林,将何文介绍给他。“大经济学家,我的首席顾问。”

礼节性地握手。

“二次大战后,美国福特公司陷入一片混乱。因为老福特那种在信封后面胡乱记账的家族式管理方法,已经不能适应大生产的需要了。亨利·福特接管后,也是一筹莫展。某日,他接到一名空军军官的来信,说他与一起在空军计划部门服役的九名军官,有丰富的管理知识,能使他的公司现代化。福特收下了他们。”狄煜有声有色地说。

“这就是著名的‘空军十杰’。写信者叫麦克纳马拉。”梅林接了上去。

“但另有一段故事更值得讲。”何文说:“麦氏去做国防部长后,推荐了雅科卡。当公司攀上顶峰后,福特解雇了他。我担心我也落个同样下场。”

“我可能多少要比福特高明一些。再说我这并不是寡头统治。聘用你,是会议通过的。而且我保证按时付酬,每次咨询十元。”

“不看在钱的分上,我一天也不来。”何文做了个鬼脸。“可令人遗憾的是,那笔所谓的酬金,至今尚赖在你们的账上,不肯过来。”

“今天你走之前,我保证有清一色的五张十元大票将进入你的口袋。”狄煜没有把他与包来之间关于何文酬金问题的争论告诉何文。

“你即使是付周转过几十次的毛毛票,我也不在乎。”何文从帆布包里取出几张劣质信纸。“上次咱们讨论过的那个民主管理方案,已经形成文字了。”

不过三分钟狄煜就读完了。“写得好。”他把文稿重重地放在茶几上。“有战略,有战术。堪称杰作。”

“我很怀疑你的阅读速度。”梅林取过文稿。“这么快。”

“想听听要点吗?”狄煜搭起二郎腿。“消除安全感,增加竞争感。真正实行民主管理。”

“也未见得有多少新的东西。”梅林信手翻动着计划书。

“制度未见得有多新。新的是观念。我们议这个东西时的要旨是:首先提高效率,然后再倾听下层反应,提拔有能力的人上来。真正给他们以民主感和参与感。”狄煜解释道。

“你所有的诸如‘倾听’、‘提拔’这类词儿,本身就很缺少民主色彩。”何文直言不讳。

“确实有点缺少。中国的官场上有句老话:行,我不用你;不服,我就收拾你。比起那些人,我多少要强一些吧。”狄煜一捋头发。

“这第一步不难做到。中国的民众素质一般比较低,因此比较听话,用长官命令即可推行。关键要让他们有参与感。这样企业才会有生命力。”何文强调道。“可所有的官僚,即使是像你这样的技术型官僚,往往忽视了这后一点,管理的最高层次是人。”

梅林发现自己很爱听他们之间的对话。

卢加伟是一九三〇年入党的。五十余年来,革命足迹与宦辙从来未离过G省。前年离休后,回到Y市老家,打算享享清福。不料去年得了胃癌,在T市做手术,把一向容纳丰富的胃切去了四分之三。他的老伴早已故去,子女们也作西北飘东南飞。故在出院后,就在'唐城宾馆'住了下来。

这一住就是一年。他根本就没有付钱这个概念。认为自己住在这儿是天经地义的。

因为胃纳小了,所以就得加餐,一天五顿三稀两干。

此刻他正在吃头一顿干的。

这个餐厅是按五百人规模设计的。小而紧凑,所有的内墙,都漆成令人开胃的黄色。吊灯亦成燕子飞状,小巧轻盈。

因为是常客,所以就在第一扇屏风后面,给他固定了一个位置。

餐桌很大,上面放着三盘菜;炒黄瓜,炒笋,白肉。

要不是因为这个倒霉的病,我一定要上红烧狮子头,清蒸鲥鱼。可现在按规定,每天只能进若干大卡的热量。我找了个教授算了算,列出张食谱。其中肉类只能白切,而且每日不得超过五片。多苛刻呵。

他吃了一口雪白的馒头,又喝了口鸡汤般的小米粥。然后又是三片黄瓜二段笋。在西部地区,这些全是稀罕货。深秋季节,黄瓜更是寸段寸金。

狄煜是倡导'生命在于运动'理论的。三人因此步行到十四楼去。

"外国的经理们都靠休假来锻炼身体,可咱哥们儿却只能靠爬楼梯。"狄煜愈上愈快,渐渐把两人甩在后面。

"歇会儿吧。"梅林看看才到八层,不禁泄了气。

"抽支烟提提神。"何文就势坐到楼梯上,这是安全梯。很窄小。

"经历这番跋涉,我才搞明白为什么外国的大宾馆着起火来没得救;塑胶和羊毛制品太多了。而且有蛛网般的电梯,仅容两人并肩而行的安全梯。"梅林猛吸一口,劣质烟呛得他直咳嗽。

何文用锡纸叠了一个小烟灰碟,放到两人中间。

“来这兼职,影响你的学业吧?”

“多少有点影响。”

“与钱相比,学业更重要。”梅林做老大哥状。

“钱确实是第二位的。可人有了钱,就像分子获得了动能:速度和范围都呈几何级数增加。旅馆业因此获得空前发展。我之所以选择‘唐城’,主要是这里可以给我提供观察众生诸态的好机会。对我一辈子都大有好处。”

“如果素材都被你搜刮走了,我这个所谓的‘人学家’岂不是要失业了?”

“为了照顾你,我将从另一个角度利用素材。”何文相当具有幽默感。

“我给你们介绍一下:这位是曲小燕女士,本宾馆最勤劳的服务员,也是最和善,最肯学习的服务员。”

曲小燕充其量有二十岁,身材极标准,女性特征也相当突出。鹅蛋形的脸上镌有双水汪汪的眼睛,放射出两束对称的光,极富春天味。

“既然经理用最、最、最来形容你,我也只好相信了。”梅林问道:“你怎么来的这儿?”

“大学没考上,于是就来了。”她的声音很纯、很动听。

“能看懂这书?”何文从她床头取过一本《豪华宾馆管理》。这书是日本人小林正夫写的,充满专业术语。

“能看懂多少算多少呗。”曲小燕的眼睛不笑也笑,一旦笑起来,就更加动人了。

“这正与读书的极境暗合。”何文把书放回枕边。

走廊很长,从居中的服务员室,走到后侧尽头的卢加伟住地,约要一分钟左右。

“在我的印象里:凡比较漂亮的女孩子,鲜有爱读书的。因为漂亮本身就是雄厚的资本,只要投放得当,一辈子就全有了。”狄煜边走边说:“可她改变了我的看法。”

“爱美之心,人皆有之。”梅林四顾无人,就低声说:“你要小心。一个人手中握有重权的时候,又恰恰遇到婚姻生活的谷底,更要提防最原始的诱惑。”

“你们总是把谈话维持在很低的水平上。”何文不高兴地评判。

“随便聊两句,没承想竟伤及一颗纯真、稚嫩、敏感的心。”梅林也自觉多少有些粗俗。

卢加伟的住房是三套间,全部向阳。经过一年来的苦心经营,房间面貌已大为改观。很有些家庭的味道:阳台被他请人封闭上了,里面养满了各式花草。几只漂亮的鸟,在勤奋地鸣叫。

因为刚才那餐,他超标准多吃了一片白肉,为了将其消耗掉,此刻正以极费力的姿势,半蹲着浇水,虽然他明知有客来了,可为了不前功尽弃,仍持原态不变。

“卢加伟同志,我们有事要和你谈。”一分钟后,何文首先忍不住了。

“好的。”卢加伟话虽这么说,可仍过了两分钟,才从练功中解脱出来。

“什么事啊?”他返回屋后,用块很大的毛巾擦擦脸。他的话虽未免中气不足,可很具居高临下的味儿,不经多年掌权生涯,是养育不出来的。

“我们店自上个月起,全面实行经济核算,您长期占屋不付费,所以决定收回。”狄煜单刀直入。

“你是什么人?”卢加伟大模大样地仰靠在沙发上。

“经理狄煜。”

“好了。这事我知道了。”

“知道了之后您打算怎么办?”狄煜并没有被‘知道了’这种御批式的语气震住。

“你说该怎么办?”

“付费或搬离。”

“难道就没有第三方案吗?”卢加伟眼中现出戏弄的神情。

“没有。”

“昨天那位好像是姓包的经理,还说可以商量呢。”

“那是他个人的意见,并不代表我。”

“这么说是你不让我住了?”

“是的。”

“可我偏偏要住下去,你又当如何?”

“通知你的原单位,从工资中扣除房资。”狄煜的声音并不因内容激烈而升高。

“我在这个省干了五十多年,从来没有听说过有哪个下级单位的哪个人,胆敢给上级单位行文,要扣某位领导人的工资。”卢加伟不屑地说。

“可现在也许就有这么个人。”狄煜话锋一转,“我承认省里的事儿我做不了主。可有些事情我还是可以做主的。比方说断绝您这里的水电供应等等。”他说罢站起来。

“如果你不让我住,我就可以换个让我住的经理来。”卢加伟已将戏弄转成敌意。“从一九五二年起,我就一直抓组织工作。是深知一位处级领导的分量的。你们别看我现在表面上没有权了。可我还有影响力。影响力就是权力。”

“谢谢您告诉我这条真理。一个星期内您必须搬走。届时我可以派人派车。告辞了。”狄煜头也不回地走出门。

卢加伟想了一下,拿起电话机。

“你这样对待一个老人,是否有些过分?”电梯中梅林对狄煜说。

“如果我只是个小说家,那就可以尽情地施慈悲。可我是经理,一个对六百名职工负责的经理。就是在昨天,我还裁掉了八名开电梯的临时工。取代她们的就是这块牌子。”

梅林这才注意到墙上的铝牌,您要到几楼就按第几个按钮。

“我也难呢!”狄煜长叹一声。“可你不裁冗员,不撵走卢之类的人,效益就会全被他们吃掉。”

“可如果他真的施加影响,能把你给弄走吗?”何文问。

“付十元咨询费我就告诉你。”狄煜挤挤眼。

“从我的账上划去十元不就得了。”

“不行。官场上的事儿,并不像你们想得那么简单。他即使是现任组织部长,想免去我,也得经过好多道手续。而我之所以能够占领这块阵地,也必定有我的道理。换言之,在关键的地方,有我的代言人。”

“老话一句:朝里无人莫做官。我算是白白丢掉十块钱了。”

“真理总是很简单的。再说钱不能总是往你那儿流。那不成了半导体了?”

“徐主任已经等你半天了。”狄煜刚一进屋,包来就站起来。“你们谈,我还有点事。”

光凭包来匆匆撤离现场状,狄煜即知来者不善。

“我们这次会议很重要。不光地市一级经计委主任要来,各个兄弟省的一把手也要来。如今讲究横向联合嘛。”徐主任的江浙音普通话听上去很顺耳。“咱们省一向都出卖资源,有点殖民地的味儿。这次会上想定几件事,变资源出口型为加工型。”

“由工业前社会转成工业社会是件大好事,本店当竭尽全力。”狄煜坐到居中的沙发上。

“这是你们申请搞干洗业的批件。”徐主任取出一只大信封。

“可真够快的啊!”

“规模再大一点也无妨。如果钱不够的话,我还可以设法挤一些给你。”

“太谢谢了。”狄煜把批件锁到铁皮文件柜里。

“我们这个会议的伙食一定要搞好。另外还得发一些纪念品。”

“行。”狄煜很痛快地答应完,但马上又警惕起来,“能把概算数告诉我吗?”

“拨拨款一万元。但实际可能要花两万元。”

"超支一万块,这可是大数目啊!"

"在我批钱的时候,从来不看万以下的单位。"徐主任轻描淡写地说。

"可我们是小本经营呵。挣一万块就得干上半个月"——这让你们一吃一送就全花了。狄煜本想把这段话加进去。

"你来了之后,经营情况一直是很好的。贴上两个钱也无妨。再说:堤外损失堤内补。我们不会白花你们的。"

"可上级拨款与本店盈余不是一回事呵。"

"用得好就是一回事。"徐主任语重心长地说。

一万块呵。徐主任走后,狄煜心疼地想道。我原想把它派大用场呢。可你如果硬不补贴,将来扩建职工宿舍的资金、地皮都批不下来。能不能从房费中列支……

"经理,给咱们讲经济学的老师来了。"曲小燕敲门后进来。

"你们先听吧。我这还有道政治经济学的难题解不开呢。"

"六楼漏水了。"狄煜正在苦思中,一位服务员跑来报告。

"漏水也该叫我吗?"他反问。

服务员作木讷状。

"走。"

高层建筑的下水管道堵塞,是件很要命的事情。狄煜赶到时,房间里的水已经没至脚踝骨。

"找不到什么地方堵了。"两个管道工,均安坐在沙发上。

"五楼堵吗?"

"不堵。"

"七楼也通?"

"对。"

"那问题必在此楼无疑。"

听了狄煜的判断,两个管道工均暗现不屑状。

“有图纸没有？”

“我们管道工从来不用图纸。我们是凭经验干活受苦的。”

“要学会看图。这是提高。”狄煜吩咐人取来原始图纸。他把图铺在写字台上，任水没脚踝，细心地查看。两工人见此情形，无奈只得从沙发上放下脚，跟着走了过来。

“影子，你看。”狄煜对梅林点划着。因梅林总是跟着他，故被称为影子。“我估计三条下水管都不通，问题必在交叉点上。把管道疏通机给我拿来。”

“我们通过，可是不行。”

“你们通跟我通不一样。”狄煜打开开关，将钻头伸入。

此刻接近十二点，水势正见汹涌。极混浊的水流，成间歇喷泉状，一股股地往外冒，并伴随着极难闻的气息。

钻头深入约两三米，便卡住不动了。电机发出超载的呻吟。

“妈的。这铭牌上不是说能挖十米吗？”狄煜恼怒地扭下钻头。

“世界上的事情如果都能按铭牌做，那么就简单多了。”梅林弯腰去看机器。“乡镇企业的产品。他们的财务制度要灵活得多，所以东西销量就大，质量就差。”

“怎么办？”

“只有将上水全部关住。”

“可那样一来，四天之内也正常不了。”狄煜知道；客人们决不会因为你关住上水，而停止使用厕所。这样一来，起码有百分之十以上的下水道将会被堵。

“打开这三通。”他再看一遍图纸后命令道。

“这根主管道里面肯定存了不少水，压力大呢。”管道工面露难色。

“你们不干我干。”狄煜取过扳手。

堵头的螺栓很难拧，全都锈住了。“我早就跟你们说过：上螺栓的时候加起铅粉，这样拧的时候就会省力一些。”狄煜转念一想，这话还是在机修厂当车间主任时说的，就改口道：“可你们却总是这样想：上螺栓时是我，下时不知是谁，能省点事就省点事吧。到头来倒霉的还不是你们。”

“我来帮您拧吧。”一个管道工见狄煜满头大汗,多少有些被感动,就接过扳手。

“平时就该多检查,防患于未然。及时缝一针,可以省掉九针。”狄煜擦着汗。

当堵头只剩下两条螺栓时,工人住手了。

“拧”。狄煜命令道。

“按照我们的工作规程,切断水源后两小时,才能打开。”

“我来。”狄煜看见从洗手池,马桶,和澡盆中不断上冒的水,心里一阵阵地着急。

“小心呵经理。”管道工把扳手还给狄煜。

两条螺栓被扣至最后一扣,强大的水柱成莲花状喷射,可狄煜不在乎,仍坚持取下。然后在恶臭中,他挽起袖子伸手掏着。他先掏出一些杂物,然后又掏出一些。

“我们来吧。”管道工说。

他们又接着掏,最后掏出了一条毛巾。

管路畅通了。

“有好多事情就像这水一样,喜欢走捷径。从这儿往出一冒,不就省得再下六层楼了吗?”狄煜觉出自己突然悟出了一个道理。

“他们为什么会把毛巾扔在下水道里?”梅林问。

“红军攻下冬宫后,马桶里塞满了擦屁股用的砖头。列宁曾对此表示极大的愤怒。起码在生活享受上该向资产阶级学习,因为他们总是走在前面。”狄煜用清水冲去身上的脏物。

“按说住这种套间的人,都是有些地位的人。”梅林知道在这位置的上下都是乙级房间。

“有地位不等于有文化。这是两个不同的概念。”狄煜将所有的脏衣服剥去,在水管下很冲洗一阵后出来,闻闻手。“还他妈的有股子味儿。”他披上睡袍,“这倒使我想起个故事,你想听不?”

“想听。”

“我认识一位机械学教授,他是全国著名的齿轮专家,英国留学回来的。他有次从某朋友处尝到一点草莓,觉得味道鲜美之极,颜色又格外好看,就忙问:从哪里搞来的。朋友告诉他;是位大人物自己在花园里种的。他回来后,自己种了一些,可是又小又黄。他再问朋友。朋友答曰:大人物总是用自家粪便上肥。次年他再度依此学说实验,可与前次相差无几。他百思不得其解,最后还是由我指点迷津。”

梅林极感兴趣地听。

“‘那位大人物每天都吃什么东西?’我问教授。‘自然是最上等的。’‘比你吃的最少要高三个级别吧?’‘恐怕不止。’‘因此他的粪便也要比你高三个级别以上。’搞齿轮的教授,对倍数,级别理解自然是深刻的。于是他从此不种草莓,改种老玉米了。”

“可这故事与眼前的事有何关系?”

“想不到你意识流动性是如此之差:凡住这种房子的人,伙食一定极好,因此我身上的味儿怎么也洗不掉。”狄煜又闻闻手。

“可今天你为什么非得亲自下手呢?”梅林在插队时就知狄煜有三好:读书、运动、清洁。

“中国的企业,目前根本谈不上什么管理。关键是带头干。你不动手谁动手?”狄煜站起身,“走。吃饭去。”

“经历了如此一场洗礼后,你难道还吃得下去?”

“作为一个彻底的唯物主义者,我无论在何时、何地、何种情况下,都能吃得下去。”

“世界上根本就没有的唯物主义者,只要是人,他就或多或少有唯心的成分。”

“但在吃饭这件事情上,我决不唯心。”

六

G 省省委与政府合署办公,因此显得极为庞大,繁复。如果一个不谙门径的人,试图办件事,即使他的手续齐备,也得花大气力。

而卢加伟却深通其中奥妙。

“喂,是小白吗? 老李在不在,我是卢加伟。”这位小白是省委副书记李丛祺的秘书。同时也是对外通道上一座不可逾越的雄关。如不经其首肯,无论人、公文、电话均无法得睹天颜,所以必须好好敷衍。“听说要外放了,什么官?处长。哈哈,别开玩笑了。以前一上这个位置最少也是十一二级干部。劳驾给我叫一下老李。”

卢加伟没有放下听筒。他知道白秘书只需扳动转换开关,电话就会到李丛祺处。

“喂,老李吗。你家还有空房子没有? 什么,你住得也挺挤的。三百平方米的有效面积,你又没有三妻四妾,何挤之有。”卢加伟很随便地说。李丛祺是在抗日战争末期参加革命的。当时就在他手下任民政助理员。李是个精明强干的人,任何工作都能做到领导的心坎上。卢很赏识他,不管到哪里工作,全带着他。一九八〇年前后,卢清醒地分析了形势,得出必须把李送上新岗位的结论,于是奋力推荐。李丛祺先是在中央党校学习,然后作省委办公厅副主任、常委、组织部长、副书记。在这期间,他充分地显示出自己的才能,在 G 省形成一股很大的势力。

“您有事就直说吧。”李丛祺的声音多少有些不耐烦。感恩是种很短暂的感情。

“我在‘唐城宾馆’住不下去了。想借贵宅一角落，度过风烛残年。谁不让我住？就是此地的经理。什么名字我记不住。这事交给你办。那太好了。”卢加伟满意地放下听筒。

李丛祺也放下了电话。他今年不到六十岁。高高的个子，长方形的脸，眼睛很大，眼皮厚而沉重。

“小白，你进来一下。”他按下对讲机的钮。

手刚一松，小白就降临在他的办公桌前，人称他小白，可其实并不小。今年已经三十七岁了。北京男四中的毕业生，插队来此省。历任公社秘书、县委秘书、地委秘书。写得一手好文章，并深谙各级权力机关内幕。

“我得知：中央最近要派人来G省考察班子。具体的人还搞不清楚。有消息说：科委的常委副主任晏洗河带队。”李丛祺说话时，沉重的眼睑犹如金属卷闸门般地往下一放，仅留微缝窥视对方。

“您认识他吗？”白秘书知道李一直在谋G省正书记这个缺。并将其视为一生的奋斗总目标。

“不认识。中央各部委的干部换得太勤，来不及结交。”李丛祺一直视小白为心腹。因为他相信：我之荣辱，就是白之荣辱。

“此人已经来了？”

“可能来了，也可能没来。你负责查考一下，也要有个准备。”他猛地抬起眼皮，“以你个人的名义去办。”

白沉稳地点头。秘书之间的横向联系是很紧密的。在开各种会议时，往往是首长们在一起聊，秘书们另开一摊。久而久之，一种类似保姆们‘安徽帮’式的行业组织就诞生了。这个网络的效率极高。因为他们兼有领导与办事人员的双重身份。

“你先去Y市，如果不见其踪迹，就去F市。中央对这两个能源基地很是重视。我想他若来了，很可能先去那里。你对外就说，”他顿住。

“给您搞能源发展规划的调查方案。”

李丛祺点点头。

白退了出去。

这股神秘的气氛不是好兆头。李丛祺转到书架前。他的书架全部是以铝合金为骨架的玻璃柜。一排六个。其中书分为三部分:古书、马列原著、现代哲学与科学。其中大部分,他全认真读过。尤其是一套二十四史,更是下过大功夫。他不过是初中文化,但天赋很高,加上常请些文史哲方面的专家聚谈,这套书虽不敢称全懂。起码精髓是领会了。一部充满人际斗争的书。其中有不少经验是极富启发性的。

如果把G省交到我手里,我肯定能搞好。可中央总喜欢搞平衡政策。派了个邹飞鸿来。邹带了一群羽翼,从北京飞来,并试图把持关键部门。他是省长,副书记,我是常委副书记。于是较量开始了。

很早以前,就有风传我要当第一书记了。风传过久,很容易吹黄。中央又派人来……可能关键时候快到了,非邹即我。我先得到了信息,信息就是财富,必须好好利用。关键是先找到晏洗河,然后不惊动他,安排、调动一些事实去说服他。小白肯定能找到他。找个普通百姓不好办,找个部级干部却不难。

他绕办公桌转了三匝,就推门出去了。卢加伟的事,他没有交给任何人去办。卢的事情也太多了,一会儿调人,一会儿批款,必须给他个“黄牌”。让他知道“凡事都有个限度”。

七

唐城宾馆旁边一间低矮的民房里，几个男子，正将目光聚在居中一人身上。

此人姓盛，单字京。四十二岁。形象很是文雅，颇有几分京剧中儒生味儿。他先从提包内取出三瓶“茅台酒”，然后又拿出两条“万宝路”香烟。最后掏出一个牛皮纸封套。“别动。”他敲击一下伸出的手。“这是批件。”他抽出一张纸。“两百万块钱呵。”

“盛哥的神通就是大。经委、计委、建工局那帮家伙就是买他的账。”坐在盛京右手是个长有娃娃脸的小伙子。叫刁小氓。“我俩租辆车来回跑，光车费就花了一千多块。才把批件搞到手。当然，别的冤钱也没少花。”

“你光知道‘冤钱冤钱’地叫唤。”盛京把批件收入封套。“想当年我祖上不就跟李中堂在一起，凭着花‘冤钱’，生把个‘上海招商局’吃了进去。你们有这个气派？”

“如果凭送钱的话，我也能办到。”葛大有是个永远阴沉的人。

“更主要的是办外交。批工程不是买东西，钱一递，工程就来了。你首先必须让他们相信你是个诚恳实在的人，你的工程队也有相应的技术力量。”盛京纠正道。

“盛哥最大的本事就是把没有的东西说成有的。”刁小氓挑挑大拇指。

盛京微笑。早在一九七四年，他就组织起一支包工队，在山西北部的电站工地上承揽工程。那是一支很精悍的队伍：有两位工程师，其中有一个还是德国留学回来的。高级技工更是不可胜数。工程质量因此而“信得过”。可后来他因为“截留款项”、“网罗社会渣滓”而被捕。一坐就是两年。但铁窗生涯并没有销蚀尽他发财的雄心。出狱后,他考察了几个月,然后揽下了车站清理轨间杂物的工程:每个枕木间隔清理干净挣五毛钱。总数一万。其时他手下一个人也没有。但他贴了几张告示,然后振臂一呼竟招募起一支队伍来。从此,他的事业有了经济基础。

“二百万块钱的工程,即是满打满算,也有四十万块的盈余。”章广虎是条红脸汉子,原来是会计师。

“盛哥拿二十万,剩下的咱们三个分。”刁小氓说。

“你光知道分钱。”盛京对刁小氓很是喜爱,总有种兄弟间的亲情。“这是G省电子基地的项目之一,质量上来不得半点马虎。咱们认真计划一下。”他取出一个活页笔记本。

仅仅一个小时,施工大纲就通过了。

“为咱们的成功干杯。”盛京把茅台酒倒出来。

“看样子,咱们可以一辈子喝这样的酒了。”刁小氓大饮一口。

“没出息。胸无大志。”

“你的大志是什么?”刁小氓问盛京。

“三年前,我刚从监狱里出来。身无分文,披着件破棉袄,坐在‘唐城’对面的树墩上。那时候,它刚刚开业。一辆辆轿车进进出出,红男绿女,好不热闹。可我却饥肠辘辘。我当时就发誓,终究有一天,我也要住到这里面去。”盛京放下酒杯。

“住到那里面去,现在看来并不难。”章广虎说。

“这就是你所谓的大志呵。”刁小氓一撇嘴。“比我的也大不了多少。”

“住宾馆,喝茅台,这些都是外在的东西。”盛京见众人有些茫然,就解释道;“有了钱,并不等于你就是上等人了。我要使你们成为上等人。”

“可我却只尊敬有钱人。”刁小氓又是一大口酒。

“那仅仅是你个人的看法。上等人是人上人的意思。有钱不够，还得有文化。”

“文化这东西好搞吗？”刁小氓扬起微红的脸问。

“搞，搞，你光知道搞。文化得学。榜样就是我。”盛京拍拍刁小氓的肩膀。“咱们明天就搬到‘唐城’去住。”

次日上午，两辆豪华型的“皇冠”轿车——这是能雇到的最高级车辆——缓缓滑入“唐城宾馆”前的车道。盛京打头，三人随后。

这些人昨天还衣衫褴褛，今天却灿然一新。只不过脸色不佳，留有些宿醉的痕迹。

除盛京以外，另外三人，谁也不曾涉足如此豪华的宾馆，因此仰望着茶晶色的玻璃门，穿天蓝制服，戴大檐帽的门卫，不禁有些发怵。脚步也迟缓了。

“挺起胸来大步走。这又不是法院，公安局。拿出副一辈子住宾馆的派头来。”盛京低声说道。

“你一把它比成法院，公安局，我倒是真不怕了。”刁小氓提着个崭新的经理箱，尾随着盛京。

“您来了。”门卫给他们打开门。“您好。”

“好。”盛京的风度极佳。

其余几人从未受过如此礼遇，不禁惶惶中现出喜色。

在大理石面的服务台前，盛京接过塑料面的登记簿，从西装内口袋里取出蛇皮杆的“英雄二百型”金笔，刷、刷地写了起来。他的字体很潇洒。虽然都在格内，却给人以腾飞之感。在填到单位一栏时，他毫不犹豫地写上“银河经济开发公司”。职务分别是总经理，办公室主任，工程处长，总会计师。

“您付支票还是现金？”

“支票。”

“您有介绍信或工作证吗？”

“名片行吗？”

服务员接过雕版名片，稍犹豫一下后说;“对不起，我得请示。”

方小苏正在服务台后面摆弄一台新购回的微型计算机。包来也背着手，饶有兴趣地看着。

“有四位客人，要一甲三乙的房间四个。他们没身份证明，用名片代行吗？”

“名片不行。”方小苏瞟了一眼后又问:“他们用什么方式付款？”

“支票”。

“住多长时间？”

“预订一个月。”

“让他们住吧。既有户头，必有单位。”

“你怎么知道他们的户头上有钱？”包来问。

“他们不止住一天，下午就能核对出来。”方小苏又埋头敲击键盘。

“我看这事还是请示一下经理为好。”包来四平八稳地说。

“事情该在哪一级解决，就在哪一级。事事请示经理，要我们服务总台何用？”

盛京在十二楼的甲级房间里舒舒服服地洗了个澡后，又睡了个长长的午觉。然后用电话把众人召集到自己房中。

“今天咱们在一起开首次经理会议。”他郑重宣布。

“经理会议？妈的，这词儿还挺来劲的。”刁小氓“嘻嘻”一笑。

“要习惯用正式的语言，别老是不干不净的。”盛京瞪了他一眼。“章总会计师，总账和分类账建起来了吗？”

“建起来了。”章广虎原来在街道的福利工厂工作，打得好算盘。后来办了“停薪留职”，自己做起生意。前不久，才被盛京网罗进来。

“咱们今天主要议财政计划。你报前段支出收入情况，咱们算算。”

“我回屋去取算盘。”章总站起来。

“我这有计算器。”盛京指指桌上的台式计算器。作为一个单位的首脑，他深知必须把握住“钱权”。

“计算器没有算盘快。”

“肯定比算盘快。不信咱们比比。”盛京说。

“好。”章广虎面露喜色。人以本质论,是喜欢炫耀自己的。不一会儿,他就把算盘取来了。

这是一把硬木算盘。很重。四角都有锃亮的铜片包住。中间的竹竿光滑度很高。所有的珠子,全被手油,手汗渗透,发出灵光。

章广虎得意地一抖算盘,上下珠子顺溜成分列。“怎么比?”

“小氓念数。能念多快念多快。”盛京说。

“行。”

刁小氓念数的本领不高,常常卡住。一到四位以上更是不行。两个人只好停住等他。“大有念吧。”章广虎说。

葛大有很会念。

满室回荡着章广虎的算盘声。

“总数。”葛大有念完后问。

“一万四千八十九块四毛六。”两人同时。

“平局。”葛大有宣布。

“我提议加赛一个项目。”盛京说。

“行。”

“从筹建开始,共用四十七天用完这些钱。以百分之七十五的比率摊入成本,每天合多少钱?”盛京有板有眼地说。

“开始算吧。”章广虎自认对数目字的记忆力是卓越的。

在加减法上,如果应用算盘熟练的人,与持计算器者差不多。可一遇到乘除,算盘就相形见绌了。

盛京算完后大约十五秒,章广虎才得出同样的结论。

“看来你稍逊一筹。”盛京面露得色。

“可你这东西要是没电怎么办啊？”章广虎还是不服气。

“买双电池换上就行了。”

“没地方买电池怎么办？”

“你这算盘要是散了架，又没有修补的材料又当如何？”

“你这话可不太讲理。”

“你的话也不讲理。在现代社会，有商店就有电池买。该学点现代化的东西，别老抱着国粹不放。”盛京不无得意地敲击着银色的键。

“说到底，咱们也差不多。”

“可你这手艺是用三十年换来的。而我却只用了三个月。好了，葛处长讲讲工程队的组建情况吧。”

葛大有是个阴沉内向的人，话一向不多，但逻辑很清楚。他讲了有十分钟。

“质量是企业的生命。松下电器公司的总裁，”盛京刚说到这儿，觉得这对他们来讲，未免过于深奥，就改口道：“必须找到高明的结构工程师与电器工程师。这幢大楼是电子一条街的中心建筑。要不惜出大价钱。如果弄糟了，咱们今后就别想在G省建筑界中混了。刁主任，你负责订一下今后的宴请计划。”他本想用“交际”一词，可知道刁一氓准听不懂。

“嘿嘿。”刁小氓脸上露出天真尚存的笑。“不过一夜功夫，我就成了主任了。”

“别老没正经。我付给你的工资，比干了四十年的省政府的办公厅主任还多。”盛京板起脸来。他知道若想把这些人组织起来，光凭智力是绝对不够的。还必须有权威。

“这话倒不假。”刁小氓情不自禁地从口袋里取出一只很鼓的信封。“瞧，就跟大肚子娘们似的。里面装的都是金娃娃啊！”他有生以来，还是头一次拥有如此之多的钱。

“明天你去友谊商店买一只上等的羊皮钱包来。”盛京点上一支烟。“另外还有约法三章：第一，烟灰要弹在烟缸里。第二，不准随地吐痰。第三，不准蹲在马桶盖上大便。第四,洗完澡后要把池子刷一遍。第五,说话不许带脏字。若违背其中任何一条,我都将从你们的工资中扣除百分之三。”

“这么多啊!”章广虎说。今天早晨,他蹲在恭桶盖上大便,可怎么也便不入口,被服务员和盛京狠狠地训了一顿。

“不多。这些都是文明人必须做到的。”

电话响了。

“盛经理。我是服务总台台长方小苏。请问一下:您的银行账户上名称是;关帝庙建筑承包公司。可你开的却是:银河公司。”

“关帝庙公司是我们一个子公司。专营建筑业。这样的子公司我们还有另外几家。”盛京很平静地说:“还有别的问题吗?”

“我只想核对一下。对不起。”

“没关系。”盛京率先放下听筒。这也是派头之一。“今天晚上,我设宴招待各位。刁主任,你去联系一顿五百块钱规模的饭来。”

“到哪去联系呵。”刁小氓没少在外面吃饭,可从来都是蹲在板凳上喝豆浆啃油条的,从未有过办宴经历。

“这就要看你的本事啰。”盛京笑着说。

八

“局座来小店，确实使其大放异彩。”狄煜给俞量才倒茶。

“我一直想来，可总也顾不上。”俞量才从心眼里喜欢狄煜。早在狄煜作旅游知青厂厂长时，他就发现了这个足智善断的小伙子。至于狄对他那种随随便便的态度，虽师克澄几次暗示，他也不认为这是不敬之举。“习惯使然。凡插过队的人，大都蔑视权威。独特年代的独特文化。”他如此对师说。

“您每天都忙什么？”

“应付客人、调工资、分配干部、房子。就是没工夫考虑旅游方针大政。你呢？”俞量才端起通体碧绿的茶杯。

“经济一发达，客人就多。调资、分房也多。欲在其中寻求动态平衡，非得有基辛格式的才能。我做不到，所以干脆就舍了。”

“你的牛吹得很艺术。”俞量才笑了。“这么说，你是在考虑大政方针啰？”

“良将无功。”

“把你的改革方案讲给我听听。”

狄煜要言不烦地讲了两分钟，最后总结道：“先建立一套制度，然后监督它运转。其次，推行民主管理。”

“你的制度很一般，可要真正做到也很不容易。你民主的步子是否大了点儿？”

“去年我曾在知青厂搞了回民意测验。当我把‘工人的权力’一表发下后，一位青工立刻交了回来，并作口头说明：工人的权利就像这张一无所有的纸。这件事一直在我脑袋里转，直到最近，它方栖息到这个方案上来。”

“你如何才能使工人具有主人感？”

“这正是我费力考虑的问题。摸石头过河嘛。”

“但千万要摸着石头再过。另外，不要隔着一块去摸另一块。欲速则不达。”

狄煜点头表示听懂了。“我还想跟你要点权。”

“什么权？”

“人权。财权。”

“可以酌情给你一些。”

“现在各级单位都在向上级要权。可一旦要到手，就不肯往下放了。”狄煜说。

“我问你一句，你如果把权放到最下面，你又如何使下级对你负责？”

“我只考察他们的经济效益，别的我全不管。”

“你这种放任自流的方法很原始，基本上属于亚当·斯密时代。即使西方，眼下也是在提倡政府干预的凯恩斯主义。”

“可有另外一派经济学家在大声疾呼，回到亚当·斯密时代去。必须建立市场，然后再考虑干预。”

“我允许你进行各种实验，但有两条奉告：其一，如果闯祸，千万别超过我的应付能力。其二，总想着经济效益是不够的。”

“宾馆是企业，不考虑经济效益考虑啥？”

“不光是企业。”俞量才很郑重地说。

对视。

“但总有一天，我要设法使‘唐城’成为真正的企业。”

“希望这一天的到来。”俞量才首先伸出手。

九

“有单间吗？”抗大京问和蔼之极的旅店老板。

“没有了。”这是一家偏离市中心的小旅店，约有三十间客房。

“我可以多付些钱。”

“问题不在钱上。真的没单间了。”老板一脸是笑。“要不您上 Y 市宾馆看看。”

“就住在这吧。”抗大京环顾一遭后说。在大地方住大店，在小地方住小店，这是原则。尽管他的提包里有着十分吓人的证件。

老板接过票子打开门。

这是一间双人客房，地很干净，床单很白。一个长着一脸络腮胡子的旅客，光穿一条裤衩，躺在床上看一本封面很鲜艳的画报。有人进来，他连半点反应也没有。一看即知是出差油子。

“您吃饭吗？”老板殷勤地问。对他来讲，多一个节目，就多一进项。

“不，你这有开水吗？”

“刚开的。”老板指指床头柜上的八磅暖瓶。“不信您往地上浇，保证‘噗噗’的。”说罢退出。

抗大京从提包中取出一套四件的不锈钢餐具及一些方便食品，用五分钟时间全歼，然后很仔细地洗脸，很周到地刷牙。

当他铺床的时候，发现被里上有一小块黄斑，不禁厌恶地皱起眉。斗争了好半天，才钻了进去。

他出生在一个将军的家庭。童年与少年时代，是在北京西部一所著名的军队寄宿中学里度过的。在这里，他的智力与体力，都得到很好的发展。五十年代，六十年代前半期，对他来说，是美好之极的。他那位“老年得子”的父亲，虽然不时地因为一些小节问题，与母亲发生争执，但对他是非常爱护的。

父亲尽最大的可能为他提供优裕的生活：冬天去广东从化，夏日去青岛。骑马、打枪、驾驶汽车、游艇。可以说，英国贵族在十九世纪能享受的，他无一不备。一上初中，他就穿起经过改制的咔叽将军服，佩西玛手表，乘坐‘吉姆’轿车，月零用钱达百元。

一九六六年，一切中止。在“华野”工作过的父亲，突然被若干顶吓人的帽子罩住，他随之进入“冷宫”。

一九六七年，一切复原。

失而复得的东西，是无比宝贵的。他开始疯狂地享受，以至肆无忌惮。欢乐之余，不禁很有些得意。

“你家老子算什么东西！不就是靠出卖人吗？”一次酗酒之后，伙伴之一对他说——为了这句话，同伴的鼻梁骨断了。

“是有这回事吗？”回家后，他径入书房，询问正在读文件的父亲。

“是的。”父亲并不回避。

“这未免有点太不仗义了吧。”

“人情只是对常人而言。义气的层次就更低了。”父亲转动着手中粗大的红蓝铅笔。“而对大人物来说，全然没有这些限制。政治就是政治，关键是派系，而不是真理。懂吗？儿子？”在柔和的灯光下，他的脸显得极其慈祥。

“多少也懂一点。”“文革”本身就是一堂生动的实验课。更何况父亲的启蒙早就开始了。

“你拿得起我这支笔吗？”父亲把红蓝铅笔递了过来。

“当然。”他接在手。

“在这上面签个字。”父亲把文件推了过来。“人家说咱爷俩的字体是很像的。”

“《P军区被审查对象名单》。”他边读边觉背上升腾起一阵凉气。“文革”开始后,他专攻“谱系学”。此时发现有若干好友家长的名字赫然榜首。

“签啊,儿子。”父亲循循善诱。

他签了,手有些抖。

“从明天起,这些人都将被审查。”

“是去监狱吗?”父亲坐牢时,他曾数次探监,里面的一切,给他的印象太深了。

“要视他们的态度而定。”

“如果您不签这个字呢?”

“他们就换别人来签。我不是原动力,我只是一个传动、执行机构。不要去想自己的位置。关键是这支笔。有了它,就有了一切。”父亲举起笔,眯起眼。“不知有多少人在追求它,谋算它,它的价值大着呢。此刻,它到了我的手里。”

“给我吧。”抗大京觉悟到其象征意义。

“可以。”父亲很慷慨地说。“你再在这上面签个字。”

这是一件任命文件。抗大京的字确实像父亲。

“我不光送你笔。”父亲将笔插入儿子的口袋。“我还要送你去空军。空军是最重要的部门,必须有自己人。”

“军旅生活很苦吧?”一年来,抗大京已经散漫放荡惯了。

“当然。可只要你是我的儿子,该有的还是会有的。”“酒,”父亲脸上露出猥亵的笑容,“另外还有你最喜欢的东西。”

他去了空军。五年十迁,成了处长。

一九七六年还算好过,一九七七年已呈不祥。一九七八年,一切都崩溃了。

权力是催欲剂。权力是生命素。权力是青春不老泉。失去了它,老抗将军没能支持几天。

“你们害死了父亲，我决不会让你们的天下太平的。”从西山别墅被撵出后，他几乎天天面对着父亲的遗像发誓。

血亲因素与失去的权力叠加，构成他深刻的复仇心理。并促使他成为一个坚决反对现行政权的人。

他从军队退出的同时，也从京都社交界消失。并从此开始了地下生涯。

军旅生涯锻炼了他的组织能力。不过一年工夫，就在身边集拢了一些人。可他并没有给这个组织命名，也没有成文的行动纲领——我就是他们精神上、行动上的领袖。有这就全够了。

可随着政治上的放开，一部分原来以为此生永无指望的人，重新看到了生机。他们离开了他。但更要命的是经济的繁荣，绝大部分人都被各式各样的公司给拉走了——这些外来的强大离心力，是他不能控制的。到目前为止，他几乎成了孤家寡人。

月光如洗，照在抗大京洁白的脸上。邻床的汉子，发出了巨大的鼾声。

这次来Y市的目的，是为了筹集足够的经费——主要是外汇。如能得到，我就立刻离开这个该诅咒的国家。凭我的能力，我的外语水平，更重要的是凭我密级很高的情报资料，不管到什么地方去，一准能混出个样子来。明天去雅丽那儿，她一定会给我想办法的。

抗大京摸摸身边的皮箱，一种巨大的安全感涌了上来，他侧转身，很快进入睡眠。

因为没有公开身份，安先可此行在各个方面都受到极大的制约。好在他是个做学问出身的人，起居饮食一向不太讲究，勉强对付过去了。

“今天是好运气，住上了单人房间。而且有张桌子。”安先可对焦制宏说。

“人生是正弦曲线，当由谷趋峰的时候，人们总是时时感到满足的。”焦制宏是安在大学时的同班同学，又在同一大学中教过两天书，后因解决两地分居，调来Y市。他先在厂里作工程师，后调到Y市机电研究所，然后作科委的副主任。

"人生最好是条不断上升的直线,而且斜率最好大些。"

"哪有那么多直线让你往上爬。能混条螺旋线就算不错了。我走了,被你耽误了整整一个工作日。"

"谢谢你提供的情况。"安先可并没有握手告别,老友之间,无须寒暄。

"我再次严正警告你,如果要我出庭作证的话,我将全盘否认。"焦制宏的脸色很严肃。"我吃各类别、各型号调查组、钦差的苦头实在太多了。不愿在夕阳垂暮之年再倒一次霉。"

"老兄正如日之当天,何出垂暮之说?"安先可送他出门。

安先可坐到写字台前,取出一个十六开的大硬皮笔记本——从学生时代起,他就喜欢用这样的本子。硬面易于保存,而真理兑现的过程往往是较长的——如果你偏要提前兑现,它就会让你付出巨额利息。

他打开笔记本。前面二十余页已经写满了巨型草字。凭这笔书法,无人会认出是个搞精密科学的人写的。

在昏黄的灯光下,他开始重读自己的笔记。

由农业社会向工业社会过渡,能源是绝对重要的。G 省是能源基地,而 Y 市则占 G 省的三分之一强。它的工作如何呢?

从《情况简报》上看,计划每每超额完成。但经过调查,却发现一个很大的问题,Y 市矿务局所属的十五个矿,几乎全是老矿,从三十年代起就开掘了。已到夕阳垂暮之时,所以新生矿的情况就决定它的将来。

但新矿的情况很是不妙,地方所属的矿,都采用掠夺性开采方式,而且各自为政,一点规划也没有。唯一像样点的,是 G 省与日商合资开采的 P 矿。可他们却在这里设了双重机构,矿上是日方主持,上面却另有一个矿务局,四千人的编制,光处级干部就有二百余人。

日本人是不会负担这笔费用的。他打开《可行性调查报告》和《合同书全本》翻阅着。

他很快发现,日方投资是固定的,所取利润却按产量的百分之四十计,并且以美元结算。

“他们也在奋全力进行掠夺性开采。这种做法，因其现代化程度高，而大大地伤了 Y 市的元气。”安先可想起焦制宏的话。

他的话对吗？并不能因为是老同学就偏听偏信。安先可从提包里取出从焦制宏处借来的大批资料，认真地读起来。

三个钟头后，他全部读完。

据说有位英国议员，在十五分钟内读完大仲马的《三个火枪手》——平均五分钟一个，而且能与你讨论故事情节。许多人不信，可我信。安先可不无得意地拍拍偌大一摞资料。一个有文化的人的头脑里有着不计其数的记忆块，一经触放，便能组成一个极灵活的机制。

他走到镜子前，开始作面部、头部按摩。他惊讶地发现，头发开始大量地脱落。再仔细一看，顶部已呈头皮原色。

“自然规律不可抗拒。”他喃喃自语道：“君不见明镜高堂悲白发，朝如青丝暮成雪。”

这种掠夺性的开采必须禁止。他边往回走边整理思想。老焦总是说有支“看不见的手”在操纵 Y 市的一切，这只手是谁？必须把他找出来。

“向书记，别来无恙？”白秘书握住 Y 市市委书记向林的手。

“托您的福，还算过得去。”向林作了让座的手势，“刚才我看见那辆帝王级的超豪华车驶进来，还以为是丛祺同志来了呢。”他淡淡地说。

“你对汽车挺懂行呵。”

“那是。”向林本想说，这辆车是硬从合资矿调去的，我焉能不知？但转念一想，多说无益，反而徒增麻烦，也就忍了。

“丛祺同志让我搞个材料，还缺点东西，不知老年兄肯不肯帮忙？”白与向同时从北京来 G 省插队，故有“年兄”之称。

“该办的就办。”向林抚弄了西装领上的蔷薇形纪念章。“想喝水就自己倒。”

他指指压力暖瓶。

“好的。”白秘书对向林的态度貌似随便，实则谦恭。因为向有个令人生畏的父亲，虽然已经退居二线，可影响力在有生之年是绝不会消失的。

“把你的事情说出来听听。”向林大模大样地仰靠在沙发上。“按清朝惯例，太监是不单独出京办事的。”他一笑就露出一口雪白的牙齿。“换言之，太监一出京，准没好事。”他的普通话里，有着很浓的北京味儿。

“本人有儿有女，生殖系统极为健全。绝不是太监。”白秘书应酬地笑笑。要不是因为你小子有个好爹，连科长也当不上，更甭说市委书记了。可我却在插队期间，大学期间，通读了《二十四史》，光卡片就作了两千张。但却只到手一个“秘书”职位——权虽不算小，却总有附庸的味儿，可有什么办法呢？起点就不在同一条线上。再过二十年比高低。

“太监一词儿确实难听，也不太合适。该称你为内官。”向林也自觉有些过分。

“内官办事，总得仰仗你这封疆大吏的帮助。”白秘书作了个揖。“因为他们虽是近臣，但无权力。”

“还是近臣厉害。浮云能蔽日嘛。”向林一顿又说：“上次你代表丛祺同志来我这借钱，我没给，他不高兴了吧？”向林在说“丛祺同志”这四字时，很随便，就像在说自己的邻居。

“他后来又从别处弄来两千万。”白秘书也想起这件事。去年年底，李丛祺决定在T市搞个类似‘硅谷’的技术区。因为他认为，如今搞高技术，就和一九五八年大炼钢铁一样，是很能出成绩的。可省里财政紧张，一时筹不到许多钱，就向Y市商借。因为这块地上，有许多中央企业。可谁知向林看完李丛祺的亲笔信后，不动声色地说：“不行。”“是否没钱？”“中央企业，焉能无钱？”向反问。“那就多少给几个吧，我也好交差。”“重点工程的钱，一个也不能动，老兄的文件读得比我多，也肯定比我读得透。”“可我该如何向丛祺同志交待呵，这可是他心爱的工程。”“这好办。”向林抽出自动铅笔，在标有‘中共G省省委’通栏红字的信件上批道;此事不可办。落款仅一个“向”字。

中国确实是个人治的社会。换了别人,仅凭这几个字,官就别想当了。可李从祺看完批示之后,淡淡地一笑:“这个小向,真拿他没办法”——多好的涵养功夫。

“我五点钟还有个会。失陪啦。”向林看了一下表。

“能叫方秘书长陪我作调查吗?”

“行。”

“你没听说最近有中央部委的负责同志来这儿吗?”白秘书小心地问。

“没。”向林站起身。“但也许有。Y 市实在是太大了。”

“我告辞了。”

“连茶也没喝。怠慢老年兄了。”向林在写字台后拱手作别。

“君子之交淡如水。”白亦拱手。

抗大京的睡觉效率很高,从不做梦。但这并不等于“第二信号系统”不发达。深夜两点,他突然听到门锁轻微地一响。他立即将手伸向身边的皮箱。

脚步声轻轻地向邻床移动。一阵海潮般的香波向他涌来。

“屋里还有个人。”汉子压低声音说。

“你老葛还怕有人。让他一块来。”很放荡的中年女音。

“另外找个地方吧。”

“今天全满了。”

“那就上你屋里去。”

“我那也有人。”女人坐到床上。

汉子伸出手,将女人纳入臂弯。

床被压迫,被扰动的声音。

经济一开放,我手下的人挣钱去了。各种挣钱的方式都有了用武之地。乡村野店有不少“野鸡”这我早就听说过。但身临其境还是第一回。她是什么滋味的?

一定很有滋味。

抗大京感到一阵阵性的冲动。

安先可有择席之病,刚到新地,头一夜总是睡不着。加之今夜月光如洗,更是催动乡思。

《跟姥爷去打猎》。小外孙作。

……姥爷一路吹嘘他的枪法,东北打熊,西北打羊,云南猎豹。他的几个老朋友也跟着一块吹。可今天在山上,野兔,野鸡没少见,光听枪响,不见东西。到头来只打到一只老兔。我想:它一准是自己撞上枪弹的。你说惭愧不惭愧?而他偏说我像只狗似地,在他跟前乱窜,惊了野物,挡了视线。大人有错是不会承认的,能算在谁身上就算在谁身上。今天白跑了。只是大山挺可爱。当然,姥爷也是很可爱的。

这是篇典型的孩子作文。我在科委干了几年,还没有受到过如此尖锐的批评,可我们往往要去破坏这样的纯真。一个人,如果要部下听话的话,那他一定也要孩子听话。而听话的孩子,往往是最没出息的孩子。世界能够发展到今天,就是因为有许多不听话的人。"我凭什么非得听你们的话"——小外孙的语录。

一阵"哗哗"的声音,传入耳鼓。

睡不着就干脆别睡。他披上睡衣,找到声源,一只漏水的马桶。

虹吸加渗漏,他得到了研究结论。然后转到写字台前,打开笔记本,画了一张草图,并做了若干说明。

这份材料该往哪递啊?

Y 市宾馆最豪华的房间。午夜时分。

方秘书长是白秘书的前任。本来到 Y 市时,是以副书记安排的。可向林偏偏不同意。说要放在秘书长的位置上考察一阵再说。没人会让自己的秘书吃亏，李从祺想下道“硬命令”。可命令一到，中央组织部的人也来了。就此事，专门与李谈了一次，使之收回成命。“在我有生之年，一定把你弄到地市级上去。”李这样许重诺。

“如今我这秘书不带长，放屁也不香啊。”白秘书横肉卧在沙发上，抽着一支美国香烟。在他接任时，方曾指点不少门径，因此两人很有些私交。

“记住，即使带长的秘书，也是吏而不是官。”方秘书长扶扶金丝眼镜，这是他的习惯动作。

“向林这个人，似乎不太好处。”

“岂止不好处。”

“他少爷脾气不小吧？”

“脾气倒不大，只是太敢负责了。”

“那也不好？”

“看从哪个角度说了：当官的太敢负责，指示太具体，咱们这班做秘书的，活动范围也就小多了。再说，他似乎另有一个班子，指示过的事，很快就反馈回去了。”

“现在你成了磨房里的磨，只能听驴的了。”白秘书对“向林型”的人，有种天生的仇恨。“不过，他批的东西太多，太具体，就容易出毛病。一旦有机会，”他把半支烟掐灭，“小鬼跌金刚，也不是不可能的。”

“你来这儿到底有什么事？”方秘书长不愿再谈下去。

“从祺同志让我打听个人。”

“谁？”

“科委的晏洗河，他可能来这了。”

方秘书长歪过头很想了一下。“就是科委那位常务副主任吧？”他在给李做秘书的时候，对中央人事很是熟悉。久而久之，成了习惯。

“对。”

“没听说他来。再说他来干什么呢？”

白秘书耸耸肩。“随便打听一下。”一个秘密知道的人愈少，就愈成为秘密。再说像他这样的“小人物”，必须常怀“伴君如伴虎”的警惕，如果把不该说的事渗露出去，最后总是自己倒霉。

“听说中央对G省的班子不太满意？”方秘书长低头摆弄着茶杯。信息时代必须掌握足够的信息。

“你怎么知道的？”白秘书反问。

“如今的封疆大吏，可不比清朝那会儿。你上午作个决议，上面不到中午就会知道。信息在高速流动，时空观念已发生了根本的变化。”

“可不知中央在邹、李之间如何选择。”白秘书陷入了沉思。

“前些时候，新华社来了两个记者，跟向林谈了半天。”

“内容是什么？”新华社记者不比平常报社记者，他们素有中央“耳目喉舌”之称。不能不防。

“虽然是我负责接待的，可具体内容是什么并不太清楚。”

“要想办法搞清楚。”白秘书用的纯然是李丛祺腔，这是他不知不觉中学来的。

“因此我觉得晏洗河此行不善。”方秘书长皱了一下眉。

“咱们是一条线上栓的蚂蚱，老李一倒霉，谁也跑不了。”

“我即使倒了霉，也是正处级，可有人就不太一样了。”方秘书长认为有必要刺一下白。

“所以他因此比你卖力得多。”白秘书笑了。

“嗳，丛祺同志最近又发生了那些事没有？”方做了个暧昧的手势。

“没有。”

“我不相信。”

“信不信由你。”白秘书到职一年有余，就为李处理了三起“风流公案”。可这决不能对外人讲，因为一则有失身份，二则对李之威信也有影响。

“他最好不要在这些事情上栽跟头。”

“老兄多虑了。中央对丛祺这一级干部,更多考虑的是政治方面。私生活似乎关系不大。”

“在这上面倒霉的,省级干部亦不乏其人。”

“那也是政治斗争的结果。”

“好了,不谈这些了。你还有什么事要办吗?”

“丛祺同志有两个干部要安排一下。你看看能否在合资企业中找个位置?”白秘书取出一张卡片。

“处级?”

“副处级也行。”

“都是李的人?”

“我姓白的什么时候夹带过私货?”

“是啊。老兄的操守一向是极好的。”方秘书长说的是实话:白常随李出巡,但对地方上从无个人要求。他大概是想圆满作完此任,争取外放。

十

“我在你的地盘上已逗留了一月有半了。可狗蛋收获没有。”梅林对狄煜说：“第一，你并不像人们想象中的清官，遇事缺乏决断力，还常常通融。第二，你搞的那几项改革，并没啥新鲜的，司空见惯。”

“张岱《快园道古》中有一则云：富平孙冢宰在位日，诸进士谒选，齐往受教。孙曰：‘做官无大难事，只莫作怪。’”狄煜一顿：“此乃名臣之言呵。”

梅林很是想了一会儿，才弄清楚“只莫作怪”的含义。“该作怪的时候还得作作。我最讨厌官经太通的人了。”

“只有做官，才能做事。改革是件实实在在的事，不能凭某个人，某个方案一举成功，我必须先松动原来的人际关系。”狄煜作了个很夸张的手势。“你难道不觉得有一股新鲜的力，已经在这十四层楼中缓缓地流动？”

“我倒是觉出点来。但我更多地看到的是众多腐败现象的存在：姓卢的依然盘踞在十四楼，今天中午，我还看见一位翻译领着一家人，在这里大吃大喝后分文不付地走了。”

“社会变化是化学变化，它需要反应时间。用‘只争朝夕’的精神是办不成事的。历史已经多次教训了‘求快’的人们。”

“你用设立‘服务总台’的方法架空业务科，这和光绪帝设‘小军机’同出一辙，结果好不了。你应该干脆利索地撤掉那些庸人。”

“书生论政，害大于利。”狄煜来回踱着步。“搞平衡，搞妥协是必须的。”

“妥协，妥协。中国的事就坏在你们这班只知搞妥协的官僚手里。”梅林很有些忿忿然。

“如果你少了这股理想主义的热情，就不成其为作家，可我要是太多理想主义，也就成不了企业家。”一位服务员进来，递给狄煜一封信，他匆匆看完后接着说：“我一个时期只在一条战线上作战。现阶段我只抓钱，腾出会客室加床，清洁间加床，饭厅晚上开舞会。”

“可你也不能先抓钱呵。”

“企业的生命就在钱上。”

“我告诉你个好办法。”梅林脸上露出调侃的笑。

“说。”

“现在T市的厕所很走红，人络绎不绝。你何不在门口挂个牌：内有设备良好的厕所，每使用一次五分。”

“好办法。”

“还好办法呢，也不嫌丢脸。”梅林很不以为然。

“小时候我认为老师是天下最神圣的人。有一次我尿憋急了，溜进专给教师使用的厕所，发现我们的班主任正在出恭。于是乎我有个人生大发现，他也是人。于是可推出，是人就要大小便。这是件与吃喝同等重要的事。餐厅可对外营业，厕所也就肯定可以。二者同样光荣。”

“我有个朋友，想在你这占个角落刻刻图章，赚两个钱花。你们这里外国人不少，他们当中肯定有喜欢汉印的。”

“他有营业执照吗？”

“当然。”

“手艺如何？”

“我的朋友还错得了？”

“那就让他来吧。具体事宜找业务科许福通科长商量。但别忘了告诉他，我们宾馆将从他的收入中提成。”

“你真是雁过拔毛，连个小小的手艺人也不放过。”

“我们提百分之十。他要觉得不合算，可以不来嘛。有卖有买，方成市场。再说我总得有个交代呵。”

“算你有理。”

当日傍晚时分，有一位白白胖胖的中年人，提着一只优质牛皮箱，进了宾馆的大门。

他就是梅林所说的篆刻家钮书同。

“请给我一个房间。”一生之中，安先可使用“请”字的频率是相当高的。

“单间没有了，只有套间。”柜台里的小姑娘细声细气地说。

“也行。”安先可取出一只很旧的皮夹。

“三十二元一天，您能报销吗？”小姑娘是好心。经验告诉她：不带随从的人，很少住这样的房间。

“估计行。”安先可笑了。他从来没有听说过在这方面有什么限制。

“工作证。”

“介绍信行吗？”安先可取出早准备好的介绍信。

“您是学计算机的？”方小苏正巧路过。

“正确的说法是，教计算机的。”

“教授还是讲师？”

“二者之间，副教授。”如果继续在学校这会儿一准成了教授了。

“苹果牌微机会用吗？”方小苏充满希望地问。

“我想会吧。”

“教教我行吗？”

“行。”

“那您请讲。”方小苏把安让进服务总台的办公室，“我不会让您白讲的，房钱和饭钱都可以减免。”

“你有这么大权？”安先可饶有兴趣地看着这个精明的小伙子。

“如果把这台机器调好了，我最少可以裁掉一个空房调查员，另外还可以提高房子的利用率。给您的不过是其中的一小部分而已。”

“我还是头一次尝到‘科学技术就是生产力’的味道儿。”安先可坐到软椅上。“不知道我是否可以假定你懂得基本的程序知识？”

“您可以这样假定。”

“BASIC？”

方小苏点点头。

“那我首先从撰写程序讲起。”自从调到科委之后，一有机会，安先可总要摆弄一阵机器。去年在考察核电站反应堆的运行情况时，他曾亲自动手编了一套程序，历时一个半月。以至于国务院领导批评他，抓局部而忽略全局。可有什么办法呢？大半辈子都投入到计算机里去了，从第一代至第四代。每次见到它，都燃起极高的热情。

抗大京把填好的卡片递进柜台。

“没有单间了，只有套间。”

“我想是有单间的。”住套间超出他的经济能力。

“说没有就是没有。”刚度过来客高峰，小姑娘已经很有些劳累了。

“我有特殊任务。”抗大京把一个绿色封皮的笔记本递进去。

“国际刑事警察组织中国中心局。”小姑娘读出声来。

抗大京示意其轻声。

“我给你想想办法。”在小姑娘的心目中，“国际刑警”是个很神秘的组织。因此她从备用的三套中拨一套出来。

抗大京接过登记卡，什么也没说，只是瞟了一眼小姑娘。

小姑娘觉得一股很抽象、很阴冷的粒子射了过来。

“您讲得真不错。”方小苏送安先可出门。“我觉得您最起码也可以当一级教授。”

“你要是我们的校长就好了。”

“我不是校长,因而无法任命你。但我可以保证你受到一级接待,而且只付象征性的费用。”方小苏由衷地说。

“如果你知道撰写一条程序的费用额的话,就不会觉得吃亏。”

“当然知道。我们老板总是说:知识就是金钱。”

“你们老板是哪个学校毕业的?”教书半生,安先可桃李满天下,经常碰到门生。

“一个老插,可他读的书却多极了。”

“有机会找他谈谈。我就喜欢读书极多的人。”

“我给你们当媒人。我敢保证,他也一定喜欢您这样的人。”

如果他们早出来几分钟,就会看见站在电梯前的抗大京。

十一

宾馆的底楼餐厅。雅座。

在整个用餐过程中,盛京统帅般地监视着下属们的动作。最后他用叠成扇形的餐纸擦了擦嘴。“我郑重宣布,你们及格了。今后无须我带领,你们也有资格出席省城最高级的宴会。”

这些天来,他一直对下属们进行礼宾教育,告诉他们如何在衬衫、领带、西装中选择,汤当如何喝,西餐具如何用。为了消灭刁小氓吃饭时的“啧啧”声,他甚至令其停餐检查。他有个根深蒂固的观念:一个一条腿踏在凳子上,叼着烟卷,大碗喝酒,扯嗓子划拳的人,是无法进入上流社会的。而权力则全在上流人手里。为获得“出入证”,就必须学习。

“老板发明的这套礼节,听上去没啥,可做起来却真他妈的难受。”刁小氓把脚放在卧房的茶几上。

“那不是我发明的。我也没有这么大的本事。这是几千年积累起来的。凡是有身份的人,都这样做。”这话正巧被进来的盛京听见。

刁小氓赶快把脚抽了回来。

“你意识到自己的错误,这很好。”盛京坐了下来。“坐要有坐相,别总给人一种坐在粪便旁的感觉。说话也别总带‘他妈的。’”

“您有时也带。”刁小氓做个鬼脸。

“如果用得恰当,用得好,它就会起到语气助词的作用。”

“语气助词？我从没听说过。”

“在我这里，你将听到许多没有听说过的东西。你去把他们几个叫来开个会。”

只用了半个小时的工夫，餐厅服务员就将桌椅归拢到帷幕后面去了。地上也洒满滑石粉。

八点整，舞会开始了。

“门票三块一张，可真够吓人的。”梅林对狄煜说。

“它还要更吓人。”狄煜问舞厅售票员，“今天卖了多少张？”

“五百张整。”

“不用再卖了。”

“你莫非还要涨价？”

“对。涨到五块钱。”

“什么理由？”

“我将免费提供饮料。”

“合算吗？”

“买两台速冷机六千元。十斤橘子子粉一百元。各种配料一百元，可一次就能收入近千元。”

一辆“本田125”型摩托车，匕首般地插到票窗口前，小伙子揭下头盔，递给后座上的姑娘。一步就跨上四个台阶。

“对不起，票完了。”

“舞会的票还会完？”

“为了保证质量，一次只售五百张。”

“再卖给我们两张吧。”小伙子回头看着姑娘。“我们俩在发电厂工作，她三值，我一值，两个星期才能一块出来一次。”

“实在对不起。”售票员显然被小伙子的诚恳劲儿打动了，可碍于经理在旁，不能不作此表示。

小伙子无精打采地从姑娘手里接过头盔,然后猛地一脚发动着车。

“请把车放到存车处。”狄煜拍拍小伙子的肩膀:“然后跟我来。”

喜出望外的小伙子,极迅速地安顿好一切,拉着姑娘的手,跟在两人后面。

“我的客人,参观一下就出来。”狄煜对门卫说。

门卫无言,做了个请的手势。

“您是什么官?”小伙子问。

“专管舞会的。”

“这给您。”小伙子掏出一张崭新的钞票。

“您留着,算我请她吃顿夜宵。”狄煜行了个浅浅的绅士礼。

姑娘报以妩媚地一笑,随即就和小伙子相拥投入到旋涡之中。

这是场“激光舞会”,灯光由声控装置控制,随节奏而动,明暗度变化很大,因而显得很神秘。

“想不到你这个钱串子,今天居然放跑一个赚钱的机会。”梅林与狄煜并排坐到软椅上。

“赚钱和人性是根本不同的两回事。”狄煜瞳孔放得极大,迷茫地看着前方。“每当见了青年恋人,我总想起咱们的青年时代。那时候,没有歌、没有舞、没有艺术,因此没有爱。”他的声音很是阴郁。

“别的没有,可爱还是有的。要不你怎么会与段芳陵结合?”

“那是性的诱惑。”

“是不是陈一曼仍在影响着你?”陈一曼是狄煜头一个恋人,中日建交后去日本投奔父亲。

“我早把她忘了。”

“可你的眼睛告诉我,你并没有忘了她。”梅林追踪着狄煜的眼睛。“当初你为什么不跟她一起走?”

“如果走了,这个宾馆由谁来主持?”狄煜避开这个话题。

“可你今天却亲手破坏了自己的制度。”梅林知道再问下去就进入“禁地”了，因之随着转向。

“我只说卖五百张票，并没说只准进五百人。而且我对把门的说，他们是来参观的。而进来之后干什么，就是他们的自由了。”

“难怪美国要制定那么多的法律，就是为了防止钻空子。”

“对精通法律的人来说，依旧是有空子可钻的。”狄煜说。

对北方城市的居民来说，冬天是最无色彩的季节。人们蛰居在狭小的空间里，终日耳鬓相磨、锅碗相撞，由此生出无穷的烦恼与龃龉。对于那些精力充沛的年轻人来讲尤是如此。

自从舞禁开放以来，这种局面大为改观，人们对生活的热爱，对美的追求，在这区区舞厅里，得到了极好的表述。

一个手执麦克风的女中音歌手，已进入境界，正轻轻唱着《莫斯科郊外的晚上》。人们也被感染，跳着优雅轻曼的舞。

“闻歌感旧，尚时时涕流樽前。”梅林不禁想起在西北的窑洞里，几人同捧一册已经卷边的《外国民歌三百首》引吭高歌此歌时的情形。

“君记取，封侯事在，功名不信由天。”狄煜接着诵道。

“狄经理，咱俩跳上一场吧？”曲小燕被青春簇拥着，降临在他俩面前。

“不是不让你们来跳舞吗？”狄煜拼命板起面孔。

“我是买票进来的。”曲小燕顽皮地挥挥手中的票根。

“那好，先跟我们的作家同志跳一场吧。”

“你不要转嫁危机。”梅林赶快摆手。他是个生性好静的人，闲时喜欢围棋，桥牌，加之乐感贫乏，对跳舞纯然外行。

“作家先生等着你请呢。”狄煜煽风点火。

曲小燕做了个很准确的“男请女”姿。

梅林连连作揖。

“孔明也不过三下就请出来了。”狄煜存心要梅林好看。“你也不要太封建了嘛。”

曲小燕如展翅天鹅般再请。

“实在对不起了。”梅林站起身，涨红了脸，给曲小燕深深地鞠了一躬。“我真的不会跳。”

面对梅林的窘态，曲小燕不禁笑出声来。

“不能太委屈女士了，我代你和她跳一场吧。”狄煜站起身，小走两步就加入了旋转。

曲小燕身高约一米六五的样子，而狄煜则有一米七八，这正是最佳布局。梅林想道：“老狄虽已是中年，可依旧身材挺拔，脚步矫健，”他摸摸自己微微隆起的腹部，看样子得加强锻炼，减少啤酒的摄入量。光这还不行。他摸摸自己的脑门，鬓角利刃般深入腹地，已接近交叉。可狄煜那头黑发，依旧如同热带雨林般茂密，再配上线条分明的脸，闪烁智慧的眼睛，笔直险峻的鼻子，整个构成个“诱惑型”。老天爷真是太不公平了。

他的舞跳得真好，两人已完全结为一体。分不出是谁带谁。完全是自发的旋转。可频率同，幅度同，怎么用物理量衡起美来了？美的本质就是不可度量性，它只能感受。

乐曲渐渐变弱，灯光渐渐变强。一场舞终了。

曲小燕与狄煜款款走来，坐在梅林身旁。

“你在什么地方学的这玩意儿？蛮熟练的。”梅林问。

“先在英国皇家芭蕾舞学院学了四年，然后在莫斯科芭蕾舞剧院当了三年演员。他们还想续合同，可我执意要归。”狄煜提提裤脚。

“你的一切都是世上最好的。”

“那当然。”

“小燕的舞伴得也不错。”梅林认为有必要应酬几句。

“您这是老式观点，两人都是主体，并不存在谁伴谁的问题。顶多说，相互配合得不错。”曲小燕落落大方。

梅林一时语塞。

“没想到一个著作等身的人，竟被一个小姑娘给驳倒了。真个强将手下无弱兵。”狄煜很是得意。

第二场舞开始了。

“经理。等一下。”方小苏叫住准备入池的狄煜。

“什么事？”

“她来了。”方小苏把狄煜拉到一边低声说。

“谁？”

“您爱人。”

“她在哪？”

“门口。您赶快去吧。”

“等跳完这场舞我就去。”

“她要是闯进来怎么办？”

“进来就进来呗。”狄煜转身携曲小燕再度翩翩起舞。

这些话梅林全听见了。狄煜的家庭生活，就他所知，是很不幸的。他的妻子段芳陵，是位部级干部的千金。与狄在同一个公社插队。当初她拼命追求狄的狂热劲儿，闻名全县。可婚后生活之糟糕，也与之成正比。经常口角不断，并几次演出全武行。更可悲的是，他们至今无子女。“因为没爱情。”狄曾如此回答梅的提问。“有些连爱情味儿都闻不到的家庭，却有着众多的子女。有一对第二天准备离婚的夫妇，在头天晚上还有性关系。十月后产一子，报上很就抚养权辩论过一阵。”梅林始终认为有了孩子，一切或许会好起来。但狄煜却坚持：“我就是我，不是别人。”从这之后，他们再也没有辩论过这个问题。

她今天来这干什么？而他倒真有大将风度。梅林望着起劲跳舞的狄煜。一点心不在焉的劲儿都没有，动作依旧很到家，不存半点含糊。行，是当官的料儿。要是我该怎么办？这种事情最好不要去假设。

段芳陵出现了。她是个三十五岁的瘦高女人。头发是淡黄色的，如果去掉脸上那层“霜色”的话，就其轮廓而论，还是相当美丽的。

她很快就从高速旋转的人堆中辨认出丈夫。双眼立刻射出锐利的光。

狄煜却浑然不觉。

“章总会计师，先把你制定的财务预算表读给大伙听听。”盛京坐在居中的沙发上，面前的茶几上摊放着一个皮面笔记本，中间是一根蛇皮管金笔。

“叫我老章好了。”章广虎取出一叠纸。

“我经常强调，要正式，只有正式，才能引起别人的重视。汇报吧。”盛京挥挥手。

章广虎打开财务预算书，开始读出一连串的数目字，他的字像所有会计师的字一样，极其清晰规正。读得也很清楚。

十分钟后，预算情况汇报完了。

“很好。”盛京赞许地点点头。“葛工程处长，汇报一下包工队的情况吧。”

葛大有的声音沉重而含糊。但他的逻辑却很清楚。他先从应征的四支包工队的履历谈起，接着又谈技术力量、设备情况。

“咱们也引进点洋东西。”盛京翻动笔记本，“搞一个真正的招标。”

“什么叫招标？”刁小氓代表三人问。

“咱们根据工程量算出一个合理的数。然后让四支工队分别做出预算。谁最接近咱们的数就让谁来干。这样咱们的利润就大。”

“谁来算？”章广虎问。

“当然是你了。”

章广虎得意地笑笑。这是很大的权利。而权利就意味着好处。

“你把包工队的情况写个东西来。”盛京收起笔记本。

“文字东西我搞不来。还是刁主任干吧。”葛大有张嘴一笑，露出布满结石的牙。

“我不认识字。”刁小氓赶快摆手。

“你不认识字？”盛京与刁小氓相处已有数月，只知道他是个很机灵的小伙子，却从来没想到他是文盲。“刚才你不是还在读《云海玉弓缘》吗？”

“我光会看，不会写。就是看也是连蒙带猜。碰到实在猜不出来的字，就干脆往过跳。”刁小氓摸摸领带结。“咱念到小学二年级，就赶上‘文化大革命’了。后来就进了少年管教所，哪有时间念书识字？”

“那你这个办公室主任该怎么当？”

“咱有这个。”刁小氓得意地从口袋里取出一架微型录音机。

众人都笑了。

“以后我抽空教你认字。一个人如果不认字，他就等于是残废人。”盛京环顾一遭。“你们还有什么问题？生活上工作上的都行。”

没人答话。

盛京刚要宣布散会，刁小氓却说：“我有个小小的问题，不知能不能问？”

“说吧。”

“今天中午我想在澡盆里泡一会儿，突然我放了个屁，于是一大串小泡泡从底下升起，我赶快又放了一个，又是一串泡。你们说奇怪不奇怪？”

众人哄堂大笑。

“你们别笑，谁能给我讲清为啥？”

“这是一个物理现象，以后我专门给你讲。好，散会。章总会计师留一下。”盛京说道。

众人鱼贯而出。

“刚才是报给税务部门的预算，现在给我讲讲真正的预算。”

章文虎习惯地朝四下看看，然后从口袋里取出一个小本，附在盛京耳边低声嘀咕起来。

“这就是标底，千万不能泄露出去啊。”盛京嘱咐道：“即使是对刁、葛也不要说。这关系到工程质量和结算。”

“我知道。”

舞会散了,人们蜂拥而出。他们尽了兴,因此不再留恋。

“小姑娘很漂亮呵。”段芳陵对狄煜说。

“当然。”狄煜大步走着。“她不但漂亮,而且很温柔。”

“你已体会出来了?”

“有些事情凭感觉就行。”

“可她也会老的。”段芳陵的声音不算低,引得几位职工直往这边看。他们对狄的事情一直有风闻。最明显的征兆即是:狄从来不回家,吃住都在店里。

狄煜没有理她。他知道对付她最好的办法就是:不理睬。

“你这间办公室很漂亮。”段芳陵尾随他进了门后,一屁股坐在沙发上。“别开那么多的灯,我怕亮。”

“可我不怕。”狄煜把所有的灯尽情打开。

“难怪你不愿意回家。这里应有尽有。”段芳陵在屋里来回转着。“书籍、饮料、浴室、卧具。”她特别突出最后一项。

狄煜坐在写字台后面,小口吸着烟。

“你就应该抽烟,这样才构成一个完整的男子汉形象。”段芳陵把手搭在他肩上。

“法院把我的起诉书副本送达你处了吗?”狄煜不动声色地问。

“当然,要不我还不来呢!给我一支烟。”

狄煜用下巴指指茶几上的烟具。

“我不抽‘牡丹’,我也要抽你那种美国烟。”

“我的外国香烟从来不给别人抽。”

“你不至于绝情到这个份上吧。”段芳陵走到狄煜身旁,“用用你的打火机总可以吧?”她从口袋里取出一支“万宝路”。

狄煜觉得一种外国女人身上才有的香气把他笼罩住。

“郎森打火机。记得这还是我早年送你的礼物吧?”段芳陵老练地点上烟。

“是的。”狄煜把烟头掐灭。“你可以收回去。”

“不要耍小孩子脾气嘛。”段芳陵翘起很长的腿,“送礼物就像嫁女人,泼水、吐气,是根本不能回收的。”

这是一双使我为之倾倒的腿。早年我爱过她。但现在不爱了。纵览自己的婚姻史,只有第一页是诗,剩下的全是战斗记录。以后是什么? 忏悔录?

“你已经有一个月不回家了。”段芳陵的声音温柔起来。

狄煜觉得面前一片昏黄。

“今天晚上我不走了。”段芳陵提起小包进了浴室。

狄煜默默地坐了很久,才拿起对讲机,“今天的床位使用率是多少?”

“百分之一百零四。”答话的是方小苏。

“还有空床吗?”狄煜突然产生一种逃避的想法。

“只有‘总统’了。”

“那就算了。”逃是逃不掉的。该正视的就得正视。

“经理,我今天碰到一位 H 大学的计算机教授,他给我讲了不少东西。你有空可下来聊聊。”方小苏对人情世故并不老练。

“对不起,今天我什么都不想干。”

“您有事可以找我。”方小苏这才醒悟。

“谢谢。”狄煜关掉对讲机。

“跟谁通话呢?”段芳陵从浴室出来,人——尤其是女人,在浴后是分外光艳照人的。“是那位小情妇吧?”她用牛角梳梳理着极好色滑的长发。“你不要脸红。如今是时兴情妇的时代。你有那么漂亮的情妇,也是我的光荣。三十五岁,是女人的下午,可却是男人的中午,我承认这种不平衡状态。”她熟练地拍松枕头铺好床。“所以完全能够理解。”

狄煜没有答话。在不知对方打算的情况下,最好的办法就是静静观变。

段芳陵慢慢地褪下浴装,于是完全成熟的女性躯体,顿时辐射出极强的诱惑力。

如果单就形体而言,它无疑是美的。狄煜觉出阵阵的冲动。这是原始的能量,很难抑制。但必须抑制,否则就前功尽弃了。

段芳陵旋转了一百八十度后,就钻进雪白的被窝,“不来吗?”她正式发出邀请。

这是一个变态的女人,家庭生活的优越,铸就她颐指气使的脾气,极强的统治欲。她是个侵略者,粗暴地把触角伸入你所有的领地。她掠夺你的精神,不允许有半点私有空间。这是我绝对不能容忍的。她有优点吗?有。起码有过。可我却回忆不起来了。回忆起来又有什么用?反正这桩婚姻我是不打算维持下去了。维持是世界上最没意思的事,要么生,要么死。

只要是男人,就会有性欲。如果没有,那么就恰恰证明他有相好。我段芳陵的逻辑就这么简单。

我向城区法院递交了离婚起诉书。他们说处级以上的干部要到市中级人民法院,中法又要身份证明,于是私事变成了公事。俞量才局长深通人情,尽量悄悄地给我开了一张,并嘱咐处理这类问题要小心。改革时代的企业家要求具有很高的伦理素质——这话我懂,在中国伦理比政治还有力。它无时不有。无处不在。可我想开了,顶多是这个官不让当了。我首先是人,其次才是什么企业家。如果家庭生活不幸,就算当上部长、省长也没多大劲儿。

“怎么不上床来?记得你曾经是个性欲很旺盛的人呵。”段芳陵的声音幽幽的。

我有正常的性欲。她也很正常。可婚姻的二项式中,有另一项:感情。说不清谁是基础,谁又是上层建筑。

“不管怎么说,咱们此时名义上还是夫妻嘛。”对段芳陵来讲,话说到这份儿上,已经是极限。离婚对女人的压力尤其大。否则我决不会低三下四地求人。我不爱他。他与我的个性都太强。一个不匹配的组合。可母亲不同意离婚。他还搂着那么年轻漂亮的小妞跳舞。我也年轻过,也美丽过,我因此决不能允许,他不付出相应的代价绝对办不到。

“在不久的将来,这名义会中止的。”狄煜拿起桌上的《经济导报》。

在可以预见到的将来,它还不会中止。段芳陵翻了一个身。

“今天的碰头会改在小会议室开。”在阳台上吸足新鲜空气的狄煜给方小苏打了个电话。

等他开会回来,段芳陵已经走了。桌上有一张纸条:

你——太过分了!

十二

“邹省长吗？我是李丛祺。听说经计委正在联合开会，商定明年的计划。”李丛祺坐在沙发上给隔三个办公室的邹飞鸿打电话。

“是的。”邹飞鸿五十出头，在全国的省长里头属“少壮”类。去年才从电子工业部调来。他的头脑很灵活，知识面也宽。不过政治经验却相对地少。

“去年咱们商定‘电子一条街’的用项时，拉下点亏空，能不能补上？”李丛祺的声音很和缓。若按以前的排列法：副书记 = 省长。可现在的趋势却表明，权力正向政府一侧飘移。可第一书记因病在京，我又是主管常委的书记。这是一块很重的砝码。

“我看够呛。今年农业欠歉收，Y 市地方煤矿又吃掉大量资金。教育方面的经费，根据中央精神，要大幅度增加，地方财政要负担大部分。另外还要补贴市民副食。”邹飞鸿说得极标准的普通话，相当清晰。

“想办法挤挤嘛。老兄手里的刀子弯一弯，七八千万不就出来了。”

“我手里没有刀子。钱是最客观的。各单位全眼巴巴地盯着呢。”邹飞鸿从开始就不赞同李丛祺搞“G 省硅谷”的方案。此地根本就不具备这种高技术的工业基础。不过当时他刚来，不好公开理由。心想，压缩其规模也就是了。不承想李求成心切，不断地追加预算，竟成尾大不掉之势。“不好办呵。”他又补充一句。

“咱们办的事全是不好办的。”李丛祺不慌不忙地说：“比方下星期就要开个人事会议，候选人足有实缺的三倍，不全得凭我下决心往下砍吗？”

“我尽力想办法吧。”邹飞鸿很明白李话中的含义:他从电子工业部来的时候,带来几个干部,可因G省情况复杂度远远超出他的预想,一直没能安排,全部处于“幕僚”的地位。而省委组织部则是李主管的,半点不容人插手。我今后无论到什么地方工作,也绝对不带干部了! 这是一条深刻的教训。

“好的。”李丛祺放下电话。

早在前年,李丛祺就对形势做出了估计,中心是经济工作。如不抓它,别的都是空话。G省是工业省,首项是煤矿,因此他紧抓Y市不放,另一头是电子工业。专家们告诉他,这是尖端。抓基础,抓尖端,两头有。中间就会被带起。所以才有了“硅谷”一说。“北京能有的,我们也能有。”在常委会上他一锤定音。

可在付诸实施时却遇到极大的障碍。首先是资金不足,仅拆迁费就用掉了三千万。基本建设又吃进六千万。还有大头在后面,他开始意识到当初的设想有些过于宏大了。

可开了头的事必须干下去。哪怕这事情有些错,甚至是全错。“白秘书”。他低声喊道。

白秘书立刻出现,做秘书的听觉系统必须相当发达。

“计委正在‘唐城’开会。你去督阵。一定要把‘硅谷’的资金落实下来。”

白秘书点头。

“另外关于晏洗河的事,你再去新华社G省分社打听一下。他们的耳朵长。反正他肯定来了。”

白秘书点头后说:“上次向林托我带回来的报告,他刚才又打电话催问。”

“我已经批了,转到飞鸿那去了。”

白秘书没有再说什么。那是份关于召开G省Y市党代会的内定名单。他清清楚楚地记得上面没有方秘书长的名字。李是在搞平衡,利用向林这条线上传。一部二十四史,就是政治斗争史,这点路数他还是看得出来的。

“你奇怪为什么没有老方?”李丛祺坐到沙发上。“我让他去Y市电站作书记去了。也是地市级。我老了,关键是培养几个人。”他似乎自言自语。

培养安排人只是一方面。白秘书想道,另外你是想从Y市电厂挤出点钱来。那是一百万千瓦的中央企业,肥得流油。

“你记住:只要抓紧,钱就会出来。钱对于那些管理它的人来说,并不是实体——也就是说,并非活生生的钞票。只不过是一句话罢了。”李丛祺一捋头发。“在大跃进年代,一声令下,千军万马就来了,物资也跟着来了。哪见过个钱影子。如今什么事都用钱来衡量,它或许精确点?”他一挥手。

钱并不是一句话,我的首长大人。它也许暂时是一句话,但归根结底是要兑现的。命令可以抗拒,可以拖延。可钱一旦付出去,迟早要出现在市场上,转化成购买力。这么深奥的经济学知识,如果对他讲的话,他一定会认为你是傻瓜。白秘书想,傻瓜的定义是什么呢?我是书记,你是秘书,那你就是傻瓜。我是秘书,你是书记,那我就是傻瓜。它不是种精确的东西,更不是客观的。

“你请我吃饭,攀交情,其实没这个必要。”章广虎对葛大有说:“有事尽管说。咱们相处又不是一天两天了。”

即使相处上一百年,两个人还是两个人。“喝。”葛大有举起杯。

“你先喝。”

葛大有酒量很海,一仰脖则尽。他没有注意到,章广虎把酒给泼到地上。

又是三杯。

“咱老哥俩吃饭,那才叫吃饭。我最不喜欢酸文假醋的了。”葛大有用手擦擦嘴。

“可盛老弟是有本事的人。没有他,光凭你我能揽来工程?”经验告诉章广虎,说人坏话的,一般不会有好结果。坏话没有说出来的必要。

“可如果没有你我,他揽来工程也没用。”

“这倒也是。”章广虎虽不知道葛大有的真实底细,但对其神通还是很钦佩的。他能搞来稀缺的建筑材料,能调动车皮,还认识几乎所有的包工头。

“听说他有一个改革计划?”

“我也只是听说。”虽然盛京不止一次对章广虎说;我几乎无儿无女无家,现在有几个钱,除了花花外,就是想搞些社会实验,看看金钱能不能改变人——不是变坏,而是变好。可他却认为没必要对葛大有说。

“到头来,还不知道谁改造了谁呢?”葛大有是个贪杯的人,又独饮一杯。“他还想青史留名,留那个名有鸟用? 干。”他又举起杯。

趁他饮的功夫,章广虎又把酒倒在地毯上。

“我说老哥。”葛大有把脸凑过来。“跟你打听个事儿。”他的胡须几乎触到对方。

“说吧。”章广虎并不在乎这些。

“你们不是算了个标底吗? 能不能告诉我?”

到底来了! 章广虎心想。“我哪里知道。全是他自己算的。”

“别看他计算机玩得溜儿,可到底弄不过你这把硬木算盘。建筑工程上的玩意儿,他哪有老哥你懂得多!”葛大有把一条腿翘到沙发上。

“可我也不如你啊!”葛大有在进料上,很吃了些回扣,章广虎从单据上已经发现,并且暗示过葛。葛很领悟,以后的单据很干净。

“告诉我个底。我不会让你白干的。”葛大有做了个捻钞票的动作。

“多少?”章广虎有自己的处事法则,在单据、账目上做文章,是最傻不过的事。自己早年不就是为这才进去的?聪明人同样的错,一辈子只犯一次。可像这种无根无据的钱,拿了也没关系。甭说三曹对案,六曹对案我也不承认。

“这要看你开价多少了?”

章广虎伸过大小两个指头。

“六千?!”葛大有做出仿佛这钱多出预算一倍的样子。可实际上再乘以二他同样会答应。

“对。少了这个数免开尊口。”

“行。”葛大有从床底下拖出一口箱子,很点了一会钱。

章广虎到底是会计出身,片刻工夫就点完了。“头期工程七十二万。”

“七十二万，七十二万。”葛大有用重复法强迫自己把这个数记住。“还得再求你一件事。”

“说吧。”

“包工队没有像样的预算人员，你能不能把计划书借我用几天？”

“你的要求太过分了吧？”章广虎眨动着眼睛。

“我只用一天。到对面复印社复印一份就是了。”葛大有误会了他的意思。

“我没那么大的胆子。”

“可我有壮胆的东西。”葛大有又点了阵钞票后递过来。“四千块。正好凑一万。”

“告诉你一个数儿就挣了六千。给你份完整的计划书才四千？”章广虎把钱推了回去。

“工程完了分红你能分多少？顶多不过一万。”

“可那是上过税的钱，不用担风险。”章广虎从怀里取出刚才的六千。“数字算我白告诉你了。”

“算你小子走运。再加两千。”葛大有再度忍痛点钱，他的钱是以使包工队中标为由从他们那预支来的。四支队共收了四万。虽然中标的只能有一支，但他自有处理的办法；让中标的一支雇用上其余的三支。反正他们没有固定的编制。

“用盛头的话讲：有买有卖，方成市场。”章广虎小心翼翼地把钱收好。“上我屋里拿计划去。”

钱对于他们来讲，是最具体不过的。一个由盛京精心计划出的竞争机制，很简单地被破坏掉了。

十三

“您就是许科长吧？”钮书同敲了半天门，见无反应，只好推门。

许福通正和一个在西装里面套了两件毛衣的人讲话。他抬了下眼皮：“什么事？”

“想找您联系点业务。”

“出去等。”许福通挥挥手。

钮书同转回大厅，找个角落坐下点着烟。现如今，小人物办事是很难的。在该忍让的时候必须忍让。

“就这么定了。我给你们大队一万块，算作投资，你们定时给我们供应蔬菜。”许福通猛喝一大口茶。

“这是合同。”西装客操着一口标准的G省方言。“我们一方的已经完全填好了。“

“我研究、研究。晚上到我家去取。”许福通将一张标有家庭住址的名片递过去。

西装客心领神会，收起名片走了。

“我们这从来还没有接待过像你这样的文化个体户。”许福通看了好半天钮书同由书法协会出具的介绍信。“刻图章。有谁天天刻图章？”

“中国的篆刻艺术和国画艺术一样，在全世界都极其流行。咱们这里的外宾又多，肯定会有生意。”钮书同最不爱听的就是“刻图章”三字。他认为自己是“治印"的。治印是艺术。

"可我没有空房子呵。"

"在业务总台旁边。有一小块凹进去的地方,正好可以放张桌子。"钮书同很谦恭地说。

"那你就先在那放张桌子吧。"

"咱们是否先签一份合同书。我也好向税务所报账。"钮书同从包里取出早已准备好的合同。

"这要视你的生意情况而定。"许福通很草率地浏览着合同。电话响了。"对,我就是许先生。噢,翻译官阁下,来吃饭?欢迎,欢迎,经理不会反对的。像你这样的财神,别处请还请不到呢。再说他又是个效益迷。再见。"他放下电话,在台历上写了个"七"字。"好,暂时就这么定了。"

迟翻译陪着一位三十岁的女士,在底楼雅座内吃饭。

餐桌上没有几个菜,但两位穿旗袍的服务员在不停地撤换。

"好菜就是这样,让你浅尝辄止,永远回味。"迟翻译用热毛巾擦着白皙的脸。"怎么样?你半年不来T市。我招待的还可以吧?"

"相当可以。"女士背起玲珑的小包。"这顿饭要花你多少钱?"

"花钱?"他们请我还怕请不来呢。像这样的吃饭处,我手上掌握着十几个。迟翻译把桌上的葵骨牙签尽数倒入随身携带的小盒里。

"他们凭啥巴结你这个国际旅行社的小翻译?"女士眼皮往上一翻。可以明显看出她的眉毛是人工的。

"翻译虽小,能量却大。我经常陪团。你算算,一百来个外宾。在这吃顿饭,他们能挣多少钱?凭我一个能吃多少?"

"可人家要是指名在这儿吃,你又有什么办法?"两人边说边往外走。

"只消一句,这儿的卫生特别差。他们就连半点兴趣也没了。到了咱们这一亩三分地上,老外全成了睁眼瞎子。我指哪他们就往哪冲。"

“两位吃的怎么样儿?”许福通迎了上去。他刚才一直在厨房内指挥加品尝。

“非常好。”女士应酬道。

“欢迎再来。”许福通对迟翻译使了个眼色。

“你大厅里等我片刻。”迟翻译把大衣递给女士。

女士走起路来可谓仪态万方。

“这是你要的美元。四百块,二十票面的。”迟翻译递过一只没有任何标记的白信封。

“这是两千人民币。”

“给我找一间房子。”迟翻译低声说。

“这事现在不好办了。全由方小苏控制着。”

“我给钱还不行吗?”

“给钱还有不行的。我以为您要白住呢。”

“你也太小看我了,钱不就是花的吗?要套间。六十块钱一天的。”迟翻译点钱。

许福通很快地办好了手续。

迟翻译扬手一谢,挽起女士的胳膊进了电梯。

这小子倒挺会装蒜。交了钱他也能报销。等到下辈子,老子也做翻译。这活儿棒!给个处长也不换。许福通望着不断上升的电梯指示器想道。

钮书同家的房子很小,大约只有七平方的样子。可却住着三代四口人。因为火炉不旺,窗子封得很紧,室内的空气相当混浊。

“铁笔纵横,芝泥焕彩。本人治印十年三千方,流遍神州各地。欢迎各位铭章。”他默默地诵读着刚写就的条幅上的字。

不好。不好。雅的过雅、俗的过俗。换一幅?他很夫子态地来回踱着步。不用换了。雅俗并混,方能雅俗共赏。

他觉得有些累了,就小心地坐到“吱吱”作响的藤椅上。

“妈，你往那边点。”帷幕的另一侧，传来小女儿的声音。

妻子在翻身。

等我赚到钱后，头一件事就是买套房子住。生为七尺男儿，不能给妻子儿女父母提供容身之地，实在惭愧之至。

他是一九七四年返城的插队生。原来在一家工厂做钳工，可始终入不了门。去年因升工资与厂长发生争执，一怒之下，竟拂袖而去。一年来，到处打零工，替人抄写材料。多亏梅林给他出了个主意，这才算安定下来。

在插队时，他不是好农民。作工时，他不是好工人。可他却无疑是个优秀的篆刻家。

他出身于一个说不清是干什么的家庭。打他记事起，父亲就是中午一杯酒，晚上两杯酒。下午拉京胡，唱京剧。若有闲钱，就支起一个火锅，买上两斤“烧刀子”聚起一伙酒友喝上一顿。要不就弄本古书，摇头晃脑地念上几句。记得在小时，父亲哄他睡觉时，总哼马致远的《天净沙·秋思》。

父亲爱票京戏，因此很有一帮“票友”。其中有位唱老生的萧先生，偶然中发现钮书同有几分绘画天才，就不时地指点二、三。有空就常领他去城外的碑林转悠。老先生的金石气极浓，几千块碑如数家珍。若遇好碑，必要滔滔不绝地从碑面讲到碑阴、碑侧。

艺术与天赋交织，使钮书同迷上了老气横秋的书法篆刻艺术。偶然从父亲处讨得几个闲钱，统统被文具店收去了。初中时，一幅字就先省城、后京城，接着又去了香港。

萧先生与父亲的运气都不错，“文革”前半年，双双驾鹤西逝。撇下他与多病的母亲，在世上苦苦挣扎。

“文革”后十年来，他除书法篆刻外毫无长进。跟厂长闹翻，或许是件好事。置之死地而后生。人生的道路或许会因之发生变化。

“睡吧。书同。”妻子轻声招呼他。

“好的。”

十四

抗大京坐在沙发上,望着投射在雪白床单上的一抹阳光出神。

到G省来,他已经去了四处地方。最后去的是周群山处。周父是空军的一位将领。与他父亲是一案。六年前其父在狱中病故后,周群山信誓旦旦地要报仇,并制定了一个宏大的计划。成为他的“部落”中最坚强的一个。可合伙干了两年后,周群山突然不见了,事先也没打任何招呼。直到最近他才打听到这位战友在T市作一家公司经理。

“你怎么找到我的?”见了他之后,周群山不胜惊讶。

“我想找的人终归是能够找到的。”他阴沉沉地说:“老兄的买卖很兴隆吧?”

“凑合过日子。”周群山回答很是小心。他知道抗大京的分量。

“搞什么买卖?”

“一些电子器件和小五金。”

“听说你还买卖船舶?”

“那是别人替我吹。”周群山觉得对方的眼睛如同一双激光枪。“不过有时也搞些内陆船只。”

“这就对了。做人最好要老实。”

沉默。

“实话实说,你还干不干了?”

“不想干了。”周群山不敢正视抗大京的眼睛。“正面干不是对手,我想从经济上瓦解他们。”

“软骨头。”

“你如果需要经费的话,我可以想办法。”

“能给多少?”

“两千块。”

“我又不是要饭的。”

“你要多少?”

“四千块。”

“行。”周群山给他数出钱来。

“我要的四千美金。”抗大京并不伸手去接。

“我没有美金。”周群山也愤怒了。

“你看着办。”抗大京走到周群山的“全家福”前。“你太太是相当地漂亮。小孩子也很可爱。”

周群山浑身不禁起了层鸡皮。

其余几处,情况也差不多。

“我觉得特别的失望。”他躺在雅丽的怀抱里,喃喃地说:“在中国这块地方,似乎最不适宜搞秘密活动。”

“是这样的。”雅丽抚弄着他黝黑的卷发。“别干了。咱们结婚吧?”

雅丽与他是在北戴河认识的。当时她是疗养院的护士长。类似的女性,抗大京不知有过多少个,大都数夜之欢后,连名字都不能记忆。可独对她久久不能忘怀。她对他的吸引力并不在于思想,而恰恰在于她没有思想。没思想的女人是很温柔的。一种无微不至的温柔,使抗大京感到特别的宁静,仿佛回到娘胎内一般。

他先先后后在疗养院住了半年,那时两人都不过二十余岁。

十年过去了,两人仍没有结婚。

“不。我要干。而且要干到底。”抗大京霍地坐起。

“那你就好好干。”雅丽抚弄着他条肌理分明的背部肌肉。

“我原来是打算和你结婚的。”他抓住雅丽的手。“你信吗？”

“我信。”雅丽偏过脸去。她不愿让他看见眼角的皱纹。

“你有皱纹了。”抗大京扳过她的脸来。“可你却不老。”抗大京说完这话后，重新跌入温柔乡中。

“你要钱吗？我这有四百多块。”雅丽从枕头下取出只信封。她是个头脑极其简单的女人。所读过的最高级书籍为《护理手册》。她因此觉得抗大京身上有种不同凡响的东西。

“我有地方搞钱用。”抗大京粗暴地打落信封。然后又抱住雅丽的头，吻了起来。

次日清早，雅丽刚去上班后，周群山送钱来了。

“四千美金，你不数数。”

“我想你是不会搞错的。”

“我希望这是最后一次。”周群山说这话时，很有些中气不足。

“如果我需要的话，会通知你的。”抗大京深知对方的弱点。“我想告诉你一个真理，一个人有了家庭，就很容易受到威胁。虽然他早年很可能是个很坚强的人。”

“你就不怕我去告发你？”

“可我是很难被抓住的。而且你应该知道，我不是在绝望时自杀的人，而是杀人的人。”

周群山几乎被抗大京的目光击倒。

他走后，抗大京就回到了“唐城宾馆”。

可我是否能坚持下去呢？如果坚持不下去又该怎么办？

他站起身，从皮箱中取出一个钢盒，里面是数支自制的烟卷。

他抽出一支，用火柴点燃。他从来不用打火机，即使是先进的舶来火机，也需要外围设备。而他则是个讨厌任何累赘的人。

一阵快感催得他从椅子上站起来。转了两圈后，出门进了电梯。

电梯里空无一人，他在二楼下梯，然后步行至一楼。

安先可按了一下电钮，把电梯从二楼召下来。

这是一顿很可口的晚餐。由此可推论，这宾馆一定有两个以上很不错的厨师——现今精通中国众多菜系中某一支的人很难找。一位朋友曾对他说：好厨师比好部长还难找。如果厨师相当于部长的话。那么经理不就相当于总理了吗？这宾馆的经理一定不错。因为只有好经理手下才会有好厨师。

电梯来了。他侧身进入。

有些事情是不能由逻辑去推论的。妻子很善于缝制衣服，某次曾说："衣服最难做的是领子和袖子。因此毛主席就叫领袖。""其次数什么难作？"他问。"口袋。""再其次呢？""扣眼。""那么总理为什么不叫口袋？我这个部长级干部为何不叫扣眼？"他反问。"一个在理性世界生活得太长的人，是很容易得职业病的。"妻子笑着说。

他突然觉得有一股甜香味道在狭窄的电梯间内回荡。什么味？他的鼻子相当敏感，很善于对气味分类归档。这味儿我肯定在什么地方闻到过。

他躺在浴盆里，久久地思索着。

水挺热，而热能激发思想。

是 LSD，也就是麦角酸二乙基酰胺。英文名称是 PSYCHEDELIC。去年在美国新泽西开一个控制论方面的讨论会，麻省理工的一位数学教授就抽它。"少抽一点有好处，它能使你产生些形象思维。"他当时很想品一下这种世界闻名的毒品。可出于身份，只好忍住。"如果你将来有机会接触它的话，千万记住，必须适量。"教授与他是老相识。"性欲要控制，食欲要控制，烟量，酒量都需要控制。人与社会一样离不开控制。而且前者要比后者难。"安先可还是很有幽默感的。"正因为有这么许多要控制的事情，才会有咱们这些搞控制的专家。"说完，教授挥了下手走了。

可为什么会在内地宾馆闻到它？外国游客？不可能。海关对它的管制是相当严的，没有人会冒这么大的风险。我记错了？不可能。一个人如果连自己的思想都不相信，那他又该信什么？上帝？上帝死了。

每逢夜静月明的时候，卢加伟倍觉难熬。今日尤如此。

距上次给李丛祺打电话，已半月有余。他没有任何回音。而卢加伟由于多年权力生涯培养出来的自尊，也没再去电话。

狄煜只是叫唤得凶，并没有真正地断水断电。他只是命令厨房撤掉对卢的专供，并吩咐宾馆车队，如卢不事先付款，不准动用出租车辆。仅此两项，已使他度日如年。

这太平天下是谁个打下来的？卢加伟躺在洁净的被内发问。是我们这些人。一九三九年，为了给抗日政府搞经费，我独自一人背着十斤烟土，进敌占区去卖。光银圆就背回一千多块。一共三次，我何曾动过一文？第四次被敌人给抓住了，脱光了衣服在木笼里站了两天一夜。记得那也是初冬季节，很冷。冻得连生殖器都缩了回去，可我还是忍了过去。

全国解放了，我也没存过享福的念头。即使有错误，也是辛辛苦苦地犯错误。

如今我老了，该好好地享受一下了。没想却得了病。而且连吃住行都解决不了——宾馆、轿车、适口的饭菜，这些东西构成他正常生活的一部分。他并没有认识到，这些都是他的职务带来的，并将随职去而去。

我曾自认有识人之明。在临退之前很久，大力举荐人，只有铺路才能走路。可谁知还是没能把李丛祺这人看穿。

他是个能人。能人并不等于是好人。可没准也存有些良心。虽然我知道“感恩”是种很靠不住的感情。卢加伟拿起电话。

李丛祺共有三部电话：卧室、书房、秘书办公室。当初把号码告诉卢的时候他曾说：“您随时都可以给我打，就像我过去给您当办公室主任时一样。”既然那个姓白的不肯给传，我就只好打到他家里去了。

话筒里传来清晰的“忙音”。

连续两阵“忙音”。

“是省委总机吗？”他又拨了一个号。“方才我叫了三个电话为何都不通？”

“奉命撤销了？那老李家的新号是多少？什么？我是谁？”卢加伟想了半天，也不知该如何答复。“我就是我。什么？无可奉告？”他握话筒的手微微颤抖起来。“你们都是些小人，坏人，王八蛋。”他终于大吼一声，把话筒扔了出去。

他觉得心脏有些疼痛，但并不十分厉害。

一条身影，悄悄地在四楼潜行。

四楼是很普通的住房，卫生间全是公用的。他溜进了男用一侧。

女人比男人爱清洁，这似乎是天性。两个女人正在隔壁的洗澡间内欢快地笑。经过湿度很大的空气润色，声音很好听。

身影趴在墙上很倾听了一阵，终于忍不住了。他把门插上，然后攀上了供水的管路，将脸紧紧地贴在玻璃窗上。

抗大京是个喜好锻炼的人。看完《世界体育》节目之后，他先攀上十四楼，然后又一步三级地由上而下。

狄煜在进行巡视。纠正了两处微小的错误之后，他进了三楼的公用卫生间。

“卫生间必须卫生。”他对随行的梅林说：“看一个家庭富裕与否，不要去看客厅，最好去看厨房。可看一座宾馆，却不要去看餐厅，而去看卫生间。”

“可现在大家却都注重餐厅。上次我去广东，在一家餐馆里看见上百位‘邦斯舅舅’，在拼命地大吃大喝。一看那架势，就知是公费。什么穿山甲、金田龟、飞龙，反正尽是一类保护动物。”梅林洗了洗手。“其实一类保护动物未见得好吃。不过因稀而贵罢了。”

“现在经济交往多了，吃喝的机会自然就多。这原本无可非议。但应该适当地简化一下。”狄煜也洗了洗手。“拿破仑说过：没有什么比长时间地大吃大喝更腐蚀权力的了。”

两人说着从卫生间走过来。

身影趴在玻璃窗上看着、看着，终于按捺不住原始的冲动。重重地拍击了一下玻璃窗。

水流的声音很大，两位女士并未惊觉。

他再次拍窗。

玻璃耐不住重击，碎了。

“抓流氓呵。”两位女士出于本能地惊叫起来。

正合“慌不择路”这条定理，身影夺门而出后，朝走廊尽头跑去。

“抓流氓呵。”女人一旦受到惊吓，声音既高且锐。

人们纷纷涌了出来。

身影碰到左侧的墙壁后折返，然后又碰到右侧的墙壁，再度折返时，已有人拦击他。

狄煜，梅从林三楼赶至四楼。抗大京也从五楼下来。

身影无疑是经过很好体育锻炼的人。众房客竟拦他不住。

这次他选择了正确的道路：从楼道中端推门而出。

不料迎面碰上抗大京。身影出于本能，劈头就是一拳。

抗大京并没有躲闪，稍一侧身，然后做出了很漂亮的“背摔”动作，将身影掼到拐弯处的暖气上。幸亏暖气有护板，否则他必要撞个头破血流。

众人立刻涌上去，加之拳脚。

“他这一摔挺漂亮的。”梅林评论道。

“如果我要作的话，比这还漂亮。”狄煜迅捷有力地空手劈了一下。

“你就会吹。”

“你才会吹呢。如果他碰上我的话,顶多闹个平手。”

“也许可能。”梅林在技击方面不过是个理论家而已。而狄煜却是杰出的实践者。

“咱们过去看看。”

身影在人潮如涌的局面下,很快昏死过去。

“叫他们别打了。看看他属于什么性质的问题,然后向我汇报一下。”狄煜对赶来的宾馆治安人员说道。

狄煜回到办公室好一会儿后,梅林才来。

“多年来你一直保持着看热闹的习性。”狄煜给他倒了杯茶。

“我是想给你联系一下那个会‘背摔’的人,让你俩较量一下。”

“你真是唯恐天下不乱。”狄煜以一个极松散的动作靠在沙发上。“十天前,我在楼后工地上散步,恰遇三个流氓调戏一个女孩子,我上去善意劝阻,结果他们跟我干了起来。最后警察赶来,把我们一块弄到局子里。我怎么也解释不清了。因为他们反诬我企图行窃。”

“他们应该能从做派、服饰上,感觉出你是正派人。”

“警察与作家不一样,他们不凭感觉吃饭。他们非要让旅游局出面来领我。当时是晚上十点,只有个副处长在值班。而我恰恰也算副处级。因此他没办法来领不说,并认为不能为这种事去惊动局里的头头。我只好自认倒霉,一直在班房里蹲到次日上午。”

“这倒是很好的小说素材。”梅林呷着茶。“谁把你弄出来的?”

“俞量才局长亲自来的。他一本正经地告诫我,作为一个处长,不管是因为什么,也不应该与人斗殴。这太有失体统了。如果我与那位无名氏进行场友谊赛,被人汇报上去,一准又得挨顿训。”狄煜站起身踱着步。“看样子我得好好学学‘体统’才行。”

“等你把‘体统’学好,你也就不是你了。”梅林正说着,宾馆的保卫科长与许福通一起将那个“身影”押进来。

“身影”是个三十岁左右的人，外表极其文弱，瘦长白皙的脸上被划破了好几条长长的口子，他的右手指显然骨折了。此刻正用左手，笨拙地把断裂开的眼镜往鼻梁上按。

“你叫什么名字？”狄煜打开笔记本，掏出钢笔。

“陈眠。”他的普通话说得很标准。

“很雅致的名字。”狄煜不无嘲讽地说。“在什么单位工作？”

“T 大学”。陈眠的声音很低。

“讲师？”

“研究生。”

“研究生。研究生。”狄煜站起身，来回踱着步。

“研究生还干这个？”许福通厉声问道。

陈眠没有回答。

“你倒是说话呵。”许福通从背后搡了他一下。

陈眠没有防备，“扑通”一声栽在地上，眼镜摔出老远。

狄煜没作任何表示，弯腰把眼镜捡起递还。“你认识胡可诚教授吗？”

“认识。他是研究材料的。”

“你是研究什么的？”

“力学。”

“你犯过几次案？”狄煜的声音变得严厉起来。

“就这一次。”

“您别信他这套。”许福通插了进来。“他一准是个惯犯。老实交代。”他又试图伸手，可被狄煜的目光制止回去了。

“对于一个受过高等文化教育的人来说，干这些事情是相当不光彩的。你结婚了吗？”

陈眠摇摇头。

“有女朋友吗？”

他接着摇头。

“你把事情的经过,你的姓名,工作单位写一下。”狄煜递给他纸笔。

陈眠稍稍犹豫了一下,然后就伏案写开了。

大约十分钟的样子,他就写完了。

“写得很流畅,也很客观。”狄煜看完了“笔供”后说:“你走吧。”

“走?”陈眠不相信地反问。

“对。”

陈眠慢慢地站了起来。然后猛地转身,急速向门外奔去。

“站住。”狄煜喊道。

陈眠立刻定在那里,好半天才转回身来。

“你下个星期三或五,抽空去找一下这个人。”狄煜递给他一张卡片。“或许对你有帮助。”

因为没有眼镜,陈眠很看了会儿卡片。“你们不会通知我们单位吧?”

“这次不会。但下次就一定通知。”

“真的?”

“真的。”

陈眠情急无措,胡乱鞠了一个躬,然后退行出门。

“就这么放他走了?”许福通问。他对这类带有“色情”味儿的东西相当感兴趣。一月前,在查房时查出一对姘居的人,他很仔细地盘问了整整一晚,各种细节全都问到了。最后经狄煜干涉,才将其送到公安机关。

“对。就这么放他走。”

“起码也应该把他送到市局去呵。”

“他的精神有毛病。如果非送到什么地方不可的话,也该送到某个医院去。”

“送医院?我不懂。”许福通拼命地摇头。

“你是不懂。你也很难搞懂。精神世界是个很复杂的领域。”

许福通眨了几下眼,然后偕保卫科长一并退出。

“处理得好。”梅林朝他伸伸拇指。

“没有一个人——当然包括你我——的精神是完全正常的。他好不容易念到大学毕业，又考上研究生，犯不上为这点事送了前程。更何况他并未对他人造成不可挽回的危害。饶其一次，胜造三级浮屠。”

“精神分析加佛教。好一盘杂拌儿。可你又如何能保证他不再犯呢？”

“据我的观察，他是个很敏感的人。受过一回刺激，下次起码不会在这一类事上重犯。更何况他尚未婚配，一旦有偶，或许能健康地生活。再说我还给他介绍了一个精神分析大夫。”

“中国还有精神分析大夫？”梅林很惊讶。“我怎么没听说过？”

“你没听说过的事多了。”

“他是谁？”

“我的一位朋友。”

“名字与住址。”梅林掏出小本。

“无可奉告。”

“为什么？”

“信息就是财富。另外，他是个没有行医执照的大夫。”

“无照行医是非法的。”

“正因为此，他不收费。但这并不妨碍他是个杰出的性心理研究专家。”狄煜转回写字台前。

“这真是个专家的时代，连‘性’都有专家。其实所谓精神分析，不过是陪人聊聊天而已。”

“从某种意义上讲，你末一句道出了实质。在陪人的过程中，他可以克服你的心理障碍，给你的精神能安排合理的流通渠道。”

“好像你就是个精神分析大夫似的。”

“我很懂些精神分析呢。”狄煜得意地笑了起来。“假设我是大夫，而你是个犯有兽奸病的患者。”

“你才患兽奸病呢。”梅林愤愤地说。

“瞧,不讲科学了不是。兽奸病和感冒一样,并没有什么不光彩的。”

“没什么不光彩?”梅林瞪起眼睛。“假设我是大夫,而你是个强奸病患者。”

“一亮相就露马脚。”狄煜又得意起来。“强奸不是病。它是犯罪。因为侵犯了别人的意志。”

“过两天,我也买两本精神分析方面的书读读。好冒充大夫。”梅林重重地坐回沙发。

十五

虽然只是经、计两委召开的部门会议，可却远比省级党代会，人代会还要热闹。“唐城宾馆”前的广场上，趴满了各种车辆。

“百分之五十的小轿车。百分之五十的客货两用车。这就是我俯瞰后得出的总体印象。”梅林边下台阶边和钮书同说：“我对汽车，尤其是轿车，有着特殊的爱好。愈是得不到的东西就愈是喜欢。这是条著名的心理定律。”

“好好干。别着急。能做到这两条。将来你也许能买上一辆。”

“在中国，想靠写作成百万富翁是根本不可能的。”梅林停在一辆法国警车面前，仔细地观察着。

“如果在美国可能吗？”

“当严肃作家不行。如果写《教父》一类的通俗作品还差不多。那东西，一出版就能弄上一两百万的。弄好了就能到手一个单位。”

“一个单位是多少？”

“一亿。”

“好家伙。”钮书同伸伸舌头。

“我相信：如果我会英文，而且能去美国弄个‘教爷爷’之类的，保证列畅销书之首。我的想象力特别地丰富，你觉出来了吗？”

“觉出来了。”钮书同笑着说：“这一会儿工夫，你不光学会了英文，还用它在美国写开了书。不丰富能行吗？”

“你不相信？你想不想听警车的故事。我立刻就可以给你讲上两个小时。”

“相信。相信。”钮书同赶紧说。

“这是犯人的位置。”梅林绕到警车的后部。“这是警犬的位置，这是挂警棍的钩子。”他抬起头：“这上面这一排警灯，全是地道的美国货。”

“好像你从小就是坐这东西长大的似的。”

“望梅止渴而已。”梅林敲了一下茶色玻璃。

“别动。”车的前门开了。一位警察钻了出来。“你们是干什么的？”

“我们什么也不干。”梅林很随便地回答。

“那你们在这转悠什么？”警察的脸‘逮捕证’般地严肃，眼睛则如新式手铐。

“转转又不犯法。”

“不能围着警车转。”

“请问，这是哪一条，哪一款规定的？”梅林反问。

警察一时语塞。

钮书同赶快扯动梅林的胳膊。

“我说不许就是不许。”

“既然您是法律的化身，我们走开就是了。”梅林戏谑地鞠了一躬。他知道钮书同在很长一段时间内是“黑户”，因此特别怕警察。

他们又绕到一辆“皇冠”车前。

“这是一辆‘帝王’级的皇冠车。”梅林观察了一阵后很权威地说。“你瞧，这后面还有个冰箱呢。这台收录机是‘夏普’产品。你看，这是电脑控制的空调，这是车内电话。这是一个小枕头。我敢保证。”梅林拍拍车后盖。“这里面一准还有床鸭绒被，妈的，整个是间流动的高级客房。”他又转到车头前。

“不要又被人家把咱们当小偷。”钮书同四顾。

“甭管他拿我当什么，我却仍然是作家。你瞧，这辆‘尼桑 3.0’的装潢够多讲究。”梅林把钮书同拉到另一辆车前。“仪表盘的布置很紧凑，白皮的顶子像天空，褐色的地毯又给你以坚实的感觉。”他退后两步，比较了一下。“要是在‘皇冠’和它之间让我挑的话。我宁愿要它。”

“样子好,开起来不一定好。”钮书同对机械类的东西一向不太感兴趣。

“有一次,我给一位开这种车的司机一盒‘万宝路’烟,让他拉着我转了一圈。那感觉真绝了。”梅林作陶醉状,“它开上一百四十迈,发动机竟毫无吃力的感觉。声音依旧和谐,犹如莫扎特的乐曲。”

看着朋友那副认真的样子,钮书同不禁笑了。

“你知道这位司机多少岁吗?”梅林围着车转了一圈。

“不知道。”钮书同试图在座位上寻找证件一类的东西,可什么也没见着。

“三十六岁。”

“何以见得?”

“首先看这。”梅林指指变速杆上缠着的红绸子。“你再看这。”他又转到车头,指着那块立起来的标志“超豪华”的金属牌上的小红绸条。“此地乡俗,凡遇本命年,必得用红色来辟邪。”

“可二十四,四十八都是本命年呵。他不一定非得三十六岁。”

“咱们俩知识与智力的差别恰好表现于此。”梅林作讲演状。“能坐这种车的主,地方上非得地市司局,军队上非得军级。人但凡到了这种份儿上,生命就显得特别重要。于是二十四嫌嫩,四十八又显老。三十六岁正当年。”

“你的作品就是这么胡编出来的吧?”

“如果你对胡编这个词的定义是,严密推理加上丰富联想,我就承认是胡编出来的。日本的大藏大臣就坐这种车,可在这上面竟有辟邪的红布。两下对比,够多深刻呵。”

“这块小牌子够精致的。”钮书同把“超豪华”的标牌扳倒,然后松手,它又自动弹回来。“最少得一百块钱吧?”

“你再昧着良心往多说说。”

“一百五十块?”

“良心还不够黑,这数乘上二,正好够一半。”

“这么贵有谁买呵？”

“能坐上这种车的人，六百块钱不过小菜一碟。如果丢了的话，必买无疑。超豪华少了这东西，就如同美人瞎只眼。”梅林深情地拍拍车帮。“再见了，我雍容华贵的王子。”

两人转回身，往宾馆走去。

“真是冠盖如云呵。”梅林对西装笔挺站在大门口的狄煜说。

“你总结出点规律性的东西没有？”

“客货车约和轿车数目相等。”

“再往深里想。”狄煜启发道。

梅林摇头。

“计、经委的年终会，说白了就是分钱的会。所以有着十分庞大的‘院外活动集团’。而他们的资本，就全是由这些车拉来的。”

“土特产品？”

“往往是名优产品假土特产品之名。昨天晚上报到后，楼道里乱成一团。整个是个工业品与食品的展销会。”

“白送？”

“价格低的几乎等于白送。要知道，在咱们这个以计划经济为主体的国家，任何一个部门都不如计委有权。他们的一位处长告诉我，本人批钱从来不看后面四位数。你听，够多气派。”狄煜咂了一下嘴。

“可送礼的单位怎么报销补贴的钱呵？”

“硬报就是了。”

“不怕查账的？”

“要知道，查账的也是人。而且查出来，除得罪人外，没有半点好处，更何况，有着各种各样的账本。”

“你说还有治没治？”

“方法只有一个，赶快进入商品社会。对了，我昨天还听到一个有关送礼的笑话，想听不？”

“想听。”梅林上跨一个台阶。

“那你得给我一包烟。”狄煜故意吊他的胃口。

“商人本色。”梅林挥挥手。“记在咱俩的往来账上好了。”

“有个部队的煤矿头头，想搞些车皮计划往南方销煤，因此准备了几个火锅送‘关系户’。‘你们军队还送礼？’管车皮的人这样问。‘这是我们用炮弹皮自制的。’矿长如此回答。有理论曰：凡送东西，必称自制。否则收主面上不好看。‘那我就笑纳了。’铁路官员忙不迭地把火锅收起。”狄煜稍稍一顿。“出门后，矿长很愤怒地问司机：‘你知道这火锅是什么炮弹皮作的吗？’司机摇头。‘糖衣炮弹！’”

梅林很笑了一阵后说：“你这破故事，顶多值一包劣质烟。”

“不过话也说回来，经济往来多了，请客送礼之类的事情自然会多起来。好多事情也就这样办了。”

“这是吃请受礼者的理论。”梅林说，“忙了这半天，我还没给你俩互相介绍呢。”他分别对二人说：“这是宾馆的经理，这是金石家。”

“大名久仰。”狄煜热情地伸出手。

钮书同却显得不那么热情。

“你去哪？”见一辆上海车滑过来，梅林问道。

“无可奉告。”狄煜耸耸肩。“当我不想骗人的时候总是这样说。”

“你对他的印象如何？”车走后，梅林问。

“无可奉告。”

狄煜去的是法院。

“你五点一刻，到新华书店门口接我。”离法院尚有一站地，狄煜就下了车。他不愿让司机知道过多的隐私。更不愿让法官对他有不好的印象；凡无车者均憎恨有车者。尽管只是辆旧上海。

市中级人民法院像所有的清水衙门一样，办公地点相当寒碜。狄煜绕过一大堆废砖，在角落里找到民事一庭。

“我叫狄煜。”他把传票递上去。除插队时因“扒车”被拘留过一次外，他从来还没上过“公堂”。但该上的时候就得上。

法官是个三十刚出头的年轻人。三年前从西南政法学院毕业，姓舒名导。他的个子不高，左眼微微有些斜视，整个脸型的构造让人不很喜欢。眼下虽已入冬，但他仍穿着春秋制服。并且肩领章俱全，很显金碧辉煌。

“你的《起诉书》我已经读过了。奉命与你谈谈有关的法律程序。”

“有关的法律程序我已经研究过了。请略过这段往下讲。”狄煜是个喜欢简洁的人。习惯使然。可话一出口，他就后悔了。自己既然“犯”在对方手里，应该时时对他表示格外的敬重才是。

舒导微微一笑。他的观察力很是敏锐，已看出眼前这位经理，是个坦荡的人。“我有个朋友，”他慢悠悠地说：“在插队时买了一本《赤脚医生手册》，于是自以为是医生，竟给人看起病来。结果有一次因胃疼，自我注射‘阿托品’，差一点到另外一个世界去。”

此刻已经是三点整。可办公室内的另外两张桌子还空着。

“我也有个朋友，凭着同一本手册，竟成了陕北有名的医生。后来又凭借丰富的临床经验，从哈佛医学院弄了个博士学位回来。”狄煜认为，凡借比喻说话的人，大都富有幽默感。

“我还有个朋友，北京大学日语系毕业。有次我见他有套三岛由纪夫全集，翻了一下，发现一半是中文字。就想借来读。‘不会日语也能看懂吧？’我问。‘绝对看不懂。’他斩钉截铁地回答。‘要是你能读懂，我这四年大学不就白上了？’瞧，我无意之中竟伤着他的职业自豪感了。”舒导给狄煜倒了一杯水。

“我也许无意中伤了你的职业自豪感。可我确实知道离婚诉讼的基本程序：立案、调查、调解、判决。”

“你读法心得是对的。你的《起诉书》我也读过两遍。”舒导取出一个牛皮纸卷宗。“可仍然需要大量具体、生动的细节。否则无法说服院长。而他不同意，就无法立案，一切也就无从谈起。”

“我自觉列举的例证，已经足以说明我与段芳陵之间的感情破裂已久。”狄煜不同意法官的说法。

“的确足以说服我。但我仅仅是办案人员而已。”舒导翻动着卷宗。“顺便问一句，你妻子在性生理方面有什么疾病吗？”

“相当正常。”

“有无第三者？”

“据我所知没有。”

舒导开始沉默。

“我以为感情破裂就是最大的原因。”狄煜显得有些燥。“据《婚姻法》规定，此理足矣。”

“每个人对法律都有着自己的理解。而理解本身，有着相当深刻的道德背景。基本可分为古典与现代两大派。”舒导低声说：“你此刻的关键是立案。”

“立案难道就这么难？”

“不能说很难。就技术角度而论，我们中法，一般只受理二审案件。对于像你这样处长一级的离婚案，则能不受理就不受理。其原因有二：一是报界对干部的离婚案过于敏感，稍有不慎，就会引起轩然大波。二是一审案件的工作量很大，而我们的人手有限。以我本人为例，一年拼到头，也不过能办上二十来件。如果受理太多，再加上必须接受的上诉案，那么到了年底，必得出现积压现象。对法院来讲，和你们完不成利润指标一样。头头得挨剋，弟兄们的奖金也因此而减少。”

“可并不能因此而不受理呵？”

“从理论上讲是这样。可现今法院工作远远赶不上形势的发展。以前人们有了纠纷，大都私下了结。可现在都要付诸公堂。于是乎，刑庭要人，经庭要人，民庭也要人。可人从何来?”

“而我并不觉得你们的工作有多繁重。”狄煜注意到同屋的另外三人刚到。

“他们为一桩地产纠纷案,要到远郊去搞调查,此刻刚回来。”舒导有些不快地说:“整个社会都在超负荷运行。”

“这么说我这个案是立不了了?”

“我并没有这么说。”舒导坐直。“你要尽可能地施加影响力。”

“我告辞了。”狄煜披上大衣。

“下次你尽可以把车直开到这。”舒导送出门来。“来法院办事并不丢脸。与靠人情面子私下了结相比,无疑是种进步。”

“如果人人都这么想就好了。”狄煜把大衣领子竖起。虽然阳光看上去很充足,但气温却很低。“你说我这案立的可能有多大?”

“不能向一个现职法官提这样的问题。”舒导伸出手。“好,再见。”

两人一握之间,狄煜觉得失去的信心又回来了。

十六

钮书同根本没有料到宾馆的刻字生意会这么好:开业十天,已收到五十方章的订货。

“每字五块钱,一章四字,一千块钱到手了。”他打开沉重的皮箱,喜滋滋地对妻子说:“要到了旺季,还不知有多少呢。”

“人家什么时候要?”妻子披着一件很合身的布棉袄。注视着各式各样的石料。

“这个旅游团后天走。”钮书同把小台钳夹到饭桌边上。

“能刻出来?”妻子对一方章的工作量大致有个了解。

“能。”

“你写好了,我帮着刻。”妻子早年对书法篆刻也很爱好。他们之所以能缔结姻缘,多少也得益于此。可后来因“坐月子”时感受风寒,指关节肿得老粗,一有风吹草动就痛。已经“封刀”多年。也不过读读帖,写两下字而已。

“笑话。”钮书同把石料夹上台钳。“我堂堂七尺男儿,不能为你们提供锦衣美食,已经很惭愧。如今有了活,只怕还不够干呢。歇着你的去吧。”他把妻子推入帷幕后面。

刻章一道,并不像人们想象的那么简单。方寸之间,变化着实无穷。首先是布局,有两字章,三字、四字、五字章。若欲把它们放置得当,使整个平面不显空旷,亦不局促,很要一些艺术感。字体的选择亦是功夫,欧底赵面也罢,钟鼎文魏碑也罢,你全得会写。人各有好,点什么体的都有。再其次就是下刀,何处增笔,以达平衡;何处减笔,以显古朴;何处深,何处浅,心使臂,臂使指,指使刀,必须一气呵成。

这是桩艰苦的脑力加体力的劳作。可钮书同并不觉得艰苦。除去艺术的力量外,他还深深地感受到创造的欢乐,感到自身价值的存在。

一刀一刀地刻下去,玉屑飞溅,破晓时分,二十方章已并立案头。

盛京在台灯下读着由章广虎、葛大有联合编制的预算书,写字台的左上角,整整齐齐地放置着四大本《预算手册》,手边是台多功能计算器。

他很仔细地一项项算过去。预算是工程的基础,一点马虎不得。所有承包工程的人,都想多赚几个。可钱不能胡赚,必须赚之有理。偷工减料,逃避税收都是干不得的。其中最能省出钱来的就是预算。他只是个中间商:要来的钱已是确定,少支出一文,就多赚一文。

他对所有的人,基本持不信任态度。谁知章、葛等人,是否从施工队处收取了回扣?人与人之间的基本关系,除利益外就是利益。必须对他们分而治之。要搞平衡,这样自己才能举足轻重。若论搞政治,我是很在行的。

他找出了一处纰漏,这是故意的。他把它记在本子上。明天我让章、葛互查,看看他们之间有无联盟。

欺诈也是人的本性之一。早在进劳改农场前,他对此就有深刻的体会。记得在四年前的冬夜,他承包的工程刚刚结算,手头颇有几文。于是A来找他,说B手中也有些钱,可用推牌九的方法给弄过来。牌九门径他极精通,加上又有暗中盟友,于是他携款欣然前往。结果却是大败而归:原来A与B有个大联盟在前。

能干的人,贵在举一反三。他活动了一下酸痛的手指。与其昏昏,使人昭昭是不可能的。他又接着算下去。

四个小时后,他全部审核完毕。于是出门上阳台,大口呼吸着新鲜空气,用力作着自编的体操。这套操的宗旨是;在自己的薄弱环节上下功夫。

清晨的空气清洁度正在峰值，肺与呼吸道极欣赏它们。

一阵不祥的声音从隔壁屋里传来。

“你们又在搓麻将。”叫开门后，盛京满脸阴沉。“我已经不止一次地警告过你们了。”

“我们没玩钱。”章广虎像个犯了大错的孩子。他从心眼里怕盛京，因为这个比他小十岁的人，城府深不可测。

盛京围着四方桌绕了一圈，然后猛地伸手，从章广虎的口袋里抽出一叠崭新的一元钞票。他晃了晃，厉声对刁小氓说：“站起来。”

刁小氓不由自主地站了起来：屁股底下有不少钱。

“你的。”盛京对葛大有伸出手。

葛大有从衬衫里面掏出一叠钱来。

盛京慢慢地把钱撕得粉碎，然后扔进字纸篓里。

“如果再发现你们中哪个赌钱的话，我就开除他。一分钱的遣散费也不给。”盛京把西装往上披了披。“我说话从来不说第二次。”他的面色渐渐缓和下来。“咱们这帮穷光蛋，现在手里有了几个钱，就要争口气，学作上等人，学过正常的生活。不要总搞这些下三烂的勾当。”

“牌九、麻将你都不让玩，那我们干什么好？”刁小氓把腿放到“孔雀牌”毛毯上。“我和您不一样，不会看书、看报。电视又没意思。不让干这，非得闷死不可。”

盛京没有回答，目光威严地注视着刁小氓的腿。

刁小氓赶快把腿收了回来。

“你们可以下棋，看画报、画书，就是不许赌钱。赌钱最容易助长人的不劳而获的思想。”说罢他扭身回屋去了。

每逢睡不着的时候，盛京并不像常人那样辗转反侧，他只是静静地躺着，双手交叉枕在脑后——他在T市郊区的监狱里生活了整一年，习惯因此而养成。十个人睡一盘炕，除去大头目要多占一块地方外，人均不足六十公分，根本不允许翻身。

监狱就是社会。其中等级差别,比外面更森严赤裸。初去之时,室里的所有杂事都由他干,并时时挨打。那时妻子还没有和他离婚,有时还送些干净衣服进去。可一个名叫“油花”的难友,专门穿他的干净衣服。下窑干完活后,洗都不洗,就脱个一丝不挂,钻进他的被窝。他如有肥皂,牙膏之类,大伙就伙用。所有这些,他全都忍了。他不是强壮型的人。而在下层社会里,拳头就是真理。

可慢慢地,文化显示出其价值来。他先是替一名叫“猴头”的犯人写了一份情真意切的信,把他那位几次提出离婚的妻子,劝得回心转意。从此一举成名。

于是发生了“多米诺效应”。上门求稿的人络绎不绝。每代写一封书信,最少可收取一包香烟的手续费。如果替要人在法律方面出些点子的话,那收入就更为可观……总而言之,他成了狱中首席法律与生活顾问,受到了普遍的尊敬。

盛京把灯光调暗一档,继续沉思与回顾。

他是满人,属正蓝旗,天知道父亲的钱是从哪里来的。反正总有钱花。父亲之懒,简直无以复加,若买盒点心回来,就在外面掏个洞,然后吊在炕头,一块块掏着吃。吃完后,将盒拍扁,扔入灶火之中。他很少出门,终日在家摆弄围棋与几大盒锈迹斑斑的古钱。

可所有这些,并不妨碍盛京成为一名优秀的学生。一九六五年大考下来,除语文、政治外,几乎门门满分。但北京大学历史系硬是不录取他。档案来回转了好久,才落在内蒙古大学农学系中。他硬着头皮去了,可只一瞥,便知决非久待之地,次日便转头回了 T 市。

从此他开始了飘荡的生涯。今天替别人刻蜡版,明天替人誊写稿件。因为他通满文,有一次还给一位研究钱币的名教授打下手。那次他在故宫博物院整整盘了三个月,除搞到大量一手资料外,还提出相当多的建设性意见。因为这毕竟是家传。他满心以为能在教授的书上露个名字,起码在“鸣谢”一栏中。这或许能为自己开条生路。可到头来,只拿到象征性的二十元稿费。

“如今那位教授不知还在否?如还活着,自己应该请他吃一顿最高标准的饭,然后让他写篇文章歌颂一下我,顶多付上两千块稿费罢了。”

我因仿造介绍信入狱。出来后,赶上经济全面开放。生意愈做愈顺手,使我终于意识到,这才是我的归宿。

刚出来的时候,我有着极强的报复心。可它渐渐地淡下去。就在昨天,自己还给那位已经跟别人结合的妻子寄去一千元钱——她已经默默地收过四千元了。四千块钱买她个后悔。值了！能施能舍,也是人生一大乐事。

至于章、刁、葛等人,我之所以把他们从角落里发掘出来,除让他们为我干活外,我还有更宏大的意图,试验一下,看看金钱的力量能否改造一个人。

能不能呢?

十七

“安先生，您好。”方小苏每次进安先可的房间，总是毕恭毕敬执弟子礼。

“你先请坐，我马上就完。”安先可没有回头，因此没发现同来的还有狄煜。

到了T市这几天，他通过一些很普通的途径，了解到大量的材料。G省的政治、经济已在他的头脑中初具轮廓。

要让事实来说话，千万不要先入为主，明天起要再多跑几个地方，设法与中层干部接触一下。

安先可把工作计划记在笔记本上。这个在他出京时使用的本子，如今已用去大半。每逢有新的思想或资料，他都要记下。他并不怕别人看见，因为有时用英文，有时用日文或德文，而且充满了缩略语和自己独创的符号。这样一则可以复习外语——退休后或万一被弹劾，还可以回大学教书；二来保密度还挺高——这个系统，只要有百分之四十的单字不能识读，信息量就等于零。

“这位是谁？”安先可回过头来，发现有生客，就歉意地点点头。

“狄煜。本店的经理。”他很大方地伸出手来。

“不知经理先生驾到，有失远迎，尚望恕罪。”安先可给两人斟茶。

“安先生客气了。”狄煜双手接过茶杯。“不知您这几天过得可舒服？”

“承蒙方台长多方关照，这两天过得舒服极了。”安先可把脸转向方小苏，“这几天机器玩熟了吗？”

“熟练多了。”方小苏从背包里取出一册《高等数学》。“我有两个问题，不知能问不能？”

“如果十分钟能讲清的话就可以。”安先可看了一下手表。“否则我就要赶不上饭了。”

“即使您十点钟以后去，仍有顿丰富的晚餐在恭候大驾。”狄煜笑着说。

“有经理这话，我就放心了。”

“我一直在读数学。初等的读完了，就读高等的。”方小苏说高等两字时，用的是极崇高的语气。“可让这儿给卡住了。”他把书递过去。

安先可没有接。换了个舒服一些的姿势坐下。“你说吧。”作为一个计算机专家，他首先是个数学家。然后又是个电路专家。早在上大学时，他就把斯米尔诺夫的《高等数学简明教程》所附的习题集，从头至尾做了两遍。从此自信没有什么题目能难住他。因为苏俄人以体系宏大，考证烦琐著称。“我最怕连问题也提不出来的学生了。”虽然为官已有数年，但教书匠本色依然不改。

“关键是‘无穷小量’这个概念我搞不懂。于是就不懂极限，从而进入不了微分阶段。”方小苏打开笔记本。

“我先讲点方法给你听听：学习某种东西，尤其是学习数学物理之类的自然科学，千万得顺着书本指引的路径去想。切不可把新思想纳入旧程序。我的话你懂吗？”安先可的节奏掌握得极好。

方点头。

“如果你非要另辟新路，基本是行不通的。那么到这时候，就得有点知难而退的精神。切不可一条路走到底。任何一部教材，都是经过千锤百炼的。它所指示的路总是坦途。”

方点头。狄煜不动声色地托着下巴听。

“无穷小量是这样一个概念。”安先可取过一张纸。“你撕一半，再撕一半，不断地往下撕，什么时候能撕完？”

“永远也完不了。”

“那么剩下的是多少？”

“愈来愈少。”

“是多少？”安先可追问。

“无穷小。”

“这就是答案。无穷小量是个变数，它无限趋于零。马克思认为它就是零，这说法也有些道理。高等数学与初等数学间最大的不同乃是：高等研究关系。它充满运动与辩证法。”

方小苏拼命地记。

“我再举个例子给你听听。”安先可举起两个拳头。“物理学告诉我们，两物体间的引力与它们距离的平方成反比。假使一为太阳，一为彗星。”他挥动右手，“假使彗星以抛物线轨迹进入太阳系，然后又逸出。并且永不回头，它们之间的引力就是个无穷小量。”

安先可的声音极其庄严辉煌。此刻，他仿佛又回到大学那椭圆形的阶梯教室的中心，在向千百个渴求知识的心灵挥洒着甘露。

方小苏很过了一阵才说，“我懂了。”

“首先概念要清楚。然后用这些概念搭起个理论框架。里面盛自己的体会心得。于是这本书就属于你了。”安先可伸出长长的手臂，指指方小苏的书。

见到安先可这个级别的老师，方小苏只剩下点头的份了。

“我个人认为，咱们可以吃饭去了。”安先可站了起来。

“如果我能保证您饭菜的质量、颜色、营养和湿度的话，可以不可以提几个问题。”狄煜插了进来。

“可以。”多年的教书生涯，锻炼出安先可杰出地观察听众面部表情的能力。狄煜虽然一直保持沉默，可安先可却品出他身上那种高级知识分子方有的内在傲慢。这使他不太喜欢。

“首先想就你的方法论说几句。作为学生，是应该领受书本的教导，但与此同时，亦应该竭力挣脱成形理论的束缚。”狄煜注视着安先可。

“我是就初级阶段而论的。”

“但精神是一贯的。”狄煜并不退让。“理论的框架里即使装理解，那么这个理解必须向外放射破坏的光、独创的光，并时刻抱有毁它个旧的，建它个新的之决心。”狄煜将双手一击，但并未发出声响。“您的方法论的错误乃是‘天不变，道亦不变。’这是读四书五经的方法论。中国知识分子的悲哀也正在于此。”

“悲从何来？”安先可自觉很不舒服。

“先确定一个凝固的理论前提，然后在它所能允许的范围内小心地求证。纵观一部中国脑力活动史，竟无一人能像爱因斯坦先生一样，创造一个全新的理论框架，从而奉献给世人一个观察宇宙的新机会。”

“我讲的仅仅是读书的方法论，不可无限外延。”

“我并无这个意思。”狄煜和善地笑笑。“可小的方法论，却有着大的文化背景。我从一些途径获知，最新一些部委的官员是来自大学的。而且大都是工程学者。在他们的领导下，行政效率是大大地提高了。可独创力却并未因他们的到任而得到发扬。”

“你这些感受是从何而来的？”因工作关系，安先可与书记处调研室、国务院体制改革委员会的一些年轻人很有些接触。他承认他们的思想很是活跃，可总觉荒诞不经的味太浓。

狄煜耸耸肩。“你举的第一个例子不对。一张纸无限切割，到最后就成了分子，原子，于是就纸来说，已经被切割完了。借你的话，任何概念都有适用范围，不能无限外延。”

狄煜的态度虽然和善，但腔调却让安不好受。

“您的第二个例子却很严谨，很美。因为它超越我们的身边手中物，把我们引向宇宙，引向未知。”狄煜稍一停顿后又说：“至于无穷小量等于零，我以为不确。”

“这可是马克思说的。”安先可话一出口，也自觉有些不妥。科学从本质上讲，是不承认权威的。

“马克思在《数学手稿》中关于 a = 0 的推论仅到初等函数为止，未能进入更复杂的领域。而且看过他手稿的数学家们都有不同意见。”

“你什么时候读的《手稿》?”作为一个知识分子,安先可是个很爱才的人。自觉对面前这个经理应该重新认识。

“插队的时候。”狄煜站起身。“该吃饭了。我请客。”

一般情况下,李丛祺是不出席省内宴会的。可今天却来了。因为他认为在计划会议上为自己的“硅谷”计划筹足必要的款项,是件值得庆贺的事。可他不愿意早来,若在吃饭的峰值时到达,必定要与许多人遭遇,引起众多的不便。所以下班之后,他先回府看了一部录像片,然后才驱车来“唐城”。他事先并未与任何人招呼,反正他不来,宴会是不会开的。

果不其然,他到之时,所有的宾客已经在雅座旁的休息室内闲聊。厨师们也蹲在厨房里抽烟,所有的菜料已经备齐,炉火也处在最佳前状态。白秘书事先通知:李书记最爱吃煤火炒的菜。液化气炒的菜有股怪味儿。

“这位是国家经委重点工程局的雷副局长。”见李丛祺进来,计委徐主任赶快站起来介绍。

“我们省里可有好几项重点工程,尚望局长大人高抬贵手啰。”李丛祺很风度地伸出手。

“支援是相互的,尚望书记大人多方关照。”雷局长是个精力充沛的小个子,目光很是敏锐灵活。

“我对中央企业一向是支持的。”李丛祺坐到居中的大沙发上。“也不敢不支持。”

“诸位请入席。”白秘书出现在休息室门口。

“我的屁股还没坐热,饭就先开了。真个‘兵贵神速’。”李丛祺站了起来。

众人也随之站了起来。

“您喝酒吗?”狄煜问安先可。

“医嘱:不超过三两。妻嘱:不超过二两。平衡一下,二两五。”安先可熟练地把餐巾铺在腿上。

“作为科学家,您事事遵循科学。来瓶‘古井贡’。”狄煜对服务员说。

“人这个体系,最需要科学管理。”

“但医生并非无知,妻子就更不是。”狄煜给每人斟了一小杯。“我个人的体会是,想吃点什么就吃点什么,采取一种放任自流的态度。”

“可器官本身未见得有理智,有时候需要中央政府的干预。”安先可拍拍脑袋。

“但这种干预必须是有节制的。否则器官就会丧失热情,变得干巴巴的。”

“你们俩说话,总好像藏着什么机锋似的。”方小苏正说着,服务员端上一个中号拼盘。

“干杯。”狄煜端起盅。

“我喝软饮料。”方小苏打开一筒“可乐。”

“你研究软科学,就该喝硬饮料。”狄煜把酒杯推到方面前。“这样阴阳才能平衡。”

“中央政府正在进行干预。”安先可插了进来。“我们不禁要问,这种干预是必须的吗?”

“我违背了自己的理论。”狄煜收回杯子。“插队时养成的陋习,改也难。”

“插队生活很苦吧?”一杯酒下肚,安先可觉得很暖和。今天是星期六。十五平方米的客厅里,妻子坐在我身旁,有一针没一针地编织着毛活。她织这东西与男人抽烟一样,行为本身就是目的。小外孙偎在膝上,不断地提出各式各样的问题,变换速度之快,超过电视镜头。他们今天都在干什么?

“正因为苦,一代知青才可能在不久的将来成为国家的栋梁。”

“可你们的文化准备够不够?”“文革”初期,安先可在电子系作书记。系主任是位知名的纯学者。因此矛头齐对着他。红卫兵把他装在一只麻袋里,从六楼直滚到一楼;把他放在两块大铁板中间,然后用重锤敲击。他的耳朵大约有半年时间听不见任何音响。所有这些，都深潜于他的意识之中。

“所有的人都认为他所从属的‘年龄段’是最优的。可历史总要前进。有时候没文化反而是有文化。”

“现在是提倡专家治国的时代。任何一级干部都必须有相应的文化知识。而你们这代人的主要成分，我以为知识准备不足。尤其是书本知识。”

“您对‘专家治国’一词儿的理解是狭义的。”狄煜脸上又露出令安先可不很舒服的笑。“您是电子专家，这固然有助于您管理电子工业部门，或更广一些的科技部门。但这不是必须条件。否则的话，国务院总理就没人够格了。因为学校里没有这个专业。管理自成一门学问。”他转动着酒杯。“如果交给我一个部的话，哪怕是航天、电子一类的部，我自信能够管好，您信不信？”

“我很少讨论‘如果’这个词儿下的问题。”安先可回避道。

“一个有想象力的科学家，应该喜欢讨论‘如果’以下的问题才是。”

“如果给你一个部，你将靠什么来管理？”安先可摆出一副正襟危坐的架势。

“电子博士也好、纯官僚也好，他们首先是人，而我自信对人是有足够了解的。”

“如果出现一个纯技术问题，你该如何决策？”

“交给您这样的专家去处理。”狄煜的回答很简捷。

“可你自己总该懂一些才是。”

“要想懂一些并不难。陈毅同志上任伊始，对外交并不熟悉。可没有多大工夫，他就成了国际政治方面的专家了。”

“陈毅同志在出任外长之前，毕竟在上海工作过多年，积累了不少外事经验。”安先可知道自己碰上了一个不容易对付的谈话对手。

“在闭关锁国的时代，即使是沿海省份，外事活动也多不到哪儿去，关键是善于学习。”

片刻沉默。

“你当过红卫兵吗？”安先可忍不住问。

“当过。”狄煜并未表现出任何不自然来。“而且就在您工作的大学附中。”

“我在那里挨过四次揍。有一次脑袋破了个大窟窿。”安先可本来不想说这件事。“造反精神万岁？”他长长出了一口气。

“如果是想讨论造反精神，恐怕得另辟专题。但有一点我想说明，当时有不少红卫兵的造反行动，是出于对专制的不满，和对自由的渴望。”

“可你们归根到底是被人利用了。”安先可脸上出现很严峻的神情。

“当我察觉到这一点时，就退出了红卫兵组织。但我此时仍要强调，中国的教育中，训练的成分太大了。而教育绝对不是训练。”

沉默。

“你们两个能不能换个轻松一些的话题？”方小苏说：“这是宴请安老师，不是工作餐。”

“我赞成中央政府的干预。”狄煜说。

安先可也举起酒杯。尽管他不喜欢狄煜，可此时也承认他是个有思想的人。

“我们这些作做官的很难。因为消息太闭塞了。在G省尤其如此。”李丛祺举起酒杯。“所以希望你们这些做京官的多吹点风。”

众人举杯。

“诸位对G省有什么看法，可以谈谈。”李丛祺一伸筷，众人才伸筷。“这对我们也是个促进。‘当局者迷’嘛。”

“恕我直言，经过一段时间的考察了解，我觉得G省大多数企业缺乏一种活力。”说话的是位留着很讲究发型，不到四十岁的中年人。“这恐怕与省里的权力抓得过紧有关系。”

李丛祺怎么也想不起这人是谁。但从腔调上分析，决非G省人氏。

“任谷生。国务院经济研究中心干事。在美国曾获得MBA博士学位。”雷局长介绍道。

“省委对Y市的干预就显得过多。希望李书记能抽时间听我专门谈谈。”任谷生继续说。

“可以，可以。”李丛祺敷衍道。

“在体制改革方面，谷生同志的意见很受国务院领导同志的重视。”雷局长见李丛祺似听非听的样子，觉得有必要提醒他一下。

“中央给我们的权力也很有限。你们总以为我们是封疆大吏，可实际上可怜得很。”李丛祺笑着说。

“可你们仍在这有限的权力中截留了很大一部分。”任谷生的思路很是敏捷。“作为一个经济学者，我想告诉你，如果手中的权力过多，而且分配不当的话，G省的工业前景将很不妙。”

“工业方面的具体事情，都是政府方面办的，省委一般不过问。党政分开嘛。”如果不是雷局长刚才几句话，李很可能尖锐回击。书生论政，害大于利。做官就是抓权，分权。如果没有这条，要官何用？但这位任某人的话，既有要员爱听，那么我也不得不听。

“可许多人不这么认为。”任谷生说。

“谁？”

“一些观察家。”

“一个G省，八千万人口，一百多个县。有许多地方我是看不见的。我只能在大政方针上下功夫。可那些观察家们，却往往看不到全局。”

“一个省的作风，其实就是主官的作风。G省的整个工业布局显得过大，内部关系显得过僵。这是我的总体印象。”任谷生自顾自地说。

李丛祺从未见过如此不讨人喜欢的人。

“听说你们准备在这宾馆后面搞一个高技术区？”雷局长问。

“这事你得问徐主任。”

“有这个规划。”徐主任很懂“好官自为”这条道理。在没有搞清楚事情的来龙去脉前，决不瞎说。

“资本从何而来？”雷局长见无人回答只好接着说：“千万不要为此破坏中央

整个的工业布局呵。”

“你放心好了。G 省虽穷，但小小的技术区还是搞得起的。”李丛祺咽下菜后说。

“搞不搞得起是一回事，搞不搞得好又是一回事。我很怀疑 G 省的工业水平。”任谷生确是不甘寂寞。

“小伙子，我年轻的时候，就是因为怀疑的事情太多，所以没到六十岁，头发就全白了。”李丛祺有意把话岔开。

因为这次宴会属于 G 省的最高规格，服务因之而高，两个服务员分管一百八十度半圆，连斟酒带挟菜，很是周到。

“饭店是否现代化，标准有二：一曰饭菜，二曰服务。咱们这服务不赖吧？”李丛祺问大家。

“菜撤得太快了。还没吃好，盘子就走了。”在这些问题上，徐主任是很有主见的。

“妙处正在于此。好菜不让你吃足，空下一部分，让你用想象来填补。据说现代派艺术就是这种手法。”李丛祺说。

白秘书默默地听着。这段话的发明权属于他。能被领导引用，正是做秘书最大的成绩。

“将来我退休了，也可以开个饭馆，跟你这规模差不多。”安先可觉得暖意已传遍全身。“本人不但懂得环球的中西菜，而且很会赚钱哩。”

“等将来我退休了，就跟你一样，到大学里去讲学。”狄煜把椅子往前拉了拉。

“你能开什么课？”安先可觉得受到了侵犯。

“先开一门‘宾馆管理学’，然后再开一门‘人际关系学’。这后一门是研究生的课。最后再开一门‘社会人际学’。这就是‘博士后’的课了。”

“恕我孤陋寡闻。”安先可将身体的全部重量倾泻在椅背上。“我只听说过前一门。后面的全没听说过。它们也似乎全不登大雅。”他的思维此刻已不那么有条理,声音的分贝数也因而变高。

“中国的教育弱点也正在于此。管理的最高层次是人。”

“可关于人的研究至今还停留在定性分析的阶段。小老弟,你要知道,任何学科,只要数学没能进入,它就是低级的,根本就当不了研究生的课。”

“终究有一天,我能够让它进入定量分析阶段的。”

“你的声音倒挺像个教授的。能‘灌满园’。”安先可说。

“‘灌满园’是形容唱戏人的词儿。不过不是吹,插队那会,我能隔着五里地,把我养的狼狗叫回来。”

“中间隔着几座山?”安先可眨眨眼。

“两座。海拔五千多米。”

“这么说,你的那条狗的听觉可谓空前绝后了。”安先可笑着说。

“什么人养什么狗嘛。哈哈。”

狄、安、方落座的单间就在李丛祺一行的隔壁。中间的间隔材料是薄薄的五合板,声音穿越它并无多大损耗。

要是宴会进行得顺利的话,杯斛交错,妙语连珠,李丛祺是不会注意到隔壁声音的。可今天的宴会却特别地涩。所以当第二次声浪传来的时候,李丛祺不禁皱了下眉。

白秘书立刻起身出去了。好秘书的标志乃是:能领会语言内外的全部信息。

“你们是什么单位的?”白秘书的声音相当庄严。

“你问谁?”

“你。”

“我自认为在宾馆内无须回答这个问题。”狄煜的眼睛闪闪发光。

“这要看谁问了。”

“谁问我也不回答。”狄煜是个很有性格的人。

“我偏要你回答。”

“光凭你似乎吓唬不住人。你换个来试试。”

“换了人来你很可能承受不住。”白秘书已从口音上分辨出对方是北京人，而且一准是“老插”。

“说来我听听。”

“李丛祺同志。”

“他是搞什么工作的？”狄煜故意这样问。

“省委书记。”

“既然你请来这样一尊神，我也只好告诉你了，我叫狄煜，这家饭店的经理。”

“吓，好大的官儿，你叫什么？”白秘书问安先可。

“无可奉告。”安先可耸耸肩。

白秘书顿了一下。他是个世故很深的人。知道宾馆是鱼龙混杂之地。闹不好问出个新华社记者之类的人物不好下场。这帮子人，用他们自己的话讲：是中央的耳目喉舌，用李丛祺的话讲，是超级间谍。

“他是H大学的教授。”方小苏认为有必要声明一下。

白秘书这才松了一口气。“我奉劝你们轻一点。李书记正在和中央来的客人谈话。”

“可我的客人也是中央来的呵。”狄煜大大咧咧地说。

白秘书很懂得酒的力量。知道再与其理论下去，不会有太好的结果，就转对安先可说：“你们应该讲点文明。在公共场合大声喧哗是很不好的。”

“如果你承认此处是公共场所，而不是某人的领地，我们就可以小声一点。虽然我们原来的声音并不大。”安先可说。虽然用他的一位同事的话讲，不过几年工夫，你就迅速接近了中共的核心。但他仍保持着对“特权”的憎恶。他无论如何也忘不了五年前的一段经历。

一九七九年，海禁初开。他和一位老教授结伴去英国伦敦参加国际自动化年会。十天紧张的会议下来,那位年逾古稀的老教授支持不住了。很有些心脏病复发的前兆。他就和使馆的教育参赞联系,希望能快点回国。因为外国航班虽多,可他们这种级别的人,是不允许乘坐的。而一周一次的中国民航,又被一位大人物所率的团给包了。

参赞早年在H大学就读。曾在老教授门下听过课。老师有求,自然是极卖力。虽然从理论上讲,该与大人物商量一下,可参赞只通报接待所一声,就自作主张了。第二天上午,他们就提前被安排进专机。两人很知趣,挑了个靠尾翼发动机的窄座位坐下。

可谁知送行典礼完毕,大人物一上机,就发现了这两个陌生人。“你们是哪个单位的?”他不动声色地问。两人赶快自报家门。“下去。”大人物依旧不动声色地下道命令,然后扭身进了头等舱。两人无奈,只得提着行李包,穿越礼品堆,走下舷梯。众多的送行人都用迷惑的眼光看着他俩。“他们不过五十余人,为啥不让咱俩坐?”等涂着五星红旗的银燕钻入云端之后他问。“专机是权力的象征。而权力是不容侵犯的。”老教授答道。

此番羞辱他自信今生不会忘。并时时引以为戒。

“能小声点就好。”白秘书顺势退了出去。他知道这些知识分子的穷酸劲儿上来,也是很难缠的。

“还喝?”安先可注视着又被加满的杯子。

“喝。量小非君子。”

许福通把一个烧得通红的铜火锅端了进去。每次有大人物来就餐,他必定在厨房伺候。

餐桌上已经焕然一新。为了怕混味,连桌布带餐具已经全都换过了。几只大盘中,盛有鲜鱼片,里脊丝,鸡丝,葡萄干,柠檬等。

“这道菜是我去年到广州开会时学来的。”李丛祺把各种主配料一并倒入火锅内。此锅的铜皮极厚,热容量极大。随倒随开。“叫脍鱼片。你们尝一下,就知道人们为什么老说‘吃在广州’了。”

众人边吃边称赞。

“这菜妙就妙在五味俱全。”李丛祺继续宣讲。

“各种品质的料，在热力场的作用下，互相渗透、配合、理解，于是构成一道富有特色的菜。用干部也是这样。”任谷生并不吃，用筷子指点着。“如果全是鱼片或全是柠檬，那味道就可怕极了。”

这黄口乳儿，竟操着中组部长的口气说话。气转内向，李丛祺的脸色微微有些泛白。

雅座的门开了。

“李大书记，‘唐城’设宴招待百官，老朽也来讨口饭吃。”进来的是卢加伟。他身着薄薄的丝棉袄，头顶“老头帽”，手提一根粗大多节的竹杖。

“卢老驾到，有失远迎，实在是太不恭敬了。”对老头的脾气，李丛祺是再清楚不过了。

“不敢吃，不敢吃。坐在旁边看看好了。”卢加伟示意白秘书把椅子放在李的身后。“吓，又是脍鱼片。你们快吃。这东西老了就不好吃了。”

“您老不吃，我们怎好吃？”李丛祺站着说。

“我是活不了几天的人了，吃也白吃。”卢加伟双手拄杖，尽力伸直腰板。“你们吃。”

“本来想请你一起来吃，可中央来了几位同志。”李丛祺坐下后介绍了一番。

卢加伟向雷、任等人点头致意。固执地重复着“你们吃”。这几天来，他“出无车，食无鱼”，加上使尽浑身解数，也无法与李联系上，怨气已极大。方才散步归来，见李丛祺的轿车停在楼下，就闯了进来。

“恭敬不如从命。”李丛祺回过头去。“卢老叫咱们吃，咱们就吃。”

可饭局如同房事，不能有监督者在。所以不一会儿就散了。

“卢老近来在忙什么？”在休息室里，李丛祺亲自为他斟茶。

“老朽之身，无所事事，不过是读读书而已。”

“读什么书？”

“《红楼梦》。”

“这书您读过好几遍，已经读通了吧？”

“要是早些时候读通了，就不会是今天这个局面。”卢加伟本想诵“子系中山狼”一句，可忍了回去。

“这仍然是那根竹杖？”李丛祺的涵养功夫着实好。

“杖依旧杖，人非故人啰。”卢加伟微微眯起眼。“记得十年前我健步如飞时，你从莫干山下来，送我这杖。说，有杖则说明人老，而老就证明有经验。可如今我用它也走不了路了，而你却找不着了。”

“我最近又是整党，又是搞规划，忙得很哩，可再忙，您老的事情也要管。小白，你去把饭店的负责人找来。老徐，你陪客人休息，待会儿我上去看你们。”李丛祺站起来与众人握手作别。

“我这个人没啥大出息，老首长您别生气。”客走后，李丛祺愈发和颜悦色。

“老首长都快饿死、冻死了。”卢加伟的老泪夺眶而出。

“您常讲，事情要放一放，这样才能看出内中的名堂。我一直遵循这条原则办事。”

“可我对自己人的事是从来不放的。哪次不是说办就办？”

“我这不也马上照办吗？”

正说着，白携狄，方，安三人进来。

“不管你们三人中谁是经理，我现在要求你们答应：从今日起，你们要对卢老的饮食起居负完全责任。”李丛祺根本不问对方是谁，凡大人物都有这个特点。

“我们对一切旅客的起居饮食负责。”狄煜不卑不亢地说：“只要他付过钱，这点我亲自和卢同志讲过了。”

“不要总是钱、钱的。”李丛祺不耐烦地挥挥手。“卢加伟同志为革命立下的功劳，绝不是钱能够衡量的。”

“钱确实不能衡量功劳、情感。但却是衡量一个企业的唯一标准。您不能要求企业扮演各种角色。”

“经营情况的好坏,不在卢老一个人身上。”

“可你介绍一个,我介绍一个,宾馆还如何能办下去?”狄煜双手一摊。

“好。”李丛祺站起身来。“我正式告诉你,卢老在此期间的一切费用,不要你们承担。”

狄煜还想说什么,可李丛祺却搀起卢加伟。“您怎么没有穿皮大衣?”

“老啰,穿不动啦。”在李象征性的搀扶下,卢加伟干脆迈起倚老卖老的步伐,慢慢地走出去。

十八

钮书同在宾馆底楼上认真地刻着字。他用的是一把自制的刻刀。刀身很长，通体跃动着高硬度钢所特有的蓝色光焰。握刀处是块薄软的淡黄色牛皮。精致的台虎钳上夹着一块青色的石料。他久久地审视着，构思着。然后倾注全部身力与心力，奏下第一刀。

他是个天生弱质的人，可自从谋到了这个职业，就如同着了魔一样。只见钢刀在运转，玉石被雕琢，才能在发挥，艺术被创造。

这是一项收入颇丰的工作，每字五元，一方章就是二十元。这样每天下来，总有近百元的收入。要是碰上比较庞大的旅游团，一次订货就能达千元。

千元是个极诱人的数目字。可要把它拿下来确属不易，因为订货全是急茬的。上次迟翻译带来四十余位客人，第二天就走。于是他整整一夜没合眼。当他把两大盒章交出去之后，七窍之内，除耳朵外，全部见血。

说句心里话，如果订货量大期限紧的话，他也有信入所至的时候，顾不上讲究艺术了。反正要货的全是“老外”，他们对篆刻又能懂得多少呢？

“你照这样挣下去，终究有一天会扔下我们母子不要的。”妻子半开玩笑半认真地说。

“人活着就应该有钱。但有了钱他仍然是人。”他回答。

“可富人往往是不幸的。”

“他们即使不幸也不是因为钱。”

钱确实不是一切,艺术与钱并不矛盾。即使有矛盾,他自信能够解决。眼下的当务之急是赚钱。把钱赚足了再说。

今天是周末,所有的旅客不是去舞厅跳舞,就是去餐厅买醉,剩下的也全躲在屋里看电视。

“生意好吗?”迟翻译走了过来。

“托您的福,还算过得去。”他把自用杯推了过去。这只青瓷茶杯是明窑烧制。他是作为商标拿出来用的。

“我已经喝不惯这个了。”迟翻译走到对面的柜台上,买了两筒饮料。“人这个东西就是怪,有人说是这,有人说是那。可实质上他是种追求享受的东西。”他递过一筒来。“人们都说外国酒价高物不美。而我却偏偏喜欢它。”

“您说得极是。”钮书同已经看出他是微醺。

“明天上午要来一个日本钢铁制造所的干部休假团。你又有活干了。”迟翻译伸手拍拍钮书同。钮书同立刻闻到一种女性化妆品的味儿,“别瞧小日本特精明,可对中国工艺品舍得下本。”

“是的。他们与咱们属于同一种文化。”钮书同开始琢磨如何把礼品送给对方。自己的收入好坏,很大程度与这位翻译有关。虽然我从内心上讨厌这个人。可他却有用。你不能指望一个人既讨你喜欢又对你有用。

“对。美国人就特别没文化。上次一位美国佬请人吃饭,付款的时候,我见他付的是外汇券,就想截下来。赶快掏出人民币说‘我付吧’。他推了一下就默许了。可谁知直至临走,他也没提半个钱字。那时候我刚干翻译这行,道行还浅,后来才知道这帮黄发碧眼客,认为我出钱就是我请客。妈的,我请他们干啥。”迟翻译的谈兴很高。“你若想跟他们要小费,最好明说。他们不点不亮。日本人就不同啦。他们很懂礼物的作用。其实他们谁送我东西,我就让谁占便宜。我只需笔尖一动,他的账就能记到别人的头上去。”

“我早就想请您吃顿饭。可后来一想,您又不缺吃的。”钮书同终于找到了机会。“所以就买了两条烟和这个打火机。不成敬意。”他把东西放到桌上。

“烟我收下，打火机我不要。”

“一块收下吧。”两件东西共价一百元，是钮书同经过认真核算后认定的合理数目。

“真的不要。”迟翻译把烟抛起又接住。“美国烟我喜欢。这东西抽着特顺口。嗳，抽上一条两条不难，难得的就是一辈子全抽它呵。”

钮书同在默默地听着。他实在不知道对方是什么意思。

“你知道郑板桥吧？”

“当然。”

“此老特别有意思。有人找他要画，总送些小东西。后来他竟贴出张告示，诸般物品，总不如钱合意。并开价，大幅多少，小幅多少。”迟翻译“嘿嘿”一笑。“我看咱们干脆开上个联合公司吧？你会画画吗？”

“多少会点。”

“你作上些画，由我去卖。凭我这张生花好嘴，保证比刻戳子来得快。”

“可我不想干。明人不做暗事，你到底要多少钱？”

“固定的钱数不好说，干脆提成吧。”迟翻译很坦然地说。

“几成？”

迟翻译伸出两个指头“以前的不算，从明天开始。“

钮书同很费力地点点头。

“告辞。”迟翻译朝他一拱手，夹上烟，并把钮书同没喝的那筒饮料揣在口袋里扬长而去。

他要两成，许福通要一成。我这点钱挣得可真不容易呵。他们倒好，一动不动，钱就会来。这小子倒比那个姓许的强，直来直去。姓许的自己收了钱，还说是孝敬经理的。依我看，狄煜不像是个勒人钱财的主儿。不过他们两个一为土地，一为水流，若缺了，我这株庄稼还真无法生长。十成去三，可毕竟还有七成在嘛。堤外损失堤内补，多干些也就算了。

十九

每到星期六，来“唐城”跳舞的人就格外多。可舞厅是有限的，好多人因此进不来。于是何文向狄煜提建议，变一场为两场。分别由六点至九点，九点至十二点。收入因此而翻了一倍。

“你准备怎么对付李丛祺的要求？”安先可与狄煜到舞场门口时，正碰头场散，二场始。

“我跳舞的时候只想跳舞。”

“能放得下？”

“当然。否则我早就活不到今天了。”

“可我不行。工作完不了，干什么都没心思。”

“我教你个办法。”狄煜眨眨眼睛。“如果你碰上实在解脱不开的事，就找个地方喝它个够。然后大喝一声，一切事都滚他妈的远点去吧。准能奏效。”他把两张舞票递给门卫。

安先可摇摇头。即使在孩提时代，他也不记得自己曾经使用过“妈的”一类助词。“经理还要票？”

“当然。否则你带两个，我带三个，舞会就不用开了。”舞场内正在打扫。

“我还有个问题，不知能问与否？”

“您直说就是了，我这人最讨厌繁文缛节。”

“今晚的饭费您付了吗？”

“付了。”

“我怎么没见？”对安先可来讲，这是一件很重要的事，一个官员的操守如何，在这类小事情上最容易看出。

“他们月底与我一总算。只收工本，不收利润。”

“即使如此，数量也很可观吧？”

“钱对我来说，是种应该赶快用掉的东西。”狄煜浅浅一笑。“你是怕我白吃吧？”

“我觉得作为一个大型宾馆的经理，应该离餐厅、小卖部之类敏感的部门远一些。”安先可把手背到后面。

“君子远庖厨。”狄煜又是浅浅一笑。“我不是士大夫，不是官员。我只是企业家。一个地地道道的企业家。你说这两个部门敏感。别人又告诉我：漂亮的女孩子，有背景的职员最敏感。可我的功用就是在这些最敏感的部门内周旋，使之达到一种稳态。退一步说：我本人即使白吃，也是应该的。舍此无法监督饭菜的质量。”

安先可本想再说两句。可自觉与这位经理交谈，自己总处在劣势。他太赤裸，太少文饰。

“为什么还不放人进来？”狄煜问跑过来的方小苏。

“那种新装上的声控灯光出了毛病。”

“干什么不修？”

“从对面请来的‘全波’修理铺的师傅，非要讲好价钱才干。”

狄煜大步向帷幕后面走去。

“怎么回事？”安先可问方小苏。

“这套声控灯光装置，宾馆里的电工玩不转，就从外面请了位个体户来。此人挺不好对付，到了关键时候就要拿一把。”

“咱们看看去。”

李丛祺走过电梯门口时，许福通已经打电话，让电梯停在底楼等候。

一行人上去之后，许按动直驶钮。全然不顾那几盏闪亮的信号灯。

“总统套间”内灯光辉煌。曲小燕笑容满面地站在门口。

“好，就这样定了。”李丛祺伸出手。他知道如果不趁此机会把这位“老首长”打发掉，那整整一晚都会被糟蹋掉。

“今后我要是有事，还得找你小子。”卢加伟伸出了手。他的语气虽随便，可眼里却流露出一丝可怜巴巴的神色。

“欢迎，欢迎。”李丛祺敷衍道。人从本质上讲，是种忘恩负义的动物。

卢加伟一转身，李丛祺就回了屋。

“刚沏好的茶。”曲小燕指指宜兴泥茶。“饮料放在餐柜里。”

“好，好。”李丛祺饶有兴趣地打量着曲小燕。

“有事您打电话 707 找我。”曲小燕把“菲利浦”牌负离子发生器打开之后，就打算离去。

“你们二楼的那个姓穆的服务员还在不在？”李丛祺做了个让座的手势。

“在。”

“你给他打个电话。我要和他打打台球。”他之所以要求先打电话。为的是把台球室内的人先清一清。这位姓穆服务员早年在上海饭店工作过，打得一手好球，并且特别会投人所好。

白秘书闻声已经把随身带来的小包打开。里面是一套崭新的“阿迪达斯”牌运动衣。

“老穆虽在，台球室却已经关闭了。”许福通不放过任何一个能说狄坏话的机会。“我们的经理说台球室是不赚钱的买卖。于是改成游艺室了。”

“他请示过没有？”李丛祺的眉头皱了起来。

“他办事从来不向任何人请示，总是自己说了算。”许福通并不知道“请示没有”是李之习惯用语。

“他是怎么来这里的？”如果没有“台球事件”，李丛祺很可能就此把卢加伟一事中的狄煜忘掉。

“局里派来的。”

“他是俞量才局长眼前的红人。”白秘书插进来。他与许福通的妻弟曾同在党校学习过,并还有些交情。

李丛祺的脸渐渐阴沉下来。严格地说,俞量才是由他提拔起来的。可他却没有半点“感恩”的表示,只是逢大年才到家里拜个年。平常从不通过正常以外的途径向他汇报工作。

“我走了。”许福通有些不安。

“以后这宾馆有什么大的举动,可以和白秘书联系。”李丛祺示意白送客。

许福通退出。

“你还有什么节目吗?”李丛祺在屋里来回绕着圈。与其岁数相比,他堪称精力充沛。

“这里有晚场舞会。”

“走,咱们去跳它一场。”李丛祺的兴致顿时提了起来。

帷幕后面是个纯粹的电器世界,大约六平方米的空间内布满各色仪器与电缆。

“咱们之间的契约上写得明明白白,我只负责除机器本身外的设备修理。而现在却明摆着是机器本身的故障。所以得另外付钱。”说话人的岁数很难判定。他的头发不长,但直立如针,在灯光下放射出健康的光芒。眼睛在很深的眼眶内乱转。嘴上叼着一只很长的雪茄,发出刺鼻的味道。

“可这是特殊情况呵,请你帮帮忙。”方小苏说。

“你要多少钱?”狄煜摆摆手。

“就这一次来说要二十元。五块钱开箱费,十五块钱修理费。而且我要求把这写入长期合同中去。”修理是由用拇指与中指夹住烟卷。

狄煜掂量着,如果是一次性的收费,他完全可以当即拍板。可要定长期合同,必须与有关人员商量一下,看有无别的途径。

帷幕外面发生了轻微的骚动。如果不能及时开场的话,很可能酿成大规模的退票风潮。而这些舞兴不尽的人,必然会将愤怒倾泻在舞场的公共设施上。

“好吧。”狄煜终于下了决心。

“不用订合同了。”站在机器前面的安先可说:“我来修。”

“你?”电气技师上下打量着他。

“对,是我。”安先可很熟练地打开后盖。“这台‘夏普’声控转换装置的核心部分由六块集成电路板组成。”他从机器后面取出一个小盒。“这六块是同样的。只需从第一块起依次替换,便可找出是哪块出了故障。根据我个人的经验判定是第二块。”

安先可先换上第二块,可机器依旧毫无动静。

电气技师脸上露出一丝得意和嘲讽的笑。

“也可能是这块。”安先可换上第五块。机器立刻发出幽幽蓝光。“第五块肯定是坏的。”他又重新拿出替下来的第二块。“咱们先看看它是否是坏的。”

再换上之后,机器又不工作了。

“这说明第二,第五两块都是坏的。”安先可掸掸手后,又将机器恢复。

“你在哪工作?”电气技师朝他喷出一缕辛辣的烟雾。

“大学。”安先可从内心深处不喜欢个体户之类的人。认为他们是追逐名利之徒。他们应运而生,他们有钱。可他们没文化。

“看样子,你是电工教授啰?”

“可以这么说。”

“那您的职责是教好学生。”技师取过一件大衣披上,又提起工具袋:“您临时帮一下忙是可以的。但您无法长久维护整个宾馆的电器设备。”他说罢大步走出去。过帷幕的时候也没伸手撩一下。

“我并不是有意伤害他的。”安先可突然生出一股同情心,这人说不定有一大家人要养活。

“即使伤害着他也活该。”方小苏说。

“自由市场上有一些家庭主妇。”狄煜慢慢地说：“当她们正在与小摊贩讨价还价的时候，忽然来了一位大人物，他大声说：我照你们心目中的最高价全部收购了。于是小贩们雀跃。主妇们摇头。接着他又把菜按照主妇们心中的最低价卖给她们。主妇很高兴地走了。第二天，第三天他都没有来。可市场被破坏了。很久、很久之后才恢复。”

“道理我是懂的。调节市场要靠‘看不见的手’。”安先可说：“我是想用这来还你那顿饭的情。”

“这么说，你应用的是交换原则啰？”

“对。”安先可笑了。

李丛祺进舞场时，已是乐声大作，灯光忽明忽暗之际。人们正在忘情地旋转着。那些稍作休息的人，正坐在为数不多的几张软椅上啜吸着饮料。没人注意到他的到来，更没人给他让座。

所有这些都使他感到不快。

白秘书深知他的脾性，很快地穿过去，从乐队的空椅子中提来了一把。

“别动。”弹吉他的乐师制止住他。“我们的歌手下来时要坐。”

“是给李书记搬的。”

这时正是一曲终了。

“哪个李书记？整支乐队都是由省立大学艺术系的学生组成的。”

“省委李丛祺书记。”

“噢，我知道他。”歌手走了过来。“上次他来咱们学院作过报告，稿子念得极好。”

“对。我也记起来了。”吉他师一甩长头发。“他坐在带篷子的主席台上，咱们席地。先是太阳晒，然后是大雨淋。”

“因此他今天就该站一会儿。”歌手抡起屁股坐在空椅子上。

白秘书忍了回去，什么也没说就走了。他知道学生是最不承认权威的。

“你去给李书记找把椅子来。”他终于在人群中找到许福通。“用着你们的时候,一个也找不到。”他板起面孔。

三十秒钟后,许福通搬了把椅子过来。“我给您送过去。”

“不用了。”白秘书知道对这种人,客气只有副作用。

“您会跳舞吗?”狄煜问安先可。“我给您找个舞伴?”

“不,我不会。”安先可靠窗户站定。

“嗳,梅林。”狄煜把他招呼过来介绍一番。“你们俩谈谈,相互都会有收获。”刚说完,他就被音乐与舞蹈的旋涡吸了进去。

“妈的,这小子就会跳舞,拉我来顶缸。”梅林说。

“作家的词语可真丰富。”安先可不禁被这生动的用词给逗笑了。

“可惜有些粗俗。”梅林耸耸肩。

“你怎么不跳?”

“不会。”

“为啥不学?”

“人一过三十岁,要是不会游泳、骑车、跳舞,那这辈子就别想会了。不过不会也好,站在圈外可以更好地观察这种在中国堪称独特的文化现象。可您为什么不跳呢?”梅林注视着安先可颤动的足尖。“可以看得出您是会跳的。您的太太一定很凶吧?”

“跟一位作家谈话确实是件很吃力的事。因为他没完没了地探究你的心灵隐秘。”

“那当然。自己的挖完了,就只好挖别人的。您别王顾左右而言他。太太是不是很凶?”

“即使很凶。此刻也远在北京,而且一定睡下了。”安先可早在五十年代就会跳舞,而且跳得很好,可他实在记不起来,自从婚后,自己是否与妻子以外的女人跳过舞。

“可她的控制力,能够超距离作用。这种情况我见过多了。”

“如果超距作用,它所借助的场又是什么呢?”每逢思辨色彩浓的话题,安先可总是极感兴趣。

“一个历史悠久的伦理场,他横贯中国,你我均为场中人,无不被其道德核心所左右。”

“这个年轻人的概念很清楚,想象力也很丰富。”安先可重新打量他一眼。

“可你我所受的作用力却不同。”梅林在继续阐述。“这个力与教养、性格、地位、家庭都有关系,是个多元复变函数。恐怕得一大组方程式才能描述出来。”

“这个方程组可以叫梅林方程组。”

“您启发了我。就叫它梅林—安先可方程组吧。可惜得是,能描写人的数学工具还没能发明出来。”

“这对你们作家来说,恐怕是件幸事。如果到时一个方程概括了人,你们恐怕得失业了。”

“到时我就去大学当教授,和您一样。”

“开什么课?”安先可笑了。今天已经是第二次碰见要到大学当教授的人了。

“《小说的全部历史》,或《末代小说家的功用》。”梅林又报出十几个。“反正足够我讲到死的。”

这位姑娘叫什么来的?对,姓郝。省歌舞团的。上次在西山宾馆开会,专门把歌舞团调来伴舞。二十位姑娘中,她跳得最好。所以一直陪我跳。与她跳舞是件很让人愉快的事。她身上主要器官的每一细微变化我都能品出来。气得邹飞鸿直对我说:“你跳舞最大的特点就是实惠。”我没理他。不说话就是最好的回答。可她今天为何对我视而不见?

“您不喝点饮料?”白秘书俯在他耳边说。

“我不是为喝饮料才来的。”李丛祺没好气地回答。

白秘书顺其目光所示,就明白了李在想什么。

“舞会的本质是什么？”安先可问。

“说法很多：艺术享受、交际、活动身体等等，等等。凡此种种，都躲躲闪闪。我以为，最本质的乃是男女间的吸引力。”

“请证明。”

“如果你在这舞场中间隔上一块板，一边男，一边女，其他条件相同。我敢担保，最后这舞场上顶多剩下咱们俩。”梅林继续阐发道。“一夫一妻制，是社会的需要，家庭的需要，而不是人的需要。那么如何能把多余的感情发挥掉呢？积历史之经验，跳舞是较为可取的方式之一。”

“你的思想很活跃，这我很喜欢。可太活跃了，就会跑到另一极上去。”安先可的眼神变得严肃起来。“不要为新而新，要理解新的实质。”

“先开始变化的一般来说是形式。”

“你们在一本正经地谈什么？”狄煜递过来一筒饮料。

“解析社会学。”梅林把狄煜喝了一半的那筒夺了过来。

“李书记请你去跳舞。”白秘书对小郝说。

“哪个李书记？”她的男伴问。

“省委李书记。”

“我已经和他约好了。”小郝指指男伴。

“可也不能叫李书记干等着呵？”白秘书摆出副公事面孔。

“叫谁干等着也不好。”

“上次在西山，我见你与他跳得非常和谐。”白秘书没好气地说。

“那是领导交的任务，并且给了二十块钱，要不谁也不去。”小郝拢拢美丽的头发。

“小郝。”她的男友制止说。

“你要想陪他跳你去。”

话到这份上，已经没有再说的必要。乐曲声中，白秘书往回走着。这是一股自由主义的浪潮，平等主义的浪潮。人们开始不承认权威。这势将导致混乱，要把这个想法写成卡片，找机会放进李的报告中去。

客观地分析，白秘书在早年也崇尚过自由。可自从进入了“权力圈”之后，他才开始厌恶起自由来。

“既然二位文化人，不似我辈商人庸俗，那咱们就换种娱乐方式吧。”狄煜提议。

“除了玩权术外，我还不知道你小子还会玩什么。”梅林不屑地挥挥手。

“另外还会一样：桥牌。不知安先生会不会？”

“能凑合打两把。”安先可谦逊地笑笑。早在他教书生涯的初期，他就学会了桥牌，因为这是教授阶层里通行的社交方式。“文化大革命”中期，他被下放到江西干校时，基本上无书可读，每遇闲暇，他总是把副扑克牌分来分去，从中取得牌型分布的概率。一九七七年他赋闲时，还写过几篇桥牌专论，并获得上海《文化与生活》杂志一等奖。他没去领奖，因为这对于一位大学教授来说，未免有不务正业之嫌。

“三个人怎么打？”

“我还拥有一名牌林高手，咱们先上去，我一个电话就能把他叫来。”狄煜说。

二十

因为没人招呼,电梯很等了一会儿才来。

“这个宾馆表面上很整齐,可实际上一切都是乱糟糟的。”白秘书掏出一支烟点上,他平素极少吸烟。

“据说钱还是赚了一些的。”

“钱是赚了,可以往的秩序却不复存在了。今天我给他们打电话说您要来,那位姓狄的经理爱搭不理的。瞧他今天跟您说话的那个劲儿,就像他是中央书记处的书记似的。”白秘书的话真假参半。

“中央负责同志是很谦虚的。”李丛祺修正道。

“那是。”白秘书转了回来。他知道李丛祺虽然在自己的领地内爱摆谱,可对中央来的人,哪怕职务比他稍低,也照顾得无微不至,因此能保持“京信常通”。可也正因为此,他不愿意让人提及。“我看这个店应该整顿一下,起码要把台球室恢复了。”

“对,应该恢复。”李丛祺立刻回答,打台球是种很好的交际手段。跟自己的部下还可以玩玩麻将,可跟北京来的干部,尤其是新近提拔起来的那些知识分子干部,就只能打台球了。因为麻将太俗,而台球很贵族。“你把这件事办一下。”

“光我出面不一定能办通。”

“他们不知道你是代表我的?”

“知道。可如今党领导一切的概念已经稍有变化。”

李丛祺皱起了眉。

“比如这个店的经理吧,在他的头脑里只有一个‘钱’字,别的全都无所谓。”

“对于一个企业来讲,这也说得过去。”李丛祺的思路很清楚。“当然,对全局来讲就不合适了。”

“可企业里也不能没有党呵?”白秘书反问。“店里的其他领导对他很有些意见呢。上次咱们去广州参观,有些费用想在这里报销,可至今还没有办通。”

“后来报了没有?”平素出门,李丛祺是从不管钱的。至于这些费用的数目,何处报销,他更不知道了。

“我已经联系好另外一个地方。”白秘书再次强调道:“这个地方应该好好整顿。”

“先放放再说。”李丛祺站起身。眼下是改革的年代,对任何有改革色彩的人,都要持慎重态度。“有两件事你办一下,有关高技术工业区的报告,你会同经、计、科委的同志赶快搞出来。第二,要加快寻找那位晏洗河。我好像有种预感,他就在咱们身边。”

“你这间办公室,比我”安先可本想说“我的”,可出口时却改为“我们校长的还气派”。他看看纯毛地毯,又看看华丽的灯具。

“不是一回事,就别放在一块比。不信让你们校长跟我换换工作,他保证不干。按理说,社会地位高的人,工资就应该相对少一些。平衡原理嘛。不能让一个人把好处全占了。”狄煜拿起话机,邀何文下来。

“是的。他不会因为你有这样一套办公室就与你换工作。可你也应该考虑一下在群众中的影响。”

“以前我们开会总用会议室,现在把会议室出租,而改在这里开会,经济上划得来。”

“经济固然重要,可在群众中的形象也很重要。”安先可坐到单人沙发上。

“你说他爱摆谱吧,可他又抠门得厉害。昨天他问我能报销多少房钱,我说五块。他立刻就打电话让柜台和我算账,可您知道,这些天来,我有一半时间是睡沙发的。”梅林说:“你看住他的办公室还要钱,有点人情味儿没有?”

“我为的就是去掉你的人情味儿。”

“我去年在广州开会,因为钱不足,就跟比我小十多岁的小舅子借了一千块。谁料他竟跟我算起利钱来,确是人情日薄呵。”安先可说。

“你小舅子做得太对了。一个由人情构成的市场,必将是个混乱的市场。因为它没有量纲。人情来,人情去,各方面都觉得吃亏。可钱就不一样了,它有单位。元,角,分。”狄煜侃侃而论。

“如果这世界上除了钱外,人情不复存在。我们这些当作家的靠什么吃饭?”

“靠钱吃饭呗。”

“都是些像你一样浑身是钱味儿的人,我又如何能写出作品来?”

“那你就到我这来写法律文书。”

“我可写不了那种干巴巴的,尽是算计人的东西。”

“你放心好了,在你有生之年,人情没不了。”狄煜的目光显得有些迷惘。“从理论上说,真正的买卖人,就是他亲爹来买东西,也不应有两个价。可我只收你三分之一的钱。这本身就是过渡时代的产物。”

梅林把刚进来的何文介绍给安先可。

“兼职顾问?你以什么方式付报酬?”安先可问狄煜。

“他提一条可行的建议,我就付给他二十元钱。可悲的是,他的新建议像潮水般地涌来,而其中的大部分偏偏能行通。”

“你付钱给他时有无阻力?”安先可对此很感兴趣。为了能把科技奖金真正发给那些有成绩的科学工作者,他用尽各种方法,可效果总是不明显。

“有。”

“你如何克服?”

“说服他们。我经常这样跟他们讲,套马一天到晚拉车,可吃的料却远不及种马。而种马的工作一星期绝超不过二十分钟,这是因为从长远的角度说,种马的工作更有意义。”狄煜一本正经地说。

“你把我比喻成什么都无所谓，而我关键是从这里取得钱和经验。开战吧。”何文取出扑克。“一个时期只有一个工作中心。”

屋里静极了。躺在澡盆里的李丛祺；听任六十度的水，温柔地倾泻在身上。

在一般人的心目中，像我这样做到省委书记一级的人，办什么事情都一定称心如意。可其实大谬不然。以《红楼梦》为例，人们为了省事，雇了丫鬟、马夫、厨师。可其实却没省了事，不同的是体力劳动转换成管理了。现今的官场，要比荣、宁二府复杂不知多少倍。没有本事根本就甭想站住脚。

一九七八年我升任P专区书记。P专区是个老区，尽是些红军、八路的。他们稍不如意就张口上北京找这个，找那个的。而其中任何一个批上几个铅笔字都够你喝一壶的。我刚一到任，他们就叫唤开了：“从哪里找来这么个小毛头当书记？”说也是，他们苦苦熬了几十年，不过是县团一级干部。我能理解他们的心情，于是定下“无为而治”的方针。可“树欲静而风不止”。我批钱，没人给；我调人，调不动。最后竟连辆车也派不出来。所有这些，我全都忍了。中国的官，最讲究个“忍”字。可他们越闹愈狂，竟连正常公务都维持不下去了。

我思考很久，终于想出条良计。大年初三，我在家里摆下一桌酒宴，把主要的人物全叫来。酒过三巡，我推心置腹地对他们说：“今日家宴，不为别的，有几句话想与大家说。相处半年，诸位都看出我是个本事不大的人。可你们想过没有，如果你们通力合作，把我从这里挤走，省里再派一个人来，恐怕就不是我这样的无能之辈了。”静场。“省里不会从你们当中提拔正职，这已经是明摆着的事。”我说完给他们一一斟上酒。“为咱们相安无事干杯。”我带头喝了。他们也跟着喝了。从此局面大为改观。

什么叫政治？这就是。什么叫政治家的风度？这就是。

到省里工作后，一开始还比较顺利。可正当我欲展宏图时，邹飞鸿来了。他是京官外放，办点什么事也方便。矛盾很快就产生了。主要在工业政策和用人两个方面。他试图让我去管农业和政法。G省不是农业省，任你怎么抓，也上不去。而政法则是全国的薄弱点——如果法要起作用，还要权干什么用？我没那么傻，连施几招，弄得他苦于招架。

我首先通过我的组织系统，到处散布他是“下来锻炼”的，马上“就要到中央某个部去任正职”。闹得他最后不得不公开辟谣——这充分表现出他政治上的不成熟，谣言这东西，只能任其自生自灭，越辟则越张。

第二招就是我组织人搞出了工业方案，强行在常委会上通过，常委会是举手表决的会议，能充分体现你的政治力量。

平心说，老邹作为单一工业部门的负责人，可能是杰出的。但领导一个省就明显地不行了。所谓领导人，其实就是统治人。这是一项专门的技术。如果把权力交给了你，而你不会用，或者滥用，那用不了多长时间，它就会被稀释、分散，最后完全消失。

李丛祺站起来，用块洁白的大毛巾擦拭着身体。以其岁数论，这身体的确够棒的了。他从来不让它受委屈，只要它提出的要求是正当的，总要尽力去满足它。

他没有丝毫睡意，绕行两周后，就从提包内取出一瓶山西出产的“老白汾酒”。如今人们都兴喝洋酒、低度酒，可我却只爱烈性白酒，它醇，它够刺激。

可今天为什么一点味道也没有？独饮无味。把白秘书叫来？他是个生性刻板的人，每晚读书至十一点，十一点十五分必然入睡。对，把她叫来。

“桥牌”的玩法和“百分”差不多。不同的只是它的主不是靠“亮”而是靠“叫”出来的。另外，它将牌全部分完，并不给庄家特殊优惠。

所谓“叫牌”是从市场拍卖竞争演变来的，谁叫得高就由谁个做东。所以随机成分很少。

狄煜与何文是老搭档，两人默契极深。安先可与梅林虽是初次结伴，可打牌一道与跳舞差不多，只要你懂得旋律，并掌握内部通信系统，亦能配合得不错。

十六把下来，狄、何赢了二十分。

“安先生打得不错，几次蒙都蒙对了。”狄煜拍拍梅林的肩膀。“只不过你小子太臭了。”

“牌场上得意，情场与官场上就必然失意。要记住，这可是一条颠扑不破的真理。”梅林仰靠在沙发上。

“即使将来在一切场上失意，我此刻也要在牌场上战胜你。”狄煜把扑克收拢。

“我打牌从来不靠蒙。”安先可取过牌。“每次‘飞’牌，都是有着统计学的基础的。”他细讲了一张方才牌例中的概率。“由此可见，桥牌是门精确的科学。”

“可我认为，桥牌是建筑在直觉系统上的一门艺术。”狄煜反驳道：“我打牌主要靠感觉。我能从你的脸上把牌分析个八九不离十。”

“感觉是很重要的。但关键还是应用原理进行分析，虽然它的变化有五乘十的二十九次方之多。”安先可往后靠了靠。“第十一把牌你首攻方块十二这是错误的。美国著名桥牌选手罗勃·哈曼，专门就这种牌例有过分析。”

“你可真是中国知识分子的典型，打牌也要寻找成例。可我喜欢造新。我与何文专门研究出一种叫牌系统。”狄煜把关闭着的电话打开。

“能说给我听听吗？”安先可相信他们不会研究出太高级的叫牌法，因为桥牌已经有了二百年的历史。可他仍这么问。

“将来您可以看我们的专著。”何文摆出一副大学者的派头。“目前尚在实验阶段。”

“目前我正在宾馆内部广泛推动桥牌运动。它的好处有三。一曰：领受竞争气氛；二曰：精于算计；三曰：加强同伴间的合作。”狄煜摆弄手指头数毕。“作为企业，要有一种独特的文化。等将来钱富裕了，我还准备成立一个基金会，把它推向社会。你们为什么玩？”

“我在追求一种智力上的快感。”何文说。

“有名言曰，要想结交漂亮女士，就学跳舞；要想结交显贵，就学打桥牌。”梅林晃悠着凌空的腿。

电话铃响了。

“只要阀门一开，信息就和自来水一样，‘哗哗’地往这屋里流。”狄煜拿起话机。“你们说，这该叫作什么时代？”

“您有事？”李丛祺才放下电话，曲小燕就出现了。

“想找你聊一聊。”李丛祺伸手让座。

曲小燕双手平置膝上，很听话地坐到对面的沙发上。作为宾馆的服务员，她见过的人实在是太多了。从进门始，她就差不多清楚李丛祺心里想的是什么。

“工作忙吧？”

“还算可以。”

“业余时间干什么？”

“学点外语，有时也学管理。”

“好。好。学外语好。T市马上就会批准为开放城市，学外语大有用武之地。”

“我们经理也这么说。”

李丛祺的眉头微微一皱。“他人怎么样？”

“有学问，有风度，对我们好极了。他经常亲自给我们上课，教导我们要爱自己的职业，要自爱、自尊、自强不息。”每逢与人谈及狄煜，曲小燕总有一种压抑不住的热情。

“他多大了？”

“三十五岁。很年轻。可他的思想更年轻，总让人觉得有种特殊的活力。”

李丛祺觉得很不舒服。作为一个服务员，最好是年轻，漂亮，头脑简单。如果她们也谈起思想之类的话题，将是一件很煞风景的事。

“喝点酒吧。”他取出两只高脚杯。

“我不会。谢谢您了。”曲小燕笑着说。

“外语要学，酒也要学。这才是标准的现代青年。”李丛祺径自倒上。“为你的健康，干杯。”

酒，曲小燕多少能喝一点。因为她那个做工人的父亲爱喝。可她此时不想喝。但她也知道李丛祺的地位与分量，不得不端起杯。

“我干了。”李丛祺把杯底亮给她看。

“我意思一下行吗？”

“不，要干。”多年执掌大权的生活，使他的声音极有威慑力。

“只此一杯？”

李丛祺微微点头。

曲小燕喝了下去。

李丛祺马上给她斟满。

“我不喝了。”曲小燕欲用手去挡，可已经迟了。

“慢慢喝，最后一杯了。”试探性气球放出之后，李丛祺觉得很有把握。

一个体重不足五十公斤的小姑娘，能有几多酒量？曲小燕觉得浑身开始绵软，当她伸手取茶杯时，竟然错了位。

李丛祺乘机捉住了它。它很细，很薄，很长，呈健康的粉红色。他稍一用力，曲小燕就从茶几的一侧滑了过来。

“家里有几口人？”

“父母和兄弟。”

“父亲在什么地方工作？”

“齿轮厂。”曲小燕一直在盘算如何不失体面地摆脱这种局面。

“兄弟呢？”

“待业。给他分配了好几次工作他都嫌不好没去。”她乘机错开点距离。

“可以分配嘛。”李丛祺又将她拉近。“他想去什么地方？”他乘问话的当口，用空出的手将大灯拉灭。

曲小燕望着若隐若现的台灯，立刻觉出一种莫名的恐怖。“我还有点事。”她试图将手抽出。

“有什么事？”李丛祺握得愈发紧了。

“真的有急事。”曲小燕眼睛里露出近乎哀求的神情。这种局面她遇到过两次，可从未像今天这么严峻过。

“什么事我都可以给你办。”李丛祺干脆把她揽进怀里。

曲小燕立刻嗅到一种强烈的雄性气息。它极原始，极粗蛮。

“不行，真的不行。”她继续苦苦哀求。记是在上一次遇到纠缠时，她抽出手后，给了对方一记耳光，虽不猛烈，可气算是出了。而今天面对李丛祺这样的庞然大物，她连这种想法都不敢有。民是服从官的，这是中国文化的脊梁。

“有什么行不行的。解放一点嘛。”李丛祺觉出一种兴奋，这是征服前的兴奋。女人，我是很懂的。她们从来也不说“行”，所以“不行”就等于“行”。

“真的不行。”曲小燕拼命地扭转头，以躲开危险气息的侵袭。“跟我住一个屋的小朱，知道我来您这了。一会儿会找的。”

“别跟我耍小聪明。有谁敢上我这来找人？”李丛祺笑了，他说的是实话，除了北京的紧急电话或者特别重大的事情外，没人会惊动他。

“我们有个约定，如果半个钟头不回去，她就来找。”曲小燕女性天生的防卫本能，使她想出了这招。

很管用，李丛祺松开了手。

曲小燕并没有马上跑开，因为这样太伤李丛祺的面子了。她理了理散乱的头发，又坐了几十秒钟，才站起身。

“我走了。”虽非问句，可她的口气却是征询式的。

“还来吗？”李丛祺的脸色很是难看。

“如果能找到合适借口的话，我就来。”她绕了很大一个圈子，拉开门跑开了——狄煜在上周，给她们讲日本出版的《豪华饭店指南》时，曾专门就“客人纠缠”一节讲述了半天。其中很重要的一条就是：立刻走开，千万不要留有余地。可当时她们尽管“吃吃”地笑，根本没往心里去。

大约十五分钟后，李丛祺就明白自己上了当。他把电话拽过来，按动“707”

键。

曲小燕跑回服务室后,立刻把门锁上。可刚坐下,又觉得不放心,就奋力把大沙发推过去,堵在门口,然后把灯关上。

这时候,电话铃就响了。

曲小燕渐渐地缩至床头,惊恐地注视着电话,就好像它是吐着信伺机扑上来的大蛇似地。

电话顽强地响着。尽管曲小燕已经把开关扳到弱音处,可听上去仍然极恐怖。

怎么办?

怎么办?

该把狄煜叫上来。有了他,我就什么也不用怕了。电话停了就叫。

十分钟后,电话停了。曲小燕扑了上去。

一出经理室的门,狄煜立刻改变节奏飞快地奔向电梯。除非发生了非常紧急的事情,否则曲小燕的声音不会变形到他无法辨认的地步。

“是我。”到了十四楼,他轻轻叩门。

没人回答。只听到一阵挪动重物的声音。

他又叩了一下。

门开了。曲小燕不顾一切地扑到他怀里。

“有话慢慢说。”他轻轻地拍了拍她的后背。这个躯体,他基本上是熟悉的。在跳舞时,曾不止一次地接触过。可那时它是优美的,柔软的。可此刻它是僵硬的,而且作着高频颤动。

待曲小燕渐渐平静下来后,他关上门打开灯。

“怎么啦?”

“他。总统套间,非叫我去。”曲小燕指指被子。

鬼使神差,被深藏在被子中的电话机此刻又响了起来。

“我不想去,可他总是叫。”

“我来处理。”狄煜掀开被子。

电话声立刻大了起来。

“别,别。”曲小燕拉住狄煜。“他把我们家的情况全都了解去了,我还有个小弟弟没有分配呢。”

狄煜看着她,眼光渐渐变成蓝色。此时他真想对她大吼一声:“那你就去吧。”

“再说我明天还要和他见面呢。”曲小燕低下了头。

“怕见面的该是他而不是你。”狄煜拿起了话机。“我是经理狄煜。噢,李书记,有什么事吗?我也正在找服务员。我能替你办吗?不用了,好。”他把话机放下。

“事情就这么简单?”

“对。就这么简单。”狄煜把手插入裤袋。

“我喜欢你。”曲小燕跨上一步,双手搭在狄煜的肩上。

“我也喜欢你。”狄煜并没有错误地理解这个信号。知道它是情不自禁地感恩表示。他扭身拉开门。“希望你记住,你首先是个人,一个有自己意志的人,然后才是别的什么。”

这个狄煜是个很讨厌的人。相当讨厌。她也很不识抬举。李丛祺在屋里来回转着圈。

我曾几何时受过这种待遇?在L县有过一次。但那只不过是没有得手罢了。可他竟敢对我横加干涉。岂有此理。他未免也太不自量了。

他与她会不会联合起来上告?一般来说没有这个胆量,也没有这个必要。即使告了,只要不上达天听就没关系。即使上达天听,也不会有啥大不了的。限制一般人的道德标准,对于干部,尤其是省一级的干部,并不适用。

二十一

即使在农场劳改时代，每逢星期六，盛京也要好好洗漱一番，换上洁净、宽松的衣服，靠在被垛前，安宁地坐着。真正的绅士都是这个样儿的。

现今各方面的条件都大大地改观了。优良风度就更应发扬光大。他把"柏辽兹"的磁带塞入"夏普 6060"中。高质量的交响乐声立刻将整个空间填满。

"你听得懂这玩意吗？"刁小氓闯了进来。

"出去。"他板起面孔。

刁小氓吐了一下舌头，出去敲完门重新被邀入。

"你真能听懂？"

"当然。"

"它都说些什么？"

"交响乐不是梆子，并没有很具体的情节。它只能给你提供一个感受的机会。你如果有了感受，把它记住就是了。你好好听。"

刁小氓模仿盛京高雅的坐姿，双手交叉在肚前，静静地听了好大一阵。

"有感受吗？"

"有。"

"耳朵觉得舒服吗？"

"不。"

"你顺着作曲家的思路好好想一想。"

"我根本看不见有什么鸟路。"刁小氓刚想盘腿，可又伸了回去。

“你真笨。”盛京笑着说。

“我不信你真能听懂,别看你每天听。”刁小氓是个坐不住的人,站起来左转右转。“你能实打实地告诉我它究竟是什么东西吗?我不听云山雾罩。”

“它实际上是一种精神交流,一颗是你的心,它比较贫乏,迟钝;一颗是作曲家的心,它丰富、热情、敏感,充满智慧。”盛京伸出两个手指头。“就像两个电量不同的带电体,一经接通,贫的就会富起来。”

“云山雾罩。”刁小氓不屑地说。

“你要听实的也行。”盛京似乎被激怒了。“交响乐实际是这么种东西,如果你说你听不懂,不爱听,就证明你是老土!”

“对,我是老土,这没错。我家祖坟上从来就没冒过洋烟。”刁小氓说着站起来。

“坐下听。”盛京命令道。

刁小氓如坐针毡达二十分钟之久。

“我再重复一遍,有文化的人都爱听这个。”

“我可以走了吗?”

盛京点头。

“您那套文化可真让人难受。”刁小氓说完就拉开门跑了。

真是朽木不可雕也!盛京无可奈何地笑笑。他从心里是喜欢刁小氓的。一个人在一辈子中,最少要爱一个女人和一个男人。小氓从骨子里讲,是个很善良的人。不过缺少文化,但这可以补。而善良是补不来的。

是谁出去了?好像是两个人。盛京的听觉有如钢琴家般地敏锐。在坐班房的时候,木桶往下一放,无须开盖就知道里面盛的是什么料。

除夕之夜。平常是七点开饭。可今天看守到七点半还没来,一定是好饭。米饭,红烧肉,最好肥点。八点还没来,是饺子。八点半。九点。九点半看守终于来了,他挑着两只大桶,脚步极其沉重。犯人们都伸长脖子,努力从空气中捕捉香分子。肉香。饥饿与渴望使他们产生了幻觉。桶往下一放,盛京就知道完了。

高粱粥。半生不熟。牢里响起了歌声:《社会主义好》。初为独唱,渐渐演变成合唱,并伴随着愈来愈响的跺脚声。这是原始的发泄方法。一直唱了四个钟头。把省公安厅长都唱来了。

“他们去哪了?”

“一出这鸟宾馆的大门,我这浑身的骨头全都酥了。”刁小氓作扩胸运动。“盛哥发明的那套文化,就和他娘的五花大绑似地。”

“未见得是他发明的。”葛大有阴沉地笑笑。

“咱们就不是住宾馆的主儿。坐在那鬼马桶上,贵贱拉不出屎来。天天得跑对面公厕。”刁小氓把一口绿痰吐出五米之遥。

“饭菜倒是不错。”

“光饭菜不错有蛋用?我要的是玩的。”刁小氓拍拍西装口袋。“咱哥儿们现在有的是钱。”

葛大有没有反应。两人默不作声地走了二百多米,来到十字路口。

“去哪?”葛大有的声音特别沙哑。

“老哥去哪我就去哪。”

“实不相瞒,我干那事,两人不行。”葛大有力图使自己的笑容动人一些,可没能成功。

“你小子真行,两天一回,也不怕亏着肾。”

“小崽子懂啥?老哥这会正当年,过了四十岁就没四十岁了。”说罢葛大有就一摇一摆地朝北走了。

刁小氓朝南走了不久,就蹲到一个小书摊前,掏出两毛钱,租了两本武打画书,蹲那看完后还要租。

“我那有真货。”摊主四顾无人,低声对他说:“看不看?”

“什么真货?”

“大字足本《金瓶梅》。一钟头五块。好看的地方我全勾出来了。“摊主的脸色十分神秘。

“字书？”

“对。”

“我看小人书都从来不看字。”刁小氓又拿起一本。“没那闲工夫。”

“还有美国画报。全是脱得精光的妞儿。”

“有个真人还差不多。”刁小氓嘴上这么说，可心想：除了米妹，我谁也不要。他与米妹是在流浪中认识的。就在短短的一个月中，两人就订下终身。米妹河南人，十八岁。现因偷窃罪入狱。再有十个月就能出来。两人一直保持着通信联系。信虽短，而且错字层出不穷，可却是他有生以来最为珍视的东西。

“你小子准是个中性人。”摊主把书收回来。

“你他妈的才是中性人呢，想弄老子的钱没门。”他站起身扬长而去。

往前再走三百米，是条倾斜的胡同。中腰一盏昏黄的路灯下，有一堆人蹲着。

他是个天性喜欢热闹的人。立刻奔过去。

这一群人正在赌扑克牌。两黑一红，押中红者一块变两块，押不中者全吃。庄家是个与他岁数差不多的小伙子。手法极其灵活。不过二十分钟，近百元钱就落入他的口袋之中。

其中一个别着G大学白色徽章的小伙子输得最多。“让他弄走二十块，下个月只好啃干馒头了。让这小子给涮了。”

“别说这话。”庄家魔术师般地玩着手中的牌。“你可不是为啃干馒头才来的。你为的也是给媳妇弄份彩礼。”

一片哄笑声。

“你还玩吗？”刁小氓挤了上去。

“只要你有钱，我就和你玩到底。”

“只要你能消化得了，我就一直奉陪。”刁小氓伸手抽出数张崭新的大钞。

第一次庄家赢。

第二次仍是庄家赢。

“别玩了,你弄不过他。”大学生拽拽他的衣襟。

“最后来一次。”刁小氓把手伸入口袋。他之所以被劳教,在很大程度上与赌博有关。而最精通的就是猜牌与押宝两门。

庄家很自信地把牌分好。

“有顶吗?”刁小氓问。

“没顶。”

“那好。”刁小氓在居中那张牌上放上一百元。

“我看应该是左边那张。”大学生说。

“你看哪张是,哪张就肯定不是。”刁小氓在传播经验。

“不换地方了?”庄家很镇静地问。

“不但不换地方,我还要在这上面加点分量。”刁小氓已从庄家的脸上完全分析出自己是押中了。

“加吧。”

刁小氓又放上五十元。

“我开了。”庄家往前一探身,用阴影罩住牌摊。

“慢。”刁小氓用手踏住中间那张纸。“翻剩下那两张。”

庄家知道今天碰上真正的行家了。无可奈何地翻开两张黑的。

“点票子吧。”刁小氓很得意地说。

庄家顺从地点出三百块钱来。

刁小氓从中抽出四张,递给那位大学生。“念书的是念书的,赌钱的是赌钱的,别往一块瞎掺和。”

小伙子承情地点头。

“要不就等你当上了教授,有花不完的钱时再来找乐。”刁小氓又送给他一句话。

“还玩吗?”庄家凑上来。

“我劝你还是改行干别的吧。凭你那两下子，哄哄傻帽还差不多。”刁小氓俨然前辈。

“咱们到我家去押宝。”

“你想洗了我不是？我才没那么傻。”

“哪的话，咱们全是玩钱的，哪能不仗义。”

“你可说对了，数玩钱的人不仗义了。”刁小氓把钱收入怀中。

“你看。”庄家掏出一大摞钞票，在刁小氓面前摇晃着。

赌，是人类的天性；钱，是最古老的诱惑。

“你怕我们洗你，可以从这中间找几位一起去。”

“你们能洗得了我？”刁小氓话虽这么说，可仍四下搜寻。全是他妈的一伙，哪有正经人？说也是，正经人谁来赌钱？

“我跟你一块去。”一个披呢大衣，面部线条严峻的人说。

“好，我相中你了。”刁小氓拍拍此人肩膀。

葛大有在车站广场上转悠着。此刻已是八点半多。虽说是严冬，可气温并不很低。因此很多人不愿待在空气浑浊的候车室里，宁愿在外面溜达。

葛大有双手揣在鸭绒服口袋里。络腮胡子摩擦着柔软的领子，给他一种特殊的快感。

他的头并不动，可眼珠却打着旋。他挤过两支队伍，一片人群，最后来到广告牌后面。

她肯定是，身材不错，脸盘也凑合。有多大岁数？二十七八。不老，不嫩，正好。

他很快就物色着对象。凡精于此道的老手，都能识读从步姿、身姿、衣着、眼风中流露的信息，并很快将其拼成整体。

他隐在广告牌的阴影中，焦急地等待着。心里觉得痒酥酥的。我是来找乐的，并不是找倒霉的，必须看准了再下手。

女人转了一圈后，已黏上一个男子。两人坐到台阶上交谈了几句后，女人先走了。又过了几分钟，男子从存行李处取出一个提包。

这家伙是过路客，看看他们去哪？葛大有与对方保持着五十米距离尾随。

绕过车站饭店，拐入一条没灯的街道。他们肯定是去“白天鹅旅店”。看来这娘们是行家里手。

他们果然不出葛之所料，进了“白天鹅”。

此店名曰“天鹅”，可实际上叫“地鼠”更合适。因为它是由“人防”工程改建的，只有一个门脸露在地面上。

葛大有没进去，斜靠在一棵大树下观察着。

“您大哥不喝杯茶?”一个声音把他吓了一大跳。扭头一看，只见一盏鬼火似的灯下，浮动着一张多皱的脸。

“不喝。”他没好气地说。

“吃上两颗热乎乎的鸡蛋吧。”老头儿的声音很是慈祥。

他没回答。

“有钱给俩，没钱白吃也行。”老头儿显然闷极了，想找个人聊聊天。

他掏出四毛钱扔在茶几上，然后端起保温杯，喝了口微烫的茶，因为激动，喉咙很有些发干。

“您哪里人氏？”

“就这的。”

“找人？”

“唔。”

“找谁？”

葛大有用茶水把鸡蛋冲下去，然后用劲漱漱口，霍地站起来，朝旅店入口处走去。

盛京趴在写字台上，很认真地读着一大册《建筑法规汇编》，边读边做笔记。

他凝聚注意力的能力是惊人的。记性也非常之好。凡是有用的,能一下子记牢,暂时不用的,也能妥善存放。

这是一部充满矛盾的书,如果你遵照国家建委的规定,就会违背电子工业部的规定,你如果执行劳动总局的工资标准,就一定会冲破G省定下的工资上限……可正因为有矛盾,我才有空子可钻。他读了两个钟头后,站起身。读文件,找矛盾,钻空子,这就是我的读书法。

钻法规的空子,这道德吗?当然。你既然以法律的形式,把它们公布出来,就应该允许人们自由地运用。如果你不想让人们钻,就应该设法把它们制定得严密一些。

由谁来制定呢?盛京笑了。全国不敢说,起码在G省没有,包括建委计划处长,计委审计处长……对了,在狱里我倒遇见过一个。他叫倪钦成。是人民银行的会计师。他说他从进银行的那天起,就开始琢磨如何弄钱了。苦苦等了三十年,可一动手就换来两年徒刑。说起章广虎,也确实有两下子,隐藏起钱来,真是天衣无缝,这账进,那账出,然后又进这账,同是一笔钱,可却面目全非了。

现在的人们往往有种错误的概念,认为只要把工程揽到手,就有钱可赚。其实大谬不然。如果你老老实实地干,到头来是剩不下几个钱的。审计你的机关实在是太多,累进税率又实在是太厉害。所以必须在账目上做手脚。比方你需要一笔"特费"就得开列一张"民工工资表"附在账上备查。如果钱数在一千左右,就必须有二十位民工来领。光这串名字就够编的。可咱们章总,却很得心应手。一上午编上千数来个一点不费劲,我原以为他有小说家的天才,后来才发现他有套专门的工具:姓氏卡片,单名卡片,可以不断地排列组合,但不管怎么说,他充其量能算个优秀的会计,而不是经理,因为他不懂法。

懂法的只有我。等将来退休时,我就写上本书《论中国的工程法规的编制与执行》。一千页。前五百页讲编制,后五百页讲执行。一准能卖好价钱。

盛京打开通往阳台的门。先把椅子搬出去,然后又从皮箱中取出一架望远镜来。

这架望远镜是德国“蔡司”牌的。倍数十五。视角七度。是他用一千四百元，从省建委的一位处长手里买下的。处长口口声声地说亏了本。其实他何本之有？望远镜盒上印有日本太井建筑社赠的字样。他不认识，可我认识。

他架起了一个不锈钢支架，把望远镜固定上去。然后关掉全部灯。

“唐城宾馆”对面是个公园。公园的主体是个湖。湖对岸是家十一层的楼房旅社。它是中档的，人很杂。住进其中的人，认为一是高层建筑，二是对面为湖，别人无法窥视。所以很少拉窗帘，因此给盛京提供了一个很理想的观察世界。

他熟练地调好焦距。

A 点又在打扑克。昨天他们就打。准是一帮采购员。大胡子又顶上枕头了，他总是当猪。

B 号无人。

C 号在看书。昨天我就没能看见他的脸。但可以肯定是个知识分子。多好的坐功，能坐到天亮。他没准研究出一项发明，在跑“鉴定”。鉴定可不是件容易事，跟揽了十万块钱的工程差不多。他的正确做法是：申请专利。然后找个集体企业去生产。闹好了不光有利，而且能有名。可别看这路子简单，但他一准不会。他只知“万般皆下品”，殊不知“世事洞明皆学问”。

九层 D 号住的是两位女士。她多大岁数？三十不到。她的头发又黑又亮又长，她刚洗完澡。还挺淑女，穿戴齐全才出来，否则倒可以小饱眼福。她出去干什么？已经是十一点了。我得跟踪她。

他有着窥视别人隐私的癖好。虽然这种思想几乎人人都有，但他却已越出正常范畴，进入病态。这恐怕与他在狱中的生活有关。在那里吃喝拉撒睡，无一不全裸着供人观察，包括同性恋。所以出来之后，就要加倍地观察人。

她出现了。幸亏没到对面楼上去。主人为何不转过身来？他肯定是个小头目，因为住的是单人房间。他们肯定不是夫妻。她看上他什么了？钱或权？如果是爱情，那我就能理解。爱情就像是一种病毒，染上了就染上了。谁也没办法把它去掉。

他们为什么规规矩矩地坐着？谈工作？谈艺术？我才不信这套呢。一男一女深夜对坐，除了男女私情外还能有什么？想办的事情就要赶快办。这会儿还有什么能约束你们？外在的法律？内在的道德力量？

男主人公在来回地走。吵架了？千万别吵。心平气和地享受生活消费爱情吧。

她怎么走了？吵崩了？回去取东西？

他睡下了。连灯也不熄，帷幕也没落。一个索然无味的结尾。

望远镜呵望远镜，你为何不能窥视人的心灵？

这是一个不算小的赌场。台上货币流通量在三千左右。人们在拼命地吸烟，弄得地面上积起火山灰般的一层，空间弥漫着大雾。

“押宝”一道有如猜枚。分为“一，二，三，四”四档。庄家如果放“三”，你的钱亦押在“三”上，则翻一倍。反之被吃。

刁小氓自以为是行家里手，押得很大胆。可这个宝局不同一般，怎么也押不住。诡秘得很。

愈押不中注愈下得大。不过三个小时功夫，刁小氓近千元现金连同手表呢大衣皮茄克统统被庄家吃掉了。

“算了吧，天都快亮了。“庄家估计刁小氓已经快没钱了。

“不行。”刁小氓看看自己的私蓄，与米妹的南行计划，一夜之间化为灰烬，不禁急了。

“押可以，但你小子也得有钱呵。”赌客甲说。

“钱我有的是。”刁小氓的箱中尚存有一千二百块。

“亮出来看看。”

“这会儿没有。不过可以跟我去拿。”

“去拿？见鬼去吧。”庄家把赌具收起。

刁小氓情急无措，只得对那位线条严峻的冷面人说：“能借我点钱吗？”

“可以。”

“借二百。”

“借多少都可以。但要由我来押。”

“你会吗？”刁小氓问。

“赢了分你一半。输了算我的。”

“你押吧。”刁小氓知道这是便宜不过的事。

庄家从外面装了宝回来。

冷面人不动声音地将千元左右的钱放在“三”上。

“你再多押点。”庄家的耳根后面稍稍有些红。

冷面人不动声色地又往上放了一千。他知道耳后发红，是血液急剧上行的结果。

果然是“三”。

“你还玩不玩了？”庄家放下脸来问。

“只此一下。”冷面人的声音很沉静。

“那你的钱就甭想拿走。”赌客乙说。

冷面人伸出手去。

“要命我有一条。”庄家站了起来。把原本满得快溢出来的钱重新往怀里揣了揣。

“你的命并不值钱，不过你非要搭上的话我也要。”

“给我们本钱就行。”刁小氓是玩闹场上出身，知道一场殴斗在即，自己一方人少势单，不会占着便宜。

“给你本钱。”赌客甲一拳将刁小氓打翻。

可就在他出手尚未收回时，颈部已被冷面人猛劈一掌。顿时直挺挺地倒了下去。

庄家闻风而动。可只往前跨了一步，喉结处就被冷面人的拇指与中指卡住。“动我就扭碎它。”冷面人对赌客乙说。

真正的搏斗往往是很简单的。两人取了本与利,从容地退出小屋。

“我看你很面熟。”刁小氓说。

“是吗?”

“我在‘唐城’见过你。”

冷面人没有任何吃惊的表示。

“你今天收进了不少钱吧?”

“我不是为了赢这么点钱。”

“那你为什么?”刁小氓认为“不为钱上赌场”太没有道理了。

“为什么我不想告诉你。不过请你记住,如果你把今天的事情往外讲的话,我就”冷面人说到此猛地止住。“我”字与“就”字因惯性相遇,仿佛两块纯钢碰撞一般。

刁小氓不由地打了个哆嗦。

“我叫抗大京。”他的声音又变得温和起来。

刁小氓赶快把自己的名片递了上去。

“我没有名片。”

“没名片我也不会忘记您的。今天没您我就完了。”

“完是完不了。可能要损失一千块钱,外加上两到三根肋骨。”

“您说得对。”刁小氓由衷地说。

“白天鹅”旅店是“挂羊头卖狗肉”的典型。地面上的“来宾接待室”铺着猩红色的地毯,四张人造革沙发,以一只仿青铜鼎为心摆成半圆,颇有几分不伦不类的味儿。墙上挂着一幅年代久远的画轴:一匹马,一株枫树上栖一只猴。“马上枫猴”转译“马上封侯”。技法着实拙劣。

可愈往下走,就愈不是滋味儿:一股潮湿的地气,加上郁积已久的人气,扑面而来。等走到尽头,湿度已和澡堂差不多。连葛大有这样不甚讲究的人,也不禁皱起眉头。

他很快找到了目标。他踮起起脚尖，试图从玻璃窗往里看，可门通体是木头的。他又紧贴门板，试图寻找条缝隙，可依然没能成功。于是只得将耳朵代替眼睛。

地下室很静，加上空洞，任何音响都被放大了。

那最原始的交欢声，给他以极强的刺激。他上下摸索着，希望能重新发现点什么，最后干脆就趴到地上。

半小时后，一切归于平静。

有动静，葛大有赶紧躲到走道的拐弯处。

先出来的是那个男的。他拖着沉重的步伐，慢慢攀上台阶。

葛大有蹑手蹑脚地扑向那扇门。

“你怎么又回来了？”女人的声音睡意很浓。

葛大有没说话，摸索到床头。

“不行，我不干。”当女人发现对方是个络腮胡子时，立刻起身拧亮灯。

“我有钱。”

“有钱我也不干。”女人用被子裹住浑圆的肩头。

葛大有不再说什么，一件件地把衣服脱掉。

“你到底要干什么？”女人觉得一阵恐怖。

“你要是不好好伺候我，我就杀了你。”葛大有双手猛地合拢。

女人的被子滑落下来。

葛大有贪婪地跨上床去。

在享受方面，他属于那种最肆无忌惮的人。他不顾体面——也没有什么体面。他没有家庭，没有社会地位，因而也没有约束——一点也没有。

抗大京洗了个凉水澡后，就躺到床上。此刻，窗帘上已映出一片血红。

我最喜欢的颜色是血红。我最崇拜的人物是卡扎菲。

当卡扎菲还是个名不见经传的上尉时，他就立志推翻伊德里斯国王。当时利比亚的人民生活已达到温饱水平，可这并未动摇他的革命信念。他身上有着领袖人物所必须的超凡感召力，他成功了，其时只有二十六岁。他喜欢读的是纳赛尔著的《革命的哲学》。

我今天并不是顺便去赌场的。我从来不顺便干什么事。十天前，通过一条秘密渠道，与地处 G 省的战略导弹基地的一位军官接上了头。他能够提供远程导弹发射的全部资料。但他开价很高，一万美元。

一万美元就是近三万人民币。我手头没有这么许多钱。于是只得就地取材。

个体户、包工头是最好的猎取对象。他很容易就在宾馆里发现了盛京一伙。经过研究，确认刁小氓是薄弱点。于是才有后来的事。

那帮子无赖还想收拾我。抗大京脸上露出血红色的笑容，记得从伞兵训练班学了半年出来后，自己总想找个地方试试新。有次在青岛的一家饭馆里，与三个大头兵打了起来。结果他们当中的两个住了院，另一个休息了四天。

空手至少能对付三个人。但如果动用像样的家伙，我就能把整个宾馆的人全他妈的收拾了。到那时，整座“唐城”将是一片血红。

我最喜欢的颜色是血红。

二十二

“我想在咱们楼顶上竖块广告牌。”狄煜漫不经心地对包来说:“反正它空着也是白空着。”

包来点点头。

“每年差不多能挣十万块。”

“什么广告,这么值钱?”

“日本东芝电器公司。”狄煜把个文件夹递过去。

“你请示过没有?”

“立块广告牌咱俩一商量不就行了。”

“省委宣传部发过一个通知,任何面积超过八平方米的广告,都要经过他们批准。”

“这跟他们有什么关系?”

“广告也是宣传品。”包来的声音很是刻板。

“那咱们就立它两块七点九九平米的广告,绕过它这条规定。”

“你绕不过去。在今年十月份,他们发文件补充说,凡在繁华路段设立任何广告,都要呈报审批。”读文件是包来的主要工作之一。

“真个‘天网恢恢,疏而不漏’。咱们干脆不理他们算了。”

“恐怕不行,咱们的楼房太高,而且又是外国东西。闹不好可能出大麻烦。”

“不过生米已经煮成熟饭了。”

包来很认真地读完合同。“签订的过程是怎样的？”

“上次他们的对外宣传经理在这里住了几天，我跟他们谈了谈，后来又有几封信的往来，于是就有了合同。”狄煜轻描淡写地说：“若不执行，咱们就得赔偿百分之十的毁约费。”

“我看还是算了吧。”包来沉默了一阵后又说：“百分之十不过是一万块，认赔吧。”

“一万块够我挣十年的。我看就这么定了吧。当然，你可以保留意见。”

“我倒不是怕什么。你最后再认真地想一想。”

“广告不是反动标语。在北京等大城市早就有了。既要多谋，也要善断。好了，咱们商量一下定员的事吧。”

狄煜再往下说的是什么，包来基本没记住。他一直在琢磨广告的事。

他对狄煜的感情是很复杂的。他初来的时候，我是很讨厌他的。他口若悬河，颐指气使，看什么都不顺眼。可后来渐渐发现他是个热情，诚恳的人，从来不搞阴谋。又多少变得有点喜欢他。自己年轻的时候，就想这么干。可条件不允许。可他也太不安分了。官场经验也太少。能帮的时候，最好帮帮他。在宣传部我多少还有几个熟人。

一架银白色的飞机从北京起飞，两个小时后降落在 T 市机场。

一位四十出头的男子，提着只精致的皮箱，精神抖擞地下了舷梯。从他的作派上一眼可知是日本人。可跟在他后面的那位中年妇女，就很难做出分析了。她的动作很快，有外国职业妇女的味道儿。可从神态上又多少有些内向，容貌也很像中国人。

前面的先生叫浅沼，是日本大阪投资公司的经理。女士叫陈一曼，公司联络部的职员。

他们上了一辆苏联产的“拉达”牌大众车，直驶“唐城宾馆”。

他们刚进宾馆大门时，一辆“上海牌”轿车从里面驶出，驾驶者是狄煜。

两辆车交臂而过。

参加完旅游局的联席会议,已经是四点多钟。狄煜又与俞量才单独谈了谈。出来后就直驶法院。

“你很遵守时间。”见狄煜进来,舒导把桌上的卷宗收拾好。“你的案立了。”

“是吗?”狄煜高兴得差点跳起来。上次从法院回来后,他与舒导通过四次电话。对方每次都简短地回答,正在进行中,结果很难预测。“你使的是什么招法?”

“招法?”舒导皱了一下眉。“在法律界这是种犯忌的说法。我是按正常程序办事的。我该回家了。法庭开始调查时,我会传你的。”

“我开车送你回去。”

“我还是坐我该坐的交通工具吧。”

“没有司机,由我驾驶。”狄煜拉开车门。“请进,我的法官大人。”

舒导犹豫了一下,才坐了进去。

车子灵巧地绕过一堆碎砖,开出了大门。

“今天你老婆一定惊讶你为何回来得这么早。”狄煜超过一辆东欧轿车。

“没有老婆。”

“怎么?”

“如果在四十岁之前找不到合适的,就决不结婚。”舒导用一个纯钢打火机,点燃一支香烟。

“四十岁后就随便找上一个?”在法院里狄煜从来不见他抽烟,办公桌上也无任何烟具,可从其动作上分析,却分明是个“瘾君子”。

“没有合适的就绝不找。”舒导把身体调节成合理的姿势。“作为一个婚姻问题的仲裁人,我实在是看腻了各种悲剧。”

“你如果离婚,一准是把好手。”

“我要是离婚,立刻就会失去裁判的资格。而你顶多受些攻击而已。”

“我已经作好丢掉这顶破乌纱的准备,虽然这工作的权利,是好不容易才得来的。”

“有这么严重？”

“在咱们国家，一个政治家最起码在表面上得是个道德规范的遵守者。如果某文人闹出点风流事，只要引导得好，就能成为千秋佳话。可对从政的人来说，却无疑是灾难性的。今天下午散了会，我们的头还跟我说：你不能忍一忍？你个人的事与工作相比哪个重要？”前面是红灯，狄煜稳健地刹住车。“我告诉他，如果能忍的话，我早就忍过去了。个人的事在某些时候比任何工作都重要。因为我首先是人，其次才是经理。”

舒导不由自主地一点头。他最喜欢有个性的人。

“你没有见过我太太。那是个城府很深的人。必要时又很泼。如果真到‘唐城’一闹，再到旅游局一搅，我这个经理就吹灯了。”狄煜猛地一加油，用二挡起步。“人总得有点豁出去的精神。”

“有些工作，可以由法院出面去作。”舒导原想把话说得更透一些，可又忍了回去。少许愿，多办事，这是他的信条。

“吃点饭吧，我饿了。”狄煜把车子停在“富豪酒家”门口。“这是一家省港合资的饭店，据说很不错。”

“当事人请法官吃饭，恐怕是瓜田李下吧。”舒导坐在原位不动。

“咱们换种说法，一个准光棍请一个光棍吃饭，你能接受吗？”

“再换种说法，合资吃饭。”

“好的。”

“富豪酒家”虽地处城边，可生意却委实不错，上座率约有七成。

“您来了。”饭店的值班经理鞠躬后说：“请到G排F号入座。”

“真是科学管理，带坐标的。”

“如果用角尺量的话，那个躬最少有七十度。”

“如果进你们法院能受到如此待遇，那该有多好。”

“那法院的门槛将被你们这班离婚者踏平。”

这家饭店的基本色调是金、银、茶三种。就连服务员的衣服，也镶有金边。

“富贵色用得太多，太滥，反而显出穷酸气来。”舒导把法官大衣脱下，挂到衣架上。

“香港是个暴发起来的城市。它没有历史感，责任感，因而也没文化。”

“可文化少的地方，往往最容易发起来。因为它没有包袱。”

狄煜点头。他觉出这法官是很有思想的人。

“坐你的车省出四十分钟，我再调拨出二十分钟，咱们在一个小时内结束这顿晚餐。”

“你点两个菜吧。”狄煜一眼读完菜单。

“若论打官司，君不如我；若论吃馆子，我不如君。”舒导把菜单推了回去。

“我点菜就得你付钱？”

“如果倒退上十年，你这话还真能吓住我。可现如今。”舒导拍拍口袋。

狄煜一共点了四只菜。

“在法律界工作似乎比我们企业界好一些。人们常说，这个企业家如何，那个企业家又如何。可就骨干部分而论，中国根本没有企业。有的只是政府的下级部门。”

两人碰一下杯。

“法律界也一样。”

“你们是司人命、司幸福的部门，我总觉得应该好一些。”

“既然你的智力商数是如此之低，我只好举例说明了。有人说，中国的汽车不如日本，不就是辆车吗？多投放些人力、物力不就得了。殊不知，汽车工业与机加工、材料工业是紧紧联系在一起的。它绝不可能异军突起。”舒导呷了一口酒。“今天上午，咱们省的法学会成立了。各方神祇，只要能和法律沾上点边的，都弄个副会长当当。而我们这把子年轻人，连个理事都没能争到手。可我敢断言，所有的副会长，包括会长李丛祺，他们的法律知识加在一起，也不如我的多。”

“权大还是法大？”

“当然是权大呵。”

“这不得了。”

“我们名义上有独立办案的权力。可所有的大案、要案都要上报市委批准。当初我之所以选择民庭,以为会能好些。谁知这里来自各种渠道的压力更大。在你们实业界,多少还可以借改革之风,搞些承包之类的。可司法是件大事,省里,市里都紧抓不放。”

“如果由一些有相当文化知识的人,执掌各级大权,情况可能就会好一些。”狄煜说。

“我也这么认为。为此还专门设计了一个曲线方案。”

“说来听听。”

“从理论上讲,最高法院是全国法律精英的集中地,所以同是审判员,在那儿就是处级,在省高级法院就是正科级,到我们中法就成了副科级了。可他们并不是从基层提拔上去的,也是从学校分配去的。”

“中国人从出生起,就被分配来、分配去的,连半点主动性都没有。计划生育,计划分配,计划经济。一切都是计划。可这计划是由谁来定的呢?一些远离市场的人。”狄煜把自己的感慨加了进去。

“有鉴于此,我最近正在活动,争取调到高院去。然后在那工作上两年再争取外放,这样我就有可能成为院一级干部。”

“如此说来,你是个官迷了?”

“人们总是讳言做官。殊不知,只有做大官,才能做大事。”

“当你作了大官之后,还有更大的官管你。关键是体制改革。”

“可体制改革等不来。要由一大批掌握权力的人去推动它。”

“等你真正掌握一部分权力的时候,你也许就变了。变得不想改革了。因为旧体制本身,就能给你提供很大的好处。”

“我想我不会的。”

“但愿不会。”狄煜退了一步,让谈话松弛下来。

“你的酒量挺大的。”

“酒量并不大。”狄煜将杯中酒尽数倒入喉咙。“可这些日子特别想喝。我正面临一生中最大的选择。”

“不光重大，而且痛苦。你没见过分财产时的场面：彩电、冰箱自不待言，就是床单，被面也要分。可他们早年必定很恩爱过一阵呵。”

“选择的关头，不能过多地考虑历史。嗳，你说我用不用请个律师？”

“我不想在这种场合与当事人谈官司。”舒导转动着酒杯，很过了一阵才说：“我看你不用请了。你也请不到好律师，即使请到了，用处也不大，白花冤枉钱。”

“为我立案的事，你一定出了很大力吧？”

“我认为应该办的事，从来都是竭尽全力去工作的。”舒导并没说出实情。一般来说，只要是男的起诉，而他又同时是官员的时候，主管民事的副院长总是不予批准。因为她是个女的。

“今后有哪些法律程序？”

“先是调解。如无效，则由法庭做出裁决。”

“你估计我这事，法庭硬判的可能大不大？”

“《婚姻法》二十五条第三款，如一方提出离婚，而双方感情确实破裂，可以判决离婚。”舒导的声音极平板。“你是幸运的，赶上一个好时代。一九五〇年公布的婚姻法（草案）上明确规定，如一方不同意，不判离。”

“法无定法，它总是时代精神的产物。”

“可执法者却未见得能跟上时代的精神。”

“此话怎讲？”

“我们院里的一些权威人士看过你的《起诉书》。他们认为比较空洞。你拿不出多少有说服力的事实来。”

“法说，感情确已破裂，可以判离。感情是种内在的东西。它是精神的，有时并不物化。”

“可对某些人来说，外在的事实更重要。比方你们如果频繁地开展白热战，弄得四邻不安，问题就要简单多了。”

“可我们至多是冷战而已。”狄煜苦笑一声。“这是用事实偷换感情。并不符合法的原意。”

“可咱们不是已经论过，权比法大吗？”

“反正我是豁出去了。一年离不成就两年，两年离不成，就子子孙孙永远离下去。”

“离婚和酒精弄昏了你的头脑，你已提出诉讼，可此时尚无子女，又何处来孙？”

“我用的是文学语言。”

“还有十五分钟。”舒导看了一下表。“我顺便问一句，你有第三者吗？”

“目前还没有。”

“请不要误会我的意思。我指的是被告有无可能提出你有第三者的反控。”

“难说。她是个摸不透的女人。这很重要吗？”

“可能很重要。”

服务员送上茶和热手巾来。

“你们这有多少香港人？”狄煜问。

“只经理一个。”

“我能找他谈谈吗？”

“他回香港去了。”

“什么时候回来？”

“难说。他一年有大半年不在这。”

“他有多少股份？”

“我闹不清。”服务员虽然是个小姑娘，可笑容却极其狡猾。

“我敢肯定，香港老板在这里的股份不会超过百分之三。否则决不能扔下不管。”坐入汽车后，狄煜说道：“用这样一个挂名的人来当老板，确实是个高招。”

“据我所知,在税率方面,内地与港合资的企业,并无照顾。”

“明文没有,可有些人却吃这套。将来我也设法弄个幌子来。光凭这点收获,今天的饭钱也没白花。”

“我可是白花了。”舒导笑着说:“十块钱是我工资的七分之一。”

“等将来我的案子结了之后,可以请你到‘唐城’来作法律顾问。”

“法官不能同时兼任律师。就如同警察不能同时作小偷一样。这是两种矛盾的职业。”

“你可以辞去法院的职务嘛。”

“说的倒简单。你给我弄个副经理当当还差不多。”

“如果你确实有才干的话。但我劝你还是不要做官。‘官身不由己’呵,连离婚都离不顺当。”

“我暂时尚未有这层顾虑。”舒导看着窗外。“几乎所有当官的,都口口声声地说不想当。可‘相逢尽道休官好,林下何曾见一人?’我还是那句老话:欲做大事,必得做大官。好了,我该下车了。谢谢你的招待。”

舒导下了车后,狄煜猛地一倒车。

此刻已经是九点钟了。街上的行人很稀少。汽车就更少了。交通岗上的“噪音分贝仪”已低至二十左右。这座城市虽然现代化的痕迹比比皆是,可骨子里依旧是乡村。

十个乡村加在一起是大乡村。十个大乡村加在一起,仍然成不了城市。酒的力量使狄煜的思维度变得很大。

进了宾馆的大门后,他先把车开上洗车台,用水管冲了一遍,然后用麂皮很认真地擦了起来。

“经理,我来吧。”司机赵师傅说。

“我擦,好借好还,再借不难。”

“您说的是哪儿的话。整座宾馆还不都是您的。”

“您的话使我很伤心。”狄煜很认真地反问:“您难道不觉得这宾馆也有您的一份吗？”

“好像不那么觉得。”

回到办公室后，狄煜坐在沙发上想了很久，直到开灯打算读书时，才发现有个狭长的信封躺在地毯上。

从质量和规格上分析，无疑是舶来品。谁的字？似曾相识。大脑的检索速度越来越慢了。老了。他用剪刀剪开信封。

“你永远不会想到是我来了。可我来了。住一四〇一号。陈一曼。”

“曼。”他立刻失声喊出这个对他有特殊意义的名字。

陈一曼与他从小同学，直至在一起插队。她是一位国民党将领遗留在大陆的女儿，因为不是嫡出，所以人长得极其漂亮。他从小就很喜欢她，经常严正声明，我非娶她不可。被全家传为笑谈。当命运把他们一同驱至荒僻的乡村时，感情有了广阔的天地，发展极其神速。

但在日中邦交正常化之后，陈父不知通过什么途径，探知到女儿的下落，执意要把她弄到日本去。

“跟我去吧。”陈一曼在那孔破旧的窑洞里边梳头边说：“我爹在那有间很大的工厂。”

“他要我？”

“要我就得要你。”

“可我却不想去。”狄煜双手交叉，靠在墙上。天下岂有好男儿追随女人的道理。

“你的脾气我知道。”陈一曼靠过来。“可农村毕竟不是长待的地方。你我又都是没有门路靠山的人。”

“靠我不就行了。”狄煜用很肯定的动作，搂住她标准的削肩。

“我喜欢你厚实的胸膛，也喜欢你宽阔的肩膀。”她将全部身体缩入他的笼罩之中。

狄煜把破箱子上那面华丽的镜子翻转过去。

一切都是顺理成章的。事物发展自有其不可抗拒的规律。男女恋情不可能永远停留在柏拉图阶段。

“我先去。谁混得好就向谁靠拢。”他俩一直睡到中午才起床。

“肯定是我混得好。”狄煜的自我感觉从来没有这样好过。性真是种奇妙的东西。

陈一曼又将镜子翻回正面。这是她嫁妆中最值钱的一件。

当天晚上,陈一曼就走了。狄煜没有去送她。

两人的联系就此断了。

他相信陈并不是个无情的人。他等着。

但等待必定有个限度。更何况还有种种外来因素。

三年后,他与段芳陵结合了。

该去找她吗?狄煜拿起话机。该她先打电话来。浅薄的自尊。他按动数钮。

“陈一曼女士是以大阪信托投资公司的雇员身份来华的。”方小苏回答了他的提问。

“问题因此变得复杂起来。”放下话筒后他自言自语道。管它复杂不复杂,莫非我还怕复杂不成。先见一面再说。

许福通正在卢加伟的客厅里坐着。

“这是真正的西湖龙井。一共才十棵树。老战友送的。以前只有宫里的人才有资格喝。”卢加伟取出一盒装潢十分考究的茶叶。“我给你沏上一杯。”

“不敢,不敢。”许福通以快一倍的速度取过暖瓶。

“茶叶的味儿怎么样?”卢加伟从厕所出来后问。

“蛮香的。可就是淡了点。”

卢加伟嘴角微微一动,但无波束发出。真是个大土佬。难怪人说,三世为官,方知穿衣吃饭。你将永远是个风尘俗吏。永远懂不得享受。但这些并不妨碍你成为一个有用的人,一个照顾我起居饮食的人。

“狄煜这家伙真是小人得志,连你这样的老革命都不放在眼里,更甭提我这样建国初期参加工作的干部了。”许福通看见李丛祺对卢加伟的态度,觉得很可利用,就趁机进一言。

“此人有何背景?”多年的官场生涯,使卢变得极老练。

“不过是个北京来的插队学生,能有什么?”

“Y市的向林书记,也是北京来的插队学生,此不足为凭。”

“他哪能和向林比。他爹不过是个一般干部而已。”

“一般到什么程度?”

“极一般。”其实许福通对狄煜的底细并不十分清楚,可他采用这样一种逻辑,如果有背景,决不会没听说。

“他在哪个大学读的书?”卢加伟很关切地问。他知道此刻“同班同学”是“关系”中很重要的一项,几乎与“同班战友”等值。

“一个业余大学。”

“咱们省办的?”

“对。”

“那就好,那就好。”卢加伟轻轻地用手指敲着茶几。“你没听说过他与谁有较深的私交?”

“没。这家伙什么社会靠山都没有。”

“那他又是怎么当上经理的。”

“据说他和俞量才的关系不错。”

“俞量才是何许人?”卢加伟明知故问,借以提高身份。

“旅游局局长。”

“局长。好,他还有更硬点的吗?”

“没听说。”

“他有什么劣迹吗?”

“劣迹？”许福通反问。

“就是有什么问题没有。生活上的，经济上的。”

“这小子在经济上还清白，他从来不沾钱。要说出格的事，顶多是公对公。”

“公对公也成。你整理份东西。”

“至于生活上嘛？”许福通用手托住下巴，作学者沉思状。“他跟一个流氓犯的关系不错。”他把陈眠偷窥女浴室，狄煜放他的事说了一遍。

“还有更有力的吗？”这种事充其量能算工作失误而已。

“对了。他正在闹离婚。”

“离婚？”卢加伟立刻来了兴趣。

关于狄煜的私生活，许福通所知也很有限。可他连编带猜，投卢之所好，滔滔不绝达二十分钟之久。

“道德败坏之徒。”当听到狄与曲小燕等过从甚密时，卢加伟下了定论：“有这些就足够了。你整理份材料上来。”

“材料不愁搞，可怎么往上递呵？”许福通放出了试探性气球。

“交给我就行。”

“您再转交给李书记？”

“杀鸡焉用牛刀？”卢加伟哼了一声。

“得想办法除掉这小子。”

“对。庆父不死，鲁难不已。”卢加伟知道材料一到手，只要放出风去，狄煜就会有所风闻。只要他能对我行些方便，也不一定非除掉他不可。一个人之所以能官至处级，必有道理，除掉也是不容易的。

许福通虽不懂这个典故，但意思还是明白的。“如果能让我管上这一摊子，保证让您吃好、住好、玩好。”

“我一个人倒无所谓。我还能活多少年？关键是让大家都过得好。你看我们老一辈辛辛苦苦建成的社会主义，让这帮人糟蹋成什么样子了？”

“他小子口口声声说改革，可改来改去，越改越回去。”许福通虽无知识，但很灵敏,知道同是一件事,能有许多种说法。

“是呵。”卢加伟长叹一声。“要是在以前。”他开始回忆过去的岁月。

许福通还有一个极大的优点,很会认真地听别人说话。尤其当对方是上级时。

而在卢加伟一方,自退休之后,儿子不听他的,女儿不听他的,以前为数众多的听众统统作鸟兽散。只有几个风烛残年的老战友可以叙旧。可“旧”是种不能发展的东西,几年叙下来,已无半点滋味。今天一旦碰上个认真的听众,心里再度被满足所充实。

送许出门时,他很诚恳地约其有空“再来聊”。一个人喜欢上另一个人,往往是件很简单的事。

在电梯口,许福通碰上了狄煜。

狄煜与人打招呼一向极简单,一笑一点头,再无枝萝。

他去一四〇一找谁?许福通天性以打听别人的隐私为己任,不辞劳苦下到底楼,在来宾登记簿上把陈一曼找了出来。

两人靠得很近站着。可并没有出现什么戏剧性的场面。

“你还是老样子。”

“你也是老样子。”

“恭维话,三十四岁对男人来说,正是春秋鼎盛之年,可女人却已经要靠化妆来维持了。抽烟吗?”

“据说日本人是不敬烟的。”

“我不是日本人。我记得以前你是抽的。”

“以前?以前。”狄煜扭过脸,迎着劈面刺来的灯光。“你还记得以前?”

“我怎么会忘。”陈一曼坐到狄煜身边。

“你忘了。”狄煜觉得肾上腺素全部被声带吸收了。

“忘不了。”陈一曼微闭着眼睛,喃喃地说:“我怎么也忘不了你厚实的胸膛,宽阔的肩膀。”她把拖鞋甩掉，双腿蜷起，双手圈住狄煜的脖子。

“我也忘不了。”落地灯扑朔迷离的光，把狄煜引入扑朔迷离的梦幻世界。他抚摸着陈一曼依旧光滑，依旧细嫩的手臂。这曲线依旧未改变。

“你怎么不问我，为什么不给你来信？”

“不问。我不问。你不来信，自有不来信的道理。”

“是呵，我有我的道理。”陈一曼缩回手臂。自她抵日没多久，父亲的工厂就发生了危机。当你的主要产业发生危机之后，公众就丧失了对你的信任，纷纷开始抛售所有股票。其他附属产业也陷入深渊。苦苦挣扎良久，才保留下一家投资公司。可这家先天不足的投资公司，活得极其艰难。她总盼好转之后，再邀狄来日，可机遇不让人，青春不等人，金钱更不会放过你。为了经济利益，父亲苦苦哀求她，无奈，她只得和产业主要投资银行的经理结了婚。以日本的道德标准论，丈夫并非是坏人。可他却有着众多她不能忍受的地方。所以当公司稍有转机后，她就与他分离了。

“既然不抽烟。咱们就喝点什么吧。”她光着脚走向酒柜。

“那里面什么也没有。”

“可也许有。”陈一曼脸上露出狄煜熟悉的顽皮笑容。“请看。”她霍地打开柜门。一排五光十色的酒展现在狄面前。

“你喝哪种？”她靠在半蹲着的狄煜背上。“有中国的、英国的、法国的。就是没有日本酒，它实在是太难喝了。”

“用不着你给我介绍。”狄煜似乎不假思索地从柜中取出一瓶红方威士忌。“你忘了我是品酒的专家了。”

“我不记得你有过这个封号。我只记得你五支五支地从供销社买烟抽，二两二两地往回打那种地瓜烧酒。”陈一曼接过酒瓶。“不过这次你一下子就把最贵的酒给挑出来了。”

两人重新坐回沙发。

“据说会挑酒的就一定会挑女人。”陈一曼笑眯眯地说：“记得段芳陵是个很漂亮,很有特点的女人。”

“你怎么知道我跟她结婚了?”

“自然知道。”陈一曼含糊地说。G省将是中国西部开发的重点。她那位嗅觉极灵的商人父亲很早就觉出这一点,委托一家事务所,很作了番调查,并从中发现了狄煜。

“漂亮会消失,特点会转变成不可救药的痼癖。正像这酒,最贵的不一定就是最好的。”狄煜把很黏、很稠的液体倒入杯中。

“为过去干杯。”

“为重逢干杯。”

“多少恨,昨夜梦魂中。还似旧时游上苑,车如流水马如龙。花月正春风。”陈一曼很有感情地诵道。

一杯又一杯,一年又一年。

“这酒怎么样?”陈一曼的目光很有些散乱。

“它太工业了。不如咱们村里那种薯干酒。它有股原始的香味儿。”

“为原始的香味儿干一杯。”

“我该走了。”这杯酒下肚,狄煜知道已经临界,他要在丧失自制力之前告辞。

“你不想醉一下?”

“不想。”

陈一曼把睡袍微微往起一撩,露出浑圆的膝盖,并顺势一扫帷幕深处那张阔大的床。

人际信息交流只有一小部分靠语言,多数要靠形体。生命能在狄煜身上沸腾。但他依旧拧动门把手。

“想不到十五年不见,你依旧那么封建。”陈一曼的声音幽幽的。

“等我离了婚,那自当别论。”狄煜觉得很难控制自己的欲望,只得拼命把头扭到一边。没有什么事比重温旧情更容易的了。“好在来日方长。”说罢就开门走了。

“来日方长,来日方长。”陈一曼坐在沙发上,独自念叨着。

我的来日还有美好吗?私生活方面的不幸格局已经铸成。事业更是无从谈起。女人最忌谈事业的。以前是帮助父亲渡过难关。现在他又说难关到了,如果能在狄煜这家宾馆入上象征性的一股,资信就立刻会提高。如果能利用他的关系,在G省打开局面,那就更好了。股票、债券市场之类的玩意儿,我从来没有搞清楚过。但隐隐觉出,它有时并不靠经济实力,而是取决于人们对你的看法。中国是个无限大的市场,是最值得开发的。

但不能把私情牵扯到这类事情中去。尽管父亲愿意,浅沼愿意,但我不愿意。

如果说许福通这辈子干过一件踏踏实实的事,那就是今天这件,从十一点钟起,他就一直守候在经理室对面的厕所里。

午夜两点,他从一个日本女人那里回来。听到狄煜的开门声后,许福通看了下手表。还有酒味,在走道里,他抽动了一下鼻子。肯定还有钱。酒色财气,这四样东西从古到今就没有分开过。这是个必须记住的时刻。

二十三

“给我讲讲盛京的思想状态。”抗大京对刁小氓说。

“思想状态？”刁小氓反问。

“就是他对现今社会是怎么看的。”抗大京皱了一下眉。每逢与低智商的人说话,他总有种摸到脏东西的感觉。

“说不清。可他挺喜欢钱的。我认为,钱并不是所有东西都能买到的。比方哥儿们义气,真心跟你好的女人。”

“喜欢钱就好。”抗大京摆摆手,打断刁的话。

“可他也不全为了钱。有好几次他都可以在工程中玩点花样,挤出一股血来。但他全不肯干。又有好多次,他完全能把钱独吞,可他还是把钱分给了大伙。依他说,要把我们建成一个有效率的组织。”说末一句时,刁小氓甚是费力。

“有效率的组织。”抗大京立刻来了兴趣,列宁说过:给我一个革命家的组织,我就能把整个俄国翻过来。可实践证明,这种组织不能在知识阶层、特权阶层中寻找。他们太聪明、太软弱、太沉湎于安乐。以至于思想与行动两方面都“阳痿”了。而像他们这种从狱里出来,靠“钻空子”生活的人,才是最好的素材。他们没有思想,因此好画最新、最美的图画。即使退一步说,也可以从他那挤出一笔钱来,用作出走之费用。“他对现行制度怎么看？”

“现行制度？”

“也就是说,现在好还是不好？”抗大京自认为从来还没有如此循循善诱过。

“我们从来不谈政治的。”刁小氓记起盛京的教导。

“能设法见一下他吗？”

“可以。”刁小氓一拍胸脯。“我还可以让他请你吃一顿最高级的饭。”抗大京把他从赌场中救出来，他自认为终生不会忘。知恩图报，这是历来江湖客必须遵守的黄金律。

“刻戳的，我又给你联系上活了。”迟翻译领着浅沼来到总柜旁的凹处。

钮书同抬起头来白了他一眼。这句“刻戳的”很伤他的自尊心。他从来不认为自己是手艺匠人，而是治印的艺术家。但既做买卖，就得知道“和气生财”“顾客就是上帝”之类的戒条。所以他拼命地把笑从肉中挤出。

“这位是大阪信托投资公司的浅沼先生。”迟翻译一本正经地介绍完后，又用低且连贯的声音说：“这小子是玩房地产、股票、债券的。不缺的就是票子。咱们见大头不宰有罪，你狠狠刮他一笔。”然后他又改用英语大声向浅沼介绍：“这位是T市最著名的篆刻家钮书同先生。”

“幸会。”浅沼鞠了个标准躬。

“你要什么石料的？”钮书同打开提箱。“这全是精料。”

“拣最贵的给他。”迟翻译俨然主人。

“这方鸡血石不错。”钮书同拣出块中等石料。

“可我喜欢这块。”浅沼虽然不通石趣，可无疑极富美学直觉，另取一方虽不大，但极红润的石头。

虽同为鸡血石，但质地却有着天壤之别。关键就在于红的颜色，上等的就如喉管中刚喷出的鲜血，下等则如日光下放了多日的猪肝。

“光这料就得要一百五十元。”钮书同虽说步入赚钱的行当，箱中的货给钱就卖。可仍舍不得把这块料脱手。他很喜欢那条从底盘到顶，然后昂头作扭的龙。这是他的得意之笔，用来作商标的。

“我喜欢这颜色，也喜欢这条有幽默感的龙。”浅沼对迟翻译说。

“我跟他要三百块,你脱手吧。”这方料迟翻译见过好几次,知道钮书同不大愿意出让。

“刻个什么字?”钮书同自知再多说既为不美,就将石料用软羊皮包住,夹到台钳上。

迟翻译与浅沼对阵话后说:“他让随便刻句古诗就行。”

“随便是什么?”钮书同心里不大痛快。“你给来一句吧。”

“我来就我来。”迟翻译手托下巴,作“思想者”雕像状。可无奈腹笥太簿,很过了一阵,方击桌言道:“有了,你就刻,何日君再来。”

“何日君再来?”钮书同好不容易才忍住笑。“我真这么刻了。”

“刻。”

见迟翻译绕过拐角后,钮书同才笑出声来。何日君再来?真绝了。你说这小子有多可怜。

不光他可怜,有许多人也可怜。记得有位造诣不算浅的书法家,去年春节,为谋取市政协委员的头衔,骑着自行车,驮着柴堆般一捆自己的作品,奔走于各权贵门下。那份德行,就像是个推销挂历的书店职员。真个惨不忍睹。

他们可怜,我亦可怜。文人末路,方才挂牌卖字。同是名利场中人,谁笑话谁?以后我要刻方闲章:名利小人。

“喂。”一声喊,伴着股浓烈的酒气,把他召回。

“这位是省委李书记的秘书白同志。”许福通把话的全部重量都放在“省委”“白同志”五字上。

“你好。”钮书同不由自主地站起来。

“你好。”白秘书对有文人气味的人,并不像对基层官吏那样傲慢,还是肯敷衍的。“丛祺同志要去北京开会,许科长说你这料好手艺也好,我们就来了。”

“料全在这。”许福通根本不征得主人同意,就私自打开箱子。“您随便挑挑。”

“就这块吧。”白秘书选中浅沼否掉的那块。

“这块好,个大,也压腕子。”许福通掂量了一下。

个大。压腕子。又他妈的不是买对虾。钮书同心说。“刻什么字?”“既然是送老同志,就刻他一个‘万紫千红总是春’吧。”

“这句似乎。”出于本能,钮书同吐出了这半句话。

“俗了点不是?”白秘书笑了。“太雅了他们反而不懂。这位老首长刚刚娶过一位年轻的妻子,此语含春,正合此意。”

“那刻句‘苍龙日暮还行雨’岂不更好?”

“哈哈。”白秘书笑了。“你很有些幽默感。”他马上又换了副面孔。“还是照我说的去刻。”

“照你说的刻。”钮书同下意识地重复了一句。但立刻为自己的失态而后悔。

“钱从税里扣除。”许福通补充。

“明天上午必须刻好。”白秘书说。

钮书同不再答话,他伸出刻刀,刮了几刀,使那只四足麒麟显王八状。如果老子会染色的话,一定把它弄成绿色的。

这就是小人物的报复。

“他是什么底细,你知道吗?”盛京问。

“知道底细干啥?他这人够仗义。”

“你怎么知道他仗义?”

“我当然知道。”刁小氓对盛京有种家长式的尊敬,也因此而怕他,所以不肯把底细托出。

“我不去。”盛京又埋头书中。

“请你吃饭,你凭啥不去?又不用你出钱。”刁小氓惊诧了。

“对于一个有钱人来说,去不去吃饭,并不是钱的问题。”

“那还有什么别的问题?”

“一个人不会无缘无故地请另一个人的。”

“可我已经答应他了。”

“那你去好了。”

“可人家请的是你呵。”

“那你凭什么答应？”盛京眼中闪动着戏谑神情。

“我好歹也算是你的办公室主任呵。”刁小氓很气派地一拍胸脯。

盛京很喜欢刁小氓这副孩子气的样子。自己的童、少年时期也是这样无忧无虑的。可一旦进入成年就面目全非了。他脸上聚起阴云。

“好我的大哥，你就去上一趟吧。”刁小氓拉住盛京的袖子。“去饭馆又不是去监狱，再说他还很有点文化，像个在研究所里干活的主儿。”

“他有文化吗？”盛京觉出一种诱惑。自他富起来之后，饭局倒是不少，可尽是些不入流的人设的。

“而且还是个有身份的人。”

“你怎么知道？”

“跟您这么些日子，难道还看不出来？”

“那我去一趟。”地位改变之后，盛京渴望得到人的承认。

抗大京在楼下的会客厅里坐着，正巧看见迟、白等人与钮书同之间的交往。等他们走了之后，他就来到钮的案前。

“你的字很有功力。”长时间不与人交往，是件很难受的事。虽说抗大京是个阴沉内向的人。

“夸奖了。”

“你是北京人？”

“如果你指的是地理意义上而不是考古意义上的‘北京人’，我就能明确地告诉你，猜对了。”刚才受了些窝囊气，钮书同此刻很想宣泄一番。

“插队来这的。”

“可以这么说，你也插过队？”

“是的。”

“来T市干什么？”

“出差。”

“在何处供职？”

“北京的一个保密部门。”抗大京双肘柱在案上。“你是这宾馆的雇员？”

“不。临时在这儿弄几个钱花花。”钮书同尽量说得洒脱一些。

“篆刻我不会，可挺喜欢书法的。”

“写什么体？”钮书同终日在名利场中厮混，难得见上位书友。

“魏碑。”

“临过什么？”

“《郑文公碑》《张猛龙碑》《龙门十二品》都临过。”

“没临过《张黑女碑》？”

“没。”抗大京听出对方调侃的味道，笑着说：“此碑已失，只存拓本，尚不辨真伪。”

“行。你懂行。”

两人很就书法艺术聊了几句。

“给我留幅墨宝如何？”

抗大京犹豫了一下，还是接过了笔。调好锋后，在斗方上写道；正是仓皇辞庙日，教坊犹奏别离歌。垂泪对宫娥。

“你的字颇有些晋字风骨。”钮书同作夫子状，摇头晃脑地说：“可老兄正值盛年，何出此肃杀之语？”

“肃杀吗？”抗大京很有些后悔，任何能暴露自己心态的事，都是不该作的。

“平心说，你的字可以卖钱。”

“等将来穷得没招了，就到这来和你一起卖字。”抗大京唯一的娱乐就是书法。这是孤独者的爱好。记得小时候他淘气出了圈，父亲因此把他关在屋里，让警卫员看着他练字。他想尽办法也无法摆脱那位忠于职守的监护人，只得转面向帖乱涂胡抹,时间一长,竟也品出甜来。

“这虽是文人末道,但到底自由。”

“自由。自由。这天下哪有我的自由。”抗大京重重地把烟头捻灭。

钮书同用惊诧的目光注视着这位突然变色变调的人。

“不过话也说回来,有好多名相名将,在出名前都在琉璃厂卖过字。”抗大京再次为自己的失态而后悔。

“是啊,有人以字贵的。也有字以人贵的。”钮书同应和道。

“也有人字同贵的。比方康老。”抗大京用左手拿起笔,在纸上写道:会当凌绝顶,一览众山小。

“你说的康老是谁?”

“家父的一位熟人。”抗大京再度警惕起来,把字揉成一团,塞进了口袋里。

早在苏联留学期间,父亲就和康生认识了。他之所以能再度复出,与这位党内权威很有关系。父亲喜欢收罗字画,但每逢有好的,总是在家里挂不了几天就不见踪影了。直到很久以后,他才知道都跑到康生家去了。可康生现在成了反面人物,连骨灰都从八宝山清了出去。自己怎么还会提起他来。

“走吧,抗大哥。”刁小氓出现了。“我们大哥正等着你呢。”

“后会有期。“抗大京双手抱拳。

“会当凌绝顶,一览众山小。“钮书同默诵道。我好像在哪里见过这笔字。抗大京虽然把字纸拿走了,可却像刻在钮书同脑中一样。他反复“浏览着”。对。在泰山。后面还有一行小款:康生左手。康生是个坏家伙。家父的几位故友,家中颇多收藏,最后都流到他手里去了。他怎么会认识他?两人的字体很像。现在还有谁叫康生作“康老”?

我管这许多闲事干什么?我又不是警察。钮书同决定把这件事忘掉。

这是一顿很沉闷的饭。地点就在“富豪酒家”。

盛京虽然爱说话,可觉得眼前这个人阴沉气太重。刁小氓无疑被吃饭的规矩束缚住了，总也放不开。而抗大京鉴于刚才在钮书同处的失态，此刻表现得格外谨慎。

“大哥，我出去方便一下。”刁小氓胡乱吃了几口后说。

“应该在吃饭前就把准备工作做好。”盛京俨然长者。

“洗手间就在过道里。”抗大京说。

“别理他。这小子野惯了，不愿意和咱们在一起，起码在吃完饭前是不会回来了。”对于刁小氓，盛京实在是太熟悉了。

“他以前家里很穷吧？”

“但也未见得穷到没饭吃的地步，只是小时候没学好，坐了几年牢。而坐牢这东西，只要开了头，往往是一坐再坐。”

“听说你也坐过牢？”

“你听谁说的？”盛京的脸立刻放了下来。

抗大京耸耸肩。“我也坐过。”这个切入点算是找对了。

“为什么？”盛京警惕起来。

“经济方面的。”

“哪年？”

“一九七七年到一九七八年。”抗大京杜撰道。只有如此，方能激起共鸣。

“噢。”盛京长出一口气。“有许多在那个年代被认为是非法的事，眼下全是正常的商务活动。”

“如果有个外人隐约听着咱俩说话，还以为咱们是初识的大学者，在相互介绍学术履历呢。”

“当学者也没啥了不起。”

“当什么也没啥了不起。”抗大京举起杯。

碰杯之后，真正的交谈开始了。

“你对现行的社会制度怎么看？”

“当然不满意。”盛京很肯定地说。

“具体在哪些方面？”抗大京很随便地问。

“自由太少，民主太少，官僚太多，专制太厉害。”

“没想到你还很有些政治头脑呢。”

“我当然很有政治头脑。说句老实话，我最爱读的书，就是政治家的传记。我从童年时，就幻想做政治家。最好是大政治家。”

“可后来却坐到牢里去了。”抗大京又举起杯。

“坐牢未见得是什么耻辱。有几个大政治家没有坐过牢？”

“如果送他们去坐牢的制度依然存在的话，他们就永远成不了大政治家。”

“倒也是。人们总是以成败论英雄的。”

“干。”抗大京再度提议。他的酒量并不小，可仍将大部分吐到膝头上的毛巾手绢中。他决定要把盛京灌醉，从而倾听他的心声。

“我不想喝了。”

“干了这杯吧。”

“不。我在社交场合喝酒，从来不超过自己酒量的三分之二，此刻已经临界了。”

“你很有自制力。”抗大京只好把酒杯放下。

“古往今来能成大事业者，有谁个是没自制力的？”

“能给我讲讲你的大事业吗？”抗大京很诚恳地问。这下子触发了盛京的兴趣，言路因之而大开，从如何召集这帮无业游民开始，一直讲到自己要办一个类似“残疾人基金会”式的组织，从而把这些“精神残疾人组织起来”。

他这张政治蓝图，不一定合抗大京的胃口，但也有可取之处。但头次见面，不宜谈得过深，抗大京丝毫没有透露自己的主张。

北京。公安部、国家安全部联合电令全国各省市公安局、国家安全局。

“如发现抗迅下落，立即上报，并严密监视。此人可能携带武器。相片与资料见电传。”

二十四

“他叫咱们来,可他为什么不在?”梅林推开狄煜办公室的门,发现只有何文一人站在窗前眺望。

“鬼知道他在忙什么。”何文并未回过头来。

“你在看什么,如此之专心?”

“如果你能供应我一条上等香烟,我就把此刻我头脑里的想法卖给你。”

“你这颗破脑袋里焉能有值条烟的看法。”梅林凑到窗前。窗外是一片灯火辉煌的建筑工地。这就是著名的“电子一条街”。“这有什么?”

“一幅经济图景,必须具备相应的知识才能识读。”

“说得倒挺玄乎。”梅林继续向外张望,可依旧没有收获。“说吧。如果有价值的话,我会付款的。”

“你必须先付,因为我卖给你的不是一般的货物,而是种感想。”

“我预付百分之五十。”梅林作击掌状。

“这种方式已经过时很久了,咱们最好订份契约。”

“凭我的信用莫非不成?”

“你的信用我还没有调查过呢。姑且试它一回吧。”何文又把脸转了回去。“表面上看去这是一片建筑工地。”

“实际上它也是片建筑工地。”

“你我观看的不同恰恰在此。”何文微微一笑。“实际上是钱。据我估计,最少有上亿元的钱投放在这里。而它却不太可能产生经济效益。换言之,国家在这里赔了本钱。”

“赔上一亿块钱,对于国家财政,以至于省财政来说,都算不了什么。”

“你把一亿块钱投放在这里,表面上看是建了房,置了设备,可归根结底,它会以购买力的方式出现在市场上。”

“这一亿中,工资并没有几个。”梅林虽然不懂经济学,可内中门径还是可以想见的。

“剩下的去哪了?”

“买了材料了呗。”

“卖方把钱干什么了?”

“周转、发工资。”

“此题证毕。”何文得意地一笑。“除了国家的税收外,剩下的钱统统要以购买力的方式出现在市场上。”

“这就是你的结论?”

“对。”

“绝对不值一条烟。”

“但你可以从它引申出许多道理来。明年通货必然膨胀。如果你有闲钱的话,最好去买些‘硬’东西存起来。”

“什么叫‘硬’东西”?

“比方金制品之类的。”

“一亿元能引起市场如此之大的波动?”

“光这一个项目恐怕不至于,可在全国各地似乎干这种项目的不知有多少。”何文转动着手上的戒指。

“你买这东西干什么?好像只有女人才喜欢珠宝?”

“为了预防通货膨胀。据我估计,这种一百五十元的金戒指,到明年年底恐怕会涨到二百元。”何文把戒指褪下来掂量着。“又有理论,又有实例,你该兑现了吧？”

“不。因为我家里没有闲钱，全是忙钱。刚收回来又出去了。否则没有饭吃。”梅林心想，该把这个消息透露给钮书同。因为他最近赚了几个，千万别叫通货膨胀这个据说在资本主义世界才有的怪物给吃了。

“但是你可以把这个思想转卖啊。我保守的估计，最少也有百分之二百的利润。”

“那我不成了二道贩子啦？”

“能搞到紧俏商品的二道贩子最能赚钱了。”

正说着，方小苏携安先可并狄煜一同进了办公室。

“咱们今天开个联席会议。”狄煜煞有介事地说。

“推原始论，联席一词的含义是在一起吃饭。”梅林说。

“现在是晚上八点钟。从理论上讲，你们全应该用过饭了。”

“晚饭后开，夜宵前散，你倒是选了个最佳时刻。”何文说。

“尽管如此，我还是略有表示。”狄煜取出些饮料和香烟分发开。

“从这些杂七杂八的牌号上分析，这些东西一准是你利用职权陆续贪污来的。”梅林“啪”的一声打开易拉罐。

“是的，全都没花我一分钱。”狄煜坐到居中的沙发上。“它们来虽不正，去却极当。我请你们来，为的是想讨论一下小店的发展规划。不备点吃的、喝的，能钓出你们的心里话来？所有的大人物，身边总有一些过去叫幕僚，现在叫智囊团或思想库之类的人。每当他想干什么大事的时候，总要把他们召集到一起议论，然后由他来总其成。”

“只要目的正确，完全可以不择手段。商品时代的伦理就是这样的。”何文说。

“我发现这里的宴会相当地频繁，都是公宴吧？”安先可问。

“对。”

“你应当设法制止。”安先可虽本心想以商量的方式提出，但仍透出指示的味道来,可他并不自觉。

“制止?谈何容易。出钱在这举办宴会的姑且不论。光找上门来要吃的就不知有多少家。”狄煜扳手指头数道:“公安,工商,税务,银行,供电,自来水,还有宣传部什么的,用他们的话讲,都要让我意思一下。”

“我想,以改革家自誉的你,大概是不会买账的吧?”梅林用调侃的口吻说。

“我从未以改革家自誉过。所以是买账的。”

“他们让你‘意思’,你就非‘意思’不成?”安先可问。

“您好用排除法,咱就用它论证一下。”狄煜站起来踱着步。“不应酬公安局,他们就会半夜里来查户口,把所有的人都弄起来,如果不应酬工商,税务,银行,它们就会扼住你的经济命脉,不让血液流通,现在的经济活动太多,而规定又全是以前的。好比长大的孩子,仍然穿着以前的衣服,难免扯条口子什么的。因而他们完全可以堂而皇之地收拾你。”

“宣传部又凭什么呢?”

“他们有个舞会审查小组。可以用‘不健康’为由,中止任何舞会。他们还有‘广告审查’小组。为了我脑袋上那两块东芝广告,很罚了我两个钱呢。”

“他们所谓的‘不健康’指的是什么呢?”安先可问。

“灯光太暗,旋律太快。”

“何谓暗?何谓快?”

“没有量的规定,执行者因此而权力无边。”狄煜打开一筒饮料。“有一回,一位审查员先生从我这勒索走一百张舞票,说是招待朋友。可谁知他竟悄悄地批发给票贩子了。更有甚者,上次公用局的查水表工把我召了去。‘我只需手腕一动,你这个月就可以少交四千元水钱。’他用一个很小的扳手指指水表。‘我将付出什么代价?’我问。‘给我一条说得过去的烟就行。我弟弟要结婚。’”

“他提的要求并不高。”

“从成本——收益这个公式衡量,确实不高。可我不想给他。当花的钱就得花。可谁知我将这个意思很婉转地传给他后,他脸一沉,旋紧总阀门,并用铅封封住,然后拆下总表,‘这只表要校一校了’。”说罢扬长而去。

“最后你还得去把他请回来?”

“三次派员,才算请动这尊佛。而且代价百倍于前。两天停水,饭厅的收入去掉不算,光马桶就堵了三十多只。”狄煜跌坐在沙发上。“在这幢豪华宾馆里,论伺候人的主儿数我最大,数进门来的,我却最小。我有时觉得自己就像路边的电线杆子,甭管它骡子马,还是猪羊狗,都有权利上来蹭上一蹭。”

众人都笑了起来。

“恕我不能奉陪你们笑了。”狄煜一本正经地说:“医生说我每天陪的笑脸太多,都快成了笑面人了。也就是说,面部肌肉将要发生塑料形变。”

“如此看来,改革的关键是干部。”安先可说。他居住的虽然不是深宅大院。可却极少涉足市场之类的公共场所。记得每逢过年,他总得买条好烟待客。去年春节,他照例把十元钱递给在外事部门工作的儿媳妇。“请买条中华烟回来。”“您连续三年让我买中华烟,可给的钱却一次比一次少。”儿媳妇自从生了孙子之后,在家里的地位发生了很大的变化。“每次都是十元啊!”“是的。可烟的价钱却是一涨再涨。”他连忙道歉并补足欠款。狄煜的话对他的触动极大。价格在变,人际关系在变。有什么不变的东西吗?没有。所以必须要牢牢抓住干部这一环。

“关键是政策。只有政策对头了,企业才会有活力。”梅林说。

“关键是体制。如果体制不变,即使所有的领导人锐意改革也是白搭。”狄煜说。

“如果对那个仪表工进行一番具体分析,就不难看出:A,工资与工作好坏没有联系,你即使把他告倒了,换了人来还可能是这样。因为工资——工作成绩,实际上也就是收款数额之间的老关系依然存在。B,他要的烟并不是自己抽,而是为了送人。如果他不向你要,他就没地方去买。诸位想想看。”何文拿起桌上的“牡丹烟”,“这种东西诸位可在商店里看见过?”

众人摇头。

“眼下的经济活动太不正常。有许多正常的要求,必须用非法的手段来满足。”

“关键问题是要教育职工有主人感。”安先可仍然在刚才的问题上打转。

“主人感并不是教育出来的。”梅林立刻插了进来。“只有当你真正觉得自己是主人时,它才会自动生发。”为了强调他一挥手,偌大一段烟灰就在地毯上跌得粉碎。

“理论的最好例证,”狄煜指指那摊烟灰。“如果地毯的主人确是你的话,你提前三分钟就把烟灰弹到烟缸中去了。”

“如果你自觉是地毯的主人的话,你就立刻会扑到地上把烟灰吸起。”梅林反驳道。“可你这个经理连这种意向都没有。”

“那它的主人到底是谁呢?”方小苏问。

“你提出了一个很深刻的问题,从理论上讲,宾馆的主人,以至于国家的主人就是咱们全体。”何文说。

“仆人又是谁呢?”

“所有的官员。”

“可我时时觉得反过来正合适。“

众人笑了。

“很少有人觉得自己是这个国家的主人。理论上的混乱导致实际中的混乱。”狄煜连说带比划。“你愿意贡献多少,完全取决于你的觉悟;可能取回多少,又取决于你的手段。因此觉悟愈来愈低,手段却愈来愈高。”

“我觉得工人们并不在乎谁是主人,他们要的只是公平。因此有时会自发地产生雇佣思想。”何文是比较善于作理论思考的。

“你可以把这宾馆当成你的。”梅林指指狄煜。

“当成我的和实际是我的不一样。”

“绝对不一样。”何文加强语气。“国家资本永远不会使人有风险感。”

沉默。

“反正不管怎么说,意识形态的时代结束了。取代它的是商品时代。”梅林说。

“只有商品才能理清这团乱麻。”

“可意识形态也不能不搞呵?”安先可不由自主地说。

“起码不能作茧自缚。”

沉默。思考。

“我提议咱们干杯。”狄煜举起了饮料,喝了一大口。“今天各位对‘唐城’的贡献是十分巨大的。待我理清思路后,将在全馆范围内推开有关‘商品社会’的讨论。”

二十五

“我这个人很喜欢正式。”狄煜把浅沼和陈一曼让入座中后，对旅游局外交引进处的尹处长说。

“你很像个贵族，不但有自己的领地，而且还有徽号。”尹处长指指在长条会议桌一侧那代表唐城宾馆的小旗帜。旗上是个很抽象的图案。

“抽象是抽象了点，可多看会儿就能品出味来。”当时，定这个“徽号”的方案之多，绝不亚于修建毛主席纪念堂。但狄煜力排众议，选中了这个。

“可惜你这个喜欢正式的人，穿西装却忘了结领带。”尹处长上下打量着他，局机关对狄的议论相当地多。

“我忘了告诉你，在正式之外，我还喜欢简单、舒适。”

谈判开始。

在此过程中，尹处长显出非凡的判断能力，俨然主人，该拍板的时候绝不含糊。

两个小时后，双方在协议草案上签字。

“今天谈得很顺利。”尹处长把文件收入有自焚装置的经理箱中。

“是不是有点太顺利了？”狄煜反问。会谈一开始，浅沼就提出向唐城投资五千万日元。可谈到最后，又说其中的五分之四要用大阪的债券方式支付，但利钱可以不要。换言之，到手的只有一千万日元。“我认为，他们急于向咱们投资，可数额又这么少，这其中很可能有利用咱们信誉的味儿。要知道，向中国投资本身就是笔财富。”

尹处长似听非听,一直在验收浅沼送的打火机和电子笔。

“既然他们急于投资,咱们也可以趁机会敲他们一下。”

“敲一下?”尹处长皱起眉。“这是奸商格言。”

“做买卖本身就是种较量,谁不想多挣它几个。有什么好不好的。”狄煜也很不以为然。

“算了吧,小老弟。”尹处长把礼品放入口袋。“在国际商务活动中,我们经历的风波要比你多得多呢。”

“可日本商人却比你还要经历得多。”

“一千万虽小,但这是外汇嘛。”尹处长也有自己的想法,从外商处弄来外汇投资,可这笔钱却可以截留在局里,拨给唐城人民币就行了。如今外汇可是种不可多得的东西。

“说也是,我可以用这笔钱从日本引进一套干洗设备和彩色扩印设备什么的。那可是很赚钱的买卖。”

“这事咱们以后再议。给我找套房子休息一下。”因为有宴会,尹处长不想回去了。

“去我的办公室吧。”狄煜很诚恳地说。

“你的办公室人来人往的,电话又响个不停,谁去。”

“可确实没有房子了。”临谈判前,狄煜刚刚看完“日报表”。

“真的没有?”作为机关的处长,尹处长是颐指气使惯了的。

“没有就是没有。”

“给我派辆车,我回局里去。”

狄煜看了他一眼,就拿起话机。

“晚宴我也不参加了。”尹处长摆出副“撂挑子”的架势。

“服务总台,派车送尹处长回局,取消今天晚上的宴会。”狄煜的反馈很是粗鲁。

“单方面取消宴会恐怕不大合适吧？”

“一千万块钱也不值得请一顿，我会负责通知他们的。”

“你太敢负责了，小老弟。当你还没有弄清楚自己手里究竟有多少权力的时候，最好别急于负责。”

狄煜没有任何表示。

市中级人民法院民事一厅。

段芳陵对狄煜在《起诉书》中的条款一一进行驳斥。

狄煜默默地听着。

“原告对被告的辩护有什么说得吗？”舒导正襟危坐。

“我承认在婚前与婚后很长一段时间内，我们是有感情的。”

“你的话的意思是，你们的婚姻是有基础的。”坐在另一张桌子后的女法官插言道。

“请不要打断我的话。”狄煜猜出这位四十岁出头的法官，就是舒导说的“主管民事的副院长”，可习惯仍使他用这种口气说话。“也不要在我的话中寻找言外之意。”

“我作为法官问你，你们的婚姻有基础没有？”女院长的声音很权威。

“可以说是有的。”

“有还是没有？”

“有。”

“请记录在案。”女院长指示书记员。

“但感情是种很微妙的东西，它要发展。”狄煜说。

“向什么方向发展？”舒导问。

“破裂的方向。”

“请举例说明。”

“我的全部例证都写在《起诉书》里了。”

“可我认为我们的婚姻状态一直是良好的。”段芳陵插了进来。“远的不说了，就在今年我生日的时候，他还用近一个月的工资买了条银项链送给我呢。”

“这条项链很精致。”女院长接过去很观赏了一阵。“它是很有价值的物证，请记录在案。”

“这仅仅是惯性。以前每逢生日时，都要互赠礼物。”狄煜有点沉不住气了。

“这正说明你们感情的连续性。”女院长晃动着项链。“对法庭来讲，物证是极其重要的。”

“对刑事案件来说是这样的。可对于离婚诉讼的民事案件来说，更重要的是感情因素。”狄煜直视女院长周正的面孔。

“现在还轮不到你来给我上法律课。”女院长对于饭店经理一流的人物原本就无好感。更讨厌要求离婚且又作了官的男人。

“我自认为有申辩的权利。”狄煜不肯退让。

他要倒霉。段芳陵心中暗暗得意。她深知狄煜是个个性极强的人。

“请不要脱离本案讨论其他问题。”舒导制止狄煜。

“调解到此为止。”女院长站了起来。

“回家吧？”段芳陵指指停在法院大门外的“蓝鸟”车。“算我向你认个错。”

“从向法院提出离婚诉讼那天起，我就从此决定不回那个所谓的家了。至于认错，很难说你我谁个的错更大一些。主要是合不来。”

“如果天不遂人愿，你又当如何？”段芳陵脸上掠过一丝挑衅的笑容。

“法院的判决我当然无法左右的。但回不回家，本人自信是能够做主的。我很讨厌你，这是心里话。”

“我也讨厌你，也是心里话。但我不会跟你离婚。”段芳陵脸上的笑容转为病态。“每当面临挑战时，我总觉出一种兴奋。依我分析，这将是一场旷日持久的战争，作为一个共产党员，一个现职官员，你能坚持下去吗？”

“即使身败名裂，我也在所不惜。再见。”狄煜把手插入大衣口袋，头也不回地走了。

我的脑子从来没有出现过这样的情况：它混乱过，疼痛过，可从来没有空白过。狄煜从床上坐起来。他似睡非睡已经过了四小时。

桌上的电话铃响了。

他不想去接。

可电话铃顽强地响着。

“我是狄煜。”

“我是陈一曼。”

“怎么知道我在？”

“凭感觉。”

“感觉？”

“对。从孩提时代起，我就能感觉到你的存在。上来吗？”

“你那有吃的吗？”狄煜突然觉得一股饥饿潮涌上来。

“当然有。插队时我总是给你准备夜宵。”她的声音中一片暖意。

“你能形容一下自己吗？”陈一曼把他推到镜子前。

“一个身心破碎的人。一个大醉方醒的人。一个快要完蛋的人。”狄煜无精打采地说。

“准确地说，是个等待修理的人。”陈一曼打开音响设备，又取出了酒。“没有什么比这两样更具疗效了。”

狄煜仰躺在沙发上。

“我从来没有见过如此凄凉的目光。”陈一曼坐到他身边，抚弄着他的眼睫毛。“休息会儿吧。男人在这个世界上是很累的。”

音乐是《梁山伯与祝英台》。他们插队时带去一张片子，后来给听平了。此刻，它挟着一股淡淡的幽香袭来。他太需要温暖了。

“离婚不顺利么？”

“你怎么知道？”狄煜觉得声音似乎从很深的雾中传来。

“自然知道。”陈一曼偎得更紧了。

他觉得自己迅速向深渊滑去。几乎人人身上都有需要克服的兽性。下滑突然停止了，此刻我有双重身份，已婚者，谈判对手。

陈一曼倾覆上来。

“别了。让人看见多不好。”狄煜挣扎着说。

“这话该让我说才对。咱们又不是为别人生活。”

“是的。人是为自己生活的。等我解除了婚姻，咱们再重新计划。”狄煜坐了起来。

陈一曼的眼泪流了下来。“多少年来，我一直盼望着重逢。”

“我也盼望。”狄煜说的是真话。初恋是抹不去的，年代愈久，回味就愈悠长。

“离了婚后，你肯定会娶一个年轻、漂亮的姑娘。”

“传统的女人看法。我需要的是一个心心相印的伙伴。”

“我并无任何商业目的。”陈一曼觉得有必要声明一下。就在前两个小时，父亲还从日本来电话，希望她能施加影响，打开局面。可她不愿这么做。

“我能觉出来。”狄煜从茶几上取过酒杯。

“能觉出来就好。”

两人静静地坐着。月光如洗，流泻在地。

静止的一小时。

“你跑的地方多，能不能给我这家饭店提点意见？”

“你的饭店？不，这饭店不是你的。你不过是在给人家做事而已。”

“我纠正我的提法。”狄煜摸摸头发，这两者之间的区别是很深刻的。

“你们虽号称宾馆，可骨子里却只是个招待所而已。以今天早晨为例：倒水、擦皮鞋、送报，一时三扰，热情足够，可安静却被破坏了。”

狄煜点头。

“另外你看这块牌子。”陈一曼拿起“旅客须知”念道:“不许奸宿;不许赌博;不许喧哗。好家伙。一口气十多个不许。我打个比方,假如你来我家做客,我张嘴就说:别偷我东西,别弄脏我房子,你有何感觉?”

“感觉很不好。”

“我出钱租下这房子,就有权使用这房中的一切。只要不触犯法律,谁也无权干涉。”

“对。”

“还有你们的餐厅。菜单上洋洋洒洒足有上百只菜,可我连点三个却没有。真个挂羊头卖狗肉。要在日本,这样的饭店早八百年就倒闭了。”

“在国外做买卖很难吧?”

“很难。”

“你们公司的情况顺利否?”狄煜一直不忘投资的事。

“我希望在咱们的个人生活中,不要牵扯商务。”

“我知罪了。”

二十六

人有种很普遍的心理，一旦有了经济地位，就开始追求文化地位，社会地位。盛京因此与抗大京的来往极密切，他不断地与抗大京谈自己的改造计划，颇有遇知音之感。

“我很钦佩你的精神。但仍坚持我的观点，他们只能利用，而政策要靠我们这样的人来制定。”

“不是利用，而是感化，四海之内皆兄弟也。”

“用福音精神是无法使社会发生根本变革的。”抗大京说。

有人敲门。

“纽兄请坐。”盛京很客气地说。

“你的印治好了。”纽书同取出一只很精致的小盒。“这是拓片。”

“很好。很好。”盛京玩赏一番后，一起递给抗大京。

“盛京之玺。”抗大京念道：“你的野心不算小呵。若在清朝，光这几个字，足够让你脑袋搬家的。”

“可在眼下不至于。”钮书同说：“人人脖子上的坚固度足够。”

“可这有个前提。”抗大京欲言又止。

“我不太懂印。家父懂。”盛京对纽书同说：“家里藏过许多名人字画，再大的不敢说，反正董其昌的字，很有几幅没裱过。”

钮书同很怀疑盛京是在吹牛。可即使是吹，也是懂行的吹。他不说有多少，而说“董字”还“很有几幅没裱过。”吹得够艺术。

“你的书法金石技艺俱佳。但有机会应该到各地去跑跑,这样才能纳风云入方寸。”盛京说。

“我能挣几个钱? 不过仅够妻儿温饱而已。”钮书同心说,这道理我岂能不知? 手上虽有几文,可当务之急是买套房子。起价就是一万,很够干一阵的。

“眼下我还没有那么大的财力,等这个工程一完,钱算回来后,我可以出资让你去南方转上一遭。”

“多谢关照。告辞了。”钮书同站了起来。

“像这样有才气的人,全中国不知有多少,可就是发挥不出来。”送客归来后盛京说:“安得广厦千万间,大庇天下寒士俱欢颜。”

“即使你是洛克菲洛,也庇不了几个寒士。”

“可如果有无数个洛克菲洛,寒士的问题不也就解决了?”

“不改变现行制度,就永远不会出现无数个洛克菲洛。以你为例,你不是靠钻政策的空子才发的财?”

“钻空子? 我盛某人承包下来的工程,哪项不是呱呱叫的?”

“我不是工程的鉴定人。就算全是呱呱叫,但仅凭此一点,你仍然没有竞争力。你还得去巴结,去贿赂,才能把工程揽到手。”抗大京决心撕掉盛京的遮掩物,现出他的原形来。

“事情并不完全像你想象的一样。工程质量是关键。”

“就算你牢牢抓住质量不放,你手下的人,还是要被贿赂。”

“怎么才能去掉这些呢?”

“把政权抓到手。有了它就有了一切。”

“你也许行。可我却绝对不是当官的料儿。”盛京低声说。

“如果慢慢地往上爬,太不可行了。任何一个比你大的人,都可以轻而易举地把你彻底毁掉。”

盛京注视着抗大京的脸。

“咱们应该自己动手,把政权拿过来。”

“自己动手?”盛京哆嗦了一下。这人莫不是疯了?

抗大京从盛京脸上的惊恐神情得知自己的话说过了头。“我并没有武力推翻现行政权的意思。只不过想成立个思想研究会之类的松散组织,找些志同道合的人聚聚,寻找些新的思路。”

“我能贡献些什么呢?”盛京的目光极为审慎。

“首先是思想。其次是财力。”

“我谈不上有什么思想。”盛京已经意识到危险。“至于钱吗,咱们好商量。”用钱把他打发走是上策。

“钱我暂时还不要。”抗大京站了起来。“需要时我会找你的。”

对G省的考察已基本可告一段落了。安先可推开窗户。再过两天,我又可以叫晏洗河了。

映入他眼帘的是一片繁忙的建设景象。

这就是著名的“电子一条街”。G省的硅谷。

以G省的工业基础,人才储备,是根本不足以搞这样的工程的。这是李丛祺的主张。他是个深不可测的人。把工程当作政治武器,旨在挤走邹飞鸿。他知不知道这个工程不会有效益?可能不知道。但即使知道,他也会干下去的。这并不是我的主观臆测。大量的第一手材料,足以证明。我因为没有公开身份,才听到真话。微服私访真是个绝妙的东西。谁发明的?

可以写调查报告了。他回到办公桌前。

盛京用手托住头颅,坐在长沙发的角落里默默地思考着。

我从来不是搞政治的料儿。从成人起,我就一直挨整。换句话说,总要矮人一头。矮人一点,也就是说不是人,而是别的什么。他们用的武器就是“阶级斗争”。这东西不管真有假有,反正是“一抓就灵”。

那是个不让人生存的时代。可我要生存。仅凭此一点，我就住进了监狱。

现在我觉得自己是人了。而且可以算得上是个人物了。我找到了自己的位置。意识到自己的能力。这是个适我生存的时代。没有任何道理使我去毁掉它。

这位抗大京是什么样的人物？他为什么要毁掉这一切？我从本能上得知他是个危险人物。

盛京走到窗前，看着冉冉升起的红日。

该不该去告发他？

有人敲门，进来的是刁小氓。

“如果有人让你去干一件你不想干的事儿。你说该怎么办？”

“不干呗。”在刁小氓的印象里，盛京还是第一次向他请教。

“如果他非得叫你干呢？”

“他凭什么？莫非还能吃了你？”

“那倒不至于。可该不该去告发他呢？”

“不能告发人。人家是相信你才告诉你的。在劳改农场时，我如果当告密者的话，起码可以减刑一年，但我一句没说。”刁小氓点起一支烟。

盛京岿然不动，可却在心里点头。

旅游局的会议室。

“现在议一下局长助理的人选。”俞量才转动着手中的铅笔。

会议已经开了近两个小时，此刻才议到正题上。

师克澄走到门口，向外张望了一下，然后重新锁好。在中国，人事安排是最大的机密。

没人发言。

“大家谈谈自己心里的看法。”俞量才再次启发。

众人都清楚，局长助理是个过渡性的职务，是副局长的前身。

鲁顾问正垂头睡着。他是俞量才的前任，现在挂个省顾问委员会委员的衔。

已经七十有余。可每次会议都要来参加。问其原因,答曰,不开会又干什么？可毕竟精力有限,时间一长就要睡一会儿。

“外资引进处的尹处长是个合适的人选。”方副局长慢条斯理地说:“他是经贸学院毕业的,工作也很有成绩。”

“小尹的人品也不错。挺厚道。”宋副局长说。他是一九四四年的干部,今年已经近六十岁。

沉默。师秘书给大家添水。

“多提几个人,咱们好挑选一下。”俞量才说。

“小师也是个人选嘛。”鲁顾问刚被师秘书的添水弄醒。

“您知道我们在议什么吗？”俞量才笑着说。他是很尊敬鲁顾问的。鲁虽才能不高,但人很正直。因为在G省的年长,每遇棘手的事,他总是自告奋勇,到省上去周旋。

“我是似睡非睡,睡中有耳呵。”鲁顾问喝了一大口茶。师秘书是他移交给俞量才的。现在有事,也常麻烦他去办。比起那些在他退居二线后,就另换一副嘴脸的人来说,他相当喜欢师克澄。人总是很功利的。更何况自己在位时,曾答应过师外放,可惜那时候用得太顺手,实在舍不得。

“师秘书确实是合适的人选。他在你身边工作了很长时间,经验也积累了不少。”宋副局长记起鲁曾对他说过这事。

“你自己认为怎么样？”俞量才问。

“我是作为记录者列席局务会的,没有发言权。”师克澄谦逊地指指面前的笔记本。

“我仿佛不记得有过这样严格的规定。”俞量才在自己面前的纸上写下个“师”字。

师克澄知道这很可能就是决定自己命运的一瞬。为了谋得升迁,努力已非一朝一夕。“如果组织上让我干,我想还是能够干好的。”眼下已经不是谦虚的时代。该说的话就要说出来。如果自己都没勇气说,那谁又会替你说呢。

“小师和小尹都是年轻人，都能干。”方副局长说。

大家围绕着这两个人开始议论。

没有预谋，没有联盟。一切都是顺理成章的。如同人体不喜欢新的维生素一样。一个集团也不喜欢新的成员加入。只有那些大家都能了解优点，同时也了解缺点的人，才能够被接纳。

“再多提几个人。这样选择的余地会大一些。”俞量才很希望有人提狄煜。尹与师虽然都是能干的人，但身上“能吏”的成分相对大了一些。而狄却是有独创精神。前进就是独创，靠守成是不行的。可这话最好由别人来说，自己加以响应、赞同、批准，效果就会好得多。

没人响应。

“‘唐城宾馆’最近经营得很好。”俞量才再次调动他充满启发性的声音说。

没收到预期的效果。

“我觉得狄煜这个人，可以提出来候选。”俞量才只好由自己说了。

孤掌确实难鸣。

这沉默有着深刻的背景。狄煜自上任以来，“唐城”起码对于处级干部来说，丧失了招待所的功用。他们再也无法凭张条子，或打个电话，就安排各种私人活动了。局长们也受到了影响，觉得不方便、不愉快、不舒服。于是就酿成了现在的局面。

“狄煜这个人，似乎锋芒太露了。”宋副局长慢悠悠地说。上次他要狄安排一个从老家来的亲属干临时工，可狄口头上说“研究”，实际却一直不办。

“有个性是件好事情。”俞量才说。

“有个性对于作家或别的什么艺术家来说，也许是好事情。可对于干部来讲就不一定了。”方副局长顿了一下，“个性可能带来很大的麻烦。”

“眼下是改革的年代，它呼唤那些有个性、有创造力的人。”俞量才坚持自己的看法。“只有他们才能开创局面。”

师克澄虑及自己的身份，几次欲言又止。

“以G省目前的形势论，您所说的改革的时代似乎并没有真正到来。”发言的是局组织部部长。他是旅游系统的老人，对俞上来之后的所有作法都不太满意。“他太不安分，以至于省里的一些领导都对他有看法。”

“你所谓的省领导指的是谁？”俞量才讨厌这种用上级来压人的暧昧作法。

组织部长张了一下嘴。

“李丛祺书记对‘唐城’的工作曾多次表示不满意。”师克澄终于忍不住了。

“你怎么知道？”

“白秘书跟我说过两次。”

“他能代表李丛祺同志？”俞量才很不以为然。

师克澄默然。这其实是无须追问的问题。可既然“大头”非这么问，也没有办法。

“这个狄似乎到任并不久。”鲁顾问说：“而且‘唐城’的经理一向是个副处级，这么快提拔似乎并不合适。”

“不拘一格选人才嘛。我看就这么定了。明天起草个文件，上报省委组织部，然后联合组织人，对侯选人进行考察。”作为会议的组织者，俞量才自认为是“原动力”，可像今天这样“谁也不动”的局面却很少遇到。于是只好“强行启动”了。

二十七

关于“商品经济”的讨论，在“唐城宾馆”的职工中已经进行了五天了。可由于有“文化大革命”这样的泛文化背景，人们对纯理论问题很是反感。但狄煜并不因此而灰心。奋力推动这场“务虚活动”。

“责任制在宾馆推行已不止一次了，可回回收不到实效。其原因说穿了就是，人们总也得不到实际的得益。这次我决定把它和经济挂起钩来。”狄煜说。

“以前铁路工程师们，总把注意力凝在轨道和车头上。可当铁路发展到一定阶段之后，‘挂钩’问题就出现了，你必须像英国人詹姆士一样，发明一种甩不脱的钩。”梅林说。

“我手里有三十万块钱。这就是甩不脱的钩。有了它，可以拉更多的货，于是会有更多的钱出现。”

“作为首席经济顾问，我必须提醒你，要动用这笔钱，必须有省局、税务、银行三个部门通过才行。”何文说。

“我能通过。”

“不打扰吧？”安先可推门进来。每晚来这坐一会儿，几乎已经成了习惯。

“不。”梅林俨然是主人。

“支钱是桩很敏感的事。更何况你不单单要奖，还要罚。”何文晃动着手中的方案。“一旦触及某些人的经济利益，问题将变得异常复杂起来。”

“您动用经理基金，要三个部门批准，可能取消它的部门却最少有五个。”方小苏说。

“取消归取消。我还是要试一试。”

“作为经理,你最大的毛病就是光想着经济利益。”梅林说。

“不想它还想谁?”

“看来‘商品’思想已经深入你的骨髓中了。中国的企业家,首先是上级部门的下属,其次是下级的家长。你必须执行命令,调解纠纷,公平分配。并听取各方面对你的监督:道德方面的、行为方面的、财务方面的。”梅林喝了一口水。“然后再设法赚点钱。”

“我可没办法同时担任这么多角色。一个人是没办法既作好丈夫的妻子,又当好他人的情人。企业家就是企业家。”狄煜自上而下打了个大惊叹号。

“你这项建议,从表面上看是制度改革,却将大大地破坏原有的人际关系,使它们从超稳态变成动态。”何文说。

“我就要使他们动起来。”

“动起来也许会失控。”

“所以我才先组织他们学习,给他们一些哲学思索的时间。”

“我见过不少单位。批给他们专项奖金,可最后还是均分了。钱花了,效益却没有。”安先可说。

“我将监督他们执行。我先宣传,然后再宣传。而且把那些实在不能理解的人请出去。将剩下的一股脑儿送到商品社会去。”狄煜做了个很生动的手势。

“不等你把他们送走,他们就可以把你送走了。”何文说。

“但我还会回来的。”狄煜从文件夹中抽出张纸。“我还有个设想:奖金的一部分,可以企业的内部股票的形式出现。这样也可以增加他们的主人感。”

“你居然能从一个鸡蛋的家当中演绎出如此一篇神话,想象力可算丰富。”梅林说。

“这股票可能分红?”

“当然。”

“可以不可以上市？”

“宾馆将负责收购。”

“你根本就没弄清股票与债券的分别。”何文摆摆手。

“我当然知道。可目前只能发行这种两栖证券。这也是改革嘛！”

“你请示过没有？”安先可认为狄煜走得有点太远了。股份制是所有制的问题。

狄煜耸耸肩。

“作为首席顾问，我再次提醒你，一个岌岌可危的政权发行的证券，是不会有人认购的。”

“你不要耸人听闻好不好。我要倒台了，你们所有人，除安先生外，全他妈的得作猢狲散。”狄煜一指。

“您老人家指到哪，我们就打到哪。”梅林站起来。“来点可乐喝吧。我喝这东西竟然上了瘾，可又没钱去买。”

“千万不要超出自己的实力去干任何事。”狄煜说。

“您又说出条真理。拿可乐来。”梅林伸出手。

“我也没这个实力。”狄煜双手一摊。

“这是我整理的有关狄煜的材料。”许福通将十多张已经把“唐城宾馆”字样截去的信笺递给卢加伟。

卢加伟用略略有些抖的手掏出了眼镜，然后从笔筒中抽出一支 3B 铅笔，边看边认真地勾画。

就在今天上午，曲小燕和楼层的另外三个服务员一同来到他的房间，口口声声管他叫“大爷”并要他“开开恩”。

“我能开什么恩，你们就说吧。”他认为四人是找他来办事的。相处偌长一段时间，已经很熟了。

“这层楼我们几个承包了，每月要上交八千块房钱。如果你不交房租的话，甭说奖金，连工资我们也开不了。”曲小燕说。

“问题有这么严重？”

“狄经理已经把任务指标分解下达了。”一位服务员取出份油印的任务书。

“明天，最迟后天。”卢加伟很认真地读完任务书。“我或者搬走，或者给你们减去任务指标。”

“一言为定？”

“当然。”

这四位服务员走了之后，卢加伟不禁愈想愈气，拿起电话要通李丛祺。“你答应的事为什么不办？”

“不就几个房钱吗？立刻办，您就放心地住着好了，只要有我在位一天，就有你吃的住的。”

“我并不是乞丐。”卢加伟奇怪李丛祺今天为何如此之痛快。“我是人，是老干部，我要我的社会地位，不能成天惶惶如丧家之犬。”

“老干部是党的宝贵财富。于公于私都该安排好。”李丛祺又安慰了几句后放下电话。他刚从北京回来，知道中央要G省召开党代会，并将进行差额选举的试点。其时将要来主持大典的，是一位与卢很熟的老同志。因此他此刻已成为不可忽视的人物。

这些外来的因素，卢加伟并不知道。他伏案很认真地将许福通原本很粗糙的材料修改润色。他不过受过小学教育，但多年的公文生涯，已使他能够很快地抓住关键，加以阐述发挥，并清理思路逻辑，使之具有很强的说服力。

“你这些材料很具体，很生动，但这样安排一下是不是会更好一些呢？”

许福通立刻凑了过来。

“生活问题不要放在第一。第一应该是政治问题。他发行股票，这是一个所有制的问题，他并不是在前进，而是在后退。

“第二是他擅自发放奖金，这违背国家有关的政策法令。他明知故犯，这是政治品质问题。当然不排除他有经济问题的可能。这些都是他假改革之名干的，实质是破坏改革。”

“至于他个人的道德品质问题要放在最后。放在最后并不等于不重要。他与日商陈一曼之间的暧昧关系，要提升到这样一个高度来认识，有辱国格，有损国家的经济利益，这样就可以前后呼应，联成一体。至于什么‘老相好’之类的词儿要尽可能地删去。”

“高！高！”不由许福通不佩服。

“材料在于组织。只有把它组织得浑为一体，才能有说服力。”卢加伟绕屋转了三匝。“你回去再整理一下，然后送上来。”

“好的。”

许福通走了之后，卢加伟仍然兴奋不已。别看这只是件区区小事，可却给了他以极大的快感，我又重新具备了操纵别人命运的力量。

白秘书的电话是打到包来处的。“你们都是干什么的？”他劈头就来了这么一句。“区区小事，还让李书记几次三番地说。”

“有事请讲。”包来不卑不亢地说。他是个自尊心极强的人。

“卢加伟的事。”

“他怎么啦？”包来虽明知此事根由，但有些话必须让对方自己讲。

“李书记指示，让他安安稳稳地住下去。”

“就这些？”

“对。”

“房钱由谁付？”在讨论责任制之时，曾专门说过这事，所以包来不能装不知道。

“是谁出钱盖的宾馆？你们的工资又是谁开的？又是谁把你们安排在那里工作的？”白秘书连提三个问题之后，径自放下话筒。

狄煜正在读《世界经济导报》。这是一份内容广泛的报纸，观点也很新。能估计出是帮年轻人办的。

“电话记录。”包来推门进来，递给他一张纸。

“我不曾记得你我之间曾以这种方式交换过信息呵？”狄煜一眼就看完内容。

包来没有任何表示。

“我们不理他。”狄煜把纸扔到茶几上。

“可总得有个交代呵。”

“这又不是以文件形式下发的。”狄煜已经明白了包来的心事。“再说我有个小小的体会，越是大官交办的事，越是可以不办。因为他们的事太多，记也记不住。”

可如果这事是他自己的事时，你这条道理就不适用了。包来心想。

包来刚回到办公室，俞量才的电话就来了。白秘书之所谓是“能吏”，正能在此，办事就要办到底。

“这事你该对狄经理说。”包来特别强调经理二字。

“你不要怒气冲天嘛！”俞量才适度地笑笑。“将来有机会给你找个好地方，但现在该作的还得作。”

“我能有什么可作的？该作的他全作了。”

“当初把你留在‘唐城’，我是有考虑的。你经验丰富，在狄头脑过于发热的时候，你应该让它冷下来，起制动作用。”

“听你的话，我好像是枚棋子似地。”

“你我都是棋盘上的一枚子。”

“那小棋子警告大棋子：我只能敲敲边鼓而已。那辆车如果开起来，没人能制动。”

“咱们是围棋，不是象棋、军棋，子与子之间无所谓大小。”

“你什么时候变得会做思想工作了？”在包来的印象中，俞量才很少借助于比喻说话。

“领导工作就是做人的工作。而人的工作就是思想工作。思想工作你这书记不作,让谁来作?”

俞量才与狄煜闲扯了两句后,就提出了问题。

“本馆的改革方案你是同意的。”狄煜不客气地反问。

“只是原则上同意。”

“你曾经授全权于我。”

“对。但具体问题具体分析。”

“什么具体问题?又如何具体分析?请给出量的说明。”

俞量才沉默了片刻。“凡事不可操之过急,要循序渐进。该通融的事情就得通融。”

“原则不能通融。我已经将指标分解下达了。不能出尔反尔。”

“我来个折中的方案吧。”

“您就会折中。”

“卢加伟的房钱,我让局里来出好了。”

“您的意思是,我把利润上交给你,你又拨回来。而在这圈资金周转的过程中,国家没有半分钱的收益。”

“经济是重要的。但并不是最重要的。更不是唯一的。”俞量才认为有必要教训他两句。“你有能力,有魄力,但什么时候才能真正地成熟起来?”

“等我成熟了,你又该说我没魄力了。”狄煜体会到俞量才的一片苦心。“我那个实行股份制的建议书你看过没有?”

“股份制是所有制的问题,你闹清楚没有?”

“当然。”

“那就该慎重。中央一直没就这问题表过态。即使经营与所有两权分离,反对的人也很多,更甭说两权合一了。”

“中央的决策是民意的反应,如果大家都持观望态度,中央将凭什么决策?”

“为了保住‘唐城’这块试验田，我是很费了些心思的。但什么时候种什么，必须视大气候而定，谁也不能违背天时，咱们先放一放吧。”

“今天我要作些改正，咱们发行的那东西，既不叫股票，也不叫债券，而叫奖金券。”次日的碰头会上，狄煜说。

“它可以买卖吗？”

“在内部可以交换流通。”

“你在玩弄金融学上的概念。”等众人散尽之后，何文说：“它其实就是股票。”

“是的。它是。”

“不经上级同意，就对如此大事做出决定，似乎有些不妥吧？”

“可总得有人去试一试呵。再说这样做，一来可以调动大家的积极性，二来还可以为宾馆筹集点发展资金。”

“你自以为一箭双雕？”梅林问。

“是的。”

“小心断了弦，更要小心箭头的方向。”

二十八

“雇辆出租车吧。”秘书小余对安先可说。

“我想闻闻这似曾相识的风。”安先可回京汇报已经达一月,T 市的风已经变得很有些暖意。

“我看还是雇一辆吧。”小余坚持自己的看法。

“有这个必要吗?”

“对您来说也许没有,您已经到了坐‘尼桑’坐腻的地步,可我却总想乘机过过瘾。再说我还得提箱子。”

“那就雇一辆吧。”安先可一向以平易近人著称,他认为这是知识分子干部的标志。

“有一次我问科委新来的柳副主任,给您装备了辆什么车?”下了出租后,小余边上台阶边对安说:“这下可把他问了个大睁眼,过了三个星期,他在科技情报所碰见我,很郑重地宣布:我坐的是辆西德的‘邦克’。我因此而产生个体会,如果有人因自己骑了辆‘凤凰’牌自行车而得意,那他必定是个土佬无疑。官做到您这一级,坐什么汽车已经无所谓了。关键要看你参加哪一级的会议,阅读哪一级的文件。”

安先可笑了。

“请进。”“唐城宾馆”的门卫的语言虽残留着 G 省味儿,可姿势却极其潇洒,制式服装尤为辉煌。

"'士别三日,当刮目相看。'我好像进入了'希尔顿',或者'假日'系列的饭店,记住你的新身份了吗?"

"您最少把我的智力商数打了对折。"小余是前年从科技大学毕业的,先分配在规划局,安先可从他写第一篇《科技决策思想库》的文章时,就看上了他,想调他来做专职秘书。"私人秘书用不着多少才能,会提皮包,会看眼色行事就够了。"他竟不肯来。"这可是条登龙捷径。"安先可故意逗他。"龙是种虚构的动物。"后来他调到办公厅,安先可只有在参加重大活动时才带上他。

方小苏很热情地接待了他们。

电梯出口处,曲小燕已经在迎接。微一行礼,就伸手接皮包。

"比利时公主曾在首都机场大发感慨:'我走遍全世界,也没有自己提过箱子。可在这个国度里,无论出多少钱也没人帮我提。'"小余并没有把皮包递给曲小燕。

安先可伸手要过了自己的包。

"你们这班子书生才子,对于诸如提包,开车门之类的事很是反感,大有股'天子呼来不上船'的派头。"进屋之后,安先可解释自己的行动。

"李白'长安市上酒家眠'为的是求官,而'天子呼来不上船'为的是摆派儿,自抬身价,我却很不愿做'长安眠'。"

"李白是很想做官的,而且是宰相之类的大官,他娶的是宰相的孙女。而一家的血亲中,只要有一位是名将良相,众人莫不把他作榜样效法。其实你又何尝没有这个想法?"

"我不善于做官,可我却善于出思想。而且我太随便。"

"我能理解你,我也从来没有把你当作是提皮包的。即使你有时帮我提一下,也是出于对上岁数人的尊敬。"

小余笑了。

"咱们住这样的房子能报销吗?"安先可环视屋内富丽堂皇的设施。他的起居饮食一向很简朴,能凑合就凑合。

“您总是脱不了教书匠的原色。等过两天党代会一开完，G省不就成了您的了吗？”

“小孩子说话总是这样没分寸，即使当了省委书记，也并不是军阀割据时代的一方诸侯。更何况这将是差额选举的试点。G省的党代表们也未见得了解我。”

“咱们有好多干部，还不如封建诸侯。比方山西的阎老西，最起码把整个省都看成是自己的。至于差额选举，用您的话来讲，不过是试点而已。G省党代表是否了解您这并不重要。关键是中央信任您。只要毛主席想过这个问题，大家就不必要再去想。于是就有了“文革”。现在虽过去好几年了，但这种思维模式却依然存在。”

“不跟你谈玄学了。”安先可不太愿意与小余辩论：“咱们出去转转，看看有何变化。”

变化是巨大的，电梯间的镜子擦得锃亮，楼梯壁上原有的痰迹，也被小心地擦去，酒吧间内货色齐全，只要一落座，服务员就会立刻降临在桌边……

“看一个家庭富裕与否，要看厨房，看一个公共场所经营得是否好，要看厕所。”小余拉着安先可进了公厕。

厕所内一切均为原色。手纸与香皂俱全。并使人意外地喷发出阵阵香气。

“日本有位棋手叫山城宏的你知道吗？”安先可是围棋爱好者，小余也是。两人的造诣都不算低，行必带棋，每每弈至深夜。

“有个控制论专家叫维纳，您知道吗？”小余反问。

“我收回刚才的话。”安先可立刻领会其幽默。“山城宏的棋叫‘渗透流’。他一点点地渗透，从而建立起自己的优势。改革家如果都是大刀阔斧，类似武宫正树的‘宇宙流’式的，总会失败。必须把大东西，分解成小东西，然后通过经济渠道，从各方面渗透进去，方能摧毁旧的。”

“真的改革家应该有‘宇宙流’的气魄，‘渗透流’的手段。可我总有些不祥之兆，这位经理可能干不长。”

“为什么？”

“G 省的大气候并不好。”

“会变好的。”安先可很自信地说。

“一个人无法改变大气候。这需要长时间的努力。”

“这件离婚案拖得太久了。”段芳陵说。

“是很久了。”舒导把卷宗翻得“哗哗”作响。与眼前这个女人打交道是件很费力的事，她的主意太正，为人又很狡猾。

“还要多长时间？”

“这要看你们双方的态度。”

“法院应该判不离。”段芳陵动用全部社会关系，进行了大量的活动，很博得一些同情。

“没有人能在判决前知道结果。法自有法的意志。”

“法的意志是由人的意志决定的。”

“咱们是同龄人，因此有句话想对你说。”舒导抬起头来。

“说吧。”

“与其这么拖着，不如速战速决。”

“是吗？”

“拖着对双方的工作与生活都有相当大的影响。”

“你说的确是事实。”段芳陵很随便地说。

“你如果能同意离婚的话，我可以让他在别的方面做些让步。”舒导很小心地说。

“他能作多大让步？”段芳陵的眉毛在微微颤动。

“恐怕会很大。”舒导觉得很可能会出现转机。“在各方面你有什么要求，尽可以提。”

“好。”段芳陵一使劲，把英国料子夹大衣上一个很漂亮的扣子拽了下来。

“请转告他,我要他整个事业、经济、生活。”

舒导被她冷冰冰的声调激得一哆嗦。“你这不是对法官的态度。”

“作为法官,你应该知道如何做才是公正的。”

“我自以为是公正的。”

“光你一个人这样以为不行。我走了。”她站起身,用很轻飘的声音说:“别忘了把我的话转告给他。”

“各部门报上来的干部是不是该议议了?”省委组织部长对李丛祺说。

李丛祺默然不语。他近来的心情很不好。连接几个晚上他都往北京方面要长途电话。可这若干条“热线”却如同有约一般冷了下来。通话的不是秘书就是家属。组阁在即,这显然是不祥之兆。

“他们已经催过好几次了。”

“催什么?用人之权,一向出自于上。他们着急,让他们自己去任命好了。”

“如果光是省直机关的还好说。有些重要的工业财经部门,长期没有主官。”

“咱们抽个时间议一议。”李丛祺脑袋转得挺快。知道如果总是拖着不办,会通过某些渠道传到北京去。再说在党代会召开之前,任命上一批干部,也是股政治力量。

“您看什么时间合适?”组织部长知道机不可失。

“今天是星期六。就今天下午吧。”

“在您这?”

“不。”李丛祺身体微微向后一仰。“咱们另外找个地方,你看怎么样?”

组织部长在李丛祺手下工作,很有段时间,知道这样的问题是无须回答的。

“唐城宾馆。下午两点半。”

舒导犹豫了很久,最后终于拿起电话。

“狄煜。请讲。”

“我刚才跟段谈过话。”舒导并没有通名。

“她怎么说？”

“不明确。但我的感觉很不好。她似乎要采取什么行动似地。”舒导自以为从法以来,说话还没有这么不准确过。

“杀了我？”狄煜笑了。

“那样倒好办了。”舒导有些被感染。“她声称要毁掉你的前程。”

“如果我的前程凭她一个人就能毁了,也就不能称其为前程了。”

“她自认为能做到。她很深沉,能量也很大。”

“法院方面不能制止她的疯狂行动？”

“从理论上讲是可以的。”舒导想,人们总是把法看成是强大的,可其实它很弱小,非常弱小。土壤没有肥力,再好的经营者也不行。

很长一段静电噪声。

“谢谢法官的关照。”

“犯忌的说法。”

“谢谢朋友的关注。”

“你不能就这么让了他。”段芳陵的母亲章老太说。

“我从来没有说让了他。”

“既然娶了我的女儿,就必须娶一辈子。”章老太坐在居中的大木椅上。她虽已是古稀之年,可依旧骨骼刚硬,脸上线条也出奇地严峻。“你那个死去的老子当年也想休了我。那阵子刚进城,他那帮子同志们纷纷把火炮换洋枪。可他刚一开口就让我堵了回去。”

段芳陵很用心地听着。她特别崇拜母亲。在她的印象中,母亲从来就没有过办不成的事情。

“他告诉我:我将去外交部工作,可能出去当大使。而大使夫人必须有文化,必须漂亮。我告诉他,那你就不要去。他说是组织安排。我说我找组织去。他说他自己找去。我说除非你从此想当个平头老百姓。”章老太笑起来，银发因之飞舞。“他不信。我就去了中央监察委员会。并告诉他，如果再作非分之想的话，就将把他的那些花花事我全都端出来。”

“后来呢？”

“后来就有了你。男人嘛，他们一般都舍不得自己的事业，舍不得自己的面皮。”章老太是一九四四年的干部，建国后一直处于休息状态。“咱们女人就得抓住他们的弱点。”

段芳陵点头。

“你读过《霍小玉传》吗？”

段摇头。

“书生李益在贫贱中与婢女霍小玉相爱，后来发达了，想负约再娶。小玉悲染重恙，在临终前对其夫说”——章老太清清喉咙，朗声诵道：“‘我为女子，薄命如斯；君为丈夫，负心若此！韶颜稚齿，饮恨而终。慈母在堂，不能供养。绮罗弦管，从此永休。征痛黄泉，皆君所致。’”她再度清嗓提音：“‘李君李君，今当永诀！我死之后，必为厉鬼，使君妻妾，终日不安’——后来她果然达到自己的目的。”

“想不到妈记得这么清楚。”段很钦佩地说。

“妈那阵正在广东从化温泉养病。读到这本书时，感动得不行。就用毛笔抄了几十份，分赠给相好的姐妹们。作用可大哩。”章老太沉浸在回忆中。

“要在这里开会，欢迎，欢迎。”方小苏认识白秘书。

“开五套房间。其中那套甲类的，要用到明天早晨。”白秘书是打前站的，因此早来了一个小时。

“可以。”方小苏扫了一眼荧光屏。“用什么方式付款？”

“付款？”白秘书惊讶了。“今天是丛祺书记召集的会议，来的都是常委一级的干部。”

“见了你我就知道是李书记要来。”方小苏给了他一个软钉子。“我们可以在各方面照顾你们,但钱一定得付。因为都承包了。”

“谁叫你们承包的?”

“上面。”

“上面是谁?”

“我们自己也愿意。”

“你们愿意就行?”

“我们是宾馆的主人呵。”方小苏很自豪地说。

“你们是主人?”白秘书无比轻蔑地一哼,“把号码表拿出来。”他已看见组织部长的车缓缓开进停车场。

“先付款后住宿。”

“我难道还会骗你不成?星期一,省委机关事务管理局就会来结账。”白秘书知道如果迟迟办不好手续,那位先到的组织部长就会认为自己无能。而今天的组织部长,明天也许就是书记,其中浮沉,没人能预料。

“规矩既定了就不能破。”方小苏坚持自己的意见。

“老包你过来。”白秘书眼很尖,一下就看见包来。

“先让他们住进来吧。都是省里的领导同志。”他扫了一眼白秘书手中的名单。

“您能担保他们一定付钱?”

包来的眉毛耸动了一下。这小子怎么不识好歹?“我能担保。”涵养功夫的深浅,就全在于此了。

“请您在上面签个字。”方从打字机上撕下房费单。

包来签字。

“您也得签。”

“住间房子跟卖身一样。”白秘书拔出钢笔,很潦草地写下自己的姓氏。“不用按手印吧?”

“这已经算是法外开恩了。”出于职业原因,方小苏并没有回击。

“怎么没有总统套间?”做秘书的人,首要条件是细心。白一眼即从名单中看出了问题。

“有客了。”

“叫他让一让。”白秘书拉起架子。“李书记每次都住这套房。”

“岂有此理。”

“哪里来的客人?”包来问。

“北京。”

“北京什么单位?”白秘书立刻警惕起来。

“一位大学教授。”方小苏非官场中人,只知教授是很崇高的。

“我还以为是伊丽莎白二世呢。叫他让一让。这事由老包来办。两点半之前一定把房间收拾好。”

望望白秘书的背影,包来叹了口气。“你看这事该怎么办才好?”

“您自己的买卖自己照看。”

“我也难呵!”包来又叹了口气。“咱们虽说是企业,可归人家管呵。”

方小苏虽然平素不大瞧得起包来,可此时心中也有些同情。“那位安先生并不难说话,也不讲究。您上去跟他说说试试。”

“我就豁出去这张老脸去试试吧。”

“李丛祺书记今天要来这开会,您能不能设法把状子递上去。”许福通确实是消息灵通人士。

“试试吧。”卢加伟对李已经失去信心。李曾两次答应解决房费。可曲小燕等人仍然不住地恳求催问。住店付钱,原是天理,弄得卢的老脸无处放。最后求到在一家公司作后台经理的一位老战友门下,承蒙其大笔一挥,才弄出一个月的房钱来。

“这可关系到你我的大事。”因为在郊区签下的蔬菜供应合同迟迟不能兑现,狄已将许的当月工资扣除百分之六十,又因他私请迟翻译吃饭,百分之二十的工资又没了。

“我老了。说话没锋了。与世无争了。”卢猛地坐起，怒视许福通。“我还怕什么？我还能活几天？”

许福通被吓了一大跳。但旋即品出火并非冲他而来的，就改用谄媚的语气说：“您有火就冲我撒，撒撒心里就好受了。”

“冲你撒又有什么用呢？”卢加伟也自觉有些过分。“待会儿我把你那东西给了姓李的就是了。”

一种深刻的不安全感笼罩着抗大京。

我吊在T市的时间确实有点太长了，长了就会出问题。那天与盛京谈话也露出些马脚，不过他大概不会去告发，坐过牢的人是不会相信警察的。

万一被发现了怎么办？必须制定出一个计划来。去底下的登记处看看有无显赫人物住在此，不行就用他们当人质。

最好的办法是从盛京处挤出钱来，然后换取情报，再想办法出去。此地离边境线不远，凭我多年的锻炼和丰富的地理知识、精确的地图，一准能出去。

“给我看一下登记簿。”抗大京对方小苏说。

“您要找谁？”

“随便翻翻，看看有没有熟人。”

“登记簿是保密的。您如果要找人，我一下就能从计算机里给您查出来。”

“并没有什么特定的人。”抗大京微微点头，就步出大门。

二十九

唐城宾馆的中午显得很安静。但若干条线索正在慢慢地发展。

“请来一下。”一个穿黑西装，没系领带的人对方小苏说。

“对不起，我不能离开岗位。”

“我是。”黑西装从口袋里取出一份褐色证件。

“安全局，搞什么安全的？”

“国家安全。请来一下。”

两人转到一个僻静角落里坐下。

“知道有个叫抗迅的人吗？”

“我可以给你查。”

“要多长时间？”

“两分钟。”

两分钟后，方小苏拿着一条话机纸带过来。“姓抗的一共来过三个。没有抗迅，只有一个叫抗大京的仍然住在这里。”

“是他吗？”黑西装取出一张相片。

相片的质量极差，而且是侧面像。

“这相片没有什么特征。可以说所有的人都是，也可以说都不是。你还有什么别的线索吗？”方小苏此刻已弄清此人的来意。

“有。”

方小苏取过一份传真复印件，上面大约有十余组词。“我对字体缺乏识别能力，你是否去问一下经理？”

“一件事情知道的人愈多，保密度就愈低。你把抗大京的登记卡给我看看。”

“你跟我来。”

段芳陵敲响狄煜的门。

“请稍候。”房间深处传来狄煜的声音。

两分钟后，狄煜来开门。见了段芳陵，脸上并无任何表情。

“这么半天才来开门，你大概有什么事情一时半会儿完不了。”段芳陵四下环顾后，又推开洗手间的门。

“多少年来。你一直是用这种恶毒的语气说话。”狄煜从上午起就开始腹泻，中午之后，愈演愈烈，可他并不想解释。

“你也不问问我来干什么？”段芳陵从肩上取下那个很大的提包。

“你从来就是个为所欲为的人。悉听尊便。”

“我最后问你一遍，是否决意离婚到底？”段芳陵的眼球微微外凸，俨然一对淡绿色的杏核。

“我也最后告诉你一遍，是的。”狄煜觉得肚内一阵翻江倒海般地难受。

“你将为此承担严重后果。”

狄煜耸耸肩。

今天的顾客不多，纽书同很快就把“活儿”干完了，此刻正在刻作品。

他的生活观，由梅林精练地概括成两句话：赚钱不忘艺术，艺术不忘赚钱。

钱和艺术一样，全是没有止境的。他活动了一下手指。必须在其中寻找一个平衡点。钱由艺术而来，它反过来又促进艺术的生长。如果顺利的话，二者就会这样交替上升，以达无限。

“除了我就数他认识的人多了。”方小苏把黑西装介绍给钮。

“相貌我外行，相字可绝对准。”钮书同看了一阵复印件后说：“没错，是他写的。”

“你再认认看看。”黑西装一脸严肃。

“我最爱听京戏，加上‘文革’时样板戏听得多，不带吹的，光听声锣就知道是哪出戏。”钮书同并没有把事情看得太严重。“我敢拿全部家当保证。”

“可我觉得两种字体虽有相似处，不同点也很多。”黑西装若有所思。

“登记卡是他用左手写的。您这上面的字是他用右手写的。而他左右手的字我都见过。不信您拿回去鉴定一下，保证跟我说的一样。”

“谢谢。”黑西装立刻紧张起来。

抗大京在停车场上似乎漫无目的地溜着。可头脑却在高速转动。

这辆车是安全局的。号码我知道。别人一告诉我，我就铭记在心里了。没有无用的知识。自成立之后，他们装备的都是三菱越野吉普车。车上还有电台。一切都能对上。发动机还微微有些热。他们来干什么？吃饭？公务？住宿？抓人？抓谁？抓我？

当他第二次擦车而过时，黑西装匆匆打开车门，然后猛地发动。

他一定有急事。抗大京手扶栏杆，注视着驶上公路的车子。

“唐城”对面正是T市最繁华的广场，交通量极大。可这辆三菱车根本无视单行的标志，取对角线直穿广场。正在值勤的警察刚把警笛放入嘴中，一看车牌又取了出来。

他也认出来了。这辆车与我有关。抗大京的手微微有些哆嗦。

忙什么？每逢大事有静气。不是用既定方案吗？他控制住步幅、步频，进了“唐城”的门。

“抗兄，不过来聊会儿？”钮书同招呼他。

“改时吧。”他拱拱手。

方小苏的目光立刻投射过来。

那个姓钮的目光也不对头。在电梯间里他想道。我的直觉一直是极出色的。赶快行动。

“我是这家饭店的书记。”包来对安先可说。

“见过,见过。”安先可给包来让座。

“有件很为难的事要求助于安先生。”包来只坐半个屁股。这是官场中下级见上级的标准坐法。

“请说。”

“省委李书记要来宾馆开会,他指定要住这套房子,您看。”包来很顿了一阵,希望安先可自己接上来。可无动静,只得又说:“您能不能腾一下?”

如果不是李丛祺,而是外商或者远方来的知名人士,安先可一定会答应。可这又使他想起了“飞机事件”。

“不能。”小余提着本书从帷幕里面出来。

“我们可以减收房钱。”包来也自知要求比较过分,故而态度十分谦恭。

“既住这房,就不怕出钱。”小余立刻接上来。

“我并没有说二位出不起钱,我只想求二位帮帮忙。”包来专对安先可说。

“他为什么非住这套房呢?”安先可对这种摆架子的做法是深恶痛绝的。

“他这个人就有这毛病,专讲排场。”包来很会寻找机会。“我们这些底下人也很难办。”

“底下人是以前丫鬟、奴仆的自称。而你跟他一样是公民。”小余忍不住插进来。

“从理论上讲是这样的。”包来脸上露出万般无奈的笑容。“可实际上却行不通。”

“对待这样的人,不要总说‘是,是’的。要学会对他们说‘不。’”小余一挥手,一张便笺从书中飘荡下来。“你去翻翻世界豪华饭店史,看看哪一页上有过让客人腾房的记载?”

“如果确有这样一部书的话，我是可以去查查。”包来也来了气。但一看地上那张标有“中华人民共和国国务院”字样的便笺，便忍了回去。北京来的人，谁知什么来头？“再说我并非勒令，而是在求二位帮忙。”

“这个忙我们不想帮。”见安先可嘴唇嚅动，小余就抢先说。

“如果可能的话，还是帮一下的好。”这毛头后生也太盛气凌人了，包来想。“否则很可能弄得大家面上无光。”

如果包来只说上半句的话，安先可就很可能答应他的要求。可这会儿也动了气。“如果他非弄得大家面上无光，我也没办法。”

“那打扰了。对不起。”包来的脸变得微微有点长。

“我得给他们经理打个电话。刚才还夸他们这饭店够五星级呢。这会儿就来了这么一手。”小余拿起话筒。

“得饶人处且饶人。”安先可把键按下。“没有咱们这些闲杂事，他就已经很难了。”

抗大京迅速开动大脑，紧张地思索着。

跑？下策。他们一旦发现了什么，首先就要封锁车站与机场。就地隐藏？下策。他们的线索也许就是从雅丽之流处来的。任何人也不能相信。静以观变？不，那是束手待毙。

采取最后方案。

抗大京走到床边，从底下把箱子拖了出来。他用一把奇特的钥匙，打开很复杂的锁。

一些淡蓝色的部件出现在他面前。他小心翼翼地把它们一件件取出，然后去掉包装，开始组装。

十分钟后，一支短突击步枪形成了。这是支口径为五点五六毫米的自动步枪，属小口径枪族，名叫“盖列尔”，是用来装备特别警察部队的。它的击发率很高，枪弹的功能也很大。当他头一次见到这种枪时，就爱不释手。枪是一个人能力的延伸，是个性发展膨胀的必要资本。

“所有在编制以内的枪，一支也不敢少。”枪的主人不肯把枪送给他。“你可以用备件给我装一支吗。”抗大京说。最后依照他的方案，终于搞到一支枪。

“这可是好东西。”他把枪轻轻抛起又抓住。“有了它，我谁也不怕。”

他半蹲在地上，做出瞄准的姿势。这枪他只打过一次：一扣扳机，两株依傍在一起碗口粗的树就被拦腰斩断。没有每分钟上千发的击发率，是不会有这种效应的。

他用手深情地抚摸着枪身。大丈夫不能生便死。但要死得轰轰烈烈。

门突然被推开了。抗大京一愣，忙把枪收到身后。

“对不起。”曲小燕微微一鞠躬。“我还以为您不在呢。”她再次行礼后退了出去。

“今天晚上你给准备一桌饭，弄得好一些。”俞量才从家里给狄煜打电话。

“您请客，还是别人请您？”

“省委的同志要在你那里议干部问题。”

“有没有我？”

“你怎么知道的？”俞量才问。

“如果我想知道的话，就一定能知道。”

“好好工作，展宏图的机会是很多的。”

“遵旨。可饭钱谁出呵？”

“你这个人呵。”俞量才本想说：你光知道钱。可转念一想，这不正是我向他要求的嘛？就改说：“记到旅游局账上就是了。”

“回回记账，可总不见钱来。如果您月底再不派人来结账的话，小店就再不赊欠了。”

段芳陵坐在一楼会客大厅的僻静处，慢慢地啜饮着一筒可乐。

要闹就闹他个天翻地覆，闹他个身败名裂。我今年已经三十四岁，对如此年龄的女人来讲，丈夫是很重要的。除了他，我也没什么可损失的了。平素我待他确实不够好。可也有好的地方呵。他凭什么提出离婚？不好是错误，而离婚则是罪过。

他决不能得逞。我不好过，谁也别想好过。我的逻辑就这么简单。她霍地站起身，去取提包。

不，要等待时机。等人最多的时候，再给他以致命一击。

“请你们腾一腾房子。”这次是白秘书亲自出马了。李丛祺曾多次说：小事办不好的人，一定办不好大事。这件小事一定要办好。

“我已经请示过经理，他说不用腾。”答话的是小余，安先可此时正在洗手间内。

“经理算什么东西？”在G省办事，白秘书自忖还没有这么不顺利过，因此一肚子气。

“那你又算什么东西？”小余的锐气极盛。

“叫你腾就赶快腾。”

“请你出去。”小余把脸放了下来。

“你凭什么叫我出去？”

“有话好好讲嘛。”安先可早在厕所内就听到两人的论争，但他绝不是那种提着裤子出来的人。记得唐山地震那年，北京也晃得够呛，但他仍抓件睡衣才出来。

“您这位同志也欺人太甚了。”白秘书多少有点慑于安先可的气质与内在的派头。

“可我个人觉得倒是你们有些欺人太甚。世界上几大系列饭店我都住过，可从未见过硬往出赶人的。”安先可指指沙发。

白秘书不由自主地坐了下去。“您在什么单位工作？”

“大学。”

“大学？”白秘书想。我怎么觉得他身上隐隐有高官显贵的气质。大学里的名堂也不少，比方清华、北大之类的学校，校长即是部长一级。“您在大学里干什么？”

“教授。”

白秘书重新打量安先可一番后说：“那你们最好腾腾房子。”一个人如果确实有拿得出来的头衔的话，在这种情况下是不会不往出报的。

“如果不腾又将如何呢？”安先可也生了气。他气的并不是某句话，而是那种“官本位”的思想。

“这房子是部长一级干部住的。”

“有文件吗？”小余插进来，“再说教授就相当于部长。”

“相当于什么，就证明你不是什么。”

这人倒是说了句至理名言。安先可微微一侧身。“不管教授相当于部长或者局长、处长，我们今天是不打算腾了。”

“你负得起这个责吗？”白秘书威胁地站起来。

“我想是负得起的。”安先可依旧安坐如山。超风凰型快速反应堆的安全，大型电子对撞机的试运行，都是由我签署的，漫说这小小的一间房了。

“那好。”白秘书猛地拉开门。

“慌什么？”李丛祺正好推门，两人差一点撞到一起。

“这两个是从北京来的教师，他们死活不肯给您腾房子。”白秘书一副受委屈的孩子见到大人状。

“早入门三天即为大。”小余知道这位必是“李大人”无疑。“我们没有任何理由给任何人腾房。”

“请问二位是哪所大学的？”李丛祺问。

“我首先请问你是谁？”安先可很安闲地坐着。

“李丛祺。”

“安先可。”

两人礼节性地握手。

“T 大学的。”

“对。”

“电学教授？”

“计算机系教授。”安先可报出先前的职务。

“有位叫晏洗河的教授，你认识吗？”

“认识。后来调到科委工作去了。”

“那好，那好。”李丛祺站起身。“打扰你们了，很对不起。”

“没关系。”安先可礼貌地送两人出门。

“‘普天之下，莫非王土，率土之滨，莫非王臣。’”白秘书很觉有股气在肚内盘旋。他读书不算不多，阅历也不算浅，可愈读愈觉得中国最有出息的职业就是做官。至于“士”多会儿也得依附于“官”，服务于“官”。

“现在不是讲系统论吗？只有在系统内部你的说法才成立。”年初时分，省委专聘人来讲大小三论。李对“系统”一说，颇感兴趣。“咱们 G 省，不过是全国二十几个系统中的一个，大系统时时要来干扰咱们。今天考察，明天民主，后天又是差额选举。”

“可两个教书匠又有什么了不起？”

“单就他们本身而论，是没什么了不起。可他们也是系统的一个组成部件。他与晏是同事，如果回去一讲，又当如何？他如果在报上写篇文章，又当如何？”

“不让他发表就是了。”

“离开 G 省这一亩三分地，咱们就没有那么大的神通啰，你知道权力是什么吗？”

白摇头。权力是个很实际又很难定义的东西。

“权力就是影响力。我有能力影响你的现在和将来，那么对你来说我就是有权的。它有时表现在职务上,有时又是内在的。你不小心弄倒其中一块,后面的就会跟着倒下来。要记住,当摆排场跟利益发生矛盾时,利益更重要。这是原则。”

白点头。

“这位书记大人,并不像人们形容的那样盛气凌人。”小佘说。

“人谓教书匠‘穷酸’,意思是:他们虽然无钱无权,可自命不凡。他不愿意和这样的人过不去。更何况咱们不在他的笼罩之下。如果我是 G 省大学的教授,情况肯定不一样。”

“主要原因恐怕是安先可认识晏洗河。”

“我认识我。哈哈。”

卢加伟深知办事的诀窍,许福通所写的告状信并没有直接递给李丛祺。因为像李这样的人,一般是不会看两页以上的文件的,尤其是上呈文。记得早年作县委书记时,每天来告状的人不断,只要你出门,总有人拦你的车,抱你的腿,口口声声喊冤,递上一封封用真血写成的告状信。初起看的还认真,但司空见惯后,就全由秘书代劳了。所以手中这信不如直接给了小白。这样一来表示对他的器重,二来只有他才知道什么时候把信“捅”出去最为合适。

“拜托了。”卢加伟很郑重地说。

“知道了。”白秘书却用的是雍正皇批的语气。

“千万。”“行。”白秘书一点头,就退入房中。

想不到我老卢竟沦落到这种地步。他眼前再度浮现大权在握时的情形。它是立体的,十分清晰。

大丈夫不可一日无权。颠倒的世界。青春不再,往日盛景永不再现。他用拐杖使劲蹴蹴地。

地毯无言,能承受一切践踏。

三十

抗大京已从各种迹象上断定,安全部门的人已经来到“唐城”。

这是先头部队,后续人马片刻即到。事不宜迟。他拿起电话机。

“是浅沼先生吗?”他用英语问。

“是的。”毕业于早稻田大学的浅沼,英文相当地道。

“我是外国人出入境管理局的工作人员抗,请你们上来,要验一下护照。”

“立刻就来。”日本人遵守纪律是环球闻名的。

“请三点整来一四〇三号房间。”抗大京看了一下手表,给对方十五分钟时间。

“你找我有什么事?”自上次看完抗大京的底牌之后,盛京尽一切可能避开他。

“我今天晚上就要离开G省了。有几句话想对你说。”

“电话上说不行?”

“你最好上来一趟,这样对你我都有好处。”

“什么时间?”黑道上的人物,盛京很见过一些。知道他们都是些很欠理智的人,面子一旦下不来,就会“下手”。

“三点十五分。”

“现在该你们旅游部门汇报了。”组织部长对俞量才说。

俞量才把三个被提名者的姓氏,履历说了一遍。

李丛祺坐在居中的大沙发上,微眯着眼睛,作似听非听状。

“其中谁个最年轻,谁个政绩最大?”组织部长问。

“狄煜。”

“那就是他吧。”组织部长说。因为局长助理是介乎于处级与副局级之间的干部,他就有权定。

一个干部的升迁说起来复杂,也并不复杂。其实就是某个时候某个人的一句话。

白秘书欠身俯在李丛祺的耳边说了一句。许福通的材料他已经通读过了。

李丛祺转动了一下身体。“可群众对他却有不同看法。”

“群众有什么看法?”俞量才的眉毛耸动了一下。

“小白,你读读材料。”

白秘书择材料要点读了一遍。

“完了吗?”

“完了。”

俞量才长长地松了一口气。“材料中的首要问题:股份制问题。他向我请示过,我原则上同意。”

“这么大的事情,你为什么不向我汇报?”在白宣读的过程中,李丛祺已将对狄的点滴印象拼凑起来,形成一个整体。“股份制是所有制问题,这是大事情,是政治。”他对俞量才也很有些看法。汇报与否,实际上是个是否忠于你的问题,事情本身倒不一定有多重要。

“把‘唐城宾馆’作为一个改革试点试行股份制,我专门写了一个报告给体制改革委员会的马处长。”俞量才从提包里取出一份文件,在劝说狄煜无效之后,他很作了些善后工作。“您还做过指示。”

“我还作过指示。”李丛祺伸手接过文件。他批的文件相当地多,如同老师每天要批改作业一样,除非有特别典型的,否则记不太住。“但我没批准他与外商搞联合,没批准他截留利润。”

“我跟国家体改委的同志也谈过。他们很欣赏狄煜的作法。”虽然李丛祺的态度很明朗,不同意提拔。但俞量才仍据理力争。“与外商谈判,局里已经批准。截留利润问题,我专门让财务处审计过他们的账目,这是结论。”他又取出份文件。

“他与那个姓陈的日本女人间的关系,你们也批准过,审计过?”李丛祺说完把眼睛闭上。

俞量才语塞。

“我看这个问题咱们最后再议。”组织部长说:“别的局的同志们还等着呢。”

俞量才点头同意。提拔干部是一句话,否掉一个干部也是一句话。他与组织部长专门谈过狄的问题,是作了工作的。

“我今天晚上就要取道北京回日本去了。”陈一曼给狄煜打电话。

“这么快?”狄煜觉得心里立刻空了一大块。

“快吗?”

“快。”

“人的一辈子很快就过去了。”

“还来吗?”

“你还要我来吗?”

“等你下次来,我的问题也许就解决了。这边办什么事情都很慢。”狄煜自觉有些对不起陈一曼。

“人家都说还魂的鬼是丑恶的。”陈一曼心中升起希望。日本毕竟是他乡。女人总得有归宿。

“用你的话讲,管别人说什么呢?”直到最近,狄煜才意识到,他一直是爱着陈的。之所以与段过不好日子,这恐怕是重要因素之一。

“不上来与我话别?”

“我将去机场送行。”

人渐渐地多起来了。但并不是最多。要等待。

段芳陵把伸向提包的手缩回来。她极力克制着欲望,体会着复仇前的快乐。

“这是第十四层楼的平面图。”狄煜把图平铺在桌上。“抗大京就住在这间屋子里。”

黑西装俯身看图。

“这个人我见过。”安先可凑巧来到这里。安全部门的人以为他是旅游局的官员,因此没有赶他走。

“能肯定?”

“能。我识别侧面像的能力是很强的。”安先可拿起相片。“我与他同车从北京来。”

“你跟他是什么关系?”安全部门人 A 用审视的目光打量他。

“旅伴。仅此而已。”

“什么时候认识的?”

“从旅行开始。”安先可皱起了眉。他很不习惯别人用这种语气跟他说话。

“说具体一点。”A 追问。

“不要在枝节问题上纠缠。”黑西装转问道:“您发现他有什么可疑之点吗?”

“他能读英文,水平不低。他还吸烟。”安先可竭力回忆。

“不要说枝节。”A 厉声说。

“请注意,我不是犯人。”安先可很不愉快。

“您接着往下说。我代表 A 向您道歉。”黑西装很会协调关系。

“心里话是逼不出来的。要利用你们的专业知识来引导。”安先可用教导指示的语气说。

“我们局刚刚组建,他们都是新手。”黑西装说。

“我记得他提着一个狭长的箱子。”

“里面装什么？”A忍不住又问。

“装什么我不知道。”

“外形是什么样子的？”黑西装问。

“大约有六十公分长，二十公分宽，二十公分厚。”安先可很习惯用数字描写。“是黑色的。似乎很重。”

“枪支。”黑西装正色说道。

大家立刻紧张起来。

“他的肌肉很发达，似乎受过很好的训练。”

“是这样的。根据现有材料分析，他的格斗术恐怕不在咱们任何人之下。”

“大概跟我差不多。”狄煜想起那次在楼道里擒拿陈眠的那个人，准是他。

“你？”黑西装打量着他。

狄煜耸耸肩。

“如果他还有枪支的话，那将是件很麻烦的事。从箱子的条状分析，很可能是支高效能的枪。”黑西装在屋里来回踱着步。

“咱们把他诱出屋来逮捕他。”A说。

“如何诱呢？”

电话铃响了。

“我是狄煜。”

“我是抗大京。你大概已经听说过我了吧。原名叫抗迅。”

狄煜立刻将话机的扩音设备打开。

“请安全部门的人接电话。”

狄煜将话筒递给黑西装。

“我有个小小的要求，给我找一辆越野汽车，最好就是楼下那辆三菱吉普车。把我送到离边境最近的草原上。”

“这不可能。”

“你听说过小口径枪族中有一种叫‘盖列尔’的自动步枪吗？”

“听说过。”

“它的性能你知道？”

“知道。”黑西装是现代火器的热爱者。

“另外顺便问一句，知道日本人浅沼博士吗？”

“知道。”狄煜答道。

“好。这两样东西都在我手里。我据此限令你们必须在两个半小时内答复我。顺便再告诉你们，有个叫盛京的，怀里揣着十只电雷管，被我收容在厕所里。”抗大京清晰的声音在房间里回荡。然后是“咔吧”一声。

“盖列尔枪很厉害吗？”安先可对于枪械的知识几乎等于零。

“如果他此刻冲进来，朝咱们五个人扫一梭子，咱们就会变成十个。它的击发率为：每分钟一千八百发。”

“首先要拿出一个行得通的方案。”狄煜不慌不忙地说。

“即使有最上等的方案，执行起来也很困难。”

“为什么？”

“我们建局伊始，比较大的行动一般都借用市局刑警队的力量。今天是星期六下午，专家们都回家去了。”黑西装忧心忡忡。“能勉强算得上有追捕知识的，就只有我了。”

“我有个智囊班子。我把他们招来。”狄煜拿起电话。

“你那个班子，管理饭店还差不多。能对侦破起多大作用呢？”

“聪明人干什么都是好样的。”狄煜按动键。

“A 用电话向局长汇报。B 与 C 把住十四楼口和电梯口，制止闲杂人等出入。”等人都走了之后，黑西装坐到沙发上，“现在咱们还该干点什么呢？”

“当你不知道下一步该怎么办的时候，最好什么也别干。”狄煜打开杯，喝了一口很苦很浓的止泻药。“记得我小的时候，父亲每次领我出门前总要关照，如果走散了，就待在原地不要动。这样就一定能找到你。”他转向安先可。“从系统论的角度说，最高层次如果出现随机扰动，那么子系统的扰动则必然是盲目的。如此反馈输出，必将导致整个系统的崩溃。”

安先可点头，只有很聪明的人，才能从直观上理解系统论。

下午三点四十分。宾馆内外往来人最多的时刻。

段芳陵剥开提包，从中取出一只小巧的手提扩音器。

她打开开关，把音量拧到最高值。喇叭立刻发生自激振荡，极是尖锐刺耳。

到底是日本货，音量足够。她恶毒地边想边往外走。

她选择了门口高高的台阶。居高声自远，在这儿一呼，里面全能听见。“文革”时期，这东西我用过多了，知道它的力量。

“公民们请注意。”她喊出了第一声。声音微微有些发颤，随之，一种弱电刺激般的快感立刻扩散到全身。

广场上的人，立刻将注意力凝聚到声源处。

“我是唐城宾馆经理狄煜的爱人。”她把喇叭作鹤唳状，向上仰起。

“我们一起生活了十五年。公民们，十五年啊。”她的声音沙哑起来。“这是我一生中最好的时间。我全都给了他了。可这个忘恩负义的人，现在却提出来要将我抛弃。”

人们渐渐向台阶前聚拢——不能责怪他们。爱看热闹，这是民族的习惯。

“可自从他当了经理之后，另觅新欢。”说到这里，她自觉这个“觅”字用得过于冷僻。“新欢”也不够坦露，可能超出听众的水平，就再次陈述。“也就是另外找了个相好的。”

人群中爆发出一阵同情声和一阵不算低的嬉笑声。

门口两位站的笔挺的服务员，不知所措地面面相视。

“于是他就开始折磨我，虐待我。”她说这话时极为真诚，两枚很大的泪珠夺眶而出。看得出她已经进入自己创造的角色去了。她掏出一块不算十分洁净，但容量很大的毛巾质手绢，擦去一半眼泪。“这两年来，我过得简直不是人的日子。”

同情的声潮渐趋汹涌。

要议的干部已经基本议完了。这其实是桩很简单的事情。如果你是个没有争议的人物，而且能有人把你提到这种级别的会议上，那十有八九能通过。可如果你是有争议的人物，而且知名度挺高，那就麻烦了。但俞量才仍在作最后的努力，把狄重新提了出来。人才难得，机会难得。

李丛祺微微皱了一下眉。凡熟悉他的人都知道，他说把什么问题放一放，其实就是不同意。

静默。

“我们旅游方面极需要人才。”俞量才明显觉出静默的压力。“现代化需要年轻人，他们有活力。”他舔舔干燥的嘴唇。

静默。

“这是什么声音？”李丛祺睁开微眯着的眼睛。

在与会者当中，数白秘书的耳朵最好用。他早已听清，可仍过去把钢窗打开。

段芳陵经过放大的声音，直达天听。

众人默默。

这下子全完蛋了。俞量才心想。

十分钟后，李丛祺示意白把窗户关上。他在恒温的地方待惯了，入侵的冷气让他很不舒服。

白秘书面露得色。每逢干掉一个让他看不顺眼的人时，他内心总觉得无比畅快。

“看一个干部，要全面地看。观一叶落而知天下秋。枝节问题最能反映本质。”李丛祺点上一支烟。

除俞量才外，与会者均以各种方式表示赞同。

“他在工作方面还是相当强的。”俞量才明知不可为而为之。

“但离婚总不是好事情。”组织部长的立场也发生了变化。

伦理的力量比什么都要大。俞量才想，你们在座的人中，有离婚记录的约有百分之二十。可你们却不许别人离婚。

“经理。”方小苏急匆匆地闯进来。

“慌什么？”狄煜沉着脸问。

“她在外面广播呢。”

“由她去。她讲上一阵没人理，劲也就泄光了。无论治水还是治人，堵塞都不是高着。咱们继续讨论方案吧。”

安、何及其他人，都对狄煜这种超人的镇静表示极度的钦佩。段芳陵的演讲，他们已全部收录。

“他应该清楚送他出境的可能是没有的。此即困兽之斗。我建议就地解决。”狄煜在平面图上画了个圈。

老听众散去了，新听众又围拢过来，呈生生不息状。

段芳陵一遍又一遍地讲着。

他为什么不下来？为什么没人来劝阻我？嗓子已经很干，舌头也已经发僵，冷气从脚上入侵。

“让开，让开。”从大门外进来的梅林挤进密度极高的人群。

“这恐怕是她的丈夫。”

“早干什么去了？这会儿着急了。”

“陈世美。”

“怎么没把那小娘们带来，咱们也好比较一下。”

通道两边射来密集的火力。

“大嫂子，有话咱们到里面慢慢说。”梅林终于挤到台阶前。

“慢慢跟谁说？跟你？”见来了人，段芳陵重新振作起来。

“跟我说也行呵。”梅林伸手去拿喇叭。早在插队时代，他与段就相识了，称得上是熟人。

“不给。不给。就是不给。”

“这大庭广众的，咱们还是到里面去吧。”

“我要的就是大庭广众。”

“看在老朋友的面子上，算了吧。”梅林伸手去拉她的胳膊。

“既是老朋友，我问你一个问题。”单口相声的难度要比对口相声难得多。好容易盼来了说客，要借此推向一个新高潮。

“你问。你问。”梅林觉得面前出现转机。

“离婚是好事还是坏事？”

“这要看具体情况。”

“就我和狄煜这情况。”段芳陵的语气很逼人。

“这——”梅林显然缺乏准备。“我说不清楚。”

“说不清楚靠边站。”段搡了梅一把，然后一撩披散在眼前的头发，重新举起喇叭。

“是坏事情，是坏事情。”梅林平素很能说，自以为对人际关系有着深刻的理解。一遇实际却全派不上用场。

“诸位请注意，这位是我们家庭的密友，作家梅林先生。”段芳陵向听众介绍道：“连他都认为狄煜的做法是不道德的。”

梅林呆了。他没料到段这一手。

“任何试图打开绳索的做法，都是徒劳的。这是教科书上最标准的捆法，被缚者不可能凭借自身力量把它打开。”抗大京坐在屋子中央的沙发上。从这个角度他既能监视门，也能监视卫生间中的两个人。“你们也不能有逃跑的企图。”他微抬手中的枪，一扣扳机。声响不大，但两人中间的马桶却被击下一大块。他吹吹枪口喷出的蓝色烟雾。“我从来都是神枪手。不过你们也别害怕。”他改用英文说:“你们只是人质,我自由了。你们也就自由了。”

“你不是想要钱吗?我可以给你钱。”盛京眼中尽是恐怖的神情。

“钱?晚啦。”抗大京从口袋中取出一沓钞票,用打火机点燃。“你我如今性命不保,还谈钱干什么?”他残酷地笑笑:“不过我押一得二。”

“你放我出去,我可以利用我的关系把你弄出国。”

“把我弄出国?”抗大京提着枪走到盛京前。

“对。对。”

抗大京猛地抡起枪托,重重地击在盛京的脸上。

颚骨断裂的声音。

“少跟我来这套。”

“现在我提议再讨论一下狄煜的问题。”李丛祺看着渐渐没入西方的红日说。

俞量才微微一怔。莫非还有希望?不可能。

“不是提拔,而是处理。”李丛祺慢条斯理地说:“他是一个道德败坏的人。他打着改革的旗号,以满足自己情欲的目的。把这座好端端的宾馆弄得一塌糊涂。”

这是从何说起?俞量才正要说话,被组织部长用眼神阻回去。

“这样的人,是不能留在任何一级的领导岗位上的。”李丛祺一挥手。“对此,你有失察之责。”他指指俞量才。

虽然安全局又来了三位处级干部,但大家仍把目光集中在狄煜身上。

人的能力在最着急的时候最容易看出来。安先可想道。狄从一开始就把责任揽过来。他是宾馆的经理,要对内部发生的一切事负责。然后又集众思搞出了一个方案。初起,大家对他并不信任。可现在却唯其马首是瞻。权威并不是由某人树起来的。它是在实践过程中渐渐生成的。

“你的方案是可行的。但关键问题是他要引爆雷管怎么办？”黑西装说。

“从箱子的体积上分析，不可能有雷管。再说他也不太可能提着雷管到处走。”狄煜分析道。

“他很可能就地取材。”

“没任何迹象说明他这一点。”

“也没任何迹象说明他没有。”处长反驳道。

“你的意思我懂。”狄煜脸上升起一丝讥笑。“要是我签字能顶用的话，问题在半小时之前就解决了。”

“可惜你我都不能作决定。”处长的脸微有些红，他拿起话机，要通局里。

局长去北京开会了，只有个副局长在。他的声音通过扬声器传出：要搞好，不要搞坏。要注意群众的安全，任何有违这条的方案都是不足取的。

“同义语的反复。”狄煜不屑地说：“你们谁还对方案有异议？”

“没有了。我看就这么定了。”黑西服把外套脱掉，里面是件同样质量的背心，下端露出支精巧的枪。“能给我搞双运动鞋来吗？”

“可以。”狄煜也脱掉西装。

“你没有受过专业训练，从后面进去是否合适？”

“只有我一个人熟悉那些出口安全梯。如果你们事先去侦察，一旦被发现，后果不堪设想。”狄煜换上一件夹克衫。

电话响了。

“五点四十分左右，我们答复你。”狄煜想了一下后回答。

“你怎么把行动时间告诉他了。”处长问。

“我告诉他时间后，他起码要把部分注意力转移到电话上，危险将因此而减少。”狄煜举起手，“各个执行机构要同步运行。”

“同步运行。”黑西装跟他击了下掌。“祝你走运。”说罢就出去了。

“门口那事儿怎么办？”何文指指外面。

“‘劝诫蛟龙休作巨，老夫听惯怒涛声’。”狄煜朗声诵道。“据我所知，‘文化大革命’中，清华大学最能讲演的主儿，也不过五小时而已，她快达极限了。”他象征性地耸耸耳朵。

“他们有专业人员，让他们去吧。”刚进来的梅林拉住狄煜。

狄煜拍拍他的肩膀，没有答话。

“你是不是因为绝望才去冒险的？”梅林仍不放他走。

“如果你非得问的话，我就告诉你。”

“告诉我吧。”

“不是。我从来不会绝望。更不会因为绝望去作什么事。”狄煜盯着他看了一会儿。“眼睛别潮湿，你以前不总想跟他约一场吗，这回我要跟他动真的了。”

“答应我，保重自己。”梅林相当真诚。

“我想我要比你更爱自己。”狄煜说罢打开门扬长而去。

三十一

“大哥让那个叫抗大京的给抓去了。”刁小氓是坐不住的人,因此消息最灵通。

葛大有与章广虎正在进行双人赌,盛京原来严禁任何形式的赌博。可总是效果不大,近来也就睁只眼闭只眼了。

刁小氓语无伦次地将原委讲了一遍。“我要去救他,你们谁去?”

没人响应。

“你们不敢去?”

“如果值得的话,我什么事也敢干。”章广虎捻着几根新近才蓄起的胡子。“可这事不值。”

“大哥平素待你们不薄。”刁小氓生气了。

“也不算厚。”葛大有答道:“我们都是凭本事吃饭的。”

“没有大哥就没有你们的今天。”

“没有我们也就没有你大哥的今天。”葛说。

“而且现在如果去救的话,明天也会没的。”章说。

“你们真他妈的是王八蛋。”刁小氓再也找不出更有力的词了,只好将余威发在关门上。

“好像天下只有他一个人是仗义的。你打算怎么办?”

“回屋先睡上一觉。看看醒来后有什么变化?”葛大有伸了个懒腰。

“我也去睡他一觉。”章广虎也伸了个与葛相似的懒腰。

狄煜轻捷地从楼右侧的救火梯爬上楼顶。今天正是冬至。是今年白日中最短的一天。

五点三十七分。天全都黑了。抽支烟？不行。让他看见不得了。再过三分钟，我就要去搏一下了。感谢这么多年来不间断地锻炼。身体依然与二十岁一般的结实，灵巧。臂力也是足够的。厚积薄发。怕吗？每当碰到危险与困难时，我总想去克服它。这种倒霉的特性，也许会葬送我的全部。

要说绝望，多少也有点。今年三十五岁了，可家无家，子无子。事业也被这一阵呐喊送掉一半。可即使没这些，我仍然是我。

五点三十九分。

他沿着窗台边，慢慢地爬行着。他看见蚂蚁般地段芳陵。她还提着喇叭在宣讲。因为有风，因为力尽，已经听不到了。扬汤止沸不如釜底抽薪。我的策略绝对正确。

他怎么把窗帘给拉上了？他在什么位置？不管他在哪，我都朝圆心跳。从圆心到任何一点的距离都是最短的。数学常识。

葛大有大模大样地叫服务员打开盛京房间的门。

关好门后，他取直线直奔盛京放重要文件和现金的铁皮柜。

他从口袋里取出相当大一串钥匙，依次试验着。多年来，他就是凭这些东西侵入他人地盘的。

前四个钥匙都不行。妈的！还说什么“四海之内皆兄弟”呢。简直是拿我们当贼看。他擦了一下汗，定了定心。这就是那种最难开的英国马牌锁。它的销栓是穿过锁簧活动的。对一般人来说，是不可开的。可我对他却有独到的研究心得。

他从钱包内侧摸出一根很细很长的钢丝。将其探入锁头，用精细有力的手法扭动开了。

第一个销栓上去了。

第二个。

第三个。

……

锁无声地开了。

现金大约有两万块的样子。葛大有贪婪地将它们全部装入折叠提包内。然后取出公私两枚章和一本支票簿,扭身就走。

门开了。

"想不到老弟捷足先登了。"章广虎将一串钥匙放入口袋。"咱们做笔交易如何?"

"跟你做交易总是吃亏。"葛大有知道章是个捉摸不透的人。相处数月,他尚不知其为何方人氏,从何处来。

"但这次你却可以占便宜。"章广虎取出三张支票。"这是分别开给三个银行办事处的支票。总额为五万元。现在用你手中的图章给它们押上,然后你任取其中一张,条件是你得给我五千现金。"

"可以。"葛大有立刻答应。

即使发生天大的热闹,人们也无法违背生物钟的节律。从五点半开始,听众开始呈退潮状。而段芳陵的精神气力是与听众的数量,质量成正比的。当只剩下几个小孩子时,她终于全部丧气了,颓然坐到地上。

"我死之后,必为厉鬼,使君妻妾,终日不宁。"她反复地喃喃自语道。

刁小氓被劝阻回来。他魂不守舍地推开盛京的门,一下子就惊呆了。

"见面有一份。"章广虎随机能力极强,立刻递上一捆钞票。

"我不要。"刁小氓愤怒地将现金打落在地。

“不要就算。”章广虎并不去拾。

“那就请你让条路。”葛大有阴沉沉地说。

刁小氓见葛大有抽出一根用铜皮包头的电木棍,不由自主地让开一条路。

黑西装和他的一位同伴抱着一条高压水龙带，用高姿匍匐前进到抗氏门口。

屋内的电话铃响了。抗大京一手提枪,一手拿起电话机。

黑西装退后两步,猛地用肩膀撞开门,与此同时,高压水龙便横向扫射。

抗大京被这意外的力冲得一个踉跄。但他毕竟是受过训练的人,有很强的平衡能力,居然靠着中央沙发站住了。

就在他刚要端枪射击的一瞬间,身后的整块玻璃碎了。一个人,挟着众多的碎片,扑到他身上。

抗大京出于本能,用肘部猛击此人柔软的下部。从理论上讲,此人完全应该被击倒,至少也要松开手。可他没有。他的手牢牢抓住枪托。

抗大京松开枪,翻转身朝此人的颈部猛击一掌。因为此人双手持枪,不能腾挪,所以只得斜起肩膀阻击。抗的臂力是相当大的,他因之被击倒在沙发背上。

黑西装的同伴冲了上去,被抗一个直击打到比出发点还要靠后的地方。

五秒钟后,三人重新组成点阵,向抗逼近。

抗大京大吼一声,趁众人稍稍驻足,他返身跃上窗台。

窗台下面是灯火辉煌的城市。可在他眼里却是灰蒙蒙的一片。

他并无遗憾,亦无留恋。

他朝前迈出一只脚。

然后把另一只也并了过去。

狄煜与黑西装几乎同时扑到窗户前,可却晚了一步。

“这是他的最好下场。”狄煜奉上一句墓志铭。

“停职反省的处分太轻。最少也该降职调离。”李丛祺拍板了。“我给你们讲个小故事。从前我在专区工作时,机关有个非常漂亮的女机要员。”他很有滋味地呷了一口茶。“有一天夜里开始下大雪。机关是个四合院。里面就住着我和党办主任还有她。大门一锁,谁个也甭想出来。可次日早晨,赫然两行脚印,从主任门口至机要员门口往返。从雪没痕迹上分析,去前归后。无须明说,众人都知是怎么回事。”他的目光横扫。

无反应。

“后来监委书记找党办主任谈话。调他到Z县去任副书记。要知道地委党办主任即使到大县作正书记,也算是降了。他不服,极力抗辩。可监委书记说了句至理名言,即使你没有任何事,光有两行脚印也不行。关键是群众影响问题。那个时代,”李丛祺抚弄堪称茂密的头发。“真是个纪律严明的时代。干部也很容易管理。”

高压水枪发出的啸叫声传来。

“看看把偌大个宾馆糟蹋成什么样子了。”李丛祺指指俞量才。“要抓紧整顿。”

“这就是那支能把人打成两截的‘盖列尔’?”狄煜端详着手中的枪。

“是的。”黑西装把枪接了过去。“我也是第一次见到实物。”

“我并不认为它具有你说的那种威力。”

“这是因为你没有体验到的缘故。”

“有些事情最好不要去体验它。”狄煜笑答。

“我很喜欢狄煜这个干部。”在电梯间里,俞量才对组织部长说:“能给他想点办法吗?”

“你先把他免了,然后放上一阵。事缓则圆。”

“我即使不免,丛祺同志也未必知道。”

“老兄为官多年,可依然书生,如若无人在背后上药,丛祺书记能想起一个至多算副处级的干部?不过你既然喜欢他,而在系统内又不好安排,我给他找个地方。”

“恐怕是得劳吏部尚书的大驾了。”俞量才也认识到,段之讲演,已使狄煜很难在系统内工作了。

“我觉得你在这里的日子似乎并不太好过。”黑西装拉开车门。“如果混不下去了,就到我们那去吧。”

“你说了能算?”

“暂时还不能。但可以替你活动。”

“谢谢了。”狄煜今天特别需要能理解他的人。

三天后。旅游局组织部文件:

免去狄煜唐城宾馆经理职务。

任命师克澄为唐城宾馆经理。

“有什么需要交接的吗?”师克澄虽谋局长助理一职未果,但获一实缺,也很高兴。

“没有。”

“有什么没有处理完的事情吗?”

“本人从来是今日事今日毕的。”

“有什么东西要移交吗?”

“没有。”

“如果你不介意的话,我就要开始工作了。”师克澄转到写字台后面,双手扶住桌面。

“希望你能凭良心工作。”狄煜从沙发上站了起来。

师克澄本来想说，遥想数月前你上任时，是何等荣耀。可他深知狄的反击力量，就以胜利者的胸怀纳下了。

狄煜头也不回地走了。

宾馆顶楼的高音喇叭响了。

“从我一上任起，就下命封闭这四只喇叭。”狄煜凝望着声源。“可我今天走，它今天就又活过来了。”

“喂，喂。”分明是许福通的声音。接下来是阵静噪音。然后是两支大家都很熟悉的歌：《社会主义好》《咱们工人有力量》。

“用你们的行话来说，艺术是表达情结最好的工具。”狄煜脸上露出一丝讥讽的笑。

“这不是艺术。这是政治。连这点常识都不懂。”

安先可从后面赶上来。

“我本想在这个宾馆里给您找份活儿干干。因为你除多少懂些管理外，还会摆弄计算机，聊聊系统论什么的。可以给您比大学高两倍的工资。可谁承想，我先被人炒了鱿鱼了。”

“为报答知遇之恩，将来有机会，我也可以给你找份活干干。”安先可幽默而郑重地说。

“能操这种口气说话的人，最少也得是省部级干部。”梅林说。

“闹好了，也许差不多。”安先可稍停又说：“不过你应该抓紧把个人问题处理好。”

“个人问题与工作有什么关系？”狄煜对此很是敏感。

“‘春秋责备贤者’嘛。”安先可也自觉有些过分。

尾　声

春暖花开时节。远郊的瓮山上。

“跟我倒霉最甚者，要数书同兄。”狄煜边攀边说。他走后，师克澄就关闭了钮的刻字摊。用他的话讲，不能允许任何遗迹存在。

“钱者，身外之物也。更何况我已很积下一些。对付两年的小康日子有余。”因为平素缺少锻炼，钮书同有些发喘。“过两天，我准备去南方转一趟，去福建寻石，西泠访印。”

“作为艺术家，就该耐得贫苦。”何文穿着一套崭新的运动衣。

“敢情你又开了条钱路。”梅林不满地说。

“我从来不讳言我是为钱而工件的。钱是一个人工作成绩的标志。”何文最近又在一家咨询公司兼职，收入颇丰。

“爹死娘嫁人，由他去吧。”狄煜抓住一根充满生机的枝干，上攀到顶。“快点上，安先生。”

安先可已很觉有些精力不支。已经两个月过去了，G 省的党代会仍迟迟不能召开。他在科委的职务已经免去，这原本是让他来 G 省的信号。可另一股守旧的势力，却极力反对他来。所以此刻他的身份很暧昧。社会系统的复杂度，远超出他的想象。

“您还住‘总统套间’吧？”狄煜拉了他一把。

“对。而且伙食比以前还要好。”

“那当然,您是候补书记嘛。”梅林说。

“我早就听说这有块碑。”钮书同指指不远处那块翻转的残碑。“据说是国子监祭酒一类的人物。”

众人会集碑前。

“国子监祭酒,也就是安先生一流的人物。大学教授。”梅林注释。

“就你有文化。”狄煜俯身观碑。“不过我看这主儿的官大不了。碑阴,碑侧全没字。”

“秦始皇就自立无字碑,此不足为凭。”梅林反击。

“与其在这争论,咱们不如翻过来看看。”何文建议。

翻了一阵后,安先可说:“凭咱们几个,恐怕是翻不过来。”

“只差一点。”梅林注视着已经挪位的碑。

“差半点也不行。我去找个人来。”钮书同朝不远处一个采药人奔去。

“他不肯来。”过了一会儿后,他气喘吁吁地说。

“我去。”狄煜说。

众人遥见他与药农商讨一阵后,两人就一起向这里走来。

“你很会作人的工作。”把碑翻过来后,钮书同用一根树枝刮去碑面上的泥土。“我就不行。”

“不是我会做工作,而是我给了他一张五元的钞票。”狄煜笑答。“而你却偏偏要剥削他的时间。”

“任是深山更深处,亦有商品交换在。”梅林叹道。

碑上的字体很古拙,众人围在一起辨认。

“几百年前的英文,就很少有人能读懂。相比之下,汉字的演化程度要低得多。”安先可说。

“原因很简单,中文是象形的,而拼音则是形而上的。”梅林答道。

“韶州府。梅县。驿站使。”钮书同读道。

“驿站使?相当于现在什么职务?”狄煜问。

“招待所所长。或者说。”梅林眨眨眼,“相当于你这宾馆经理。”

“怎么没有品位?”何文用根树叶扫着碑面。

“你别找了。驿站使是不入流的。”安先可刚一说完就有些后悔。

“闹了半天,你竟是个不入流的官儿。”梅林甚是尖刻。

“我是企业家,根本就不是官儿。”狄煜看着远处。

十四层的唐城宾馆隐约可见。“给企业定级有着另外的标准。比方宾馆,就是以星级为国际标准的。什么三星、四星、五星。以五星为最佳。”

“如果把唐城再交还给你的话,你打算把它建成几星级的?”

“当然是五星级。”狄煜肯定地回答。

“可你经营了这么长的时间,它给我的感觉,依旧是间乡间客栈。充其量能算上是豪华客栈。”梅林说。“改革需要大环境。“

“但没人能阻止太阳的升起。”狄煜望着与“唐城宾馆”相齐的红日。

“但云层的遮盖、空气的污染,能使它变成一个虚幻、空洞、象征性的东西。”何文说:“每一级官员从理论上讲,没有制定政策的权力,可实际上他们有。经过他们的解释、执行,完全能使其无限偏离原型。”

“但当变革来自底层,并被一些有能力的人综合组织起来时,你们就会看到它无与伦比的力量。”狄煜向前伸出手去。

“别忘了你是在瓮山上说这段气吞山河的话的。”安先可平素很少激烈言词,此时是有感而发。“一座瓮,扣住多少有志变革者。”

“可每个基本原素都自有其活力,慢慢就会达到临界温度,于是裂变就发生了。它们释放出来的能量以几何级数增殖。没有什么东西能压制住!”狄煜的声音很激动。

“神学家的预言。”“不。”狄煜环顾一周后慢慢地说:“这只是一个普通人的心声。”

北岳文艺出版社　一九八九年八月

终结黑色圣诞

第一章

香港的冬天，总是没有气象意义上“冬”的感觉。在没有风雨的日子里，更是温暖、静谧、祥和。一九四一年自然也不例外。一群香港大学的学生，正在海边游玩。

黄晶晶仔细观察着一片新生的树叶，片刻之后，很惊奇地招呼陈重来看。她是一个十八岁的典型纯情少女。举止、衣着当中，流露出些许富贵气。见陈重过来，她说：“我仿佛能看见这片树叶在慢慢长大。”

陈重不以为然地说：“幸亏你是中文系的学生，要是我这个物理系的学生说出这话来，会被人笑掉大牙的。”

黄晶晶不高兴地说：“真没情趣!”

陈重也笑着说：“我知道你是‘醉翁之意不在酒’。”

黄晶晶反问：“不在酒在哪？”

陈重往欧阳川所坐的方向一指：“在乎欧阳川也!”

黄晶晶的脸顿时涨得通红：“你胡说！”

陈重作正经状说：“歌德说得好：妙龄少女，哪个不善怀春？”见黄晶晶要打他，他赶紧跑向欧阳川方向。

香港如同被一个玻璃罩罩着，且有人不断地往里面注入水蒸气。闷热已极。这是一个典型的反季节天气。小巷深处的酒馆则更为甚之：虽然门窗洞开，但里面七八条精壮汉子喷出的烟雾,硬是盘旋不去。

江湖中人,没有军阶之类的标记,但谁个是首领,还是一眼判然。

两个马仔相持不下,目光齐聚坐在靠门处的谭老大。

谭老大是一位四十左右的精壮汉子,身上所有的线条都极其刚硬,皮肤被汗水浸透,闪闪发光,如同一匹刚跑完的马一样。“你们说的都对:人无远虑,必有近忧。”他的嘴巴里虽然叼着雪茄,但吐字却依然很清晰。倘无多年烟龄,决然做不到,“这英国人也好、倭寇也好,甭管他们谁来,都动不了咱们的地盘。”他环顾众人:“皇后大道七号,你们知道吧?”

马仔乙回答:“知道。渣打银行大班的住宅。”

谭老大反问:“他以前是谁?”见马仔乙回答不上来,他得意地说:“陈济棠。”

马仔乙说:“陈济棠?我没听说过。”

“你才活几天,当然不会听说,广东的都督!再以前又是谁?”谭老大顿了一下,见没有人回答,就说:“是谁,我也不清楚。”他问座中唯一一位有几分斯文气的中年男子:“师爷,你知道是谁吗?”

师爷谦逊地说:“老大在香港生长。我不过是过客。老大不知道的事,我哪里会知道?”

“总而言之,都是有钱人。他们换来换去,走马灯似的。”谭老大扫视众人:“你们知道不换的是谁吗?”

没有人回答。

“是老鼠!”见众人脸上诧异的神情,谭老大解释说:“大房子就是那么几座,可人人想住,盖又来不及。怎么办?只好把住大房子的人撵出去。撵不出去,就杀掉!”他做了一个颇见功夫的劈砍动作。“可老鼠却在地下一代又一代、安安稳稳地生活。咱们,”他一顿:“就是老鼠!”

师爷见谭老大不再说话,就解释道:“谭老板说得对:各顶不同的天、各踏不同的地。”他举起酒杯:“为咱们有这么好的老板干杯!”

若干只酒杯,同时汇聚在谭老大面前。

欧阳川相信在这一片祥和的氛围后面，高气压与低气压马上就要碰撞在一起了，其锋面很可能就是香港。对于日本，他有着深刻的认识：那是一个狭窄的岛国。从公元十六世纪以来，扩张的野心之火，一天也不曾熄灭。此乃心理分析。从侵华战争开始，他们就疯狂叫嚣“大东亚共荣圈”。这其中不仅有中国大陆，无疑也包括东南亚各国。这是政治分析。日本的经济已无法支持这场旷日持久的战争。而东南亚地区有着丰富的金属矿藏、橡胶等军用物资。而香港则因为是东南亚地区的金融中心，必然首当其冲。这是经济分析。三个参数，便能够决定空间的一个点。作为中共香港地下党负责学生运动的委员，他曾经专题向中共南方局写过一个报告。

陈重考虑问题，一向特立独行，加之其父香港船王陈进学，曾在美国留学、公司中亦有美国资本的背景，所以反对欧阳川的分析，认为欧美，尤其是美国，为了平衡世界政治格局，也会出面干预。

欧阳川慢慢地说：“从政治学的角度说：国家决策都是从自身利益出发的。”

陈重反驳道：“我看日本不敢和美国翻脸。我去过美国。那是一个伟大的国家，蕴藏着无穷无尽的经济潜力。”

“但此刻的日本，蕴藏着无穷的野心、无穷的邪恶！”欧阳川望着大海说：“一切都只不过是一个时间问题。”

五艘铁甲舰，围绕着一艘航空母舰在平静的南中国海上快速航行。

酒井中将端坐在舰长室内，慢慢地品尝着一支雪茄烟。久久地凝视着正伏在地图上的副官大川博野。

大川博野似乎感受到酒井的目光，抬起身来。

酒井示意大川不要再看地图。等大川过来，他把一封电报递给他。

大川看完电报，霍地站起来，立正后说：“祝贺长官荣任香港总督。”

酒井意味深长地说：“所以我说你不用看地图了。”

大川很诧异：酒井将指挥这支联合舰队，攻占香港。

酒井向他解释了原委：香港不堪一击。菲律宾、新加坡、马来西亚等，更是不堪一击。总而言之，在整个东南亚地区，都不会遇到像样的军事抵抗。换句话说：这个战役的军事目的，已经达到。今后的目的，既是政治的，更是经济的。

大川坦诚地说："我不明白。"

酒井是日本陆军中有名的中国通，故此刻说了一句中国成语："项庄舞剑，意在沛公！"

大川当然也不会明白。

"我以总督的名义任命你为香港占领军司令部特别行动部部长。"酒井对站得笔挺的大川说："这个特别行动部部长的职务，涵盖一切。但首先是经济、其次是文化，然后是军事。这三者相加，便是政治。"他拿出一本折子式样的书，递给大川："你好好读读这本书。"

"田中奏折？"大川似乎有些不以为然："我读过。"

"好好读。这是命令！"酒井的语速虽然缓慢，但却很严厉。

香港的夜晚，从来就是世俗的。因为临近圣诞，更是热闹安闲：老派人在茶楼边吃凤爪、喝茶，边听粤曲小调和苏州评弹；电影院正在上映新片《蝴蝶梦》，场场满座不说，门口还出现了黄牛党；商场里不断涌出的人流，携带着《白色圣诞节》的乐曲。白天港英政府举行的本来就轻描淡写的防空演习，此刻更是化成了市民闲话。

欧阳川和黄晶晶转入一条小巷后，一切喧闹突然被屏蔽，呈现出一派典型富人区之景色。

黄晶晶笑着说："我看你是杞人忧天。"

欧阳川沉重地说："我非杞人。我是一个中国大学生。我也不是无缘无故地害怕苍天坍塌。一切都是科学的分析。"

"是不是还有可靠的情报？"黄晶晶半开玩笑、半认真地问。

欧阳川没有回答这个问题：他需要学生身份作掩护，所以不能按时毕业，必须在考试的时候,故意把题目做错,争取到留级的资格。

见欧阳川不回答,黄晶晶笑着说:“你沉默的样子,我也喜欢。”

两个人默默地走到黄宅跟前:这是一座典型的西方建筑,隐蔽在绿树丛中。黄晶晶的父亲黄江源是香港商业银行董事长、太平绅士、皇家马会会员。在香港政经两届,都是重量级人物。

黄晶晶不想让美好的一天,就此结束,所以邀请欧阳川到家里坐坐。

欧阳川却答非所问:“今天几号了?”

黄晶晶说是七号。

欧阳川喃喃自语:“一九四一年十二月七号。或许这是最后一个平静祥和的夜晚。”

黄晶晶责怪道:“当心一语成谶!”

欧阳川的预感非常准确:一九四一年十二月八日,日本在偷袭珍珠港的同时,突袭了香港。

八日清晨,香港是在隆隆的飞机轰鸣、猛烈的炸弹爆炸和高射炮射击的呼啸声中,被惊醒的。日寇空军首先轰炸了启德机场和码头,封锁了香港的出口。陆军则兵分四路,越过深圳河进攻新界。

这一切来的是如此突然,使得许多香港居民在睡梦中便直接沉入永恒的黑暗。

英国守军虽拼死抵抗,但终因悬殊过大,于二十四日无条件投降。香港战役在平安夜,以日军的全面胜利,而宣告结束。

受降仪式是十二月二十五日在英总督府举行的。之所以选择圣诞节,酒井自有深意:他要践踏这个西方人认为神圣的日子。

酒井傲慢地站在总督府的台阶上。在“跨过大海,尸浮海面,跨过高山,尸横遍野。为天皇捐躯,视死如归”的日本军歌声中,接过了由一位英国文职官员双手奉上的投降书。然后看也不看,就交给了大川,然后厉声质问:“香港境内的全部武装力量,是否全部放下了武器?”

文职官员不卑不亢、一字一板地回答："政府管辖的武装力量，都放下了武器。"

酒井对此回答极为不满："我说的是'所有的武装力量'。"

文职官员不紧不慢地："我们只能保证政府管辖的武装。"

酒井冷酷地命令大川："从即刻起，凡遇抵抗分子，格杀勿论。要让香港过一个黑色的圣诞节。"

大川敬礼："是。"

林坚乘坐的小船由刘黑仔驾驶，在风浪中前行。

在日军袭击香港的当天，中共中央南方局就做出决定：成立东江纵队（前身为广东人民抗日游击队）香港游击队。并且委任东江纵队副政委林坚担任独立大队政委。这无疑是一个合适的人选：林坚曾经在香港做了多年的地下工作，领导过若干次工人运动、学生运动。并且有着丰富的军事斗争经验。

临行之前，东江纵队司令曾生问他还有什么要求时，他只提出了要刘黑仔。听到这个要求，曾生犹豫了一下。林坚笑着说："司令员要是舍不得，就算了。"刘黑仔是纵队司令部警卫营营长，著名的神枪手。曾生也笑着说："舍得！什么都舍得。不舍何来得？"接着，他又点将欧阳川。曾生也答应与南方局协调，把欧阳川移交给他。

林坚笃信列宁名言"给我一个革命家的组织，我就能把整个俄国翻过来。"认为只要有优秀的干部，完全可以在短时间内，将没有军事基础的香港党组织，改造成一支游击队伍。小船灵巧地在大浪湾靠岸。林坚、黑仔上岸，与前来迎接的欧阳川和安伯会合。

谭老大的帮会，虽无正式名号，但也是一个组织。既然是组织，就必然会产生费用。可日本人来了之后，封锁了沿岸所有的港口。这一来，谭老大的主要财源都断了：他一向靠收取走私船队的保护费、打劫零散走私商为生。他深知自己的力量是靠江湖义气和金钱凝聚的。而义气则是建立在金钱基础上的。没有钱的支撑,人心就会涣散。因此,他决定冒险出击。

他选择的埋伏地点,就是大浪湾。

如此一来,与林坚等的遭遇战,几乎就不可避免。

刘黑仔的敏感,几乎是与生俱来的:就在进入谭老大布置的埋伏圈前,他突然低声说:“卧倒!”

众人迅速地选择有利地形隐蔽起来。唯独刘黑仔把枪向着树林深处大声发问:“你们是哪条道上的?敢挡我的路?”

几条黑影出现,为首的傲慢地说:“我们的地盘上,哪有你们的路?”

知道碰到的是黑道上的人,黑仔略微松了一口气:“兄弟,我们要借你这条道进城。”

首领一点儿通融的余地都没有:“没有老大的通行证,谁都不能放行!”

黑仔提高声音:“那我们要硬过呢?”

首领不屑地说:“这条路是我们拿命开出来的。命开的路,自然要命来保。”

拉枪栓的声音,在黑夜里听来,格外响亮。一场恶战,眼看一触即发。

安伯响亮的声音从人群后面传过来:“问问谭老大,安伯我能不能过?”

首领用枪指着安伯:“安伯?没听说过。”

安伯讥笑道:“你没听说过是因为你不够格。”

头目拉枪栓:“够格?谁枪多谁的格就高。”

此时,从树林后面拥出了更多的人,黑鸦鸦的一片。

安伯不动声色大声地冲着人群后面喊道:“请老大说话。”

人群默默地分开一条路,戴礼帽、着黑披风的谭老大出现。他拱手道:“安伯,久违了。”

安伯拱手:“老大,久违了。”

谭老大指指林坚等:“你的人?”

安伯镇静地说:“我的人。”

谭老大打量着林坚等人。他的眼光很辣,一下子就看出了这些人不是走私犯。于是说:“虽说改朝换代了,可江湖规矩不能破。要不然,以后我这个老大就没法当了。”说罢,伸出一个手指。

安伯又问:“一百?”

谭老大说:“一块。”

安伯笑了,从口袋里摸出一块大洋,抛过去。

谭老大没用手接,用脚踢起银洋。见身边的头目一把从空中捞住,边示意众人让路。

安伯拱手相谢:“天大的面子,容当后报。”

谭老大也拱手相送:“区区小事,何足挂齿?安伯走好。”

酒井坐在香港大剧院的包厢里,满意地看着剧院里坐满的人群。大川很有执行力。今天的来客,几乎囊括了香港所有的头面人物:如银行家黄江源、船王陈进学、贫民赈济会会长沈宗翰、盐业银行董事长赵颖南等。这绝非易事。见开演尚有几分钟,他便与大川闲聊:“记得攻陷南京后,你曾积极建议放假。此次为何没有旧曲重弹?”

大川回答很简短:香港不是南京。

酒井很感兴趣地问理由。

大川谈了自己的看法:南京作为中国的国都,有着象征意义。屠城可以瓦解中国人的意志。而香港对帝国来讲,好比一条扁担:一头担着南太平洋,一头担着整个中国大陆。若欲大东亚共荣,则香港不能衰败。一定要使香港成为日本南太平洋战争中的空军基地、海军基地、中转站和补给站。因此必须保持香港市面的安定。只有保持市面安定,金融流畅,皇军才能汲取必要的养分。

酒井看着徐徐拉开的大幕,表扬道:“看来你对田中奏折下了一定工夫。”所谓的田中奏折,是指一九二七年,田中内阁上台后,召集外务省、陆军省、海军省、参谋本部和日本所有的殖民总督等,开了一个“东方会议”。会议的精神,由首相田中，拟专折呈报天皇陛下。其核心内容是：如欲征服中国，必先征服满蒙。如欲征服世界，必先征服中国。日本帝国后来的战略，基本源自这个折子。他拿出一封信。“你看看这封函件，有无田中奏折之味道？”

大川恭敬地接过一封厚厚的用毛笔写就的信。

林坚、欧阳川、黑仔等人，此刻正在安伯的南北贸易商行内开会。

南北贸易商行，虽然规模不是很大，但业务量很大。东江纵队所需要的海外战略物资，多是从此转运的。作为老板的安伯，自然也就成了一个手眼通天的人物。

林坚传达中共南方局的指示：日军突然攻占香港，致使香港滞留了一大批爱国民主人士、文化界知名人士及国际友人。这些人中有柳亚子、邹韬奋、茅盾、夏衍、何香凝、张友渔、范长江、潘汉年、胡风、金山、王莹、梅兰芳等等。因为这些人都是上了日本宪兵黑名单的人，所以必须不惜一切代价将他们营救出去。东江纵队司令员曾生是这次大营救的总指挥。具体承办的是香港游击队。

安伯看完密密麻麻的名单，颇觉为难：名单上的人连同家属，多达数百。海陆通道，则被日寇全面封锁，安全转移谈何容易？

“第一要事是立刻重建我们的组织网络。第二，迅速制订出一个营救计划。第三，成立一个特别机构负责这次营救。”林坚很有信心地说，“必须不折不扣地完成这个营救、转移任务。各位谨记，我们要抢救的是中华民族的灵魂、是国家的重要财富。”

黑仔没有念过几天书，所以很有些不以为然：“这些人都是干什么的？听了半天我就知道梅兰芳是个唱戏的。”

欧阳川深知这批文化人的宝贵价值：“没了雨果、巴尔扎克，法国就不是法国。没了托尔斯泰、契诃夫、柴可夫斯基，俄国也就不再是俄国。”

黑仔不服气：“我觉得没有这些人，咱们中国还是中国。不过中央都命令了，咱们当然要干。”

香港大剧院正在上演琵琶独奏《十面埋伏》。演奏者是从上海流亡到港的著名琵琶艺人阿雨。他一人、一琴，把楚汉之争的宏大场面，演绎得气势恢宏。因为这支曲子，深谙台下观众的心态，所以掌声雷动，强烈要求重奏一曲。艺人答应稍事休息后再演。

沈宗翰在乐曲的间隙中，感慨地说："我觉得这一把琵琶塑造的气势，比整个莫斯科交响乐团演奏的柴可夫斯基的《1812 序曲》还要宏大。"

黄江源也感慨道："国粹啊！它直接就流到你的心里去了！"

大川对"德川函件"不以为然：征服世界，靠的是枪和钱。此信满篇文化，无足轻重。

酒井认为大川没有领会到德川函件之真谛：如欲将"大东亚共荣圈"建成千秋的"皇道乐土"，必须销蚀所有被占领国的民族性。民族性最重要的标志便是文字。韩国臣服，便立刻强令其使用日本字。希特勒在占领区，也强令推行德文。其目的就是要在文化上消灭所占领的国家。这是一个远比摧毁其国家机器要艰难得多的任务。

大川自然是一个聪明人，立刻领悟，"大川明白。"

酒井随即将德川函件的附件交给大川：其中详细标明了所有目标人物的姓名、地址。他的命令很明确："你被授予全权：可以采用一切手段。"

大川双手接过文件。他很想问问这个德川是何许人。但没有问：他知道，酒井如果不说，是问不出来的。

此时，琵琶艺人重新上台。掌声再度潮涌。

"你应该从这掌声中听出民族情绪！"酒井淡淡地说，"应该驱散之！驱除之！"他便伸手接过副官早已备好的一支德国的狙击步枪。"我记得你在陆军学院是射击第二名？"

"是的。连续三年。"

酒井虽然已经知道，但还是问："第一名是谁？"

"龟田少佐。"

"他现在在什么地方?"

"在满洲为国捐躯了。"

"所以你就是最好的射手了。怎么样?宝刀未老吧?"

大川神气十足地回答:"帝国之刀,永远锋利无比!"

"目标:艺人和琵琶。一枪。只许一枪。"酒井把枪扔过去,"开枪的时候,你心里要想着龟田君。要气势如虹。打出大日本皇军的神威,给香港的黑色圣诞节,增加足够的沉重!"

大川利索地接住,他拉开枪栓,见子弹已经上膛,复原后,做了一个标准的立式射击姿势,瞄准台上的艺人。

酒井全身感到极度的兴奋:一九三一年,攻占东北的时候,他已经是中佐了。到了这个位置上,已经很少有冲锋陷阵的机会。所以他一直没能亲手杀过中国人。等成了将军,便更无可能。但他非常喜欢看士兵们枪杀中国人。每枪杀一个,他觉得就离"皇道乐土"近了一步。

营救计划的轮廓,是欧阳川构建的:营救对象,分为两部分。一部分隐蔽在香港的上流人士家中:日本人为了保持香港的稳定,对上流人士,尤其是工商巨子,采用怀柔政策。而另一部分,则藏在最底层的人当中:这些人数不胜数,日本人很难彻查。但最让他担心的,不是具体的操作,而是怕这些人中的一部分,会有恋栈思想。

黑仔搞明白"恋栈"的含意后,不满地说:"不想走咱们还管他们干什么?把他们留给日本人算了。"

林坚耐心地解释:"他们不仅仅属于自己,他们是国家的财富,代表着我们这个国家。"

黑仔不服气地说:"那香港都让日本人占了,他还不想走,说明他不爱国。"

欧阳川接着解释:"知识分子的思想比较复杂。更何况,他们的研究设备、书籍都不可能带走。”见黑仔还是不服气，他就举了一个形象的例子：“如果种子被老鼠吃掉了，会有什么结果？”

黑仔是农民出身，当然知道：“颗粒无收啊！”

欧阳川阐述道：他们就是文化的种子。伟大的中华文明，就靠这些人传承。如果他们没有了，战后的九州大地，将是满目荒芜！

黑仔被说服：他是农民的儿子，懂得种子的作用。

林坚于是开始总结：“我们此刻面对的是一个高度组织起来的敌人。他们有着丰富的斗争经验，我们能想到的，他们也一定能想到。而且他们在这一点上远胜过我们。”

黑仔不服气：“狐狸再狡猾，也斗不过好猎手。这是我们的地盘，从天上到地下他们哪儿都比不过我们。”

“他们残忍。”林坚环顾四周，开始布置具体的计划。

大川一枪击中艺人的头部，天灵盖被掀起。血头喷射，足有一米多高。

沈宗翰一下子就站了起来，怒视包厢中得意地拿着狙击步枪的大川。

因为沈宗翰是全场被惊呆的观众中，唯一一个敢于站起来的人。所以大川也一下子发现了他。

大川举枪瞄准沈宗翰。

沈宗翰蔑视地望着大川。

全场观众，都屏住呼吸，胆战心惊地看着这一幕。

就在大川准备扣动扳机前，酒井说：“此人是香港赈济会的会长。留下有用。杀鸡是为了给猴儿看。鸡杀得太多，猴子就吓死了。”他考虑到大川的面子，又补充了一句：“威慑即可。”

大川枪响。

沈宗翰的座椅背，被大口径子弹击得粉碎。

但沈宗翰依旧岿然不动、面不改色。

在深圳河香港一侧的一间低矮的小屋内，金培信全身放松地在一把躺椅上吸雪茄。他的随员则在对付那盏在风中摇摆的油灯，试图把它弄得更亮一些。但一切都是徒劳。最后，一阵风破窗而入，干脆地把灯吹灭。

“让它黑着去吧，免得引起日本人注意。”金培信说。他的公开身份是国民党财政部专员。但同时有很深的军统背景。

黑暗容易使人忆旧，随员不禁回忆起三个月前，与金培信一同访问香港时的无限风光。

“此一时，彼一时也！”像所有从事秘密活动的人一样，金培信说话的信息量从来不够。但此刻闲极无聊，不免多说两句：“上次是给蒋夫人与日本人谈判打前站。自然不同。”

随员试探道：“我一直不太清楚，咱们和日本人到底是和还是战？”

“虚者实之，实者虚之。”见随员不懂，他解释道：“不和日本人谈判，英国人、美国人能那么痛快地就把钱掏出来吗？”

随员恍然大悟，搞明白上次赴港，为何火树银花，声势巨大。

突然一声枭鸟叫声传来，随员惊恐地向外望去。

“谭老大的人来了。带我们去一个安全的地方。”金培信说完，径自出去。

等随员收拾好东西追出门去时，金培信已经进入汽车。他紧跑两步，钻入车内，汽车已经启动了。他相信自己如果出去得再慢一步，就会滞留此地。

孙教授是先秦文学专家。准确地说，是“楚辞”专家。今天是他五十岁的生日，所以他提前从图书馆回来：香港图书馆有一套唐人研究“楚辞”的文章集成。是孤本，也是善本。他准备把其中的要点都抄录下来。一年来，除去开战的那几天，他一直在做这一件事。

他打开自己家院子的铁栅栏门：妻子和孩子的声音，已经清晰可闻。他甚至已经给自己撰写了贺寿对联的上句：韦编三绝知天命。

正在他想下半句的时候，一把雪亮的匕首，抵住了他的喉咙。同时，他感觉到腰部被一只冰冷的枪管顶住。

大川用铅一样的声音对他说:“不要说话。”他指指窗内孙夫人和孩子:“否则会连累他们。”

这是一句要命的话。孙教授听话地跟着大川等出了院门,上了汽车。

对谭老大给他找的这幢属于一个德国医生的欧式别墅，金培信表示满意。他取出一张支票,递给谭老大。

谭老大一点儿接的意思都没有:“我从来不收支票,这是规矩。”

随员不满地斥责说,此乃英国银行的本票。

谭老大最恨随员这类狐假虎威之辈,看都不看他,提高声调重复了一遍。

金培信懂得此刻是在谁的地盘上,马上答应可以换成别的。

谭老大讥笑道:“你可千万别掏出张画来。俗话说:盛世文物,乱世黄金。这年头,满街清朝以前的画和瓶子,一百港元一件都没人要。”

随员在金培信的指点下,很不情愿地职出一个信封,递给谭老大。

金培信见谭老大将信封放进怀中,叮嘱道:“老大,我的事,要绝对保密。不要让日本人知道了。”

“日本人?”谭老大不屑地哼了一声:“香港地面上是港督的,地下就是我谭老大的。杜月笙杜老板,他老人家来香港,也要来拜我的码头呢。”见金培信吃惊,他继续说:“金老板,我记得你是负责战争援助款的,每次来香港都是向英、美大老板讨钱的。这次该不会是向小日本要援助的吧?”

金培信笑着说:“我纯属私人旅行。”

“这兵荒马乱的,私人旅行?”谭老大怪怪地笑了一声,走了出去。

欧阳川和黑仔躲过日本兵,来到朱老家。欧阳川停步观察,黑仔却大大咧咧推开了门。他刚跨进一只脚,两只枪口已经顶住了他的脑门。

黑仔从对方持枪的力度、身上的气息,就知道这两个人不是日本人,而是汉奸。他理直气壮地问道:“你们是什么人?”

汉奸甲笑着说:“朱先生,恭候多时了。大川部长请你去。”

黑仔一听,大笑了起来,拔出手枪跨进屋子:“请人怎么能用枪请?”

汉奸甲、乙跟在黑仔身后举枪瞄准:“朱先生,识趣就跟我们走。要是不配合,”这时他突然听到背后的汉奸乙叫了一声。

原来是欧阳川已经把汉奸乙的枪给下了。

汉奸甲正要射击,黑仔已经卡住了他的脖子。

两个人将汉奸甲乙束缚住后,黑仔夸奖道:“好漂亮的身手。”

欧阳川也说:“彼此。彼此。”

黑仔笑着说:“我原来以为你是一个光会耍嘴皮子的学生蛋子,没想到还有两下子真功夫。”

欧阳川没有再与黑仔论说,开始审问俘虏。当他知道他们是大川派来的时,立即把俩人捆好,离开朱宅。他明白,正如林坚所说:高度组织起来的敌人,已经开始了行动。

谭老大一走,金培信随即命令随员收拾东西离开:谭老大当然不会主动地出卖他们,因为这违背他的游戏规则,会坏了他的行情。但从那一声怪笑和有关的问话中,估计他已经猜到了他们来的目的。

随员浑身被汗水浸透,很想洗一个澡再走。“老大怎么也是朋友”。

“你洗吧。这很可能就是你最后一个澡。”金培信说完就往出走:他从来不相信有“朋友”一说。自己也没有朋友。他认为世上只有“可控制”的人和“不可控制”的人两种。要想控制人,总共只有两件法宝:一件是官位,一件是钱财。能把这两件用好,就可以战无不胜,攻无不克。可这两件在谭老大身上都不能奏效。谭老大是个精明人,否则他也成不了香港的老大。他一下就猜出了我们是为钱而来。而且是大钱。由此可以推断,他会利用所知的一切,来掌握、控制自己。

随员莫名其妙地赶紧跟着出去。

但两个人都没有发现,有一条黑影尾随在后面。

在香港富人居住地的一幢别墅里,欧阳川找到了朱老。这栋别墅,是由朱老的一个朋友提供的。

欧阳川简要地叙述了朱宅历险的经过后,便开宗明义:“朱老,恕我冒昧。您是著名的国学家、一代宗师。日本人是不会放过您的。所以您应该跟我们走。”

朱老不喜欢这种直白的对话,捋捋雪白的胡子说:“老夫年迈,不想挪动了。陪都重庆,我不要去:中正小儿,不喜欢见到我。”

欧阳川恳切地说:“但我们的人民需要您。”

朱老不以为然地说:“现在代表国家、民族的人实在是太多了。”

“跟我们走吧。我们一定会给您找一个更为安全的地方。”

“老夫一生,阅人无数。有资格说‘跟我走’的,除去中山先生外,别无他人!”朱老不高兴了。他是同盟会会员,著名历史学家。

欧阳川明白自己操之过急了,赶紧解释:“欧阳冒失了,请先生原谅。朱老,您不是一个人。您是国家的符号。绝对不能落入日本人之手。”

朱老并不害怕:因为与中山先生一样,有留学日本的背景,所以颇有些朋友。其中一些,已成要人。

见朱老如此糊涂,欧阳川急切地说:“如果我没猜错的话,您说的是近卫内阁。可现在是东条内阁,是军政府。”

朱老不为所动,抿了一口茶:“天不变,道亦不变。这是我收藏的老普洱,请品尝。”

欧阳川知道这是送客的意思,出于无奈,只好浅尝一口。

就在这时,黑仔闯入:“快走!”

朱老很不高兴地指责欧阳川:“你好像没说有朋友一起来?”

黑仔根本不理他,紧走几步,窗帘拉开一个小缝:“你自己看!”

朱老走过来一看,日本兵已经把这里包围了。夜色中,刺刀在槭树浓密的树叶中闪着寒光。日语口令也隐约可闻:大川把孙教授沉入江底后,到了朱老住宅,看到两名昏倒的汉奸后,立刻就明白了是怎么一回事。他根据德川信件所提供的朱老的第二地址,迅速来到这里,布置好包围圈。

大川低声命令:“此人是名单上的重量级人物,一定要活捉!”

在窗前的黑仔低声骂道:“妈的,小日本。你们两个冲出去,我来掩护。”

欧阳川不同意:“你我好办,朱老先生年过花甲,怎么冲?”

黑仔一时间也没有了主意。

欧阳川看看朱老:“黑仔,快,搀扶朱老先生,我们走地下室。”

朱老先生惊诧地说:“这里有地下室?”

欧阳川不再说话,率领三人进入地下室。

日本宪兵破门而入的声音正好传来。

欧阳川搬开一个柜子,进入一条地下通道。

走了大约五分钟后,出来时,已经在树林当中了。

黑仔佩服地看着欧阳川:“你怎么知道这儿有地下室?”

欧阳川浅浅一笑:“来之前,我研究过这类别墅的建筑图纸。”

大川心爱的军犬大郎,不过三分钟,就找到了地下室,并且带领士兵,进入了地道。寻踪尾追而来。

因为有朱老,欧阳川等的速度显然要慢多了。黑仔见状说:“鬼子有狗。你们先走,我把他们的鼻子灭了,第二接头地点见。”不等欧阳川回答,黑仔已经隐入黑暗之中。

欧阳川只得带着朱老急行。

大郎是一只颇具灵性的德国黑贝。它不用皮带牵引,总是在人前数十米的地方引领。

可就是这数十米,就要了它的命:黑仔没有用枪,而是投掷出一把飞刀。

这把八寸的飞刀,箭一般地插入大郎的心脏。人们常说“狗有九条命”,果然不假:大郎中刀后,依旧前行了数百米,终于因为失血过多,才趴倒在地。

黑仔就利用这个空当,消失在树林中。

大川抱着奄奄一息的军犬,泪水横流。他抬起头,缓慢地问身边那一脸茫然的士兵:“你知道它的名字吗?”

士兵摇头。

大川吼叫道:“我要你回答!”

士兵赶紧立正:“不知道,长官。”

大川博野温情脉脉地抚摸着军犬背上的毛,慢悠悠地说:“它叫大郎。你知道它为什么叫大郎吗?”

士兵保持立正姿势回答:“不知道,长官。”

大川博野跪在地上,亲吻着军犬的眼睛,慢慢地说:“因为我的儿子就叫大郎。”他站起身,掏出枪,亲手结束了军犬的性命,然后抬起头愤怒地命令道:“集中所有兵力,掘地三尺,也要把凶手找到。我要用他的人头,祭奠我的大郎!”

因为香港大剧院与大川的生死对峙,沈宗翰一夜之间,成了闻名港九的大英雄。英雄自然有英雄效应,当他号召在他的上寰岛酒店召开赈济灾民的会议时,几乎港九所有的“有钱人”都出席了。欧阳川也利用自己赈济会秘书的公开身份,出席了会议。

沈宗瀚开宗明义,要求大家捐钱:在前日突然袭来的寒流中,冻死的人就有数十个。另外还有许多从乡下来的饥民在街市上游荡。

号召发出后,竟然没有人响应。

沈宗翰将目光投向黄江源;在座的人当中,他是首富。但没想到黄江源竟然回避他的目光。他很失望地将目光转向船王陈进学。

陈进学双手一摊,看着黄江源说:“我在银行里的存款,全部被封。自己也快成难民了,拿什么捐?”他不是不愿意捐钱,而是不愿意挑头:国人崇尚中庸,论实力,他比不上黄江源。所以不能抢在他前面。

黄江源自然明白陈进学的心理:“我捐十万港币。”

沈宗翰看着众人脸上失望的神情说道:“抗战军兴,香港作为枢纽,中转了大量的军用、民用物资。黄先生是银行家,银行乃中枢之中枢,所获甚丰。现在只出这么一点,怕是杯水车薪吧?”

朋根不屑地说:“连杯水车薪也算不上!”

陈进学也跟进:“覆巢之下,安有完卵?大家若只求自保,恐怕最后谁都保不住。”

黄江源淡淡地说:“大有大的难处。”

沈宗瀚讽刺道:“是啊,诸位可能有所不知:银行家总是见死不救的。”

黄江源不得已自卫:“宗翰兄所言极是,银行家的职业就是锦上添花。如果见死便救,就将和被救的对象一起去死。”

沈宗瀚一听他的辩解,扭头向大家高声宣布:“我捐一百万港币。”

陈进学也跟进:“我捐三十万,不,三十五万。”

朋根跟着说:“我捐四十万。”

黄江源转向沈宗瀚:“恕我直言,香港沦陷之前,宗翰兄很是收购了一些产业,仅船厂、油库两项,就用掉不少现金。日本人一来,客源几乎断绝。我想即使这以前日进斗金的上寰岛酒店,现在也不会有什么现金流吧?”

沈宗瀚随即应答:“我也正想和江源兄商量这个问题呢,我想以我的资产做抵押,从贵银行挪出些头寸。”

黄江源不以为然地说:“船到江心,即将沉没。此时,船上的一切,都不能作为抵押了。没有现金,其他都是白说。”

沈宗瀚被击中要害,已经无话可说。

头领无话,会只好匆匆散去。

在安伯的南北贸易行中,欧阳川详细地向林坚汇报了整个会议的经过。

林坚明确指出:香港上层中的进步力量,一定要团结。接着他又问欧阳川是否了解沈宗翰?

欧阳川作为赈济会的秘书——这是一个不拿薪水的义务职务——自然对沈宗翰有些了解:沈宗翰在一九三七年六月从上海来到香港。最初的身份是贸易商。当然是大宗的国际贸易。随后涉足实业。在七七事变后,他收购了一些工厂。在这一年内,更是利用英美资本纷纷逃离香港的机会,收购了很多油库、仓库,还有大批量的橡胶、金属。

林坚追问这些战略物资的流向。

欧阳川说:“大部分都流向内地。所以我判定他有国民党背景。”

林坚没有再追问:国民党中统、军统、资源委员会、财政部都有机构在香港,目的是搜集情报,采购战略物资。孔家、宋家等一些大财团,也有代表在香港,借机谋取利益。

接下来的议题就是文化人藏匿地点的问题。

已经出城的安排在乡间。焦点是尚且滞留在城内的人,怎么安排?

欧阳川提出了上寰岛酒店。

黑仔立刻反对:“上寰岛酒店是有钱人开的。我不相信有钱人。”

欧阳川说:“现在是统一战线时期,要利用一切可利用的资源。”

黑仔又提出了第二个反对理由:上寰岛酒店离宪兵队太近。

欧阳川说:“有句老话:灯下黑。离得近,反而更安全。”

讨论到最后,林坚批准了欧阳川的方案。

在沈宗瀚装修典雅的书房内,黄江源从红木书架上取下一本书,随意翻看,继而郑重地双手捧着细看,如获至宝。

沈宗翰见状便说:“宝剑赠英雄,江源兄如此喜欢,就拿走吧。”

黄江源把书放回书架:“君子不夺他人之爱。宋版书,一页一金。凡我见过的,均存放在保险箱里。”

沈宗翰意味深长地说:“书是让人看的,很多东西只有在使用中才能体现它的价值。”

黄江源假装听不懂,在沈宗翰对面坐下来,端起茶杯。

沈宗翰也低头品茶:“宗翰上午的发言,多有唐突之处,还请江源兄多多原谅。”

黄江源摆手:“国难当头,虚礼就不必讲了。”

沈宗瀚进一步:“可是那杯水车薪一说,想来还是有道理的。再者说,江源兄的仗义疏财,是港九闻名的。”

黄江源嘴唇张了好几下,终于忍不住说:“我有难言之隐啊!”

沈宗瀚试探道:“我听说,仅仅是听说啊。就在战争发生前,贵行刚刚进了一笔巨款。”

黄江源漫不经心地说:“银行嘛,每天来往的钱,不计其数。你说的是哪笔款子?我记不得了。”

沈宗瀚追问:“但如此巨额的款项江源兄是不会忘的。”

“不知道宗翰兄所谓的巨款是多少?”

沈宗瀚伸出一个手指头。

“一百万?”

沈宗瀚摇头。

“一千万?”

沈宗瀚还是摇头。

黄江源笑道:“莫非是一个亿?”

沈宗瀚点头。

“法币?”

“美元。”

“吓煞江源也!”黄江源说,“这种玩笑,宗翰兄可开不得:我家大大小小的有十多口人呢!”

沈宗瀚也笑了:“姑妄言之。”他收敛笑容,“但有一句话,我可是不敢忘:国家兴亡,匹夫有责。”

"此话江源亦日夜不敢忘！"黄江源伸出两根手指，"我出这个数就是了。"

沈宗翰有些失望："二十万？"

黄江源笑道："宗翰兄出一百万，我出二十万如何能够拿出手？"

沈宗翰深深地点头。

第二章

商羊说是西洋文学教授，可骨子里却是标准的中国学者。在西南联大给学生上课的时候，无论这学期是讲英国文学还是法国文学，开篇总是这样一句话："痛饮酒，熟读《离骚》，方为真名士！"

根据联大的规定，任教四年之后，可以获得一个长达一年的学术假期。他就利用这个假期，到美国去考察。归来路过香港，恰遇黑色圣诞，就滞留于此。此刻，他正与太太携手行路。这两个人一个身着长衫，一个穿镶边的皮大衣。一中一西，相偕成趣。

当路过一个悬挂太阳旗的商店时，心情糟糕透了的商羊，感慨万分地对太太说："真是'梦里依稀慈母泪，城头变幻大王旗'啊！"

太太很理解商羊此刻的心情，却一时想不出合适的词安慰他，只是使劲捏了一下他的手。

"放开我，你们放开我！救命！救命啊！"前方不远处，日本兵拖拉着一位年轻的妇女过来。妇女在拼命地挣扎。街道上本来不多的行人，见到荷枪实弹、凶神恶煞的日本兵，避犹不及，更不敢上前解救。

兽性大发的日本兵，恶狠狠地说："你再喊一句，现在就把你的衣服剥了。"

妇女仍然在呼救。

日本军曹命令道："把她的衣服剥掉！"

日本兵迫不及待地动手，妇女的拼命抵抗非但不能制止日本兵的恶行，反倒刺激得他们更加疯狂。

如此兽行，激起商羊怒火，他大吼一声：“住手！”多年的教书生涯，使得他的声音锻炼得异常洪亮。日本兵不由地停下。他把围巾解下，扔给妇女。妇女赶紧用它遮盖住裸露的胸部。

因为商羊是用日语喊的，所以日本兵一开口还比较客气：“你是什么人？”

商羊正气凛然地回答：“一个正直的、有道德、有良心的人。”

H本兵反问：“我问你是哪国人？”

商羊自豪地回答：“中国人！”

“中国人？”日本兵似乎不太相信，看看寂静的街道：“你一个中国人敢挡我们的路？”

商羊义正词严地说：“你脚下的土地，乃华夏神圣之土地！”

日本兵狞笑着给了商羊一枪托。

商羊的脸上立刻血流如注，他气愤不已：“你们是什么军队？”

日本兵得意地告诉商羊：“皇军！举世无敌的大日本皇军！”说着日本兵用刺刀挑开妇女遮胸的围巾，命令她自己把衣服脱掉！

商羊愤怒地冲上前去：“尔等禽兽不如！”

另一日本兵一枪托从后面把商羊打倒。刺刀立刻顶在他的心脏部位。商太太赶紧插入到刺刀和丈夫之间：“不要，求求你们，不要伤害了他！”

商羊挣扎地爬起来，怒吼着制止道：“不要求他们。士可杀不可辱！”

军曹看看商太太阴沉沉地说：“这个女人的脸蛋、身材也不错。”转身命令道：“把她也一起带走，我要好好享用。”

商太太愤怒地指责日本兵：“你们这样做，是要遭天谴的！”

军曹得意地拔出军刀：“攻下南京城那天，我这把军刀，砍了八个中国人。也没有遭到任何天谴！”说着，他偏转刀锋，迅捷地向商羊砍去。商羊本能地一退。刀落空。军曹接着拦腰一刀，商羊再退。军曹又是一刀，这一刀不无戏弄的意思，擦着商羊的喉管掠过。

军曹狞笑道:“你再躲我一刀,我就饶你不死。”

听到这话,商羊反而不躲了。他整理一下衣衫,挺起胸膛:“宁为玉碎,不为瓦全。来吧!”

军曹用手套擦擦军刀:“这把宝刀共砍下了二十二颗中国人的头。可刀刃都没有卷过。我从来不砍骨头,而是从颈椎的接缝处穿过。”军曹举起刀,迅速地从斜上方劈下。

商太太惊叫一声,闭上了眼睛。只听“哇”的一声,军刀飞了出去,日本军曹受伤倒地。

手持短刀的黑仔和一名游击队员出现:他们就是从商羊的居住地而来。因为商羊新近从国外归来,所以林坚分析他很可能不在日本人的“黑名单”上,就把他放在了扫尾阶段。

黑仔一个箭步上前,出刀。刀随人转,正入受伤军曹的心脏。军曹连喊都没喊出来,就倒在地上。两名日本兵,分别端着刺刀,从两个方向向黑仔逼来。一刀刺出。黑仔略微一退,闪开日本兵的刺刀,一刀将其刺倒。接着反手一刀,又将刀插入另外一个日本兵的胸膛。整个过程,不过十秒钟。

商羊乃性情中人,虽然倒在地上,依旧高声赞叹道:“好刀法!如同砍瓜切菜,出神入化,一气呵成!”

黑仔看过相片,故而认出了商羊。但为了核实,还是问:“你是商教授?”

商羊文绉绉地说:“教授商羊也!”

黑仔高兴地说:“被我撞了一个正着!跟他走。”他指指游击队员。

商太太惊魂未定地问:“去哪?”

黑仔答道:“快去上寰岛酒店。那里有人接应。”

商羊见太太犹豫,便说:“敢问壮士去往何方?”

黑仔在摩托声中回答:“我把鬼子引开!”

大川赶到的时候,那名日本军曹一息尚存。他指点着黑仔逝去的方向后就闭上了眼睛。大川粗略地查看军曹的刀口，认出此人就是杀死大郎的人，喃喃自语道："又是他！"接着命令全方位搜捕。

夜色中，金培信和随员在酒店阳台上品酒。夜幕低垂，维多利亚港的壮丽景色尽收眼底。

金培信是坚信"惟上智与下愚不移"的人。但也必须告诉他一点什么：非如此，会触动他的好奇心。好奇心过甚，就会干傻事。于是，他做神秘状，告诉了随员此行的目的：一大批冥顽不化的亲共人士目前都被困在了香港，其中包含许多极"左"分子，譬如邹韬奋、柳亚子、茅盾、夏衍等。他们现在急于回内地。但回去之后，肯定会被共产党利用。所以应该让他们长期地待在这里。

随员很清楚金培信所说的"这些人"是不会听他们两个的话的。因为委员长的话他们都不听。

"假如日本人发现了他们……这仅仅是假如啊。"金培信品尝了一口威士忌后说："那岂非什么矛盾都没有了？"

随员恍然大悟："借力打力，借日本人之手。"

金培信把手竖在嘴巴上，示意随员噤声：有些事情，只可意会。不可言传。他从皮包里取出一份名单："若是日本人获得了这份名单，那就万事大吉了。"

随员小心地把名单收好，一副参与重大机密的样子，让金培信觉得好笑：一个成功的谎言，必须有部分是真实的。上峰确实命令他制作一份详尽的名单，交给日本人。不过这个上峰不是国民党，而是汪精卫伪政府。两年前，他就成了一名双面间谍：不时地把国民党的消息卖给汪精卫，然后再把汪精卫的信息卖给国民党。这样做，他一点道德上的障碍都没有：有奶就是娘。

黑仔刚进华建医院，医院就被尾随而来的大川包围了。他稍作观察，就知此处乃死地。死地只能作死战。他并不怕死：父亲就惨死在日本鬼子的屠刀下。这是一种深入骨髓的仇恨。在战场上，他更看到许多战友倒在日本人的枪下。

就在他准备往出冲的时候，被黄晶晶给拉住了。

黄晶晶着急地说："医院外全是日本人，你冲不出去。"

黑仔甩开她的手："我待在这儿会连累你们。"

"你已经连累我们了。"这家医院属于黄江源财团旗下。所以她虽然只是这里的一个义工，却有这样的权威，"跟我走！"

黑仔无奈地跟着黄晶晶走到后院。

突然出现的敲门声，使得随员迅速拔出手枪。

金培信看看表，晃动着手中的威士忌笑着说："美酒之后，乃佳人也！开门。"

门开了，一个花枝招展的女子摇动着腰肢走进来。她穿着打扮像个女学生，可脸上过分的浓妆和眼睛里的疲惫显示出她的真实身份。见到金培信，她惊讶地说："阿培，是你吗？"

金培信一把将阿靓搂过去："当然是我，我的阿靓！"

阿靓坐在他的腿上，一点他的头："讨厌，干嘛搞得神秘兮兮的！说川田先生见我。吓得我一路走来心惊胆战。"

金培信笑着说："日本人有什么好怕的？他们莫非不是人？"

随员知趣地退下。

大川带人仔细地搜查了医院，就连儿科、妇科都没有放过。最后，他来到了太平间。"把门打开！"他命令太平间的守门人。

守门人是被黄江源收留下的残疾人：不仅收留了他，同时还收留了他的全家。有此大恩，自然把黄晶晶的话奉为圣旨。更何况他也痛恨蹂躏他东北老家的日寇：爱和恨从来都没有无缘无故的。"没有院长的命令，这个门不能打开。"

大川"唰"地拔出刀，抵住守门人的喉咙："开不开？"

守门人无动于衷地说："你会惊动鬼魂的。"

大川狰狞地说："不开门，你就会变成鬼魂。"

守门人闭上眼睛，不再说话。杀气在大川眼中升起，他手上加力，刀刃刺破守门人的皮肤，一串血珠渗出来。

这时，传来了黄晶晶的声音："把门打开。"

守门人充满狐疑地看着黄晶晶。

黄晶晶轻声说："打开吧，老伯。"

守门人哆哆嗦嗦地打开了太平间沉重的隔热门。

在一场虎头蛇尾的性爱后，满足的金培信搂着阿靓说："天生尤物，被我享受不说，且真心待我。我真是天下最幸运的男人！"

阿靓撇撇嘴："嫖客发誓和婊子发誓差不多。谁信啊！"

"天地可鉴：你是这个地方我最相信的人。"金培信所说是纯粹的谎言：谭老大他不会相信；军统、中统的特务系统，他也不相信。至于阿靓，他就更不能相信了。

阿靓虽然没有多少文化，可已经读通了人生这本大书，知道他一定有事要求她。

"冰雪聪明！"金培信亲吻一下阿靓后正色道："我要你帮我找一个叫周夏文的教授。"

阿靓靠在他身上，摸着他的胡子："找他干吗？"

"帮我找就是了。知道太多对你不好。"他此行的根本目的就是为了找到周夏文，其余诸如透露文化人名单之类的说辞，不过是幌子，也是附带任务。

要说周夏文不过是一个经济学教授，如何值得冒如此大的风险前来？原因就是他牵涉到一笔钱。一笔大钱：香港被占领前，他以宋子文私人代表的身份，秘密到美国，找爱国的华商、反对法西斯的美国商人募捐。至于要他去的原因，就是宋子文不相信国民党内的贪官污吏。而他则是宋之同乡、同学。更重要的是，他乃是一位忠贞的爱国志士：募捐这种事，因为种种原因，不可能有清晰的账目。一切只有凭良心！所以他就成了不二人选。他此行收获颇丰。据金培信了解,大约在八千万到一亿美元之间。而且他相信这笔钱,目前还在周夏文等的掌控之中。

所以找到周夏文,乃是最重要的。但因为他的目标过大,必须假手于人。他知道阿靓与谭老大的关系,必须曲线行进,方才不至于惊动香港的江湖:“朝廷”不能惊动,江湖也不能惊动。无论惊动谁个,都将钱命俱失。

日本兵打开一个又一个冰柜,残酷地用刺刀在里面乱戳。渐渐地逼近了黑仔藏身的冰柜。

冰柜中的黑仔握紧手枪,准备拼死一搏。

黄晶晶十分镇静地跟随着大川,当走到离黑仔藏身的柜子不远处,她突然说:“你们进这个隔断吧。”

大川奇怪地看着眼前这个姑娘:“为什么?”

黄晶晶一指隔断:“里面是黑死病病人的尸体。”

大川脸色一变:“黑——死——病?”

“这是欧洲的叫法。亚洲叫作鼠疫,世界头号传染病。公元六世纪地球上首次爆发黑死病,席卷了整个罗马帝国,瘟疫持续近六十年,死亡人数近一亿,有人甚至认为正是它导致了东罗马帝国的灭亡。十四世纪第二次爆发,创下了导致亚欧四千万人死亡的可怕纪录。”黄晶晶平静地叙述。

“我不会被抽象的数字吓倒的。”大川说罢,就要开门。

黄晶晶突然惊叫一声,扭头就跑。

大川一把拉住她:“香港有鼠疫病人?”

黄晶晶浑身哆嗦着说:“当然。”

大川质问:“当局为什么没有接到报告?”

黄晶晶稍微镇静了一些:“原来的公共卫生预警系统遭到破坏,新的系统还没有建立,所以无法按照正常的程序报告。”

大川满腹狐疑地看着黄晶晶。

黄晶晶没有回避他阴毒的目光。

大川挥手下令全体撤离。他虽然是一个残忍无比的人,但鼠疫还是害怕的:他曾经在731细菌部队于浙江东部投放细菌炸弹时,担任警卫任务。所以亲眼得见那些受害者的惨状。尤其是肺部感染的病人,临死前浑身黑紫的情景,至今不能忘记。

经过精确统计,分批送出了将近七十人:这些人都是藏身于乡下的。目前藏身于上寰岛酒店的四十人,乃是重中之重。细分析,问题不外两个:第一,如何出城?第二,如何过海。

欧阳川针对第一个问题,提出了自己的方案:伪装成日本俘虏,用日本军用大轿车,一次性出城。

林坚问:“轿车何在?如何伪装?”

欧阳川的方案很明确:有两辆日本军用轿车,在修理厂修理。正好可以利用。路线也已经设计好。

林坚点头后问:“如果日军发现后,追击怎么办?”

欧阳川自有解释:日军近日方才腾出手架设通讯线路。换言之,神经还没有到达肢体尾部。等发现,已经晚矣。

黑仔说:“日本人有无线电台。”

对此,欧阳川也有预案:无线电台只有团一级才有。这也是主力作战部队的装备。而目前留守香港的日军,已非精锐。

酒井默默地看着桌上的一盘残棋:对于大川“搜捕文化精英一无所获”的报告,他并不感到惊讶:“有人先我们一步动手了。”

大川问:“国民党?”

酒井摇摇头:“不。共产党。”他坐下后说:“你有预案吗?”

“没有,将军。”

酒井做了个“请”的手势。“手谈一局如何？”

大川知道这其实是命令，便规矩地坐下。

两个人开始下围棋。

海上运输的问题，被安伯给解决了：公海上，有一艘葡萄牙籍的大货轮，急于出手，已被他给买下了。

大家都不相信：货轮不是舢板、渔船，以安伯这样的财力，就算便宜，也不可能。

安伯环顾四周：“从今天起，这个房子就剩下一个空壳了。”

大家立刻就明白了：安伯变卖了除房子之外所有的家产来买船，他非职业革命家。这也就是说：他并不是依靠组织的经费开展活动的。日常的用度，都要自筹。而这个由他父亲创建的南北贸易商行，乃是他一家人的根本。

林坚激动地握住安伯的手：“我代表香港游击队感谢你。”

大川凝视着棋盘良久。随之推枰认输：“司令官构思宏大，大川实在不能敌。”

酒井笑着说：“你看看能不能‘死棋肚子里出仙着’？”

“大川实在是束手无策了。”

酒井把棋子放进棋盒：“作为一名棋手、作为一名军人，永远也不要束手无策。”

大川由衷地说：“司令官微言大义。”

“三十年前，我还是一个孩子。那时候，我在木谷道场学习围棋，一次很偶然的机会，有幸与名人对局。”

大川惊讶地问：“赖川名人？”

酒井点头：“当时我在木谷道场，也算是一流学生。所以就摆上了三个子。谁知道赖川名人断喝道：四个！”

“据说名人首次与人对局,都是让三子的。”

“是的。可能因为我是小孩子,所以他要多让我一个。”

大川问:“结局如何?”

“按我的棋力,他让不了我四子。可就是因为那一声断喝,使得我也丧失了勇气,结果中盘认输。”

大川感叹道:“可惜。”

“这事给了我一个教训:气势上不能输。气势一输,满盘皆输。”

“司令官所言极是。”

“你知道有一个中国人叫作吴清源吗?”得到肯定的回答后,酒井接着讲:“吴清源刚到日本的时候,也是一个孩子。也和我一样,有机会与名人对局。但他作为一个中国人,不知道名人的威望,没有心理负担,所以没被气势镇住。因此,他分别在名人授三子局、两子局中战胜了名人。”他一顿:“我的话,对大川君或有启发?”

谭老大最喜欢的女人就是阿靓。虽然他知道阿靓与许多人相好。但他根本不在乎。所以当阿靓央求他找周夏文时,他很快通过自己渗透香港方方面面的网络,找到了周夏文。

金培信也就顺理成章地在周夏文的暂住地找到了他。略事寒暄,他拿出宋子文的信件。

周夏文读完后问:“你有把握把我带回重庆?”

金培信亮出了自己的军统身份:“要知道,我们是无所不能的。”

周夏文说自己要收拾一下,请金培信稍候。说罢就进了里屋。

金培信像所有的有些文化的达官贵人一样,都喜欢古画。立刻就被墙上一幅八大山人的画儿吸引住。但不过片刻,就感到不对劲,立刻冲进里屋。结果发现窗户大开,空无一人。他再度出来时,随员已经进来。对于这笔失之交臂的巨款,他感到无比懊恼:“玩了一辈子的鹰,没想到让麻雀啄瞎了眼。走吧。”听到随员说要在此设伏,他没好气地说:“他既然跑了,就不会再回来。”

酒井把周夏文的相片递给大川:“先把手头的事情放一放:此人是重中之重。必须立即归案。”

大川端详着相片,询问信息来源。听到德川的名字后,他有些不满地说:“将军是总督。可这个幽灵似的德川,好像是总督的总督。”

酒井答非所问:“军部也认为周夏文很重要。执行命令吧!”

大川立正回答:“是。”

在黄江源住宅客厅坐定很久之后,周夏文惊魂甫定,方道出原委“子文给我写信,一向用的是英文。他的英文表达力,远远超过中文。”

黄江源点燃一支雪茄:“也不可一概而论:他写给我的信可是用中文。”

“即使偶尔用中文,也不会称呼我‘夏文兄’,而是‘亲爱的夏文’所以我确定是伪造。一个人的语式,如同相貌一样,很少改变。”

黄江源做出分析:“如果是日本人,直接抓你就是了。用不着费这么大的周折。看来是……”

周夏文自己也弄不清楚:“土匪?”

“这也不是土匪的手法。”

“总不能是国民党吧?”

黄江源却认为国民党内部的派系多如牛毛。每个派系都有每个派系的利益。

“你得给我找一个藏身的地方。我个人性命事小,一个亿。”

黄江源赶紧摆手:“法不传六耳。”随即思索片刻后说:“谭老大,只有谭老大了。”

周夏文对把自己的命运托付给帮会人物,感到很不放心。

黄江源向他解释了原委:谭老大是孝子。十年前,谭母得了乳腺癌。需要放射治疗。当时的香港,只有五克镭。这五克镭连同放射治疗技术,一并掌握在约翰生博士手中。此人目空一切,拒不接受贫民华人。谭老大万般无奈,求到自己门下。由他出面,方才治好了谭母的病。老太太目前仍然健康地生活着。

周夏文承认这是一份很大的人情。

黄江源说自己不仅仅是从人情角度考虑。而是因为他圈子里的人物,差不多都在日本人的监控之下。而江湖属于底层,人数众多。日本人鞭长莫及,相对安全一些。得到周夏文同意后,他派助手魏德明开车送去。

营救所需的车辆、船只都已经准备就绪。行动的时间,就定在月黑的后天。

林坚等仔细核对了所有的细节之后,就分头准备去了。但他专门留下了欧阳川。交代给他一个重要任务:找到周夏文,一并护送回内地。他说这是南方局紧急交办的。至于资料,只有一张模糊的相片和“周夏文教授”五个字。

周夏文不是什么知名的人物,欧阳川并不知道他。但他还是有信心去完成:因为在香港的上流社会中,他有着丰富的人脉。

金培信找不到周夏文,便执行第二套方案,从黄江源处入手。虽然他持有孔祥熙的亲笔信——这封是如假包换的真信——黄江源还是让他很等了一会儿后,方才接见。

黄江源不很仔细地读完信后,打听孔祥熙的近况。

金培信说孔氏一直在美国落实战争援助款项,最近才回来。

黄江源浅浅一笑:“听说有些购买武器的款项,根本就没离开美国本土,就以某人的名义,存到花旗银行生利息去了?”

金培信赶紧解释:“黄董事长肯定是听信了共产党的谣言。”

“这是《纽约时报》报道的。他们还说,有些贵重药品,抵达当天,就出现在昆明的黑市上。”这是黄江源的战略:简慢地接待、否定介绍人,这样就会让来人无法纠缠。

“美国的新闻记者,在某些时候甚至比共产党还要左。”

“金先生作为财政部的专员，危难之际来到香港，必有重要任务吧。”黄江源举起茶杯，“江源就不多耽搁了。”

金培信强力扭转局面，抬出了自己的军统身份：“黄先生乃香港金融界的中流砥柱，我们戴笠局长很关心先生的安危。”

黄江源淡淡地说：“谢谢。”

金培信直插主题，否则就没有机会了：“情报说：战争开始时，有一笔巨款正好路过香港。”说罢他仔细地观察黄江源。

黄江源居高临下地问：“你相信你们的情报吗？”

“当然。”

“如果你们的情报准确，就应该知道日本人何时会进攻香港。”黄江源冷冷地说。

金培信也板起面孔：“党国认为这些资金可能被敌伪利用。"

黄江源慢悠悠地举起茶杯，说道：“送客。”

管家应声出现。

金培信站起来的同时问：“你见过周夏文吗？”

黄江源不回答：“送客！”

欧阳川第一步试探，就探到了底：黄晶晶一听名字，便说：“周伯伯。太认识了！”随后，拿出了一张极为清晰的相片，并且提供了准确的地址。

欧阳川于是与黑仔一起到了周夏文的住宅。多年的学术训练和斗争经验，使得他成为一个很仔细并极富条理的人。他没有贸然进屋，而是到邻居家里打听。邻居说，昨天起，就没有见过周教授。他又到院子后面观察了片刻后，对黑仔说：“这屋子里有日本人。赶紧走。”

黑仔不相信，在拐过一个街区后仍然坚持要试一试。

欧阳川拿出了证据：垃圾箱内若干空日本罐头盒。

黑仔反驳：“也许是周教授自己吃的呢？”

欧阳川自有道理:“是鱼片和酱汤罐头。不会有任何一个日本民族以外的人,会喜欢吃这些。而且还是新鲜的。”

黑仔这下子服了:“你还懂日文?”

“稍微懂一点。”欧阳川从一九三五年起,就开始自修日文:要战胜一个对手,就必须了解对手。

金培信坚信黄江源见过周夏文。或者说,周夏文就在黄宅内。至于原因,他这样对助手说:“我问他见没见过周夏文时,他嘴角抖动了一下,这说明他认识。”见随员认为此不足为凭,他矜持地说:“你如果知道我是在什么地方接受的特工训练,就会相信我的判断。”

随员随即说他有渠道通往黄江源:黄江源的秘书魏得明是他同学。金培信高兴地说:“天下真是不大。不惜一切代价,拿下魏得明。”

一切和欧阳川预料的一样:在周夏文的住宅中,确实埋伏着三名日本宪兵。十个小时后,他们奉大川的命令撤销了埋伏。

金培信的随员很顺利地就把魏得明约到了一个惨淡经营的咖啡馆内。然后开门见山地说出了交易目标和交易价格:两个人都出生于江南买卖人家,并不以谈钱为耻。

魏得明浅浅一笑:“你不觉得你开出的价钱有点低?”

随员认为一条信息,十两黄金,走遍天下也说得过去。

“如果你要是知道我目前的地位,就不会这样想了。”魏得明居高临下地说:“我已经不是当年那个江南的穷小子了。我现在是商业银行的襄理。而且将是黄江源的女婿。我想你应该知道这五个字的含金量的。”他说的后半部分,不过是正在开始实施的计划。虽然他知道黄晶晶喜欢的是欧阳川,但他很相信“好女怕男磨”,更相信“近水楼台先得月”。

随员立刻反击:“准将,准将,不过是准备当将军。还不是将军。我看你也是准女婿！也就是说，你还没准是谁的女婿呢！我告诉你：没有什么比女人的心更善变的了。”

魏得明强调：“可股份是实实在在的。”

“一旦日本人把你们的银行、船厂都没收了，股份也不过是废纸一张。”

魏得明已经有些底虚：“可日本人总有一天会走。”

“可你不见得能等到那一天。就算你等到了，只要我说一句话，就能把你们的一切，都当作敌产没收了。”随员亮出了撒手锏。

作为一个纯粹的谋利之人，魏得明经过权衡，答应了。

受欧阳川之托，黄晶晶正准备去找父亲探听周夏文的下落，父亲却来到了她的房间。她亲昵地搂住父亲的脖子：“爸爸，你有多长时间不来我的房间了？”

黄江源笑着说：“女儿大了，就不好老来了。”

黄晶晶撒娇道：“不管女儿多大，也是爸爸的女儿。”

黄江源抚摸着黄晶晶的头发：“说得对，说得对。你这头发多像你妈啊！”

黄晶晶发现了父亲眼中的忧伤神情：“爸，你今天是怎么了？”

黄江源取出一块怀表：“爸有个东西，想让你保存。”

黄晶晶接过怀表：“莫凡陀。”

黄江源郑重地说：“这是很重要的一块表。万一，我说的是如果有什么万一。你一定要把这表交给周夏文伯伯。”

黄晶晶顿时不高兴起来：“我不要万一。”

黄江源望着窗外说：“‘万一’不是你要不要的问题。该来的时候，它就会来。”

“这表上有什么机密吗？”黄晶晶问。

“机密这东西，能不知道的时候，最好不要知道。”黄江源语重心长地说。

黄晶晶好像很随口地问：“周伯伯现在在哪儿？”

“我把他托付给谭老大了。”

“万一我要是找不到周夏文伯伯呢？”

“那你就在抗战胜利之后找他。”

黄晶晶追问:“要还是找不着呢？”

“那它也就没有用了。但最重要的是,它无论如何,也不能落到日本人手里。”他拍拍女儿的手:“如果它和周夏文伯伯一起落到日本人手里,你爸爸我就成了千古罪人了。”

黄晶晶的脸色也凝重起来:“女儿明白。”

随员把从魏得明处获得的消息,如实转告金培信。可金培信却百思不得其解:危难时候托付的人,一定是可靠的人。他们之间必定有一条强有力的纽带。可黄江源和谭老大两个地位如此悬殊的人,怎么会联系起来的呢?

随员提议用钱来探探路。

金培信不同意:打草惊蛇后,蛇就会不知去向的。

随员问:“那怎么办？”

金培信虽然不愿意有更多的人知情,但此刻无奈,也只好动用军统特别小组来绑架谭老大,从而逼问出周夏文的下落。

最后一次会议,是在上寰岛酒店的一个套间内召开的。在城内的文化精英,全部集中于此。其中除大公报记者邵江,因病重不能行走外,就差一个周夏文了。

是否按时行动,此刻成了焦点。

中共地下党员,上寰岛酒店副经理毛磊说:“夜长梦多。我看抓大放小吧。”

林坚否决了这个提议:“中央拟定的名单上的人,一个也不能少!抬走邵江。找到周夏文。”

一辆伪装成普通车辆的日军监听车,停在阿靓家外。汽车上,有两名日本士兵和大川：多方寻找谭老大未果后，他确定阿靓为目标。并且把监听器挂在了阿靓的电话上。

士兵摘下耳机后汇报："谭老大一个小时后到。"

为了防止谭老大发现异常，大川随即命令把车开远，等谭老大进去后再动手。

听到欧阳川见面就问她有什么事，黄晶晶很不高兴："没事就不能找你？"

"国难当头，我……"

她伶牙俐齿地说："我知道国难当头，也知道你日理万机。"

欧阳川看看手表："有话你快说。"

她生气地说："那我就没话了。"见他扭身欲走，她赶紧说："人家有重要情报。"在她看来，情报没有欧阳川重要。她不愿意他走。

欧阳川站住，转回身。

她又不高兴了："我就知道你：心里根本就没有我。"

"快把情报告诉我。"

"哼，一副'恭喜发财，红包拿来'的财迷架势。"她虽然这样说，但还是把那块怀表拿了出来。

欧阳川反复观察怀表："一块莫凡陀。"

"是。一块莫凡陀。"

"它代表什么？"

她没好气地说："我也不知道它代表什么。"

他看着她，没有说话。

一个人喜欢另一个人，是没有办法的事情。她带着讨好的成分说："但我爸爸说，如果他出了事，就把它给周夏文伯伯。"

他着急地问："他还说了什么？"

"他还说：如果找不到周夏文伯伯，它也就没有用了。"

欧阳川送走黄晶晶之后，赶紧回房间向林坚汇报。“总而言之，周夏文相当重要。”

林坚沉思片刻后说：“三方面都找的人，一定相当重要。”

“我估计与一笔巨款有关。”

林坚摆手：”咱们先不要管钱的事情。他是名单上的人，是名单上的人，就一定要找到！”

第三章

谭老大是一个江湖人物：他找你好找，你找他就难上加难了。好不容易，才打听到谭老大有可能到阿靓处的消息。因为仅仅是可能，所以林坚就派黑仔和小战士石仔去监视。

黑仔选择了阿靓家对面一座被炸毁的楼房作为隐蔽观察点。石仔一开始用望远镜，也还新鲜。但持续观察一个小时后，他疲倦了："一点儿动静也没有。"

黑仔很喜欢石仔，但并不纵容："没动静也不能马虎，接着看。"

"我的眼睛都花了。"

"屁大个孩子花什么眼？老头才花眼呢！"

石仔提出要求："那你给我讲一个打仗的故事。我边听边看。"见黑仔拒绝，他央求道："讲讲你盘肠大战的故事吧。"

黑仔一下子想不起来"盘肠大战"是哪一段。

石仔回过头提醒道："就是你和日本人拼刺刀那一段。"

"和日本人拼刺刀，那多了！"黑仔说完才想起来，于是便说："噢，那是韶关战役，日本人一刺刀把我的肠子都挑出来了。我把它塞回去，照样干倒了三个。"他见石仔光听不看，就说："你快看啊！"

就在石仔重新开始观察之前，谭老大进入阿靓的住宅。

谭老大进入阿靓住宅后，大川并没有马上动手：谭老大是有武功之人，到时候一定会做拼死抵抗。但当他上了床，赤身裸体之际，活捉的保险系数最大——活捉是关键。

一阵困意袭来，黑仔稍微闭了一下眼睛。等他醒来的时候，发现石仔也已经睡了。他到窗口一看，就发现有情况。于是一脚踢醒石仔："叫你看，也不看好了。那边有人！"

石仔揉着眼睛说："我怎么看不见？"

"要不然你叫石仔，我叫黑仔呢！"黑仔已经从几个人弯腰快速前进的姿势上，断定他们是日本军人："把步枪给我。"

身上绣着青龙的谭老大正与阿靓在床上缠绵之际，门突然被一脚踢开：三名日本兵手持寒光闪闪的匕首，逼了过来。阿靓惊叫一声，躲进谭老大的怀中。

谭老大搂着她说："别怕。两个小蟊贼，掀不起大浪。"因为这两个人都身穿便衣，所以他误以为是江湖中人："你们也不买二两棉花纺纺，我谭老大是什么人？"

日本兵甲用生硬的中国话说："周夏文在哪？"

阿靓更害怕了："他们是日本人。"

"别怕。日本人也是人。"谭老大脑子在飞速旋转："我不认识什么夏文、文夏的。"

日本兵甲发令："给我轮番伺候这个小娘们。"

说着，日本兵乙、丙上去撕扯盖在阿靓身上的被子。

谭老大欲阻挡，可被日本兵甲用枪逼住。他指指心脏："朝这来。"见日本兵没有动作，他心里就有底了：他们要活捉他。"你不敢。把我打死了，你们更没地方找那个姓周的去了。"

阿靓已经无力挣扎："老大，告诉他们吧。"

谭老大做无奈状："好吧，我带你们去。"听日本兵命令他快。他说："可我总不能这个样子走吧？"

日本兵于是命令他穿衣服。

谭老大先没穿衣服,而是穿鞋。

日本兵甲似乎感到有些不对劲,往后退了退。

谭老大刚刚把两只鞋穿好,就平地飞起,一脚踢在打手甲的裆部。然后一拳将打手乙击翻。接着,他返身上床,向窗口奔去。

就在他临出窗的一瞬间,日本兵丙的枪响了。

谭老大连同玻璃,一起坠下楼去。

黑仔一眼就看出赤身裸体在奔跑的是谭老大:既然如此,后面追他的就一定是日本人。他稳健地扣动扳机。

日本兵乙应声倒地。

日本兵丙很有战斗素养,立刻卧倒,瞄准谭老大。

但黑仔的枪要快他一秒:日本兵丙的头部中弹,偏向侧面,子弹射到天上去了。

谭老大因此赢得了机会,跑过街道转弯处。他正在庆幸神助,身穿便衣的大川突然出现在他面前。

大川冷冷地发问:“你就是谭老大吧?”

谭老大边往后退边说:“知道我就好。”

大川劈面就是一刀。谭老大躲闪。他接连几刀,逼得谭老大连连后退,退到正街上。

以大川的刀法,将谭老大劈伤、擒获,应该不成问题。但他自恃武艺高强,要戏弄一番猎物。尤其是在谭老大后退之际,他要了一个刀花后,刚准备将刀架到谭老大的脖子上时,黑仔的枪响了。

这一枪正中大川手腕:军刀飞出很远。

谭老大何许人也?抓住这个宝贵机会,翻身而起,飞也似的奔向黑仔所在的楼房——此刻来不及分析,一切都根据本能。

大川试图追赶,但被黑仔的射击压制住。

被谭老大藏在一座古庙里的周夏文,在凄凉的梵铃声中,突然浑身莫名其妙地战栗起来。等战栗过后,他决定自己掌握命运。

于是,悄悄地离开了寺院。

就是这个突然的决定,救了他的命:一刻钟后,金培信的特别小组就来到了这里。

到了安全地点后,谭老大边穿衣服边说:“你们是?”

石仔自豪地说:“共产党香港游击队。”

谭老大仔细打量黑仔:“我好像见过你。”

黑仔没好气地说:“不光见过,还要收费。”

谭老大想起以前的事,拱手道:“不好意思。不打不相识嘛!你开价吧?”

黑仔讥笑道:“还是你先开价。”

谭老大:“一百两。”

黑仔调侃道:“你不觉得少点儿?”

谭老大赶紧说:“我说的是黄金。”

黑仔讽刺道:“我说的也是黄金。”

“你说你要多少,我绝不还价。”谭老大说,“救命之恩嘛!”

黑仔追问:“当真?”

谭老大一拍胸膛:“谭爷我一言九鼎。”

黑仔一字一板地说:“我要一个人。”

谭老大一点不含糊:“十个人也行。”

“我就要一个。”

“谁?”

“周夏文。”黑仔见谭老大犹豫,讽刺道,“还九鼎呢?一鼎也不顶!”

谭老大为难地说:“我知道这个人在哪里。但也是一位救命恩人托付给我的,不能出卖。”

“这也算句人话。”黑仔说,“是黄江源托付给你的吧?我们经过了他的同意。”

谭老大想了一下:“那好,我带你们去。”

游击队本来一切顺利推进的计划,突然出现了若干问题:周夏文没有找到尚在其次,关键是安伯购买的那只停在公海上的船,被日本人押解回港。

按说日本人对葡萄牙、瑞士这样中立国家的船只,尤其是停在公海上的,是不会公然扣押的:日本的许多战略物资都要通过这些国家来购买。但大川却下达了“扣押一切接近香港的船只”的命令。此等命令,原本须经酒井批准。但他有自己的小算盘:如果一切按照德川计划,最后的结果一定是自己一点儿功劳没有。必须争取主动。另外他还有一个根深蒂固的想法:只要封锁住外出的工具,将德川名单上的人照单全收,不过是一个时间问题。

林坚召开会议,议题只有一个:如何找到船只?

欧阳川说黄江源有船,而且就在澳门。

林坚不无担心地问:“你能说服他吗?”

欧阳川虽然有七成把握,但还是说:“试试吧。”

金培信知道寻找周夏文,将是一个旷日持久的工程,大隐隐于市,于是搬到了上寰岛酒店。入住当天,他就发现了问题:他看见一个在狼吞虎咽吃早饭的人。此人虽然穿西装、打领带,但双排扣的西装,没有扣扣子。领带也打得歪歪斜斜的——他当然不知道,此人就是黑仔——接下来,他又用金钱开道,从酒店内部,了解到食物供应资料:实际所需,大大地超过登记的客人。所以他推断:酒店内部,一定有若干不在册的人隐藏着。

接下来,就是逻辑推断了:这些人可能是名单上的文化人。

物以类聚,他判定周夏文极有可能在里面。于是,决定通过汪伪之渠道,将这个消息通报日方。这样,一来消灭了这批“左倾”分子,二来作为筹码,把周夏文保出来。这样感激涕零的周夏文,一定会交代出那笔巨款的下落。绝对一箭双雕。

收到这条消息后,大川请示酒井:在公海上悄悄扣留船舶是一回事,在上寰岛酒店大搜捕则又是另外一回事。

酒井首先质疑这条消息的可靠性。随后反对大川“宁信其有,不信其无”的理论:上寰岛酒店内住有一批中立国家的公民,稍有不慎,就会引发国际争端。

大川却很不以为然:日本帝国是世界上最强势的国家,世界上所有的成员,无不在帝国的笼罩之下。

酒井很耐心地解释:“但日本缺乏必需的资源。要想获得这些,必须通过这些中立国的商人才能获得。这些商人就像蛇一般,一旦被惊动,就一去不复返了。”

大川说自己会很注意,不会侵犯这些人的利益。

酒井只好亮出了底牌:德川先生在全面负责此次行动。

大川惊讶地说:“司令官是不信任大川。”

酒井肯定道:“我一直很信任你。”

大川固执地问:“那为什么把指挥权交给德川?”

酒井把一张电文递给大川:“这是军部的意思。”

大川默默读完电文。

酒井是第一次对人说出这个秘密。见大川很失望,他安慰道:“帝国的千秋大业,有赖大家共同努力。”其实,对于德川,他也不太满意:理论指导是一回事,具体介入则又是一回事了。但事实如此,也只能顺应:“你要配合德川。”

大川低调地说:“大川明白。”

欧阳川根本没有想到事情会这样顺利：黄江源毫不犹豫地答应马上调船过来。他激动地说：“我代表……”他突然顿住，不知道该不该说出“香港游击队”。

黄江源很喜欢欧阳川，虽然没有人公开过什么，但他还是看出些名堂来：“你代表你本人就可以。”

欧阳川想跟黄江源握手，又不知道合适不合适。最后只好说：“祖国人民是不会忘记您的。”

黄江源淡淡一笑，吟诵林则徐的两句诗“苟利国家生死与，岂因祸福避趋之”作答。这两句诗的意思是：如果对国家有利，就绝对不会从个人利益出发来取舍。

林坚最后一次召集欧阳川、毛磊、安伯开会，落实最后的细节。会议开始后不久，一张纸从门缝中塞进来。欧阳川打开门，楼道里空无一人。

此信的内容是：有人注意到你们和你们的客人。

信件经过一番传阅后，到了毛磊手里：“是沈宗翰的字体。”

林坚当机立断，决定请沈宗翰前来会商。

大川在上寰岛酒店对面楼房的一间房内，平端望远镜观察酒店，已经两个小时了。他虽然迫于压力，不敢擅自行动，但从骨子里不相信所谓的“德川计划”。故亲自率领一个中队的士兵监视上寰岛酒店。

随同的军官要求替换。但大川不予理睬：某些机会，一辈子只有一次。必须抓住。

沈宗翰一进房间，就开宗明义：“宗翰知道你们是爱国志士，是共产党。”

包括林坚在内的所有人，都没有料到沈宗翰会这么说。屋子里一片寂静。

沈宗翰继续说：“就是你们不请我，我也会来。我来之目的，就是请你们相信一点：宗翰虽不属任何党派，但我是爱国的。我尤其痛恨日本侵略者。”他把头转向窗外,陷入沉痛的回忆中:“家父原来在沈阳,有着一份大家业。日本人来了之后,他有计划地把部分资金转移到香港,后来被日本人发现了,结果……”他有些泣不成声。

欧阳川把一杯茶递给沈宗翰。

沈宗翰脸朝着窗外说:“结果家父被绑在自己工厂的电线杆子上, 整整七天,活活饿死。”

欧阳川问:“没有人去救?”

“日本人为了杀一儆百,用一个班的日军看守。”沈宗翰的双手捏成拳头。“国恨家仇,宗翰时刻不敢忘。凡能打击日寇之事,莫说倾家荡产,就是舍弃身家性命,宗翰也在所不惜!”

他这一番话,几乎感动了屋子里所有的人。

他接下来的举动,更让人感动:他捐献出一只在德国注册的豪华大游艇。

林坚代表游击队,感谢他的捐献。

散会后,林坚亲自检查了隐蔽在地下车库的日本军用客车。然后摊开地图,第一次公布了路线,在地图上点划:“这支由前导车、护送车伪装成迎接亲王的车队,从这里出去后,要马不停蹄到这里,明白吗?”

众人齐声说:“明白。”

随后,林坚命令陈重把若干张通行证分发给大家。

包括欧阳川,也是第一次见到这些东西。这也是林坚的精明处:不到最后,他不肯披露全部。换句话说,每个人只掌握这个计划的部分。这样。倘若有人被捕,只要修订计划的部分就行,不至于伤筋动骨。

欧阳川仔细观赏陈重为自己制造的“皇家近卫军中佐副官荒木”特别通行证,最后赞叹道:“真正惟妙惟肖!”

陈重不满地说:“你这赞叹,言不由衷。”

欧阳川不解地反问:“怎么?”

“你们所用的证件,是我根据真实的日军证件仿制的。而这张,是我凭借想象做出来的。”

“这是一个杰出的想象:天皇在日本人心目中是神。一人得道,鸡犬升天。因此,皇族在他们心目中,也不是凡人。”林坚说,“而且日本天皇的弟弟东久尔宫亲王,确实经常在东南亚神秘出没。”

陈重得意地说:“因此,这是一张谁也没见过的证件。”

“但愿它管用。”欧阳川说。

陈重把证件放进自己的西装口袋:“只要你敢用,它就一定管用。”他说得一口好日文。有一次,欧阳川称赞他的日文说得好。他不满意地说:“我曾陪同一位日本商人在香港游览了一个星期,告别的时候,他对我说:毕业后,到我的公司来,你的中文说得太好了:他把我当成日本人了!”

沈宗翰在房间研究地图,司机林阳港进入,说有事情要请示。

他头也不抬地说:“讲。”

林阳港小心地问:“您是不是在出货?”

沈宗翰抬起头来:“出货?出什么货?”

“人。”林阳港盯住他。

沈宗翰反问:“人?”

“您这里是不是有些要往出弄的人?”

沈宗翰不以为然地说:“我这是酒店。住的人都要往出走的。”

林阳港固执地问:“我是指悄悄地走。”

“你是指偷渡?”

“差不多就是这个意思。”

沈宗翰居高临下地说:“没有,我从来都是在做合法的生意。”

“那就好。”林阳港说罢要走。

沈宗翰叫住他:“你是做什么工作的?”

林阳港惊诧地:“司机啊?”

“司机是干什么的?”

“开车啊?”

沈宗翰很有分量地说:“那你就开好你的车!”

行动前,金培信和他的随员必须处理掉。安伯因此提议使用“水浒做法”。见众人不明白,他举例道:“孙二娘准备算计武松,但她看武松高大魁梧,所以就心生一计。”

毛磊笑道:“把武松麻翻在地。这个我来。”

大川到酒井官邸,紧急求见,陈述完种种疑点之后,要求撇开德川计划,采取严厉措施。在全市范围内,严密搜查,上寰岛酒店是重点。见酒井不置可否,他坦言相问:“大川实在不明白,军部为何对德川言听计从。”

酒井知道必须说服大川,因为德川是“头脑”,而大川是“手”。没有手,任何东西都拿不回来。他先以“奇袭珍珠港”为例:此战役开始前,军部派往珍珠港的间谍达二百余名,摸清太平洋舰队的底细之后,汇报给军部。山本将军据此制订了“奇袭计划”。此计划在海军参谋学院进行图上作业时,成功率不过百分之六十。只有山本将军这样雄才大略的军人才会实施这样的计划。所幸的是,它成功了。

大川不明白酒井这番话的含义。

酒井道出了其中的核心:目前在军部执掌大权的人,正是主持奇袭珍珠港那批人。他们认为德川计划,是香港版的奇袭珍珠港。德川认为:文化人一定不会集中在上寰岛酒店一个点,而是分散在港九各处。如果此刻动手,势必打草惊蛇。他要等他们都集中起来,渡海的时候,全歼之。

大川惊讶地问:“通吃?”见酒井点头。又说:“我总以为,奇袭珍珠港是一个例外。”

“但军部那些人和德川，却把这个例外当成正例了。既然军部已经授权德川主办，咱们做好配合工作就行了。你什么都不要做，过犹不及。”酒井近来对德川凌驾于他之上的做法，颇为不满，但此乃高层政治，没有必要让下属知道：“然后你去上寰岛酒店，把咱们手上的那几个人带回宪兵队。”见大川愕然，他补充说：“万一德川计划失败，手上怎么也得有几个人来滥竽充数，一来做做宣传，二来也可以向上峰交代。”这几个人，都是在日军发布文化人必须限期到上寰岛酒店报道的布告后前来的。但一个正经货色也没有。

金培信在房间里喝着古巴咖啡。准备喝完之后，大干一场：根据他搜集到的情报，周夏文就在一二〇七号房。喝完之后，他刚准备电召汪伪的两名特工在十一楼集合，突然感到一阵晕眩。

正在这时，电话响。他试图拿起电话，但手还没有伸出去，就瘫软下去。

行动是十一点开始的。当然，不能这四十多人一下子上车。那样目标过于大了。所以有三个一组，也有四个一组。每组间隔时间，大约十分钟。

一二〇七号房间内，并不是周夏文，而是商羊夫妇。黑仔、陈重奉命前来接应。刚要出门时，黑仔感觉到一丝异常，他示意众人静默，然后走到门镜中一看：看见两名持枪的人，正举枪对着门。

他回到屋中，从墙壁上取下一把沉重的消防斧。示意陈重随他到门口。他用耳朵俯在门板上听了听，然后猛然间挥斧向门板劈去。

正俯耳在门板上倾听的特务甲的头一下子被劈成两半。

特务乙万万没有想到会遇到飞来神斧，正在发愣，就被冲出来的黑仔一斧砍倒。这两个汪伪特工，接不到金培信的指示，就决定吃独食。虽然他们不知道金培信要找的人什么身份，但肯定是很有用的人。抓住了，可以作为筹码与之交换金钱。谁料想，换来的却是死亡。

所有的人，在预定时间全部上了车。准备按照次序出发时，作为前导车的黑色轿车,突然熄火。这一下,计划全乱了。欧阳川制止了黑仔对陈重的埋怨,下车后,与林坚会商。

林坚也一时拿不出办法来:黑色奔驰轿车,作为亲王的专用车,是必不可少的道具。“修不好吗?”他问正在埋头修理的陈重。

陈重作为从小玩车的阔少,是游击队中唯一的汽车专家。可他现在连问题在哪里,都找不到,根本谈不上修理。

沈宗翰不失时机地出现了,提议换了车牌,坐他的黑色奔驰车。且说自己可以陪同前往。

因为没有选择的余地,林坚同意了。

不过一分钟,林阳港驾驶的汽车,就从地下车库内开了出来。

随员费了很大力,才把金培信弄醒。

金培信毕竟是一个头脑清晰的人,醒来立刻意识到发生了什么事马上命令撤退。见随员要收拾东西。他说:“什么都不要了!”

随员问:“电台呢?”

金培信已经打开门:“不要了!还有备用的。”

由三辆车组成的车队在疾驰。前导车上插着一面日本国旗。本来就稀少的行人避犹不及。车队很快来到了一道卡子前。

日本军曹示意车队停驶。

陈重命令林阳港,将这辆插着白底红菊花皇家旗帜的奔驰车,开到前导车前面去。

林阳港做得很到位:车开到军曹面前,才猛地刹车,极显皇家气势。

军曹驱赶了一下尘土,有些不高兴地要求陈重出示证件。

陈重皱皱眉:“什么证件?”

军曹解释道:“凡是过往行人,都要出示证件。”

陈重指指后面:“这车上有重要客人。耽搁了你负得起责任?”

军曹也被激怒了:“军令如山。”

陈重傲慢地把证件拿出来:“可有些东西比山大。”

军曹接过证件。当他看到“皇家近卫军副官荒木中佐”的字样后,不禁肃然起敬。

陈重傲慢地说:“你仔细看看。不是很容易看到的!”

军曹因为从没有见过此类证件,所以虽然恭敬,但还是问道:“不知荒木中佐来香港有何公务?”他打量着后排穿西装的沈宗翰和林坚。

陈重用问题来回答问题:“有必要告诉你吗?”

军曹解释:“我们没有接到通知。”

林坚用日语说:“如果没有接到通知,便是酒井中将的失职。”

军曹被这标准的京都口音镇住了,问陈重:“这位是?”

陈重打断道:“是东久尔宫亲王。”

军曹立刻肃然起敬。“东久尔宫亲王?”

陈重看看手表:“你们的总督,已经在他的别墅等待多时了。”

军曹示意士兵打开路障,然后敬礼。

一直等车队消失之后,方才礼毕。

日军在香港的防卫部属,符合一般的规律:从市中心到郊区、再到远郊区,强度依次递减。到了最后一道卡子的时候,守卫人员已经基本上是伪军了。对付伪军,日本皇家就不起作用了。所以根据计划,游击队员们将旗帜和证件都更换了。

一名懒洋洋的伪军,拦住汽车后,索要通行证。

林阳港把“特别通行证”递给他的同时,强调了一下“特别”二字。可伪军却十分不屑:“特别?是中国人就特别不了!”

林阳港说:“你看好了,这可是酒井司令亲自签发的。”

“酒井司令？天高皇帝远。”伪军掂动手指头。

林阳港拿出两张纸币，“这个好说。”

伪军准备接钱，突然脸色一变：“你这要干什么？”然后走开。

众人这才发现，有一名日本军曹走过来。伪军迎上去，与军曹嘀咕一番后，向汽车走来。

林坚拔出手枪，命令做好战斗准备。

林阳港伸手：“给我一支枪。”

林坚把备用的手枪递给他。“我说后退时，你就高速前进。”

林阳港点头。

军曹手中拿着一张满是相片的布告，走到车前，厉声喝道：“全体下车！”

林竖当即命令：“开车！”

车猛地高速起步。但军曹却紧紧地扒着林阳港一侧的车窗，不肯松手。

林阳港毫不犹豫地向军曹开了一枪。被击中的军曹，松开了一只手，他毫不犹豫，又开了第二枪。军曹这才完全脱离汽车。

车开行一段后，林阳港问：“往哪个方向开？”

林坚看看沈宗翰：“沈先生没有告诉他？”

沈宗翰笑笑：“我们是临时加入的，所以没知会于他。”

林坚也笑笑：“就是你停船的地方。”

沈宗翰问：“荔枝湾？”

林坚点头：“对。荔枝湾。”

酒井看完了电报，对大川说：“将所有海陆机动部队调至元郎集中待命。”

大川答应：“是。”

酒井坐到沙发上，竭力放松身体。等大川通过电话传达命令后说：“在陆军学院，用《三国演义》当教材。我记得其中有一句话，叫作：周郎妙计安天下，”然后停住。

大川接了一句："赔了夫人又折兵。"

酒井仰天活动颈椎："但愿不要发生这样的情况。"

"我建议全港岛戒严。出动海上巡逻艇。"大川还是说出自己想说的话。

"军部命令：不折不扣执行德川计划。"酒井说着闭上了眼睛。

河口镇离开荔枝湾虽然只有不到十公里，但没有公路可走了。

下车后，林坚对沈宗翰说："沈先生与我们一同过关斩将，所以我们很希望先生能与我们一起走。"他指指海对岸："那边是一片广袤的土地。我将负责把先生送到任何先生想去的地方。"

沈宗翰很动感情地说："与你们同行一路，宗翰极受感染。从你们身上，宗翰看到了不屈不挠的民族精神，更愿意与你们一起去战胜法西斯。"

沈宗翰掏出烟斗，林坚给他点燃。

沈宗翰无限惆怅地说："可在香港，宗翰有稚子娇妻、垂垂老母，实在是割舍不下啊！就此告别吧。"

"我非常理解先生的处境。也尊重先生的决定。"林坚扭头命令道："黑仔，你带两个人，护送沈先生回去。"

"不用了。人多目标反而大。再者说，我毕竟是有身份的人。"沈宗翰指指汽车说："这车留下来给你们用。"

"我们今天晚上，最晚明天，就要从这里准时渡海。车已经没有用了。"林坚说。

沈宗翰伸手："我相信我们在不久的将来，一定还能见面。"

林坚握住沈宗翰的手："一定能见面。"

日军的军令系统很是畅通。德川的命令通过酒井，很快就传达到南太平洋派遣军司令部。

派遣军参谋长立即就签发命令：第一师团所属部队，务必于今日八点之前，在荔枝湾集结。海岸巡逻队所有舰只,在七点之前,在荔枝湾集结待命。

沈宗翰走后,欧阳川对林坚说出了自己的担忧:出市区太顺利、过卡子也太顺利。总之,一切过于顺利。物极必反,前面必定有大障碍。

林坚的回答是从感性出发的:林阳港拿到英制虎牌手枪后,看都没看,便能很熟练地使用。且在击杀日本军曹的时候,毫不手软地一枪打在天灵盖上——此绝非第一次杀人者所能为之的。

"你是怀疑仆,还是怀疑主? 还是主仆一起怀疑? "欧阳川问。

"孙子说:围师必阙。他们让开一条路,让咱们走。"林坚没有正面回答问题:"孙子又说:兵以诈立,还说:兵不厌诈。"

欧阳川笑了:"于是,渡海地点改变了。"

"英雄所见略同。"林坚笑着问欧阳川以为渡海撤离最佳地点在哪儿?

欧阳川笑着说:"这不是我能回答的问题。"

林坚指点着地图上的鲶湾,说黄先生的船,就停泊在这里。

欧阳川看了一下后说:"南辕北辙,相差万里。可这里没有码头,黄先生的船大,靠不了岸。"

"小船我已经准备好了。"林坚望着窗外说:"来到香港,我的第一感受,就是日寇的统治方法,与在大陆截然不同。我也考察了酒井的过去:其人虽有阴谋,但仍然是以残暴著称。那么是谁促成了这样的统治作风呢?我由此推断;在酒井后面,还有一个'高人'。不是酒井,而是这个高段位的棋手,在和我们对弈。"

欧阳川这才完全明白计划的全部:我们意识到文化精英的重要性,敌人也意识到了。但我们动手领先一步。后来部分文化人,集中到上寰岛酒店,敌人也知道。但不动手的原因,就是准备通吃。而我们则利用了敌人这个心理,顺利地通过了封锁线。发现了林阳港是奸细,我们就利用这个奸细,把"荔枝湾"离岸的消息,通报给敌人。而在早已经准备就绪的鲶湾,顺利撤退。他感慨地说:"等将来,全国解放,我一定把这个战例写入教科书。"

南支那派遣军负责此次行动的参谋长，命令三个团的部队，迅速向元朗方向集结。目标：从香港荔枝湾方向来的所有船只。

这样，香港方向的南太平洋派遣军和南支那派遣军，就形成了铁壁合围的态势。

此态势很正确地由大川标在酒井的作战图上。他看后，不由地感叹道："确实是一个伟大的计划。"

大川嘴唇一动，没有说话。

"德川要把共产党和所有这些左翼文化人一网打尽。这种构思，我永远都不会有。"酒井转身对大川说，"依旧以奇袭珍珠港为例：第一波攻击成功后，特遣舰队司令南云，没有按照山本司令官的指示，发动第二波攻击。所以，被指责为庸才。"

"但战果还是很辉煌的。"

"虽然被击沉了很多战列舰、巡洋舰、驱逐舰，但它们都在浅水里。很容易被打捞起来翻修。我估计不久就会在海上重见它们的身影。"酒井重新转向地图。

"那么正确的做法应该是？"大川已经觉察到酒井的情绪。

"应该炸毁港内的修理厂、重油罐。使美国的太平洋舰队彻底丧失元气。"

大川走向地图："这么说，德川的计划确实有它的伟大之处。"

"大川，你知道一个伟大的计划的必要条件是什么吗？"酒井坐到沙发上问。见大川摇头，他说："运气！奇袭珍珠港的计划确实很伟大，但山本司令官的运气不算好。"他顿了一下："太平洋舰队的航空母舰都不在珍珠港内。"

"但它们的主力舰还是被击沉了。"

酒井慢慢地说："山本司令官曾经对我说：未来的战争，没有制空权，就没有制海权。"

大川显然跟不上酒井的思路。

酒井锐利地发问："假设德川计划就是奇袭珍珠港计划，那你说给我听听：

航空母舰是谁家？”

大川回答：“我不知道。”

“是共产党。”酒井走到地图前面：“我实在是希望这些航空母舰都在海港内。”

当满载文化精英的船只消失在沉沉的夜幕中后，欧阳川感慨地说：“鲶湾这个地名，将载入史册。”

林坚问：“你是不是有如释重负的感觉？”

欧阳川望着远方说：“敌人一定会疯狂地报复。担子一定会更重。”

德川计划全部落空的消息，是次日中午送达酒井官邸的。看完电报后，他很久没有说话。

大川立正说：“大川请示下一步行动计划。”

酒井喃喃自语：“一个也没有！所有的种子，都播撒到沃土上去了。”慢慢地，他回过神来，“《三国演义》中，诸葛亮命令士兵齐声呐喊：周郎妙计安天下，赔了夫人又折兵。”

大川安慰道：“德川确实是赔了夫人又折兵。”

酒井更正：“是咱们‘赔了夫人又折兵’。”

大川默然。

酒井继续说：“德川可以一走了之。而我则是守土有责。有酒要过年，没有酒也要过年。”他拿出一份计划，递给大川。

大川看了一眼后，惊讶地说：“司令官早就料到德川计划不能成功？”

酒井没有回答：“按照计划去准备吧。”

第四章

周夏文出生于一个殷实的中产人家，非如此，他也不可能在世纪初就远赴美国，在哈佛大学学经济。换言之，也就不可能与宋子文同学。如果不与之同学，也就没有今天的劫难——再以后，作为大学教授，而养尊处优。但凡这类人，根本就不可能具有亡命天涯的能力。逃离寺院后不过两天，他就形容枯槁，如乞丐一般。无奈之中，他又潜回黄江源住宅：君子之交淡如水，黄江源是他在香港唯一的朋友。

他从后门潜入花园，躲在树后观察片刻，准备进入时，突然发现有人出来。于是赶紧趴在草丛中。

来者是魏得明。他阔步走过周夏文的藏身处，突然感觉到什么。于是停下来。周夏文顺理成章被发现了。

“周伯伯？你怎么又回来了。”他诧异地问。

周夏文尴尬地站起来，掸掸脏得无法再脏的衣服：“江源兄在不在？”

魏得明眼珠一转，说人虽然在，但现在不能进去。他意识到此乃天赐良机：从金培信这个等级的“大鳄”出寻、到随员一日数次的电话追踪，他便能肯定眼前这个人，定与一笔巨款有关——司马迁说得好：天下熙熙，皆为利来；天下攘攘，皆为利往——于是，编造出屋内有日本人的谎言。

如他所料，已是惊弓之鸟的周夏文，听话地跟着他走了。

在月光下的一条小船上，林坚推算对手的下一步棋：文化精英安全离港后，日本人一定会疯狂地报复。但这种报复，肯定与内地的扫荡、清剿不同。那么会是什么方式呢？

欧阳川用的方法也很科学：把自己假设成对手，作换位思考。其结果是：炮制出一些假的政要、名人，借以迷惑香港市民，维持虚假繁荣、保持稳定。

“媒体掌握在他们手里，如何揭穿？”林坚敏锐地提问：作为最高领导者，提出问题是最重要的。

欧阳川认为酒井掌握的仅仅是官方媒体。游击队可以用传单来宣传，同时可以利用一些不受酒井控制的民间媒体。

林坚提议欧阳川进一步把自己假设成日本的最高决策者，那又将如何看待香港在整个战略格局中的位置？

欧阳川没有马上回答，说要思考一番。

在一个很简陋的酒店里，等一向吃饭文质彬彬的周夏文风卷残云地吃完了两碗米饭和一个大肘子后，魏得明的计划已经构思好了：“周伯伯，你幸亏碰到了我。否则后果不堪设想。”开门戏，必须镇住对手，这样才可以驯服之。

周夏文擦着冷汗说：“多谢得明世兄。多谢得明世兄。”见魏得明给他倒酒，他双手捂住酒杯：“夏文从来就不胜酒力。”

魏得明见周夏文已经不以长辈自居，就知道自己的招法奏效了：“酒这东西很神奇，喝下去，就什么都忘了。我敬周伯伯一杯。”见周夏文听话地喝酒，他明白自己已经完全控制住周夏文了。

螳螂捕蝉，黄雀在后：谭老大的师爷，在一个角落里用余光笼罩着他们两个。

林坚和欧阳川此行的目的，是去郊外的英国人墓地参加游击队的会议。此刻两人已经弃船登岸，在乡间小路上边走边谈。

林坚肯定了欧阳川的说法：在日本的战略版图中，香港的作用既是军事的，也是经济的。

欧阳川却以为香港对“帝国”的作用，经济大于军事：香港是日占区中，唯一一个还有外国商人活动的地方。德国人、意大利人就不用说了。另外还有许多中立国的商人在此地经营。很多战略物资和准战略物资，都通过他们，汇聚到这里。然后用于侵略战争中。根据安伯和黄江源、沈宗翰提供的情报，还不是一个小数目。

林坚的目光更为普照：“德国人占领瑞士，不过是举手之劳。可希特勒为什么不采取行动呢？其原因就是因为瑞士对于德国，如同香港对于日本。”

欧阳川顺着林坚的思路，得出了结论：要让香港丧失给日军的军事机器造血的功能。

至于途径，只有一条：用革命的武装，对付反革命的武装。

讨论间，两个人已抵达墓地，坐在一块大墓碑前休息。

魏得明灌醉周夏文的目的，就是探明底细：“您为什么不跟着那一批人，一起回内地？”

周夏文已经进入微醺状态：“实在是有些事，割舍不下。”

魏得明进一步：“在香港？”

“对。在香港。我必须在香港。”周夏文口齿不清地说。

“天下事，了犹未了。何妨以，不了了之？”魏得明知道对付周夏文这样的文人，必须用文人的语言。边说边给他斟酒。

“这事太大了。没办法不了了之！”周夏文喝下一口酒：酒到这份上，已经从辛辣变成香甜了。

“私人的事？”

周夏文摇摇头：“我孤身一人，有什么私事？”

魏得明望着渐入醉乡的周夏文：“莫非还是国家的事不成？”

周夏文含糊地说:“也差不多。”

魏得明再度举杯:“您一介书生,能有什么军国要事?”

“法不传六耳”的观念,已经固化在周夏文的脑海里:“不说也罢。”

魏得明知道任何事情都不可能一蹴而就:“不说也罢。咱们来个一醉方休。”

周夏文知道自己已经到了极限:“我已经醉了。”

“那咱们就走。”魏得明扶起周夏文。

周夏文连去哪里都没有精神问,听话地跟着魏得明出去了。

谭老大的师爷结账后,也跟了出去。

林坚有一个很好的工作习惯:大事过后,必要检讨得失。此次营救行动,根据事后情报,日本人果然在荔枝湾集结了大量的兵力。换言之,必定有人透露消息。那么,这个人是谁?

欧阳川使用的是排除法:首先排除了游击队内部人,因为即使是他本人,也是在最后一刻,方才得知准确的立案地点;其次排除了黄江源、他的船、他的驾驶员,如果他是汉奸,不可能走得如此顺畅:最后焦点集中在沈宗翰和林阳港两个人身上,二者必居其一。

欧阳川接下来把沈宗翰也排除了:早在上寰岛酒店就可以下手:名单中四分之一强的人,都在上寰岛酒店。他完全知情。

这样,名单上只剩下林阳港一个人。

两个人正要往下讨论,坟地中突然冒出两名日本兵和一名汉奸。

这三个人,原本不过是出来打点儿“野食”:这支驻港的日军,参加过南京屠城。掠夺和杀人是很上瘾的事情,从那以后,中国广袤的大地,就是一个丰富的猎场,钱财、妇女,什么都可以随便拿。可到了香港,因为酒井改变了战略,让他们手痒得很。就半夜出来寻找对象。没想到歪打正着,碰到了林坚、欧阳川。

欧阳川与林坚面对明显地占有有利地形、呈三角形逼近的敌人,交换一下眼神。

林坚低声说:“包围圈小到五米之内就动手。”

为首的日本兵,似乎洞察了两个人的心思,命令部下原地不动,接着,他下令道:“目标:膝盖。预备……”

但他的“射击”命令还没有出口,就突然摇晃起来。其余两名敌人于是产生了一瞬间的犹豫。

欧阳川和林坚抓住了这个宝贵的时机,拔枪射击。两名敌人应声倒地。

两个人跑过去,发现发口令的日本兵脖子后面插着一把刀。

林坚欣喜地说:“黑仔?”

欧阳川也知道这一定是黑仔:别人没有这个准头,更没有穿透脖颈的力度。“黑仔!”他大喊。见没有应答,正欲再喊。黑仔突然飘到了两个人面前:“黑仔向政委和队长报到。”他是负责这次会议警戒的,早就来了墓地。潜伏在一个将整个墓地尽收眼底的最佳位置上。

林坚把手中的刀,擦干净后交给黑仔:“我们来了之后,你怎么也不现身?”

黑仔笑笑:“你们谈的都是安邦定国的大事,我插不上嘴。再说,地下党的同志,也来开会,我的任务是保证你们的安全。把这件事做好就成了。”

很少当面夸奖人的林坚,破例说道:“有这样的干部,消灭日寇,指日可待!”

大川和酒井也在谈安邦定国的“大事”。

大川虽然内心认为“围捕文化精英”的行动失败,一切责任在德川,但还是检讨自己,请求处分。

酒井却认为没有这个必要。

“种子脱离控制,播放原野。应该有人负责。”大川很希望酒井能够上书天皇,从而把这个幽灵一般的德川驱逐出香港。

“帝国从开战以来,不知道犯过多少错误。可何曾见一个大人物出来承担过?”酒井知道德川的分量,只好这样说。

“这次一定要有人承担。否则我们将蒙上羞耻。”大川很固执。

“德川先生的深厚背景，你又不是不知道。中国有句古话：刑不上大夫。”酒井把杯中酒喝完，“还是不要追究责任的好。否则责任恐怕会落到我的头上。”

大川诧异地说：“司令官从来就是不怕承担责任的。”

“作为天皇陛下的一名军人，我连死都不怕。”酒井此言不虚：陆军大学毕业后，他迫不及待地请命前往中国。最终如愿以偿，担任日本驻华使馆副武官。时逢北伐，他因此调任济南领事馆武官。为了保护、扩张日本在山东的利益，他一手策划了济南惨案，擅自决定枪杀国民党战地政务委员会主任兼山东交涉专员蔡公时等十八人，并且歪曲事实，谎称中国军队首先挑衅。随后就占领了济南城，杀害中国公民六千余人。一九三四年，他担任日本天津驻军参谋长期间，制定了“不战而取华北”的战略。接着就炮制“河北事件”，迫使国民党政府与之签订了《何梅协定》。在日本素有“文武怪才”之称。所以才在一九四一年十一月，也就是进军东南亚前的一个月把他从张家口特务机关长的位置上，调任第二十三军担任司令官，攻占香港后，顺理成章地被任命为港督、驻军司令。

大川虔诚地说：“我誓与将军同生死。”

“武士谢罪的最高方式，就是切腹自杀。这是最容易、最容易的事。现在萦绕在我心头的一件事，比这要难上很多倍。”酒井见大川不解，就接着说：“香港不过是一个弹丸之地。天皇陛下千秋慧眼，将其纳入版图，定有深意。”他倒上一杯酒，递给大川：“你说过：香港是一条扁担，一侧是东南亚，一侧是中国大陆。可这条扁担由什么东西构成呢？”

大川一下子被问住。

酒井并不要求大川马上回答，说此乃一道高级作业题，三天之内想出来，就算优秀。

阿菊是魏得明包养的女人，不到三十岁，模样虽然一般，但柔若无骨，妩媚之极。他给阿菊提供了这套小公寓，并且按月支付她不菲的用度。条件只有一个：保密。因为一旦泄露，图谋黄氏产业的宏大构思就不可能完成了。所以他认为此处是藏周夏文最保险的地方——既然可以“藏娇”，也必然可以“藏金”。

魏得明赤裸着身体，隔着打开的卧室门，看着在客厅上昏睡的周夏文对阿菊说：“一定要把他看住了。看住了他，保你穿金戴银过后半辈子。”

“他一个大男人，说走就走，我如何看得住？”阿菊也是赤身裸体。她几次要求关上客厅的门，魏得明就是不让，说周夏文根本不可能醒来。

“不战而屈人之兵，曰之为上。”他抚摸着阿菊光滑的脊背说：“吓唬他。吓唬他不行，就迷惑他。你是女人。应该明白如何拴住一个男人的心。”听阿菊斥责他卑鄙，他不以为然地说：“这世道，无论你怎么卑鄙，也不会过分。”倘若阿菊用肉体拴住周夏文，他一点都不会在乎：她在他眼中，不过是一件会说话的工具而已。

在墓地召开的会议上，确定了建立武装的方针，并且制订了计划。其中的第一项就是武器。

毛磊根据日军逼近香港时，英军在上寰岛酒店召开的誓师宴会上听来的只言片语，确定英军在香港有一个秘密的武器库。见林坚怀疑这个消息的可靠性，他解释道：“在英国人眼中，中国人，尤其是服务业中的中国人，根本就不是人。所以他们当着你的面，就会用英文议论任何事情。”

黑仔着急地问：“在什么地方？”听毛磊说还不清楚，他泄气了：“这不是和没说一样！”

毛磊确定英军司令的军需副官乔治一定知道，可惜他在战俘营内。

欧阳川提议从另外一个方向入手：武器库总要有人建造、武器也要有人搬运。这些人数量一定不会小，找起来应该容易一些。

毛磊告诉他：武器库是在新界的一个天然的山洞，建造、搬运的工作，是由一支英国海军陆战队完成的。完成之后，就调往欧洲战场了。

既然所有的路都被封堵，也只能走“救乔治出战俘营”一条路了。

周夏文从一个复杂的噩梦中醒来,发现自己在一个陌生的地方,而这之前的事情,他一件也记不起来了。他感到越发惊恐。

这时,电灯突然亮了。阿菊端着一个托盘进入,笑眯眯地说:"周先生,您醒来啦?"

周夏文看着阿菊近乎赤裸的躯体,害怕地说:"你怎么穿这么少的衣服?"

阿菊笑着说:"您看看自己。"

周夏文这才发现自己是完全赤裸。他脸羞得通红,赶紧披上衣服。这是魏得明的计划:对周夏文这样一个有文化的鳏夫,与人同房,和定终身差不多。这将产生一股不可小视的钳制力量。

阿菊放下托盘,坐到周夏文的床上。见周夏文不知所措,她笑着说:"周先生,您放开一些。这里就是您的家。"

"我的家?"周夏文纳闷地问。

阿菊指指并排的两个枕头,装作害羞的样子说:"人都是你的人了,当然家也是你的家了。"

周夏文一下子就被降服了:他虽然号称教授,但只是在很窄的一个领域内,有着专门的知识。对于男女之事,尤其是男女之间交易的事,几乎一无所知。

酒井把一份卷宗合拢。然后闭上眼睛。大川不无惶恐地看着闭目养神的酒井:这份计划书,是他一天一夜不曾合眼搞出来的。

酒井睁开眼睛,慢吞吞地道:"你自己以为作业完成得怎么样?"

"我想有及格的水平。"大川稍微平静了一点儿。

"不是及格。"看着大川惶恐的样子,酒井很难得地一笑:"是满分。"

大川喜出望外:"司令官夸奖了。"

"你说得对:香港的意义完全在于经济。"酒井提问:"你认为的经济都包含什么?"

大川开始罗列:店铺、工厂、赌马场,还有运输业、轮船公司。

酒井认为大川说得都对,只是没有抓住关键:"所有这一切的总和,就是一个字:钱。钱就是经济。经济就是钱。咱们现在有枪,如果再有了钱,就等于有了一切。打仗,看起来是比枪炮子弹。但说到底,是比谁的钱多。"在张家口担任特务机关长和日本内阁"兴亚院"驻蒙疆联络部长官期间,他成立了大量的经济机构,垄断了内蒙、山西和张家口地区的煤炭、金融、石油、粮食、木材等重要行业,源源不断地将掠夺来的物资输送到国内、军中,从而支持不断扩大的侵略战争。所以他深刻地领会了自己"港督"使命的真正意义。

根据酒井的命令,马会会员俱乐部重新对会员开放。久违的会员们,不约而同地在周末来到俱乐部的西餐厅,品尝市面上已经不见踪迹的美酒、咖啡和牛排、雪茄。

黄江源望着四周,不无感慨地说:"雕栏玉砌应犹在,只是朱颜改!"

沈宗翰在装填烟斗,头也不抬地说:"我看基本上还是那些人。"

"可心情却很不一样了!"黄江源破例地点燃了一支雪茄。

"说实在话,这个会员俱乐部重新开放,我很高兴。"沈宗翰喷出浓浓的一口烟。

"真难为你了:在这个动乱岁月里,还能高兴起来。"

"我和你不一样。你是银行家。"沈宗翰指指另外几桌客人。"这些人也基本上都是银行家。对你们这些人来说,恕我直言:香港掌握在英国人手里也好、掌握在日本人手里也好,没有什么不一样的。"

黄江源的脸色阴沉下来:"此话怎讲?"

"其实都掌握在你们这些银行家的手里。用《三国演义》开篇词上的话说:青山依旧在,几度夕阳红。"

黄江源的脸色和缓起来:"你这话起码前半段是对的。"

"日本人不也已经命令你们开业了吗?"

"你可以命令一个人立正、稍息,甚至可以命令他跪下。但你无法命令一个人去爱、去恨。这爱和恨,都是自然的事。”黄江源见沈宗翰似懂非懂,就解释说:“银行的运转,依靠的是信用。试想一下:恶魔般的日本人,人人避犹不及,谁还会来和他们所控制的银行交易呢?”

沈宗翰认为有人就会有交易,且每时每刻在发生。没有交易,香港这样的大都市,一天也存活不了。

黄江源纠正他的说法:这些所谓的交易,呈现原始形态:现金、以物易物。而真正的依靠贷款运行的大额贸易,已经不复存在。

沈宗翰顺理成章地将话题转到现金上面,说自己还有一些英镑。问黄江源是否已作废?

黄江源告诉他:如果是在港的存款,几乎就是废纸。日本人规定:凡存款超过一千英镑的户头,都要汇报。凡提取一百英镑以上的现金,都要批准。眼下只有现金是自由的。至于现金作废,则应该不会:英国人对待英镑,很是认真。纵然国力几乎衰竭,也没有滥发纸币。英镑信用因之良好,流通顺畅。

沈宗翰接着他的话问:“坊间传闻:在战争开始前,英国香港银行总裁凯普特就签署了一亿港币。”

“彼时战争临近,人人自危,都像沈先生一样,把现金留存在手里。这样,在市场上周转的现金就严重不足。于是,凯普特先生就签发了一些。这在银行界,几乎人人尽知。”听沈宗翰问具体数目,黄江源说不清楚,因为此乃银行的高级机密。至于这笔钱,发放与否,他认为应该没有。

“存在什么地方?”

“这是英国银行最高级的机密。更不会有人知道了。”他似乎从沈宗翰的眼光中看出一丝异样的光芒,于是补充道:“我想它们也该已经化为灰烬了。”

远处的魏得明很留意地听着两个人的对话。

战俘营位于靠海的一座废弃的工厂内。戒备很是森严。战俘们的伙食很差,提供的卡路里,根本就不足以维持高强度劳动所需的能量。

英军司令军需副官乔治少校，把手中的铁锨扔到一边，走向放水的大桶。

一名日军士兵拦住了他："你的，为什么不干活？"

乔治傲慢地说："你不配与我说话。"

日军士兵诧异地问："为什么？"

"列兵是没有与少校对话的资格的。"乔治坦然地回答。

自觉受辱的士兵，举起刺刀猛地刺向乔治的喉咙。虽然刺刀尖已经进了皮肤，但乔治依旧很傲慢地看着对方。士兵更觉受辱，退后一步，准备刺杀乔治。

大川正巧过来："发生了什么事？"

日军士兵敬礼后回答："他拒绝工作。"

大川靠近乔治："你什么军衔？"

乔治回答："英军少校。"

"作为日军中佐，我问你：你为什么不干活？"大川的语调并不高。

"根据万国公约，战俘是不服劳役的。"乔治干脆地回答。

大川与乔治对视。

乔治并不回避：日军攻占了香港的水库和电厂之后，以为英军就会投降。因为没有水库中的淡水，香港市区的淡水存量只能吃两天。但两天过去了，他所在的斯坦利堡的英军却依然顽强抵抗。此时，日军把从一所英军野战医院内俘虏的一百多名医生、护士、伤员，带到斯坦利堡外，将若干名男俘虏肢解，然后扔出去。并强奸、杀害了七名中国、英国籍的女护士。最后，又逼迫三名被割去耳朵、剁掉手指的俘虏，去向英军递交最后通牒：不投降，就杀掉所有的俘虏。为了避免悲剧加剧，英军才被迫投降。他走出斯坦利堡的时候，所见都是残缺不全的尸体。就在那一刻，他决心与这些野兽战斗到底！

大川什么话都没有说，扭头走开：经过酒井的指点，他大大地提高了一步，明白从香港攫取"血液"才是目的。而传闻有极大一笔金钱，被英军隐藏起来。要找到钱，必须先找到知情者。而知情者一定就在集中营内。此刻引起动乱，是很不明智的。

林阳港与肖聋子喝了几杯酒后，就把“一亿港元”的消息告诉了他，并且嘱咐尽可能地扩散之。他是日本人，早稻田大学研究中国历史的。早在两年前，他就由日本军部，直接派到香港，潜伏下来，搜集一切有用的情报。有关上寰岛酒店藏有文化精英的情报，也曾经三次密送。但回答都是让其待命。他是一个标准的日本军人，严格执行命令，所以一直到最后，也没有擅自采取行动。

肖聋子不知道这个有关“英国人签发了一亿港币”的消息，散布出去能有什么用——他原来是谭老大的人，日本人来了之后，他见有利可图，就投靠过去。

“风是无形的，遇到树木、山川，就会发出呼啸。”

这种标准日本式的思维，肖聋子当然不会懂：“呼啸？”

“这你不会懂。照着做就是了。”林阳港和所有的军国主义者一样，傲视中国人。

“呼啸不懂，钱还是懂的。”肖聋子除去钱和女人外，对任何东西都没有欲望。“要是找到了这笔钱，咱们两个把它分了吧？”

林阳港眉毛一挑：“分？”

“咱们把头拴在裤腰带上干，还不就是为了钱？”

林阳港浅浅一笑，答应了。与此同时他决定：一旦找到钱，就消灭眼前这个人。

“在香港，就没有我找不到的东西。只要这钱在。”肖聋子把杯中酒一饮而尽。

林阳港认为香港就像一盆水，而这个消息的播放，就会使这盆水动荡起来。原来沉没其中的东西，获得了能量，就会浮现。彼时，唯一要做的就是快：一把抓住，万事大吉。

“通吃”计划告破之后，酒井以为德川即使不被调走，起码会销声匿迹一段。可谁料想，日本军部电令他的顶头上司，南中国海驻军最高长官，要他命令酒井“全力配合德川”。这位司令，没有把这份电报批转给他，而是亲笔修书一封，传达这个意思。这样一来，他虽然面子有了，但心里还是不好受。为了释放，他把这封信给大川看。

大川读完，断然说：“天无二日！”

大川的回答，使得酒井感觉到香港的权柄，尚在自己的掌握之中。他的不满，也因此得到了释放：“在江户时期，日本国有着二百多个诸侯国。幕府的权力与皇室的权力平分秋色。在某些方面，甚至高过皇权。明治天皇，靠着自己的智慧，慢慢地才统一了日本。”

“可目前是战争时期。在战争中，只能有一个指挥官。”

“德川君不是指挥官。不过是参谋官而已。”酒井觉得自己说得有点儿多，“好啦，不讲权力，讲讲你的具体措施。”

谭老大坐在高高的太师椅上，威严地看着肖聋子：“你小子确实是英雄虎胆：卖身投靠后，居然还敢来我这里？”

“大哥永远是大哥！”肖聋子属于那种浑身没有一根骨头的人，唯独钱，才能鼓起他的气。

谭老大厉声发问：“你就不怕我这个大哥杀了你？”

“小弟我追随大哥多年，知道大哥的势力遍布港九各个角落。可那是地下的势力，上不了厅堂。”

“你应该知道我在这厅堂之下，办了多少人。”

肖聋子有恃无恐地说：“现如今不一样了。我是皇军的人。杀了我对你没有什么好处。”

谭老大阴沉沉地说：“杀了你，我高兴。高兴就是好处。”

“我肖聋子再大的胆子，也不敢一个人来你这儿。外面，有我的好几个弟兄。我半个时辰不出去，皇军就会把这个地方包围。”

谭老大不以为然地说：“你以为我是吃奶的孩子？”

肖聋子知道亮出真货的时候到了：“再说，我还给老大带来了一件礼物。”

谭老大眼睛一亮:“礼物?”

“一件大大的礼物。”肖聋子接着讲述“一亿港币”的故事。

香港游击队也收到了有关“一亿港元”的消息。对于其真伪,一时间众说纷纭。

欧阳川的论点很明确:根据情报,日本人也在寻找这笔钱的下落,所以宁信其有,不信其无。

林坚同意欧阳川的观点,将它当成阶段的首要工作完成。他很清楚这一个亿落到日本鬼子手里,将由抽象的数字,变成倾泻在祖国大地上的炮弹、射向同胞的子弹。所以即便“疑似”,也不可小觑。

根据部署,大川征用了上寰岛酒店顶层所有的房间,然后把香港英国银行总裁凯普特带到这里,命令他签发从英国银行金库里找到的未经签发的港币。

凯普特无余地地拒绝了。签字的分量,他是深知的:眼前的这箱千元面额的储备港币,是战前为了防止敌方伪造,专门印制的。印制完成之后,没来得及签字。一旦签发,英国本土银行和海外分支机构,就算知道他是在强力威逼之下签的字,也不能拒收。

大川指指桌子上敞开口的一个皮箱:“你果真不签?”

凯普特傲慢地说:“本总裁说话从来只说一遍。”听大川说此乃酒井之命令,他不以为然地说:“本总裁不是军人,不会服从任何司令的命令。再者说,银行的规矩是世界通用的。”

大川以傲慢对付傲慢:“大日本帝国从来不是遵守规矩的国度。”

凯普特惊诧地看着大川。

大川自豪地说:“而是建立规矩的国度。”

凯普特嗤之以鼻:“一个流氓国家。”

大川阻止住往上冲的士兵:“你不后悔?”

一名士兵见凯普特不屑回答,就提议把他吊起来。

大川阴森森地说:“凯普特先生是银行的总裁。是一位英国绅士。对待绅士自有对待绅士的办法。”他对士兵说:“从现在开始,停止一切食物和水的供应。直到凯普特先生开始签字为止。”

他深信严刑拷打的力量来自外部,而饥饿则来自内部。内部的力量永远大于外部。随后他命令严格监控凯普特。倘若出错,无论大小,一律军法从事。

魏得明看看周夏文在大白天熟睡,很是奇怪。阿菊笑着告诉他:“一个大活人,不好管。只得给他加了点儿药。”

魏得明连声称赞后,提醒她注意剂量。

阿菊不高兴地说:“你好像忘了你是把我从什么地方勾引出来的。”

魏得明虚伪地笑笑:“我忘了我的生日,也忘不了怎么认识你的。”

“那你说说。”

魏得明有些不耐烦:“都已经说了一千遍了。”

阿菊撒娇道:“我要你再说一遍。”听他简单地说“护士学校”后,她很不满意地:“应该说是英国人开的、很好的护士学校。”

魏得明重复后,趁机又进了些甜言蜜语:眼下正是用人之际,必须用些手段。

他的话,阿菊虽然不信,但还是喜欢听:这是人性普遍的弱点。

魏得明见阿菊高兴,就把她抱起来,放到了沙发上。

正在这时,传来猛烈的敲门声。阿菊赶紧把魏得明推进卧室,说自己去应付。她见惯了江湖上的一切,自以为能够对付。反而怕魏得明沉不住气,露了馅。

孙云千是国民党宣传部的副部长,来香港治病,被占领后,一时无法脱身,被人出卖后被俘。

他是酒井手中最高级的官员,故酒井亲自劝降。他的要求并不高:到电台,把规定的稿子读完,便可获得释放——除此之外,这位文职官员,也无其他用途。

孙云干一副文弱书生的样子,静静地看完讲话稿后,一言不发。

酒井很客气地说:“有一点我想提前说明:因为是现场直播,所以本司令不希望你脱离稿子多说,哪怕是一个字。后果嘛,本司令就毋庸赘言了。”见孙云干点头同意,酒井就命令副官送孙去电台。等孙一出去,他就拿起电话,命令在电台等候的大川不要让孙直播,而是给他录音。

敲阿菊门的是肖聋子和他的手下。他装模作样地看着阿菊的证件,然后用手捏住阿菊的脸:“不一样。很不一样。”大川下令在全市范围内搜捕周夏文,给了类似他这样的人一个极好的敲诈、勒索善良百姓的机会:稍有纰漏,便可以将人带到“能止婴儿夜啼”的宪兵队相威胁。金钱等好处,也就滚滚而来了。

阿菊虽然紧张,但还是向肖聋子抛了一个媚眼:“怎么不一样?”

“相片没有真人漂亮。职业是护士?”见阿菊点头,肖聋子调戏道:“那能不能给大爷我好好地护理一下啊?”

“改天大爷一个人来的时候,我一定把大爷护理好。”阿菊再度抛出媚眼。

“我就是想让兄弟们看看我的艳福有多么深。”肖聋子伸手去解阿菊衣服扣子。他是坏透了的人,凌辱弱者,能够带给他极大的快感。见她竟然阻挡,脸色顿变:“怎么?不愿意?”

阿菊强笑着说:“长官,这青天白日的,怎么可以?”

肖聋子一挥手:“给我搜!搜它个底朝天。”

阿菊质问道:“你们凭什么?”

肖聋子掏出周夏文的相片:“有人看见这个人在你这儿。”

阿菊顿时脸色变了。

肖聋子的所作所为,都是虚张声势:他根本不认为周夏文会在这里。故而没有注意到阿菊的神情变化:“这个人是皇军要犯。窝藏要犯,骑木驴游街后,凌迟处死！怎么样？”

阿菊只得说：“请你的弟兄们出去，我好好跟你说。”

肖聋子摆手。众人出去。

阿菊含着眼泪，任凭肖聋子剥去她的衣服。以后的过程中，她一直看着肖聋子放在茶几上的手枪。她希望魏得明出来解救他。虽然希望不大，但还是希望。

酒井在司令部里，仔细地听完大川带回的录音：孙云干前面所讲的与讲稿一字不差。唯独在最后，他加了一句：“日本人交代的话，我全部说完了。”

大川奉承道：“将军英明：若是直播，就是一个天大的笑话。”见酒井不说话，他又说：“把最后一句话抹掉后播放，天衣无缝。”

“然后呢？”

“杀掉他。”

“大本营计划的核心就是：以华制华。”酒井没有说孙云干在香港的消息，是德川提供的。现在所做的一切，也是德川安排的。

“这个孙云干，在国民党内，负责了多年的香港事务，还是有影响的。必须让他和公众见面。这对于大东亚共荣，大有好处。”

阿菊满面泪痕地坐在沙发上，愤怒地指责魏得明：“你说，你还算个男人吗？”

魏得明对自己的如簧巧舌，相当自信。他抚摸着她的肩膀说：“匹夫受辱，拔剑而起，此不足为勇。能忍常人所不能忍，方为大丈夫。”

阿菊恨恨地说：“你小丈夫也算不上！”

魏得明亲吻阿菊的耳朵根：“要想干大事，小处就得忍。”

阿菊质问：“这种事也算是小事，那什么才算大事？”

“明人不说暗话：这种事你不在乎，我也不在乎，甚至连事都算不上。”他确实有些技巧，明白什么时候该把话说开，“关键是钱。只要钱到手，就有好日子过。你说我当时要是出来,不是找死吗?”

阿菊果然软下来:“你现在说不在乎,到时候你又会提起。”

“就算我提起,就算我不娶你。只要你手里有钱,男人还不有的是?”他双手一摊,“我再说一遍:钱是最关键的。只要你我同舟共济,这钱一定能够弄出来。”

阿菊虽然已经完全被说服,但还是没好气地说:“和你同舟?我可不敢!”

魏得明抱住她:“你不敢,我敢!”

第五章

大川承担的任务繁重,在发布了“不签就不给饭吃”的命令四天内,一次都没有去上寰岛酒店。只是在电话里听汇报。如同一位好医生,对病人疾病的进程了如指掌一样,他对凯普特的症状进程,也相当了解:第一天,一切如常;第三天,出现幻觉;第四天,胡言乱语。在第五天,他知道胜利在望了:他从来没有见过有人绝食,能超过六天。于是,发布了两条命令:一,一旦他出现生命危险,立刻输液。二,增加看押人员。

日本兵封锁了顶层之下的三层。且布置了三道防线。

作用力永远等于反作用力。这个做法,立刻引起了游击队的注意:如此兴师动众,必然有大人物。林坚因此命令了解内情。

欧阳川用了各种办法,都没能奏效。最后石仔顶替打扫卫生的小工,成功地通过前两道防线,来到关押凯普特的房间前——第三道防线在屋子里,不可能进去——虽然他只待了片刻,就被日本兵用刺刀命令离开。但还是听到了凯普特微弱的呓语。

任何人的呓语,都必定是母语。英语石仔不可能听懂:他一天学也没有上过,但他却有着惊人的模仿能力,惟妙惟肖地将呓语的内容转述给欧阳川听。

欧阳川根据“不能签”、“港币”、“玛丽”等几个关键词,还原了内容:任何人都可能说“港币”,也可能签发某种东西。但同时太太也叫作“玛丽”的可能性,就微乎其微了:此人定是凯普特。

目标被确定,下一步就是拟定行动计划。

“港督酒井平安夜在半岛酒店举行招待会，宴请香港绅商、前两局议员、太平绅士。届时国民党宣传部前副部长孙云干将即席发表讲话”的消息，刊发在香港所有的日控报纸上。

但金培信没有向军统总部汇报：他知道军统总部有很多渠道，但还是抱着“万一不知道”的侥幸心理——总部一旦知道，必然会命令他采取行动。而此行动，必然会影响搜寻一亿港币的行动。

但第二天，他就收到总部“杀掉孙云干”的命令：既然是命令，就不能违抗。于是他准备采取预案：派随员去办。

随员一听，瞬间便觉内衣被汗水浸得如水洗一般，下意识地问如何杀？

他逼视随员反问：“怎么暗杀，还要我教你吗？”

随员稍微回过神来，陈述任务之不可能完成性：日本人一定会重兵把守，严密搜查。即使他有玉石俱焚的决心，也不会有效果。

金培信冷冷地说：“我只要结果，不管过程。”

“那我去准备了。”随员此刻已经计划好了逃跑路线，但还是这样说。

金培信点点头。等随员走后十分钟，他去了随员的房间。随员正在擦拭手枪，很专注，没有发现他。他悄悄地走到随员背后，阴沉沉地说：“三十六计，走为上计？”

“如果您在军统局里只能找到一个愿意为国捐躯的人，那就是我。”随员赶紧起立。

金培信笑着拍拍随员的肩膀：“所以我舍不得让你去死。”

随员的眼睛一亮：“取消暗杀计划了？”

“孙部长一定要死！”他见随员眼中立刻暗淡无光，便说：“要孙部长死，不等于要你去死。”

“特派员放心，我会从容赴死的。”随员持枪做瞄准状。他知道此刻绝对不能让金培信起疑心。

金培信慢悠悠地说：“我曾经不止一次地让你读读《曾文正集》，你就是不肯用心。”

随员作豪迈状:“来生再读吧。”

“曾文正公说:挥金如土,杀人如麻。”金培信见随员不解,补充道:“重赏之下,必有勇夫。”

“你是让我雇佣一个杀手?”随员睁大眼睛。

金培信边说边往外走:“挥金如土,杀人如麻!”

谭老大对随员提出的任务和价钱都不感兴趣:“我只做生意,不干政治。那玩意儿,谁也搞不清。”

因为有涉自己生命,随员并没有被谭老大的气势压迫住:“你不管政治,政治会管你。”

谭老大不耐烦地说:“我看政治和你,谁也管不了我!”

随员眼珠一转后,把价格提高了一倍:既然谭老大说他是做生意的,那不过是个价格问题。随后,他又强调刺杀的对象是汉奸。

“杀汉奸?也算为国出力。好,我想法给你找一找。”谭老大的这个承诺,主要是被价格所打动,当然也有爱国的成分。

军统要刺杀孙云干的消息,沿着“师爷——肖聋子——大川”这条管道,输送到酒井。

大川以为这条消息虚张声势的成分比较大:日军的保安措施,世界闻名。即使来的都是头面人物,也要严格搜身。

酒井设疑:如刺客事先把武器藏到会场的某个地方呢,你又当如何?

大川一下子被问住:“将军说得对:一支手枪,很可能漏过去。何况,它还可以分拆。”

酒井笑笑:“你看过美国的西部片吗?”

“大川厌恶美国的一切。”

“我却很喜欢看。只有那里面的牛仔,才可能在一百米的距离以外,用手枪杀人。”酒井做步枪射击状。

大川立刻明白了:“将军的意思是:杀手一定用步枪。”

酒井肯定地说:“如果这个杀手果真存在,一定是步枪。步枪是很容易找到的。”

金培信对随员诸如款项多少、付款方式等细节不感兴趣。要求知道的只是行动的必备条件。

随员说刺客只是要求把一支步枪,提前放在会场内。

“还是那句话:挥金如土。收买剧场的服务生就是了。”金培信见随员欲言又止。就问:“还有事?”

“有消息说:孙部长的直播是经过编辑的录音。”随员见金培信不置可否,又说:“我看是不是……”

“我看你是想亲自去完成这次行动!”金培信厉声说。见随员一哆嗦,他又说:“委员长说过:宁肯错杀一千,绝不放过一个。明白吗?”

随员连声说:“明白。明白!”

林坚主持的会议,首先研究了营救凯普特的方案。然后通报了英军司令军需副官乔治就在集中营里的消息。然后强调必须双管齐下:日寇准备让凯普特签发一亿港币。如果再从乔治的嘴里,挖出隐藏在秘密军火库里的一亿港币,然后一起加入流通,极有可能摧毁已经摇摇欲坠的英国货币体系。

安伯通报了军统要刺杀孙云干的消息——这消息是由谭老大转告的:他明白在香港,各派势力交织,要想生存,只有求得平衡。

大家都听过电台播放的孙云干讲话,认定他是个不折不扣的汉奸。

黑仔说:“那正好把他杀了。用别人的锅,炒咱们的菜。不赖。”

欧阳川有不同意见:“据可靠情报,孙某人的电台讲话,不是直播,而是经过删节编辑的。”

黑仔不服:“说到底,他还是说了日本人想听的话。要是我,一句也不说。不说,日本人就没法编。”

欧阳川却认为孙云干不是共产党人,不能用共产党人的标准去要求。

黑仔有着自己的逻辑:既然不是共产党人,就用不着去管。

林坚从统一战线的高度分析这件事:孙云干在北京大学读书的时候,曾经参加了五四运动。思想很是进步。在负责香港事务时,也给国家争回来不少利益。基本可以断定他是被迫的。营救他,就可以揭穿日本人的阴谋、显示香港游击队是仁义之师。

至于具体的方案:第一,通过谭老大,撤销刺杀计划。如若不行,独力营救。

阿菊靠在周夏文身上,温柔地抚摸着他。周夏文似乎不习惯,可又没有办法。

阿菊问:“您的头还晕不晕?”听他说“略有些”后,就把药拿出来:“该吃药了。”见他听话地把药吃下去后,她说:“吃了药,好好休息。”然后关灯走了出去。

她一出去,周夏文立刻起床,凑到痰盂跟前,把食指塞进喉咙,把药片呕吐出来:阿菊给他吃的是什么药,他不知道。但作用就是让他晕眩。至于这样做的目的,就不用说了。

一切如酒井所料,大川果然在半岛酒店剧场包厢洗手间的水箱里,找到了拆分成两部分的英制狙击步枪。然后按照酒井的命令,他又把枪放回了原处。可当他开会前,在贵宾室里,听到“枪被杀手取走”的消息后,依旧忐忑不安:一个拿着枪的职业杀手,在剧场内游走,无论如何,也是一件危险的事。

直到开会前五分钟,酒井方才阐述了此计划之核心:孙云干乃北京大学毕业的学生。中国的读书人最讲名节,把名节看得比性命还重要。而北大的学生,最讲自由精神。所以可以预料,他今天必定会说一些反对日本统治的话。说反对日本统治的话，就会被杀，这对那些两局议员、太平绅士、银行家一定是一个好的教训：最好的教训，就是血的教训！

大川很佩服酒井宏大、精密的构思，但还是担心杀手对酒井的生命构成威胁。

"如果这名杀手是共产党派出来的，我一定不会冒这个险。"酒井胸有成竹地说："可他是被雇来的。马克思说得好：雇佣劳动，必然产生雇佣思想。所以一定不会干额外的活的。"

大川钦佩地说："将军胆识，千古一人。"

"孙某人被枪杀之后，封锁住整个会场。抓住这名杀手，多抓几名也行。证明他们共产党游击队的身份之后，就地正法。"酒井起身，边往主席台上走边说。

这名杀手是泰国人，极为专业。从通风道进入了侧面的一个包厢。锁好门后，用了不到两分钟，就把狙击步枪组装好。随后从嘴里吐出一颗子弹，装入步枪：除去极度的自信外，更重要的是在这种情况下，根本没有可能开第二枪。

杀手瞄准正在讲话的孙部长。就在他准备扣动扳机的一刹那，黑仔的枪口顶在了他的脖子上。

"你是江湖上的人，应该懂得江湖的规矩。"黑仔低声说。化装成剧院电工的黑仔，一直在跟踪他。而他竟然一点儿没有察觉。

孙云干今天穿的是一身中山装，头发也梳理得一丝不乱。他知道，他的生命不会超过十分钟了。"作为一名国民党政府的部长，一名中国人，今天我不得不说出我的心里话。我将对我的讲话，负全部责任。"说到这儿，他提高声调："孙某人相信三民主义，相信中华民族的生命力。"

听着这些话，肾上腺素在酒井的体内高速释放。他很熟悉这种感觉：这是他目睹杀人时必然产生的兴奋。感觉越来越强烈，一向老成持重的他，也偏过头，对大川说："枪应该响了！"

枪声没有响，却响起了猛烈的爆炸声：这颗遥控炸弹，是游击队安装的。为了避免伤害无辜,所以声音很大、烟雾浓,但没有什么杀伤力。

大川立刻起身,护住酒井的同时命令四名日本兵,按照预先制订的应急计划,将孙云干押到车上去。

其余的日本兵,因为没有明确的命令,不知道该如何行动。只好听任人群四散。

头上套着黑套子的孙云干被塞进汽车后,汽车立刻高速开走。

但一拐弯,就被一辆卡车拦住去路。爆炸随后发生:车的后门被炸掉。车内的人被震晕。

化装成日本兵的欧阳川等人,迅速将震晕的孙部长转移。

所有这一切都是经过精确计划的。最重要的是安装在汽车上炸药的当量:少了不行,多了会把车内的人炸死。那就前功尽弃了。

在一间小屋中,孙云干苏醒后,见到的第一个人是欧阳川。他望着这张陌生的面孔问:“你们是?”

欧阳川回答:“共产党香港游击队。”

“你们要把我弄到什么地方去?”孙云干对共产党了解不深,所以语调中不无惊恐。

欧阳川和蔼地说:“任何抗日人士,不管他是什么党派,都是我们的朋友。我们一定会把朋友送到任何他想去的地方。”

英国香港总督的度假别墅,坐落在海边。酒井站在阳台上,面对着大海说:“我在木谷道场学棋,木谷先生曾经讲过一段话:我的棋,就每一步论,只要入道场一年以上的学生,都会走。起码也能看出来。但你知道你们为什么还是败在我的手下吗?就是因为你们没有我的总体构思。”

大川有些机械地重复:“总体构思?”

“具体到咱们这一行,就叫作战略意图。”酒井慢慢地转回身来,对大川说:

“以前,我们的战略意图错了。”

酒井坐下来,深刻地剖析错误之所在:注意了具体的事情,比如消灭文化精英、恢复香港繁荣,包括孙云干事件。而忽视了根本问题:消灭真正的对手共产党游击队。所以,导致了这几次行动的失败。

既然是游击队,那就不会有正面的战斗,所有的一切,都是“暗”的。因此,只有“以暗对暗”。何谓“以暗对暗”,酒井的解释就是:共产党讲究鱼水关系:共产党是鱼,老百姓是水。欲让鱼彻底灭绝,就要把水放干。至于方法,他认为最好的就是化装成游击队,尽情地去破坏、去毁灭。

大川以为这种方法未见得会奏效,因为曾经在苏北、山东使用过:效果微乎其微。

酒井的分析很透彻:苏北、山东面积过于大,而且老百姓世代居住在那里,纽带作用很强。而香港不过是弹丸之地,人员流动性大,共产党游击队也是刚刚建立,很容易使用“离间计”。

大川连连点头:他确实从心里佩服酒井入木三分的分析。

至于“水”的象征,则是香港的那些头面人物:银行家、船王、地产商、帮会头领。这些人好比香港的高楼大厦,一旦被摧毁,标志物就不存在了。

最后,酒井要求此计划要与“经济占领香港”的计划紧密配合:他并没有说出全部实情:内阁、军部对香港的索取甚急,而且大大地超出了香港的产出。不用这种竭泽而渔的方法,就不可能完成。

谭老大的赌场是香港不注册地下赌场中规模最大的。除去战事激烈的那几天,生意一直很好。这些日子以来,因为日军活跃经济政策的影响,生意相当的兴隆。

突然间,一队精壮的便衣汉子闯入。看门人亮出“谭老大”的旗号,试图阻挡。为首的汉子二话不说,一刀刺入,并且往上一挑:看门人的心脏被刺穿,来不及叫喊就死去了。

随后，一群人蜂拥而入。

赌场老板是见过世面的，赶紧迎上去周旋。但对方根本不说话，一枪柄就把他打倒在地。随后朝着天空就是一梭子子弹。

人群一下子被惊呆了。

为首的用国语高声宣布自己是共产党香港游击队。是抗日的队伍。为了抗日，要众人把身上所有的现金、值钱物品，统统放在桌子上。

好汉不吃眼前亏。众人纷纷往出拿钱。唯独一名小商人，舍命不舍财，试图沿着墙壁溜走。为首的汉子顺手一枪，击碎了他的天灵盖。

搜刮完毕后，众人被驱逐出去。

一夜之间，谭老大的三个赌场、两个大烟馆，都被洗劫一空，且全部设备，都被捣毁。

谭老大虽然很心疼，但表面上却不动声色："谁干的？"

师爷肯定地说："共产党游击队。"

谭老大认为不可能：他与共产党游击队还是有些交情的。

师爷有自己的一套："我仔细查访过：他们都用短枪，说华语。而且口口声声抗日、禁止烟毒、嫖娼。完全是他们在解放区搞的那一套。"

谭老大显然是不愿意相信，认为日本人、别的帮派都有可能干。

他的立论，被师爷推翻："日本人如果想搞掉咱们，用不着化装。公开征用就是了。别的帮派，就更不可能了：他们谁个不知道谭爷的厉害？"

谭老大喃喃自语道："真让金培信那个手下说对了：我不管政治，政治要来管我。"

"香港就这么大一碗饭，谁都想吃点。"师爷说："这可是燃眉之急。谭爷必须马上应对。摊子一散，元气也就散了。"

谭老大把手中的核桃"咔嚓"一声捏碎。狠狠地说："以牙还牙，以眼还眼。"

东江纵队准备发动一次大战役。兵马未动，粮草先行。药品和医疗器械的准备工作，分派给香港游击队。这些物资，日寇严格控制。好多天之后，方才从半岛贸易公司的总经理朋根那里，找到了货源。但有一个先决条件：钱到发货。

因为南方局催促得急，林坚顺口就说："朋根不是一位爱国的资本家吗？"

欧阳川知道林坚这个观念是在内地形成的，就解释道："爱国不假，可他仍然是一位资本家。"至于钱，他说安伯已经从盐业银行的总经理赵颍南处，协商好一笔贷款。

"要抓紧。药品早到一天，将士们的鲜血就少流一天！"

欧阳川说："钱明天不行，后天一定到位。"

赵颍南很认真地在听 BBC 的广播：从几个战场综合消息来看，盟军已经转守为攻了。他边听，边给不懂英文的夫人翻译。他是英国爱丁堡大学学经济出身，而他的夫人，至多是私塾水平。但这并不影响两个人的感情。

夫人一脸病容，慢吞吞地说："这么说，是个好消息了？"

赵颍南口头认可，心中却别有所想：从长远来看，确是好消息。具体到眼前，就不一定了。两军对峙，如同两巨人较力。巨人较力，需要巨大能量。能量从哪里来？要从一切可能的地方，吸取一切可能的能量。应该未雨绸缪。

突然间，客厅面湖的落地大玻璃被击碎。一群持枪的便衣人员闯入。

夫人立刻被吓晕过去。赵颍南强作镇静地问："你们要干什么？"

首领挥动着手枪："你看看这个，还不明白？"

阿菊住宅内屋子里一片黑暗。周夏文拿出一根由毛巾、床单拧成的绳索。小心翼翼地把绳索系在栏杆上，然后打开窗户，准备溜下去：破解魏得明阴谋最后的办法，就是一走了之。为此，他做了很长时间的准备。

就在他越窗而出的那一刻，魏得明的声音阴森森地从背后传来："周伯伯，我好心好意地待你，你却这样。"他只得回过头来。

魏得明摇晃着脑袋说："不好。很不好。"

周夏文一不做,二不休,重新扭身,试图越窗下楼。

魏得明越发阴森地说:"你可以走。你一离开,我就斩断你这根绳索。"见周夏文哆嗦了一下。他补充道:"这样,你立刻就可以抵达极乐世界。"

周夏文只得慢慢地退回来。

赵颖南听话地将包括保险柜在内的所有柜子都打开。任凭这些匪徒将财物洗劫一空:作为银行家,他深知钱财身外物,而生命却不可再创造。看他们包裹完贵重物品,准备离开的时候,他傍着浑身颤抖的夫人问:"旧戏里打家劫舍的好汉,离开的时候,都要留下姓名。敢问……"

一阵摩托车的轰鸣传进来。

首领立刻命令:"日本巡逻队。卧倒。不要出声。"众人立刻卧倒。等摩托车声远去,才重新站起来。

首领问赵颖南:"你真的想知道我们是什么人?"

赵颖南点头。

首领把手枪抵在赵颖南的头上:"这是我们的秘密。你还想知道吗?"

赵颖南连声说:"不想。不想。"

随从甲:"首长。给这个老资本家一枪,他就明白咱们是谁了?"

首领想了想:"枪声会惊动日本人,于抗日大业不利。"说完,他猛地用手枪柄将赵颖南击昏。

酒井高度评价了大川洗劫谭老大的赌场、赵颖南的住宅、朋根的贸易公司等行动。物的方面,所获甚丰。在政治层面,影响将极其深远:香港好比是一个病人,这次行动,就好比是一剂良药,病人把药吃下去了,自然会在体内产生反应。坚持下去,病一定会被根除。

大川接着汇报说凯普特已经开始签发港币了。

酒井感慨地说:"凯普特真的长着一根金手指。点石成金的金手指。"他转向窗口:“倘若他签发了一亿港元,而这一亿港元进入世界体系流通的话,能够产生多大的效应?”

“能够购买一个亿皇军急需的战略物资。”

“如果再多一个亿呢?”

“这是一个很简单的算数问题。”

酒井笑着说:“不对。一个亿的港元,也许只能买些东西。但如果很多个亿进入,就会引起西方世界的通货膨胀。他们的人民,将会丧失对他们发行货币的信任。一旦对货币丧失信任,自然就会丧失对政府的信任。”

赵颖南头上裹着纱布,在办公室内审查往来账目。听到秘书说欧阳川先生求见时,头也不抬地说:“不见。”他知道欧阳川是共产党。本来他对共产党并不反感,但昨天晚上的事件之后,一切都变了。当然,他也不会去报案:那将是另外一次洗劫。

但欧阳川却闯了进来。赵颖南没等他说话,就直白地否定了他的贷款项目。

欧阳川着急地问原因。

赵颖南冷冰冰地说:“作为一位资深的银行家,我否定客户的贷款项目,是不需要理由的。”他当然不会说出理由,因为那是死无对证的事情。

欧阳川也毫不示弱地说:“我记得曾经对赵董事长明言这笔钱的用途。”

赵颖南重新低头看账:“我现在很忙。”

欧阳川心急如焚:“国家和人民很需要这笔贷款。”

赵颖南实在忍无可忍,讥讽道:“共产党、游击队更需要这笔钱。”

欧阳川越发诧异了:“共产党?游击队?”

赵颖南按动桌子上的电铃。对应声而入的秘书说:“请把这位客人送出去。”

凯普特扔下了笔,不肯再签字。任凭日本士兵说什么,他也一动不动。所以大川一进入，就发现凯普特没有完成定额。他马上下令取消注射：在“饥饿疗法”未能奏效后，他采用了“吗啡疗法”，强行连续大剂量给凯普特注射吗啡，很短的时间内，就让他上了瘾。

凯普特不屑地说：“我是男爵。你们亚洲人，大概不知道在英国贵族意味着什么。”

大川反唇相讥：“你这个英国男爵，大概也不知道白面意味着什么。”

“你们这些卑鄙的小人，以为给我注射些毒品，就能摧毁我的意志？休想！”凯普特刚刚说完，一阵奇痒从体内泛起，如同千万个小虫子争先恐后地往出涌一样。不过片刻，抽搐就从脸上过渡到全身。他实在忍耐不住，大声喊：“快给我打针。”

大川冷冷地看着这一切：“你这位高贵的贵族，终于乞求我们这些卑鄙的小人了吧？”在凯普特的哀求声中，他冷酷地命令：“再签十张。”

凯普特勉强地说：“快。”

大川加码：“再签二十张。”在较量的时候，绝对不能心软。当他看到凯普特挣扎地签字时，满意地笑了。

黄江源在办公室里，用一个高倍的放大镜比较两张港币的百元大钞。很是专注，根本就没发现欧阳川进入。直到欧阳川叫：“黄伯伯。”才赶紧让座：“有事？”

因为事情紧急，欧阳川开门见山地说自己需要一笔三十万港币的贷款，直接打入半岛贸易公司。

黄江源知道这笔钱大概是干什么用的，所以直接问：“你们之间有合同吗？”

欧阳川摇头。“我们用这笔钱，是来买……”

黄江源摆手：“我知道你们买什么。问题是，日本人现在对每一笔贷款，都监管得非常严格。所以，你们必须虚构出一笔贸易来。”见欧阳川很是茫然，他摆手道：“算了吧，你们也不会。一会儿我让得明替你们做一份合同。”他电话通知魏得明后，把两张钞票放到欧阳川面前："你看看，这两张钞票有什么不同？"

欧阳川比较了一下后说："这张上面凯普特的签字，比较新鲜。"

"仅仅是比较新鲜？"黄江源对这个回答不满意。

欧阳川又认真地看了一下后说："还潦草。"

黄江源忧心忡忡地说："目前有大量的这种钞票进入市场。我看是凯普特在压力下签发的。"见欧阳川不明就里，他解释道："按照英国银行的规定：凡是百元以上港币，这其中含百元，必须有总裁本人签字。百元以下的，可以由副总裁、助理总裁代签。"

欧阳川抖动钞票："这新钞的质地，似乎没有差别。"

"珍珠港事件之后，东南亚市场银根吃紧，为了应付挤兑，印制了一批备用的钞票，存放在仓库里。而且大部分都是百元大钞。"

欧阳川大吃一惊："莫非这批备用的钞票，落在了日本人手里？"

"我希望不是这样。不过看上去是这样的。"

"为什么在日本人占领香港之前，不把这批钞票销毁呢？"

"日本人的攻势迅雷不及掩耳。再者说，要销毁备用钞票，需要英国银行总行同意。而英国的官僚主义，是举世闻名的。"黄江源忧心忡忡地说："如果仅仅是这一亿港币，进入英国的货币体系，问题还不算大。怕的是国民丧失对货币的信任。"

魏得明进入后，没有与欧阳川打招呼，直接问黄江源有什么事。黄江源让他拟定一份经得起日本人检查的合同。标的是三十万港币。

魏得明还是不看欧阳川："好的。"

林坚召集众人，研究当前反常的局势：为何不过数日，许多原来接近咱们的人，尤其是一些头面人物，此刻都避犹不及？而且不肯说明原因。

欧阳川展开了分析：酒井已经意识到共产党是他们的第一对手。既然如此，他也应该意识到共产党的力量来自人民。所以此行动的目的，在于斩断共产党与人民之间的联系。至于具体的方法，需要调查之后，才能有结论。

黑仔的发言，完全来自直觉："咱们冒充了好几次日军，他们会不会冒充咱们？"

大家都赞同这个说法。

接着，就是安排药品和器械运输的事。欧阳川说得对：朋根虽然也与游击队疏远，但资本家毕竟是资本家。收到由黄江源处转来的货款之后，准时交了货。

运输任务分解为两部分：搞汽艇和押送。汽艇归黑仔和陈重负责，押送归欧阳川负责。

众人离开时，林坚留下了欧阳川："虽说是'家有七件事，先从紧的来'。但其余的，咱们也不能不兼顾。来，咱们两个理一下思路。"

凡是不利于欧阳川的事情，魏得明一律都干。以他的敏感，他立刻意识到这笔虚构买卖的内涵。随后，他通过自己广泛的人脉，迅速查清了货物的内容。他马上通过渠道，把这个消息送到谭老大处。他恶毒地想：最好欧阳川押送这批药品，那么就会一了百了。

谭老大不是很容易被说服的人：若如此，不可能执掌权柄这么久。听完这个消息后，他躺在藤椅上，闭目养神好一阵才说："这开弓没有回头箭。一旦和共产党干开了，就不好收场。"

师爷很明白谭老大的心理："如果长此以往，无所作为。人心就散了。"

这句话，直戳谭老大的心窝：帮会没有理想，不能成为同志。也没有血缘，不是兄弟。有的只是利益。没有利益，队伍很快就会垮掉。

师爷从谭老大脸上的神情变化，看出了他的内心："这就是刀口！"

谭老大霍地坐起："干！"

林坚对欧阳川提出的"铲除伪游击队"的计划，十分赞赏。当下就批准了。随后让他彻查周夏文：为什么会有这么多的人都要找他。

欧阳川判定周夏文掌握着重大机密。至于机密的内容,他做出了如下分析:机密者,无非政治、军事、经济三方面。日本人找他,可能因为政治原因,也可能因为经济原因;国民党找他,除去他是著名的教授外,只有一种可能:出于经济原因。而谭老大也找他,便就只有经济一个原因了。把日本人、国民党、黑社会这三元方程联立求解,答案只有一个:钱。

林坚完全赞同他的分析:“而且是一笔大钱。”

黄晶晶在花园里见到欧阳川时,高兴异常,赶紧迎了上去。她已经好多天没有见到他了。

欧阳川却没有响应黄晶晶的热情:“我有两件事要跟你商量。”

“那我首先要你答应我一件事。”黄晶晶撒娇道。

欧阳川一皱眉:“这是抗日活动,不是买卖。”

“我知道是抗日,但你还是要先答应我。”黄晶晶见欧阳川无可奈何地答应了,很是高兴地说:“吻我。”热吻之后,她说:“你说吧,什么我都答应。”

“第一,我要借你家的游艇用用。”

“送给你都可以。”

“第二,你能不能从你爸爸那里,探出周夏文的底儿来?”

黄晶晶有些为难:“我爸爸喜欢是喜欢我,可他要是不想说的事,谁也问不出来。”

“精诚所至,金石为开。”欧阳川坚持。

“我先给你拿钥匙去。”黄晶晶跑回屋去。

不过片刻,黄晶晶把游艇的钥匙递给欧阳川。欧阳川接过钥匙后说:“谢谢,我走了。”

黄晶晶哀怨地说:“就这么走了?”

欧阳川再次吻黄晶晶。

黄晶晶陶醉在这个甜蜜的吻中,一直到欧阳川的背影消失,方才缓过神来,往回走。魏得明突然出现在她面前。

“他拿走的是什么钥匙？”魏得明劈头就问。刚才他就在花园的角落里，目睹了一切。

黄晶晶不屑地说：“你管得着吗？你有什么权利？”

魏得明自得地说：“我当然有权利：你爸爸已经把你许配给我了。”见她伸手，他诧异地问：“你要什么？”

“把我许配给你的证据啊！”黄晶晶见他无言以对，居高临下地说：“你平常总是法律长、法律短的。法律最讲证据。别说你没有，就是你有，我也不认。”

魏得明服软地哀求道：“好了。晶晶，我不过想知道你给他的是什么钥匙。”

“你就想知道这个？”她见他点头便说：“那我满足你：房间的钥匙。”

魏得明下意识地问：“什么房间？”

“再往下问就没意思了。”黄晶晶说罢，扬长而去。把个被妒火烧得脸都变了形的魏得明留在当地。

凯普特要求看守打开窗户，呼吸新鲜空气。因为有命令，看守拒绝。他索性把笔一扔：“那我就不再签了。”

日本兵晃动着手中的针管：“那你就将得不到你最需要的东西。”

凯普特蔑视地“哼”了一声。

日本兵拉动枪栓：“我枪毙你！”

凯普特越发蔑视地说：“我看你不敢。用你们大川部长的话说：我比一个师团的作用还要大。”

日本兵无奈地打开窗户。凯普特走到窗前，拼命呼吸着新鲜空气。根本就没有发现，大川来到他的背后。

大川调侃道：“香港很美丽吧？”

“我更喜欢以前的香港。”凯普特反击道。

“努力工作吧。努力工作就可以获得自由。”

凯普特蔑视地看着大川:“你知道我毕业于什么学校吗?”见大川摇头,他说:“我中学毕业于伊顿公学,大学是牛津大学。”

大川讽刺道:“两个听上去不错的学校。”

“所以我才能被选派到香港担任要职。”

“你现在的职位,对于我们大日本帝国仍然很重要。”

凯普特慢悠悠地说:“我知道我对于你们的重要性。所以……”说到这儿,他猛地爬上窗户,准备往下跳。

大川迅捷地拉住他的腰带,随即就是一个漂亮的柔道“背摔”动作,把他摔倒在地上,并用一只脚重重地踏在凯普特的胸膛上:“你知道我毕业于什么学校吗?大日本帝国陆军学院。这是世界上最伟大的学校!这里的毕业生,战无不胜,攻无不克!”

为了做到“双保险”,魏得明把欧阳川运送药品出港的消息,告诉了肖聋子。

肖聋子了解一些黄家的内幕:“你这分明是借刀杀人。”

“你手里有刀,有刀就得杀人!不杀人要刀干什么?”魏得明不以为然地说,随之把一个信封推过去,“再说,我又不是白借你的刀。”

见到钱,肖聋子的眼睛里伸出两只手来,立刻把钱揣起来:“行。按你说的做。”

魏得明为了套套交情,便说:“以后有用得着兄弟的时候,就说话。”

肖聋子起身:“说句实在话,我挺怕你的。”

魏得明指指自己:“怕我?为什么?”

“你为个女人就要这么多人的命,这能不让我害怕?”

魏得明很坦然地说:“你看我像个为女人就杀人的人吗?”

肖聋子纳闷地问:“你这不是为了女人,又是为了什么?”

魏得明狠狠地说:“为了黄晶晶的千万家财!”

日本人把所有的游艇都集中在一个小码头上，并派两名士兵看守。黑仔提议把这两个人干掉。陈重不同意：一旦惊动了日本人，可能破坏整个计划。他提议潜水过去，把船悄悄地弄走。黑仔认为这是开玩笑：游艇不是舢板，根本拖不动。

陈重坚持说有办法。黑仔无奈，只好一同潜入水中。

陈重的办法，黑仔确实没有见过：潜水过去后，把一根细细的钢缆，拴在游艇上。然后上岸用一个滑轮组，把游艇悄无声息地拉到隐蔽处。听陈重讲解“每增加一个动滑轮，就会省一半的力”的理论后，他不相信地问：“再多几个，不是连大轮船都拉得动？”

“是这样的。不过需要很长时间。”陈重说着把钥匙插入，但游艇发动不着。他打开机舱盖，拿出工具，准备修理。

黑仔质疑他的能力：“这你也会修？”

“应该会修。”陈重边干边说：“日本人既然看管这些汽艇，就是还准备用。还准备用，就不会彻底地毁坏它们。”

果然被他言中：不过换了一根保险丝而已。

在马达声中，黑仔佩服地说：“真是‘难者不会，会者不难’。”

黄晶晶挑了一个最佳时机，来探问“莫凡陀表”的秘密：“爸，我想问你一个问题。”

黄江源在吃完晚饭、点燃雪茄看报纸的时候，心情最好。他放下报纸说：“你问。”

黄晶晶撒娇道：“你可一定要回答我。”

黄江源慈祥地望着女儿说：“这要看我回答得了回答不了了。”

“你一定能够回答。”

黄江源笑道：“你都知道我能回答了，干吗还要问呢？”

黄晶晶搂住父亲的脖子：“就要问，就要问。”

黄江源摸着她的头发:“好。你问,你问。”当他知道秘密是有关莫凡陀表的时候,脸色顿时凝重起来:“谁叫你问的?”

黄晶晶好像有些害怕,但还在坚持:“您先告诉我,我就告诉你。”

黄江源严厉地说:“谁叫你问的?”

“我不说。”

“魏得明?”

黄晶晶不屑地说:“我从来不听他的话。”

“那一定是欧阳川了。”黄江源听女儿否认后,看着她的眼睛:“你是个不会骗人的孩子。你从来不会骗人。就算你想骗人,你的眼睛也不会骗人。”他用悲伤的语调说道:“你的眼睛,和你妈妈的眼睛一模一样。”

黄晶晶也被感染:“爸,我不问了。”

黄江源抚摸着黄晶晶的脸说:“爸不是不相信你。爸要是不相信你,这世界上,也没有可相信的人了。只是有些事情,要是知道了,就被牵扯进去了。”

“周伯伯是不是就被牵扯进去了?”黄晶晶还是想探听出一些信息。

“你是个孩子,又是个女孩子。还是什么都不要知道的好。不知道,就可以安安静静地过一生。欧阳川是个好小伙子,爸也喜欢他。可他是干大事业的人。在这个世道,干大事业的人,家庭是顾不上的。所以,爸才想把你许配给得明。”

黄晶晶厌恶地说:“我不喜欢他!”

“爸也看得出来,你不喜欢他。可他这个人可靠。”

黄晶晶恨恨地说:“可靠也不要。”

“那咱们看一看再说?”黄江源内心其实很矛盾:自己不过五十出头,按说人生的路还不短。可自从牵涉到美元巨款里,时时觉得利剑在头。死他不怕,怕的就是女儿没有着落。

黄晶晶断然拒绝:“看都不要看!”

大川将队伍隐蔽好后,问肖聋子是否能肯定共产党一定走这条路?

肖聋子赶紧说:“别的路上都有卡子。而这条路是谭老大的路。只要他们走谭老大的路,就一定从这里入海。”

大川阴森森地问:“我问你能不能肯定?”

肖聋子害怕了,赶紧说:“能。”

“你祷告吧!”

“祷告?”肖聋子不解地问。

大川冷冷地说:“祷告你们的佛爷保佑你。”

黑仔与欧阳川率领一队挑夫在崎岖的道路上行走:这原本不是他的任务,可他搞到汽艇后,坚持要来。

若干拿着长短武器的蒙面人突然出现在他们面前。首领厉声命令:“放下挑子!”

挑夫们害怕地放下挑子。

这一行人中,只有欧阳川和黑仔有武器,但两个人都没有拔枪。

黑仔镇静地问:“你们要干什么?”

首领命令:“放下东西,空手离开!”

黑仔针锋相对地说:“我要是不呢?”

首领晃动着手枪:“我一枪就打断你的腿。”

黑仔不屑地说:“我看你没有那么好的枪法。”

首领狠狠地说:“这种事,可试不得!”

“我就是想试一试。”说时迟,那时快。黑仔在一瞬间,就把双抢从腰间拔出来。一支枪对着首领,一支枪来回移动。

对方也把枪对准黑仔。

一片枪栓声。一群飞鸟被惊起来。

黑仔指指天上的飞鸟:“你们看。”他随手一枪。一只鸟落地。他对首领说:“我知道你们是谁。”

首领显然被黑仔镇静的气势镇住了:“我们是谁? ”

“谭老大的人。”黑仔听首领否认便说,“我告诉你:我们走这条路,给过老大钱。”

首领纳闷:“给过钱? ”

“你们劫错人了。”黑仔见首领犹豫,就说:“我告诉你一声:爷在这条路上走过也不是一回两回了。哪险要、哪危险,门清得很。”他指指旁边的树林:“你说爷在这种地方,能不预先做些安排? ”他见首领向四周看,便说,“别看。叫你看出来,还叫护卫? ”

首领彻底被镇住了。

黑仔镇静地说:“让开条路,咱们交个朋友。不让路,爷开条血路也要过去!”

首领摆手。

欧阳川率挑夫挑起担子,在枪阵中穿了过去。

黑仔走在最后,等队伍安全过去后,他与首领握手,“交个朋友。”他说,“告诉你们谭爷:救过他一次命的刘黑仔问这老小子好。”

日本兵鸦雀无声地在潮湿冰冷的草丛中埋伏着。

大川对肖聋子说:“你看看月亮。”

肖聋子不解地看完月亮看大川。

“它已经西坠了。”大川冷冷地说:“它下去,太阳就要升起来了。”

肖聋子很是害怕。

休息时,欧阳川问黑仔如何看出来他们是谭老大的人。

“要是日本人,上来就开枪。”黑仔分析道,“这帮家伙蒙面。蒙面就是怕咱们看出来。既然怕咱们看出来,就是说,他们不想伤害咱们。不想伤害咱们,又拦劫咱们,就是想要咱们的东西呗!谁会干这个勾当?在这条路上,除去谭老大,没有第二个人。”听欧阳川夸奖他足智多谋,他高兴地说:“政委讲话:兵不厌诈嘛!”

欧阳川笑着说:“这是孙子说的。”

“孙子? 谁孙子? 你孙子? ”黑仔不知道孙子这个人。

欧阳川笑着问是否应该再走老路?

黑仔断然说:“当然不能,谭老大那儿的人杂,闹不好日本人也一定知道。说不定埋伏在哪儿等咱们呢。”

欧阳川又问:“陈重不是在指定地点接应咱们吗? 他怎么办? ”

黑仔眨眨眼说:“我想你们有安排。”

欧阳川确实有安排:超过半小时,没有抵达第一地点,就让陈重到第二地点接应。他拍拍黑仔的肩膀:“你再打上几仗,就成了拿破仑了。”见黑仔不知道拿破仑是何许人,就说:“一位法国元帅。”

“我才不当法国元帅呢! ”黑仔不无孩子气地说:“要当就当中国元帅! ”

天已经大亮,大川命令部队解除战备后,阴沉沉地问肖聋子:“你说这共产党游击队,还来不来了? ”

肖聋子已经很害怕:“怕是不来了。”

大川把语气放得和缓了一些:“你说话总是这么不肯定。”

肖聋子语无伦次地说:“是不肯定,是不肯定。”

大川的语气越发和缓:“你说,这共产党要来,是从哪个方向来? ”

肖聋子往路上一指:“那边。”

就在他伸手的一瞬间,大川拔刀、劈砍,若干个动作在瞬间完成:肖聋子伸出的那只手的四截手指落在了草地上。他狰狞地看着肖聋子:“杀一个中国人,比杀条狗还简单。考虑到你不是故意欺骗,就砍下来你四截手指。怎么样? 不疼吧? ”

肖聋子的脸色虽然都变了,但不得不说:“不疼,不疼。”

大川空劈了一下:“据说有一个刽子手,刀法凌厉。某次行刑,一刀下去,犯人的头就飞出老远。可是这颗滚出老远的头,还喊了一声:好刀。”接着,他又空劈了若干下,以发泄心中的怒气。

第六章

黄江源在玛丽号豪华游轮上，举办了一个小范围酒会。与会的有黄江源、沈宗翰、赵颖南、朋根等香港经济界的头面人物。林坚、欧阳川也在被邀请之列。

欧阳川拿着酒杯，走向赵颖南："赵董事长，近来可好？"

赵颖南冷淡地说："勉强过得去。"

"我隐约听到了一些事情，我相信一切都是误会。"

"经验告诉我：不要听一个人怎么说，而要看一个人怎么做。"赵颖南不肯与欧阳川碰杯。

欧阳川象征性地喝了一口后说："您说得对：事实永远胜于雄辩。"

林坚与沈宗翰在一个安静的角落里，持杯对谈。

林坚称赞沈宗翰在大川枪杀琵琶艺人时，能够挺身而出，怒向刽子手，很具民族气节。沈宗翰反问道："你知道我当时想了什么吗？"不等回答，他就说："我想起了日本鬼子南京屠城：三十万人啊！"他的眼睛潮湿了："我的一个亲兄弟、两个表妹，都惨死在日本鬼子的屠刀下。"

等沈宗翰平静下来后，林坚举起酒杯，品了一下后说："我觉得这酒很有男酒的味道。"

沈宗翰纳闷地问："男酒？"

"怎么？沈先生没有喝过男酒？"林坚见沈宗翰不动，就解释说男酒是一种日本酒。是用硬水制造出来的。有一股很特别的味道。但经过一个夏天之后,这种味道就会消失,充满自然风格。

“如此说来,应该还有女酒了?”沈宗翰好奇地问。

林坚说确实有:女酒的味道特别圆润。但不能长久保存。象征着韶华易逝。

“想不到林先生对日本酒还有这么深厚的研究。”沈宗翰恭维道。

林坚说他肄业于东京帝国大学,所以对日本有些了解。

沈宗翰淡淡地说:“东京帝大。听说是很好的学校。”

“是的。我记得您是南京大学物理系毕业的?”林坚见沈宗翰点头:“那您一定认识唐一介教授了?”

沈宗翰摇头:“唐一介?没有印象。”

“他是我老师的同学,是很有名的物理学教授。”他见沈宗翰确实想不起来了,就说:“也许沈先生上学的时候,唐一介先生还没有去。或者出国去了。”

沈宗翰感叹道:“人如浮萍啊!”

此次酒会在计划中起诱饵的作用,诱使那些冒充游击队的日本人出现,然后歼灭之。

隐藏在玛丽号救生艇后面的陈重对此计划很是怀疑:日本人不是牵线木偶,不可能这么听话。

黑仔却认为这么多香港的大生意人,都在这船上,又发出那么多帖子去,日本人一定会来。

陈重固执地认为:再好的诱饵,也不等于鱼就一定上钩。

黑仔用小时候养鸽子的事为例,鸽子只要配了对儿,就不可以分开。你把公鸽子拿到哪儿,母鸽子就跟到哪儿。家鸽是不往树上落的。但你只要拿着那只公鸽子站在没有房子的地方,母鸽子盘旋累了,树上也照样落!

陈重不满地说:“鸽子是鸽子,鬼子是鬼子。风马牛不相及。”

鱼咬饵是天性。负责执行此次任务的荒木上尉等到人来齐后，用电台请示大川。

大川的命令是：要一击制胜——这是日本兵法家宫本武藏的语录——但不要露出一点儿皇军气味。不要伤害那些银行家和企业家。倘若遇到警卫和工人的抵抗，则格杀勿论！

八个化装成游击队的日本兵，四个留在外面接应，四个向宴会厅冲去。

黑仔分别用绳索、匕首无声地消灭了两个。陈重和一名队员，也分别消灭了两个。会合后黑仔说："都说日本人会柔道、剑道，其实一般得很。"他很随便地比画了两下："砍瓜切菜。走，到宴会厅去。"

宴会厅内，沈宗翰正在讲话，他慷慨激昂地说："伟大的中华民族，从来就没有被异族征服过。"

这时，宴会厅的门突然被撞开。一名持冲锋枪的士兵进入。他什么话都不说，先朝天打了一梭子。宴会厅内的人立刻呆若木鸡。另外的三名士兵，形成扇面，端着冲锋枪对着众人。

首先进入的士兵大声说："我们是共产党香港游击队。我命令你们，立刻交出你们所有的财产。凡有反抗者，格杀……"他"勿论"两个字还没有出口，就木然地慢慢倒下了。

可以清晰地看到一把利刃深深地插入他后背心脏处。

另外三名日本兵，一个被林坚刺死，一个被进来的黑仔刺死。

第三名刚要开枪，欧阳川一枪将其击毙。

所有这一切，都在瞬间完成。

林坚撕开为首的日本兵的衣服。可以看见日本式的缠腰布。接着又发现他脖子上的铜牌。铜牌上写有"酒井师团上尉荒木。"他向众人展示铜牌："这块牌子亮出来，我相信各位心中的疑团尽释。"

赵颖南握住欧阳川的手，连声道歉："误会，误会。"

林坚庄严地说："共产党的部队，是中国人民的部队。每一个共产党人，都是中国人民的儿子。"

大川在向酒井递交"阵亡人员名单"时，请求处分。

酒井没有打开名单，漫不经心地说："为什么要处分你？难道为了你在玛丽号上，消灭了一支共产党游击队吗？"

大川感激地说："司令官对大川的爱护，大川永生不忘！"

"对于共产党的游击队，不光要从肉体上消灭他们，更要在香港人的心目中把他们消灭掉。"酒井借题发挥，"中国人有句老话：去山中贼易，去心中贼难。"

大川表示此次一定竭尽全力。

"你在日本军人里面，算是一位有头脑的军官。但我相信，在桌子的另一端，也坐着一位与你一样有头脑的中国军官。你们两个在下棋。下棋，就要揣摩对方的心思。这次，化装成共产党游击队，算是找到了他们的软肋。但他们很快地找到了你的棋筋。并且斩断了它。"酒井说，"他斩断了你这盘棋的棋筋，你可以在另外一盘棋上找回来。"听大川要求明确指示"另一盘棋的位置"，他说："就在你的手中。"

酒井说得很对，林坚正在策划下一步棋：凯普特在签发港元，已经是肯定的。签发完成的钱，一定有存放处。经过侦察，确定是香港日本银行。根据测算，凯普特大约已经签署了一千五百万港币：货币相当于一个人身体中的血液。血液要是太多了，心脏就将无法承受。他更为担心的是倘若日本人再找到雕版，凯普特一直签下去，将会引起整个英镑体系的崩溃。当然，通知英国政府，作废这个版式的港币，是个办法。可这需要有个机构来执行更换。但港币的流通区，几乎都被日本人占领了，无法完成。他让大家提方案。

黑仔的方案很简单：消灭凯普特。

林坚当然不会同意：这样做既不人道，也会引起国际纠纷。

议来议去,也没有议出结果来。于是他决定放一放。

对凯普特签发的港币,大川提议给士兵们发军饷。士兵们拿到了这笔钱,就会分散消费。它们就可以顺利地进入流通体系。

酒井批评说此乃概念性错误。这笔钱不是伪币,而是真币。版式、纸张、印刷和签名,无一不真。既然是真币,就要当真币来使用,将其作为成立联合银行的资本金。日本银行虽然在香港设有一个分行,但它仅仅是一个在日本占领区内活动的银行。而圣战所需的很多物资,都要在世界范围内采购。采购物资,就需要资金渠道。而联合银行就是资金的主渠道。而银行的成立,不是找个办公的地方、挂一块招牌就行。它的第一要件:就是资本金。而这笔钱,就可以当作资本金使用。

“一个亿够吗?”大川知道现存的钞票,总共只有一个亿。

酒井说最少需要四个亿,否则将无法周转。因此第一要务,就是找到雕版和所需纸张。

大川立刻接受任务:“只要雕版存在,我就能找到。”

酒井慢吞吞地说:“它应该存在。”

大川犹豫了一下,提出了一个问题:“大川追随司令官多年,从来没有见过司令官研究过银行。”

“治理香港,对我来说,是一个新课题。面对新课题,就需要学习。”酒井并没有说出如此宏大的构思来自德川。

黑仔在位于上寰岛酒店对面的楼房里,用望远镜观察凯普特所在的房间。可天黑已经两个小时了,房间里依然没有一点灯光。好不容易,凯普特的房间里亮起了灯,他兴奋地说:“真是没眼的孩子天照顾!”他让石仔把步枪拿来。标尺调到一百五十米,说要消灭凯普特。

石仔不肯把枪给他,问这事政委知道不?

黑仔很干脆地说:“政委讲人道,所以不能让他知道。”

石仔拒绝把枪给他:“那就不能干。”

“你说我要是在路上碰到了一个日本鬼子,我干不干掉他?”黑仔灵机一动,设了个圈套:“我要是不干掉他,他就会干掉我。你说,我该怎么办?”

石仔没有黑仔复杂:“那当然要干掉他了。”

“可是我还没有向政委、队长请示啊?”他见石仔绕不过弯子来,就说:“把枪给我吧?”

石仔把枪递给黑仔后,立刻后悔了:“可这个凯普特不是日本鬼子啊?他是个英国人。”他见黑仔调整标尺、瞄准,着急地说:“再说,你也不是遇上的,你是专门来的。”

黑仔根本不理睬:消灭凯普特这个给日寇做事的英国佬,在他来看,是天经地义的。

灯之所以打开,是因为大川的到来:他拿着针剂,问处在迷幻状态下的凯普特:“说出雕版的下落,我就给你打针。”

凯普特眼睛中充满对毒品的渴望,但仍然在坚持:“不知道。”

大川像变戏法一般把针管藏起来:“好,你可以不知道。但你要是一天不知道,就一天没有针打。”

凯普特难受地闭上眼睛。

大川问看守,昏迷后要多久才能醒来。得知要几分钟后,他又问醒来以后,是否要求更强烈?

日本兵甲回答:“是的。有时候就和疯了一样。”

“那就好。”大川得意地玩弄着手中的针管:“这么堂堂的一位英国绅士,竟然会屈从于这么一个小小的东西。”他见凯普特动了一下,就命令开聚光灯,刺激凯普特。

凯普特经不住毒品的力量,讷讷地说:“乔治知道雕版。”

大川抓紧问:“乔治在什么地方?”

“在香港。”

“香港的什么地方?”

“他不属于我管辖。”

“他是军人?”见凯普特面容已经扭曲,大川冷酷地说:“说出来,我就给你打针。”得到肯定的回答后,他晃动着针管,“军衔?”

凯普特无力地说:“不知道,真的不知道。”

大川给他打了一针。

黑仔扣动扳机时,自言自语:“凯普特先生,一路走好。”

一声清脆的枪声。站在窗户旁边的日本兵甲,应声倒地。这正是大川的精明之处:他特地挑选了一个高个子的日本人充当看守,并且穿便衣。这样,万一有刺客,也让他达不到目的。

几乎与枪声同时,极富军事素养的大川,立刻将坐在椅子上的凯普特推倒,然后自己覆盖在他身上,并且拔枪把吊灯打碎。

看到凯普特屋子里的灯灭了,黑仔得意地对石仔说:“古戏老唱:人死如灯灭。意思就是:人死了,灯就灭了。走。”

石仔担心地说:“我看黑仔哥是不好交代了。”

黑仔大大咧咧地说:“为民除害,有什么不好交代的?”

既然不能“消灭”凯普特,就只有销毁凯普特的“产品”。产品的存放地,业已落实。签好的港币和尚未签字的素材,全部存放在日本银行的地下金库内。摧毁计划的基本轮廓商定后,欧阳川说出了自己的看法:“我一直想不通:为什么日本人冒险来回运输、储藏这些钞票,而不是随签随用呢?是不是有更大的阴谋在里面?”

林坚说自己也有过类似的想法,但这个问题有点儿太大。所以电请总部协助调查。

欧阳川又问对沈宗翰的监控结果。林坚说没有新发现。他又问对林阳港的监控结果。林坚说林的腿太长,不好跟踪。但他已经命令:不惜代价跟踪。

大川命令把凯普特房间的窗户全部用水泥封闭。

负责看守凯普特的军官提醒说:“不能总也不见阳光。”

大川狠狠地说:“不要把他当人看!”见军官迟疑,他醒悟过来:“对了,把窗户用钢板封闭到身高以上,然后封闭所有能上楼顶的通道。门外,要有人二十四小时把守。”

黑仔因为擅自行动,受到林坚严厉的批评。黑仔开始还不服气,认为无论如何,凯普特也是在帮助日本人做事。林坚说:“如何处置凯普特,可以另外讨论。现在说的是你的违纪行为。毛主席说过:加强纪律性,革命无不胜。没有纪律,军队寸步难行。”

黑仔只得承认自己违反了纪律。“但我这也是为民除害。”他强调。

“为民除害?为民除害是一个很原始的想法。咱们是共产党人。咱们的责任是解放全世界受压迫的人。幸亏你没有打死凯普特先生,否则,无疑将会酿成一起国际事件。”

黑仔不相信:他亲眼见到一个高个子的外国人脑袋裂开、倒下。

“那只不过是一个高个子的日本士兵。”林坚严厉地说:“这种个人英雄主义作风是要不得的。香港是一个国际性的城市,联合世界上一切反法西斯的人们,是你和我的责任。”

“说实在话,我看着英国人就不顺眼。小时候,我没少挨英国巡捕的打。”黑仔透露自己的深层想法,“香港本来就是咱们中国的地方,凭什么他英国人耀武扬威了这么多年?”

“成都有座武侯祠,上面有很著名的一副对联。其中一句是:‘不审势,即宽严皆误,后来治蜀要深思。'"林坚知道黑仔是个孤儿,小时候很苦。态度就和蔼了一些。见黑仔似懂非懂,他意识到说得深了,"人和人的关系,不是一成不变的,要根据形势变化。从前的敌人,在大敌当前的时候,就有可能变成朋友。"

"成朋友难,但以后服从命令就是了。"黑仔的思想还没有完全通。

日本银行香港分行的经理,很仔细地介绍了地下金库的历史和现状:此金库,原来属于英国汇丰银行,坚固无比。一次土匪企图抢劫银行,用了一车炸药,都没有炸开金库的大门。素有"攻不破的城堡"之称。

"英国人还把泰坦尼克号称为'不沉的船'。凡是浮在水面上的东西,没有不沉的。"大川审视着进出金库的人,"是堡垒就有弱点。"

经理很不服气,要求大川具体指出弱点在哪里?

大川这个说法,是从概念出发的。所以他不回答对方的提问,而是问有没有金库的图纸。得知图纸存在以前英国工部局后,他命令副官立刻派人取来。然后又命令派一小队士兵,二十四小时执勤:他相信共产党游击队一定会来。

这时,衣冠楚楚的陈重手提皮箱,从入口进入。

大川阴沉沉地凝视陈重的眼睛。

陈重毫不畏惧地迎接着颇有分量的目光,步履从容地进入保险库。

银行金库一共三个:一个存放银行的现金。另外两个,是租赁给客户的。它们共用一条通道,但彼此并不相通,各有各的门。但大川还是不放心,就跟着陈重进入金库。

陈重正在用钥匙锁保险箱,他已经感觉到大川临近,但并没有回头。一切完成后,他从容地往出走。

大川等他从面前走过后,才低沉地命令道:"站住。"他打量陈重:"你来这里干什么?"

陈重一副潇洒公子派,"来这里还能干什么?存东西呗。"

"存什么东西?"

"贵重的东西。"

大川不再追问，而是命令陈重打开保险箱。陈重看看经理。见经理示意他打开，便无奈地重新打开保险箱。大川又命令他把东西拿出来。他只得把刚刚放进去的几本发黄的古书拿出来，递给大川。

大川接过古书，但并不翻动，“你叫什么名字？”

“马元。”

“职业？”

“做买卖的。”

“什么买卖？”

陈重有些不耐烦地回答：“什么买卖赚钱，就做什么买卖。”

大川把书还给陈重：“这是一本什么书？”

陈重重新把书锁进保险箱：“宋版书。”然后扭身出去。

大川跟着出去，进入大厅后，他突然用中等声音叫道：“马元！”

陈重回头，看着大川问：“你还有事？”见大川无任何表示，他坦然出门。

欧阳川通过香港工部局的高级职员杨先生，拿到了原来汇丰银行建筑总图后，向他表示谢意。

杨先生外表虽然文弱，但回答却很豪迈：“国难当头。何谢之有？”

“但这总是有风险的。”欧阳川说。

“如果人人回避风险，国将不国！”

“用完之后，立刻归还。”欧阳川与之握手后离开。

他刚刚离开，大川所派的军官，就来到了工部局。

当军官向大川汇报说，工部局没有银行图纸时，他根本不相信，一个以古板、精细著称的民族，是不会不保留图纸的。随即，他率领一小队日本兵，去了工部局。

黑仔见陈重趴在一张图上，整整一个小时，就好奇地上前问是什么图？听陈重开玩笑说是八卦图。他说："八卦图我见过。是圆的。你这是方的。"

陈重于是告诉他说是日本银行的图纸。凯普特签和没签的港币，都存在此处。

"你是准备把它炸了？"黑仔见陈重点头，就说："这不可能，早些年间，土匪李观姐用了一车炸药，也没能炸开。"

"李观姐炸不开，不等于我陈重炸不开。"陈重重新低头研究图纸。

大川将工部局的全体职员集合在院子里后，大声问有谁知道图纸的下落。见没有人回答，他伸手就把一名年轻的职员，拉出了队列。然后拔出了军刀，轻轻地试着锋利的刀刃，"给你十秒钟！"

并不是所有的人都是有骨头的。这名年轻职员吓得腿都软了。他望着杨先生："杨先生，你不能见死不救啊！"

杨先生出列："放开他。"

大川逼近杨先生："是你偷盗了图纸？"

"你把人都放了，我就说。"杨先生很是镇静。

大川挥挥手，解散了队列。但他留下了那个年轻职员。"你说。"

"我确实负责保管图纸。但这份汇丰银行的图纸，从来都是缺失的。"

大川挥动着手中的一本册子："我憎恶一切白人，尤其是英国人。但在这一点上，我还要感谢英国人。起码感谢他们的检索系统。"他逼近杨先生："这目录上有。"

"目录上确实有。但在我接手的时候，它就没有了。"

"确实？"

"千真万确！"

大川得意地笑着说："我要再一次地感谢英国人。目录记载：皇军占领香港前一个月，还有人借阅过这套图纸。"

“这我就无可奉告了。”

大川挥动军刀：“无可奉告？”

杨先生闭起眼睛，努力挺起胸膛。

“睁开眼睛！”大川命令道。见杨先生睁开眼睛，他说：“你们中国有句俗话：生死关头无好汉。”

“中国还有句古词，叫作：壮志饥餐胡虏肉，笑谈渴饮匈奴血！”杨先生大义凛然地说。

大川挥刀、转身。刀锋嗖嗖。

杨先生再度闭上眼睛。等他睁开眼睛时，那名年轻的职员已经倒在血泊中：大川不会杀他，留下要口供。

陈重指点着图纸说：“如果能把这一侧的三个保险箱全部租下。如果有炸药，并且把它们安全地放入保险箱。如果那些港币确实在隔壁的银库里。那么，它们就完了。”

“‘如果’还有戏。三个如果摞在一起，就一点戏都没有了。”黑仔说。

陈重忧心忡忡地说：“是啊，可这三个都是必要条件。保险箱我已经租下一个，还需要两个。可另外两个已经有主了。再说，那个日本人已经起了疑心。”

黑仔眨眨眼：“如果我能找到强力炸药呢？”陈重说将增加三分之一的把握。他又说：“如果我在银行有关系，能帮助你租下那两个保险箱呢？”

陈重认为黑仔是在瞎捣乱：保险箱一旦租出去，别说换，连人都找不到。

“你要是不相信我就算了。”黑仔说罢，就要离开。

陈重赶紧说：“你说，你说。”

黑仔说同他一起练武的师兄陈小豹是银行的头，电没了、保险箱开不开了，都归他管。所以能把炸药给放进去。

陈重激动地握住黑仔的手：“谢谢你了！太谢谢你了！”

黑仔不以为然地说：“谢什么谢？抗日又不是你小子一个人的事。”

“要不是你提供了这些条件，我这个好不容易想出来的方案，不过是无米之炊！”陈重还是感谢不止。

在大洋彼岸的英军情报部，也很关心“凯普特、乔治”事件。情报部副部长汤比因少将，特地把营救专家斯坦利从欧洲战场上调回，承担这个任务。

虽然斯坦利少校的父亲是英国在华的传教士，他也曾经在香港生活过一段时间。但接受任务后，他还是住到情报部的资料室内，认真阅读有关香港和这两个人的资料。

黑仔质疑陈重计划的可行性：他的师兄告诉他，金库相互之间的隔墙有一米多厚，有一吨炸药还差不多。

陈重向他解释这个计划的基点：并非所有的地方都一米厚。相连的通风道，几乎没有阻隔，爆炸压力就会传递过去。随后，燃烧剂产生的高温，自然也要传递过去。他放下计算尺，“物理学告诉我们：在一千多度的温度下，纤维制品会自动燃烧。”

“这根本就不要什么学，谁都知道。”黑仔摆弄着图纸问：“你说让我干什么吧？”

大川也在雷厉风行地行动：他在集中营里，找到了五个叫作乔治的英国人，然后把他们集中到一起严密看管。并且给集中营长官下了一道死命令：倘若跑了一个，立刻枪毙。

集中营长官立正回答：“我一定会像看管帝国最宝贵的财产一样，看管他们。”

“他们就是帝国的宝贵财产！”大川这样说是有道理的：宏观的帝国，不是他这一级官员能够掌握的。但他十五岁的儿子大郎，已经被编入军队，并且被派遣到中途岛去。他的妻子，也被编入采矿的队伍，与男人一样下井劳动。这一切都说明:帝国的财力,已经被用到极限。此刻如果能够找到雕版,战争的局面或许因此而扭转,也未可知。

黑仔所说的液体炸弹,原来是谭老大的。他说他能要出来。林坚怕他莽撞,让安伯去要。他不服气,就与陈重一同前来。

他们在谭老大的住宅外,等了很久,方才等到了一无所获的安伯。

"对付谭老大这样的人,安伯不行,得我去。"黑仔下车,听陈重嘱咐他不要莽撞行事。他不满地说:"你黑仔哥,江湖行走多年,除了物理学、化学不懂,剩下的事都懂。"说罢昂首进入。

不过片刻,谭老大就带着人,亲自监督,把炸药装车。然后恭敬地将他们送走。

陈重很奇怪为何安伯不行,而黑仔却手到擒来?

"谭老大跟安伯之间,不过是人情买卖。可他和我之间,是人命买卖。"黑仔笑着说:"他一开始,没有认出我来,还跟我摆谱。后来我说:你忘了你从阿靓家,光着屁股跑出来,被日本人的军刀抵在脖子上时,是哪位爷救了你的命?这下子,他立刻从他那把假龙椅上下来,亲热得不得了。再后来的事,你们都知道了。"

陈重兴奋地说:"黑仔兄功莫大焉!杜邦公司的燃烧剂,是世界上最好的燃烧剂。"

黑仔得意地补充:"谭老大说不够还可以来拿。"

"安伯的江湖面子一向很大,与谭老大更是有交情,怎么反倒不如黑仔?"陈重问安伯。

安伯笑着用《西游记》的故事回答:"唐僧师徒取经途中,要到一个寺庙借宿。唐僧进去,苦苦哀求,被骂了出来。孙悟空于是进去。他进去之后,把金箍棒拿出,说声'长'。金箍棒就顶在大梁上。他说:我再一声'长',你们这破庙就塌了。庙里的和尚赶紧哀求他。于是他命令和尚出去迎接。猪八戒见状就说:'师傅是何等慈善之人，进去哀求半天，反被骂得泪流满面。可猴哥进去不过片刻，他们就列队出来欢迎？'唐僧说：你这个呆子，就没听说过这样一句俗话？"他顿住。

陈重问："什么俗话？"

安伯卖关子："不说也罢。"

黑仔笑着说："安伯肯定在编排我。"

安伯见陈重坚持就说："唐僧说：神鬼怕恶人！"

陈重拍拍黑仔的肩膀："你是恶人！"

"我是恶人不假，可原因不在这儿。"黑仔说："谭老大最少也欠我两条命。"

"他一共也才一条命。"陈重说。

"不管他有几条，反正他欠我两条。"

欧阳川悲痛地向林坚报告了杨先生的死讯："他是咬舌自尽。"

"杨先生是中国人的楷模！中国人的脊梁！有千千万万杨先生这样的人的民族，是不可战胜的民族！"林坚沉痛地说。

两个人都明白：杨先生之死，无疑给销毁任务，增加了难度。

得知杨先生自杀的消息，大川暴怒："混账！我不是命令过你们，在问出情况之前，必须让他活着吗？"听宪兵队长说是自杀，他越发生气："他得到了自杀的机会和工具，就是你们的失职！"

宪兵队长解释说：杨某是咬舌自尽。

大川知道这是古代中国贵族常用的一种自杀方式。随后，他进行了推理：自杀，说明有隐情。而所谓隐情，定和日本银行的地下金库有关！

黑仔和陈小豹来到地下金库的第一道岗前。日本兵宣布命令：不允许任何人进去。

陈小豹指指自己的工具箱："我们也不让进？"

日本兵强调:“对,任何人。”

“那正好,我还不想进呢!”陈小豹说罢,拿出一张纸,要求日本兵签字。日本兵问原因,他就指指应急灯:“你没看见?”

日本兵这才发现电源没有了,但他认为地下室没电没关系。

“这里所有的消防设备,都是电控制的。要是没有电,万一着了火,你们的钱和账本,可就都完蛋了。再说,”陈小豹指指日本兵身后的门,“没有电,这门也关不上。”

日本兵不相信,试着按动按钮。钢制的大门果然毫无反应。

陈小豹耸人听闻地说:“这个大门关不上,里面的门也打不开。它们是联动的。”

日本兵搜身后,放两个人进去了。

大川对酒井为何不彻底关闭地下金库的询问,是这样回答的:帝国的许多高级军官,其中包括一些皇室成员,在东南亚圣战中,收集到一些贵重物品,都存放在此。倘若关闭,会引起很多不便。

酒井没有正面回答这个问题,而是神闲气定地讲了一个故事:“我有一位亲戚,是帝国医院很有名的大夫。他的手术成功率相当高。我曾经向他请教原因,他说:‘第一要认识到疾病的性质:良性还是恶性的。第二,你要认识到病灶的准确位置,看看能不能切除。第三,你不能有任何感情色彩,把应该切除的,确切地说,是病灶附近所有能够切除的,全部切除。’”

“如果切得过多,会给患者带来生活上的不便。”大川说。

酒井慢吞吞地说:“再好的医生,也不给自己的亲属做手术,就是这个道理。因为他不能客观地看待问题。”

在维修电路的过程中,黑仔以拿所需材料为名,一共进出了三次。除去第一次外,后两次身上都均匀地放置数公斤炸药:日本兵第一次搜身后,第二次就会松懈。尤其是黑仔表现出异常的镇静,只有多年锻炼,天生胆大,且有坚定信仰的人,才能做到。所以一点儿也没有引起怀疑。第三次,也就是最后一次进入,他是放置定时起爆器的,因为金库的墙壁太厚,而且是钢筋水泥的,屏蔽无线电信号。所以不能用遥控起爆器。

按照规定,安放好了之后,黑仔让陈小豹先上去,合上电闸。等灯一亮,他再上去。

大川听明白酒井的寓言后,立刻率领一队日本兵,赶到日本银行。

在外面守候的欧阳川发现后,命令开车走。陈重不肯,要等黑仔。欧阳川果断地命令在第二接头地点等候。

陈小豹离开出口不过几步,荷枪实弹的日本兵,就已经排列成队。并且按照大川的命令:派一队士兵,进人存放港币的金库死守。然后关闭了地下金库的大门。他冲过去,准备跟大川理论。但被日本兵的刺刀顶了回去。他着急地喊道:“里面还有人!”

大川冷酷地命令把他轰走后,就四处检查去了。

黑仔收拾工具时,发现地下金库的铁门正在自动关闭。他赶紧奔向铁门,但已经晚了。他拼命撞击铁门,但毫无反应。他又拿出改锥橇门,也无济于事。

他豹子一般,在漆黑的金库里转了几圈后,慢慢地平静下来:他相信外面的战友会营救他。如果不行,顶多就是牺牲。

听完陈小豹的叙述,汽车内鸦雀无声。好久,欧阳川才说:“你说黑仔会不会把起爆装置拆掉?”

“很难。需要很正确的程序:一步出错,就会爆炸。”陈重说。

欧阳川沉思,他知道黑仔就算掌握正确的程序,也不会去拆。陈重提议强攻。他不同意:银行有十多名日本兵,还有轻机枪。强攻无异于以卵击石。

陈重着急地说:“咱们总不能就这么等着啊?”

这时，是陈小豹提出了一条建议。

汤比因给斯坦利布置的任务，一共三项：第一，营救乔治；第二，找到港币雕版，就地销毁；第三，找到共振腔磁控管。

斯坦利知道共振腔磁控管，是雷达的一个关键部件。它发出强力微波，微波遇到飞机，就会反射回来显示在荧光屏上。没有它，雷达就形同虚设。而它的生产工厂，被德军炸毁，存量支持不到恢复之日。所以要把在香港的"调"回来。而它的存放地，也只有乔治知道。总的来说，乔治是关键的关键。

汤比因将军的一条腿在一次大战中受过伤，所以走起路来，呈现波浪状："我和凯普特爵士很熟悉，他是一个很好的人。但在这场战争中，任何人与之相比，其中自然也包括我本人，都是微不足道的。所以在必要的时候，可以采取必要的手段。"

斯坦利当然明白这所谓的必要手段是什么。

"对于乔治，首先要营救。实在不行，还得回到刚才的命题上。"汤比因望着窗外说。

"是。"

"你不能以军官的身份去。你也不会见到任何的文字命令。所以一旦，"

斯坦利知道余下的话，应该自己来说："一旦被捕，会被当作间谍处死。"

汤比因比画了一个十字："相信上帝。上帝是站在我们这一边的。"

"上帝存在于虚无之中。现实中，我应该相信谁，依靠谁？"

汤比因遗憾地说："咱们的组织，几乎完全被日本人给破坏了。所以我通知了国民党方面。"

斯坦利征询地问："据说在香港还有一支共产党的抗日队伍。"

"共产党和咱们的信仰不同，再者说，他们应该是一群乌合之众。"汤比因很肯定地说。

"我明白了。"

“准备出发吧。”

“是,将军。”斯坦利给汤比因敬礼。

汤比因郑重地还礼后说:“上帝保佑你。”

陈小豹领着众人到银行后院外的一间旧房子里，打开一个有很多孔的盖子:这是他偶然中发现的地下金库的旧风道——因为金库扩建,它的通风量不够,所以被废弃——而黑仔所在的金库,正是旧金库所在,或许可以从这里出来。欧阳川认为既然如此,为何不能从新风道出入?他回答说:“新风道有四道钢制栅栏。还有复杂的报警装置。并且定时开启”。

欧阳川提出一个关键问题:如何联系黑仔?

陈小豹拿起一块石头,顺着风道扔进去:“我在黑仔所在的金库内,看见一块用螺栓固定死的钢板,大概就是旧风道的口。”他说着又往管道里扔了一块石头。“也许这石头会碰上黑仔所在地方的钢板。”

欧阳川拿起一只螺帽,扔了进去。钢铁间撞击的音响要好得多。

金库里的黑仔,此时并没有浮想联翩。他只想起了自己的父母:不要多久,就可以见到二老了。不知道他们现在会变成什么样?

突然,他听到一个微弱的声音。他站起来,竖起耳朵。接着,又是“咔嗒”一声。他顺着声源寻找,很快就找到了那块钢板。于是,拿出扳手,开始卸螺栓。因为年久,螺栓已经锈蚀了,扳不动。他大吼一声,用出浑身的气力。

螺栓终于松动。

欧阳川等人,除去默默地往风道里面扔石头、螺栓外,一声不吭。

就连欧阳川,此刻所做的,也不过是祈求上天保佑黑仔。

不一会儿,全部螺栓和可扔的东西都没有了。陈重看看手表:“黑仔这会儿就算听见了,也没有用了:只剩十分钟了。”他悲痛万分地对欧阳川说:“你说我怎么不设置三个小时呢?”

欧阳川握住他的手："相信黑仔。"

陈重都快哭出来了："我相信。我特别相信我的黑仔兄弟！"

三分钟后，欧阳川命令撤退：一旦爆炸，日本人就会封锁这个地区。

陈重执意不肯走："我在这儿等黑仔。"

欧阳川严厉地说："这是命令。"

陈重固执地重复："我不服从这个命令。"

欧阳川加重声调："陈重同志！"

陈重扭过身，然后扭回来，"我好像听到了什么声音。"说罢，他俯身倾听，片刻之后欣喜地说："黑仔，一定是黑仔！"

众人一齐聚集在出口处：黑仔从旧风道里露出头来。

众人赶紧把他拖出来。

陈重欣喜若狂地说："我一听就是你。"

黑仔拍拍身上的土："当然是我。不是我，谁会这缩骨法？"他说得很对：这条风道，哪怕比他稍微胖一点儿的人，都无法通过。

为了防止爆炸的压力泄漏，他们重新将旧通风道口封堵死，随后迅速撤离。

大川刚刚准备离开金库入口，一声不算强烈的爆炸声传来。

日本兵纷纷卧倒，唯独大川一人站立不动。等一切归于寂静后，日本兵才纷纷站起来。

大川鄙视地看着他们。一名军官尴尬地说："我们以为是美国飞机轰炸呢。"

"作为天皇陛下的士兵，你们竟然连爆炸来自何方都分不清。它来自那里！"大川指指金库的钢制大门。

军官急于将功补过，忙说："下去看看。"

大川制止道："爆炸会产生大量的有毒气体。等一会儿再下去。"军官担心钞票被毁。他说："这么一点儿爆炸当量，起不了什么作用。"

大川想得不对:炸弹爆炸产生的压力,将各个通风道的挡板逆向冲开,将燃烧产生的热能,分散到各个金库。在一千多度的超高温作用下,玉石俱焚。

在离日本银行不远的一座楼上,陈重得意地说:“我仿佛看见了那些钞票燃烧时,发出的光彩,一定是十二色的,彩虹一样。”他意犹未尽:“我想起一句诗来:樯橹灰飞烟灭。你懂吗? 黑仔? ”

“诗我不懂。但我懂一件事。”黑仔正在擦枪。抬起头看着陈重说:“要是我没出来,你就没心思作诗了。”

陈重笑着说:“这个当然。不过你怎么会出不来呢? ”

第七章

随员特地把魏得明约到一个高级妓院。在上学的时候,魏就是一个花花公子——那种隐藏得很深的花花公子——两个人真正相交,就是在妓院里。对这些人来说,生死之交、道义之交根本不存在。故而花柳之交,就成顶级。他给魏得明送去了一位头牌妓女和英国威士忌。等魏尽情享受完了之后,他亲自到了魏的房间,开出了价码:提供周夏文准确的下落,付一万光洋。

魏得明不以为然地说:“我想你应该知道我是谁。准确地说,是谁的女婿。”

随员不无巴结地说:“您是谁,香港的头面人物都知道。”

魏得明锐利地反问:“那你就应该知道我的身价。”见随员把价码提高到两万光洋,他依旧很不屑地说:“我岳父的钱,尚有一些不确定因素,姑且不论。先说说我爹。我爹是苏北的一个土财主。每月给长工、下人开工钱的时候,都要放在一张八仙桌上。这银圆是从水缸里面,用饼干箱子,一箱子、一箱子搓过来的。多的时候,那张黄梨木的八仙桌,压得‘吱吱’作响”——他这一切,都是虚张声势:黄江源并没有把黄晶晶许配给他,不过是一个意向而已。他的父亲,也不过是个有几亩田的小地主而已。但与人争斗,关键是气势。

随员显然不是魏得明的对手,一时无言以对。

魏得明话锋一转,说起自己虚拟的梦境:“我梦见我去见上帝,刚到天堂门口,彼得就把我给拦住了,非得问我有什么事?我说:有事也不跟你说。快去给我把上帝叫来。”他知道,周夏文所牵涉的事情,过于大,他一个人无法完成。必须要找一个合作伙伴,日本人显然不行,共产党也不行。那就只有国民党了。

随员思索了好一会儿,方才明白这个寓言的深意。

周夏文事件,属于党派之间、国家之间的事情,单凭香港游击队的力量是无法完成的。林坚因此请求中共南方局协助。

南方局很快就将有关的资料发来:周夏文是宋子文的小同乡(同省曰之“大同乡”;同县曰之小同乡),而且他们还是中学同学、大学同学。一九四一年十一月,宋子文秘密前往美国,寻求华侨和美国友好人士的帮助。因为属于私人性质,所以他没有用国民党财政部、中央银行的官员,而是用了一批老乡同学。而此时,美国尚未对日本宣战,所以公开的媒体,都未见报道。只在一张小范围的华文报纸上,有一张宋子文和纽约的侨领的相片,比较清楚。但旁边的人都相当模糊。而在这些人当中,有一个人很像周夏文。

因为无法确定,所以有很大的猜想空间:周夏文和宋子文一起去了美国,并且参加了募捐工作。他们筹到了钱,因为香港沦陷,这笔钱滞留在香港。

黑仔不懂银行内部的事,凭直觉质疑这个说法:他们为什么不把钱直接拿到重庆去呢?

欧阳川向他解释:钱不过是一个符号,要想把这个符号变成急需的战略物资,需要很多中介机构运作。而香港就是最合适的地方。

接下来的推论就简单了:风云突变,这笔钱来不及转走。而周夏文知道这笔钱的下落。这也正是他死活不肯去内地的原因。

当然,行动计划不能建立在猜想的基础上。而要证实这个猜想,就要找到周夏文。

欧阳川主动承担了这个任务:即使水中浮萍,无根也不行。一旦周夏文浮出水面,第一个要找的就是黄江源:两人是至交。

随员提议金培信会见魏得明:他既然狮子大张口,必定是掌握着什么。

金培信却认为越是这样，越不能马上见。谈判这种事，和赌牌一样：谁先露底，谁就倒霉。听随员说害怕魏把消息卖给别人。他更认为不可能：要这消息的只有自己和日本人。倘若卖给日本人，钱拿不到不说，丢掉性命的可能大过百分之五十。所以自己是唯一的买主。所以应该“放一放”，事缓则圆。

议定之后，金培信把接应英国情报部派来的斯坦利少校的任务交代给随员。至于这个少校前来香港的目的是什么，他没有说。接应所需的部队，他让随员用钱去雇用谭老大的人马——除去谭，他没有可动用的军事力量。

欧阳川之托，对黄晶晶来说大过天。最后，终于从父亲处，将有关周夏文的一切，打听了出来：一个人如果整天在你的周围，同时又是你的至亲，那就没有探听不出来的事情。

黄江源本来就想把这个消息透露给共产党，这样可能对周夏文有帮助。但宋子文又下过“绝对保密”的死命令。所以，他就借用“虎符”的历史故事，模糊地说明了周夏文所承担的使命：战国时，秦国围困赵国，而派去营救的魏军首领晋鄙，因为秦国的威胁，按兵不动。而调动魏国军队的信令为一张画着一只老虎的兵符。这个兵符，被一分为二：魏王拿一半，军队首领晋鄙拿一半。只有将它们对在一起，才能调兵遣将。于是由信陵君、侯嬴等人，设法从魏王处搞到虎符，并将不服从命令的晋鄙击杀，从而解了赵国之围。

黄晶晶似明白非明白，正想探问究竟，魏得明突然进来，说有要事汇报，她也就没法再问了。

谭老大开出的接应斯坦利的价格，金培信根本不能接受：“在饭店里要菜，有一个原则：不能要菜谱上没有的菜。”

深知自身价值的谭老大，趾高气扬地说：“只要是我的饭店，没有也得给我做去！”

金培信点燃一支雪茄：“但不管怎么说，你的价钱也太离谱。”

“那你找便宜的去啊？我又没拦着你？告诉你：整个香港，只此一家，别无分店。”见金培信的气焰被打下去了，谭老大接着说：“我这买卖，不是卖房子、卖地，也不是卖老婆、卖儿子。我是在卖命！”

金培信只得拿出一支讲究的金笔，签发支票，付给谭老大订金。见谭老大得意扬扬地把支票塞进口袋，他实在忍不住说：“你就不怕我给你开一张空头支票？”

谭老大也笑着说：“只要你还想待在香港，我说的是活着待在这儿，你就不会给兄弟我开空头的。”

在黄家花园里，黄晶晶给欧阳川复述“虎符”的故事。

欧阳川正听得起劲，黄晶晶却戛然而止。“没了？”他问。

“本来老爸还可能再说点什么，但这个时候，魏得明来了。”

魏得明突然出现在两个人的后面：“对，魏得明现在又来了！”他偷听两个人的谈话，已经有一会儿。“魏得明就是要在关键时候出现。要不然，他的太太就会变成别人的太太！”说罢，他去拉黄晶晶的手。

黄晶晶愤怒地甩开。

魏得明指着欧阳川的鼻子说：“我告诉你：晶晶是我的太太。我绝不允许别人染指。”

欧阳川镇静地说：“她不是你的太太，起码目前还不是。”

黄晶晶愤怒地质问魏得明：“我第一千遍地告诉你：我嫁给谁，也不会嫁给你！”

魏得明脸皮极厚：“父母之命，媒妁之言，就是天条！”接着他再度转向欧阳川：“你表面上安分守己、衣冠楚楚。别人还真的以为你是一个君子，其实你是一个共产党。如果你们再保持接触，我就……”

黄晶晶这下子急了：“你想怎么样？”

魏得明威胁道：“我把他怎么样不了，可日本人会把他怎么样，我就不说了。”

“你要是向日本人告密,我就把你……”她因为着急,一下子选择不出来适当的词汇。

魏得明嘲笑道:“千刀万剐?碎尸万段?我的大小姐,你一样也做不到。你连刀也拿不起来。”说罢,扬长而去。

师爷迅速地将“金一谭”会商的内容,转告了林阳港。师爷对谭老大一直还算忠诚,但半年前,日本人突然把他的独生儿子逮捕了。而林阳港则声称可以通过途径把他救出来。条件就是拿消息来换。“我全都告诉你了。该把我儿子放了吧?”

林阳港没有回答,继续提问:“只有斯坦利少校一个人?”

师爷的心里有点凉:“谭爷说只来他一个。其余所需的一切,由国民党负责安排。”

“哼!国民党?你保证共产党没有参加进来?”林阳港听师爷否认,便沉默思考。

“该把我儿子放了吧?”师爷哀求道。

“如果斯坦利准时来,我们成功地将他抓获,我就放了你的儿子。”林阳港起身说道。

师爷顿时急了:“你原来不是说:只要我提供了消息,你就放了我的儿子吗?”

“我现在改变了主意。”林阳港坦然地说。

师爷逼近林阳港:“你实在不江湖!”

“大和民族一切都从实际出发。”林阳港觉得亮出自己身份的时候到了,“你不要再往前走了,要不是你现在还有用,你已经死了。”

师爷醒悟:“你是日本人?”

林阳港自豪地说:“对,一名日本武士。花要樱花,人要武士。樱花是花中第一,武士是四民第一。”他之所以指示宪兵队逮捕师爷的儿子,为的就是构建渠道,控制香港的地下社会。

所有这一切,都被躲在一棵大树后面的石仔看见:他奉命监视林阳港,已经一个星期了。

见欧阳川沉默不语,黄晶晶着急地催促他赶紧躲一躲:魏得明为人阴险,什么事情都可能做出来。

“我已经想明白虎符是怎么一回事了。”欧阳川迅速地将“虎符”故事的空白填补完成:周夏文掌握着一截信息,另一截,这个人也许是黄江源,也许是宋子文,也许是别的什么人。这两截,或者更多截信息拼凑在一起,构成存放一亿美元数字账户的取款凭证。

“你还说虎符。再说我就不理你了。”她见他不明就里,便说:“你根本不知道你对我意味着什么。”

欧阳川赶紧拉住黄晶晶的手:“你对我十分重要。”

“是因为虎符?”

欧阳川信誓旦旦:“绝对不是。”

黄晶晶这才破涕为笑。

斯坦利到来的消息,游击队也获知了。至于他何时来?来干什么?都没有确切的情报。所以开了很久的会,只能做出“斯坦利的前来,必定有重大任务”的结论。将此结论分析,则无外乎雕版、乔治、凯普特等因素。据此,一个计划产生了。

林阳港毕竟是经过训练的,终于发现石仔在跟踪他。他很顺利地将石仔击昏,捆好,塞进汽车里。然后回到沈宗翰的住宅。他悄悄地来到沈宗翰卧室外,俯身倾听:沈宗翰正在听 BBC 的广播,音量调得很小。

确定一切如常后,他把石仔放进地下室,然后开始发报,将斯坦利的消息,通知酒井和日本军部。

这条消息经过酒井之后，就变成了命令。大川又将命令变成了行动。

沈宗翰似乎感觉到有些异常，就出来察看。在走廊尽头，遇到从地下室上来的林阳港。他很奇怪林半夜三更去地下室干什么？

林阳港不等他问，就举举手中的瓶子：“我找瓶酒喝。”

沈宗翰从来没有见过林阳港喝酒：他的职业也不允许他喝。但他没有问。径自走入地下室。

在一堆酒桶后面的石仔听见有人进来，就尽力挣扎，发出一些声响：但因为林阳港捆绑的手法很专业，发出的声音微乎其微。沈宗翰根本就没有听见，走过石仔所在的酒桶，然后在酒架上挑选葡萄酒。最后，他挑中了一瓶，关灯。走出地下室。

在这期间，卧倒在地下室窗外的林阳港，一直用枪瞄准着他。

潜艇离开香港海岸线还有三海里的时候，斯坦利就命令艇长浮出水面。

这虽然是一个很奇怪的命令，艇长还是遵从了：他得到的指示就是一切服从斯坦利。

斯坦利随后命令尼克中尉登陆之后，在预定地点见面。然后就换上潜水衣，潜入海水中。

金培信巡查谭老大隐蔽在岩石后面的队伍时，发现有一个人在吃东西，过去厉声命令停止。此人乃是谭老大的心腹，连头都不抬，继续吃。金培信拔出手枪：“不服从命令，我枪毙你”——既然付了钱，就有了权利。

心腹蔑视地说：“除了谭爷，枪毙我的人还没生出来呢！”

金培信还要说什么，谭老大过来：“特派员说别吃，你就别吃。”见心腹收起食物，他笑笑。等金培信走开之后，他又说：“吃吧，臭小子。人是铁，饭是钢！”

谭老大不知道、金培信也不知道:大川的队伍,隐藏在更高的一些岩石后面。所有这一切,都被他们收入眼底、听入耳中。

一名日本士兵用刺刀割开罐头,准备吃。割罐头所发出的声音,很是尖锐。队伍是下午集合开赴海边的,天黑之后,就埋伏在这里。此刻,十多个小时过去了,士兵们很是饥饿。

大川匍匐过去命令:“不许吃。”他没有发火:精锐部队都调到中途岛和瓜岛去了。只剩下这些没有经过训练的娃娃兵。他们不懂得,些许响动,也是致命的。

这开罐头的声音,显然被谭老大听到了。他竖起耳朵后,又使劲抽动鼻子:闻到了食物的香气,他的嗅觉、听觉都极其敏锐。随即他悄悄地走向远处。

一直用余光观察谭老大的金培信,稍微判断了一下,就跟了过去:他基本上是一个文职人员,没有任何战斗经验。故而抱定一个信念:紧跟谭老大最安全。

通过望远镜,可以看到潜艇升起,放下尼克中尉后,重新潜入大海。随后,尼克中尉跟随谭老大的部下,进入大川的火力包围圈。大川发出命令:“活捉潜艇上下来的人,消灭其余的人。开火!”

随着枪声,谭老大的几名部下,纷纷倒下。尼克赶紧卧倒。

谭老大的队伍,毕竟是乌合之众,不是大川所率正规军的对手。不过几分钟,就死的死、伤的伤,剩下的也都投降了。

尼克虽然奋力反击,但终究寡不敌众,被大川亲手擒获。

在海岸的一个隐蔽处,谭老大默默地注视着眼前的一切。他很心疼,但他更懂得生存之道:留得青山在,不怕没柴烧。听到背后有动静,他头也不回地说:“再往前走一步,你的死期就到了。”

金培信只得站住说:“我非常佩服你。”见谭老大疑惑地看着他,他补充说:“你这只老狐狸闻到了日本人的气味。”

“要是没有这两下子,我混不到今天不说,也活不到今天。”谭老大似乎不认为这是一种表扬，“所以我坚持要你这个家伙参加这个行动。要不然，你就会把我卖了。”听金培信信誓旦旦地表示说不会。他说：“那是没有合适的价钱。你这种人，我见得多了。”说罢，离开。

等这一切都过去两个小时后，斯坦利才从另外一个地点登陆。尼克之佯攻，实在是不得已之举：特殊之事，必用特殊之法。

像所有的日本人一样，林阳港非常喜欢喝酒，尤其是清酒。不过是因为身份原因，勉力克制而已。今天因为完成了一个大“作业”，所以他认为有必要犒劳自己一番，就来到了一个中等的酒馆。他开口就要清酒三壶。听酒保说没有，他顿时变色：“不能，也不允许没有清酒！”

酒保年轻气盛：“没有就是没有。”见林阳港阴沉着脸让他重复，他更随便地说：“没有就是没有！”

林阳港起身上前，一个标准的柔道动作。只见酒保如一只盘子一样，飞越桌面，重重地摔倒在地。他坐回桌旁，平静地说：“清酒三壶。给我烫！”比起戒酒的煎熬，伪装成中国人给他带来更大的痛苦，尤其是看到自己的同胞，在这片土地上耀武扬威、为所欲为的时候，他简直痛不欲生。这种能量的积蓄，此刻都爆发出来了。

地下室中的石仔，奋力挪动身体。好不容易到了铁架子前。他借用铁架子，开始研磨绳索。大约用了两个小时，他终于将绳索磨断。他活动了一下躯体，就准备出去。走到门口时，想起林阳港的发报机，又返回去。他把发报机从箱子里面拿出来，重重地与石柱碰撞了几下，听到电子管破碎的声音后，才放到地上。他意犹未尽，又往发报机上撒了一泡尿。

林阳港喝得摇摇晃晃、旁若无人地走出酒店，边走边唱日本歌。等他走到汽车旁,打开车门坐进去之后,才发现挡板上有一封信。打开后,只见信上用日文写道:掩盖一切痕迹。撤回总部。

他思索片刻。猛地启动,箭一般地驶回沈宗翰住宅。

正准备离开的石仔,听到林阳港汽车的刹车声,快速但从容地钻进一只空酒桶内。并且把盖子盖好。

林阳港一进入,就发现被毁的发报机零件。他拔出手枪,在室内寻找石仔。可能是因为他喝了酒,也可能是因为他愤怒,几次经过石仔藏身的酒桶,都没能发现。最后只好愤愤地离开。

等发动机的声音远去后,石仔利索地爬出酒桶,迅速离开。

因为金培信、谭老大接应的失败,斯坦利请情报部转请中共帮助。但没有说明具体的任务。

这个请求,不过一天工夫,就变成了南方局的指示:这是我党在香港抗战时期,第一次高规格的国际合作。一定要圆满完成任务。

南方局还提供了一份有关斯坦利的资料:此人是情报专家,尤其擅长营救。在欧洲和非洲组织过几次成功的营救行动。

"论营救,咱们才是专家呢。"陈重对英国人既寻求行动帮助,又不肯透露行动目的的做法,极为愤慨。认为这是歧视性的。黑仔更是不满:"英国人有本事就守住香港。这会儿来添什么乱?"

唯独欧阳川,高度领会了南方局指示的精神:香港游击队,不光是一支战斗的部队、情报的部队,还是一支文化的部队。承担着国际交往的重要职责。因此一定要搞好这次国际合作。让世界认识到共产党在反法西斯战争中所处的地位和力量。而且他认为此事重大:非如此,就不会派斯坦利来,更不会派一艘潜艇,冒险进入日本人控制的海域。舍得出大本钱,就一定是大生意。

众人的意见,渐渐地统一。

抓住了尼克,大川非常高兴:他就是钥匙。但尼克除去自己叫“斯坦利”,军衔是少校外,什么都不肯说。

大川命令上电刑。但还是没有结果。最后他命令提高电压等级。但其结果,只不过是让尼克昏了过去而已。

石仔绘声绘色地向大家讲了脱险的经过。

“我说咱们每次行动都会出点漏子,根子看来就在这儿。”黑仔抄起枪,就要去消灭林阳港。听林坚说还需要研究、计划,他说:“抓林阳港这么一个小蟊贼,还要什么计划。”

“林阳港不仅仅是林阳港。”欧阳川说,“林阳港是沈宗翰的司机。”

黑仔不以为然地说:“沈宗翰算什么?”

欧阳川耐心地说:“沈宗翰在香港是一个有地位的人。再者说,我们要搞清楚:林阳港仅仅是林阳港,还是沈宗翰也牵扯在里面。”

“悄悄地抓住林阳港,看看沈宗翰动不动,不就全结了?”黑仔见林坚同意这个意见,眼珠一转说:“要快。不然就什么也看不出来了。”

林坚批准了这个计划。

大川按照酒井的命令,把尼克移送到一间配备有单向玻璃和送话设备的审讯室后,不过片刻,酒井就来了:以司令官之尊,到这种地方来,还是第一次。大川诧异地问原因。酒井说:“有专家不相信你抓到的就是斯坦利。”

大川问这个专家是否是德川,见酒井不置可否,他就说:“有这样一句谚语:如果一个动物,看上去像鸭子,走路也像鸭子,叫声也像鸭子,吃的东西也像鸭子,那它就一定是一只鸭子!”

酒井眨眨眼问:“鸭子?”

大川虽然知道酒井这是明知故问,但为了发泄自己的不满,还是说:“这名俘虏是一名英国人,而且是一名英国军人。他乘坐英国潜艇,前来香港执行任务。所有这些,都和皇军的情报吻合。他除去是斯坦利外,不可能是别人!”

酒井看看手表:“专家就要来了,你去审讯室吧。”

大川懂得这是让他回避的意思,无奈地走开了。

尼克坐在特别审讯室中央的一把椅子上,他只能听到审问者的声音从麦克风传来,而看不见人。

审讯者:“既然你是英国情报局的军官,一定知道局长是谁?”

“孟席斯爵士。”这个问题,尼克当然知道。听对方又问孟席斯的军衔,他不假思索地回答:“上将。”对方接着问军种。他说是海军。

审讯者提高了声调:“他的爵位是什么?”

“勋爵。”情报部命令尼克登陆之后,就要冒充斯坦利少校。从而掩护真斯坦利时,给了他相当于《海军条例》那么厚的一本书,让他熟读。这些都不出其范围。

审讯者突然问:“他召见过你吗?”

这个问题,出了手册的范围,尼克想当然地回答说曾经有过。

审讯者又问是否在孟席斯的办公室里。他也说是,但实际上,他没有去过。审讯者再问孟席斯的办公桌有没有一尊雕像?他肯定地回答说没有。

审讯者放慢了提问的语速:“你听说过情报局里有一个监督处吗?”

因为重新回到了手册的范围,他如释重负:“当然。”至于监督处的处长是谁,他自然也知道:“比万中校。”但对于“比万中校在做伦敦监督处处长之前,是做什么的?”的提问,他又想当然地回答说是军官——中校总应该是从少尉、中尉这样一步步地升上来的。

见提问就此结束,尼克觉得很幸运:他原以为又要遭一番严刑拷打呢!

阿菊向魏得明抱怨说周夏文根本看不住,几次三番地逃跑。闹得自己夜里都不敢睡觉。给他吃药,也不顶用了。最后,她总结道:“我以前的男朋友,总想看住我。到后来,他自己也承认:一个大活人是看不住一个大活人的。”

魏得明问她知道不知道这是为什么?阿菊当然知道:“大活人有心呗!”他冷冷地说:“有心是次要的,关键是他有腿。”说着拿起锤子,进了周夏文所在的里屋。阿菊要跟进去,他不让:“你见不得这样血腥的场面。”

进去不过片刻,阿菊就听里屋传来一声惨叫。接着就是周夏文“痛煞我也!痛煞我也!”的号叫。见魏得明出来,她惊恐地问:“你把他杀了。”

“我就是杀了你,也不会杀他。”魏得明笑笑:“你去买一辆轮椅。要最好的。”

专家意见,是由酒井转达的:此人不是斯坦利。

被排除在核心机密之外,大川已经很窝火。听到这个结论,更是不服气。

酒井告诉他孟席斯的办公桌上有一尊雕像。一尊半人、半羊的农牧之神。它象征着机灵、狡猾。

大川知道这个所谓的专家,就是幽灵一般的德川:“就是要我形容您办公室的摆设,我也形容不出来。”

“我说我不止一次去过前东条首相的办公室、现首相小矶国昭的办公室。仍然形容不出来。”酒井显然也对德川不满,“可专家说:军人与间谍不同。间谍必须有杰出的观察力。此外,这尊精致的雕像很出名。局内人应该知道。”

大川提不出反驳的理由,只得不情愿地说:“专家先生也未免过于主观了吧?”

酒井接着转述了专家的第二条理由:设立在英国情报局内部的伦敦监督处,原本只是一个象征性的机构。到了丘吉尔手中,才被真正使用起来。处长比万中校,和美国战略情报局的威廉·多诺万上校齐名。但他不是军官出身,而是一名银行家。因为在丘吉尔以前,这是一个名誉职务,都由贵族来担任。比万毕业于伊顿公学,和孟席斯同一届。由此专家肯定来人只是英国一名低级军官。很可能是海军的。

酒井说:“因为眼界所限,这个结论是批驳不倒的。去找真正的斯坦利吧!”

大川立正说:“我一定严刑拷打这个英国佬,问出斯坦利的去向、此行的任务。”

“估计不会有什么用处。”酒井望着窗外说,“如果一个人不知道某件事情,你是问不出来的。”

黑仔想直接闯入沈宗翰住宅,但陈重不同意:应该在沈宗翰不在的情况下,进去抓捕。否则会影响沈宗翰的声誉。

“跟你们这些书生办事,真是啰唆。政委已经批准了我的计划。”黑仔不满地说:“记住:是我的计划!”

正说话,一辆出租车进入视野,两个人赶紧躲了起来。

沈宗翰下车后,径直进入住宅。在住宅内,正好遇到提着一只装满文件的箱子、准备离开的林阳港。他问道:“你要干什么去?”

林阳港含糊地回答:“我出去一下。”

沈宗翰看着箱子问:“你的箱子里是什么?”听到“私人物品”的回答后,他要求林阳港打开。

林阳港决定先礼后兵:“我跟随您已经好几年了。您应该知道我的人品。”

沈宗翰不买账:“人是会变化的。有些好人会变坏。有些人根本就不是好人。把箱子打开!”

“我要是不打开呢?”林阳港平素的谦恭态,此刻荡然无存。

“你必须打开!”沈宗翰一点儿不软。

“我告诉你,沈宗翰。最好让我走。”见沈宗翰坚持,林阳港图穷匕见:“你知道了我的身份后,就会取消这个要求。我是大日本皇军特别高等警察二岛义南中尉。”

沈宗翰根本不肯让开路:“你就是酒井,也要打开箱子!”

林阳港突然之间,挥起箱子,砸向沈宗翰。

听到格斗声,黑仔与陈重立刻冲进去。进去之后,先看见的是林阳港的尸体躺在地下室的台阶上。随后看到沈宗翰满脸是血,靠墙坐着。

沈宗翰有气无力地指指尸体说:“他是一个坏人。”

陈重将其搀扶起来:“我们知道。”

沈宗翰动了一下胳膊,脸疼痛得都扭曲了:“他是日本人。”

陈重说:“这我们也知道。”

沈宗翰摆手:“你们走吧:我一人做事一人当。”

“帮助沈先生这样的爱国志士,是我们的责任。”陈重由衷地说。接着他就对正在观察林阳港尸体的黑仔说:“咱们两个把尸体搬到车上去吧。”

“我一个人就行。”黑仔不费力地把林阳港的尸体扛了起来。然后很随便地问沈宗翰:“他怎么死的?”

沈宗翰无力地说:“他向我扑过来,我就用力推他。他就从这个台阶上摔下去了。”

黑仔对陈重说:“都说日本兵个个是武士。看来也稀松平常得很。”

沈宗翰连忙摆手:“幸亏他不是武士。否则我就一命呜呼了。”

英国的间谍,向来以精细著称于世。斯坦利登陆后,一直在调研。在这个过程中,他得知了共产党游击队的实力,认为不可忽视。所以才有了那封英国情报部致南方局的电报。当然,他不会真的相信共产党。他这样做,只是出于“万一”的考虑。他的首选,还是谭老大:帮会没有理想,只有利益,这样就单纯得多。再者说,谭老大在接应尼克的战斗中,损失惨重。这正好从另外一个方面证明他可用。

但与谭老大的谈判,并不顺利:谭老大先不谈钱,而是要知道目的。斯坦利不屑地问:“莫非在价格合适的情况下,还有你不干的事情吗?”

“当然。盗亦有道。”谭老大与英国人打过很多交道,明白他们对中国人的看法。所以首先要打掉斯坦利的锐气:“你听不懂这话。告诉你:不知道目的的事,给多少钱,我都不会干。”

斯坦利说目的是摧毁香港的机场,从而保证一个大战役的成功。

谭老大沉吟片刻后,让斯坦利先开价。

斯坦利居高临下地说:“还是你先开价。我绝不还价。”

谭老大绕了一个弯子:“我很想知道,在你的心里,我和一些像我一样的中国人的性命到底值多少钱?”

斯坦利想都没想,就开出了价:凡参加行动的人,每个人一百英镑。死掉一个,外加五百英镑。

谭老大嗤之以鼻:“要是在香港,有人开出这个价格,我当下就废了他!你是外国人,不知道行情,我先给你讲讲:我是走私鸦片出身。二十年前,听清楚了,是二十年前,我每月进账就是一千块大洋。白花花的墨西哥鹰洋。就在那时候,没了一位兄弟,有家的是三千,没家的是两千。我谭老大凭什么在香港当老大?凭的就是这。”

斯坦利恼怒地说:“你们中国人真是成问题:叫你开价你不开。别人开价,你们又啰唆个没完。”

谭老大也愤怒了:“记住,不是谭爷我找你,而是你来找谭爷我的。”

斯坦利软了下来:“好商量。好商量。”

以后的谈判很顺利。最后以十万英镑成交:这确实不是一个小数字,但与之相对应的东西更大。

谭老大要求预付一半。斯坦利痛快地给他开了一张支票。

望着装有石块和林阳港尸体的麻袋渐渐地没入海水中,沈宗翰神情很是沉重:“我到此刻,方才明白为何在营救文化精英的时候,事故频出:罪在宗翰。罪在宗翰啊!”

“清君侧,清完就好了。”陈重并不认为这个事情很严重。

沈宗翰无比懊恼地说:“说是清君侧,其实还是皇帝本人糊涂。我给你带来如此之大的麻烦,实在是对不起了。”他伸出手。

陈重与之握手："一家人不说两家话。"

沈宗翰感动地说："从此咱们就是一家人了。"

陈重紧紧握住沈宗翰的手："从来也是一家人！"

黑仔却一直不动声色地观察着这一切。

第八章

对大川“假斯坦利宁死不交代”的报告,酒井并不感意外。国际法规定:一名军官,在战争期间,穿便衣进入敌方区域,可以按照间谍罪论处。所以假斯坦利是抱着必死的决心前来的。让他担心的是斯坦利到底要干什么?怎么干?但不管怎么说,使命必然重大:英国人不惜血本,用一名低级军官来佯攻,这很不寻常。

大川对此有非议:佯攻一条,不足为凭。他曾经用一个连的士兵佯攻,这一连人最后无一生还。

酒井解释说英国是一个以人为本的国家,他们对于生命的看法,与皇军很不相同。必须从英国人的角度看问题,否则将误入歧途。随后,他做了深入的剖析:斯坦利的目的肯定不是情报上所说那些藏在秘密仓库里的常规武器——英国谚语:为这点钱赌牌,还不够买蜡烛的——而是为了无穷无尽的母钱。

大川不懂什么叫作“母钱”。

酒井解释说:纸币之前,中国用铜钱。如果大量的铜钱在中央制作,一来运输成本高,二来不安全。所以通常的做法,是给各地分发一些标准钱,用来做模具。这些标准钱,就是母钱。

“德川词语?”大川见酒井点头,不以为然地说,“只有德川先生才会深入研究微不足道的汉学。”

“绝不能说汉学微不足道!”酒井严厉地说,“我们的对手,是一群有智慧、深通谋略的人。而且他们有信仰、组织严密。”

大川却认为此不足为虑:“这点将军不用担心,英国人是资本主义者,游击队是共产主义者。本质不同的东西,是无法融合的。再者说,皇军迅速占领香港,英国人猝不及防。香港因此形成政治真空,才使得共产党游击队乘虚而入。但在蒙哥马利、艾森豪威尔他们的大盘子里,中国共产党游击队是没有地位的。”他一顿,“没有地位,就必然没有联络。”

“我很希望如你所说的这样。但你不要忘记:共产党游击队中有能人。有了能人,就能办很多看上去不可能的事情。”酒井提高声调,“首先,尽力搜捕斯坦利。其次,加大对农村地区的清乡,使得共产党游击队自顾不暇。第三,把目标控制好。”

大川知道这就是命令了,立正回答:“大川立刻布置。将功折罪。”

酒井郑重地说:“拜托大川君了。”

大川愕然:“司令官何出此言?”

“军部严令:此事甚大,关系帝国前途。”酒井并没说此命令来自德川。按说对于德川的话,若不经过军部转达,不过是参谋意见而已。但在日前回日本参加由中国汪精卫政府、满洲国、泰国、缅甸和菲律宾的代表参加的“大东亚共荣圈会议”时,一位高级军官悄悄地告诉他:德川是能够接近天皇陛下的人。他明白这话的分量,裕仁天皇在太平洋战争开始后,已经成了名副其实的大元帅。别的不说,大本营就设在皇宫内。且所有高级军官的任免,都要经过天皇御批。因此,他决定对德川言听计从。

谭老大与沈宗翰的交往不多。此次前来,开口就说有事相求。沈宗翰自然是满口应承。他于是拿出一张支票,说要“兑点现银”。

沈宗翰一看,是张伦敦巴林银行现金支票。而巴林银行,这是专门给英国皇室服务的银行:“真是‘士别三日,当刮目相看’。你是从什么地方弄来的?”

谭老大含糊地回答:“从来处来。”

沈宗翰把支票递回谭老大："你找错人了，兑换现金，应该去找银行家。"听谭老大说日本人对银行监管很严，不想冒这个险。他依旧不松口："可我没有这个业务啊？"

"沈老板也不要瞒我：上寰岛酒店，是香港一等的酒店。就算赶上战乱，外面的客人也不少。兑换这么一点现金应该不成问题。"见沈宗翰以日寇手段之残忍之类的借口推托，他开出了百分之十的佣金的价码："百分之十，应该是一笔很好的生意！"谁料沈宗翰却表示：如果单纯是生意，他就不做了。谭老大一下子愣住了："生意人不做生意做什么？"

沈宗翰郑重地说："做一些对国家有利的事。"

谭老大笑了："沈先生放心，这笔钱绝对是用在抗日上的。"接着，他就和盘托出有关斯坦利的故事。

这并不说明谭老大的嘴不严，关键是他认为这不是多么大的机密。而且，另外创作故事，没有合适的载体。

沈宗翰理所当然地认为这是天方夜谭。就算英国人真的要在香港做什么事，也不会一下子找到江湖上的人。起码应该去找国民党。

谭老大不以为然地说："你以为他没找国民党？再往根上说，就算他找到了国民党，国民党也得来找我。国民党没人又没枪，顶不上用。"

"瘦死的骆驼比马大。"沈宗翰坚持。

"比马大不假，可它没法跑路啊。这年头，谁有人、有枪，就是天王老子。"谭老大用《水浒》故事佐证自己的说法，"王伦先占了梁山，后来怎么又被晁盖夺了去？就是因为晁盖手里面有林冲。后来晁盖为什么闹不过宋江去？就是因为宋江手里面有李逵、柴进、武松这些好汉。谁有力量，谁就是爷。杜月笙杜老板在上海多大的派？过生日，委员长都去祝寿。可他到了香港怎么样？连我谭老大的一半也赶不上。老虎没了爪牙，就不是老虎了。"说着，重新把支票递过去。

"我经商多年，一旦定了主意，轻易不改。"沈宗翰接过支票，"今天我就破回例。就冲抗日这个说法，冒它一次险！"

“我一定给沈老板演一场抗日的大戏！”内心深处，谭老大还是愿意抗日的：日本人非我族类，且以掠夺为目的。占领香港后，极大地伤害了他的生意。更何况，越货之外，还要杀人：自己的部下，还有阿靓。

沈宗翰也表示：只要是抗日的事，除佣金一分不要，还会尽可能地满足谭的一切要求。

一名日军少校，根据大川的指令，将集中营内所有的外籍俘虏，每十个人编成一个靶组。任何一个靶组内有人越狱，其余的人，一律处以死刑。

在日军少校宣读名单时，队列中的麦克悄悄地对乔治说：“斯坦利来了，专门营救你的。”

“也许是来除掉我的。”乔治低声地说。斯坦利的冷血是有名的。

但麦克认为这怎么也是一个机会，应该制订一个相应的计划。

乔治同意，并且相约夜晚在自己的宿舍内研究。

就在这时，日军少校宣布了纪律：“从此时此刻起，任何人都只能待在自己的宿舍里。违规者，格杀勿论！”

驻港英军参谋长费曼上校出列说：“你们这样做，是违背日内瓦公约的。我代表全体英国军人，抗议你们这种不人道的行为。”

日军少校晃动一下手中的纸张：“这是司令部的文字命令，我只负责执行命令。”见费曼坚持抗议，他命令，将费曼禁闭三十六小时。

两名日本兵立刻上前，夹住费曼上校，往外走。费曼上校刚要反抗，脑后就立刻挨了重重的一击。

欧阳川在上寰岛酒店的会计室内，见到一名职员正将各种面额的英镑现金，捆扎起来，就问要干什么？职员不知原委，只说是沈宗翰的命令。

他知道最近没有难民入港，也知道沈宗翰不会去赌博，更不会去投资。所以很可能给什么人调拨头寸。于是，他找到赈济会的秘书，得知谭老大来过。又从分管酒店财务的毛磊处得知有一张英国巴林银行的现金支票入账。

他画了一张流程图:现金——英国支票——谭老大——斯坦利。然后,他向林坚解释了这张图:斯坦利用英镑雇用谭老大来完成任务。

“千里来龙,到此结穴。”林坚同意。

做港督之后,酒井第一次来集中营。刚刚坐定,就接到了德川的电话。他说自己在一个特殊的地方,稍后再联系。德川却劈头就说:“我知道你在集中营。”然后很不客气地说:“斯坦利肯定来救人,这人肯定就在集中营。”

酒井不以为然地回答:“应该是假定,而不是肯定。”

德川重复:“我肯定!”

酒井退了一步:“肯定也罢,假定也罢。重要的是这个人是谁?”

德川没有解释,“派一个得力的军官,就派大川,负责此事。”

“斯坦利在外,乔治在内。大川固然能干,也无法顾及如此之多的事情和人。”对于德川干预他的人事,酒井颇为不满。

“围魏救赵。围点打援。”

“请德川先生使用日本国的典故。”德川的声音很大,站在旁边的大川也能听到,所以他虽懂其含义,仍然这样说。

“斯坦利想进来,就放他进来。放进来,然后一举全歼!”德川说完,就挂断。全然是上对下的做派。

斯坦利的联席会议,是在教堂内召开的。与会者有谭老大和师爷、金培信和随员、林坚和欧阳川。

会议的格局安排很有意思:斯坦利作为召集人,坐在条形桌的首位,这无可厚非。然后座次分为两列。一列是:谭老大、金培信、林坚;另一列是:师爷、随员、欧阳川。换言之,香港游击队,被排在了末座。

以林坚、欧阳川之素养,自然不会在这些枝节问题上计较。

斯坦利清晰地讲明了此次会议的意图：盟军要在东南亚发动一个名曰“章鱼”的大战役。而香港机场，是整个东南亚最大的机场，必须摧毁之，从而保证整个战役的成功。这也正是他此行的目的。随后，他就让大家发表意见。

按照序列，谭老大第一个发言：“章鱼是海里的东西，这就应该是一场海战。海战应该炸船，干吗炸机场？”

斯坦利表示希望金培信来回答这个问题。金培信却请林坚讲。

林坚知道谭老大是真的不懂。而金培信可能是不懂，也可能是想给游击队一方一个难看。他笑笑，请欧阳川来回答。

欧阳川的回答很简明，但切中要害：“一战的时候，海战是战列舰之间的较量。到了二战，则是空中力量的较量。换言之，没有制空权，就没有制海权。”

斯坦利没想到共产党的游击队竟然还有这样的人。虽然如此，在分配任务的时候，他的歧视，还是表现了出来：侦察工作，也就是绘制机场平面图的工作，由金培信承担。主攻则是谭老大。游击队承担的不过是后勤保障、接应等工作。

按照酒井的指令，大川接管了集中营内的一切防务。一朝权在手，便把令来行。他立刻带着集中营长官松本清张中佐，巡视营地。

集中营不是监狱，构建得相当草率。漏洞百出不说，在靠海的一侧，透过铁丝网，大川竟然看见有人在钓鱼。他压制住怒火，问是何许人？松本见怪不怪，说此乃经常现象，可能是附近的渔民或居民时。他大声命令：“从现在起，集中营周边一公里范围内，不能出现任何人。”

松本知道大川目前的权力，表示立刻派人把他赶走。大川说：“不用麻烦了。”他伸手。很明白他心思的副官，立刻就将他的专用步枪递给他。大川瞄准。

钓鱼的是沈宗翰，他坐在一只钓鱼专用的折叠椅上，悠闲地望着四周。在集中营的铁丝网外，一个洞口若隐若现：一半在海水中，一半露出。

这时候，枪声响。他的鱼桶被击穿。桶里的水，溅了他一脸。他愤怒地站起来,怒视大川一行。

大川的目的,就是为了把目标惊起来,所以继续瞄准。从瞄准镜中,他看到了沈宗翰的脸:又是这个家伙。他想起了酒井在香港大剧院时的嘱咐,放下了步枪,“派人把他赶走。”

沈宗翰被赶走后,大川来到他刚才的所在地观察。但此刻洞口已经被海水淹没。他没有任何发现。

林坚和欧阳川研究的结论是:斯坦利在虚晃一枪。

这个计划很草率,各个环节的衔接不好不说,基础立论就不正确:五百斤土制炸药,不足以摧毁机场跑道和油库。所以绝对不可能是英军作战部拟定的。

那么他的真实目的是什么呢?无疑是乔治。但具体方案,是推测不出来的。

只能通过内部去了解。

酒井先是收到了一份由泰国人差猜提供的情报:英国人即将发起章鱼战役。其中的一个先决条件,就是炸毁机场。

差猜其人,酒井有所了解:此人是一名双重间谍,曾经多次提供有相当价值的情报。

随后,酒井又收到了一份情报:有人要进入机场,绘制草图。

依照情报,日军果然抓住一个冒充日本军官的绘图者。

三条情报,奠定了他的决心。他决定来一个外松内紧的戒严:香港渐成孤岛,机场则是它的生命线。而且这是一个民用、军用混合的两用机场,所以也是窗口。一旦全面戒严,就会使本来脆弱的香港经济,雪上加霜。

林坚、欧阳川、黑仔决定趁黑夜,到集中营去观察,从而搜集资料,未雨绸缪,一旦斯坦利指出乔治所在,便可拿出方案来。

石仔坚持要去,也就顺便带上了。

四个人乘坐小船,抵达集中营海岸侧前,林坚用望远镜观察了很久。以至于石仔有些不耐烦:“靠过去。用望远镜看不清楚。”

“不能靠过去。日本人增设了不少岗哨。”林坚放下望远镜说。

石仔纳闷道:“岗哨?我怎么没看见?”

黑仔打了他脑袋一下:“你没看见过的东西多着呢!都是暗哨。”

石仔不服气:“我也能看到你们看不到的东西。”

欧阳川知道石仔就在这地方长大,就鼓励他说下去。

石仔指点着洞口的方向。

大家轮流用望远镜看,可谁也看不见。石仔得意地说:“月亮一大,水满了,就把洞给淹了。”

大川向酒井提出增加一个营的兵力:集中营面积一点三平方公里,防御设施也形同虚设。一个营的兵力,是最起码的要求。

可酒井不答应:他现在是捉襟见肘。别说一个营,一个连也拿不出来。

大川恳求未果,只得离开。

酒井没有告诉大川,为此他曾经与德川在电话中有过一场激烈的争论。德川开篇就要求他加强集中营的警卫。但他不同意,说有确凿证据证明斯坦利要进攻机场。机场很平坦,也必须平坦。可平坦就等于无险可守。

对德川让海军把他们的飞机转场的说法,他也有应对措施:整个东南亚,烽火连天。没有安全之处。就算有,飞机可以转场,油料库、维修厂等后勤设施,是没法转场的。而这些都是香港的命脉。

德川从正面无法说服,便说他认为摧毁机场,是斯坦利计划的“佯攻”部分。

酒井却认为“营救乔治”才是计划的“佯攻”部分——其实,到底“乔治”和“机场”哪个是佯攻,他也不清楚。但他清楚一点:他是香港的最高长官。同时负有最大的责任。跑了一个战俘事小,机场被炸,则难逃其咎。所以他不管德川有多么深厚的背景,也不肯同意。

德川知道真正的权柄操在酒井手里，只好无奈地结束了通话。

斯坦利连续三次自己潜水，在集中营靠近海岸线一侧侦察。作为一个专家，他不相信天下有无破绽的防御。果不其然，第三次他就发现了那个洞口。

归途中，他与林坚相遇。林坚问他去哪里了，他说随便转转：一个秘密知道的人越少，就越成为秘密。

大川吃住都在集中营里：白天他在房间里研究图纸，夜晚则在集中营内不停地巡逻。以至于松本奇怪他是否睡觉？实际上，他起码三天没有睡觉了：此刻睡觉，可能永远睡觉。

但最让他头痛的是酒井非但不增援，反而把他原有的兵力，调到机场三分之一。无奈之下，他只好向酒井要求十箱地雷。酒井却很慷慨地给了他二十箱。

知道斯坦利营救乔治计划轮廓的只有谭老大一个人。但他也是一步、一步知道的：斯坦利先是要一辆大功率的十轮越野卡车，然后又要十条精壮的汉子，最后才告诉他计划的轮廓。

谭老大坚决反对这个计划。但斯坦利说他花了最好的钱，有权利得到最好的东西。至于计划，那本来就是他的事。谭老大坚持：接应斯坦利，已经让他受到重创，此次要是失败，恐怕他连翻本的机会都没有了。尤其是拿十个人，去攻占数十个日本人把守的集中营，更是笑话。

斯坦利傲慢地说："日本人不过是一群亚洲黄种人，不堪一击。"

谭老大被激怒了："香港一直是由英国人领导下的英国人防守着，不也不过几天工夫，就被亚洲黄种人给打败了吗？"

斯坦利一下子被噎住了。缓了一口气说："咱们这不是攻坚战，而是攻其不备。再说，你不是有内应吗？在你的信号系统中，怎么说来着：如果日本人有防备，就不放飞鸽子？"

谭老大划下底线:“如果鸽子不飞,就取消这次行动。我可不拿弟兄们的命去冒险。”

斯坦利同意,强调保密。

大家都认为斯坦利炸毁机场的计划,不过是“项庄舞剑”。至于“沛公”在何方,也昭然若揭。关键是不知道他的具体部署。不知道,就无法协助。最后决定让黑仔去谭老大处探听。

散会后,欧阳川与林坚边走边谈:“斯坦利的幌子,已经起了作用:集中营里的卫戍部队,被抽调走了一部分。”

林坚说:“我下午在海边碰着他了。他说是在散步,可他胳膊上的海盐还历历在目。”

“你是说他也有可能发现了那个洞?”欧阳川问。见林坚点头,他又说:“也不愧他专家的称号了。”

集中营内,大川正在指挥士兵,在靠海一侧敷设地雷。他知道,这是集中营最薄弱的地方。同时也知道,他能看见的,敌人也一定能够看见。

斯坦利营救计划的核心部分,他要求金培信来完成。在他内心深处,还是相信国民党的。而且英国情报部提供的资料告诉他:中国军统的情报人员,都是由美国中央情报局培训出来的。英美同宗,他未免爱屋及乌。

金培信说他完全可以提供比五个还要多的“可靠的人”。但绝对价格不菲。见斯坦利让他开价,就说了一万英镑。本来他以为斯坦利会还价,可他却一口就答应了。

连续三次提问,谭老大都不肯回答。黑仔不高兴地说:“你这个家伙,号称老大,可一点儿也不江湖!”

谭老大无奈地说:“我知道我欠你的人情,可我确实不能说。”

“确实不能说？”黑仔眼睛一眨，“那我来猜。猜对了你就别说话。”

“你这是逼良为娼。”

黑仔根本不管是良还是娼，直接问道：“你是不是要去集中营救人？”

谭老大不说话。

黑仔得意地说：“你不说话，我就不问了！”

在深夜里，大川突然命令集合。等松本赶到的时候，大川已经在操场中间了。看着在起床号中，陆续亮灯的营房，他问大川集合战俘干什么？

大川说了一个故事：“在军校读书的时候，有一段时间，我严重失眠。后来，我学会了柔道和剑道。于是，晚上睡得很香。明白我的寓意了吗？”见松本不明白，他只好说：“人的精力有限，消耗在体力上，脑力活动就会减少。我要给他们来一场巴丹式的‘死亡行军’！”

松本知道“巴丹”的事：让数千名俘虏，在炎热的夏季，长途行军。最后到达目的地的时候，死掉了一半还要多。可集中营不是菲律宾，没有那么大的地方。

“让他们在这里面转圈！”

“他们大部分是战俘，不是犯人。”

大川无情地说：“他们已经违背了神的教谕，受到犯人的待遇是罪有应得。”

“如果我们这样对待他们，他们也会反过来这样对待我们的战俘。”松本有一个弟弟，在华北战场被俘虏。

“残酷无情是军人的生活方式，投降是被禁止的。被俘一来有辱天皇陛下，二来会给家族造成永久性的耻辱。要把最后一颗子弹留给自己，明白吗？”大川知道松本在战争开始的时候，就已经是少佐了。转战几个主要战场，不过升了一级。而自己则从上尉升到了中佐，究其原因，不外乎心慈手软。

黑仔从谭老大处探听来的消息，与卡车、十名汉子等信息结合起来，斯坦利正面强攻的计划轮廓，已清晰可见。但林坚仍然质疑：营救专家应该能够评估出谭老大部下的战斗力与日军的战斗力之间的差距。从逻辑上说，不应该“强攻营救”的计划。

欧阳川被点醒：“政委的意思，是斯坦利另有营救方案？”

“应该有，也一定有。”

欧阳川思考一下后，佩服地说：“俄国化学家门捷列夫发明了元素周期表。然后他根据周期表上的规律，推算出类硼、类铝、类硅等元素的存在。当时有好多人不相信，但后来果然发现了镓、钪、锗、钚等元素。”

“推算是推算，还要实验证实。”林坚相信斯坦利在“章鱼计划”正面强攻的包装之下，一定还有一个真正的“核”。

“政委推算，我来证实！”

大川要进集中营的厨房，松本却认为没有必要：厨房和关押战俘的营地之间，还有一层岗哨。所以从理论上说，它在集中营外面。

但大川还是进去了。这里面有若干中国人，而可以在集中营里行动的中国人是最危险的。他也知道厨房和营地之间，有一层隔断。但这层隔断，形同虚设。进去第一眼，他就发现了笼子里的若干只鸽子。“哪来的鸽子？”听松本解释说是他批准采购的后，他又问：“买来干什么？”

松本认为大川是在明知故问：“当然是吃的。”

大川伸手抓出一只不起眼的灰色鸽子：“这不是菜鸽子，而是西洋信鸽。把鸽子的主人给我抓来。”

斯坦利对林坚质疑他的营救计划，很不以为然：“这个计划是最高机密，你不应该知道。”

“既然我知道了，就有责任提醒你。”林坚虽然看到斯坦利很不以为然地耸肩，但还是把自己的情报贡献出来：“种种迹象表明：日本人严密封锁了集中营。很可能设了埋伏。”

“我是专家，我已经派了人在监视我亲自勘测的进攻线路和营救成功后的撤退线路。如果日本人设了埋伏，我是能够察觉的。”斯坦利很看不起眼前这个没有军衔的游击队领导人。

“集中营外面的埋伏，你当然可以看见。我说的是里面设伏。等你进去之后，一网打尽。”

“一网打尽？我又不是鱼。我是斯坦利少校。英国皇家海军著名的营救专家。”斯坦利说，“我有自信完成这次任务。”

“我反对你这次盲目的行动。”

“看来我需要再次提醒林先生：我是这里的总指挥，你不过是我的部属。”斯坦利把地图折叠起来。

“我也需要再次提醒斯坦利先生：全世界热爱和平、反对法西斯的人们，同属一个战壕，为了同一个崇高目标，在浴血奋战。”林坚针锋相对地说。

“我承认，任何一个行动，都有失败的可能。但这就和赌牌一样，胜算大，就下注。”

“这是一次重要的营救行动，关系许多人的生命。不是赌博。”在原则问题上，林坚不会退让。

斯坦利看看手表后，径直走了出去。

信鸽的主人，是谭老大帮派中人。松本没用真刑，只是把电钻拿出来，在他的膝盖上比画了一下，他就交代了：明天晚上，他的人要来劫狱。

大川知道所谓“他的人”就是斯坦利。于是问松本鸽子的功用。

信鸽的主人回答说是通报情况用的：如果一切顺利，就放飞鸽子。

沈宗翰对付持巴林银行支票要求兑现的金培信，所用的方法与对付谭老大如出一辙：要求知道来源和用途。见金培信环顾左右而言他，他正色说：“我是一个中国人，我不会做对不起国家的事情的。”

金培信只得吐露了部分内情:斯坦利要用军统的人,所以必须有一笔现金,否则无法调动。只有重赏之下,才有勇夫。

沈宗翰下达了提现金来的命令后,附加了一个条件:“沈某人最大的心愿,就是打垮日本人。所以我要求参加这次行动。”

金培信知道以后用得着沈宗翰的地方还很多,便说:“我代表党国欢迎你。但这次行动用不了几个人。”

“我知道行动是机密的。我提供后勤支援总可以吧?”沈宗翰见金培信犹豫,便说:“古语云:杀人一万,自损七千。医疗总是要的吧?”

“你旗下还有医院?”

沈宗翰慢慢地说:“我有一条船。我可以请几个外科医生到船上,改造成一条医疗船,以备不时之需。”

金培信答应了:这次行动,冒险的成分很大。伤员是一定会有的。

由陆军参谋总长直接下达一条有关营级部队的命令,酒井还是第一次见到。军令如山,他只得命令在机场守卫的日军,迅速返回集中营。

谭老大收到鸽子送来的信号后,问斯坦利是否开始行动。此刻,他仍然心存侥幸,希望斯坦利取消行动。

斯坦利说:“准时行动。”并且不等谭老大问,就说自己将亲自参加战斗。

大川与松本在集中营内巡查。一条吐着舌头的狼狗,跟在后面。这之前,他构建了一个由老兵组成的狙击班。并且在他认为最薄弱的陆相一侧,挖了一道沟,这样就可以使得对手的汽车无法行动。

松本对大川这个“设伏于内”的构思,还是佩服的:斯坦利是专家,设伏于外,一定会被看出。见大川突然发现在戒严之后,还有人在走动,他着急了,赶紧命令部下去抓。因为这是他的职责。

“不必了。”大川伸手,接过副官递给他的狙击步枪。随后,略事瞄准,开了一枪。然后,他吹吹枪口的烟。

松本想说什么,又不好说,只得命令副官:“快去看看是谁。”

“其实不用看:无论是谁,现在都已经死了。”大川用戴白手套的手,抚弄着发出蓝光的枪身,“我和松崎少校一起打猎,休息时,见河对岸过来一条狗。我要打,松崎说:太远了,你打不着。并与我赌一瓶上好的樽酒。我于是用无依托站姿,开了一枪。枪声响后,狗继续前行,随着游过河来。少校笑着要酒。我说,别着急。那条狗,过了河,又前行了几十米,然后倒地死了。过去一看,子弹从前胸进入,脊背穿出。”

副官跑步回来:“报告:英军战俘一名,被击毙。”

当得知斯坦利组织的总兵力有三十余人后,林坚立刻命令在郊外找一所房子,联系一名医生,准备好急救药品待命。

黑仔却认为不用:从谭老大处得来的情报说,集中营内真正的日本人,不过两个班,其他都是些没有什么战斗力的印度警察。

林坚坚信这条情报过时了,命令欧阳川和陈重分别去准备机动车辆和炸药。

陈重问:“多少炸药?”

林坚说:“所有的炸药。”

大川很奇怪德川的电话,如何能够进入军用通话系统的。但德川根本不解释,直接命令他打开地图,找到A13、B67的地点。说敌人一定会从这里进来。

集中营的地形图,就在大川的脑袋里,根本不用看:“这里的墙壁全部是花岗岩的,是监狱围墙中最坚固的一段。”

德川回答很简单:“下面有一个涵洞。退潮时,可通行。”

大川紧张起来:“我立刻设埋伏,可……”

"先把他们的人放进来。确定了营救目标后,一网打尽。"德川没等大川说完,就打断:"机场是佯攻。你说的地方也是佯攻。这些不过是斯坦利施放出来的两枚烟雾弹。马上执行命令。潮水一退,鬼怪就会露头。"

大川不禁肃然起敬:"是。"

林坚也在地图上标出两个圈:"黑仔,你埋伏在这儿,接应谭老大的部队。欧阳川和我,到这儿去接应斯坦利。"

黑仔纳闷地说:"斯坦利不是说好和谭老大一起强攻集中营吗?"

林坚边往出走边说:"他一定不会去。"

潮汐乃是天体作用的结果,无比准确。斯坦利也无愧于他"斯坦钟"的绰号,准确地出现在林坚等埋伏接应的地点。

谭老大看怀表,已经是二十三点五十五分。他大呼道:"弟兄们,玩儿命的时候到了!"

紧接着,一辆大卡车全速前进,撞向集中营的围墙。围墙轰然倒塌,但只有零星的枪声响起。谭老大心中窃喜,命令继续前进。

就在这时,随着地雷的爆炸,卡车歪倒在一边。随后,枪声大作。

因为地形不利,谭老大的火力已经被压制住,很被动地还击。但火力强度远远逊于日军,一时间,进不得,退不得,被困在车上。

大川埋伏在德川指示的"A13、B67"方向。听见枪声大作,就说:"德川情报说:无论上课、出席宴会还是打球,斯坦利一向都很准时。所以大家都叫他'斯坦钟'。希望这次他也不例外。我的枪。"他伸手。

副官刚把枪递给他,斯坦利和三个人就爬出洞口。然后快速向战俘营房前进。

就在日本兵对谭老大等的包围圈快要合拢时，黑仔率领一队战士出现，压制住日军火力后，一点一点退出了集中营。

正在俯身高速前进的斯坦利一行，爬到中间开阔位置时，探照灯亮起来。高音喇叭也随之响起来："斯坦利先生，放下武器！"

斯坦利似乎有些不知所措：这个情况，他绝对没有料到。

高音喇叭又响起："这是最后一次警告：斯坦利先生，放下武器，立刻投降！"

斯坦利扔下了手里的步枪，慢慢地举起手。

探照灯光中，手持步枪的大川率领若干日本兵向斯坦利走去。

斯坦利低声说："等他们走近，我命令用手枪射击。"他知道，生还的机会几乎等于零。但在这之前，拼死也要一搏。

军统特务甲把手中的枪扔下："抵抗是没有意义的。我投降。"另外三个人，也跟着扔下手中的枪。

斯坦利恼怒地说："懦夫！"

大川侦知了对方的变化，率领两名士兵，成三角形阔步前进。他手中的枪，一直瞄准着斯坦利的右胸——他不能击毙他——一旦有举动，立刻开枪。"投降吧！斯坦利！"他用英文大声吼叫着。这吼叫来自他的内心，能叫一个白种人，尤其是一个掌握着重大机密的白种人，匍匐在自己的脚下，将是一件非常愉快的事。

大川不知道，有三支黑洞洞的枪口，正瞄准着他们三个人：林坚、欧阳川、陈重三人，尾随斯坦利涵洞口进入。林坚一挥手，三个人的枪同时打响。

大川等三名日本兵应声倒地。随后，探照灯也被打灭。斯坦利等利用这个宝贵的机会，迅速撤退。

在欧阳川轻机枪的掩护下，他们顺利撤退到涵洞口。

大川虽然负了伤，但仍然不慌张："命令预备队上。"

林坚让斯坦利先走：因为他有不可替代性。见斯坦利谦让，他说："这是命令。"

黑仔一行撤退。日本兵紧追不舍。

谭老大说:“日本人多,看样子是走不远了。你们先走,我断后。”

“要是指望你,你断后不断后,我不知道。反正没娶媳妇的我是断了后了。”黑仔说,“政委早有安排。”

这时,两边的楼房中,喷射出强大的火力。日本兵被压制住。

黑仔、谭老大等上了游击队安排的卡车。

大川见增援的日本兵到达涵洞口,命令三人一组进入。

就在第一组进洞后,猛烈的爆炸声响起。涵洞立刻坍塌:林坚等预先在涵洞里安放了防水炸药。

大川伸着胳膊,日本军医户田仔细地检查后说:“中佐很幸运,子弹穿过了肌肉,没有伤到骨头、血管和神经。”

副官训斥道:“中佐受了伤,你还说幸运。”

大川用目光命令副官住嘴:“户田博士是全日本最好的外科医生之一,要尊敬他。他说这个话,是从医学角度说的。”

“再往下一点,就是手腕。不能小看手腕,它是人体最复杂的关节。它和膝盖不同,是万向的。我所以说‘幸运’,就是指此而言。”户田见大川的脸上肌肉抽动了一下,就问,“要不要再给中佐打一针麻药?”

“我必须保持头脑的清醒。”大川转向副官说,“命令宪兵,搜查所有的医院和可疑的地方。”

副官说完“是”后,正准备出门,电话响起。

接听后,大川肃然说:“德川先生,对不起。我没有能完成任务。”

“你不用搜查所有的医院,四号码头有一只医疗船。”德川说完,就把电话挂断。

大川放下电话,他不等医生包扎完,就大步离开。

听到黑仔与谭老大等在四号码头的医疗船上时，林坚很生气："预定的地点应该是大沙口。"

"这是谭老大安排的，是斯坦利设定的预案的一部分。"安伯解释说。

"现在起，我全面接管指挥权。立刻转移。"林坚皱着眉说。

队员答应："是。"

林坚得知是沈宗翰的船后，命令欧阳川去组织撤退。

第九章

欧阳川上船的时候,一名医生正在一个很简陋的手术台上,准备给谭老大的把兄弟动手术。他立刻命令转移。听斯坦利问他是谁的命令,他说:“林坚。”

在此之前,斯坦利从来不屑记住共产党游击队人的姓名,所以需要搜索。欧阳川洞察他的心理,不客气地说:“就是刚才救了你的命的林坚政委。”

斯坦利立刻就明白了,但还是坚持在此做手术:伤口已切开。此刻转移,极可能引起感染。这样做不人道。

欧阳川命令队员搬运伤员,“最大的人道,就是让这位先生活下去。”

欧阳川下船的时候,碰到了沈宗翰,他请他一起走。沈宗翰拒绝了:“这是我的船,你们又不在船上,没什么好担心的。”

欧阳川很快就发现有一个汽车跟在自己的车后面,就下令放下早已经准备好了的钉板。

不过片刻,跟踪的车就不见了踪迹。

斯坦利很是佩服,但没有说出来。

欧阳川等刚走一刻钟,大川就率领一队士兵,登上了沈宗翰的船。

沈宗翰在主通道中央站立,拦住他的去路:“你们要干什么?”

大川晃动着手中的枪,冷冷地说:“搜查。”

“这是我的私人财产！”沈宗翰一点儿不退让。

“我记得你们中国人有句话:普天之下,莫非王土。”大川强忍着钻心的伤痛和满腔的怒火。

“是王土,不是皇道乐土。”沈宗翰不肯让步。听大川让他重复,他毫不犹豫地重复。

大川一个很小的动作,就把沈宗翰打翻在地。见满脸是血的沈宗翰挣扎欲起,他又补了一脚:“给我搜查,仔细地搜查！”

欧阳川带领伤员抵达大沙口的一个山洞里的时候,一切都准备就绪。伤员立刻被抬上手术台。不过二十分钟,手术就做完了。

随即林坚命令转移。

斯坦利觉得这个山洞很安全,认为没必要转移。

林坚就把自己的计划和盘托出:日本人在医院搜不到人,一定会辐射四方。再者说,如此多的人,在这个山洞里,给养就是大问题。所以应该转移到新界去。因为新界是一个中间地带,日本人还不能完全控制。

斯坦利见林坚并不因为刚才的失败而蔑视他,极为感动,听话地跟着走了。

大川手持在舱房内找到的染血的纱布,问沈宗翰:“这是什么？”

沈宗翰冷冷地回答:“纱布。”

“我问的是什么人的血！”

“我是轮船公司的董事长,不是清洁工。”沈宗翰的眼睛虽然已经肿得看不见了,但气势不减。

大川不禁怒火中烧:“回答我的问题！”

沈宗翰用蔑视的口吻说:“可能是刚刚杀了一条狗吧？”

大川把军刀拔出一半,“我这把刀,是很有名的。”

沈宗翰看着大川的军刀,一字一顿地说:“民不畏死,奈何以死惧之？”

大川知道不能杀他，只好强压怒火，命令将其带走。登上甲板后，他命令沈宗翰站住："杀掉一个中国人，好比杀掉一条狗。但公开杀掉一个赈济会会长、一位绅士，是不利于皇军在香港的统治的。但是，如果这个中国绅士，失足掉到海里，那就是另外一回事了。"

沈宗翰望着无边无际的大海，平静地说："魂归大海，宗翰也算死得其所了。"

大川一声不吭，绕过沈宗翰下了船。后面的士兵，将沈宗翰押上了汽车。

林坚、斯坦利一行在天亮之前抵达了唐先生住宅。这位唐先生，祖居香港，是个被团团神秘笼罩起来的人物。谁都说不清楚，他巨大的财富，是如何聚集起来的。但有一点可以肯定：他是一个爱国者。

唐先生的宅第庞大。用斯坦利的话形容：此乃亚洲乡间最大的建筑群落。所以，林坚一行人很容易就被安排进去了。

大川忍着伤口感染引起的高烧，在一夜之间，拟定了一个计划：将手里的一个团的机动兵力，分成三股，成六十度角辐射扫荡。同时配备刚从德国进口的通讯器材、车辆，提高他们的联系性和机动性。

酒井否决了他的计划：以港九之辽阔，漫说一个团，就是一个师，也不敷使用。正确的方法是：悬赏。

大川很不理解"悬赏"之战略：金钱对于他这样的人，毫无意义。

因为这次行动的失利，酒井受到军部的严责。并且命令他今后的所有大行动，都要与德川会商。而这个悬赏计划，就出自德川之手。

德川认为：在中国领袖蒋介石的战绩中，用钱打胜的战争，要比用枪多得多。蒋氏有句名言：打仗用钱，收买也用钱。算起来，还是收买便宜些。扫荡是拉网，而悬赏是垂钓。垂钓的成本要小得多。

大川得知是德川的指示后，不再说话：没有德川的电话，乔治恐怕已经易手。于是他问悬赏的货币种类和数量。

酒井说是大洋。这也是德川的意见:因为共产党是靠农民运动起家的,所以在它庇护下的斯坦利,一定躲在乡间。乡间的人,只认大洋。至于数目,应该仿照蒋介石悬赏周恩来的头颅的价格:斯坦利、林坚各十万。

大川很是惊讶:日本银行香港分行的存量,都未见得有二十万。

酒井慢吞吞地说:"有没有不重要。重要的是把这个风放出去。它一放出去,就成了天罗地网。"

大川一下子转不过弯儿来:"但终归是要兑现的。"

"德川先生说:大人物是不受普通法则约束的,完全有理由'言不必信,行不必果'。"酒井递给大川一张纸,"这是一张德川先生筛选出来的名单。他认为,斯坦利要营救的对象,一定在这里面。所以他命令把这名单上的人,转移到香港第二监狱。"

"我马上办。"大川接过名单。集中营已经是千疮百孔,转移乃是上策。

因为林坚的"救命之恩",更因为他在唐宅布置了电台等必需的物品,使得斯坦利得以与情报部联系——他是一个使命高于生命的军人,所以更看重后者:不能完成任务,要命何用?因此他特地带了一瓶"步行者"威士忌,来到林坚的房间致谢。

酒很容易拉近人间距离,三杯过后,林坚问:"一生一死,交情乃见。你我该算是朋友了吧?"

斯坦利真心地说:"很好的朋友!"

"中国有句老话:交友交心。"

"英国也有类似的谚语。"

林坚转入核心问题:"那么你是否该把营救对象的有关资料知会于我?"见斯坦利沉默,他平静地说:"你还是不相信我。"

"我相信你,但命令只允许我一个人掌握这个机密。"斯坦利听林坚强调灵活性,便讲了一个故事:"英国情报部有一名重要的间谍,在敌占区活动。他去的时候约定:报销他在执行任务期间的一切费用。他侦察到很多极其宝贵的情况。后来,他遇到了一位姑娘,并且结了婚。婚后生子后,他要求英国情报部,报销分娩的费用。而情报部管理财务的官员拒绝报销:因为查不到相关的规定。这名间谍赌气地说:如果不予报销,他将中止情报工作。你猜最后怎么解决这个矛盾的?"

林坚显然猜不着。

"这个问题提交最高军事会议研究。主持会议的卡尔上将听了两个方面的意见后,默默地从口袋里掏出两个英镑。与会者纷纷效仿。最后凑够了二十英镑。只是区区二十英镑啊!"斯坦利见林坚浅浅一笑,就说:"你不要笑。就是这种严格遵守规矩、程序的工业精神,使得英国最早完成了工业革命,并且成为'日不落'的伟大国家。"

林坚用手挡住杯子,拒绝斯坦利给他倒酒:"此刻务虚,毫无意义。我只想告诉你:如果我不知道营救对象的资料,就不能很好地协助你营救。"

斯坦利发自内心地说:"你按照我的指示去做就行了。"

林坚有些愤怒,但强压住:"几个世纪以来,英国人养成了一种令人难以忍受的傲慢。你们认为自己是世界上最好的金融家、事业家、政治家、军事家。而实际上,正是这种傲慢、这种大国沙文主义,使得你们签订了可耻的慕尼黑协定,使得你们在很短的时间内,丧失了大片领土。如果你们仍然采取这种态度,一定会事倍功半!"

斯坦利无言以对。

沈宗翰也被大川关押在第二监狱。提审他的时候,大川特地安排他路过一个人。

这个人戴手铐、脚镣。这并不稀罕,关键是在两者之间,被一根很短的铁链子连接,这样他就不能直立行走,只能爬行。

“你认识这个人吗？”大川见沈宗翰摇头，便说：“梁绍钧。”

沈宗翰大惊失色：“香港实业总裁梁绍钧？”

大川冷冷地说：“香港莫非还有第二个梁绍钧？”

沈宗翰惊魂未定：“坊间都传说他死了。”

“他现在很可能非常想死。但死也不容易。”大川一脚把梁绍钧踢开。“他违背皇军的法令，私自转移重要的战略物资，所以就把他抓了起来。”

沈宗翰看着梁绍钧。梁绍钧也看着他。但他两只眼睛非但没有一点光泽，而且是散乱的。“两年以来，他一直被这样虐待？”

“是的。因为他不肯交代同伙。所以，他就成了一只爬行动物。如果沈先生感兴趣，可以过去看看，他的身上爬满了蛆虫。”大川用皮靴的尖锐部分，分开梁绍钧的双腿。

“中国人管一种人叫作衣冠禽兽。这说明一个人虽然很坏，但还是人。”沈宗翰是一个文雅的人，怒火只在眼中、语调里，并不会说粗话。“再下一等，就叫作禽兽。要是再下一等，就是禽兽不如了！”

“需要禽兽不如的时候，就要禽兽不如。”大川自有道德标准。“我希望沈先生好好思考一下，不要成了梁先生这样生不如死的人。”

欧阳川习惯于把问题想深、想透。近日来的思维一直集中在“乔治”身上：因为签发和未签发的港币，都被焚毁。凯普特已经被转往集中营，不再是问题的焦点。

思想是需要能量的，连日的战斗和思考，极大地消耗了他的精力。他竟然靠在唐家花园的一棵树上，睡着了。

突然有人蒙住他的眼睛。他不加思考地说：“晶晶，别闹了。”

黄晶晶故作生气地说：“一点儿也不好玩儿，一下子就被你猜着了，人家本来要给你一个惊喜的。”

欧阳川笑着说：“是女人的手，女人谁会来蒙我的眼睛？只有你。”

黄晶晶又高兴了:“除了我,你就不认识会蒙你眼睛的女人?”

“也不是。”见黄晶晶又不高兴了,欧阳川说:“还有我妈。”

“伯母不算。”

“那就没有了。”欧阳川望着脸上满是笑容的黄晶晶问:“你怎么来这儿了?”

“非常愚蠢的问题,因为你来了啊!”

“仅仅为我?”欧阳川指指自己。

“安伯组织医护人员,我有当护士的经验,就把我挑来了。”其实安伯是被她纠缠不过,才让她来的。

大川亲自将德川名单上的英军战俘,分派到各个牢房之后,就来到了监狱长办公室,命令他交出全部指挥权。

监狱长是一个在华东战役中失去一条腿的日本军官。他知道大川的分量,立刻交出了指挥权。但对大川“看守不许离开监狱一步”的指令,他却不敢苟同。在集中营实行全面封锁容易,警卫全部是军人,以服从命令为天职。而监狱的看守,是警察。警察不是军队,是老百姓。老百姓有家,有家就有家事。很难约束。

大川毫不客气地打断他的话:“难,不等于做不到。建立大东亚共荣圈,本来就是一件很艰难的事。正因为其艰难,更需要我等为天皇陛下做出巨大奉献。”

监狱长官嘴唇动了动:天皇出现,谁人也无话可说。

黄晶晶拿出一把精致的芬兰匕首,说是父亲临行前送给她防身的,现在她转送给他。欧阳川接过匕首后,用手指试刀锋。她赶紧说:“小心,这是世界上最好的匕首。”

欧阳川虽然在香港多年,但真正的芬兰匕首,却还是头一次见:“崇洋媚外!”话音未落,手指就被刀给划了一下,鲜血立刻渗出。

黄晶晶嗔怪道:“看你!”随之低头用嘴给欧阳川吸血。

欧阳川望着她一头秀发说:“还是你拿着吧。”

“怎么？你不喜欢？”黄晶晶典型的女人思路。

“君子不夺人之美！”

“我还有一把。”黄晶晶说着就拿出一把样式相同，但规格小得多的匕首。

“这就对了。古戏里的宝剑，从来就是雌雄双剑。这雌雄双剑要是合在一起，就能飞起来。”欧阳川一反平时的严肃，露出幽默的本质，“有匕首，不等于会用。你会用吗？”

黄晶晶是个被娇惯的大小姐，从来不服人：“用刀谁不会？”说罢，就全手握刀，刀尖朝上，做了个“刺”的姿势。

欧阳川教给她正确的持刀方式：刀锋朝外、刀尖朝下。敌人就无法抓住你的手腕，背后有人袭击，也可反击。

黄晶晶学着、学着，就学累了，靠到了欧阳川的怀里。

沈宗翰被捕并被关押在香港第二监狱的消息，是留守在市内的安伯通过电台传来的。林坚随即命令他侦察沈宗翰在狱中的表现。命令送走后，他陷入了沉思：“乔治们”到了第二监狱，沈宗翰也到了第二监狱。难道仅仅是巧合？

大川一如既往，每天在监狱中转三圈儿。越转他就越佩服德川：此监狱不同于寻常中间通道、两边牢房的“排骨形”构造，而是按照八卦排列的。八卦就是转来转去，没有开头，也没有结尾的迷阵。漫说英国人斯坦利、中国的土八路，就是我这个堂堂的陆军大学的毕业生，也是勘察了三天后，才搞清楚方位的。

对于监狱长转达犯人“人满为患”的要求，他根本不予理睬：第一，犯人就不应该有要求，只有大和民族这样伟大的民族，才能要求重新划分世界版图、拓展生存空间。第二，面积越小就越安全，集中营就是因为太大，所以才出了纰漏。

开埠之后，重商主义弥漫香港。二十万大洋的悬赏，更是闻所未闻。可悬赏的布告，并没有引起意料中的反响：众人的爱国心，是不可逾越的屏障。所以当一个小商人看了布告后，随口感叹了一句：“两个人二十万大洋，那能干多少事啊！”随后立刻遭到了围攻。甲说：“最少够你娶三房姨太太的。”乙立刻赶上说：“每个姨太太给你生三个儿子。”甲又说：“虽是黄粱一梦，倒也吉利：龙生九种，个个不同。”乙则说：“但有一点相同：全都没屁眼儿！”

众人哄笑，始作俑者，无地自容。

见林坚不请自到，斯坦利非常高兴，把他拉到集中营地形图前，说自己有了一个“崭新的构想”。

林坚没有说话，把自己带来的图纸，放在斯坦利的图上。

斯坦利读着上面的字：“香港第二监狱？什么意思？”

“虽然我不知道你要营救的人具体是谁，但我肯定，他已经被转移到这里了。”林坚说。

斯坦利知道此刻必须说出真相了。营救的对象是乔治·托兰少校。原因就是因为他掌握着英军秘密武器库的地点。

林坚的反驳逻辑很清晰：武器库对日寇是秘密，对英国情报部肯定不是秘密。销毁它，或者把武器分发给抗日武装就是了。没有必要专门派人来。见斯坦利不说话，他说：“作为朋友、作为一个战壕里的战友，应该以诚相待。”

斯坦利还是不说话，点燃烟斗。

“如果你没有如此之高的觉悟，那我就把话说得难听一些：为了共同的利益，你也应该把全部情况告诉我。”

斯坦利语焉不详：“因为他掌握着一些敏感的东西。”

“什么东西？”

“一些钞票基础纸。”

“还有两块英镑雕版：一块正面的，一块反面的。”林坚说。见斯坦利惊讶他的情报何来，就说：“一个简单的逻辑推理，只有基础纸，没有雕版，前者不过是一些纸张而已。”

“佩服。佩服。”

“我想,还应该有一些东西。”

“坦白地说,还有一些设计先进的鱼雷。”

林坚充满狐疑地看着斯坦利,“就这些了？”

“我所知道的就这些了。”斯坦利自觉有些对不起林坚,可又实在不能说。于是喃喃地说:“丘吉尔先生说过:真相是如此宝贵,使我们不得不用谎言来保护它。”

林坚没有追问:“咱们来研究一下营救的总体构思吧。”

沈宗翰根据月亮的高度,判定接头时间到了。在同室犯人平铁的鼾声中,他悄悄走向铁窗。随即把一张纸条递给外面的看守。然后,悄然回到铺位上。

他刚刚闭上眼睛,就闻到一股恶臭。睁眼一看,乃是平铁。

平铁阴森森地看着他,低声说:“刚才的事,我都看见了。”

沈宗翰稍微挪动了一下,问他要干什么?

“你是一个大老板？”平铁是个独行的抢劫杀人犯,在杀第九个人时,被当场抓获。“所以,”他捻动手指。

沈宗翰飞快地转动头脑:“多少？”见平铁伸出两个手指,便说:“二百大洋。你可以打发人去我的公司拿。”

“二百？你堂堂的一个大老板,给自己的估价也太低了。”平铁狞笑道:“两万！”

“你这是敲诈！”

“见了冤大头,不敲有罪！”平铁只服从自己定下的规矩。听沈宗翰反问,“我要是不给呢？”他决定用示范动作来回答:猛地伸出手,扼住沈宗翰的喉咙。

沈宗翰低沉地说:“你放开。”

平铁越发用力,“在这里,钱没有力气好用！”

他没有想到沈宗翰外表与内在相去甚远:一个回合都没有,就被击了出去。

林坚否决了斯坦利盲目制订的计划：结论从来产生于调查研究的结尾，而不是开始。要广泛联系群众，团结一切可以团结的力量。把监狱内部情况摸清楚后，再作决定。

“我非常奇怪你们这些中国军人的逻辑：战争是军人的事业，只需军人参加。”斯坦利觉出话有些冒，更正道：“其他的人，即使参加，也是辅助性的。”

林坚断然说：“不，是一个整体，不可分的整体。”

斯坦利双手一摊：“指挥权已经移交给你了，你作最后决定。但是我仍然要求把我的方案，提交会议讨论。”

欧阳川、黑仔等都反对斯坦利“强攻测试”的方案。

黑仔很直白地问：“中国有句俗话，叫作：打草惊蛇。你懂不懂？”见斯坦利摇头。他说：“我从小打草，知道蛇有自己的路和窝，躲开它就是了。可你把蛇给惊了，就不知道它在什么地方了。”

斯坦利是典型的英国思路，“现在我们不是已经知道蛇在什么地方了吗？就在第二监狱。”

欧阳川插入，“第二监狱是香港最坚固的监狱。比集中营要坚固一百倍。”

“正因为第二监狱是香港最牢固的监狱，所以日本人会因此产生麻痹思想。”因为制造共振腔磁控管的工厂被炸毁，备用件已经所剩无几。而没有这个关键部件，雷达将无法工作。英国本土的安全就会有大问题。所以情报部几次催问，他也是不得已采取这个方案。

“你是了解大川的。你认为他是一个会产生麻痹思想的人吗？”林坚问。

斯坦利愕然：“大川？大川怎么会到监狱去？”

“大川总是跟着你的乔治走的。如影随形。”欧阳川说。斯坦利担心地问：“他发现了乔治的真实身份？”

“如果知道了，监狱的警戒就会撤除。”林坚把握会议的能力很强，回到主题上：“此次行动，如想成功，必要条件就是有内应。”

斯坦利着急地问:“你们有内应?”

林坚摇头:“没有。但准备建立一个。”

大家都明白这是派人打入的意思:欧阳川、黑仔、陈重都争着要去。最后决定由陈重承担。

沈宗翰接连转移了三个牢房,广泛地接触“老犯人”,最后了解到第二监狱有史以来,只有两名犯人从这里成功逃跑:一个是财主,一个是老江湖。至于姓名,则没人说得清。逃跑方式,据说一个是买通看守、一个是从下水道跑的:监狱里的事,从来都是老犯人传给新犯人。口口相传,真伪莫辨。

陈重临行前,林坚特地把斯坦利叫来问道:“陈重同志马上就要进监狱了,我代表中国共产党香港游击队,再次郑重问你:营救对象是不是乔治·托兰?”

“是的。”斯坦利话虽这样说,目光中却有一丝回避。

“为了全世界反法西斯的胜利,我们的同志不惜冒着生命危险,深入虎穴。万一因为信息交流不充分,或者仅仅因为疏忽……”林坚捕捉到这一丝犹豫。

斯坦利实在承受不住了,语调沉重地说:“监狱里确实有乔治·托兰这样一个人。但他不过是个普通的军需副官而已。”

林坚皱眉。

“请原谅我。伟大的丘吉尔曾经说过:在战争时期,真相是如此宝贵,以至于不得不用谎言来保卫它。”斯坦利充满歉意地说:“真正的对象是卫理斯·乔治。”

“卫理斯·乔治?”林坚曾经反复研究过战俘的名单:“军官中没有这个人。”

“在军队名册中,他不过是个普通的上士。但实际上他是英国情报部在港九地区的负责人。掌管英军在香港的最高机密。其中最为重要的就是武器库电动爆炸装置的拆除程序。”

欧阳川插入问:“其余的资料,有没有需要更正的?”

斯坦利站得笔直:“我向上帝发誓:其余的资料,全部都是真实的。”

“我希望今后尽量给你的上帝减少一些麻烦。”林坚在第二监狱的名单上，找到了卫斯理·乔治的名字。“幸亏这个卫理斯·乔治也在第二监狱。否则一切准备工作都白做了。”说虽这么说，他心中还是存有一丝疑虑：如果仅仅是一个爆炸程序，值得如此冒险吗？知道地点，炸毁就是了。

陈重走后，林坚特地摆了一桌酒席，宴请唐老先生。作陪的有斯坦利、欧阳川、黑仔。另外还有黄晶晶——她的出席，是因为黄江源先生乃是香港游击队与唐老先生之间的桥梁。

酒过三巡，林坚介绍完情况后，说出自己的请求：“不知唐老先生在香港第二监狱，有没有熟人？”

“欲知大海，请问渔夫。你算是问对人了。”唐先生微笑着说：“第二监狱，是满清建的。后来又屡经扩建，成了现在这个样子。这是个防守严密的监狱，数十年间，只有两个犯人从那里逃跑。其中一个，是买通看守化装逃跑的。另外一个，则是凭借自己的力量逃跑的。你们知道这个人是谁吗？”

众人摇头。

唐先生指指自己：“正是在下。”

唐先生的儿子唐城进入，打断了唐先生的叙述。他是一个油头粉面的青年男子，他连连给大家抱拳致歉，然后坐到了黄晶晶的对面。但并不吃菜，眼睛不停地转动，掠过黄晶晶时，每次都要稍加停留。

唐先生的脸色顿时阴沉下来，不再说话。

黑仔是个大而化之的人，没有察觉气氛的变化：“能给我们仔细讲讲吗？”

唐先生仰头把一杯酒喝下：“再找一个机会吧。”

在监狱饭堂吃饭的时候，陈重靠近乔治，低声问：“卫理斯·乔治？”见乔治蓝色的眼睛中充满了不信任，便说：“斯坦利问候你。”

乔治提问很直白：“我凭什么相信你？”

陈重看见大川、副官及一名中国警察进入饭厅。但他还是冒险说:“斯坦利说,一九三三年,他曾经在剑桥大学的鹰酒吧和你讨论牛津大学和剑桥大学的不同。”

“内容?”

“牛津大学教人无中之有,剑桥大学教人有中之无。”陈重知道今天要是不说,不知道哪天才能和乔治相遇:为了防止犯人间交流信息,大川将犯人吃饭的时间,作了随时变化的安排。

乔治正要再说什么,大川走过来,用手中的权杖指着陈重问:“这个人我怎么从来没见过?”

“老爷您真是独具慧眼,这个人以前一直在厨房帮厨,因为犯了错,才调到苦役犯人组的。”这名中国警察,是谭老大的关系,陈重就是通过他进来的。

大川紧紧盯住陈重。

陈重多少有些紧张,因为在日本银行香港分行的金库,他曾经与大川有过面对面的接触。他用“鼠眼”,看了大川一眼,快速低头吃饭。

大川突然用英文说:“不要吃了。”见陈重毫无反应。他没再说什么,离开。

如果对他作心理分析,则因为两点影响了他的判断。一是陈重的“鼠眼”:大川认为共产党人都是勇敢的,这种眼神,只有蟊贼才会有。二是他一向看不起中国人,因而导致中国人的面貌在他眼中没有多大区别。

离开他们两排座位的沈宗翰,将这一切,尽收眼底。

唐城是一个酒色之徒。他虽然是有钱人家子弟,但因为唐老先生禁止他去市区,所以他鲜有机会品尝“洋女子”。见到黄晶晶后,顿觉眼睛一亮。随后,就开始了勾引计划。晚上十点,等下人都休息后,他悄悄地潜入黄晶晶所住的后院。

因为后院所住均为女眷,所以黄晶晶在换衣服的时候,并没有关好门。这就给了唐城闯入的机会。但她并没有慌作一团,而是快速躲到屏风后面,穿好衣服出来后,落落大方地说:“原来是唐公子。”

唐城大大咧咧地躺到黄晶晶的床上，双手交叉在脑后，眼睛看着天花板说："老爷子非要让我回到这荒郊野外，连一个能谈天说地的人都找不到，憋死我了。"

黄晶晶不卑不亢地说："非常时期嘛。"

唐城突然坐起来，充满挑逗地说："要是不回来，也遇不到你啊！"

黄晶晶走到离唐城尽量远的地方："结识唐公子，我也感到十分幸运。"

"我是读书人，黄小姐也是读书人。读书人遇到读书人，自然会有说不完的话。对吗？"他几乎读遍了香港的大学，最后终于在一所"野鸡大学"拿到了毕业证书。见黄晶晶不置可否，他更进一步说："以黄小姐的容貌，作为女人，容貌是第一的。此外，还有黄小姐的教养，在游击队里干，是不是太委屈了？"

一般性的挑逗，黄晶晶从大局出发，可以忍受。但底线不能穿越："唐先生这话可说差了：民族兴亡、国家兴亡，对每个国民都是第一位的。"

"话是这么说。可天塌下来，有高个子顶着。你我一介草民，还是把追求自己的幸福放在第一位的为好。"唐城不光这么说，而且真的这么想。"老爷子就我这么一个儿子。他已经承诺把家业传给我。也不得不传给我。而且，目前我已经插手管理了。"

黄晶晶知道唐宅是根据地，最好不得罪唐城，勉强应付道："唐公子一定能锦上添花。"

唐城靠近黄晶晶的同时，从口袋里掏出一块玉："黄小姐，我给你看一样好东西。"见她退缩，他以为是认同的表现，就更进了一步："这玉是汉玉。不知道有多少人佩带过，润得一掐就出水。"他把玉放在她的眼前，"你知道这雕的是什么吗？是欢喜佛！什么是欢喜佛？男女在一起就是欢喜佛。"

黄晶晶知道唐城是在胡说八道，佛教在汉末才传入中国，到唐朝才兴盛起来。她边退后边说："唐公子放尊重一些。"

"黄小姐不要过于古板了，得欢乐时且欢乐，你看看再说。"他持玉的手，已经抵达黄晶晶的鼻子尖。

黄晶晶忍无可忍,挥手把玉打飞。

唐城心疼地看了一眼已经碎了的玉,猛地将黄晶晶搂住。“我一见你,就喜欢上你了。这就叫‘一见钟情’。你要是从了我,什么都好商量。”

“放开我！”黄晶晶用力控制住声音。

“你们游击队已经被打得七零八落,现在又寄人篱下。从了我,是最好的出路。”

“我最后一次警告你！”黄晶晶放大了声音。

“我接受你的警告。”唐城说着,抱起黄晶晶,向床的方向运动。

双臂被唐城抱住的黄晶晶,利用能活动的下半截胳膊,从腰间拔出小匕首,刺向唐城。

唐城“哎哟”一声后,放开了黄晶晶。伸手一摸,全都是鲜血。他把血往白色的裤子上一抹后说:“这女人啊,越野越有味儿。”说罢,准备扑向黄晶晶。

黄晶晶以一种幼稚的姿势举刀,对准唐城。

唐城狞笑着说:“我虽然是读书人,但我到底也会两手功夫。今天你我就比个高低！”

正在这时,门一脚被踹开:月光中,屹立着欧阳川。

唐城色利内荏地说:“你小子知道不知道,这后院是女眷所在？”

欧阳川一指门外:“你给我从这儿出去！”

唐城不肯服软:“我是这里的主人。”

欧阳川命令:“出去！”

“你给我滚出去。你们都给我滚出去！残兵败将！”唐城咒骂道。

唐城话音未落,欧阳川已经飞起一脚,正中唐城脸颊。就在唐城捂住脸的同时,他又是一个扫堂腿,把唐城踢翻。接着上前,毫不费力地提起唐城,扔出门外。

唐先生特地在深夜,把林坚和斯坦利约到自己的内室,讲自己的越狱经历。

人老话多,很久才接近主题:“要想逃离,首先要有内应:缺这个,消息就无法接通,也没有遮盖。其次,要找到熟悉路径的人。”

斯坦利很着急,也听不太懂,所以要求简短一些。唐先生的尊严被冒犯,便低头喝茶,不再说话。

林坚赶紧起身,边给唐老先生添茶,边对斯坦利说:“中国有句成语:欲速则不达。意思就是不要着急。咱们听唐先生慢慢道来。”

好一会儿,唐先生才重新开口:“满清的时候,警察叫狱卒。这狱卒和师爷一样,是个行当。但凡行当,就有个帮会。狱卒的帮会头领,我很熟悉。年节总有走动。平素弟兄们入狱,也好有个照应。我可以给他写封信。”

斯坦利着急地问:“他在监狱有职务?”

“现在监狱的职务,都被日本人霸占了。再说,他年事已高,早就退休了。”唐先生面无表情地说。

“您能把他介绍给我们吗?”林坚懂得人情世故,知道唐先生这话,乃是过场戏。

果不其然,唐先生说出了真谛:“斯坦利先生看监狱,完全是平的,所以用蛮力攻击之。而日本人看监狱,也是平的,所以加强防御之。日本人以静制动、以主御客。根本就没有成功的道理。”

斯坦利认为唐先生没有真货,就讽刺道:“莫非还从天上飞出去不成?”

“天上飞,也有可能。可惜我没有飞过。”唐先生看着林坚说:“但地遁老夫却遁过一遭。”

斯坦利赶紧说:“请您给我们画一张图。”

唐先生不理睬他,看着林坚说:“地下世界的变化,不比地面小。沧海桑田、桑田沧海。但孙永昌知道一切。”

德川通过日军机要送来的情报,很是简短:封锁一切地下通道。

大川收到后,立刻命令用钢板焊死下水道口。钢板很快就用光了,于是他命令用推土机推土封堵。

监狱长官不同意这么干:这将给日后的维修,带来无穷的麻烦。

大川知道对付监狱长官和对付集中营长官松本不一样,不能来硬的。所以他很和气地问:“你有儿子吗?”听监狱长官说有一个十八岁的儿子后,他说:“要当兵了。”

监狱长官以为大川记错了,更正道:“征兵的年龄是十九岁。"

“军部马上就要颁布新的征兵年龄:十八岁。”大川走到行李包前,拿出一件衣服:“你认识这布料吗?”见监狱长官摇头,他说:“也难怪:你不是宪兵,所以你没有渠道知道这些。因为盟军潜艇的封锁,相当一部分食品和几乎所有关系命脉的原材料的供应,基本上被切断了。这东西叫作‘SUFU。’”

监狱长官下意识地重复:“SUFU?”

“一种制造衣服的原料。”大川不很用力,衣服就被撕开,“它的原料是一丁点棉花以及木浆和树皮,然后把他们纺在一起。现在日本本土的父老乡亲和兄弟姐妹就穿这种东西制作的衣服。”他又拿出一双木屐。“橡胶也没有了,他们只好穿这样的鞋。粮食更不够了。干活的都是些孩子,而且每天都要工作十五个小时,最后就睡在流水线旁边。没有燃料,我的孩子写信对我说:‘闻着烟的味道,我们感觉到暖和多了。’”说到这,他表情肃然,“如果我们成功地找到了乔治,我们的儿子,或许就可以穿上棉布做的衣服、皮革做的鞋,拿上可以连发的冲锋枪。”

监狱长官被感动了。

乔治根本不屑与陈重讨论营救计划,“你们的计划?”

陈重点头:“一个完整的计划。”

“如果你生病了,会不会把自己交给一个业余的、没有执照的医生?虽然他有一个完整的计划?”乔治虽认可陈重的身份,但对游击队却根本不相信,“我是不会按照你们的计划行事的,因为生命属于我自己。”

陈重强调道："斯坦利也参加了计划的拟定。"

"上帝助自助者！"乔治在胸前划了一个十字，扭身要走。

"你千万不要擅自行动啊！"陈重最担心的就是这一点。

"擅自行动？"乔治一听就火了，"我，堂堂的剑桥毕业生、受过专门的军事训练，曾经在十多个国家作战，凭什么要听一个普通中国人的指挥？"

陈重不卑不亢地说："你所说的都是事实，但最根本的事实，就是目前你在中国的土地上。而我们最熟悉这片土地。"

"我也很熟悉。我也有我们的计划。"乔治说罢扭头走了。

沈宗翰离开两个人有一段距离，说话听不见，但表情却看得很清楚。

肖聋子引领一名日本军官和三个换成便衣的日本兵在小巷内行进。这一带属于港九下层人聚集区，多是临时建筑，弯弯曲曲不说，而且根本就没有门牌号。所以他只好问在路边喝茶的一个老头。老头耳背，他重复三遍"孙永昌"的名字后，骂道："你这个棺材瓤子，白长了对招风耳。孙永昌！"

老头这才听清："孙永昌？不认识。"等肖聋子咒骂着离开，他望着他们的背影，慢声慢气地说："不准是谁个先成棺材瓤子呢！老子就是孙永昌。"说罢，反向行走。

乔治等人，把咔叽布军装撕成条状，然后又搓成绳索，做成绳梯。听陈重说"这样不行"，乔治居高临下地对他说："英国军装，放在地上，自己可以站立。"

陈重说不是绳索强度不行，而是外面没有接应，逃出去，也要被抓回来。成功的可能，不会超过百分之五。

"即使只有百分之一，我们也要试一试。这就是西方人和东方人不同的地方。"另一名英国空军少校反驳说。

陈重着急了："为了根本的利益，我建议你们再认真考虑考虑。"

乔治尖刻地反驳道："根本利益？谁的根本利益？你的，还是我们的？"见陈重要他与斯坦利联系后再行动，他不以为然地说：“我们是成年人，不是孩子。我们知道自己在干什么！”

肖聋子等在孙永昌家翻箱倒柜大约有半个小时，最后只发现一张有价值的相片。日本军官阴沉沉地看了很久后，要肖聋子过来看。

肖聋子其实也看出这相片上的人，就是刚才遇到的那个老者，但装作没看出来。

日本军官说：“孙永昌就是刚才遇到的棺材瓤子。”

肖聋子故作惊讶地接过相片：“不会吧？”

“你要是再犯一次这样的错误，你连棺材都不会有。”军官说。这个任务，是酒井根据德川的情报，亲自交办的。“立刻组织搜捕。”

大川牵着一条狼狗和数名士兵，在监狱内巡逻。随行的士兵已经换过两拨了，但他仍旧健步如飞：在关东军任职期间，他负责小丰满水电站的建造。大坝合龙前，三天三夜没有睡觉，除去吃饭外，一直在巡逻。因此获得了一枚菊花勋章。

他深知所有的犯人，尤其是那些出狱无望的犯人，他们一天到晚唯一的念头就是越狱。其渠道，无非三个：穿墙、地遁、利用飞行物。而以香港的防空力量，飞机不可能来；墙除去高且厚外，更有“人墙”一道。至于地下出口，已经全部被填埋。

通过很原始的联络方法，林坚找到了孙永昌。但当他提出“从地下去一个特定地方”的要求时，却被一口回绝，“小鬼子来了之后，对我感兴趣的人，突然多了起来。他们都希望我能指点他们进入某幢深宅大院，神不知、鬼不觉地把人家的财宝弄走。告诉你们，我老孙头虽然贪财，但从不要不义之财。”他的父亲正赶上香港开埠，从一个小承包商起步，逐渐成了香港下水道的主要承包商。他们在施工中，故意设置一些机关，且不做图纸，心口相传。所有孙氏家族，因此成了这个行业的龙头老大。因为他没有儿子，所以很多秘密，只有他一个人知道。

林坚解释说："我们关心的不是财宝。"

孙永昌诧异地反问："这年头，除去财宝外，还有什么值得关心的？"

林坚郑重地说："我们要从监狱里救两名同志出来。"

孙永昌眉头一皱："监狱？"

林坚点头："两名抗日英雄。"

孙永昌用力扇动扇子："我已经是古稀之人，很长时间不过问江湖上的事了。"

黑仔忍不住插嘴："这不是江湖上的事，这是国家的事、中华民族的事。"

林坚刚要制止，可没想到这两句话，起了很好的效果。孙永昌问："哪座监狱？"听说是第二监狱后，他又说："这办不到。就算你们到了监狱地下，也没办法救人出去：那地方从来没有人逃走过。"

林坚说："据我所知，有人成功地越狱过。"

孙永昌问："谁？"

"唐先生。"

孙永昌眼睛一亮："你们认识他？"

"不光认识，我这里还有他写给您的信。"林坚说着掏出信来。

孙永昌读完后说："你们为什么不早拿出来？"

乔治与少校飞行员到了约定时间，准时开始行动：用早已准备好的绳子和钩子，撬开窗户后，飞行员第一个钻出。

陈重对此有察觉，可就是动不了：乔治怕他干扰行动，就悄悄地在他的食用水中放了些药。可在飞行员出去之后，顽强的意志，终于战胜了麻药，他一跃而起，死命地抓住已经攀在高高的铁窗上的乔治的一条腿。

乔治狠狠地踹陈重：他用力极大，又是皮鞋，陈重的脸上顿时鲜血直流。但陈重就是不松手。最终,乔治被拉下来了。他狠狠地咒骂道:“你这个混蛋! ”

其实他应该感谢陈重:少校飞行员刚从墙上下来,一群日本人就包围上去。大川一刀就刺进了他的心脏。他知道此人是在飞机被击落后被俘的,一定不是乔治。正好可以杀一儆百。

实战前,游击队先组织了一次地下模拟演习。

孙永昌、欧阳川、黑仔、斯坦利一行,在地下道内走了三个小时后,才从一个出口爬出来休息。

据孙永昌介绍:下水道中的水,与潮汐一样,是有钟点的:众人都用水的时候,水浅的地方齐腰深。深的地方,就没人了,根本无法行动。只有在午夜十二点后,才基本上平静。

孙永昌听黑仔说他行走如飞,连小伙子都跟不上,很是得意,在平地上,也许我不是你的对手,可在这下水道里,我还没见过有谁比我走得快呢! 我在这里面,已经走了快五十年了。”

正在摆弄一个指南针的斯坦利不相信地说:“五十年? 半个世纪? ”

孙永昌一向对英国人怀有敌意:“你不用摆弄指南针。那东西在这里面不顶用。”听斯坦利问为什么,他说:“你不信,就摆弄你的好了。”

欧阳川知道孙永昌只知其然,不知其所以然,就解释道:“到处都是污水泵和钢铁管道,磁场是紊乱的。”

孙永昌起身,指指旁边的下水道入口:“从这儿进去,不到三公里,就是第二监狱了。”

斯坦利纠正道:“是第二监狱的地下。”

孙永昌白了他一眼:“我从来说的都是地下。”说罢,重新钻入地下。

大川全副戎装地站在战俘的队列前,目光如剑,在众人脸上扫视:好几次,他都停留在陈重脸上。陈重眼光向前,不露任何表情。

两名士兵，把飞行员的尸体拖过来，扔在当地。

烈日当中，一群苍蝇立刻扑了上去。乔治忍无可忍，准备冲上去。

陈重低声而严厉地说："过去就是死！"

乔治忍住。

大川高声说："曾经有过规定，十个人一个靶组，有人逃跑，就枪毙全体。但监狱长官不同意我的意见，法外开恩。可有人逃跑，同牢房的人，一定要受处罚。"

陈重立刻明白了大川的意思，低声说："如果他们要杀人，就杀我。"

乔治说："应该杀我。"

"确实应该杀你。但为了任务，还是杀我。"陈重说。乔治觉得自己对不起一切人，固执地重复："杀我。"

陈重威严地说："服从命令。"

大川命令与飞行员同牢的人出列。见九个人出列后，他问：你们有谁自愿受罚吗？"见没有人回答，他就走到乔治面前。这时，陈重挺起胸膛，遮挡住乔治一半的身体。这个充满暗示的动作，显然影响了大川的潜意识："就是你了！"

两名日本士兵上前，一枪托就把陈重打翻在地。

大川冷冷地说："把他的衣服剥了，绑在钢板上。如果到明天这会儿，他还没有被烤熟或者还没有被贪婪成性的红蚂蚁吃掉的话，就放他下来。"

第十章

监狱内外的信息交流,是通过最原始的方式完成的:完全依靠人。其中最关键也是最危险的一环,就是进出监狱的大门。承担这一工作的是方妈。方妈今年五十余岁,她不是共产党员,但有一个共产党员的儿子。此刻,她正怀揣由陈重提供的乔治牢房号,准备出监狱的后门。这是一份很重要的情报:大川原来是每隔一天,就将囚犯重新编组,更换牢房。这样工作量大不说,还很容易出差错。从昨天开始,他采用了新方法:更换牢房的号码。比方说,将八卦中的“乾”变成“坤”、“坎”变成“离”。这样一来,就算有人来劫狱,也会陷入八卦迷阵中。这个阴谋被陈重观察出来后,写成文字,让方妈送出去。这是一份重要的情报,也是行动开始前最后一份情报。

大川率领若干名士兵和汉奸,站在后门外。他看着由两名士兵把守的铁门说:“最常见的越狱,就是越墙。门是墙的一部分。门分几种?”

“两种:大门和小门。”一名汉奸抢着回答。听大川问哪种门最容易穿越,他想当然地说:“当然是大门了。”

大川否定了此答案:小门进进出出的都是“自己人”。时间一长,门禁就会松弛。虽说犯人出不去,但消息却可以进出。但这个“漏洞”,却很难封堵:监狱内,几百号人的吃喝拉撒,已经成了一个固定的模式,一旦更改,就会乱。

方妈挑着空担子过来——她承担监狱犯人的食物采买工作——当她见到凶神恶煞的大川一行,脚步稍微迟疑了一下。

大川显然注意到这一迟疑，他伸出军刀，拦住方妈的去路，但脸却朝着汉奸的方向，“我的父亲，是国铁的乘务员。他在考这个职位时，题目就是在一天之中抓住三个逃票的人。结果他一天抓了八个。以第一名入选。你们知道为什么吗？”听众人都说不知道，他继续说：“如果一个人回避你的目光，那么他就很可能没有票。他这个本领也遗传给我。”他突然转向方妈：“看着我！”

方妈不是职业革命家，并没有英雄虎胆，眼光中充满畏惧。

汉奸跟方妈比较熟，解释说：“这个女人是给厨房送菜的，你们来之前，就送了很多年了。”

大川虽然没有找到破绽，仍然不甘心：“给我搜。浑身上下搜个仔细。”

汉奸多少有些为难：“这是个女人啊！”

大川厉声喝道：“这里没有女人，只有嫌疑犯！搜！”

几名日本兵立刻围过去。就在这一刹那，方妈从衣襟里掏出纸条，塞入嘴中，拼命嚼碎，咽了下去——她不识字，不知道纸条的内容。但知道它很重要。出于对日寇的原始仇恨，她勇敢地采取了这个行动。

大川慢吞吞地说：“我在满洲的时候，一名小贩，指控我属下的一名士兵吃了他的玉米饼，没给钱。长官命令我去裁判。我对小贩说：‘我现在就把这个士兵开膛，如果有玉米饼，我给你钱，放你走。没有，就枪毙你。’小贩以为我在吓唬他，就同意了。于是，我开了那名士兵的膛。果然有玉米饼。随后，我就把已经吓疯了的小贩放走了。当然，这名士兵，也是你们中国人。”

汉奸听到这话，不禁打了个寒战。

方妈这时已毫不恐惧了：她知道此劫难逃。

“当然，纸条不是玉米饼，挖出来也没有用了。”大川挥手，“不过把她带回去审讯，或许可以掏出一张活的纸条来。带走！”

方妈弯腰取扁担。日本兵为防不测，都把刺刀挺起。但谁也没想到，方妈猛地往前一蹿，撞到刺刀尖上，然后抓住枪杆，用力，往里一使劲。鲜血立刻喷涌，血头足有几十厘米高。

唐城今天的手气格外的好,赌场老板待他也就格外的殷勤,专门泡了一壶铁观音奉上。唐城喝了一大口后说:“你这个认钱不认人的家伙!”

脸皮足够厚,乃是作赌场老板必备的条件,“这个自然:钱是不变的,而人是变的。算来算去,还是钱靠得住。怎么啦?老爷子要走啦?”唐城一下子买了三百块大洋的筹码,在这种小地方的赌场,很是不凡。

“妈的,你敢咒我?你家老爷子才要死了呢!”唐城骂道。

“随你怎么咒,反正我家老爷子,已经死了不知道多少年了。”赌场老板说出了自己的担心:“我告诉你,别偷你家老爷子的钱,我可不想惹他。”

“老爷子让我做一笔买卖。”唐城把一堆筹码重重地押上去。他说的部分是实情,但并不是其父“让”他做买卖,而是他虚构了一笔买卖,从其父处,诳出来一笔钱。

老板满脸堆笑地说:“这我就懂了。什么买卖,也没有咱这买卖好。”扭头对仆人说:“给唐公子叫两个条子来,伺候公子数钱。”

两名妓女应声到来,一左一右,伺候他烟酒茶。

林坚的营救计划是这样的:一路从地下进去,一路化装成日本天皇的弟弟竹下宫亲王,从正面进去,从而控制住大川:他乃监狱之灵魂,控制住他,就等于控制住整个监狱。更为重要的是:乔治的随身物品中,有一把拆除电动引爆装置的钥匙。没有它,就不可能安全打开武器库的大门。

斯坦利质疑计划的后半部分,“你虽然能讲很流利的日语,但面对一个地道的日本人,你很难蒙混过去。”

林坚承认有一定的危险性。但他也相信皇室的光辉,一定会使得大川晕眩,起码是短时的晕眩。见斯坦利不信,他简述了日本的历史:传说中,男神伊耶那岐和女神伊耶那美生下了日本列岛。然后,伊耶那岐通过洗鼻子和洗眼睛的方式,造出了太阳女神天照大神。而天照大神正是裕仁天皇的祖先。裕仁天皇是日本第一百二十四位天皇,而竹田宫亲王则是他的弟弟。日本人认为,皇族是日本这棵大树的主干，而人民不过是侧枝。为了天皇，日本人完全会毫不犹豫地献出他们的生命。

斯坦利对日本的历史，连一知半解的程度都没有，所以提不出反对意见来。

风水轮流转，不过三个时辰，唐城面前的筹码已经很少。妓女察觉了这种趋势，趁机伸手去拿一个价值十块钱的筹码，说要“买烧饼吃”。唐城重重地把她的手打开：“买烧饼？”他晃晃手中的那枚筹码：“够你这小婊子吃三年的！”

妓女揉搓着手说：“不给钱就算了，何苦说得这么难听，打得这么狠！”

老板挥手示意妓女走开，“嗳，我说唐公子，见好就收吧！再赌下去，可真得典当你们家的院子了。”听唐城说要再借一千大洋，他说：“你真的不怕我找你家老爷子去要？”

唐城已经堕入螺旋，执意要继续赌：“我胸有成竹。”

老板示意仆人拿筹码，“胸有成竹？胸有百万大洋更好！”

因为坚强的体魄和更坚强的意志，陈重挺了过来。但抬回牢房的时候，已经严重脱水。乔治轻手轻脚地给陈重擦拭伤口、喂他喝水。歉疚的泪水，从他棱角分明的脸上，大滴、大滴地落下。

陈重睁开眼睛，动嘴唇，但发不出声音。只好伸出手。

两只手紧紧地握在一起。

方妈惨烈的死，使得大川意识到一个大的行动将要开始。他立即下令封锁监狱，不许任何人进出，包括日本军人。同时进入一级戒备状态。

输得精光的唐城，让赌场老板来一瓶英国白兰地。老板说知道你没钱了，就对付一瓶米酒算了。唐城大怒，摘下金表，命令老板快去拿酒菜。

不一会儿，他就喝得大醉，趴在桌上喃喃自语道：“醉卧沙场君莫笑，古来玩钱谁不输？”

老板叫人把他抬回唐宅，扔在大门口。

深夜，大川接到司令部的公函，命令他释放沈宗翰。原因是许多香港的头面人物，向酒井请愿。不放就会影响安定。他不相信，就打电话核对。酒井没有亲自接电话，而是由他的副官确认了此事，但没有说原因。

大川把沈宗翰提到办公室："有命令释放你。"

"你们把我抓进来就是错误的。"沈宗翰根本不领情。

"我至今认为不应该放你，而应该让你把牢底坐穿。"大川凝视着沈宗翰："但命令终归是命令，不过我有一个附加条件。"

"什么条件？"

"朝鲜臣服于伟大的日本后，每个人必须在每天早晨念两句誓言：我是最伟大的日本天皇的臣民，我发誓效忠于天皇陛下。"大川说："我现在要求你给我念一遍。"

沈宗翰居高临下地说："我要是不念呢？"

"那这个命令作废了。"

"我虽然不是军人，但基本道理还是懂得的：命令只能由发布之的机关来作废。"

"但是我可以拖延。"见沈宗翰充满蔑视的眼神，大川勃然大怒，用带鞘的军刀，一下子把沈宗翰砍倒，然后上去拳打脚踢，就像一只狂暴的野兽。

沈宗翰顿时昏了过去。

唐城刚一出大门，就被赌场老板拦住，要求履行"今天还钱"的约定。唐城不以为然地说："今天不还没过完吗？"

老板打量着一身新衣、提着皮包的唐城："道理是这个道理，可唐公子这样子，是像要出远门。"

唐城指指后面的房子："这跑得了和尚还跑得了庙？十万大洋，手到擒来。"

老板根本不相信："十万大洋？痴人说梦。"

唐城说："等钱到手，我也不赌了。"

老板调侃道："唐公子可不敢不赌，你要是不赌，我家的老鼠也要饿死。"

唐城反击道："我偏不赌，我也开一个赌场。"

所有这些话，都被大门里面的黄晶晶听到。

斯坦利与林坚正在下国际象棋。见斯坦利大势已去，林坚调侃道："你的国王防御术在哪里？"

斯坦利双手一摊，推枰认输了，"BG6、NXE5，是两手糟糕透顶的棋。"

这时，黄晶晶风风火火地进入，通报了一个重要消息：唐城去了镇公所。

林坚冷静地分析了形势认为：起码明天中午之前，这里还是安全的。因为以镇公所的几名伪警察，绝对不敢贸然进攻在本地赫赫有名的唐宅：不算咱们的力量，仅唐宅本身就有数十支长短枪。他们肯定要逐级汇报。等组织起来，最早也是明天中午。

斯坦利却认为日本人的行动不会这么迟缓。

林坚则认为即使日本人神速行动，目的地也不会是这里：唐城这样做，目的是钱。如果把日寇领到家里，定会玉石俱焚，他的根本利益就会受损。故而，他一定要采取一个办法，把游击队诱到外面再动手。咱们正好将计就计，把日本人的有生力量吸引到一个错误的方向，从而保证真正任务的更好完成。

狡兔三窟，孙永昌在香港的家不止三个。行动之前，他悄悄地潜回其中一个家，去取一些用品。不料被一直守候在外面的汉奸发现，随即通知了日军巡逻队。但原本打算"瓮中捉鳖"的日军破门而入的时候，里面却空无一人。

大川没有料到拖延释放沈宗翰，会引起如此强烈的反应：酒井亲自打电话质问。他只好解释说因为沈宗翰身体原因，拖延了。酒井立刻命令他把沈宗翰送到最好的皇家医院。

行动预定十一点开始，可到了十点五十分，仍然不见孙永昌。大家都着急了，队员甲说："这个姓孙的会不会临阵脱逃了？"黑仔立刻斥责他乌鸦嘴：他多少有些迷信。

前来送行的安伯也认为最好换个地方：防人之心不可无。

黑仔坚持要等。这样做因为两个原因：第一，他通过与孙永昌的接触，发现他是一个义气的爱国者；第二，没有他，这个任务根本就没法完成。

队员甲不服气："我就不信'死了张屠夫，就吃混毛猪'？"

"你知道通往第二监狱的地下通道吗？"黑仔问。

队员甲说："地上面的路，在白天我能认个差不多。"

黑仔没好气地说："那你就少啰唆！"

十一点五分时，孙永昌出现了。黑仔松了一口气："你可算来了！"

孙永昌梳理了一下头发，听队员甲问他为何此刻才来？他白了他一眼："能来就算命大。"他转向黑仔说："我回家去取专用的家伙，被人看见给告发了。刚要出门，日本人就来了。于是赶紧想办法脱身，所以来晚了。"

黑仔紧张起来："遇到日本人？你没带尾巴来吧？"

孙永昌不满地说："尾巴？连影子也没带来！我临走还听到那小日本说：这围的铁桶一般，怎么就没影了呢？"

黑仔更紧张了："别卖关子了，你到底是怎么脱身的？"

孙永昌指指自己："大爷既然绰号叫土行孙，自有它的道理，听见动静，立刻就钻了下水道。"

队员甲把安伯拉到一边，悄悄地说："他说是从下水道来这儿的，可为什么身上一点儿痕迹也没有？"

"我告诉你，为什么我身上没痕迹？"孙永昌的年纪与听力绝对成正比，"从前有个杀牛的人，杀了一辈子牛，就用了一把刀子。别人奇怪，他就说：这是因为我从来不割骨头！我知道哪儿是哪儿！"

黑仔看看手表后说："开始行动！"

林坚与欧阳川和两名会说日语的队员，已经换上了日本军装。军衔分别是上佐、少佐、中尉、上士。

送行的斯坦利，依旧觉得此计划的风险性过大，很是担心：一来是因为共同的战斗经历，他与这些他一向小看的共产党人之间产生了信任与友谊。二来是没有他们，他根本就不能完成任务。

林坚确认找到乔治，是找到武器、雕版的唯一途径。既然是唯一，则毋庸讨论。

送林坚到车前，斯坦利真诚地说："我真想跟你们一起去。"

林坚也知道他是真诚的，"你要是能换上一张东方人的脸，我就批准。"

斯坦利幻想："我可以充当日本皇室的德国顾问嘛。"

林坚笑道："那岂不是成了莎士比亚的戏剧了？"

斯坦利打开车门："祝你们顺利。"

林坚侧身坐进车里："顺利未必，但胜利一定！"

黑仔和队员们的手电，渐渐地都熄灭了：电池怕潮。香港就够潮的，地道里面就更潮。唯独孙永昌的灯笼不怕，这灯笼有一个特别的名字：气死水。据说放在水里都不灭。

大家只好跟着他前进。队员甲显然被连续不断的转弯、地下的沼气弄得迷糊了："嗳，我说老孙，你也不看看地图，别走错了地方。我觉得快到了。"

"地图？老孙我就是地图。"孙永昌头也不回地说："快到了？你要是坐轿车，早就到了！"

汽车到了监狱大门前数十米，就被佩带宪兵袖章的日军拦住。这名日军看看林坚的上佐军衔，客气地问找谁。欧阳川傲慢地说："大川中佐。"见日军士兵问他们的姓名职务，他慢慢地说："宫内省西浦少佐。"

宪兵显然没有听说过这个名字，反问道："宫内省？哪个军的？"

欧阳川愤怒地说:“日本皇宫近卫军。”

“皇宫”一词,果然有神奇作用,宪兵赶紧说:“我立刻去通报。”

林坚用标准的京都口音说:“用不着。把栏杆抬起来!”

宪兵被皇族的气派震慑,不由自主地将栏杆抬起。等汽车猛地加速通过后,方才致电大川。

沈宗翰苏醒后,才发现自己在医院里,他不知道自己为何来此,便问主治大夫原因。大夫说他被日本人打得遍体鳞伤,他又说自己一点记忆也没有。大夫说这是因为头部受到重击引起的暂时性失忆。

沈宗翰虽然失忆,但对自己的任务却还记得很清楚,挣扎着要起来,但就是起不来。医生指指输液瓶子:“我们在里面加了一些安定,目前你走不了。”

沈宗翰眼睛慢慢地闭上,但仍然挣扎着说:“我要走。”

大川刚在电话里宣布完给擅自放人进来的宪兵禁闭三天的处分,林坚等人已经进入。

欧阳川神气十足地自我介绍道:“宫内省西浦少佐, 这位是竹田宫亲王殿下。”

对皇族的敬仰,是渗透于日本人的血液当中的。对平民出身的大川来说,更是如此。但对亲王莅临监狱,心中还存有一丝疑惑。

欧阳川厉声说:“为何不敬礼?”

大川被动地给林坚敬礼:“日本陆军中佐大川。”

林坚自动坐到大川办公桌后面的椅子上, 趾高气扬地问:“一九三六年,你什么军衔?”听大川回答说是陆军中尉。“要是我没记错的话,你参加了这次‘下克上’的行动。”他所谓的“下克上”乃是日本极右翼少壮派军人,为了加速法西斯步伐,而发动的一次政变。许多内阁大臣,在这次政变中被杀。

大川的气焰一下子低了很多:“是的。”

林坚用手指弹击着桌子:“把宫内省的公函给他看看。”

队员甲把一封用很大皇室信封装的信件,递给大川:这封公函的内容是说乔治与一大笔英国皇室的存款有关,需要调查落实。

大川反复地看信件。他知道,或者准确地说,是听说过日本的一些皇族,其中包括秩父宫亲王、高松宫亲王、三笠宫亲王、朝香宫亲王等,在东南亚频频活动,他早有耳闻。但其中除去亲自下令对南京屠城的朝香宫鸠彦亲王,他远远地看过一眼外,其他的他都没有亲眼见过。他知道竹田宫亲王是裕仁天皇的表弟,主要负责搜集东南亚被占领各国皇室的财产。但对他们在这么一个关键的时刻,以这种方式前来,还是有怀疑。

欧阳川见林坚不耐烦地看手表,便训斥道:“大川中佐,莫非你怀疑亲王的身份?”

大川毕竟是职业军人,虽然敬畏,但并没有到了惊恐的程度。

“殿下,我在陆军服役如此多年,从来没有见过这种办事方式。”

林坚根本就不说话。

欧阳川居高临下地说:“你大概也从来没有见过太平洋战争吧?你们陆军不是号称五个月打败美国吗?”

大川无法回答。

欧阳川继续训斥道:“如果不是你们把帝国拖入这个泥潭,亲王殿下以神之子之尊,怎么会陷到这些俗务当中去?”

大川有些害怕:“可是。”

林坚侧过身体,用戴白手套的手,有节奏地敲击着桌子:“你知道,天皇陛下是从来不理俗务的。可一些将校,尤其是一些像你这样的中级军官和高级军官,蓄意向陛下隐瞒实际战况。莱特湾战役失败一个月后,陛下才知道这件事。这使得陛下陷入很被动的地位。非如此,陛下不会派我来了解真实情况。”

大川呆呆地看着林坚特意展示给他看的黑色斗篷内白制服上的红色金边

菊花:这是无比神圣的皇族标志。

林坚用沉重的语调说:“陛下曾经沉痛地对我说:陆军在用绣着花的绸缎,慢慢地将我闷死。”

大川终于下了决心:“你们要带走乔治可以,但我要和亲王殿下一起押送。”

林坚起身:“你已经耽误了很多的时间。现在,你派一个人,与西浦少佐一起去提两名犯人。你跟我去取有关物品。”

孙永昌在第一个预定地点,试图用千斤顶顶开井盖,没有能成功:因为井盖已经被大川焊死。到了第二个预定地点,也没能成功。

此时,距离行动开始的深夜两点,已经只有二十分钟了。

最后,孙永昌将队员领到一个拐角处:“这里要是还打不开,就打不开了。”这个口,是一个废弃的口,不在图纸上。

所幸的是,这个口的封堵物,被千斤顶顺利地顶开。此时,欧阳川正好赶到。两支人马会合之后,直奔乔治、陈重所在的牢房。

但杀了三名日本兵,进了两个牢房,都没有找到陈重和乔治。黑仔正要去第三个,欧阳川制止了他:如果盲目地寻找,动静一大,势必会引起整个监狱的骚动。行动就要失败。“把指南针给我。我要知道哪边是南。”

黑仔着急地说:“他们改了门牌号码,知道南有什么用?”

欧阳川没有理睬黑仔,飞快地转动大脑:八卦只用阴爻、阳爻两个符号表现一切。一生二,二生三,三生万物。敌人既然改,也不能瞎改,一定有规律。这时,他突然看到墙壁上的狴犴嘲弄地看着他们。于是恍然大悟:狴犴本来在西南,现在怎么到了正北?乾起于坎而终于离,坤起于离而终于坎,这就对了!他挥手道:“明白了,跟我来!”

仓库卫兵拿着一大串钥匙,一个一个在试。总没有一个合适的。林坚对大川说:“我认为你是在有意拖延。”

大川此刻在拼命地思考:“如果谁有更好的办法,我也不反对。”

林坚命令队员接手。但队员也打不开:因为潮湿,锁锈住了。

大川提议锯开。林坚立刻命令日军士兵去找锯子。不过片刻,锯子就拿来了。队员接过锯子,开始锯锁鼻子。没几下,锁鼻子就被锯断,开门后,众人进入。来到储物柜前时,大川把一把大钥匙交给林坚。林坚接过钥匙,把它插入锁眼,向右一拧。没有反应。

大川说:“你向左试试?”

林坚向左一拧,门果然开了。

大川说:“东西就在里面,你们自己拿吧。”

林坚从一堆东西中,找到一个装钥匙的小皮包——这个钥匙,就是秘密仓库内门的钥匙。连接着一个复杂的电路,没有它,就会引起爆炸。他正要转身,突然听到大川在身后厉声喝道:“不许动!”

林坚立刻停止了动作。

“举起手,慢慢地转过身来。”大川命令。

林坚缓慢地转身。

卫兵用枪逼住队员甲。

大川黑洞洞的枪口,瞄准着林坚。

林坚镇静地说:“你这是违抗军令!”

大川狞笑着说:“收起你这一套吧!别的不说,但我能肯定你不是日本人。虽然你讲的一口流利的日语。”

林坚知道自己一定是什么地方出了漏洞:“对我的污蔑,你将要付出代价!”

“你太小看我了!的确,竹田宫亲王殿下我没有见过,皇室印信我也没见过。但是日本人在锯东西的时候不是推,而是拉的。日本人在开锁的时候,也是向左拧,而不是向右拧的。再说,亲王殿下是海军,但你们佩带的长剑却是陆军的。放下武器,中国人!”大川的枪口一动不动地直指林坚。

林坚一边慢慢地往出掏枪,一边思考对策。正在这时,大川“哇”地叫了一声,然后身子一斜。他随之一个箭步上前,一枪托砸在大川的脑袋上。

卫兵也被黑仔一刀刺死。

林坚收起枪问黑仔:“乔治和陈重救出来了?”

“已经在地道里了。”黑仔说。

林坚拍拍黑仔的肩膀:“你总能在关键的时刻,出现在关键的地方。”

“强将手下无弱兵嘛。”林坚没有在预定时间与他们会合,黑仔不放心,就赶来了。

典型的无声之战斗!

已经就寝的酒井,接到了德川的电话。德川没有任何寒暄,开口就是命令:“一个大阴谋已经形成。立刻去第二监狱。你亲自去,立刻。”随后就放下了电话。

酒井边穿衣服,边命令副官接大川办公室。得知无人应答时,他知道出事了。

出下水道的时候,黑仔提议将这个地方炸毁,以免日寇寻踪而至。

孙永昌说不用:狼狗在这里面不起作用,日本人更是不能辨别方向。再者说,用水的高峰,五点钟就会到来。

酒井看着深度昏迷的大川和那封盖有鲜红皇宫印玺的皇室公函,冷冷地命令:“全部出动,搜查一切可疑的地方。”他知道这样做的希望不大,但却是唯一的希望。

安伯诚恳地向唐先生通报了有关唐城的情报。听完后,唐先生面色沉重地说:“感谢贵党、贵军对唐某人的信任。”

安伯真诚地说:“香港游击队也感谢您老人家。”

“逆子给贵军带来许多麻烦,我在这里赔罪了。”唐先生微微点头。

“武器库是一个很复杂的地方。”安伯小心地说：“有一些我们带不走的武器弹药在里面，万一公子前往……”

唐先生摆手：“不要说了，我自己的儿子自己知道。”他默默地与安伯挥手作别，然后形软神散地坐回椅子上。

酒井下达了封锁码头、车站的命令后，开始仔细研究这两天来搜集到的情报。唐城的报告引起了他的注意。随后，特高课吉田中尉电话报告：新界地区，发现共产党游击队的主力。

酒井喃喃自语：“孤注一掷，必须孤注一掷。”然后大声说：“命令全部机动兵力，向新界集结。”

林坚判断的没错：英军的秘密仓库，就在新界。但更巧的是就在离唐宅不远处。

乔治很顺利地用钥匙打开了仓库。斯坦利第一个奔向一只体积约有两个立方米的大箱子。见它完好无损，欣慰地笑了。

黑仔奇怪地问是什么？

林坚也过去：“斯坦利先生要是不想说，你也就别问。‘真相是如此宝贵，使我们不得不用谎言来保护它。’这好像是你们的首相丘吉尔先生说的。”

斯坦利不好意思地说：“是雷达的共振腔磁控管。”

林坚派人把共振腔磁控管运到指定地点后，随之将两块港币雕版砸毁。最后把那些当时来不及处理的港币和纸张，堆放在一起，准备烧毁。

黑仔掰着手指头数数：“个、十、百、千、万，万后面是不是就是亿？”

欧阳川纠正道：“是十万、百万、千万，然后才是亿。”

“看样子我这辈子是挣不来这么多钱了。”黑仔看着那一堆钱说。

陈重讥讽道：“不是看样子挣不来，而是肯定挣不来。”

黑仔真正的兴趣在于武器，他打开了一个箱子，拿出一支步枪，摆弄。

斯坦利友好地说:“这是世界上最好的步枪。”

黑仔的回答很不友好:“可惜让你们拿着。”

斯坦利有些不明白:“什么意思?”

黑仔刚要说什么,看见欧阳川严厉的眼神,把话缩了回去,“可惜啊,可惜!”

一切完成后,乔治重新将爆炸程序恢复。

因为第一次告密没有结果,也因为赌场老板逼账逼得紧,唐城决定孤注一掷:将日军引到自己家中来。

可当他用电话与日本宪兵联系好了之后,回家却发现空无一人,他着急地问:“老爸,林坚他们都去哪儿了?”见父亲不说话,便自言自语道:“早晨他们还在呢?”

唐先生用无神的目光,看着儿子:“太阳早晨在东边,晚上就在西边了。”

“老爸。你快说:他们去哪儿了?”

“不该问的,就不要问。”唐先生脸色阴沉地看着儿子。

“这对我很重要!”

“有多重要?”

“要多重要,有多重要!”

唐先生指指自己:“比我还重要?”

“您就别瞎比了。”唐城虽然认为钱是最重要的,但不能说。

“比你的国家还重要?”唐先生非常希望听到否定的回答,虽然知道很渺茫。

“那可要重要得多!”唐城这次说了心里话。

唐先生决定沉默:没有一个父亲,希望儿子去送死。

但唐城像一头豹子一样,在屋子里来会梭巡。眼睛中冒出邪恶的光芒。

“如果是钱的事情,你说好了。”

“你真的不告诉我?”唐城停在父亲面前:他知道父亲不会给他钱,就是给,也给不了那么许多。听到隐约传来的机动车声音他威胁道:“你要是不告诉我,你就再也见不到我了！”

唐先生还是不说话。

唐城恨恨地说:“你别以为你不说,我就问不出来。游击队是一支部队,行动起来,好多人都会看见。”说罢,就往出走。

唐先生仍然怀有一线希望地说:“儿子,有些地方不该去,就不要去！”见唐城头也不回地走出去,他两行老泪流下,喃喃自语道:“一去不复返啊！一去不复返啊！”

酒井选择了镇外的一个地点,作为观察点。下了汽车后,他接过副官递来的酒壶,接连喝了两大口:二十个小时以来,他水米未进。在喜峰口战役中负伤的腰部,剧烈地疼痛起来。然后,他举起望远镜观察。

唐城想得没错:大部队的行动,是无法保密的。他很顺利地就将日本兵引到教堂后的石库前。看着石库森严的大门,他不禁有些胆寒:小的时候,他就常来这里玩。但一次都没有进去过,传说里面有冤死的鬼魂。“他们的东西,不,不对,你们的东西,就在里面。”他对领队的日本中尉说:“你们进去拿好了。”

中尉用战刀指示唐城领路。

这一瞬间,唐城开始后悔。但自知已晚,只好硬着头皮上前。

酒井承认这是一个好地方:两侧是山,背后是海。整个村镇,都隐藏在绿树丛中,只有教堂隐约可见。

看到日本士兵向教堂集结,他在心中默默祈祷:“吾皇保佑,抓住游击队！”

祈祷刚刚结束,他先看到一股浓浓的黑烟,接着就听到“轰隆”一声巨响。

教堂的尖顶,慢慢地倒下。他默默地放下望远镜。他知道,这次战役结束了。

离此十多公里远的一个天然码头上,林坚等正在给斯坦利送行:来接他的潜艇,已经于早晨抵达。

斯坦利握住林坚的手说:“你是我见过的最优秀、最勇敢的军人。你的部队,也是我见过的最优秀、最勇敢的部队。如果让我选择一千次,我就一千次选择与你们在一起作战!”说罢,他给林坚敬了一个标准的军礼。然后又向所有的游击队员敬礼,登上了橡皮艇。

游击队员们目送橡皮艇离开。

第十一章

酒井官邸花园中，有几株极为旺盛的樱花树。此刻正值花事鼎盛之时：第七日。但衰败之相，也随之显现：纯白如雪的花朵，在月光下，隐隐飘落。给人以莫名的悲哀、惆怅。酒井接过夫人奉上的清酒，喝了一小口。随后，哼起日本小曲：

> 樱花何时盛开？何时在山村里盛开？
> 樱花何时飘香，正值欢笑七童玩耍时。
> 樱花何时飞舞，正值欢歌七童入睡时……

歌声中忧郁的气息，感染周围的一切。他本人更是浮想联翩：曾几何时，军刀闪闪、军旗猎猎，嘹亮的日本军歌，震撼亚洲、震撼世界。可这一切，转瞬即逝。国事如樱花、战事如樱花，更重要的是人生如樱花。

副官悄声进入，俯身低语，说是德川先生前来拜访。酒井随后示意夫人回避。

“夫命即是一切”已经固化在夫人身上。她迅速离开。但人虽离开，心却还在，回到房间，她撩开窗帘，竭力想看清这个德川到底是何许人也。但德川的一切面貌，都被黑色的斗篷和同色的大帽遮蔽，什么也看不清。只能听到一个丰厚的男低音，吟诵道：“世路艰难，乌云漫天，山巅之月，胡不入山！”

酒井夫人知道这首诗是一位被俘的日本少女投水自尽前留下的遗书。日本女子为其夫、家庭以及家族而舍弃自身，有如男子为主君和国家而舍弃自身一样，是欢欣地而且堂堂正正地去死的。可她不明白德川此刻引用这首诗的寓意何在。

德川的谈话很简明：日本的军事机器，急需要能量。而能量的来源，无非是四个方面：一，真正可用的东西，比方矿产资源；二，金、银、现金；三，信贷；四，文物。东方的文物，在某种意义上，等同于现金。前三者，目前已经被用到极限。能够开发的，只有第四种了。

酒井以为这不可行：香港乃弹丸之地，而且历史并不悠久，没有多少珍贵的文物。

德川说应该眼光普照：缅甸、菲律宾、马来西亚。就是香港，也不是没有可开掘的，比方上生寺。

酒井大惊失色：上生寺乃密宗的祖庙之一。而密宗是日本的国教，一旦侵犯，必然朝野震动。

德川低沉地说了一句中国古语："生死存亡之际，无所不用其极！"停顿后，补充道："作为一位政治家，为了崇高的政治目标，是可以不受尘世中一切约束的。"日前，他曾经秘密回国，参加了一次御前会议。在这次会议上，他明确地感到了"绝对防御圈"的崩溃——这个防御圈是包括印度洋和太平洋的战略地区——因为失去对新不列颠群岛和新几内亚北海岸之间的广阔海域的控制，不得已从所罗门群岛撤军。这使得驻守海外的日本陆军得不到后勤补给，将不得不想办法自给自足：食物可以在当地解决，枪炮武器呢？

酒井固执地认为，些许文物对于这场战争来说，不过是杯水车薪。

德川慢慢地说："世上一切，均是轮回。这场战争，或许日本会败。但为时不会太久，下一代日本人，就会重新操刀，切分世界。而这是需要能量的。"就在御前会议结束不久，与盟军在马里亚纳群岛进行了海陆空立体战役。其结果是日本的三艘航空母舰被击沉，四百架飞机被击落。塞班岛、关岛和提尼安岛相继陷落：东京终于进入了B——52轰炸机两千公里的最大航程之内。面对这令人惊恐的事态，天皇虽然坚定顽强，拒绝接受，命令重新夺回这些岛屿，但最后因为联合舰队司令部的明确反对，不得不放弃。他知道，为下一次战争做准备的时候到了。

就在这一瞬间，酒井明白了德川的意思：一旦战败，日本一定会遭到严厉的制裁。为了日后的崛起，必须最大限度地积聚可以变现的财富。他承认，这种穿越历史的眼光，他没有。他恭敬地说："先生给酒井统治香港的谋略，注入了灵魂。"

德川欠身，表示谢意："法国诗人拉马丁说：宗教、战争和光荣，是一位完美武士的三个灵魂。"

大川驾驶着汽车，利剑般地穿越皇后大道。这条举世闻名的商业街虽然已经衰败，但酒馆和妓院，比战前却有过之而无不及：喝醉的日本兵，搂着花枝招展的妓女，在街道上高唱日本歌，东倒西歪地游荡。末日来临之气氛，占据着这里的一切。

大川继续加大油门，试图轧死几个日本兵，重振军威。但这些日本兵虽然醉酒，但听到大功率的汽车疯狂的声音，还是很敏捷地躲开了。

大川看到酒井官邸的门大开，就略微减速，准备进去。这一减速，救了他的命：一辆黑色的轿车，箭一般地从里面射出，然后，是一个很专业的转弯，从他身边掠过。

见到酒井，大川实在忍耐不住地问是否德川先生来过？

酒井的情绪似乎很不高："这个问题没有意义。"

这等于是回答了大川的问题。大川观察着酒井的侧影，惊讶地发现他突然间苍老了许多：白发丛生，疲惫的脸上布满皱纹，甚至连背也微微有些驼，生命力正一点一点地逝去。大川忽然同情起自己的上司来，低声问："将军是否感到不适？"

酒井摇摇头，改变了话题："听说大川君的弟弟遭遇不幸？"

大川的眼睛立刻潮湿了：弟弟由他从小带大，两人感情很深：参战以来，弟弟的相片，是从不离身的。"是的。他只有十四岁，在美国飞机轰炸兵工厂的时候，被炸死。"

酒井沉默片刻后低沉地说："为国捐躯，死得其所。"

大川没有德川、酒井那样的信息源，他是凭借本能，感知到日本的颓势。估计不久，日本本土就将遭到全面攻击。因此，听到酒井的话，他没有像平素那样做出积极反应。

酒井也感知到大川的心理，故而讲述"神风"故事，以资鼓励。一二七四年，蒙古皇帝忽必烈试图把伟大的日本国，纳入他的版图。于是派遣了一支由四百五十只船组成的舰队，在日本列岛最南端的壹岐岛和对马岛这些小岛登陆。守岛的一小队武士，被这支一点五万人的蒙古军队全部杀死。但他们的生命，换来了时间：蒙古人还没来得及在九州登陆和布防时，台风季节来临了。面对恶劣的天气，蒙古兵只好撤离。七年后，大汗忽必烈，再次派出了十五万精兵组成的舰队，并且有发射火药的弩炮这样令人胆寒的武器。但伟大的日本人民，已经在沿海修起了围墙，并做好战死的准备。在长达五十三天的血雨腥风中，处于劣势的日本武士，击退了敌人无数次的攻击。但勇气归于勇气，实力终归是实力。就在日本军队处于极端劣势的时候，一场突如其来的台风，把蒙古舰队打成了碎块。从而将日本从最可怕的威胁中解脱出来。这场风，就被命名为"神风"。

"神风就要来临了！"酒井的话充满期望。

大川很务实，知道航空母舰和飞机是钢铁制造的，十级台风，也奈何不得它们。

"我们拥有的不是台风，而是神风！"酒井递给大川一张纸。

大川展开纸一看，上面是毛笔写就的一行小字："梅津将军将要抵达香港。"梅津何许人也，大川在记忆中拼命搜索着立过战功的现任将军，却没有结果。

酒井将这张德川写就的纸条收回："梅津将军将带来神风，针对整个人类的神风。”

陈村早已进入梦乡，整个村庄漆黑一片。只有游击队指挥部的小木窗里透露出微弱的灯光。

欧阳川正在分析战争形势：欧洲战场，德军在红军、盟军猛烈的夹击下，节节溃退。其失败，不过是个时间问题。而亚洲战场，则是欧洲战场的翻版：莱特岛、吕宋岛、硫磺岛三大战役后，日本人的海军，尤其是海军的航空力量更是受到毁灭性的打击。没有了制空权，就一定没有制海权。这样一来，日本原来就十分漫长的生命线，也被切断了。日本本土的军事工业遭到盟军飞机的轰炸，使得日本的空中力量失去了血液，造血机能被破坏了。

黑仔嘟嘟囔囔地说：“可我看日本飞机还是飞来飞去的，一点儿也没有少。”

欧阳川用《红楼梦》里的几句话，回答了黑仔的问题：“表面上鲜花著锦，烈火烹油。可实际上，内囊都上来了。”

黑仔已经习惯了欧阳川的文人腔，顺着他的话说：“那咱们就揪住他的内囊，下酒。”他还故意噘起嘴，“呲”的一声模仿着喝酒的声音。开会的人都被黑仔逗笑了。

欧阳川随后拿出一张香港地图，指点着图上耀眼的蓝色曲线，说应该切断日军运输线，破坏日军的小循环，小循环被破坏，大循环就成了无源之水。日军在香港没有像样的军事工业，但香港无疑是物资的集散地。“切断运输线，这么长的运输线，怎么切？要切就切他的关节。膝盖一被切断，整条腿、整个人就废了。”黑仔伸出腿，有节奏地屈伸着：“假设日本人的运输线，是这条腿的话，膝盖就是桥梁：通向港口、车站的桥梁。”

“游击队的力量有限，所以要切，就切最要命的。”欧阳川指点着图上的几个点。这张图，是他和安伯以及若干老香港，经过两天的研究，绘制出来的。

梅津乘坐的零式战斗机，晚点三个小时，才抵达香港。在夜风中伫立多时的大川,急忙迎上去。只见一个身穿便服、提着箱子的中年人动作敏捷地从飞机上跳下来。他快走几步,来到梅津面前,敬了个标准的军礼:“陆军中佐大川,奉命来接梅津将军。”他打量着梅津:其人脸色苍白,没有一丝血色,五官虽漂亮精致,搭配在一起却让人很不舒服。

梅津一声不吭,既没有还礼,也没有看大川一眼,生硬地问:“我的汽车?”见大川手指入口,他不客气地命令:“带路。”

大川是标准的军人,对上级从来绝对服从。但梅津目中无人的态度,还是让他不舒服。但出于礼貌、制度,他还是伸手去拿梅津手里的箱子。

梅津紧紧地提着箱子,一点儿松手的意思都没有。

走到黑色轿车跟前,大川殷勤地拉开车门。这是酒井的座车,为了表示对梅津的尊敬,特地调来的。

梅津却伸手拉开前车门,命令司机:“下来!”他的声音很低,却有不容置疑的力量,司机顿时紧张起来,求助地看看大川。

大川只得说:“将军刚到香港,对路一定不熟悉。”

梅津反问道:“中佐应该收到大本营的命令。”见大川点点头,他又说:“命令是怎么说的?”

大川重复道:“满足将军的一切需求。”

“那我就不用再说什么了。”梅津说罢,把司机拉出来,自己钻进车内。还没等大川反应过来,车就已经开动了。

大川赶紧跑回自己的车,命令司机跟上。

梅津的汽车像到了赛车场,剧烈的轰鸣后汽车向前一窜,转眼不见了,大川的汽车拼命追赶着。殿后的卫兵车辆,迅即被落下。

黑仔和陈重也起了个大早,在巡逻的伪军到来之前,开始在桥上安放炸药。黑仔目测了一下,就把绳子搭在钢架上,准备爬过去,把炸药包固定在两根钢架的交叉处。

陈重却让他把炸药包放在那根水泥墩上，说这根柱子是整座桥梁的心脏。

黑仔不服气地说："你越说越玄：桥哪儿来的心脏？"

陈重说这根柱子一倒，整座桥就塌了。这是他用好几天计算的结果，肯定没错。

一说到计算，黑仔就傻眼了："好，好，听你的。谁叫咱们不会计算呢？"说着，黑仔迅速爬到柱子顶端，将炸药固定好。

整个作业完成后，两个人退到安全处，等待一个最佳时机引爆。

说来也巧，不过十分钟，一辆黑色的豪华车就出现了。陈重把望远镜递给黑仔："好像是酒井的车！"

黑仔接过望远镜，看后说："没错。就是这个老小子的车。今天真是好运气。逮着个大牲口，过一个肥年。"

陈重果断地按下了起爆器。

黑仔嘴角挂着得意的微笑，准备看一场好戏，望远镜里先后出现了梅津的车、大川的汽车。间隔远一点儿又来了一辆吉普车。

但没听到想象中的爆炸声，黑仔焦急地看看手中的遥控器，问陈重怎么不见动静，陈重也心急如焚，可他表现得冷静，告诉黑仔，启动炸药需要一个过程。

黑仔死死盯着桥梁，埋怨陈重设计的过程太长了。眼看着梅津和大川的汽车，已经到了桥上，黑仔用全身力气再次按动遥控器。几乎与此同时，一声巨响，桥梁断裂成两截，但梅津和大川的汽车，均已刚刚通过此桥，第三辆车被炸得飞起来，随后又一声巨响，吉普车重重跌下，爆炸了。

黑仔把遥控装置扔到地上："妈的，大牲口没逮着，光逮着一只兔子。"

陈重把绳索卷成一团，塞进包里："咱们原本只打算破坏这桥，顺便捞着点外快，也算不错了。走吧。"

听到爆炸声，梅津吓得开车拐到路边的树林里，不敢出来。大川却驾车回到桥边观察。被炸的桥梁，就像被炸弹炸断了的腿，丑陋地扭曲着，断裂处裸露着钢筋。

大川很庆幸，但庆幸的不是自己命大，而是庆幸梅津将军安全通过。说句实话，如果一定会有一辆车被炸，他倒宁愿是自己坐的这辆。用酒井司令的话说，梅津将军是神风。拯救日本的神风！

吃过午饭，阿菊一个人在厨房洗碗。初春难得的明亮阳光投射在橱柜的玻璃门上，闪动着彩虹般的七彩光芒，就像首饰店的钻石戒指。阿菊擦干手，盯着自己空荡荡的无名指发呆。

听到周夏文在里屋咳嗽，阿菊进屋给他倒了杯水。连续多日被关在屋子里，周夏文的脸暗淡无光，身体散发着腐朽的味道。阿菊突然感觉到自己和这个人其实差不多，某种意义上都是囚徒。她扶周夏文坐进轮椅，推着他出去晒晒太阳。

街道旁盛开的紫荆花香，和牛肉炒河粉的香味、太阳光的香味，搅拌在一起，给人很舒服的感觉。阿菊情不自禁地哼了两句歌。

周夏文摘下一朵粉红色的山茶花，送给阿菊。他敏锐地感觉到两个人之间的坚冰，被春的力量融化了一部分。

阿菊顿时面带喜色，把花别在纽扣上。在恰当的时候送花，其作用要大于钻石。

周夏文诚恳地对阿菊表示感谢：自从他的腿被魏得明打断之后，阿菊对他，要比以前好得多。

阿菊笑着说："你少给我捣点乱，就谢天谢地了。"

周夏文趁势说："阿菊，你这么说话就不对了。我虽然是你的囚徒，但怎么说，我的岁数要比你大得多。"听阿菊说自己比她老爹还要大，他趁机说他愿意认阿菊作侄女。

"你这个老家伙，现在嘴巴上抹着蜜，等你一出去，一准不会认我这个侄女。"阿菊的经历，注定她不会随便相信人。

周夏文刚要举手发誓,阿菊把他的手打下去:“千万别发誓,你们男人发誓,好有一比——”说到这儿,她突然停住了。周夏文好奇地问是什么,阿菊摇摇头:“不说也罢。”

周夏文识趣地不再追问,他叹了口气:“我看得出来。”

阿菊仿佛被他说中了心思,却装出随意的口气问:“你看出么来了?”

周夏文犹豫片刻后说:“中国有句古话:男怕选错行,女怕选错郎。女子选夫,乃一生最重要的事。”

阿菊虽然没读过几本书,这点道理还是懂得。她早就明白,魏得明娶一百个太太,也轮不着她。可内心深处,还存有一丝侥幸。

周夏文见阿菊沉默了,就劝她:“你何苦为虎作伥呢?”

阿菊突然觉得魏得明的影子闪了一下,回头去看,一个人都没有。可心情却被破坏了,“你用的词,我不懂,可意思明白。那我问你:你又是何苦呢?”

周夏文义正严辞地说他完全是为了国家,为了民族。

阿菊对“国家”“民族”之类抽象的东西,不感兴趣,也不爱听。在她看来,这些都是男人的事。

周夏文语重心长地说:“国家兴亡,不光匹夫有责,匹妇也有责。”

“话是这么说,可这国家其实是你和魏得明这样的人的。像我这样的女人,就得趁这张脸,没黑没黄还有人要的时候,积攒起几个养老钱、棺材本儿。”阿菊说出了心里话。

周夏文说阿菊真想要钱,他有,他可以给阿菊足够的钱让她过上好日子。

阿菊对他的说法不屑一顾:一个穷教书匠,能有几个钱?

“我真的有很多钱,只要你放我出去,我一定给你很多钱。”周夏文郑重地说。

“给钱我就放你。我要现钱。”

“现钱我没有。”

“没钱就别说。”

周夏文还要说什么，被阿菊厉声打断：“你要再说，我让得明把你那条腿也打断。”阿菊的脸变得十分狰狞，吓得周夏文闭上嘴不再说话：她看见了树后魏得明的阴影。

树后的人，的确是魏得明。他在路上看见阿菊和周夏文说话，立刻尾随偷听。直到两个人进了房间，才从藏身处出来，转身离开。

在黄宅门口，魏得明拦住正要出门的黄晶晶，说有要事相商。见黄晶晶一声不吭地往出走，他只得亮出撒手锏：“这事不光和你我有关，和黄老先生也有极大的关系。”见她站住，他就说：“我的一位朋友，在日本人那里供职。”

黄晶晶愤然打断道：“那不叫供职，那叫汉奸！”

魏得明很有大局观，不会在这些枝节问题上纠缠，“汉奸也罢，供职也罢，总而言之，他告诉我一个非常重要的消息：周夏文被日本人关起来了。”

黄晶晶知道这事非同小可。立刻将魏得明拉到父亲的书房。

黄江源再三订正消息的准确性。魏得明也再三保证消息绝对可靠。

“当初我委托你把周先生藏到一个可靠的地方，你说那里绝对安全。为什么还会发生这种事？”黄江源语调平静，却深含责备。

魏得明口口声声地说自己冤枉：周夏文是自己跑的，他是个大活人，根本看不住。

黄江源说起他在日本人那边也有很多耳目。如果周夏文被捕，他该有所耳闻。魏得明以周先生是被日本特别行动部抓去的为理由说服了黄江源。

“日本人自知来日无多，为后路计，他们和周先生达成一个协议。”魏得明故意把话说一半。

黄江源不能肯定魏得明的话是真是假，可如果一旦是真的，必须马上采取措施。他问魏得明说的是什么协议。

“用存款换周伯伯的命。”魏得明含含糊糊地说。

黄江源又问他是什么存款，魏得明慢吞吞地说："周先生说，跟您一说您就知道了。"

"我确实不知道周夏文有什么存款。"黄江源镇静地说。

魏得明也做出无所谓的样子，说可能是自己听错了。说罢，他假装要走。这一招很灵，黄江源果然上当了，很客气地拦住他，问他能不能和周先生联系上，魏得明答应想想办法，但不能保证。

黄江源也知道他在搪塞，可现在周夏文的确下落不明，只能依靠魏得明去寻找，所以黄江源压下火气，尽量客气地说："那你让他给我写一张条子。见了条子我就知道该怎么办了。"

话说到这份上，魏得明知道今天只能到此为止了，再说下去只怕黄江源疑心更大。他答应黄江源去试试看吧，不过不能保证成功。

周夏文逃跑的愿望是强烈的。见以理动之，效果不大，就改为以情动之。吃完阿菊热腾腾的车仔面后，他讲起自己的故事："这面条有一种熟悉的味道。和我的女友做得很像。"

阿菊一下子就被吸引住了，停止了收拾。

"我在美国留学的时候，很穷。家里来了客人，女友就用最拿手的车仔面招待。牛腩、猪红、猪皮、萝卜、虾丸，手边有什么就加什么。特别好吃。"

阿菊好奇地问："这个女友现在在哪儿？"

周夏文笑着说："我在哈佛大学最大的收获，不是区区博士学位，而是把这位会煮车仔面的女友变成了太太。"

阿菊好奇地问："您的太太一定漂亮吧？"

"漂亮，特别的漂亮。"周夏文沉浸在回忆中："太太年轻时的美貌在家乡远近闻名，进了大学更是当之无愧的校花。"

阿菊问："我不信，这样的美女，怎么会看上你这样一个只知道国家、民族的书呆子？"

“这是个谜。”周夏文从钱包取出太太的相片给阿菊看。

阿菊的眼睛一下子瞪大了，周太太的确美貌惊人，“我要是你，不管为什么，也不会把她一个人丢在家里！”

“她走了！”周夏文收回照片，仔细放进钱夹里，神色黯然。

阿菊没听出他的语气变化，追问她去哪里了，“很远很远的地方。”周夏文的声音充满悲伤。

阿菊这才明白过来，拉住周夏文的手：“对不起，对不起。”

周夏文在上海教书时，太太得了重病，住进医院，正准备做手术，上海就被日本人占领了，耽误了时机。半年后，太太离世，周夏文在黄江源的劝说下，孤身一人来到香港。

阿菊听得心里一阵酸楚，恩爱夫妻也不能白头到老，真可惜啊！她站起身，到厨房去了，不想让周夏文看到她眼里的泪光。

梅津与德川的会面，是在冰冷的地下室内。方式也很简陋、刻板：没有桌子、椅子，两个人面对面地站着说话。

“您还记得我和您第一次见面吗？”梅津格外热切地自话自说：“那是一九二六年，荒木中将举办的宴会上。当时您与中将为了满洲问题，争吵了起来。中将是主和派，您是主战派。将军对先生很不礼貌，最后，先生干脆把将军抱了起来。”他做了一个很不标准的柔道姿势，“将军是柔道黑带，可无论他如何挣扎，都摆脱不了您有力的束缚。”

德川笑笑：“为了这件事，我受到了军部的严厉处分。”

“从那时候起，您就成了梅津心目中的英雄，我一直关注着您的一举一动。”梅津说得十分诚恳。

“德川何能，劳将军关注？”

梅津从口袋里摸出朗森打火机，点燃一支粗大的哈瓦那雪茄，“您在满洲，很快地瓦解了当地的抵抗运动。后来，您到了上海，上海那么多帮派，口口声声联合抗日。可在您的策动下，几乎立刻就分崩离析了。"他神经质地摆弄打火机，"然后您就没了踪迹。我托了很多人，打听您的下落，都没有结果。实在没想到，会在香港遇到您。这下我才明白，在上海被围困期间，上海的人才、上海的资金，都通过各种渠道，悄悄地流到了香港。上海因此变成了一个空壳。我相信您一定是为了此事前来香港的。"

德川依旧不动声色。梅津猜对了一半：在上海，发现了这个问题后，他密折上奏天皇，很快就得到内阁的批准。潜入香港后，他调查清楚了一切不说，还把各种资源整合起来，建构起皇军攻占东南亚的经济支持框架。但这些都是过去，关键是未来，"请问将军的事业，进展得如何？"

梅津认为如果不是满洲频频遭到轰炸，他的项目应该已经完成了。至于德川最关心的威力，梅津不客气地用"威力无比"来形容自己的伟大创造。

"能否抵挡盟军的攻势？"德川问。

"若论正面攻击，武器作用的确不大。"梅津坦白地承认，"所以军部中断了经济支援。"

"所以我才把你请到香港来！"德川见梅津惊愕地看着他，便慢吞吞地说："我在西点军校学习的时候，经常与美国人踢足球。我有这样一个体会：当你的技术和体力，都不如对手的时候，唯一有效的做法，就是踢对手的踝骨、腿骨，甚至是生殖器。所有的盟国，都被这个条约、那个条约所束缚。讲究人权。因此铸就了一个致命的错误：把人仅仅看成是人，而没把他们看成是工具。所以从这个层面上说：将军的武器是无敌的。"

梅津直直地望着德川，"先生的话，梅津没有听懂。"

德川答非所问，"我向你保证一点：在这里，你将得到你需要的一切。"

梅津深深地给德川鞠躬：他的一切，完全维系在他的研究项目上。项目中止，几乎等同于生命的中止。

大川虽然不情愿，但还是不折不扣地执行酒井的命令：一切照梅津的计划做。经过一周时间，就遵照梅津"完全隔绝"的指示，把一座山区的学校完全改造成监狱的样式。

梅津阴沉着脸，在校园里检查。突然，他在一棵靠围墙的树前停住："爬上这棵树，再用一条绳子，就可以翻越围墙。"

大川没有提问，立刻命令士兵砍掉。

进入实验室，梅津脸色稍微缓和了一些，"你可能不知道，这里将关押什么人：一些必死无疑的人。稍加换位思考，就能明白：一个必死无疑的人，一定会千方百计地往外逃。而逃出去的这个人，就会把这里面的事情说出去。而一旦说出去，你我的末日就到了。"他抚摸着一排四个不锈钢的罐子。

大川很想问这些体积一立方米左右的不锈钢罐子是干什么用的。但归根结底，没有敢问。

周夏文和太太的爱情悲剧，打通了他与阿菊之间的交往渠道。慢慢地，两个人之间的话多起来。终于有一刻，他觉得时机到了，"你想一想，把自己的一生，交给魏得明这样的人，可靠不可靠？"

阿菊长叹一声，可靠也好，不可靠也好。女人这辈子，总得把自己交给一个人，不是阿明也会是别人。可周夏文认定魏得明靠不住，她把这一生交给谁也不能交给魏得明。

阿菊见他倚老卖老，嘲笑他："不交给他，莫非交给你？"

"行。"周夏文痛快地答应。

阿菊笑着拍了一下他的肩膀："你愿意，我还不愿意呢！你都那么老了。"

"君之肤，如妾之发；妾之肤，如君之发。"他想起了钱谦益和柳如是的故事，"你想歪了，我可不是想叫你做太太，而是做女儿。"

"真的？"阿菊在内心深处，对文化人还是很敬重的。

周夏文很认真地说："当然是真的。我不光要你做女儿，我还会保证你过上好日子。"

阿菊沉默半晌后问："我凭什么相信你？"

周夏文把手表摘下来，递给阿菊，“这是瑞士产的劳力士，别看这是一块旧手表，可它是世界名表，在任何地方，都能换成现金。”看阿菊还在犹豫，“这手表是我太太在我五十岁生日的时候，送给我的礼物，我本来舍不得送人，可你不是别人，是我的女儿。我的女儿，自然也就是我太太的女儿，相信她在九泉之下也会含笑认同的。”

听完周夏文的话，阿菊默默地把表递给周夏文。

周夏文一下子急了，“等我拿到钱之后，还会重重酬谢你。”

阿菊把手表给周夏文带上，郑重地说：“你是个有良心的男人，就按照你说的办。”

周夏文拉住阿菊的手感动得说不出话来，阿菊有些不好意思，甩开他的手，告诉他：“你为你自己着想，我也在为我自己着想。用不着感谢谁。”

“咱们现在就走，夜长梦多。”周夏文当机立断。

阿菊指指他的腿，“就这条腿，恐怕走不了多远，就得被魏得明抓回来。魏得明可不是吃素的，这小子没少弄黄江源的钱。钱多，耳目就多，眼界就宽，腿也跟着快。就咱们两个这样，跑不出他的手心。”

听了阿菊的话，周夏文变得一筹莫展。

阿菊随后说：“咱们得找一辆汽车。可找到汽车以后，咱们往哪里开啊？”

周夏文终于决定，去找共产党，“共产党已经帮我一次忙了。按我的经验，能帮一次，就能帮第二次。”

阿菊二话不说，换了衣服，就出去找汽车。

周夏文坐在轮椅上，把散在屋子各处的东西归拢成一个包裹。他动作艰难，脸上却洋溢着喜悦。包裹收拾好后，他眼巴巴地望着窗外。

吱扭一声，大门开了，一辆汽车缓缓开进来，阿菊终于回来了。

一进屋，她就风风火火地往车上搬东西。不管周夏文如何强调“兵贵神速”，她就是不听，试图将所有值钱的东西都带上。嘴里还不停地念叨：“破家值万贯！”

魏得明突然出现在两个人的面前。他拍着手说:“一个兵贵神速,一个破家值万贯。说得好,说得好。”看着呆若木鸡的阿菊和周夏文,他的脸色变得凶狠而阴沉,“谁兵贵神速?是我。甭管这是破家还是好家,首先它是我的家。”

周夏文准备举着拐杖突袭他,魏得明早有准备,迅速掏出一把精致的手枪,对准周夏文,劝他最好不要轻举妄动。说罢,命令阿菊扶周夏文上车,见阿菊犹豫,他狠狠地踢了她一脚。

周夏文见状,赶紧说:“我上,我上。”

魏得明把一张条子递给黄江源。

黄江源仔细地阅读完后说:“确实是夏文兄的笔迹。”

“我欺骗谁,也不会欺骗您啊?”魏得明的确演技一流,“您必须快一点做决断:人防鬼,鬼也防人。”

黄江源反复看着手中的字条。

“抓住周伯伯的几个日本特别高等警察,拿到钱,立刻就会离开香港。不会有什么后遗症的。”

“他们要多少钱?”

“您别太小看他们了:他们之所以能够抓到周伯伯,必定有他们的信息渠道。小钱无法打动他们,他们要的是那笔大钱。”

“夏文没说这笔钱到底是多少?”黄江源看着手中的纸条问。

魏得明愣了一下:“说了。”

“多少?”

“一个亿美元。不过,这是我分析出来的:日本人说是要一半。他们开价五千万,我想总数就是一个亿了。”魏得明这段话,是经过仔细推敲的。

“好,我相信你。不过,我有一个前提:必须见到周夏文。”黄江源站起来。

魏得明断然拒绝:“这不可能,日本人是不见兔子不撒鹰。”

“那我就必须和这几个日本特高课的警察见见面。”

“这也不可能,如果他们的行为被当局发现,肯定没命了。”这是魏得明没有料到的。

“这么说,所有的一切,都必须通过你了?”

“是这样的。”

“我准备一下,明天告诉你。”黄江源把手中的纸条烧掉。

第十二章

有关周夏文在日本人手中的消息，是黄江源有意通过黄晶晶告诉欧阳川的。他立刻将其提交给游击队最高会议研究。

林坚让大家发表意见。

欧阳川的意见很明确,魏得明说得不是实话。因为假设周夏文在日本人手里,假设魏得明确实有途径,他也不会施予援手。他是一个极端自私的人。至于他为什么把信息传出来,他以为只有一种可能:周夏文在他的手里,他要用周来换取利益。

陈重与魏得明比较熟悉,认为以魏得明一介文弱书生,就算有这个想法,也没有操作能力。

欧阳川很知道文弱书生不过是魏的表面形象,骨子里,他是一个心狠手辣的人。欧阳川直指问题的核心:宋子文从美国筹措来的那笔钱,以存款的形式,存放在某个银行中。很可能是一家外国银行。

黑仔认为既然这样,问题就很简单:找到存折,不就找到钱了?

“如果是存折,也就是说,是一件唯一的凭证。那么,它一定掌握在唯一的人手里。大家说,这个人应该是谁?”欧阳川启发大家。

陈重认为应该是周夏文。

不过这个立论,立刻被推翻了:如果真的是周夏文,他就应该在上次营救文化人的行动中回到内地,安全地把存折交给国民政府。何苦又拼命回到香港?

欧阳川重新提出了黄江源的“虎符”说：如果把这个典故放进这个方程式里，结论就出来了。

陈重到底是银行家的儿子，虽然对银行业务不感兴趣，但耳濡目染也知道一些。他做出这样一个推论：存折或者等同于存折的某种凭证肯定存在，也许是存折，也许是几个数字组成的密码。瑞士银行，就有这样一种业务：无须出示任何有形的文件，只要说出密码来就可以。至于周夏文为什么不离开香港，可能因为不止一个密码，可能是两个，也许是三个，要联合使用，方才有效。现在假设一个密码在周夏文手里，一个密码在黄江源先生手里。是不是还有第三个，目前还不清楚。

林坚在总结的时候指出：日本的经济，已经处在崩溃的边沿，我们不光不能让他们找到这笔钱，而且还要竭力破坏日本的经济。他用了一个形象的比喻：“如果没有机会射击敌人的头部，只能射击他的胸部的话，必须连续开枪。连续开枪，就会造成多个伤口，使得敌人的血压下降，头脑也因缺血、缺氧而昏迷。”

至于跟踪魏得明的任务，自然交给了陈重。

陈重从小就酷爱机械和电子。他几乎拆过家里所有的机电类东西，比方缝纫机、电风扇、收音机。最后，他把目光投向了父亲的保险柜。父亲是个开通的人，笑着说：“你要是能把这个东西开开，我就送你去美国学机械。”这个保险柜，需要密码和钥匙。双重保险，他不相信儿子能打开。但一个月后，陈重用一把自制的万能钥匙，轻松地打开了保险柜。父亲很奇怪：“这个四位数密码，只有我一个人知道啊？”陈重笑着说：“保险柜也知道”——保险柜的四位密码锁，是由四个转盘组成的。每次开启逢到缺口处，声音就和平常有异。只要细心倾听、观察，就能找出来。

现在，他的这套本领，发挥了用场：他轻松地打开魏得明防护严密的住宅的三道门锁——最后一道，是最为复杂的捷克锁——进去之后，大吃一惊：屋内空空如也。他仔细地搜查了一遍，终于在抽屉里面，找到了一个空的德国左轮手枪子弹盒。

此刻，魏得明的左轮手枪正对着周夏文，他阴沉沉的声音在山洞里回荡："草蛇灰线，伏延千里。但都被我串起来了。一句话：说出密码，就放你一条生路。"

周夏文和阿菊被同一副手铐铐在一起，他们两个一整天没吃东西，已经饿得昏昏沉沉，无力挣扎了。听到魏得明问话，周夏文打了个冷战，又极力掩饰自己的惊慌，说他确实不知道什么密码。

魏得明的脸扭曲着，眼睛中充满贪婪和罪恶，周夏文的回答早在他意料之中，他又问了一遍，周夏文还是说不知道。魏得明转向阿菊，手枪对准她的太阳穴，"你知道我最恨什么人吗？"

阿菊感觉到手枪的冰冷正传遍整个身体，她颤声说着："最恨我，最恨我！"

"我问你的是，我最恨哪种类型的人？"

"不知道。"阿菊的回答带着哭音。

"我最恨背叛。你原来不过是一条流落街头的狗，是我收留了你。对不对？"见阿菊点头，魏得明提高声音："可你的翅膀刚刚硬了一点，就联合这个糟老头子算计我。你说你该当何罪？"

"该死。"

"你说得很对。罪该万死！"

"罪该万死。"阿菊喃喃地重复着魏得明的话，她绝望地闭上眼睛，不再乞求奇迹的出现。

"明白就好。"魏得明说完，朝阿菊的腿部开了一枪。枪声不大，阿菊的叫声也不大，但阿菊腿上鲜血如注。她慢慢地跪了下去。他看都不看阿菊，狞笑地转向周夏文，盯着他的眼睛问："这下子，你总该想起点什么来了吧？"

周夏文本能地去扶阿菊，却被手铐绊住，他破口大骂，骂魏得明是畜生，不，是禽兽不如！

魏得明闻若未闻，狠狠地朝阿菊的伤腿上踢了一脚。阿菊低沉地叫了一声，随即咬住嘴唇不让自己发出任何声音。魏得明欣赏着阿菊的痛苦，心里获得极大的满足，他催促周夏文快说出密码。说出密码就把手铐打开。否则，眼前这个弱女子，就会慢慢流血，一直流到血管、心脏、肝脏以及所有的器官里干干的，一点血也不剩。

周夏文与魏得明对视。他显然读出了魏得明的狠毒，他怕魏得明真的对阿菊下毒手，决定先与对方斡旋，要魏得明先放人后说密码。

魏得明毫不让步："你告诉我，我就放了她。"

"不放了她，我就不会说。"

魏得明狞笑着说："你不说，我顶多是没有拿到我想拿的东西。而你们两个，却要损失已经有的东西。而且是非常宝贵的东西：生命。你为了你的国家、民族去死，就算是死得其所。可这个女人，却要为了你的愚昧、固执去死。我想你就是在天堂里，也会良心不安的。"

周夏文被击垮，被迫说出密码57433。魏得明紧接着又问他另外一串数字，周夏文跟他说那只有黄江源才知道。没想到魏得明竟然问，掌握密码的第三个人是谁，周夏文吓了一跳，说他真的不知道，他只知道黄江源。

"你给黄江源写一张便条。"魏得明用枪指着周夏文，"就这样写：'江源兄，一切与得明世兄商定。'"见周夏文犹豫，他把枪转向阿菊，做开枪状，周夏文马上抓起笔，"我写，我写。"

魏得明看完条子，脸上露出满意的神情。接着，他突然向阿菊开了一枪。

阿菊连叫都没有叫出来，就死去了，魏得明看着她的尸体，在胸前画了一个十字，"阿门。上帝保佑你，早升天堂。"

周夏文愤怒地浑身颤抖："你不是说，只要得到了数字，就放了阿菊吗？"

"大人物，言不必信，行不必果。"魏得明取出胶带，一边将周夏文的嘴巴封住，一边说："你放心，我是不会杀你的，起码目前不会。万一你告诉我的数字，与实际不符，我不是前功尽弃了吗？实话告诉你：本来我也不想杀阿菊。可两个人关在一起,容易出事不说,成本也要高得多。没办法,我这也是第一次杀人。"他边说边打开周夏文的手铐。想让他铐在一根石柱上。周夏文趁此机会,突然出手袭击魏得明,但他根本不是魏得明的对手。一下子就被击倒。魏得明牢牢将他绑在石柱上后,就离开了山洞。

魏得明可能去的地方,陈重都去了。但一无所获。他拖着沉重的脚步,走进咖啡馆后,点了一杯法式咖啡。侍者同时把牛奶和咖啡注入杯中,二者迅速混合成明媚的浅棕色,他喝下一大口,满意地回味着。突然,他的眼睛睁大了:魏得明就在咖啡馆的一个角落里坐着。

魏得明也发现了陈重,但不动声色地喝着咖啡。

陈重用一张报纸作掩护,监视着魏得明。当魏得明离开后,他也跟了出去。

看魏得明进了家,他藏在一棵树后,等待时机。

魏得明回家后,把窗帘拉开一条缝,刚好清楚地看到陈重藏身的位置,他冷笑地转身,打了个电话。不一会儿,金培信的随员来了,他没有敲门,直接进了魏得明家。

陈重立刻警惕起来,他犹豫要不要向附近的欧阳川求助,却见随员拎着一个大皮箱出现了,神情慌张地四处打量一番,走了,陈重立即尾随而去。

魏得明从窗帘后看到这一幕,脸上露出得意的笑容。

陈重顺利地制服了随员。但打开箱子一看,就发现自己中了魏得明的调虎离山之计:箱子里只是一堆旧报纸,随员更是什么也不知道。

在这座改建的试验区内,终日陪伴着幽灵一般的梅津,大川头一次感到了恐惧。恐惧永远来自于未知:他不知道梅津究竟在干什么。

但这并不妨碍大川尽职。此刻,他正与梅津一起,监督劳工搬箱子。

一名劳工不小心,把一只箱子摔到地上,传出玻璃器皿的破碎声。大川本来站在梅津身后,听到异响马上拔出手枪冲过来,闯祸的劳工吓得直往后躲。

梅津站起来,摆手示意大川不要动,自己则顺手拔出大川的佩刀,走到劳工面前,“刷刷”两刀劈下去。劳工惊叫一声,本能地一躲,闪开了,干活的劳工们都停下手,替自己的伙伴捏一把汗。

梅津又是“唰唰”两刀,劳工被逼迫到墙角。梅津把刀舞得一片银光,走投无路的劳工闭上眼睛等死。没想到梅津突然撤刀。

大川看到银光散去,工人倒在地上痛苦地呻吟。

梅津走回椅子,把刀还给大川。大川接过来一看,惊诧地发现刀上竟然不曾染上一丝血迹。他看看梅津,梅津不说话,指指躺在地上的劳工,坐回椅子上。

大川过去一看,奇迹般地发现劳工只是伤及皮肤,大川对梅津出神入化的刀法佩服得五体投地。

受伤的劳工挣扎着起来,庆幸自己拣了条命。大伙散开,各自干活去了。

直到傍晚,所有的箱子都被搬进实验室,按梅津指定的地点整齐地码好。梅津破天荒地准备了一顿丰盛的晚餐,宴请全体劳工:他举起酒杯,“你们不远万里,从泰国、越南、马来西亚,来到这里:你们顺利地完成了这个工程。我很感谢你们。所以,我给你们发了新衣服。这新衣服是很讲究的,每件都有编号。请你们记住自己的编号。这个编号在今后很长一段时间内,都属于你们。你们按照编号,每五个人一组。每一组一间房。那房间很坚固,是你们亲手修建的。”

一名劳工听明白了:这两个月来,他们每天在修建没有窗户的钢骨水泥。梅津一定指的是那里,“我不去,我要回家。”

梅津文绉绉地说:“很遗憾,我会送你回去的。”

大川心领神会,立刻将这名劳工带出去。

当梅津再次举起酒杯祝酒时,外面传来一声枪响。枪声甫定,他用牧师般低沉的嗓音说:“一切来源于尘土,又归于尘土。愿上帝保佑他的灵魂。”

大厅中顿时鸦雀无声:所有的人,都被震住了。

梅津所要的一切设备,大川都已准备就绪,只要投入原材料,就可以开始了。但至今为止,他都不知道梅津的目标物是什么。但他没有问。

梅津知道自己要完成这项工作,离不开大川,所以把大川请到显微镜前,让他观察活跃的微生物运动。

大川虽然协助过731细菌部队工作,但实际上对细菌武器的本质,所知甚少。

梅津见大川一脸茫然,便说:“自从英国医生詹纳给一个八岁的孩子注射了牛痘疱疹液,使得他从此不再会感染天花后,免疫学便出现了。你知道免疫学的工作原理吗?”

“将一个存活的病毒减毒后,注入健康人体,引发一次极轻微的此种疾病,唤醒人体的自然抵抗力,从而对此种病毒产生免疫。”大川仅仅记得这些了。

“看来从军生涯,没有使你忘记大学教材。但大学里肯定没教过你‘梅津工作原理’。”梅津的眼中放出异彩,“这个原理就是本人发明的。很简单。记住:所有伟大的发明,都是很简单的。本人的工作就是:无限制地增加病毒的活性,让它们像一颗旋转着的炮弹,穿越人体的免疫系统,并捣毁之。别看这些小家伙只有几十毫微米,最大的也不过二百毫微米。可它们的力量顶得上千军万马。”他指指实验室中央的一个保温箱,郑重地说:“这里面装的是若干代病毒的源体,就是把命丢了,也不能把它损坏。”他看看大川不解的样子,便用了个通俗的比喻说明:“就像做面包用的酵母。”

大川望着眼光散乱、近乎疯狂的梅津,说出了自己的想法:“大川无知,但大川听说,这种武器在正面战场上,所起的作用不大。”

梅津的神情顿时委顿下来:“是的,不大。要让人致命,必须有足够的细菌浓度,战场很难满足这个条件。”突然,他又振奋起来:“但德川先生召唤我来香港,一定有我的用处!”

对于梅津无穷尽的要求,酒井有些厌烦了。他在电话里请德川转告梅津:他的所作所为,已经严重影响了部队的作战能力。

德川的回答很原则:梅津的工作,事关帝国的将来。而且是经过天皇陛下批准的。万事之中,唯此为大!

欧阳川找到了黄江源，正式亮出了身份，要求知道全部秘密。

黄江源很惊讶欧阳川的综合能力。分析能力，几乎人人具备，综合能力却很罕见。能把这么多零散的信息综合起来，得出一个合理的框架，不是一件容易事。但他依然没有透露任何内幕：他是老派人，诺言重于一切。

欧阳川诚恳地说："我知道像老伯这样的爱国人士，是不会在压力下低头的。周夏文伯伯也一样。我只想告诉您一点：任何时候，共产党游击队都是您忠诚的朋友。"

黄江源很感动，在这一刹那，他几乎说出全部秘密。但诺言和阅历再次限制了他。

欧阳川临走前又说："觊觎这笔巨款的人，也许是日本人、也许是汪伪、也许就是您身边的人，也许是三者相加，到了最后的关头，一定会对您下毒手的。请您一定珍重。为国家，也为您和晶晶。"

欧阳川走后，黄江源想了很久，最后把女儿叫进了自己的书房。要她马上离开家，去找共产党游击队。

她一听脸色大变，不明白父亲为什么突然做如此决定。

"你必须走，马上走。"他摸着女儿柔软的头发，"爸爸若非遇到生死大劫，是舍不得你离开的。"

她的眼泪，立刻流下来，"爸爸这么说，女儿就更不能走了。"

他竭力控制激动的情绪，"万一见不到我，只见到你周夏文伯伯，你就把我送给你的那只手表后盖打开，里面有一串数字，把数字告诉他就行了。"

她意识到事情的严重性，"要是见不到周伯伯呢？"

"找不到周伯伯，这只表就没用了。"这笔钱最好的结果，是完璧归赵。最坏的结果，是消弭于无形。无论如何，也不能落到日本人手里。"为国家、为父亲、也为你自己，走吧！"

这几句话，分量很重。她擦干眼泪，离开了父亲。

黄晶晶走进车库，拉开车门，刚刚在驾驶位置上坐下，一支手枪顶住她的后脑。“别动，也别喊。”魏得明的声音从后面传来：“你应该知道，我魏得明是计划专家。有一名枪手，正瞄准你父亲。你一喊，他就没命了。”

黄晶晶觉得浑身的血瞬间涌上头颅。这一刹那，她准备与魏得明作生死一搏。但想到父亲、想到使命，她竭力控制住自己。

黄江源泪眼模糊站在窗口，望着窗外的花园。女儿这一走，应作生离死别看。

电话铃响，他闻若未闻，继续向外看。其实，外面的一切，对他都毫无意义。

电话铃顽固地响着，似乎强迫他去接。他勉强拿起电话。一个阴沉沉地声音响起：“你的女儿在我们手里。”

他强作镇静：“你们要干什么？”

“用她来换密码。”

“我凭什么相信晶晶在你们手里？”他很希望对方是虚张声势，但又知道可能不大。

“你可以不相信。如果你愿意试一试的话。”

他不会赌女儿的性命，也不会把密码告诉对手——密码就在他的脑子里——他只有一种选择：用自己换女儿。

对方显然请示了什么人，顿了一下答应了黄江源的请求，但要求他不许和任何人联系，否则黄晶晶就没命了。

他放下电话，跌坐在沙发上，半天动弹不了。等他聚集起力气，第一个动作就是去拿电话。他把自己认识的人列了一遍，这次只有一个人能帮助他：谭老大。

沈宗翰接过欧阳川为他倒的热茶，边喝边说：“宗翰老矣，所以特别喜欢和年轻人在一起。见到你们意气风发的样子，我也会跟着年轻起来。”

“沈会长为国家、为民族的精神,让年轻人深受鼓舞。”欧阳川是被沈宗翰约到这家餐馆来的。

沈宗翰并没有说自己为什么要欧阳川深夜来此,而是畅谈了一阵国际形势,最后总结道:日本鬼子,是狼的尾巴,长不了了。

欧阳川笑着说:“沈先生错了:狼的尾巴是很长的。正确的说法,应该是:兔子的尾巴。”

“人过半百,思维就差了。”沈宗翰拍拍脑袋,感叹道:“但日本人做垂死挣扎却是一定的。故而你我国人,应该发扬‘痛打’,”他停住。

欧阳川小心地说:“是‘痛打落水狗’精神吗?”

“知我者,欧阳先生也!”沈宗翰连声说:“对,对,是‘痛打落水狗’的精神。这是哪位作家说的,我忘记了。”

“茅盾先生。”

沈宗翰再次说自己的记忆力实在衰退得太厉害:“我在上海的时候,听过茅盾先生的讲演。”

酒过三巡之后,沈宗翰打开皮包,递给欧阳川一份文件。

欧阳川一看,乃是日军的运输计划:何种物资、在何地集散、经过哪条路线,都清清楚楚。他不禁大为吃惊:“您从哪里搞来的?”

“打败日本,是宗翰余生唯一之心愿。宗翰乃一手无缚鸡之力文弱之人。但处心积虑,时刻不忘搜集。故有此收获。”他给欧阳川倒上一杯酒,“宝剑赠英雄,红粉送佳人。你们共产党是真正抗日的队伍,我相信你们。”

欧阳川端起酒杯与之相碰:“我代表游击队,感谢沈先生。”

魏得明把黄晶晶关押在山洞内,静静地等候着师爷和黄江源的到来——他知道黄江源一定会来。他也知道,光凭自己一个人的力量,是对付不了这么多人的,而且也很难取得这笔巨款。所以他准备通过师爷的关系,把这个消息,卖给日本人。当然,卖给国民党也可以。反正谁出价高,就卖给谁。

但他不知道的是:军师把这个消息通知了肖聋子——林阳港死后,肖聋子接替了他的位置。

欧阳川不胜酒力,很快就进入微醺状态。他兴奋地拿起筷子,把一根插在米饭上,然后把另外一根用力折断,嘴里还念念有词:"有了沈先生的情报,日本人的交通,就像这根筷子。"

沈宗翰的脸上微现不快的神色,但不过是一个瞬间。他把欧阳川插在米饭上的筷子取下来放好,然后又把折断的筷子也摆回原处。

欧阳川似乎没有注意到这些,"听到日本鬼子节节败退,我心里就别提有多痛快了。每每想起杜工部的诗来:剑外忽传收蓟北,初闻涕泪满衣裳。却看妻子愁何在,漫卷诗书喜欲狂。白日放歌须纵酒,"念到这儿,他突然顿住,重复着:"须纵酒,须纵酒,下一句是什么来着?"他问沈宗翰。

沈宗翰没有回答:"欧阳先生喝多了,咱们走吧。"

有关魏得明的消息,很快就到了大川那里。

大川审视着肖聋子,"你们中国人送来的所有情报几乎没有一次是准确的。"

肖聋子赶紧对天发誓:"这次是真的,绝对是真的。"

"最后一次!"大川凶狠地看着肖聋子,肖聋子不由自主哆嗦了一下,随即站直了。他拿起电话,命令马上派队伍赶赴 A116B328 地区的山洞。

日本兵因为机动性强,所以最先到达山洞前设伏。

随后到达的是黄江源和谭老大以及他的手下。谭老大毕竟不是正规军队。黄江源来求救,他整整用了一个小时,才把部下从赌场、酒场召回。故而他顺理成章地就进入了日军的伏击圈。

但谭老大毕竟是谭老大,虽然进入伏击圈,但马上就觉悟了:命令全体卧倒。

就在他下命令的时候,大川总攻的命令也下达了。谭老大等立刻被日军的轻重武器组成的火网笼罩住。

正在生死关头,黑仔带着一队游击队赶到:因为他几次三番前去谭老大处探问周夏文的下落。为了还他的救命之恩,谭老大就把这个消息通知了他。

如此一来,战局立刻逆转:后来居上,游击队因为占据制高点,压制住了日军的火力。

黑仔立刻命令兵分两路:陈重率领一路,进山洞解救黄晶晶、周夏文。自己率一路,与日军周旋。

大川自然也发现了游击队的意图,但因为地形受限,无法抵达山洞,于是就命令重机枪封锁山洞口。

但不过一分钟,机枪就被从后面悬崖攀岩而上的黑仔的一枚手榴弹给炸毁了。

机枪一哑,陈重马上冲进山洞。他在山洞口发现了被捆得严严实实的黄晶晶,他撕开贴在黄晶晶嘴上的封条,"快走。"陈重拖着黄晶晶往外走,黄晶晶挣开他的手,"周夏文伯伯还在里面呢。"

陈重赶紧跟在她后面跑进去,只见周夏文被铐在柱子上,已经奄奄一息。陈重把周夏文摇醒,问他钥匙在什么地方,周夏文睁开眼睛看看他,又昏了过去。

"钥匙可能在魏得明手里,"黄晶晶四处张望着,没见到魏得明。

这时,躲在暗处的魏得明,瞄准陈重开了一枪。

陈重赶紧拉着黄晶晶躲到安全处,与魏得明对射。魏得明很狡猾,一直躲在暗处不出来,打一枪换一个地方,陈重根本无法判断他的藏身之处。

"敌人的增援部队来了。黑仔队长命令撤退。"山洞外传来一名游击队员的喊声。陈重试着想办法打开手铐,听到外面突然枪声大作,夹杂重武器的声音。他看看周夏文,只好与黄晶晶一起冲出去。

欧阳川把沈宗翰身上的疑点总结成三点,向林坚做了汇报:

第一,他不应该把鲁迅先生,记成茅盾先生。因为“痛打落水狗”这个论断,实在是太著名了。

第二,他不应该连杜甫“剑外忽传收蓟北”的名诗也接续不下去。

第三,当我把一根筷子折断,而把另外一根筷子插在米饭上时,他变色了。

林坚对于第一二点,似乎不很在意:一个人再有文化,也不可能涵盖所有的方面。但对第三点却很重视:日本人只有在祭奠死者的时候,才插一根筷子。而筷子折断,则预示着重大不吉利。但不能因为这些外围的证据,就将其列入敌方。

欧阳川同意林坚的判断,但他还是说出了自己的感觉:“我总觉得有一个幽灵在咱们周围徘徊。或者说,在香港上空徘徊。”

林坚看着《日军运输计划书》说:“这正是最好的试金石,如果是真的,幽灵就是朋友。”

接连三次,按照沈宗翰提供的情报,游击队对日军进行了突袭,均大获成功。事不过三,三次成功让大家一致认为沈宗翰提供的情报是货真价实的。欧阳川虽然心存疑惑,但也无话可说。

梅津很仔细地为单独造访的德川讲解了自己的项目。他先准备在图纸上讲解,但德川坚持要看实物。他只得将他领到实验室内。

他拿起一支标号为A的试管,“这里面是炭疽芽孢杆菌。杆菌,顾名思义,是长条形的。这是一种极容易存活的菌,可惜是感染力不强。但一旦感染,生存率百分之十都不到。”

“事情总难两全。意大利的军舰是世界上最快的军舰,但这速度是以牺牲装甲和续航能力为代价的。”

梅津随后拿起标号为B的试管,“这是鼠疫杆菌,致死率极高。但感染率却相对炭疽芽孢杆菌要弱得多。我的主攻方向，就是把两者结合起来，目前已经取得突破。”

“载体是什么？”德川问。

“老鼠、跳蚤。”

“能够顺利地穿越人兽屏障？”

“应该能。”

“能够适应北回归线、赤道之间的气候？”

“这正是我要解决的问题。”梅津惊讶德川的内行：早在“关东军兽疫预防部”时，他就对多种导致恶性传染病的细菌产生了浓厚的兴趣，研究对象以鼠疫为主，接下来依次是炭疽、伤寒、副伤寒、霍乱。并且成为强化鼠疫杆菌的第一人。并直接促成了后来满洲实验基地的建成。但在满洲培养出来的细菌，一过北纬三十度线，传染的效率就大大地降低。到了北回归线、赤道之间，效率就更低了。因此，军部停止了对这个项目的支持。

“什么时候完成？”德川言简意赅。他知道香港是个适合鼠疫传播的地方：一八九四年，世界上第三次鼠疫大爆发的策源地，就是香港。当时波及三十多个国家，时间长达十多年。仅香港一地，就死了十多万人。

“蒙先生厚爱，项目得以移到此地。此地地理、气候指标更有利于细菌繁殖。现在已经进入人体试验阶段。顺利的话，一个月就能完成试验。接下来就可以大规模制造。”

“将军所需的后勤支持，我全权负责。”德川严肃地说。

“关键是缺乏足够多的老鼠。跳蚤不是问题，因为它繁殖得很快。但没有足够多的感染鼠疫的老鼠，有再多的跳蚤也没用。”梅津提出了自己的要求。

“你将会得到足够的老鼠。”德川肯定地说。

酒井拒绝了德川的命令：世界上没有一个市场会出售老鼠。他无法解决一万只老鼠的需求。

德川的回答很简洁："命令你的部队去抓！"

酒井认为这很荒谬：堂堂皇军，如何能够漫山遍野地去抓老鼠？

德川随后给他算了一笔账：钢铁一吨要多少钱，炸药一吨又要多少钱？而一公斤鼠疫杆菌，才要多少钱？战争进行到目前阶段，日本必须借助细菌武器才能赢得一线生机！

第二天一早，香港附近的山民们惊讶地发现，漫山遍野都是日军，不过他们今天似乎并没有扰民，而是忙着抓老鼠。

山民们最后得出这样一个结论：日本人疯了！

执行任务归来的黑仔，在路过一条公路时，发现前方有日本军车。从来都遵照"拾到篮子里的都是菜"的原则的他，顺手袭击了这辆车。回来后，他兴致勃勃向林坚做了汇报："都是老鼠，千真万确。标签上说是奎宁，还画着红十字。结果开箱一看，全都是老鼠，起码有几亿只。"

"你信口开河的本事实在是太大了。"欧阳川质疑黑仔的说法。

黑仔心一虚，把几亿只减少到了一亿只，至少一亿只。

欧阳川问他："一箱子有一万只？"

"那倒没有。"

"有一万箱？"

"没有。"

欧阳川一摊手，下结论："那就没有一亿只。"

林坚似乎没有听到他们的争论，他在琢磨，这么大数量的老鼠，一定有着特殊的用途。去年在总部开会的时候，曾见过一份通报，说日本鬼子在某秘密基地研制细菌武器。而老鼠，恰好就是制造鼠疫病菌的原始材料。

林坚随即否认了自己的想法，从道理上讲，这种秘密基地一定要建在边远的地方，否则一旦失控，便无法收拾。但日本法西斯的残忍，是怎么估计都不会过分的。为了保险起见，他还是命令明天再设伏，一定抓一个活口回来，了解内情。

虽然老鼠的数量没有酒井承诺的那么多,但足以满足梅津实验所用。他很快就进入了大规模人体实验阶段。

这个过程是很残忍的:若干名劳工,被绑在若干根柱子上。他们的头和胸膛,都被铁板、铁皮之类的物品挡住,身体的其余部分完全裸露在外。戴防毒面具的日本兵,点燃置放在屋子中央的一个罐状炸弹后迅速退出。随后,一声闷响,炸弹爆炸,屋子里的民工全部被炸伤,即使隔着玻璃窗,也能听到一片呼喊、呻吟。

再以后,被感染的劳工就开始发烧。百分之五十以上都在三天内死亡。

第二天,黑仔就抓了一个"活口"回来。此人虽然不知道内情,但供出了老鼠的目的地:北山学校。

有人提议侦察,欧阳川认为没有必要。科学上有一个"黑匣子"理论:一个黑匣子,不知道里面装有什么设施,不必打开,用测试信号,便可以确定。输入二百二十伏电压,输出一百一十伏,那就是变压器;输入交流电,输出直流电,那就是整流器。根据这个理论,没有必要深入其中调查:除去细菌武器研发单位,谁要大规模的老鼠?

此刻林坚也已经想明白:日寇此举无疑是孤注一掷。其使用对象,很可能不局限于交锋的武装力量,甚至不局限于某个国家。一旦在香港这样的亚热带地区的城市中使用,其后果将无法估量。想到这儿,他不寒而栗。如果这个秘密基地在香港,就一定要把它消灭在香港。这是我们对全人类的责任,他下达了命令。

梅津仔细观看着大规模人体实验、动物实验的数据。一种病态的潮红,渐渐地弥漫在他的脸上:所有的试验数据,最起码也符合预期。有些甚至大大超出预期。“太好了,实在太好了!”他转向大川,没头没脑地问:“你知道我是谁吗?”

“您是梅津将军。”

“NO! NO!”

“科学家梅津。”

“NO! NO!”

大川想不出来,也不想再猜。

梅津目视远方,充满偏执地说:“我是天才梅津,伟大的天才梅津!这些强力病毒,是因为我,才在这个星球上出现。并且会对这个星球上主要的动物,产生巨大的影响。当然,这要等大规模制造出产品之后。怎么,此刻你不想祝贺我一下吗?”

“我请将军去喝一杯?”大川说。

梅津非但不领情,反而将面孔一板,“你是知道的,我从来不喝酒。我有我自己的庆祝方式。”

大川明白了梅津的意思,香港有两家很好的妓院,不比银座的差——德川电令他:满足梅津的一切要求。

“我说过,我有我自己的庆祝方式。”梅津阴沉的声音,令大川毛骨悚然。

第十三章

深夜,一名空姐走在偏僻的小巷中,空旷的街道回响着高跟鞋敲打水泥路面的嗒嗒声。从机场到家的这段夜路,总是让她提心吊胆。而今天电压似乎特别不稳,路灯一闪一闪的,令她越发心神不宁。她不由自主加快了脚步,走到光线比较明亮的路上,才放松下来。

突然,一双大手扼住了她的脖子。一个黑衣人贴在她耳边,低声命令道:“喊就掐断你的脖子。”空姐吓得腿一软,几乎没有挣扎,就被黑衣人拖进黑暗中。

次日清晨,警察局接到报告后,派人前来调查这桩命案。两名警察在空姐的尸体旁边勘察,只找到若干不甚清晰的脚印和一个雪茄烟头。年老的警察将雪茄烟头小心翼翼放进塑料袋里,问年轻的同伴:“你知道这是什么烟吗?”见年轻的警察摇头,他说:“这叫雪茄,哈瓦那雪茄。就这一根烟,够咱们吃一个月饭的。”

一名正在拍照的记者跟老警察搭讪:“听说这烟,都是古巴的黑妞在大腿上搓出来的?”

老警察听了嘿嘿一笑:“是吗?那肯定够味儿!”

因为停电,沈宗翰借助昏暗的烛光,阅读秘书刚刚送来的晚报。浏览完时事版后,他把报纸塞进公文包,准备回去再看。这时,社会版一条新闻吸引住他:空姐被害,现场遗留哈瓦那雪茄。他取出放大镜,端详着照片的每一处细节。最后,他拿起了电话。

天快黑了的时候，黑仔率领几个队员，爬到了北山学校南侧一处树木葱茏的山峰，观察下面的试验基地。

学校门口有日本兵重重防守，卡车不停地进进出出。石仔甚至认出了装运老鼠的箱子。一切都表明：这就是一个试验细菌武器的秘密基地。

在瞭望塔上用高倍望远镜观察的大川，也看到了南侧山峰上有人在活动。此山没有庙宇，也没有农田。他本能地判断这些人一定是共产党游击队在侦察。

他立刻命令集合队伍，准备伏击——所有这一切，都是黑仔违背欧阳川“天黑之后，进入观察点”指示的后果。

黑仔再次违背欧阳川“下山不要走原路”的指示，沿原路返回。快到山脚下的时候，石仔却突然停下脚步。

黑仔开玩笑道：“走不动了，我背上你？”

要是平常石仔早就急了，他最恨别人把他当小孩子看。可此刻却盯着地上的草皮发呆：“来的时候，这些草还是站着的，现在怎么躺下了？”

黑仔不以为然地说：“太阳晒的呗！”见石仔趴在地上，鼻尖凑近草皮，使劲嗅着。他轻轻踢了他一脚：“你又不是狗，闻什么闻？”

石仔猛地站起来：“不好了，我闻到了日本人的气味。”

黑仔一行的影像，已经清晰地显现在大川的望远镜中。他决定让他们再前进一百米，就下令开火。孰料就在此时，对方散成撤退队形，迅速离开。

大川冷笑一声，命令报务员通知第二小队行动。

快速撤退的黑仔等人，遇到了日本狙击手的阻击，一名队员中弹，当场牺牲。接着,石仔腿部中弹。

黑仔背起石仔,边开枪边行进。石仔挣扎着要跳下来。黑仔就是不让。说一定要背着他冲出去。

可话虽这么说,前面有狙击手,后面有大川携带重武器的追兵,他是腹背受敌。无可奈何地隐蔽在原地,动弹不得。

突然之间,正面的敌人背后响起了枪声。

几名狙击手被击毙。

黑仔不管三七二十一,率领队员冲出了包围圈。

后面的追兵,也因为这伙人的阻击,被压制在凹地里,无法追赶。

救黑仔出困境的是谭老大。日本人把周夏文关押在北山学校的消息,他也知道了。所以前来侦察。

他当然也不知道被困的就是黑仔。但他知道一定是共产党游击队:在香港,与日寇刀对刀、枪对枪干的只有共产党游击队。所以,他就出手相救了。

当然,他这样做,是有私心的:只有如此,才能获得与共产党平起平坐的对等地位,才能一同“分享一亿美金”——因为凭借他一个人的力量,是无法将周夏文从细菌武器工厂里面救出来的。

林坚当然同意与谭老大合作,但他很奇怪谭老大是如何知道北山学校是细菌武器工厂的。

谭老大通报了一个令人毛骨悚然的消息:最近日本人悄悄地在抓人,而且抓的都是街上要饭的、无家可归的流浪汉,其中还包括自己的两个弟兄。据说都被送到北山学校做试验了。

谭老大的消息,令大家摧毁细菌武器工厂的信心更坚定了。

德川非常关注实验的进展,当听到“细菌研制过程中实验室阶段的工作已经完成”的消息后,他冷静地询问播放途径是否畅通。

梅津很难得地讲了一个故事:一位北海道的农民,养牛牛死,养羊羊死。最后他向专家请教养什么好？专家的建议有三个：老鼠、苍蝇、蚊子。而我的播放渠道，就是这三条。

德川再问穿越人兽屏障是否顺畅？

梅津缓缓地说："这段时间搞来的'木头'，基本上都是街上的乞丐。人种单一，体质也很差。如果先生想当武器，在整个东南亚使用，必须在一些优质的'木头'身上测试。"

"当然是要在人口稠密的城市使用。"德川肯定地说："我一定保证给你足够多样化的'木头'样本！"

梅津也很有把握地说："我也向先生和陛下保证：三个月后，一定拿出足够感染六千万人，并使得三千万人死亡的产品。"

摧毁武器加工厂，不过是一个战略意图。具体实施方案则必须要依靠侦察结果来制定。欧阳川与黑仔两个人在午夜就潜入细菌武器工厂外约一公里的一座石头山上。一直在炎炎烈日下，观测了一整天。因为距离近，一切历历在目：这座工厂的屋顶上，都画有大大的红十字。门口挂的牌子，也是野战医院的牌子。真可谓用心良苦！

至于进出的车辆，进去的时候，均是满载，而出来的时候，则是空载。其内容，除去给养外，就是被捆绑着的人。

欧阳川明白，这是已经进入大规模人体实验阶段了。

等到天再度黑下来，两个人正准备撤退。机枪声响起。黑仔要比欧阳川敏感，一把将欧阳川按倒。

机枪子弹在两个人埋伏处盘旋了一会儿，方才消失。

一定是大川这个老狐狸！黑仔狠狠地说。按着欧阳川趴在地上一动不动，直到天完全黑下来。两人才撤离观察点。

德川提供的"优质木头"的第一人，就是魏得明。梅津对浑身赤裸的魏得明很感兴趣,用戴着橡胶手套的手抚摸他白皙的皮肤:如此有弹性的皮肤,让他想起有教养、高贵、洁净的女士。

梅津的手冷冰冰滑腻腻,像一条蛇,魏得明吓得不知所措。他搞不清日本人会怎么对待他。这时,隔壁实验室传出一声惨叫,他顿时脸吓得煞白。再看看周围架子上一排排的烧杯、试管和显微镜,一下子明白了自己的命运,扑通一声跪下:"太君饶命,太君饶命。"

在梅津眼里,魏得明和笼子里吱吱作响的老鼠,没什么两样。他狠狠地飞起一脚,踢在魏得明的腹股沟上。

魏得明痛得大叫。

梅津接着更加剧烈地乱踢。等兽性发泄完毕后,他坐回实验台前,像一个书斋里面的学者一样,埋头计算数据。

回到基地,欧阳川把自己的手绘地图和谭老大提供的地图对比完后,分析道:"不得不承认,日本人的这个选择,还是很有战略眼光的,此地易守难攻,看来强攻奏效的可能不大。"

"谭老大不是说,他有关系在里面吗?"陈重对谭老大的话虽然半信半疑,从内心讲,他希望这话至少一半是真的。

"不能指望小姨子养活孩子。"黑仔一副洞察世事的语气。谭老大是为了自身利益才与游击队合作的,关键时候靠得住靠不住还难说。

德川明白实验进行到目前的程度,最关键的问题在于安全。他对大川的命令很明确:细菌武器工厂,中国人只能进去,不允许出来。他也相信,大川会不折不扣地去执行。他不放心的是梅津——他本能地感觉到,奸杀空姐的人,就是梅津。别人不会抽哈瓦那雪茄;更不会用一把手术刀,切断颈椎里面的中枢神经——当然,他不会直截了当地对梅津说。对于这些以天才自视的人,你必须以天才视之,这样才会得到丰厚的回报。所以再与梅津通话时,很婉转地提到"日籍人员”的安全问题。

梅津明白德川的担心所在，说他带来的人，都是731时的老班底，就像他的手脚一样可靠。

德川知道切入主题的时候到了：“我记得将军不喝酒？”

“可以说，从来不喝。”梅津颇为此自得。

“有两个新来的艺妓，要不要给将军送去尝试一下？”德川是贵族出身，对这些事，从来是不屑去做的。可为了帝国的千秋大业，他什么都愿意。

“我不喜欢那样的女人！”梅津不明白德川先生为什么会这样问。

听声音，德川似乎看到了梅津脸上不屑的神情，“那你就尝试一下酒精，对于平衡动荡的心灵，它有很好的效果。再见。”

大川一整天都忙于抓人，他安排全副武装的日本兵在大街小巷盘查行人，回答问题不及时或证件稍有差池的，全部被押上汽车。其中有一位行人试图逃走，被日本兵抓回来，交给大川。此人怒气冲冲地抗议说，日本人在给自己找麻烦，他本人是汪精卫政府的参议员。话没说完，就被大川一脚踢上车。

直到傍晚，他才率人回到工厂。他一下车，一名日本军官拿着从“木头”身上搜来的一摞证件，提醒大川说，这里面有好几个是有身份的人。把他们做了实验，万一闹起来没办法收场。

大川问这几个都是哪个国家的。军官说，分别是三个中国人、一个英国人和一个缅甸人。大川一听就说，只要不是日本人就行。见军官仍然有些不解，大川给他讲了一个故事：“我儿子在七岁的时候，我带他去冬泳。从水里上来，他哆嗦地说不出话来。我厉声训斥道：你这个样子，怎么去杀中国人、高丽人、英国人、美国人？”

正说着，他突然看到梅津的黑色轿车疾驰而来。赶紧上前拦截。轿车到他跟前猛地刹住。他恭敬地问：“将军去哪儿？”

梅津一身便衣，很不耐烦地回答：“出去转转。”

大川赶紧说:“我陪将军去。”

梅津直白地回答:“不用。”

大川解释:“德川先生命令我负责这里的安全。”

梅津质问道:“他没有命令你负责我吧?”见大川无言以对,他猛地加油,汽车高速开走。

在工厂外面执行侦察任务的黑仔,一下子就认出了这辆车是酒井的车。

欧阳川在望远镜里看着汽车的尾灯消失在夜色中,不相信地说:“你怎么认得?天这么黑?”

黑仔却有自己的根据:“车不认识,还不认识车灯?这车的两个灯隔得特别远。隔得远就是好车。上次要不是它跑得快,就让我和陈重埋的炸弹给报销了。”

酒井的车,怎么会在细菌武器工厂内?一定是他派给这里的最高长官乘坐。谁是这里的最高长官?一定是一个不可或缺的人物。什么人物不可或缺?只有一个答案:高级专家。欧阳川迅速做出了如上推理。

肖聋子特地把师爷约到这家小酒馆来,是有自己的目的的:日本人的气数快尽了,必须给自己想条出路。而谭老大与共产党、国民党都有联系,是条好渠道。

师爷却不买他的账,讥讽道:“肖老兄三朝元老,还用我这等人替你想出路?”

肖聋子一听就火了,摆出以往高高在上的架势:“老子刚把你儿子放了,你小子就气粗起来?小心老子再叫日本人把你儿子抓起来。”

师爷的反攻很强烈:“我把儿子送回内地去了,你和你的日本老子鞭长莫及了!”

肖聋子立刻软下来:“这分分合合、合合分分的,算也算不清。咱们还是替以后想想。”

这时,一个粗壮的声音从两个人的背后传来:“你们两个是应该替以后想想了。”

两个人惊悚地发现谭老大出现在酒馆里。他是一个粗中有细的人，几次行动“走风”，他就怀疑有内鬼。于是，开始排查。最后才查到师爷头上。

明月高悬，梅津静静地潜伏在教堂高大的阴影中，已经两个小时了。他今天的“狩猎”目标是修女。他每隔一段时间，就会感到一种莫名的冲动。这种冲动，必须在女人身上才能发泄掉。而且必须是自己“搞来”的高尚型美丽女人。

这种病态的心理，来自两个方面。一个方面，是家族的遗传：他的一位叔父、一位叔祖，都是疯子。他是医生，知道自己的曾祖是梅毒患者——他并不引以为耻：疯子与天才，往往只有一步之遥。更何况，梅毒菌是想象力的温床。

另一方面，则来自于“大和魂”：大和民族凌驾于一切之上。

他放过了两名不合标准的修女，当第三名修女从教堂一出来，他就锁定了她。像猫一样，无声地走到修女的背后，两只铁钳一般的手，卡住了修女的脖子。

惊吓与缺氧，立刻使得修女昏了过去。梅津顺利地把修女拖向黑暗中。

谭老大原谅了师爷：一个人的亲儿子，被作为人质，这时干一些出格的事情，完全可以理解。但他不肯原谅肖聋子：对这等反反复复的小人，除掉是上策。

但师爷却认为肖聋子可用：起码可以派到细菌武器工厂，去打探周夏文的下落。关键是如何控制他。

谭老大提议用肖聋子的家人来操控。但师爷不同意：项羽当年，就试图用刘邦的父亲来控制刘邦。说他要是再进攻，就将刘父“烹之”。可刘邦却笑着说：“莫忘分我一杯羹！”对于这等小人，必须用“利益”才行。

谭老大同意，出面对肖聋子承诺：救出周夏文，分给他一部分美元。

当肖聋子得知这“一部分”美元的数量级为百万后，欣然前往细菌武器工厂：投靠谁，也不如投靠钱。

作战目标已经很清楚：细菌武器加工厂和高级细菌专家必须消灭。

但工厂的所在地，易守难攻，强攻完全不可能。于是，林坚通过南方局，请美军派飞机来轰炸。

渠道很是畅通，一周后的一个夜晚，林坚被告知：盟军的远东战区海军航空兵作战部长，要和他直接通话。

林坚刚准备报名，对方却抢先说："林坚政委，你应该能听出我是谁！"

林坚高兴地说："斯坦利少校！"

"正确的叫法，应该是斯坦利上校。"斯坦利笑着说，"听到你的声音，我很高兴。"

林坚说他也有同感。

斯坦利告诉他说：盟军空军的一个 B29 轰炸机中队，已经准备出发，去轰炸细菌武器工厂。

两个人随后讨论了一些计划细节。最后，斯坦利说："你们提供了一个伟大的情报。我代表远东盟军航空兵司令部，感谢你们。"

林坚的回答很得体："消灭法西斯，是全世界爱好和平人士的共同责任。更是我们共产党人的责任。"

通话结束后，第一个表现出欣喜之态的是黑仔："这下子省得咱们绞尽脑汁想办法了。"他曾经见过一次 B29 轰炸机作业。用他的话说："凝固汽油弹一头扎下来，立刻火海一片，一片火海！"

陈重更是认为此乃一劳永逸之举：细菌武器不同于常规武器。处置它有很大的危险，一旦泄漏，就会遗患无穷。"欲灭细菌，宜用火攻；万事俱备，只等东风。"

林坚却很冷静。他知道战争中的情况是瞬息万变的，而且是一个互动的过程：不能"以不变应万变"，而要"以变应变"。要考虑"美军飞机来不了"或"来了炸不掉"的情况下，我们如何应对。

大川很惊讶肖聋子的胆量：迄今为止，还没有任何一个中国人，胆敢接近——跨入就更不要说了——这个地方一步。

肖聋子自然有自己的筹码:黄江源的那一半数字密码。他见大川听后,沉默不语,以为他动了心,就提出了“分配方案”——这是他常用的方法:推己及人。当然,也获得了谭老大的首肯。

大川盯着肖聋子问:“你到过日本没有？”见肖聋子摇头,他说:“可怜的人,竟然没有去过这片神圣的土地！日本是一个地震多发的国度。”

肖聋子赶紧说:“这我听说过。”

大川根本不接肖聋子的话茬。继续说自己的:“人,尽管是伟大的日本人,对地震的感觉,也没有老鼠敏锐。地震来临前,老鼠纷纷逃窜。”他的语调突然变得尖锐起来,“你是不是感觉到日本帝国快要失败了？"

肖聋子赶紧说:“大日本帝国千秋万代、千秋万代！”

“你肯定感觉出来了。你现在的所作所为,就像那些乱窜的老鼠。可我不知道你想过没有:就凭老鼠那么一点活动半径,能跑出皇军的控制范围？”

肖聋子已经被大川的气势震住。不知道该说什么好了,“我糊涂,我糊涂。”

“你确实糊涂,糊涂到竟然想来收买我,你知道我是什么人？”大川面目狰狞地厉声问道。

肖聋子颤声说:“皇军,大日本皇军！”

大川脸上浮现出一种神圣的神情,“大川不仅是大日本皇军,更是一名伟大的日本武士。”

德川听取了大川的电话汇报后,命令他将计就计。随后,他要通了酒井的电话,命令他严密封锁周边地区,并将所有的防空火力,全部调到细菌工厂一带。奸细的进入,就表明了项目已经被发现。虽然大川说此人乃是黑帮一分子,但他相信黑帮的后面,一定是共产党。一旦被共产党知道,定会不遗余力地破坏这个项目。

酒井对此有不同看法:“把防空火力都调走，万一盟军的飞机轰炸市区,又该怎么办?”

德川回答很简短:“没有什么怎么办的。”

酒井不解地问:“请德川先生把话讲清楚。”

“如果盟军轰炸市区,那就让他轰炸去好了。”德川说:“派人把布防图给我送过来,我要亲自过目。”

肖聋子再度被带进大川的办公室时,已经是魂飞魄散:一夜之中,他听到无穷无尽的呻吟——这种呻吟,只能来自垂死之人——所以他的第一要求,就是恳求大川不要杀他。得到大川“绝对不会”的承诺后,他不禁感激涕零。

“可我也不会放你走。”大川话锋一转:“第一,我要验证你的情报是不是正确。”

肖聋子赶紧说:“谭老大要是不在我说的地方,千刀万剐。”在他与谭老大商定的计划中,约见大川是关键的一步。

“第二,德川先生有令:此地只许中国人进来,不许任何一个中国人出去。”

肖聋子愣了:“看在我追随太君多年的份儿上,放我一马。”

“也没有多少年吧?”大川很随意地问。

肖聋子眼中现出只有狗才能做出的高度乞求神情:“都三年多了!”

大川拔出军刀。看了一会儿肖聋子灰白的脸色:权力的物化,给他以高峰体验。随后,他收刀命令副官准备车,他要带肖聋子赴约。

临出门前,大川又发布了一道命令:任何人进出,必须经过他签字。

军官问道:“任何人?包括梅津将军吗?”

大川重复:“所有的人!这么简单的词汇,你都听不明白?”

军官立正回答:“明白了!”

谭老大收到肖聋子传来的“大川同意见面”的纸条后,携师爷前来与林坚会商。见林坚不相信大川可能被收买，师爷说：“人不为己，天诛地灭。”谭老大也说：“就是。人为财死，鸟为食亡。”

林坚深知大川这样的人，浑身的细胞内，都是军国主义的，绝对不会被利诱。但他知道这话谭老大听不进去，就提议派两个得力的人，与之一起去上寰岛酒店赴约。但被谭老大婉言谢绝了。

他知道谭老大是怕“分他一杯羹”，但随后还是派黑仔带几个人前去接应。黑仔不肯去。他说服道：“都是抗日队伍，谁损失了，都是损失。”

黑仔以为谭老大的目的不过是那笔钱，抗日从来没有这么积极过。

林坚推了黑仔一下：“要钱不假，抗日也是真的，快去。”

沈宗翰正在研究一张图纸。图纸的标题很醒目：香港最新防空布防图。

这时电话响。他接听。

电话里的声音很清晰：“德川先生，谭老大来了，但后面有尾巴，咱们的人不够，是否请求增援，请指示。”

沈宗翰打开抽屉，取出一把微型冲锋枪：“不用。”

至此，沈宗翰的真面目完全显现：他就是幽灵一般的德川先生。

在幕府时期，德川家族就是名门望族。到了明治天皇时期，与皇族的关系就越加亲密。所以他才得以进入专门为培养天皇成立的御学，作为裕仁天皇的伴读。出生于一九〇二年，小裕仁天皇一岁时的他，如饥似渴地向他们的老师、对马海战的英雄东乡大将、海军战略家小笠原中将学习。

裕仁天皇即位后，给人的印象是一位被动的君主。全世界都认为在决策的过程中，天皇没有起任何有决定意义的作用。他被视为是缺乏智慧、没有知性、有名无实的君王。

唯独德川知道天皇是一位精明的、智慧的、精力充沛的、做的比说的多的君王。在执政的前二十二年，天皇就发挥了高度的影响力。到了一九三七年之后，天皇成了真正的战争领袖：对中国的作战，从战略到计划，都受到天皇的影响。

到了一九四一年，对英美宣战之后，天皇的参与，更达到了顶峰。

德川本人，就是天皇参与的明证。早在一九三八年，他就被天皇秘密安排在香港，以作战略准备。他不负浩荡皇恩，做出了杰出的贡献。

到了十二楼约定的房间，谭老大推开了虚掩的门后，一下子就愣住了：肖聋子跪在地上，大川持枪对着他的后脑。

肖聋子用哭腔说："没办法，谭爷。我实在是没办法啊！"

谭老大鄙视地看了肖聋子一眼，对大川说："既然落到你的手里，要杀要剐，随你的便。"

大川持枪对着谭老大命令："把枪扔掉，举起手来，慢慢地。"

谭老大扔掉手枪，慢慢地举起手来：他并不害怕，因为他的一名兄弟，就在门外做接应。所以在听到开门声后，他头都不回地说："谭爷我在江湖上行走多年，怎么会在你这小河沟里翻了船？"

但他立刻就发现肖聋子的眼神不对。还没有等他扭回头，就听到后面的人喊："把手举起来"——他的兄弟，已经被大川的士兵用钢丝勒断了气。

大川得意地说："记住，这里可不是小河沟，这是太平洋！"

但大川的得意，也只持续了片刻。黑仔的双枪，一把顶在了日本兵的腰上，一把指向大川，"大川，你回过头看看？"

大川回头：一名游击队员，在窗户外面，用枪指着大川。

大川慢慢地转身，与此同时，准备开枪。

谭老大飞起一脚，把枪踢飞。然后又是一个飞脚，把大川踢翻在地。他拿起自己的枪，对准大川的两眼中间，"最后再看你谭爷一眼。"

黑仔过去拦住："不要开枪，惊动了日本人，就不好走了。"

谭老大飞起一脚，重重地踢在大川的太阳穴上，将他踢昏了过去。

队员指指肖聋子："他怎么办？"

黑仔说："让日本鬼子处理他吧。"

德川看见电梯从十二楼下行之后，用冲锋枪的枪托，猛击顶楼电梯间内的电梯保护继电器。见电梯停在十楼后，快步沿楼梯下行。

黑仔见电梯停住，立刻说："赶紧从上面出去。"

谭老大与之快速爬上电梯顶。边爬他边埋怨黑仔："你这是把草绳当蛇了。"

话音未落，一阵冲锋枪声响起：德川端着冲锋枪，尽情地扫射。直到子弹打完、电梯门被打成筛子。

虽然医生对伤口进行了紧急处置，但大川还是头疼欲裂。他看着匍匐在地上、磕头如捣蒜的肖聋子，慢慢地说："我向你保证过：我是不会枪毙你的。"

肖聋子哭着说："我下辈子，当牛作马，也要报答太君。"

大川阴森森地指着旁边的一名穿白大褂的日本人说："等一会儿，他会给你打一针梅津将军发明的针。"

肖聋子获得重生般地欣喜："只要不让我死，干什么都行。"

大川狞笑着："我看到时候，你会求着我，让我枪毙你。"

盟军的 B29 轰炸机中队，预定在午夜十二点准时轰炸细菌武器工厂。负责点燃篝火做指示标记的黑仔、陈重、石仔已经潜伏在山上一整天了。

石仔望着一片灯火的工厂说："盟军的飞机，怎么还不来啊？"

黑仔看看夜光手表，"快来了。"

石仔凑过去，扳着黑仔的手腕看："你这手表真棒，晚上还能看见。"

黑仔得意地说："这叫夜光表，政委奖励给我的。"见石仔要借，他不屑地说："屁大的孩子，戴手表？戴尿布还差不多！"

石仔生气地说："等我有钱了，自己去买！"

黑仔故意逗他："这手表没地方买，要从日本人手里缴获。"

石仔不服气地说："那我就缴获一块。"

说话间,传来了飞机的轰鸣声。

一架 B29 飞机,从海边飞过来——所谓中队,就是由一架轰炸机和两架护航的战斗机组成。

黑仔不满意地说:“怎么就来了一架大的?”

陈重说:“B29 是美国最好的轰炸机。整个美国太平洋舰队,也没有多少架。”

听黑仔下令点燃篝火,石仔高兴地说:“好嘞!”说着就跑开。

黑仔望着石仔的背影说:“到底是孩子,就喜欢放火。”

听到空袭警报,大川立刻下令关闭总闸。但这个命令马上被梅津否决:他培育的细菌母本,一旦失去电控调温,就会死去。

大川重新命令:“熄灭所有的灯光。通知防空部队。”

灯光熄灭后,大川安慰梅津:“不要紧,在地图上,咱们这里是所学校。再说,灯一关,连学校也找不着了。”

梅津感到些许安慰:所谓的关闭机场,无非是关闭机场的指示灯光。指示灯光一关,就什么也看不见了。

可随着轰鸣声的迫近,四周的山上,分别出现了三堆篝火。三点定圆,而圆心就是细菌实验工厂。

梅津害怕地问大川:“共产党?”

大川点头:“这些共产党游击队,幽灵一般,总是跟着我。”

梅津不无惊恐地说:“这是美军的。B29 型轰炸机。投掷凝固汽油弹,一烧就是一大片。”

大川知道梅津不是真正的军人,“镇静,咱们还有防空部队呢!”

这时,刚刚就位的日军高射炮的火力,构成一面墙。

B29 在盘旋寻找目标。

日军的十盏探照灯——这是日军在香港的全部探照灯——也在寻找飞机。

就在B29锁定目标，准备投掷时，它也被探照灯锁定。

高射炮火立刻向它集中。被击中的B29呈螺旋状下坠。

山头上的石仔望着这幅情形，懊丧地说：“被打中了。”

黑仔着急地说：“赶紧扔炸弹啊！”

陈重懂得机械，知道一定是关键部位被击中了。

空中出现三顶白色的降落伞。

大川和梅津将军，也看到了这个场面。

大川接过副官递过来的狙击步枪，兴奋地说：“射大鸟的时候到了。”随后命令：“射击，不要活的。”

有两顶降落伞被打中。

一顶向细菌武器工厂方向飘来。

最为糟糕的是，他向细菌武器工厂飘去。

大川拿着狙击步枪瞄准：这是最好的飞碟。

梅津拉住大川的胳膊：“不要开枪，抓活的。”

大川放下步枪：“你要拿来做木头？”见梅津摇头，他重新举枪，“那就打死他。”

梅津阴沉沉地说：“抓住活的，再用军刀砍死。能给人以更大的快感。”

大川放下步枪。

眼见降落伞就要落到院子里了。突然来了一阵风。降落伞飘向黑仔等人所在的山后去了。

大川连开两枪：但降落伞出了步枪的射程。

陈重高兴地说：“真是天有不测风云啊！”

黑仔命令兵分两路，石仔跟他走。这样营救飞行员的可能更大。

石仔不服：“我凭什么跟你走？”听黑仔说他是“小孩子”，必须有人带。他更不服气了：“我奶奶家就在这儿，这儿每个山洞、每棵树、每条沟沟坎坎，我都认识。”要求兵分三路。

黑仔不以为然地说:“你倒能耐大,连树都认识!”

陈重也说:“日本人残暴得很。”

石仔坚持:“这我知道,我又不是没见过日本人!”

陈重和黑仔交换眼神。石仔看出了其中的名堂,一溜烟跑了。

大川要求抓活的。他知道山上有共产党在,但同时他也有自己的判断:全天候的监视,共产党游击队要是想躲过,必须在前一天晚上,就埋伏在山上了。所以顶多三两个。

梅津要求去:“抓住飞行员,我要亲自砍了他。开战这么多年了。我还没有亲手砍过人呢!”

“将军亲手消灭的敌人,是大川的千万倍。”这些天来,大川目睹了“梅津武器”的威力,渐渐地佩服起这个人来。

美军飞行员卡特,在山路上,遇到的第一个人是黑仔:他举着空军用的小手枪,对着黑仔,问他是什么人?

黑仔听不懂他的话,但知道他是谁。于是把枪插入枪套,双手一摊。见卡特的枪口放低后,他用手比画了一个“八”字,嘴里还说:“共产党香港游击队。”

卡特听懂“共产党”三个字。重复道:“共产党?”

黑仔高兴地说:“对,共产党。”

卡特收起了枪:由斯坦利命令颁发的《手册》上,第一条就是被击落,寻找共产党香港游击队的支持。

黑仔正要说什么,突然几名日本兵,悄悄地包围过来。他指着山路说:“你走,我掩护。”说罢,连连射击。

卡特在黑仔的掩护下,迅速离去。

大川和梅津,坐在吉普车中。大川听着连连的枪声得意地说:“这个美军飞行员和共产党,已经成了瓮中之鳖。”他摸摸自己脸上的伤口:“共产党游击队,搞些偷袭还行,正规作战不是皇军的对手。”

梅津兴奋地说:“咱们也上去看看吧?”见大川断然拒绝,他不高兴地说:“我是将军,我的话是命令。”

大川一点儿不动摇:“但有来自更高方面的命令。”

“什么命令?”

“绝对保证你的安全。”大川将车停在树林外。

确实是天佑卡特,他下一个遇到的人,正是石仔。对于小孩子,他自然不会警惕。

石仔根本不说话,摆摆手。

卡特不由自主地跟了过去。

一名日本军官,拿着一顶降落伞和笨重的飞行服,过来汇报:“报告,美军飞行员,在共产党游击队的掩护下,逃跑了。”

大川强压怒火问:“共产党游击队呢?”听到“跳海跑了”的答复后,他怒不可遏:“一群废物。”

梅津接过军官手里的飞行服,递给自己的狼狗闻。见狼狗摆头,他知道信息素已经足够,就命令军官:“让它带你们去。”见军官牵着狼狗离开,他得意地说:“我这条狼狗,能在一分钟内,把一个人的内脏,全部扒开。比一个好的外科医生的效率还要高。”

石仔把卡特领到一个隐蔽的山洞内说:“这个山洞最保险。每次玩捉迷藏,我都躲在这儿,从来没有让人找着过。”

卡特虽然听不懂石仔的话,意思还是明白的。不停地点头,连声说:“THANKYOU。”

这时,狗叫声传来。从沉闷的声音,石仔判断出这是一条狼狗。见卡特紧张,他说:“不要害怕,我把狗引走。他知道卡特不懂,就指指自己,又指指外面,“引走。”

卡特明白了:“NO。”

石仔严肃地说:“这是命令。”

卡特无奈地双手一摊。

石仔指指原地:“你好好在这儿待着,我马上回来。”见卡特点头,他就往出走。但没走了两步,又重新回来,“把你的衣服给我。”

卡特听凭石仔拿走自己的衣服。

在陈重隐蔽的树林中,可以清晰地看到大川的吉普车。

在吉普车内,梅津又感到一阵熟悉的冲动。这次,他决定用这个飞行员来解决。遭到大川的拒绝后,他神经质地说:“你不了解我这个人。猎取是我最大的爱好。”

大川劝说道:“等抓住这个飞行员和那些共产党,我一定给将军组织一场围猎。”

“那样不是围猎,而是游戏。”梅津说罢,就拉开车门。

大川很快地从另外一车门下去,阻拦梅津。

最先吸引陈重的是大川的中佐军衔。在瞄准的时候,他窃喜找到了一只肥羊。这时,梅津的将军军衔,赫然入目。他把枪口转向了梅津。

大川拔出手枪,对准梅津。“将军,你要是再往前走一步,我就开枪。”

梅津不屑地说:“打死一名帝国的将军?我看你没有这个胆量。”

“我不会打死你。我不过是让你无法行动而已。”大川摆动枪口,示意梅津回到吉普车上。

梅津慑于大川语调和枪口的威力,慢慢地回到吉普车上。

刚要扣动扳机的陈重,突然看不见梅津了。他转而瞄准大川。大川也进入吉普车中。

对着迅速开走的吉普车，陈重骂道："妈的！"

石仔出了洞口，躲避在一片树林当中，等到日本兵的脚步声、犬吠声清晰可闻后，他才撒腿奔跑。

日本兵在狼狗的引领下，紧紧尾随。

石仔闪转腾挪。敏捷得像一只猴子。日本兵射出的子弹就在石仔的身边点点开花。但他并不害怕：再过几分钟，就可以入海了。可就在这时，一队日本兵，迎面过来。他只好改道：他知道这是一条绝路。

在绝路的尽头，石仔停住怒视日本兵。

日本军官看清石仔的面容后，惊讶地说："是一个小孩。"见一名士兵准备开枪，他制止道："不要开枪，打死这个小孩，就找不到飞行员了。"随后，他竭力装出和蔼的样子，用生硬的中国话说："小孩。"

石仔自豪地说："我不是小孩，我是游击队队员！"

军官愣了一下："好，队员先生。"他慢慢地往上走，"如果你告诉我，美国飞行员在什么地方，我大大的有赏。"

石仔显然察觉了军官的意图，但他装作不知道的样子，"有赏？赏我什么？"

军官继续挪动，"你要什么，就给你什么？"

石仔不屑地说："你们小日本，现在什么东西也没有了。"

军官皮笑肉不笑地说："有，皇军金银珠宝、钞票大大的有。"

石仔继续往悬崖边退，"你们日本人，说话最不算数。"

"算数，算数。这次一定算数。"军官已经非常接近石仔了。

石仔天真地说："真的？"

"大日本皇军从来不说假话。"军官生怕自己动作过猛，引起石仔的异动，所以走得很慢。

"那我就相信你们一回。"石仔已经拿定了主意，趁军官登上岩石，立足未稳之际，一把拉住军官的武装皮带。随后带着失去重心的军官，一同跳下悬崖。

空中回荡着日本军官的惨叫。

但没有石仔的任何声音。

第十四章

一口小的棺材，停放在祠堂当中。刚才还活蹦乱跳的石仔就躺在里面。卡特低着头，默默地站在棺材边。

一名工人举起榔头，准备钉钉子。“不许钉！”黑仔边叫喊，边跑进来。然后用蛮力掀开棺材盖子，伏在石仔的尸体上，无声地痛哭。

欧阳川竭力克制着奔涌而出的泪水，走上前，轻轻抚摸着黑仔剧烈抖动的肩膀。

“不要动我。”黑仔发出吼叫。

欧阳川理解他的感受，退后一步。

大约十分钟后，黑仔停止了哭泣，慢慢地把自己的手表摘下来，拉起石仔细小的手腕，给他戴上：“石仔兄弟，你不是喜欢这块表吗，哥送给你了！以后你喜欢什么就告诉我，哥一定给你搞到！”黑仔声音无比轻柔，似乎怕吵醒深睡的石仔。他把表带调整到合适的位置，扣好。然后轻轻把石仔的手放回去，退后两步，敬了一个军礼：“石仔兄弟，你走好。你黑仔哥一定给你报仇。”

德川的棋，被酒井断成三块孤棋。酒井不禁有些得意：自己毕竟在木谷道场学过两天。

谁知道德川置自己的生死于不顾，奋力拼搏，最后竟以一气之差，吃掉了酒井的一小块棋：不要看这一小块棋没有几个子，但德川的三块棋，就连成了一片。酒井只得推枰认输:“德川先生构思宏大,行棋如高山瀑布。酒井自愧不如。”

身穿和服的德川,不看酒井,而看着棋盘说:“我这三块棋,原本就没打算单独做活。如果吃不掉你的棋筋,认输再来就是了。”他抬起头来:“现在我手里有三件武器。我准备三管齐下。”

德川的第一件武器,就是梅津的细菌武器。酒井曾经详细地看过 731 报告:知道细菌武器在正面战场上,几乎没有什么作用。但他未置一词:德川代表天皇。如朕亲临,夫复何言?

德川的第二件武器,就是“搜集黄金文物”。对此,酒井没有异议。但他希望能有一个书面的命令:战局的变化,已经不由不让他想到战后的审判。

德川则认为多此一举:在日本海军袭击珍珠港之前的一次由天皇主持的大本营御前会议上,就通过了“东南亚占领区军事管理执行原则”。其中说得很明白:占领军应该获取战略物资,建立占领军自给自足的条件,恢复法律与秩序——其中的“获取”就是武装抢劫的意思;“自给自足”就是强迫当地承担占领军的一切所需;“恢复法律与秩序”就是用恐怖来镇压反抗。对此,酒井没有,也不能有异议。

德川的第三件武器,是成立“香港联合银行”。对此,酒井认为,三年前也许还有百分之三十的希望。而现在希望则等于零。

但德川的计划很完整:用香港商人会社的名义发起,而不是以当局的名义发起。香港联合银行的后盾,则是瑞士 CNN 银行。

瑞士 CNN 银行,也是知名银行。但酒井认为没有准备金,它是不会让联合银行挂靠的。

德川却说有准备金。而且是硬通货:货真价实的一亿美金。

酒井问是否是周夏文、黄江源掌控的那笔钱?见德川点头,他说:“镜花水月。”

“镜花水月不假,但他会引来痴人,无数的痴人,”德川自负地说:“我很懂得中国人的心理。他们有句成语,叫作‘覆巢之下,安有完卵?’香港陷落在即,难免玉石俱焚。我们再利用舆论工具,宣传‘玉碎’精神。这时候,只要有大人物带头,登高一呼,他们会群起响应。”

大川跑步到工厂大门时,一身便装的梅津,正举枪威胁两名横在紧闭的大门前的卫兵:“再不让开,我就开枪了!”见大川到来,他放下枪说:“你的士兵不听我的命令。”

大川解释说:“这两个人,是德川先生派来的宪兵。”

梅津负气地说:“我要出去!”听到大川“不许出去的命令来自军部”后,他质问道:“如果你不让我出去,你就要负全责。”

“大川愿意负全责。”大川立正回答。

“当真?”梅津反问。见大川点头,他猛地举枪,对准自己的太阳穴:利比多引起的生化变化,使他根本无法自控。

大川赶紧拉住梅津的手,“千万不要,千万不要。您是帝国最宝贵的财产。”

梅津固执地说:“我要出去。”

大川无奈地朝两名宪兵点头,两名宪兵让开。大川拉开梅津的车门:“我和将军一起去。”

梅津坐到驾驶位置上:“你要是上车,或者派人跟着我,我就自杀。”

大川只得关好车门,听任梅津的汽车,飞也似的开走。

源田熊雄少佐在日军中素以骁勇著称,但在接到抢劫上生寺的命令后,仍然有些害怕:此寺院,乃是密宗的发源地之一,崇敬还来不及,何谈抢劫?一旦实施,必遭天谴!

但酒井用两点说服了他:第一,德川先生讲过:佛祖会心甘情愿地为日本帝国牺牲的。第二,这是天皇陛下的意思。

这两条凭据,尤其是后一条,给了源田熊雄以强力支撑。他有恃无恐地敲开了上生寺的大门,然后堂而皇之地进入大殿。

住持双手合十问道:“请问施主,深夜来访,有何贵干?”

源田熊雄傲慢地说:“想问你们借点东西。”

住持与许多日本人熟悉,其中有不少达官贵人,所以并不害怕:“只要小寺有的,就一定借予施主?不知……”

源田熊雄打断他的话道:“当然有。”听老和尚问是何物,他坦白相告:“佛头、佛经。”

住持大惊:“施主不是在说笑吧?”

“清平世界,朗朗乾坤,谁个与你说笑?”源田熊雄挥挥手。“把正殿的三尊像头给我锯下。”

住持正色说:“这是小僧致死不能答应的。”

源田熊雄蛮横地说:“我根本就用不着你答应。我不过是通知你一声罢了。”

住持坦然地说:“北魏以来,佛像就屹立在此。他教化人类、普度众生。你们倘若真的要毁佛拆庙,就请从小僧身上过去。”

源田熊雄凶恶地凝视老和尚。见住持坦然相对。他挥手道:“超度了他吧!”

一名便衣日本军官,挥手就是一刀。住持顿时倒在血泊中。

大批人马进入寺院。众和尚都站在自己的僧房前,不敢吱声。

源田熊雄命令将正殿主佛像的头锯下来,但千万要小心。因为德川先生专门交代过。

梅津此次袭击的目标是日本大和银行总裁小林英夫的夫人。小林夫人,是他在酒井举办的一次酒会上认识的。一看见她的手,他就被吸引了。随即便推及无限。小林夫人感受到他那能够剥去她衣服的目光后,迅速地逃离了。但他却把她刻在了心里。当他得知小林夫人是贵族出身的时候,就越发渴望了:他出身贫民,品尝贵族妇女的滋味,在日本的时候,连想也不敢想。但现在不同:战争给了他能量。所以在报纸上得知小林英夫回国述职的消息后,迫不及待地赶来。

到了位于半山的小林住宅,他堂而皇之地从大门进入后,砍倒了菲佣,直接就扑向小林夫人。小林夫人虽然柔弱，但贵族的血，驱使她拼命反抗，至死不从：即使她不反抗，也是没有生路的。这样做的结果，不过是使得他不能尽兴而已。

而未能尽兴的结果，使得他出来时，忘记了关门。这是一个很大的疏忽：小林夫人的牧羊犬挣脱铁链，飞奔而出，一口就咬住了他的腿。

他甩了两甩，根本就甩不掉。只好拔出手枪，开了一枪。

高大的牧羊犬哀鸣两声，不再动弹了。

一名中尉问源田熊雄："少佐，听说中国佛像的心，都是黄金打造的？"听源田熊雄说有过耳闻，便问："敢不敢剖开看看？"

源田熊雄指指装着佛头的大木箱："头咱们都锯了，还有什么不敢的？"

中尉得到了命令，指挥士兵，不过片刻，就把佛像捣毁，取出了佛心。令他们失望的是佛心并不是黄金，而是红铜锻造的。

源田熊雄随后下令焚毁寺院："有试图脱离火海的，格杀勿论。"

看大火熊熊燃烧，他随即把手中的佛心，扔入其中。

细菌武器工厂的监管虽然森严，但并不是没有逃跑的机会，尤其是日久生懈。按照大川制定的规程，搬运"木头尸体"，运送到野外火化的工作，必须由日本士兵亲自干。但这些木头尸体骨头都露在外面不说，恶臭更是逼人。所以一名伍长便动用了"木头"来搬。他当然知道这违抗了命令，但此刻夜已深沉，且处于暴雨前奏，谁也看不见。于是，就调了四名"木头"来搬。

这四名"木头"中，有一名是谭老大的手下：江湖中人，自有很强烈的破坏规则的意识。所以趁两名士兵点烟的工夫，钻入卡车底下，抱住大轴。等汽车出了工厂约十分钟后，汽车转弯减速，他从汽车底下滚了出来。

因为这次被奸杀的是日本人，所以报纸新闻就从社会版跃居到时政版。但标题还是带有"花边"味道：大和银行总裁夫人被杀：奸后被杀？杀后被奸？

这广泛引起社会议论。

甲首先提出问题:“什么人能做出这种事,奸杀日本人?”

乙马上解答:“那还用问?当然是日本人自己了!”

甲反问:“日本人自己还杀自己的人?”

乙答曰:“你要是把日本人当成人看,你就大错特错了!”

这末一句,获得了广泛的赞同。

源田熊雄和他的武装小分队,在抢劫上生寺的次日,被派往柬埔寨执行任务:将主持“金百合行动”的天皇的表弟秩父宫送去,替换在那里患病的天皇的另一名表弟高松宫。

德川主持的这个行动,其实是“金百合行动”的一部分。早在一九四二年六月,天皇就意识到日本最终将输掉这场战争。如果在军事上输掉,在经济上就绝对不能输掉。于是,金百合行动拉开了序幕。其核心就是掠夺黄金。而所有掠夺来的黄金——无论它是金佛像、金元宝,还是金首饰——都被运送到香港,熔铸成符合伦敦国际标准的金块,然后存入瑞士银行、葡萄牙银行、阿根廷银行。

源田熊雄不愿意空手而返,就袭击了那里的一座宫殿。因为行动需要迅速,他就征用了一些柬埔寨人。

一名柬埔寨人,见财起意,悄悄地把一颗珠宝,放进了自己的口袋。一直在严密监视的源田熊雄立刻上前问:“你在干什么?”

听柬埔寨人说什么也没干。他就问:“你的手里是什么?”

柬埔寨人惊呆了,喃喃地说:“什么也没有。”

源田熊雄迅捷出刀,砍下柬埔寨人的手。德川曾经这样对他说:必须避免产生怜悯和同情之心。要高度恐怖。

柬埔寨人疼得满地翻滚。他用脚踩住他的胸膛,从口袋中,将断手拉出,断手里还抓着那颗珠宝。

源田熊雄高举起断手说:“这是大日本帝国的财产,有人私自藏匿,这就是榜样！”他这样说，完全出于真心：经过他手的黄金珠宝，已经不计其数，但他从来未取分文。他相信，这些钱，一定会用在日本复兴上。

谭老大携逃出来的“木头”，去了游击队的驻地。林坚立即召集陈重等人，听取情况。然后根据情况，手绘了一张细菌武器工厂草图。

随后，林坚亲自送谭老大出门，拱手说道：“谢谢谭爷。”

谭老大赶紧回礼：“林政委是在折我的寿。”

“你送来的情报，重要性无可估量，是一份大礼。”

“抗日嘛！所有的中国人都有份儿。”谭老大这话基本上是真心。

“想不到老大觉悟如此之高。”林坚说。

“你们抗日，舍生忘死。谭某人这么一点儿贡献，不足挂齿。”

“全民族万众一心同抗日，日本鬼子没有不失败的道理。好，不远送了。”

谭老大再度拱手：“有用得着谭某的地方，尽管吩咐。”

德川特地把欧阳川约到自己的办公室，目的不过是下一盘棋。

这盘棋，没有砍杀，双方都在斗智：表面的平静下，隐藏着无穷机锋。

到了终局时，两个人谁也不去数子。

德川沉思片刻后问：“欧阳先生对结果有何看法？”

欧阳川笑笑：“我看差不多。”

德川追问：“差不多是差多少？”

欧阳川看着棋盘说：“我执黑先行，退两个半子，应该是平局。”

德川笑了：“与我的结果一致。还有必要一个一个数吗？”

“既然一致，数它何益？”欧阳川把手中的棋子，尽数放到盒子里。“我还有点儿事，告辞了。”

德川起身送到门口时说：“你知道人生最愉快的事情是什么吗？”

欧阳川停住：“会长指教。”

德川慢慢地说:“就是棋逢对手!”

欧阳川说道:“感同身受!”

欧阳川刚一出电梯,就被一个穿风衣、戴墨镜、男子模样的人,拉到一个角落里。走到没人处,一直被动行走的欧阳川说:“行啦,晶晶。”

黄晶晶摘下墨镜:“你认出我来啦?”

欧阳川笑道:“你可以穿上风衣,戴上墨镜,但你改变不了你的轮廓、你的气味。”

黄晶晶这次没有就此题撒娇,说有要事到欧阳川的车上商量。

欧阳川同意,但要黄晶晶走后门,到拐弯处与之会合。

黄晶晶四顾:“这里没有日本人啊?”

欧阳川指指上面:“楼上有眼。”

楼上果然有眼:德川站在窗帘后面,看着欧阳川一个人上车后,车开走。

听黄晶晶说黄江源要见他,欧阳川就问时间和地点。她不肯说,卖关子道:“一个秘密的地方。按我指的路开就是了。”话音未落,她就发现欧阳川走错了路,“不是这条路。”

“我知道。”他指指后视镜:“后面有尾巴!”

她回头看看:车流如织,根本看不出来。

他指点道:“黑色的别克。不信你看:咱们拐弯,他也一定拐弯。”

他拐弯。黑色的别克,果然也跟着拐弯。

她钦佩地说:“你怎么看出来的?”

“操千曲而后知音,观千剑而后识器。”他提速,“到前面的商场,你就下车。晚上五点,白金汉咖啡馆见面。”

为了实行联合银行计划，德川首先约见的就是盐业银行总裁赵颖南——他对自己的说服能力，很是自信——他开宗明义，说战火已经烧至日本本土。这不是广义的“烧”，而是真正意义上的烧：B29 投下的凝固汽油弹所引起的关东大火，十日不熄。河水为之沸腾、玻璃为之熔化。故而日本军国政府，提出了“一亿玉碎”的号召。

赵颖南有些不相信：“一亿玉碎？”

德川说此乃形容词。确切的计划，是牺牲两千万人。

赵颖南惊讶地说：“两千万人？整个香港也不过百万人口。”

德川因此提议赵颖南考虑一下日前送来的“联合方案”。听赵颖南说他不愿意与日本人打交道，他纠正道：“联合银行、联合银行，关键词汇是联合。虽然里面有日本人，但日本人也要两分：这些都是在香港的日本商人。再者说，没有他们，联合银行也不可能被批准。”

赵颖南依然强调风险，不肯决断。

“但条件也是很诱人的：你放进去一万美元现金，联合银行就会接收你五万美元在香港的资产，从而把这些资产，折算成现金，体现在你瑞士银行的账户上。”德川把一份文件放在桌子上，“这是瑞士 CNN 银行的承诺书。”

赵颖南很仔细地看完，不相信地说：“有谁会做这种赔本的买卖？”

“当然没有人会做赔本的买卖：日本人的失败，已经成为定局。起码在东南亚地区是这样。有眼光的财界人士，相中了战后的香港。”

赵颖南反问：“照沈先生的逻辑，我也应该留着自己的实业，等待战后的繁荣。”

德川提出了“覆巢之下，安有完卵”说。强调日本人在失败前，一定会大肆搜刮动产。所以把动产通过联合银行转移走，并且尽可能地把不动产转换成动产，一同转移，乃是上策。并且说自己也准备把手中的现金，放一小部分，试一试。如果成功，再大量投入其中。

榜样的力量无穷，贪欲也是无穷的。赵颖南来了兴趣：“投石问路？”

“对，投石问路。你我不同于普通人，普通人，用马克思的话说：是无产者，除去身上的锁链，没有别的东西可损失。而咱们辛辛苦苦半生，才积攒下亿万身家。一旦付之流水，实在是心有不甘。”德川晓之以理后，又动之以情。

赵颖南重新阅读联合银行方案。

德川接着又打出一张王牌：联合银行的幕后发起人之一，乃日本著名的财阀阿南，他也是在为自己的将来打算。

赵颖南相信了他的说法，但是担心酒井之残暴。

德川顺理成章地打出第二张王牌：酒井者，人也。有妻室儿女，必然有打算。

赵颖南追问：“你是说，酒井在这里面也有份儿？”

“应该有。”德川故意语焉不详：语焉不详在很多时候，要比言之凿凿更有说服力。“日本战败，他必成战犯无疑。战犯是要没收全部家产的。”

赵颖南慢慢地说：“容我考虑考虑。”

德川知道他已经被说服了。

黄江源与欧阳川的会面地点，是在一家德国人开的小旅馆内。

黄江源极其郑重地说：“万一我落到日本人手里，我肯定没有夏文兄的骨头。别误会，我不是说我受不了严刑拷打，从而招供。我是说：我的身体一定熬不过去。”他一顿：“万一我死在日本人手里，这笔钱，就化为乌有了。”

欧阳川不很懂：“战后还可以通过政府去取？”

黄江源摇头：“瑞士银行，只认密码不认人。他们之所以力量如此雄厚，就是因为有好多无主的钱，被当作了资本金。所以，我现在要把密码告诉你们。”

在黄江源的房间外，一个人用一个听诊器，贴在门上听。

黄江源当然不会说出密码，而是写在纸上。递给欧阳川后强调密码一共两截，周夏文兄的在前，他的在后。

欧阳川提出疑问：“不是说，还有一位瑞士银行家，掌握一串吗？”

黄江源笑了，说此乃疑兵之计：以宋子文先生之精明，如何会让国家机密，掌握在一位外国银行家手里？但这位瑞士银行家不存在，不等于第三截密码不存在。

欧阳川知道自己最担心的节外生枝出现了，连忙问这串数字是多少？

黄江源告诉他是五个〇。处于两截密码的中间。

这时，门突然被撞开：一个昏迷的人，被扔到三个人面前。

黄江源和黄晶晶都大惊失色。唯独欧阳川纹丝不动。

黑仔大大咧咧地进来："小小毛贼，吃不住个打。"说罢，过去一看，失望地说："已经死了。"他一脸无辜地看着欧阳川："我不过只用了五分力啊？"

欧阳川观察后，得出了结论："他是咬舌自杀。"随后他撕开死者的衣服：一朵菊花赫然入目。

海洋交通银行总经理邢其中要比赵颖南容易说服。他担心的问题，不外乎两个：管道的容量和银行的资本金。

德川的回答很简明：控制管道截门的监管者，本身就是联合银行的发起者。至于资本金，CNN 一个亿，另外一个亿，也就是周夏文教授掌控的那笔美国援华贷款，也一并投放在里面了。

邢其中顿时释然："各方面势力都在里面了，不由人不放心。"送德川出门的时候，他感慨地说："这年头，好朋友不多，在商界就更少。尤其是像宗翰兄这样肝胆相照的，实在是凤毛麟角。"

德川谦虚地说："其中兄过奖，为国家、民族做事，责无旁贷。"

欧阳川首先拿出"沈宗翰是日本人"的结论。然后才罗列证据：

第一证据就是今天那盘棋：他棋风纯然日本——棋风如同口音，一旦形成，终生不改。其次，他走出了"大雪崩"定式：此定式，早在二十年代，就被吴清源破了。在中国围棋界，是件石破天惊的大事。棋力若沈氏者，无疑不知。唯独在日本，因吴清源是中国人，没有进行宣传。

第二证据就是从他那里出来，就被人跟踪。黄江源处的偷听者，也是日本人，且一被捕，立刻自杀。从逻辑上分析，必定隐藏大秘密。

林坚让欧阳川再提出第三证据：两点定线，三点定面。

第三点证据，是黑仔提供的：林阳港的脖子，不是如沈宗翰说的那样，是摔断的，而是被巨大的外力扭断的。没有多年的锻炼，绝不可能发出如此之大的力。

“可他为什么要埋伏下来呢？日本占领香港之后，他完全可以公开露面。”林坚追问。

欧阳川思考一下后回答：“肯定有某些事情，是公开露面后，无法办理的。”

林坚再度追问：“什么？”

欧阳川已经无法回答：“这需要调查研究，需要思考。”

林坚布置任务：“你眼下最重要的，就是把这个问题搞清楚。”

因为赵颖南、邢其中等人的连锁作用，朋根几乎不用说服。他只向德川提出了一个技术性的问题：如何把如此大规模的钱搞出去？

德川称赞朋根英雄慧眼，然后告诉他，计策名曰“瞒天过海”：香港联合银行将发行一种新的货币、启用一种新的支票、汇票，所有这些，与之对应的瑞士银行，都可以自由兑换、支付硬通货。

朋根很满意这种方法，认为确实能够“瞒天过海”。

欧阳川根据谭老大部下提供的草图，然后再经过对这座学校老员工的调查了解，最后放大成一张作战地图，细菌武器工厂的整个面貌，一目了然。

林坚指点着地图上一个标有红色圆圈的地方，说此乃梅津存放母本的地方。消灭母本，就等于消灭了这种武器。然后让大家各抒己见，拿出办法来。

黑仔首先质疑这个说法：这个叫梅津的家伙要是活着，就还能再培养出细菌来。

反驳他的是陈重:“从生物学角度说,培养一种新品种,需要很长时间。”

黑仔反问:“很长时间是多长时间?你给个数。”

陈重说不上来。

林坚受到启发:“黑仔说得对:梅津是母本的母本。消灭母本的同时,必须消灭梅津。”

可梅津隐士一般,躲在狼穴中不出来。强攻工厂也不现实。众人一时拿不出可行的办法来。

这时,欧阳川亮出了自己的研究结果:有理由认为近期以来,报纸所刊载的变态杀人狂就是梅津。根据是:第一位空姐被奸杀,是在梅津来港之后的事情。第二位修女被奸杀的当晚,就是我们侦察时,遇到梅津车的那个晚上。所以完全可以利用梅津外出行凶的机会消灭之。

问题归结到“捕获地点”上。

黑仔出于直觉,提出了自己的论点:“我是捉耗子的好手。耗子很懒,专门走熟路。上次在哪儿,这次还在哪儿。”

欧阳川听后,打开地图,开始分析三次凶案所在的区域。

结论几乎一目了然:浅水湾沿海公路附近。

因为第三届“大东亚共荣圈”联席大会要在香港召开。故而侦破奸杀案,维持治安,作为一个硬任务,压到警察局头上。

说老实话,香港的警察,在英国统治时期,还是受到了很好的训练,分析能力并不弱。他们也得出了与游击队几乎相同的结论。于是,在此地布控,张网以待。

梅津的问题,在理论上被解决之后,如何能进入细菌武器工厂,消灭细菌母本,就成了头号问题。

陈重从生物学的角度出发,说细菌繁殖的必要条件就是合适的温度。反其道而行之:抑制细菌最好的办法,就是使细菌母本存放地的温度升起来,或者降下去。无疑，升温要比降温容易。

“不是因为升温容易才升温，而是因为鼠疫杆菌在冰冻环境下，可以生存数年或者数月。而对干燥和紫外线、高温却极其敏感。九十度高温环境中，一分钟就会死亡。”欧阳川说：“所以必须升温。”

再接下去，就是如何把温度升起来的问题。

梅津的欲望，确实如同间歇性的火山一样，说爆发就爆发。今天，他又驾车来到了浅水湾白金汉咖啡馆，在那里物色上猎物后，就尾随“猎物”。结果，落进了警察的埋伏圈。

警察以为梅津不过是一个平民蟊贼，大声命令他举手。谁知道梅津竟然拒捕，拔出枪来射击。枪战中，一名警察中弹身亡。杀警察，必然使得警察们同仇敌忾，众警察紧追不舍。

就在梅津几乎走投无路的时候，一个黑衣人神秘地出现，将他拉入汽车，脱离了警察之追捕。

给细菌母本升温的方案，很快拿了出来。林坚把所有的“零部件”组装起来后，问道：“大家看看，这个计划还缺点儿什么？”

升温方案，是欧阳川想出来的，所以陈重说：“一个完美的计划！”

欧阳川笑起来：他毕竟年轻，掩藏不住自己的喜悦。

黑仔装作一本正经地说：“我看它还缺了点什么。”见欧阳川着急地问缺什么？他笑着说：“运气。”

欧阳川笑了：“运气是不能计划的。”

陈重补充道：“能计划就不叫运气了。”

欧阳川说：“既然不能计划，咱们就等。”

德川在接到大川“梅津将军外出”的消息后，专门在梅津常出没的地方守候,以备不时之需。以一般人的观点,以德川先生之尊贵身份,是不应该干这些琐事的。但他不这样认为:细菌武器研制成功之前,梅津所有的事,都是大事。

结果梅津避免了被警察击毙的危险。

梅津被德川营救后,并没有一点儿不好意思的神情,很坦然地喝着咖啡。

德川质疑梅津这样做的目的:以梅津的身份,女人的供应根本不成问题。任何种族、年龄的女人,都可以满足。何苦出此下策?

"下策?这是符合我性格的上上策!"梅津一下子激动起来:"争取,拼命地争取。只有在争取中,才能获得乐趣。别人把东西放到盘子里,给你端到床上,什么味道也没有了。这就和打猎一样,不同的是,我打猎的目标是人:美丽的女人。"他的面目突然变得很狰狞:"我抓住她们,然后撕碎她们,再慢慢地享用她们。"

德川望着梅津扭曲的面目,突然间明白眼前这个人,实际上就是一个疯子。但他还是提出了自己的希望:"将军是帝国的宝贵财富,不能出问题。以后不要干了。"

梅津却声言决不放弃,因为这是他工作之外的唯一爱好。对德川的"保驾"提议,他也一口回绝:这样做将使得所有的味道丧失殆尽。

由安伯牵头,组织了对赵颖南、邢其中、朋根等人的调查。

这三个人,无一例外地矢口否认:德川曾经叮嘱,在银行成立之前,不要对任何人谈及此事。但安伯曲线迂回,通过这些人的亲属、秘书等,还是把成立香港联合银行的事情查清楚了。

香港联合银行的背后,肯定有一个很大的金融阴谋,这是毫无疑问的。其目的,肯定是为了吸收香港的民间财力,为"一亿玉碎"作准备。

问题是幕后的发起人是谁?方法步骤是什么?

按照蛛丝马迹推算,幕后人物应该是沈宗翰。至于实施的方法步骤,只有通过当事人了解。而通向这些大亨的渠道,只有黄江源。

德川专门把大川约到自己的宅邸,并且换上和服,严格按照茶道程序,亲自给他沏茶。

大川不禁受宠若惊。连连检讨自己未能控制住梅津,给德川先生带来了麻烦。

德川表示完全理解:没有人能控制住一个疯子。

大川说出了自己的担心:梅津这样不定期的外出,使我很难保障他的安全。

德川摆摆手,要他放心:共产党不会有这么灵敏的嗅觉。就算共产党把梅津和黑衣人联系在一起,他不定期的属性,也使得共产党很难摸清规律。

大川认为不应该把"宝"押在共产党的失误上。

德川却认为应该对赵颖南、邢其中、朋根这三个人严加控制:他虽然要求他们保密,但联合银行这么大的事情,广为人知,不过是早晚的事。所以共产党一定会在这三个香港财界的领军人物身上做文章。在这三个关键点张网以待,定有收获。

大川保证竭尽全力。

德川双手捧起茶碗,敬大川:"德川代表陛下,以茶代酒,敬大川君。"此言绝对不虚:御玺大臣木户,专门致信于他,说天皇的现金,已经基本上被转移到瑞士银行。德国购买日本货物所付的黄金,通过横滨正金银行在瑞士的账户,转移到天皇的账户上。但总数也不过区区一亿美元,希望他能够助一臂之力。

大川从来没有受过这样的礼遇,双膝跪下,恭敬地接过茶碗。

到了赵颖南的住宅不远处,欧阳川要求黄江源、黄晶晶在此稍候,他先过去侦察一下情况。如若安全无虞,就开关三次手电。

黄晶晶很有些不以为然:赵宅她经常来,再说,赵伯伯也不是什么危险人物。

黄江源却表示理解:"你要是问医生,就什么都不卫生。你要是问神父,就什么都有罪。你要是问军人,就哪里都不安全。让他去吧,这是程序。"

正确的程序,挽救了三个人的命运,否则就会一头钻进大川张开的网中:欧阳川在赵宅附近,发现了两个人尾随过来。于是他加速奔跑,进入赵宅旁的一个花园内。然后,进入院子,接着毫不犹豫地翻墙进入赵颖南家的院子。

尾随的特务,看不见欧阳川后,判定他绝对不会去赵家,就沿着另外的方向追去。

欧阳川则穿越赵宅,沿着与特务相反的方向遁走——他这是有预案的:知道特务不会认为他胆敢进入目标人的宅院。

赵颖南、邢其中、朋根三个人在上寰岛酒店西餐部吃饭。

这三个人,毕竟是久经风雨之士,很懂得测试的重要性:他们分别虚构了七笔生意,其中三笔,通过日本银行香港分行、阿根廷银行香港分行,转到瑞士银行。另外四笔,则通过香港联合银行筹备处转到瑞士银行。其结果,通过日本、阿根廷银行的款项,全部被扣不说,还被科以三倍罚款。而通过联合银行走的四笔,全部按时到账。

事实胜于雄辩,他们准备开始行动了。

“三人会”的内容,被大川窃听后,汇报给德川与酒井。

德川并不感到惊讶:围师必阙。封锁住所有通往外界的通道,只留香港联合银行一条,他们没有不走的道理。他们一走,老百姓的资金,也会跟进。一犬吠影,百犬吠声。群体是最容易欺骗的。只要有人带头,盲从心理立刻就会被激发。一旦激发,就不可收拾。

酒井担心赵颖南等人的资金转移出去后会失控。

德川说他早有预案:他们开出的支票,在路途上,需要一段时间。到达瑞士之后,核对也要一段时间。这两段时间加起来,联合银行发行的新港币,也就兑换完了。一旦这些兑换完毕,就将赵颖南等人的支票,一网打尽。

酒井还是头一次听说发行货币的事情,诧异地问数量。听德川说折合旧币,大约一百亿。不禁大骇:以香港这样弹丸之地,吸收走一百亿,整个经济就会崩溃。

德川却轻描淡写地说:“至多不过崩溃而已。”

酒井不满地说:“你可以一走了之,我是司令官。我守土有责。”

德川低沉地说:“届时怕是无土可守了。”随后,他拿出一张酷似美元的香港联合银行的新币样本给酒井看。“你我应该克服本位思想,同心同德,为了帝国这最后的一战。新货币,现在已经在瑞士到此的途中。估计十天左右,就会抵达香港。这是一段关键的时期。所以,我建议成立一个联合指挥所。”至于组成人员,他指指酒井和自己。

酒井做出不关心的样子问:“谁的主管?”

“世界上有三种人。第一种人,是指出兔子在哪里的人;第二种人,是打兔子的人;第三种人,是拣兔子的人。”德川指指自己。“我就是那位指出兔子在哪儿的人。自然是主管。这是军部的意思。同时也是天皇陛下的意思。”

欧阳川化装成赵颖南的司机,顺利地将其“劫持”到郊外的一座古庙中。

黄江源溯根寻源,从日本人追寻周夏文开始,一直讲到联合银行成立,所有的目的就是一个:让你们当“头羊”,吸干香港的血液。

赵颖南感激涕零地说:“若非江源兄点拨,赵某人死无葬身之地了。”

黄江源笑着说:“赵兄言重了,至多是一个穷光蛋而已。”

赵颖南正色说:“我自己成了穷光蛋不要紧,我的许多亲戚跟着我也成了穷光蛋仍然不要紧。关键是跟上来的千千万万的百姓。他们毕生的积蓄,因为我的带领,瞬间灰飞烟灭。而日本人却拿着从这里榨取的钱财,继续进行他们的侵略战争。屠杀我的国民。那样,我就成了民族的千古罪人了。”

欧阳川插入:“赵先生说得对,沈宗翰想要窃取的,不仅仅是你们几个的钱财,更重要的是你们的名誉、信用。此刻,他已经盗用了部分的信用。想办法收回来,是当务之急。”

赵颖南和黄江源认为邢其中、朋根等人的工作很好做,一个电话而已。关键是那些受蒙蔽的老百姓。

欧阳川说他已经有成熟的方案。

大川抚弄着印刷精美的新币，说出了自己的疑问：新币不过是临时载体，为何要在瑞士印刷？

德川半闭着眼睛说："中国有句俗话，叫作金玉其外，败絮其中。没有在外面的金玉，败絮就卖不出去。瑞士印刷的钱币，与香港印刷的不一样。香港版一折就断。而瑞士版和英镑、美元一模一样。带有很大的欺骗性。"

大川恭维道："德川先生确实是高瞻远瞩。"

德川完全闭上眼睛，喃喃地说："这个计划，在皇军占领香港时，就已经制订好了。"

大川惊讶地说："当时皇军如日中天……"

"但天皇陛下看到了，我本人也看到了此刻的情况。并且积极开始与瑞士银行联系。今天的一切，没有那么多前期准备，完全不可能做到。"

大川试探性地问："有这些钱，能够扭转战局？"

德川睁开了眼睛："不能。但对今后日本的重新崛起，将是基础性的支持。"

大川不无希望地问："重新崛起要到什么时候啊？"

德川的眼中充满光芒："我可能看不见了，你也可能看不见。但我们的儿子，一定能够看见！"

试验完成之际，德川不请自来。梅津兴奋地将样本和报告展现给德川看："这就是高效鼠疫杆菌，其传染力是普通鼠疫杆菌的三倍。对人的易感程度，已经达到了对老鼠的标准：一个就足够。而且侵袭力极强：五个小时，就可以穿越机体的血屏障。"

"一八九四年，日本学者北里柴三郎和法国细菌学家耶尔森几乎同时在香港鼠疫大流行中描述了鼠疫的病原体。可出于西方人的偏见，把原来归属巴斯德菌属的鼠疫杆菌,改称为耶尔森氏菌属。起码也应该叫作——北里柴三郎一耶尔森菌属。”德川说着俯身看着试管,“将此类鼠疫杆菌命名为梅津杆菌,我想谁都不会有异议。”他转向梅津:“是否可以投入使用了?”

梅津说目前还在实验阶段,只有几只老鼠样本。但一星期,最多不超过十天,就可以拿出五公斤携带这种病毒的跳蚤来。他知道德川对“五公斤”不一定有概念,就补充说大约是一百万只。

德川脸上现出难得的兴奋之色:“如果在重庆,或者昆明上空投放,基本上每个人,可以分到一个跳蚤。”接着,他又问续产能力如何?

梅津说大约三个星期是一个生产周期。孵化器如果全部投入的话,一个周期,可以产生四十五公斤跳蚤。

德川的阴谋体系是全球性的,游击队的体系也是全球性的:南方局准确地将运载香港联合银行钞票的百合花号轮船的情报转给了他们。

林坚立刻召开会议,很快就商定了对策。

德川的工作重点一共两个:香港联合银行、细菌武器。

破解金融阴谋的步骤有二。第一,转移以赵颖南、邢其中等为代表的香港大银行家。要悄悄地转移。第二,联系盟军飞机,在海上炸毁运输联合银行新币的百合花号轮船。

消灭细菌武器,也分两步走。第一步,消灭梅津。去除祸根。第二,消灭整个细菌武器工厂。

梅津的活动规律,已经基本摸清楚。按照陈重的方案:炸死他。

“炸船不难。只要别派那个草包卡特来。”黑仔说:“炸死梅津也不难。可要炸掉整个细菌武器加工厂,就有困难了:那得要多少炸药啊?”

欧阳川和陈重相对一笑后,拿出了一张图纸。

众人围过去。

黑仔一看就说:“这不是一张输电线路图吗?”

陈重说,“很对,就是一张输电线路图。”

大川给德川拉开车门时说:“梅津将军又要出去。”

德川坐在车后座上:“让他出去好了,今天是他喜庆的日子。”

“可是。”大川看看德川疲惫的面容,没有说下去。

“你在帝国的医务人员中,找一个人,学习梅津制作细菌的方法。”在德川眼中,所有的人都是天皇的工具,他自己也不例外,“方法一旦掌握,梅津的不可替代性,就丧失了。”

大川默默地开车,一直到德川住宅前,方才说话:“先生是不是应该换一个地方住?”

“为什么?”

大川小声说:“先生的身份,渐渐地为人所知。”

德川瞟了大川一眼,什么都没有说,就进屋去了。

庆父不死,鲁难不已。除掉德川确实排上了游击队的计划日程。不马上实行的原因,就是因为林坚认为要选择一个合适的时机。让他的死,发挥最大的作用。

梅津身着便服,走进他常来的白金汉咖啡馆。他目光如鹰,四处搜寻。并且坐在黑仔安放炸弹的桌子旁:这是一个能够观察到整个咖啡馆全景的位置。同时也符合黑仔“老鼠专走熟路”的理论。

黑仔掏出小遥控器,对准梅津方向,按动按钮:这个炸弹是经过精心计算的,爆炸当量,只能杀伤这张桌子旁的人。他见没有动静,再度用力按动按钮。可依然没有动静。

梅津似乎感觉到什么,或者听到了什么响动,起身向外走去。

黑仔想了想,重新坐下,又要了一杯酒:他要取回炸弹,免得误伤无辜。

德川在自己的住宅中，打电话给酒井，询问百合花号到什么地方了。

酒井说离开香港只有一天的路程。

德川下意识地重复："一天，一天就是二十四小时。难熬的二十四小时。"

酒井宽慰道："我已经致电军部，派空军保护。"

德川最了解帝国空军不堪的状态："你应该致电上帝。"

在接应的汽车上，黑仔埋怨陈重："你做出来的都是什么破炸弹啊？臭子！"

陈重摆弄着炸药："餐厅的情况过于复杂，信号很可能被来来往往的人、移动的物体所屏蔽。所以……"

黑仔抢白道："所以就没有响。过了这村，便没这店。我当时真该一枪击毙了他。"

陈重反唇相讥："你以为德川是吃素的？餐厅里起码有三个以上的日本特务。"

这时黄晶晶说："我来充当这个诱饵最合适。把他引出来，你们消灭他。"

黑仔打量黄晶晶："就是，没有人比你更合适的了：要相貌有相貌，要身材有身材。梅津这老小子要是不上钩才怪呢！"

欧阳川断然拒绝，理由是黄晶晶不是游击队的正式队员。听黄晶晶说可以加入后，他沉默不语。

黑仔嘴唇动了动，但没有出声。

黄晶晶采用另外的说法："你说我不行，那你们当中谁行？"

欧阳川终于下定了决心："这是一个很危险的任务。"

黄晶晶语调虽然平缓，但内容却很豪迈："都是中国人，都是热血青年，你们不怕危险，我也不怕危险。"

欧阳川看着黄晶晶。

黄晶晶也深情地看着欧阳川。

黑仔埋伏在上寰岛酒店的礼堂暗室，准备在香港联合银行成立大会开始时,消灭德川。最后把大川也捎带上。他始终认为,这两个人就是杀死石仔的罪魁祸首。

这个行动,他没有向任何人请示:杀敌还用请示?

此刻,他正在组装狙击步枪:这枪,是他私下里拿来的。

为了制造出祥和的氛围,德川没有实行戒严:如果这么做,效果就要打很大的折扣。他在贵宾室内坐了片刻之后,问刚刚进来的随员:“人都来齐了?”

随员回答说:“基本来齐了。”

德川看看手表,时间已到,就问还差谁?

当他听到“盐业银行的赵颖南”后,立刻就问还在查看名单的随员:“还有海洋交通银行的邢其中、半岛贸易的朋根?”

随员寻找完毕后说:“对。”

德川立刻起身就走。出门后才对莫名其妙的随员说:“命令酒井,封锁这个会场。”

欧阳川闯入暗室,拉起黑仔就走:他是从狙击步枪保管员那里得知黑仔拿走了枪。

黑仔不肯走,说大会马上就开始,德川的末日马上就要到了。

欧阳川着急地说:“主角缺席。大会不会开了。”

黑仔还是不肯走,因为狙击步枪体积过大,需要拆卸、装箱。

欧阳川断然说:“枪不要了。”

黑仔不肯:“这种狙击步枪,咱们一共才两支。”

欧阳川着急地拉着黑仔往出走:“可黑仔天地之间,只有一个。”

两个人刚刚出去,大川率领三辆满载日本兵的卡车,呼啸而至。

一艘小轮船，停泊在海边。林坚送黄江源、邢其中、赵颖南、朋根等与家属上船。

邢其中握住林坚的手："政委拯救其中于水火，其中感谢不尽。"

林坚说："这是我们应该做的事。"

赵颖南真诚地说："话是这么说，但赵某的身家性命，都是贵党、贵军重新赋予的。"他有些呜咽，"赵某永生不忘！"

林坚也真诚地说："香港重见光明，已经指日可待。届时一定请各位先生回来主持香港经济大局。"

送别后，林坚刚刚回到汽车上，通信员把一份电文递给林坚。

电文的内容很简单：百合花号已经沉没。卡特向林坚政委、欧阳川队长、黑仔先生致意。

酒井的副官向他报告：搜查没有任何结果。酒井看看坐在一旁抽烟斗的德川。

德川无动于衷地喷出一口浓烟。

酒井只好摆手让副官下去。

"在那船货币到达之前，如果能够抓到赵颖南、邢其中、朋根这些人当中的一个，当然，最好是抓住黄江源。这样也能换出大部分去。"德川看着窗外说。

酒井讽刺道："我很佩服德川先生无穷无尽的自信心。"

德川反问道："人不自信，何人信之？"

第十五章

因为德川“梅津将军的不可替代性已经消失”的指示，大川等放松了对梅津的限制，转将保卫重点集中在细菌武器工厂。如此一来，梅津开始频频外出：无论是人的行为，还是物种的数量，都取决于限制条件。一旦没有限制条件，就会急速膨胀起来。

犯罪学揭示：一个惯犯，无论是杀人、强奸、纵火，都会有一套固定的行为模式。其中最显著的共同点就是“在熟悉的地方重复”——这与黑仔“老鼠走熟路”不谋而合——这样做的根本原因，就是罪犯在熟悉的环境里，能够部分地克服胆怯。而且能够顺利地逃走。

梅津遵照此条定律，来到了白金汉咖啡馆。进来不过十分钟，他就把目光落在黄晶晶身上。

这其实是很自然的事情：黄晶晶本来就是一位很出众的女子。更重要的是今天她穿了一身深色的衣服：计划伊始，欧阳川就研究“空姐——修女——总裁夫人”之间的共同点。很久才得出结论：高贵。于是，高贵就成了黄晶晶化装的基调。

梅津那如同探照灯一样凝聚在她身上的目光，当然也被她感觉到了：因为守株待兔达四小时，所以她的注意力，已完全被手中那本做道具用的法文版《包法利夫人》所吸引。

梅津起身，几次走过黄晶晶身边：这是他物色对象惯用的方法。黄晶晶手中的《包法利夫人》显然使他下了决心。书他当然没有看过,但他懂法文,而且知道是本小说。而读法文小说的女人,必是高贵女人。而这正是他潜意识中的核心目标。于是,他坐到黄晶晶的对面,直勾勾地看着她。

黄晶晶做出见怪不怪的样子,把一张钞票扔在桌子上,就离开了酒吧。

这是梅津的“狩猎”程序:必须把鸟惊起来,才能射击。他立刻跟了出去。

这条道路,欧阳川不知道研究过多少次后,才选定以偏离大道的树丛为行动核心。黄晶晶自然率领着目标,朝他们走来。

黑仔感觉到欧阳川的枪口,微微有些发抖。就摸了一下他的肩膀。

欧阳川很感激地偏过头笑笑:枪口从此变得很端正。

黄晶晶的步伐不紧不慢,梅津的步伐却很急促。

但梅津跟到街道尽头,突然犹豫起来:他毕竟知道自己是在犯罪。因为惯性,他又跟了几步。

黑仔嘟囔:“快,再往前走,就进了射程了!”

但梅津停住。

黄晶晶也感觉到梅津停住,她并没有回头,也停下来,左顾右盼。

梅津望着黑压压的树林,胆怯终于战胜了欲望,开始折返。

黄晶晶也因此改变了路线,拐到另外一条比较明亮的街道上。

梅津虽然往回走,但走几步就回头看看——这种做法,与豺狼相近,故又名“狼顾”——见黄晶晶改道,欲望被重新点燃,不加犹豫地跟了过去。

在计划中,如果梅津脱离包围圈,复归光明大道,就取消。而此刻一切都脱离了计划。欧阳川当机立断,吩咐黑仔跟在梅津后,断其后路。而自己则翻墙过去,拦截梅津。

黑仔知道正面拦截要危险得多,就要求自己去。可欧阳川不加分说,已经纵身上墙。

墙很高，底下又没有隐蔽物。欧阳川决定躲在墙上，等梅津过来再下手。

黄晶晶虽然知道自己的行动改变之后，欧阳川必然会随之改变。但到底心虚，步伐也随之放缓。

这一缓，就使得欲望达到了沸点的梅津得到了下手的机会：他往前一窜，就掐住了黄晶晶的脖子。

欧阳川不顾一切地从高墙上往前一跳。这已是一个错误的动作：顺着墙下来，站稳后射击，是一回事。往前一跳，则加速度要大很多。他试图站稳，但没有能站稳不说，脚踝因之受到严重的扭伤。

被掐住脖子的黄晶晶，看着此情此景，心急如焚，但喊不出来。

梅津狞笑地看着欧阳川，掐黄晶晶脖子的手，一点点地加力。

欧阳川勉强站稳之后，毫不犹豫地开了一枪：梅津比黄晶晶略微高出一些。这一枪正中他的眉心。天灵盖被掀了起来。

等梅津的手慢慢地松开，躯体慢慢地倒下后，黄晶晶才摆脱梅津僵硬的胳膊，扑向欧阳川。

黑仔快步过来。他看看梅津额头中央的弹孔，朝着正在热烈接吻的欧阳川说："队长好枪法！"说完，从梅津的西装口袋里，掏出证件。

验明正身，果然是日本陆军少将梅津。

安伯与若干名游击队员，埋伏在变压器旁：他们已经按照计划，完成了对细菌武器工厂专供变压器的作业。

队员甲是新加入的，有些沉不住气："欧阳队长怎么还不来？"

话音未落，梅津汽车那特有的很宽阔的车灯就出现在公路上。

在细菌武器工厂的大门口，穿着将军制服的欧阳川驾驶着汽车，不耐烦地连续按喇叭。

大门在催促声中，慌忙打开。但不等它完全打开，欧阳川就加速开进去，差一点把卫兵撞倒。

卫兵甲埋怨道:“将军以为他开的是飞机。”

卫兵乙做出了解释:“将军今天可能又喝多了。”

欧阳川的将军制服,是梅津放在车里的。而此刻穿的白大褂,则是自备的。他很自信地用梅津的钥匙,打开细菌库的房门。

这个动作,引起一名路过的日本军官的怀疑:将军一个人进入细菌库,有些不合规矩。

欧阳川停止开门,仰起脸看着这名军官:他知道自己背对月亮,对方不可能看清自己。

军官经不住他的凝视,离开了。

进门之后,他迅速地找到电源开关。然后用一截粗大的铜丝,取代原来的保险丝。

军官的汇报,使得大川疑心顿起:梅津将军一个人是绝对不会去细菌库的。他拿起一支步枪,命令军官:“跟我走!”

在他持枪奔向“细菌库”时,与身穿日军衬衣的欧阳川擦肩而过。

与此同时,陈重也完成了对学校内变压器断路器数值调整的作业:他是藏在欧阳川汽车后座内进来的。很顺利地就干掉了值班的日本兵,进入了配电室内。

细菌库的门是暗锁。大川连撞三下,没有撞开。于是,退后一步,朝门锁连连射击。门锁被打坏后,他命令军官掩护。

军官连忙阻止:“不穿防护服,不能入内。”

大川不予理睬,推门进入。他打开灯,仔细地搜查屋子内的一切。一点儿异常也没有发现。

欧阳川依旧驾驶着汽车，陈重依旧俯身后座，呼啸穿越大门而去。

卫兵甲望着汽车的背影说：“将军这么晚出去干什么？”

卫兵乙再度做出解释：“这么晚还能干什么？肯定是去找女人。”

变压器旁的安伯，在望远镜中看到了欧阳川的汽车出了大门，立刻将变压器输出电压从三千伏切换到六千伏。

加倍的电压无声地通过经过陈重调整后的配电断路器，然后再经过被欧阳川更换成铜丝的“保险”，变成热量，通过细菌培育箱的电热丝，施加在那些老鼠、跳蚤身上。

抛弃了汽车后，心境宽松的欧阳川问陈重将配电断路器的标值调到了多少？听陈重说是极限值：一千安培。他对“千安”没有确切的概念，要求陈重形象化。

陈重想了一下后说：“可制作电解铝”，见欧阳川还在懵懂之中，就说：“因为‘远距离焚毁’的核心概念，是你提出来的，所以我过高地估计你的水平了。总而言之一句话：这套系统，将电解一切。”

欧阳川重复：“电解一切？有意思！”

大川发现梅津不在房间后，立刻紧张起来。命令全体到细菌库集合搜查。至于搜查的目标，他认为是炸弹。

但搜查的结果，却一无所获。

面对一大群士兵，大川认为有必要说点儿什么，否则士兵们会认为他没有定力、草木皆兵。于是，指着排列成一排的暖箱问：“你知道这里面都是什么吗？”

军官回答说：“是细菌武器。”

大川断然说:“不,是帝国的命根子!”他话音未落,便觉得电灯突然变亮。随之,灯泡的钨丝因承受不了高出数倍的电压,断掉了。

他赶紧冲出房门,发现工厂内所有房间的灯光,在一两分钟内,全部熄灭,周围陷入一片黑暗之中。

他最担心的事情,就是培育箱内的细菌。赶紧命令更换保险丝。

虽然工厂内整个供电系统陷入瘫痪,但经过“安伯——陈重——欧阳川”构建的“潜系统”却运转正常。

物理学的定律是铁律。换言之,不以人的意志为转移:在高温下,被培养的老鼠、跳蚤迅速死亡。

收到百合花号沉没的电报后,酒井特地将德川请到自己的司令部。然后将电报递给他,不发一言:天无二日,德川的干扰,极大地妨碍了香港的管理。些许遏制,还是很有必要的。

德川瞟了一眼电报后,随手把它放在桌上:这个消息,他早已经通过自己的情报系统知道了。

酒井没有德川的城府深,忍不住评论道:“百合花号的沉没,宣布了联合银行的死亡。”

“没能控制住赵颖南、邢其中、黄江源这些人,原本也发不出多少新币去。聊胜于无罢了。你知道目前最关键的是什么?”德川不等酒井回答,就径自说:“我向你透露一件帝国的最高机密:美国正在研制一种原子武器。”他知道酒井不会有相关的知识,用教导的语气说:“就是利用原子裂变时产生的能量,来摧毁目标的武器。其TNT当量,保守地说,也是万吨级的。”

酒井认为此乃天方夜谭:一万吨TNT,足够一个整编师团使用数年。

德川根本不屑解释,自话自说:“原子武器一旦投放,帝国的末日也就到了。所以帝国必须采取相应的行动。”

酒井知道德川又要回到“细菌武器”的命题上,为了挽回劣势,他提前表示对细菌武器军事价值的质疑。

德川坦然相告:细菌武器不是为了军事目的,而是为了政治目的而生产的。

酒井认为细菌武器在战术上,甚至不足以与常规武器抗衡,遑论原子武器?

德川随后道出根本:如美国使用原子武器,我们就使用细菌武器。当然,不是在战场上使用。

酒井越发不屑:不在战场上使用,根本不能叫武器!

“我们要在城市使用。香港是高密度的热带城市,已经定为首选。”德川的语气很平静:“别的武器,即使是原子武器,总是无机物。半衰期最长也不过数年。而细菌是有机物:它不分人种、国界,更不遵守条约、法律,所有人类发明的限制,对它都丝毫不起作用。它可以无限制地繁衍,一直到……”他的语调越来越高,但到此却戛然而止。

酒井浑身一哆嗦,过了好一会儿才说:“最后会不会导致人类的毁灭?”

“没有人能对这种从未有过的武器进行评估。但我个人认为:帝国的毁灭,等同于人类的毁灭。”德川平缓的声调中,饱含狂热。“你知道我的老师、东乡大将在对马海战时的名言吗?”

酒井已经被德川的气势镇住,连连摇头。

德川朗声诵道:“皇国兴废,在此一举。全体官兵,奋力努力!”

这时,大川风风火火地闯入,报告了“细菌武器加工厂被毁”的消息。

酒井看着德川,不知道说什么好。

德川保持常态,走到窗户旁边,拉开窗帘。望着新生的太阳说:“在上海的时候,我审讯过一位共产党人。他曾经引用了一位中国作家的话。中国作家的话,有道理的不多。但这句很有道理:石在,火是不会灭的!”他转回身:“梅津将军有了第一回的经验,第二次的速度,必然倍之!”

大川是很敬佩德川的,连声说:“一定倍之,一定倍之!”

这时,酒井的副官进来,将一张纸递到酒井手里。酒井看完,默默地望着德川。

德川已经预感到不会是好消息，但依旧从容地喷出浓浓的烟雾："尊敬的司令官，有什么就说吧。"

酒井显然不愿意说，把纸递给大川。大川看完后说："发现梅津将军的尸体。"

德川岿然不动："在什么地方？"

大川低声说："皇后大道的一只垃圾箱里。"

"垃圾箱？"德川的声调变得很低："这位将军，也算死得其所了。"

因为形势大好，香港游击队，迅速扩大。游击队的营地，因此人丁兴旺，一片喜气洋洋。

黑仔却呆呆地看着两个摔跤的孩子，连欧阳川过来，都没有察觉。

欧阳川望着黑仔脸上悲伤的神情，很关切地询问。

黑仔讷讷地说："石仔要是还在，那该多好啊！"

欧阳川知道"此时无声胜有声"，搂住黑仔的肩膀。

黑仔自话自说："石仔要是活着，等小日本投降了，我就送他去上大学。学文化、学武艺。什么有用，就学什么！"

欧阳川真诚地说："石仔是为了千千万万和他一样大的孩子牺牲的。死得值得！"

因为日本人已经无法有效地统治香港，所以街道上，显现出潜在的繁荣。

德川携大川，身着便衣，在街道上行走。

一个小商贩凑近德川："先生，是日本人吧？"他没有觉察到德川的厌恶，继续说："我不管日本人穿什么衣服，都能一下子看出来：小个子、罗圈腿。"

大川挡在德川和买卖人之间："我们是日本人，你要干什么？"

"那你们最好买一对这样的金鱼。"买卖人说着，亮出一对瓷金鱼。

大川不解地说："要这个干什么？"

“两位一看就是有钱人。”买卖人低声说:“东京被美国的B29飞机轰炸,那炸弹就像香蕉似的,一串串地掉下来。接下来就是大火,比一九二三年的大火恐怖多了。可有一对老夫妇,就住在爆炸中心,却安然无恙。空袭过去,他们一看,鱼缸里的一对金鱼死了。要知道,是金鱼替他们死了。买一对吧,会给你们带来好运的!”

虽然说好是微服私访,大川还是一脚将小商贩踢飞。

欧阳川承认在战略思考方面,与林坚有较大的差距。自己不过是推己及人,想到在日寇处于强势的时候,要摧毁其弹药库、发电厂、桥梁这些军事要素。同理,此刻则需要保卫这些设施,如此而已。

林坚则指出:要深刻理解日本人,他们一定不会甘心灭亡,一定会有大动作。至于这个大动作的核心内容,则一定是“日本之复兴”,而游击队应该考虑的则是“如何终结日本军国主义”。

归来的德川,沐浴更衣后,身穿和服,端正地跪下,用规范、充满虔诚的字体,书写上呈天皇的奏折:拜受御旨,皇恩浩荡,感激涕零。誓必为帝国最后之堡垒,万死不辞,以报皇恩。

德川携大川乘坐一辆黑色的奔驰车,前往海边——一面白底红菊花的旗帜飘扬在奔驰车前面的挡泥板上。菊花有十四片花瓣,乃一等皇族的纹章,只有天皇才拥有十六片。到了海边,他又换乘汽艇,在傍晚时分,登上一座孤岛。

源田熊雄少佐,率领全体军官列队迎接德川:他是三个月之前,被派到这里监督藏宝洞的修建的。

德川低着头,快速穿越迎宾队,进入源田熊雄简陋的办公室后,立刻铺开图纸,仔细研究后,就进入藏宝洞视察。

这个藏宝洞,原是个天然地穴。经过四百名盟军战俘、六百名中国劳工,还有一百名日本士兵的联合工作，将它扩建成深三十米、面积约有五千平米的大地穴。此刻，所有的宝物都运了进来。整齐地排好。

源田熊雄望着一排排高达洞顶的板箱，给德川讲解哪些是银锭、哪些是黄金。

德川打开一个木箱：里面是二十四块金块，每块的长宽高，分别是两英寸、一英寸和半英寸，重量则为三十盎司，标准的伦敦尺寸。看完后，他问黄金的总重。得到十吨的回答，他表示满意，边走边说："黄金是一种奇妙的商品，它是永恒不变的。谁拥用它，谁就拥有了力量。"

当一尊金佛出现在他面前时，他站住，双手合十，做祈祷状。完毕之后，他自言自语："典型的缅甸风格。"

源田熊雄赶紧说："是从缅甸弄来的。具体地方，我记不清楚了。"

德川扬起眉毛："曼达莱？"

源田熊雄佩服地说："先生渊博，是曼达莱。"

德川围着这尊足有一吨重的佛像转了两圈，随后吩咐找锤子来。锤子找来后，他垫上一块木头，对准佛像脖子处的凹处猛击。

他的力量极大，但落点很准。把源田和大川两个人都看呆了。几下子后，他放下工具，开始拧动金佛的头部。金像的头被拧了下来，一个直径为二十厘米的空穴显现出来。他伸手一掏，掏出一把高品位的玉石。

大川和源田都感到无比的惊讶。

德川解释道："这个曼达莱教派，是从中国传过去的。中国人喜欢玉。常说：君子不可一日无玉。"他连掏几把，"几个世纪以来，他们拼命地积累财富，为的就是大日本帝国的复兴！"

陈重与黑仔，成功地指挥队员们将一座日军的军火库引爆。但爆炸的烈度，并没有想象中的大。

除去日本士兵外，所有的战俘、劳工，吃住都在这个藏宝洞里。他们当中的许多人，因为常年不见阳光，眼睛都瞎了。此刻，却破天荒地吃到了大米和猪肉。结果是许多人“醉肉”，更多的人胃涨、腹痛。

全体日本官兵，也应德川之邀，在地穴中，大喝加热的日本清酒。作为东道主，德川即席讲话，以天皇的名义感谢各位为帝国所作出的贡献。士兵们则随着德川深深地三鞠躬，三呼万岁。

所有的日本兵均进入大醺状态，军歌、思乡的歌曲，连成一片。此刻德川与源田熊雄一起上了地面。

大川一见德川，立即报告说一切就绪。

源田很奇怪：这里是他的领地，大川何工作就绪？但还没有张口，就看见了洞口的炸药。他惊讶地问：“先生要炸掉洞口？”这个洞口，是地下金库唯一的出口，一百多弟兄还在地下呢！

德川点点头。

源田赶紧说：“我下去集合部队。”

德川阴冷地说：“不用了，他们将为帝国献身。”

源田张嘴又闭拢。但终于忍不住：“我有一个表弟在底下，他只有十七岁，我对他的妈妈发过誓，要把他带回日本去。”

德川没有回答这个问题，猛地挥手。

大川随即按下了电闸。

猛地一声巨响：洞口坍塌了，岩石和泥土雪崩一般倾泻入洞穴，足足有十分钟才停止。

德川慢慢地说：“秀雄松田上佐的计算精确无比。”

大川知道这位秀雄松田是海军建筑师，也是这个洞穴的设计师：医生杀病人，焉有不准之理？

德川回望基本上已经平了的洞口，双手合十：“愿诸君的在天之灵，保护宝藏的安全。”说罢，他转身看着一直在发呆的源田熊雄，然后从披风中取出一把武士刀:“源田君,这把刀是明治天皇送给我父亲的礼物。”

“天皇”这两个字,在源田熊雄的身上,起了奇妙的作用。他顿时振作起来。

德川慢慢地拔出刀来:“刀把是檀木和鹿皮做成的。刀身是手工将钢和一块陨石中的黑色金属,融合在一起锻造而成的。现在,我把它送给你。”

源田熊雄垂手而立:“源田不敢当!”

他的话音未落,德川猛地出刀,深深地刺入源田熊雄的心脏。

源田甚至都来不及喊一声,只是呆呆地看着德川。

德川顺势把刀往上一提。

源田倒下了。

德川平静地松开手,“大川君,咱们走吧。”

大川不肯走:“如果先生不相信大川,大川可以自杀。”

德川眼光越过大川,望着洞穴口:“现在,这里有一个大坑。但时间会让它平复的。”他的目光回到大川身上:“走吧,大川君。不要想自己,要想大日本帝国、大和民族的千秋万代。黄金,是一个国家复兴的源动力,是血液。”

大川跟着德川走:“先生为什么不把它们藏在日本?”

德川慢慢地说:“在本土,保密工作很难做。美军的潜艇又改进了鱼雷系统。万一船只被击沉在公海,将来的归属就有问题。”

大川提出了疑问:“可这个岛屿归属于香港啊?”

“还是那句老话:香港是联系中国大陆、东南亚各国最好的地方。若干年后,它必将归属日本。”德川望着大海说:“这样的藏宝洞,我们有很多、很多座。将来的日本,非但不会因为战败而破产,反而在整体上变得更为富有!”

日军的汽油库、军火库等目标纷纷被炸毁。但日军一点儿反击行动都没有。这让林坚、欧阳川很担忧。

黑仔却有他乐观的解释:“小日本已经没有血了。你看弹药库爆炸,就和没裹紧的炮仗一样,声音都不够大。汽油库里面,也没有多少油。烧了半天,自己就灭了。”

欧阳川不同意黑仔的看法:“德川还在,大川也在,他们就是军国主义的魂魄。一定会有什么名堂。”

林坚同意欧阳川的看法,在命令部队加强警戒的同时,命令市内的各个情报人员,加强对日军的全面侦察。

德川果然有一个大行动:计划将半数在香港的日军集中起来,兵分两路,进攻游击队指挥所。同时调集所有的炮兵部队,轰击游击队指挥所。最重要的目标,就是通讯塔。

酒井反对这个计划:日本在香港的野战炮,不过区区几门,不足以形成威胁。

德川命令道:“野战炮兵火力不足,调集高射炮兵。”

酒井不屑地说:“高射炮,是不能当山炮用的。”他做过陆军指挥官,深通兵力配置、兵器功能。

德川看着地图说:“非常时期,就要有非常思维,把炮口降低就是了。”

酒井讥笑道:“这样做,高炮的精确度,就几乎等于零。”

德川不再理会酒井,而是命令大川去执行命令。

“德川先生,我知道指挥香港军队的全权,已经转移到你的手里。而且已经得到军部的确认。但作为帝国的一名职业军人……”酒井特别强调“职业军人”四个字,“我不得不指出:这是一个草率、幼稚的方案。”

德川矜持地一笑:“它可能很草率,但决不幼稚。大川君,我再重复一遍:请执行我的命令。”

德川针对游击队指挥部的进攻,没有什么效果:指挥部在高处,处于不利地位的日军,虽然在“死命令”的强制下,轮番进攻。但被早有准备的游击队员,有效地消灭。用黑仔的话讲:“就和打野兔子一模一样,一枪一个。”

陈重也认为这是日本的最后一跳。

欧阳川忧心忡忡:日本鬼子绝对不是兔子,德川就更不是兔子。对此必须有清醒的认识。

林坚也这样认为:“日寇集中那么强大的炮火,甚至把高射炮都调来当野战炮用。莫非目的就是为了袭击一座空营?”

德川指着缓缓开进港口的安波丸号问道:“大川君可知此船的名字?”

“大川一直在陆军服役,对船舶的知识很有限。”

德川缓缓地讲述了安波丸号的缘由:此船原本是一艘战列舰,日本以国际红十字会为中介,和盟国达成一个协议,出于人道主义考虑,用它来运输伤员和非战斗人员。

大川认为这是一个错误决定:“如此大排水量的船,用来运输伤员,实在太可惜。再说,帝国根本就没有伤员。”

德川笑了:“除去帝国真正的军人,谁也不会了解这一点。人道主义?哼!有两件事,要大川君办理。”

大川赶紧从沙发上站起,立正聆听。

德川交办的第一件事是:调一个营的精锐部队。化装成平民,把“东西”装上船。全部运输过程,不能有一个非日军战斗人员参加。且三天之内,装载完毕。这三天,大川必须日夜监视,寸步不离。

第二件事,则是适当地转移一些在香港的非战斗人员,这其中可以包括帝国高级官员的家属。具体名单,由酒井定。

大川对第二件事,有所质疑:高级官员的家属一旦离开,将会动摇军心。

德川没有再说话。

因为“终止军国主义复兴”是游击队当前工作的重点。所以,安波丸号的到来,自然立刻进入视野。

情报很快被搜集到：此船最近已退出现役，并改装成运输船，专门用来运伤员。根据日本与盟军之间达成的布列森条约，在此过程中，它不会受到任何攻击。

疑问也随之而来：香港非日军的主战区，且没有从别处转来伤员的情报，何来如此多的伤员可运？再者说，日军很少有伤员，但凡负伤，基本自杀。

安伯认为有可能是来加油、维修。

欧阳川没有跟着安伯的思路走："日本人承诺运伤员？日本人从来言而无信。"

林坚随即命令对安波丸号展开调查。

数百名日军士兵，一到宵禁开始，就从仓库往安波丸号上搬运物资，强度很大。但一旦太阳升起，起码会把强度减小一半。

大川连续两天，一直在安波丸号的泊位上巡视。他看见一名日本兵，因为体力不支，将一只箱子跌落在地上，并且摔裂。立刻怒不可遏，上前一脚将日本兵踢翻。

日本兵爬起来后，向大川行礼，然后重新扛起箱子，走上踏板。

这个场景，落在不远处高楼上陈重的望远镜里。但他实在看不清箱子的内容，就让黑仔帮忙。

黑仔对于"静"的工作，从来兴趣不大："你看不见，我就能看见？我又不是孙悟空，火眼金睛。"但话虽这么说，他还是接过了望远镜。

这回看到的是一辆没有开灯的吉普车，缓缓地驶向安波丸号。一个身穿斗篷、帽檐压得低低的人，从车上下来，走上船。黑仔马上说："我认识这个人，德川！"

陈重接过望远镜，但只看到一个遮盖很严的背影。于是质疑黑仔的说法。

黑仔很不以为然："蝌蚪、蚯蚓似的英文我不认识，两条腿的人我还不认识？德川，没错！"

来人确实是德川。他进入船长室,就问大川乘船回日本的都有哪些高级官员家属?听大川的回答很含糊,就问最高职务的是谁?

大川不回答。

德川直接问:"酒井司令官?"

"德川先生明察秋毫。我很惭愧地向先生汇报,我多次致电酒井司令官,说这样会动摇军心,可酒井司令官总是不置可否。最后,他干脆不接我的电话了。"大川说:"我直接对酒井司令官说:您的家属在香港,顶得上一个师团的兵力。她们一旦离开,士兵的心就空了。"

"酒井的家属离开,确实动摇军心。但可以遮人耳目。遮人耳目,是整个计划中最重要的一环。"德川说完,就俯身去看海图。

林坚根据"德川在哪里,哪里就有大阴谋"的铁律,命令所有情报力量,围绕安波丸号,展开全方位的调查。

大川见德川不停地用计算尺、三角板计算,然后在海图上做标记。一天一夜,都不曾休息,便提议请几位帝国的工程师协助。

但德川专心计算,根本不予理睬。于是他识趣地准备退出。就在这时,德川突然发问:"共产党游击队有什么动态吗?"

大川摇头说:"没有。"

"这不正常!"德川放下手中的红铅笔。

大川解释说:"他们也是人,是人就有疏忽的时候。"

"疏忽?这些年来,每逢重大事件,你曾几何时,见过共产党游击队疏忽?要慎之又慎,一有情况,立即报告!"德川拿起铅笔,重新开始工作。

大川立正回答:"是。"

第一条有价值的消息,是谭老大送来的:箱子里是金子。起码第一天是。来源则是脚行的老大，此人干这行多年，一掂重量，便知内容。

欧阳川根据已知的情报，试图证伪谭老大的情报。据悉参加运输的全部是日本人。

谭老大拿出了合理的解释：大川确实下了死命令，但因为完不了任务，在执行的过程中，走了形。

另外一条情报，是安伯提供的：日方一共签发了四百张乘船许可证，发放的对象，是日方高级官员的眷属。其中级别最高的是酒井夫人。

欧阳川于是决定上船侦察，倘若船上都是日本部队，就不用考虑别的，炸毁就是了。可如果有许多平民，则违背了国际公约。

黑仔的看法很简单：日本的平民，也不是什么好东西，炸了就是了。

欧阳川知道与黑仔很难说清国际政治，于是就问谁能搞到安波丸的图纸，哪怕是一张草图也好。如果日寇要装载战略物资和掠夺来的财富，就必须炸沉它。而没有图，就不能准确地安放炸药。

安伯慢慢地说："我认识的一位机修工，已经在船上了。"日军没有维修的力量，不得已，使用了一些中国技工。

在甲板上，德川把真实的目的，通报给大川：就是通过安波丸号，往日本本土输送战略物资。日本目前的钢铁月产量，已经不足十万吨。铝、锡、橡胶更是严重不足，战斗机的许多部件都是竹子制造的。有三分之一的飞机还没有到目的地，就已经损坏了。所以急需此类物资——没有铝和锡，发动机无法承受高温；没有橡胶，就没有轮子，飞不起来——船若满载，可以有三千吨之多。而这个规模，可以建造一支和硫磺岛空军力量差不多的部队。

大川却认为此乃杯水车薪。

德川直言相告：这支部队的目的，不在空中对决。但对本土作战，却是决定性的。一亿玉碎，并非指死掉一亿个人。而是要给敢于登陆日本的任何人以重创。给敌人重创，是要有本钱的。这就是本钱，用这些锡和橡胶，可以造几千架简陋的飞机。这些飞机，就是一二七四年把蒙古大汗忽必烈舰队刮得粉碎的神风。诚然，这些飞机飞不远，也没必要飞远。能飞到试图登陆的美国军舰上就行了。

大川想象着飞机撞击敌舰的壮烈场景，不禁热血沸腾："大川若能随船回国，一定驾驶神风轰炸机。"

德川也很难得地激动起来："这些物资和大川君这样的军人，就是我们最后的筹码。有了这些，我们就可以迫使同盟国保存天皇体制、军队建制、国土完整，加之储备的大量黄金、外汇。一旦时机成熟，立刻就可以东山再起。"他一顿："当然，这可能需要一段时间。十年、二十年，顶多不会超过三十年，日本的战车，仍将驰骋于世界。"

见一个长长的板箱被运上甲板，德川上前，把它引领到一个通风处，按照箭头表明的"上"安放好。

这时，副官过来报告：船长求见。

大川与德川分手后，独自在甲板上巡逻。他的脚步快且轻，如同一只大型的猫科动物。但还是被听力绝佳的黑仔觉察了。他一把将欧阳川拖到一艘救生艇的帆布下，隐藏起来。

路过救生艇时，大川本能地感觉到异常，拔出军刀，连刺三刀。见没有动静，他准备掀开帆布。

船长是一位经过国际红十字会审定的商船船长，有二十年海上经验。他判定安波丸号已经超载，绝不能再装货物了。

德川冷冷地说："我知道了。"

船长于是说："那我下令将货舱封闭。"

德川断然否决："在这条船上，只有我才能下令。"

船长显然没有德川的军国狂热，不愿意葬身海底："我知道先生的身份，但作为一名船长，我必须告诉你：船的载重，已经达到极限。"

德川一点不肯通融：必须把计划内的货物装载完毕，船才能出航。

“经验告诉我：哪怕再放一吨的货物，船就有沉没的危险。”见德川拒绝回答，船长被激怒了，“如果德川先生坚持继续装载货物，我拒绝指挥这条船。”

“违抗我的命令，你就只有一条路。”德川眼睛中放出蓝光，“切腹自杀，向天皇陛下谢罪。”

船长也断然否决：“我是专业人士，不是武士。我不会切腹自杀。我要向内阁控诉你。”

德川摆手：“你控诉去吧！”等船长扭身往出走，他拿出枪，一枪将其击毙。

大川已经将被浸湿的帆布掀开了一角。

帆布里面的欧阳川、黑仔已经准备战斗。

这时，一声枪响传来。大川放下帆布，迅速朝船长室跑去。

大川离开后，两个人迅速离开，分头侦察。

侦察结果是，这条船上，装满了战略物资。

大川进入时，德川正在平静地看图纸。他看看地上的尸体，什么也没有问。

“宫本武藏说，在一对一的决斗中，只有一个胜者，过程中的得失，微不足道。”德川抬起头说，“现在，我任命大川君为安波丸号船长。”

大川立正敬礼：“大川一定不辱使命。”

德川确实犯了一个错误，他是按照每人每天能够搬运多少物资来计算的。但人毕竟是人，一旦连续工作，效率就会降低。到了第三天，工作效率只有原来的三分之一都不到。德川迫不得已，同意用一些中国劳工。

如此一来，就给了游击队一个绝好的机会，他们决定把炸药分装在若干个箱子里，安放在安波丸号上油库和轮机房等重要部位。

现在问题的关键集中到船上的平民身上。

欧阳川坚持认为德川一定会在起航前，命令船上所有的非战斗人员下船。其理由有两条：其一，超载达到如此程度的船，根本无法在太平洋的风浪中行驶。其二，像德川这样狂热的军国主义分子，一定会把每一寸空间，都用在军事上。在他的眼中，人的地位是很低的，无论这些人是不是日本人。

研究的结果，就是先把炸药装上船。只有这样，才可以掌握主动权。

大川忧心如焚，试图说服德川就算延缓出港时间，也要用自己人来装。

德川却显得很平静，同盟国对安波丸号的航行时间表，有严格的规定，一旦违背，极可能在太平洋上遭到攻击。而帝国最后一击，全赖于此。所以没有选择。

对大川“共产党游击队混入”的担心，他认为没有必要。因为这船上有平民百姓。

大川认为平民百姓根本不足虑，只要游击队侦察到这船上装的是什么，就一定不会放过。

德川则有自己的论据：共产党游击队，号称仁义之师，仁者爱人。因此，不会在船上装炸药。“你我都知道，这不过是一个假设。但现在能做的也只有三件事：第一，相信这个假设；第二，加强督察；第三，祈求上天保佑吾皇！保佑大日本帝国！”说罢，他深深给大川鞠了一躬：“拜托了，大川君。”

炸毁安波丸号的问题很多。但最棘手的问题一共有两个：第一，无人知道开船时间，这样就无法使用定时炸弹。第二，人货混装，无法下手。

而唯一确定的一点是：绝对不能让这条载满战略物资的船抵达日本，从而作为“玉碎”的本钱。

陈重灵机一动，提议让飞虎队派飞机来：空袭警报一旦响起，船上的人一定会疏散。这时再引爆炸药，就可以避免玉石俱焚。

欧阳川则认为德川是绝对不会这样做的。而且就算德川在开船前的一刻，把船上的平民都赶下来，也不能在港口引爆：港口过于拥挤，定会伤及无辜。唯一的办法就是在船离开后,再遥控引爆。

问题是如何“遥控”。林坚提议:派一艘小船,尾随安波丸号出港,抵达安全距离时引爆。

但马上被陈重给否了:行进中的小船,很难靠近行进中的大船,加上速度、钢板厚度等原因,把握不会超过百分之三十。

百分之三十以下的方案,就是不可行的方案。

欧阳川于是提出了他的方案:“我上船去,用遥控器引爆炸药。”

所有的人,都激烈地反对这个方案。

等反对减缓后, 欧阳川望着林坚说:“如果政委和大家没有更好的方案,我就去准备了。”

林坚看着欧阳川,说不出话来。

所有的人,都说不出话来。

欧阳川扫视大家后,默默地离开:这个方案,是他深思熟虑的结果,而且他知道这是唯一的方案。

为了防止游击队渗透,跳板两边的两队日本兵,气势汹汹地端着上了刺刀的步枪,对所有的人都虎视眈眈。大川则站在安波丸号的甲板上,用血红的眼睛,死死地盯着每一个劳工。

夹杂在劳工队伍中的黑仔,低声对队员甲说:“跟平常一样,就当是回家。”

队员甲虽然点头,但依旧有些紧张。

大川一下子就从队员甲的眼睛中捕捉到不安:“你的,出列。”

队员甲一下子惊慌失措。

黑仔立刻迎上去:“太君,他是我弟弟。”

大川用军刀拨黑仔:“我不问你,我问他。”

黑仔指指脑袋:“他的是傻子,头脑的不行。”

大川反问:“你的头脑好?”

黑仔苦笑着说:“我的也不行,他的更不行。”他不等大川再问,抢先说:“我们兄弟头脑通通的不行,但力气的有,愿意为皇军效劳。”

大川盯着黑仔。

黑仔一脸无辜。

连日的疲劳,在大川身上起了作用,感到一阵晕眩。于是,他挥手放行。

黄晶晶精心地打扮了一番,来到海滩。她预感今晚欧阳川一定有很重要的话要对她说。没想到欧阳川见到她后,一直沉默。也许他想向我求婚,却没有勇气?如果是这样,我该给他些鼓励。她靠近欧阳川,测试他的反应。见他没有像往日那样避开,她认为自己猜对了。

可欧阳川不说,她也不好说什么,只得沉默地陪他走。走到第三圈,黄晶晶站住了:她穿的是高跟鞋,脚疼得实在走不动了。

欧阳川这才意识到自己的疏忽,充满歉意地扶黄晶晶坐在石凳上,帮她脱下高跟鞋。

闻着欧阳川身上钢铁、皮革、汗水等混合在一起的典型男人气息,她的脸红了:她还是第一次和自己心爱的男人这么贴近。

欧阳川将黄晶晶的脚捧在怀里,轻轻按摩着:“还疼吗?”

黄晶晶心里顿时一阵委屈,眼泪顺着脸颊流下来。欧阳川赶紧掏出手绢,替她擦了擦,又很珍惜地叠好,放进贴身的口袋。

“谁的手绢,这么宝贵?”黄晶晶想用玩笑化解沉默。

“是眼泪珍贵。”欧阳川平静地说,可他感觉一股热流从心里奔涌而出。他从未向黄晶晶表白过什么,没人知道,在他心目中她是多么完美,今生遇到她是多么幸运。等心情略为平静,他换了个轻松的话题,问黄晶晶,抗战胜利以后,她想干什么?

黄晶晶顽皮地说:“你干什么,我就干什么。”

这是他无法回答的问题。他低下头,继续替黄晶晶按摩着双脚,借以掩饰自己湿润的双眼。她的体温传遍他的全身，他将自己所有的一切，都集中在双手之上，用轻得不能再轻的动作抚摸着这秀美的双脚。

黑仔与队员甲一起，将最后一箱炸药，放在发动机旁的仓房里：这是安波丸号的心脏。至此，一共三十二箱炸药，全都放在了指定地点。

黑仔杰出的听觉，再度帮助了他。听到了脚步声后，率队员甲隐藏起来。

大川的本能也是杰出的：晕眩过后，他怎么也觉得不对，一直在监督每一个下船的劳工。但始终没有发现那一对“傻兄弟”。于是，就开始在船上搜查。他几乎是沿着直线，走到了刚刚放置的炸药前，死死地盯着那箱炸药。

这一箱炸药目标是发动机不说，还是这一层炸药的“总开关”：接收引爆信号，从而触发其余炸药。所以绝对不能让大川发现。黑仔决意引开大川，率队员甲，迅速跑上楼梯。

大川听到响动，拔出枪来边追边射击。但两个人的动作敏捷不说，在充满管道和拐弯的仓内，成Z形奔跑。所以他一直射不中。

可就在上了甲板，再跑几步就可以跳海逃生的时候，迎面来了一个日本兵，用冲锋枪扫射。队员甲中弹，立刻牺牲。

黑仔朝队员甲的遗体看了最后一眼，纵身跳入大海。

刚刚上来的大川，抢过士兵手中的冲锋枪，朝着大海盲目地扫射。

但黑仔始终没有露头。

德川专门把陆军炸弹专家佐佐木上佐请到了船长室，研究大川找到的炸弹。佐佐木仔细地研究后得出结论：炸药是英军的烈性工程炸药。引爆电路则是一个逻辑电路。

德川皱眉：“上佐，能讲得通俗一些吗？”

佐佐木做出了很通俗的解释：很像多米诺骨牌，一块倒了，其余跟着倒。阻止了A方向，它就会从B方向来。

德川关切地问:“能给船造成多大的伤害?”

佐佐木做出了定量分析:如果有十箱这样的炸弹,放在合适的位置。足以把船炸沉。如果有三十箱这样的炸药,放在除去甲板外的任何地方,都会把船炸沉。

德川很客气地送走佐佐木后,重新端详着炸弹,喃喃自语道:“终于来了!”

大川笔直地站立:“我现在就去搜查炸弹。我一箱一箱地找。一定能够找出来。”

“你是找不着的。”德川慢慢地说:“开箱清查八千吨货,要用一个星期的时间。耽误一个星期,和被炸沉没有什么两样。”见大川无语而立,他说:“好在一切都在我意料之中。”

大川重新兴奋起来:“大川愿闻详细。”

德川点燃烟斗:“明天你就全明白了。”

林坚不同意欧阳川只身上船的计划。而且青天白日,他也上不去。

但欧阳川很自信地说:“炸弹被发现后,德川一定让我上去。”

果不其然,德川的信使随后就到了。信依然是用毛笔写在“沈宗翰专用信笺”上。内容很简单:我愿意用周夏文先生交换欧阳川先生。等到达安全地区,完璧归赵。

欧阳川看完信后,甚至有些欣喜:“该来的一定会来。”

黑仔不同意:“德川的话不能相信,没有一次他们不搞鬼的。”

欧阳川笑着说:“但我估计这次他们不会搞鬼,因为这船上是他们最后的家当。”

黑仔接着问道:“可你上去了,怎么下来啊?”

“总会有办法的!”欧阳川的微笑一直没有消退,虽然他知道这是一条不归路。

黑仔对林坚说:“要上船也应该我去,我水性好。”

陈重也抢着说:“应该我去。”

欧阳川试图缓和一下气氛:“这不由你我,这是德川要求交换的。你想拿你换,可他还不跟你换呢!”

林坚脸上的表情很复杂:“咱们应该另外设计一个方案。”

“政委指挥作战,应该有很多次。当小的牺牲能换来大的胜利时,应该毫不犹豫。战争不是游戏,总会有牺牲的。如果要换成我来决策,我一点儿犹豫也没有。”欧阳川劝说林坚。

林坚看看手表:“因为通信设施被破坏,一直没能和南方局联系上。”

欧阳川也看看手表:“这是一个很小的战术问题,甚至连战术问题也算不上。根本就没有必要请示,时不我待,决策吧,政委。”

林坚久久地望着欧阳川:从红军时期起,他指挥的战斗已经记不得有多少次,牺牲也见过不知道多少,但从来没有像今天这样难过。他知道欧阳川将一去不复返,可又没有别的选择。最后,他只得在欧阳川热切的目光中,艰难地点点头。

最后一个小时,欧阳川是和黄晶晶在码头附近的海洋公园里度过的。他本来想和黄晶晶说点儿什么,但她来后不过片刻,就枕在他的臂弯中睡着了,而且睡得很是香甜。他不忍心惊醒她,只是默默地看着这张美丽的脸。

由安波丸号上高音喇叭发出的刺耳声音,终于惊醒了黄晶晶的美梦:“请立刻离开安波丸号,安波丸号随时可能爆炸。”

黄晶晶根本就没有听进去,只是说了声“讨厌”。眼下她的世界里,只有欧阳川和她。

在用中文和日文反复的通告声中,他替她理了理蓬乱的头发,温柔地说:“我该走了。”

“你去哪儿?”黄晶晶一下子清醒了。

“有个任务。”说完,他从口袋里取出一封信,让黄晶晶一会儿把它送到安伯那里。

她收好信后，抬起头来，还没说话，脸却红了。

他捧起她的脸，温柔地说："有话就说吧。"

她羞涩地低下头，玩弄着一缕卷发："那我真的说了啊！"

"好的。"欧阳川的话轻柔得像一股微风。

"昨天晚上，你不是问我抗日胜利以后，咱们干什么吗？我现在告诉你。"她终于下定了决心，深深低下头说："等抗日胜利了，咱们就结婚。"

等了一会儿，见他没有回答，她不免有些失望。

欧阳川从兜儿里拿出一枚金戒指，郑重地给黄晶晶戴上。大小刚刚合适，"这枚戒指样式旧、成色低。但我爷爷给我奶奶戴上了它、我爸爸又给我妈妈戴上了它，现在，我给你戴上它。"

黄晶晶把手抽出来，举到阳光下欣赏着："我要戴着它，永远不摘下来。"

"共产党人都是唯物主义者，所以有一句话，我得说在前面：该摘的时候，就要毫不犹豫地摘下来。"欧阳川说。

沉浸在幸福中的黄晶晶，并没有完全明白这话的意思。只是把嘴唇凑了上去。

欧阳川迎接了这温润的嘴唇。他知道这是两个人最后一次接吻，所以吻得很深。

大川手持电话问德川："酒井司令的电话。"见德川闭目养神，一言不发。他只好说："德川先生不在。"

酒井在电话里怒吼着要德川接电话。但不等大川回答，德川就把电话线拉断。

一名军官跑进来："报告！酒井司令的夫人拒绝下船。"

德川断然说："把她拖下去！"等军官走后，他看着大川紧绷着的面孔说："大川君放心，游击队，是不会现在引爆炸弹的。"他看看手表："该来了。"

大川不解地问:“谁该来了?”

德川从容地说:“我给共产党传达了这样一个信息,用周夏文换欧阳川。”

“周夏文在船上?”大川诧异地问。

“昨天你看见的那个长条的木箱里面就是他。”

大川这才想起那个有头尾的木板箱,“欧阳川不会自投罗网的。”从资料上他对欧阳川有所了解。

德川摇头:“你的概念错了,不是自投罗网,而是交换。”

大川坚持自己的意见:“没有人会用自己来换别人。”

德川肯定地说:“别人不会,但共产党会。”

“周夏文到了共产党手里,不就等于把那一亿美元拱手相送了吗?”

“对他们来说,不过是锦上添花的问题,而对日本来说,却是生死问题。”德川当时把周夏文弄上船,不让“一亿美元”落在共产党手里,是一个方面,但更重要的是防备游击队炸船。

大川不相信:“我从来都对先生非常敬佩,但是有了这么一船东西,就能够让日本生存下去?”

“光凭这么一船东西,确实不足以让日本生存下去,但可以增加谈判的分量。”德川用一根长长的火柴,点燃烟斗:“中国有句成语:积羽沉舟。最后一根羽毛,就能把船压沉。阿拉伯也有一句谚语:最后一根稻草压倒一匹骆驼。”他用烟斗重重地敲击桌子:“这就是那最后一片羽毛!就是那最后一根稻草!”

黄晶晶坐在车里,突然想起什么,对司机说:“掉头。”见司机犹豫,她命令道:“我叫你掉头。”

司机问:“掉头去哪儿?”

“码头。”她不耐烦地重复:“当然是码头。”

司机越发纳闷了:他们刚刚从码头方向来,不过二十分钟的车程。但还是听话地掉了头。

因为此乃敌我的高峰对峙,所以根本不可能有什么告别仪式。

欧阳川从容地走到踏板陆地一侧，让已经被折磨得没有人形的周夏文,被人抬下踏板,登上陆地。

欧阳川确认是周夏文后,从容地走上踏板,登上安波丸号,走向站在高高甲板上的德川。

人群中的黑仔,着急地对林坚说:“德川就在那里,我保证一枪击毙他。”见林坚不回答,他更急了,“你要不说话,我就打了?”

陈重替林坚回答:“你击毙德川,原来的问题仍然存在。”

黑仔扫视着战友们:“那你们倒是拿个主意啊?”

没有人能够回答这个问题。

居高临下的大川,看着走来的欧阳川,“欧阳川一上船,我可以立刻制服他,夺取引爆器。”

德川向黑压压的人群一指:“那他们当中任何一个,都会毫不犹豫地用备用引爆器炸沉这条船。欧阳川不是别的,是人质,是用一亿美元换来的人质,是安波丸号安全抵达日本的保证。懂吗?”

大川无语。死死地盯着欧阳川。

德川手向下一砍:“起航!”

大川向副官传达了命令后,拿起一件救生衣,准备给德川穿上。

德川接过救生衣:“如果这是一顶降落伞,或许还有用。”见大川不解,他又说,“这是一条装满炸药的船,船上的每个人,随时都可能飞上天去。”说罢,把救生衣扔到了海里,走向欧阳川。

安波丸号缓缓地驶离码头。

黑仔驾驶着一艘汽艇,紧紧跟随。

在离开欧阳川大约一米的地方，德川伸出手。

欧阳川平静地说："我看就没有这个必要了！"

德川只好把手收回去。

欧阳川看看紧跟在德川后面的大川："我想所有的一切，德川先生和我一样的清楚。"

德川搓动双手："非常清楚。"

欧阳川一只手放在衣袋里："所以我建议你我两个人单独待在一起。只有你我两个人，以免引起不必要的误会。"

德川做了个"请"的手势："我已准备好了。"

黄晶晶赶到码头时，安波丸号还在视野中。

她拉住林坚问："他去哪儿了？"见林坚不回答，她更着急地问："他去哪儿了？"然后，她转向陈重、安伯，疯了一样地问："他去哪儿了？"

大家的眼中噙满泪水。

黄晶晶终于明白过来，赶快扭回头。但安波丸号已经从视野中消失。

在精心布置的头等舱内，德川与欧阳川下围棋。

德川特地换上了左胸有一朵红色金边菊花的白色制服，来表明他的皇族身份。但这并没有给他带来好运：不过一个小时，他的败局已定。他收起有天皇御笔的折扇，"你的形势很好，基本上已经赢定了，为何还要孤军深入？"

欧阳川笑着说："我这个人，从小就喜欢完胜。完胜，就是彻底的胜利，就是让对手无条件地投降。"

德川把手中的棋子放回棋盒："孙子说，'穷寇勿追'，很有道理：穷寇，就是打了很多年仗的士兵。他们冲出包围圈的目的，不是为了打赢战争，而是为了回家。回家的愿望，是无穷的力量。谁也阻挡不了。"

欧阳川坦然地说："对于那些丧心病狂的人、丧失理性的人，必须完全、干净、彻底地消灭之。一点儿东山再起的机会也不给他们。”

头等舱外。大川与一名狙击手透过一扇单向玻璃，可以清晰地看到德川与欧阳川对弈。

狙击手瞄准：欧阳川的影像，清晰地出现在他的瞄准镜中：“中佐，一点儿问题都没有。”

“安波丸号的速度还没有起来。共产党游击队的汽艇还跟在后面。驶入公海，甩掉汽艇后，德川先生一举手，一枪击毙他。”大川强调：“注意：必须一枪击毙。不能给他任何缓冲的机会。”

狙击手保证道：“一枪击毙。”

“日本是一个伟大的民族。但日本又是一个贫瘠的民族。八千万伟大的日本人，居住在狭小的日本岛上。而这个狭小的日本岛上，仅仅有六分之一的土地可以耕作。每平方英里，就居住着三千人。它是世界上人口平均密度最高的国家。这是根本不匹配的，绝对不匹配！”德川在狭小的船舱内来回走动。

欧阳川注视着德川每一个动作：“但这绝对不能成为你们侵略的借口。”

“你们叫侵略，那是你们对大东亚共荣、泛亚洲主义缺乏深刻的了解。你们中国有着广阔的土地，缅甸和马来西亚、印度尼西亚有着大量的橡胶、锡、钨和铁，而东印度群岛，有着丰富的石油。应该，也必须把这些生产要素，紧密地组织起来。”

欧阳川讥讽道：“组织在太阳旗下？”

德川一点儿不感觉到这是讥讽，坦然地承认：“对，组织在伟大的太阳旗下，建立一个繁荣昌盛的亚洲，进而扩展到整个世界。遗憾的是：有些人，尤其是共产党人，偏偏不理解。致使……”

欧阳川愤怒地打断道：“理解？你要我们中国人怎么去理解南京大屠杀？”他无比悲痛地说：“南京大屠杀一次事件，你们就杀害了三十万中国人。三十万啊！”他竭力使得自己平静下来，“三十万，不是一个抽象的数字。而是一个加一个，一个又加一个，积累起来的。三十万个无辜的灵魂、三十万具活生生的血肉之躯，都惨死在你们的太阳旗下。他们都是父亲、儿子、母亲、妻子、女儿。”

“为了一个伟大的目标，死一些人，是很正常的。”这是德川的心声。

欧阳川居高临下地说：“我有句心里话，想说给你听。”

“请说。”

欧阳川正色说：“我鄙视你，以及所有像你一样的军国主义者。”

德川并不生气：“说说道理。”

“你们残忍、狭隘，这已经为全世界的人民所知。我就不用说了。更重要的是你们的愚蠢。”

德川不以为然地说：“愚蠢？我还是第一次听到对伟大的日本人做出如此评价。”

“你们愚蠢地以为：你们能够占领整个亚洲，甚至整个世界。你们根本就没有看到世界爱好和平人民的伟大力量是没有穷尽的。”

“我说过：日本是一个贫瘠的国家，但这仅仅是指在物质方面。我们是神之子，我们的血管里流着高贵的血，身上充满着大和魂。大和魂是不可战胜的。”德川重重地挥手砍杀。

欧阳川再度讥讽道：“当你开着一艘偷来的船，装载着一些自以为能够苟延残喘片刻的物资，偷偷摸摸地驶向你那已经奄奄一息的帝国时，你还这样认为吗？”

德川失去了平静之态：“三年前，伟大的日本，让你们渺小的汉族和整个东南亚几乎所有渺小的、劣等的民族，度过了一个黑色的圣诞。我可以预言：今年的圣诞，必然还是黑色的。随后，你们或许可能苟延残喘，过上一段没有统治的盲目生活。但我以天皇的名义保证：十年之内，我们将重新君临天下！”

欧阳川脸上露出不屑的笑容：“我代表伟大的中国人民宣布：黑色圣诞将永远终结！”

随着安波丸号进入巡航速度，黑仔驾驶的汽艇与之渐渐地加大了距离。

临近中国领海与公海交界处,他不得不返航。

德川与欧阳川并排站在舷窗旁,望着无涯的蓝色大海。

德川讷讷地说:“公海要到了。”

欧阳川自信地说:“是的,公海要到了。”

德川眉毛一挑:“你信神吗?”

欧阳川断然说:“共产党人都是无神论者。”

德川眼中闪动着迷茫的狂热:“我信神。我相信,即使我死了,我的精神也不会死。我的遗骸,将会被安放在神社内,旁边摆满神圣的菊花、美丽的樱花,永远受到日本人的礼拜。”

欧阳川用权威的语调说:“我相信,无论你死了,还是活着,你都会受到正义无情的审判!”

头等舱外的大川命令狙击手:“德川先生一举手,你就开枪。”

狙击手瞄准欧阳川:“是。”

德川慢慢地举起手来。

欧阳川脸上洋溢着幸福的笑容:“我死之后,我将安眠于这宁静、美丽的中国领海,永远陪伴着伟大的祖国。家乡的父老乡亲们,在清明节的时候,也许能够想起他们忠诚的儿子。”

就在德川的手将要举起时,欧阳川先他一步,从容地按动遥控引爆器。

安波丸号在中国领海的最远处爆炸了。

一团蘑菇云冉冉升起,遮天蔽日。

码头上的林坚、黑仔、陈重、安伯向着蘑菇云升起处敬礼。

黄晶晶泪飞如雨。

黑云慢慢散去,红日重现。大海复归平静。

这次“炸毁安波丸号”行动，在第二次世界大战亚洲战场上所起的作用，是无法估量的。

一个月后，也就是公元一九四五年八月十五日，日本法西斯宣布无条件投降。

东方出版社　二〇〇八年三月